Agneta's erfenis

Corina Bomann bij Boekerij:

Het vlindereiland
De maneschijnsonate
De jasmijnzussen
De stormroos
Een wonderlijke winterreis
Het klaprozenjaar
Winterbloesem
De rozentuin

De vrouwen van de Leeuwenhof:
Agneta's erfenis
Mathilda's geheim
Solveigs belofte

De kleuren van schoonheid:
Sophia's hoop
Sophia's wens
Sophia's triomf

De vrouwen van de Leeuwenhof

Corina Bomann

Agneta's erfenis

Een machtige familie. Een prachtig Zweeds landgoed.
Een hartverscheurende keuze.

BOEKERIJ

Eerste druk 2020
Vierentwintigste druk 2022

ISBN 978-90-225-9696-8
ISBN 978-94-023-1329-1 (e-book)
NUR 302

Oorspronkelijke titel: *Die Frauen vom Löwenhof: Agnetas Erbe*
Vertaling: Lilian Caris
Omslagontwerp: BüroSüd GmbH, München
Omslagbeeld: Trevillion Images
Zetwerk: CeevanWee, Amsterdam

Deze uitgave kwam tot stand dankzij bemiddeling van Marianne Schönbach Literary Agency, Amsterdam

Deel 1

1913

1

Toen ik mijn ogen opendeed, werd ik verblind. Even waande ik me in mijn oude kamer op de Leeuwenhof. Wat ik aanvankelijk voor een gepleisterd ornament hield, bleek echter een lange barst in het plafond te zijn, waaromheen watervlekken waren ontstaan. De donkerste hadden er al gezeten toen ik hier twee jaar geleden introk, de lichtere waren er nog maar pas bij gekomen. In het appartement boven mij was een emmer water omgevallen en dat had aan het kunstwerk een nieuw facet toegevoegd. De plafonds van de huizen in de studentenwijk van Stockholm waren poreus als een spons en zogen het water net zo snel op als het er weer uit druppelde.

Maar als student woonde je hier goedkoop. Mijn moeder zou het armetierig en beneden mijn stand noemen, maar ik kon hier zijn wie ik echt was. Ik kon studeren, ook al werd dat in de hogere kringen niet graag gezien. Ik hoefde geen rekening te houden met de conventies. Wat stelden een paar vlekken op het plafond nou voor?

Koelte streek over mijn gezicht. Ik keek in de richting van de luchtstroom en merkte dat het krantenpapier weer uit het gat in het raam was gevallen. Het onderste ruitje van het spijlenraam was al sinds lang gebroken. Dat had ik te danken aan een jongen die bij een of ander wild spel op straat mijn raam met een steen had geraakt. Mijn huisbaas snapte niet dat hij het raam moest laten repareren. En ik kon het me niet veroorloven, want dan had ik mijn vader om extra geld moeten vragen. Sinds de laatste grote ruzie met

Kerstmis was ik niet meer op de Leeuwenhof geweest en had ik ook geen contact meer gezocht.

Ik wist dat mijn ouders mijn manier van leven afkeurden. Toen ik twee jaar geleden naar de rechtbank ging om me meerderjarig te laten verklaren, hadden ze allebei een lang gezicht getrokken, want ze hadden gehoopt dat ik nog voor mijn vijfentwintigste zou trouwen. Dat was niet gebeurd en door mijn leven in eigen hand te nemen liet ik ze duidelijk zien dat ik een andere weg zou inslaan dan die ze voor mij hadden bedacht.

Hoe dan ook zou niet ik ooit het landgoed erven, maar mijn broer. Hendrik was een modelkind, de beste zoon die een man als Thure graaf Lejongård zich kon voorstellen. Vader werd het nooit beu me dat voor te houden. Ik was geen zoon en bovendien was ik maar het tweede kind. Ik kon het leven leiden dat ik wilde. In elk geval waren mijn vriendinnen en ik daar vast van overtuigd, en we kwamen zo vaak mogelijk voor ons standpunt op.

Tot mijn zelfgekozen leven behoorde ook de scherpe lucht in huis. De bijtende geur van terpentijn vermengde zich met de zachtere van vernis en olieverf. Zelfs als ik niet aan een schilderij werkte, leek die geur er altijd te zijn. Ik had geen idee wie er voor mij in het appartement had gewoond, maar wie na mij kwam, zou weten dat zijn voorgangster kunstschilder was.

Naast me begon Michael zich te verroeren. Zijn rossige haardos kwam vanuit de kussens tevoorschijn, even later zag ik zijn verkreukelde gezicht. Eerst opende hij zijn ene oog, toen het andere, om ze allebei weer dicht te knijpen vanwege het zonlicht dat naar binnen scheen.

'Waarom ben je al zo vroeg wakker?'

Een glimlach borrelde in me op als belletjes in een glas bronwater. Ik greep zijn kuif vast. Zijn haar was dik en ongelofelijk zacht, net de vacht van een kat. Ik vond het heerlijk om mijn vingers erin te begraven, vooral wanneer we onze begeerte de vrije loop lieten en zijn hoofd tussen mijn dijen rustte.

'Het is na negenen,' antwoordde ik. 'Eigenlijk hadden we al lang op moeten zijn.'

'Wie zegt dat?' Hij keek me aan en strekte zijn armen naar me uit.

Er waren onder de vrouwenrechtenactivisten een paar regelrechte mannenhaatsters, die niet zouden toestaan dat een man hen tegen zich aantrok. Maar ik vond het fijn. Voor mij was het belangrijker om zelf te kiezen wie ik in mijn bed toeliet. Sinds een jaar was het uitsluitend Michael, en vaak betrapte ik mezelf op de gedachte hem nooit meer te laten gaan. Wanneer hij klaar was met zijn rechtenstudie zouden we misschien wel trouwen. Het was vreemd dat ik, die haar ouderlijk huis ontvlucht was, aan trouwen dacht, maar het idee gaf me een warm gevoel. Ook al zou ik dan mijn zwaarbevochten zelfstandigheid verliezen. Maar ik was ervan overtuigd dat Michael er niets op tegen zou hebben als ik zou blijven schilderen. Hij had er ook geen problemen mee gehad om op een suffragette verliefd te raken.

'Ik ben opgegroeid in een fatsoenlijk huis waar stiptheid en orde heersen,' antwoordde ik.

Hij kuste me en verdreef daarmee de opkomende gedachten aan mijn ouders.

'Ach, is het heus?' vroeg Michael. Hij begon mijn hals te kussen en gleed langzaam naar beneden. Ik voelde het kloppen tussen mijn benen en ik liet hem begaan. Ik vond het heerlijk om kort na het wakker worden te vrijen, het was gewoon fantastisch en gaf me energie voor de komende dag.

Geklop op de deur deed me abrupt verstijven. Ook Michael hield op. Hij keek eerst naar de deur, daarna keek hij me vragend aan. 'Verwacht je iemand?'

Zijn gezicht was vuurrood. Ik merkte dat hij zijn opwinding maar moeilijk kon onderdrukken. Ook ik had nu liever iets anders gedaan dan bedenken wie er op dit tijdstip kwam aankloppen.

'Juffrouw Lejongård? Bent u thuis?' vroeg een stem, vergezeld van verder geklop, dat nog dringender klonk.

'Ik heb een telegram voor u. Het is dringend!'

Een telegram? 'Een ogenblikje, ik kom eraan!" riep ik en ik keek naar Michael.

'Moet dat echt?' morde hij en hij begon opnieuw mijn hals te kussen. Hoe graag ik ook onder de warme deken in zijn armen zou zijn gebleven, ik maakte me toch van hem los en stapte uit bed. De koude maartlucht verdreef op slag mijn vermoeidheid en jammer genoeg ook mijn opwinding. Haastig schoot ik mijn ochtendjas aan en snoerde hem dicht. Daarna liep ik naar de deur.

De man in het uniform van de Koninklijke Zweedse Post keek me een beetje verlegen aan. 'Goedemorgen, excuses dat ik u stoor, maar dit moest onmiddellijk bij u worden bezorgd.'

Ik pakte de kleine envelop aan en draaide hem om. Het telegram kwam van mijn moeder. 'Wacht even.' Terwijl de man bij de deur bleef staan, liep ik naar het dressoir, waar ik altijd wat geld bewaarde. Ik drukte de postbode tien öre in de hand en deed de deur dicht. Ergens had ik het gevoel dat de envelop minstens zo veel woog als een zak aardappelen.

'Wat is er?' vroeg Michael, die inmiddels rechtop in bed was gaan zitten. In tegenstelling tot mij leek hij het niet koud te hebben, want hij zat met zijn blote bovenlijf tegen de kussens geleund. De zon gaf zijn huid een gouden gloed, en hij had zo voor een van de vele schilders in onze buurt model kunnen zitten.

'Dat zullen we zo meteen zien.' Ik stak mijn vinger in de opening tussen de flappen van de envelop en scheurde hem open.

Wat kon mijn moeder van me willen? Sinds de kerst hadden we geen contact meer gehad. Ik haalde het telegram eruit en vouwde het open. Geschrokken hapte ik naar lucht toen ik zag wat er stond.

Vader en Hendrik ongeluk+++Kom svp direct naar huis+++Moeder +++

Ik was als verstijfd. Een ongeluk?

Mijn hart ging als een razende tekeer en even probeerde ik mezelf ervan te overtuigen dat dit gewoon een gemene truc van mijn moeder was om me naar huis te halen. Maar Stella Lejongård maakte geen grappen als het om de gezondheid en het leven van haar familie ging.

'Wat is er?' vroeg Michael terwijl hij uit bed kwam.

Ik was niet in staat te antwoorden. Ik was versteend en kon mijn blik niet van het telegram losmaken. De schrijfmachineletters erop leken te branden. Pas toen Michael zijn hand op mijn schouder legde, kwam ik weer tot mezelf.

'Mijn... mijn vader...' stamelde ik. 'Hij en mijn broer... ze hebben een ongeluk gehad.'

'Wat voor ongeluk?' vroeg Michael.

'Dat staat hier niet, misschien was er iets met de paarden...'

Razendsnel dacht ik na. Vader en Hendrik waren uitstekende ruiters. Een ongeval tijdens het paardrijden waarbij ze allebei gewond waren geraakt, leek me onwaarschijnlijk. Hoe zwaar waren ze gewond? Het was beslist ernstig, anders zou mijn moeder me niet vragen naar huis te komen. Het telegram gleed uit mijn handen. Michael bukte zich en raapte het op.

'Ik moet naar huis.' Ik zei het bijna fluisterend.

Omdat ik geen geheimen voor Michael had, maakte ik geen bezwaar toen hij het telegram begon te lezen.

'Mijn hemel!' mompelde hij geschrokken, daarna keek hij me aan en pakte mijn hand, die aanvoelde alsof hij niet bij me hoorde. 'Kan ik iets voor je doen? Zal ik meegaan?'

'Nee,' zei ik en ik probeerde mezelf weer bij elkaar te rapen. 'Ik... ik moet de trein nemen. Of een koets.'

'Met de koets zou het te lang duren,' merkte Michael op. 'Maar misschien gaat er vandaag een trein naar Kristianstad.'

Ik knikte, maar het voelde alsof mijn lichaam me niet gehoorzaamde. Ik moest me haasten, maar ik was er niet toe in staat.

Het liefst had ik me onder de deken verstopt en gedaan alsof het telegram niet was gekomen. Alsof ik hier niet was. Maar ik moest vertrekken. Verdorie, ik moest gaan!

Uiteindelijk lukte het me om van mijn plaats te komen.

'Kan ik je helpen?' vroeg Michael. Ik schudde mijn hoofd. Dit moest ik alleen doorstaan, daar bestond geen hulp voor. En hem naar mijn moeder meenemen?

God verhoede!

Toen ik de gammele kast opendeed, maakte het loodzware gevoel in mijn lichaam plaats voor ongedurige zenuwachtigheid. Met bevende handen zocht ik wat spullen bij elkaar. Het was me om het even wat mijn moeder ervan zou zeggen. Mijn beste kleren waren toch op de Leeuwenhof gebleven; ze zou met niets wat ik droeg tevreden zijn. Een zwarte blouse gleed door mijn handen. Om de een of andere reden staarde ik er langer dan nodig naar. Geen zwart, zei ik bij mezelf en ik voelde een golf van angst opkomen. Zwart was rouwkleding en het leek me een slecht voorteken als ik hem meenam. Dus slingerde ik hem in de achterste hoek van de kast. Een ongeluk, zei ik tegen mezelf. Het was een ongeluk, ze zijn gewond maar nog in leven. Moeder zou het niet voor me hebben verzwegen als een van beiden overleden was.

Toen ik me aankleedde, voelde ik me koortsig. Het textiel deed pijn aan mijn huid. De mantel die ik aandeed, verpletterde me bijna met zijn gewicht. Mijn handen trilden toen ik mijn tas pakte.

Ik draaide me om naar Michael, die zich inmiddels in een ochtendjas had gehuld

'Zo,' zei ik, zoals altijd als ik ergens klaar mee was.

Hij spreidde zijn armen.

'Kom hier,' mompelde hij. Hij trok me tegen zich aan en begroef zijn gezicht in mijn hals, en ik deed hetzelfde bij hem.

Bijna wanhopig sloeg ik mijn armen om hem heen en kuste hem hartstochtelijk.

'Ik ben bij je, hoor je?' zei hij in mijn haar. 'Wat je ook doet, wat je ook te wachten staat, ik ben bij je. In gedachten help ik je.'

'Dat is lief,' zei ik. 'Dank je.'

Eigenlijk hadden zijn woorden een andere reactie verdiend, maar daar was ik niet toe in staat, ondanks alles wat Michael voor me betekende. Het telegram had me weer tot de dochter van huize Lejongård gemaakt, die kuis diende te zijn totdat haar ouders een echtgenoot voor haar hadden gevonden.

Het brak mijn hart, maar ik had geen andere keuze. Met tegenzin maakte ik me van hem los en draaide ik me om naar mijn bagage.

'Kom je terug?' hoorde ik zijn stem achter me.

Ik verstarde. Hij vroeg dat altijd als ik naar huis ging. Voorheen had ik elke keer lachend met ja geantwoord, maar nu werd mijn hart zwaar. Natuurlijk zou ik terugkomen. Maar op dat ogenblik kon ik moeilijk zeggen wanneer, en dat baarde me zorgen.

'Ik kom terug zodra het kan, beloofd,' zei ik en ik blies nog een kusje van mijn hand naar hem toe. Toen draaide ik me eindelijk om, pakte mijn tas en verliet de woning.

Buiten werd ik begroet door de frisse geur van de lente, die bij wijze van uitzondering niet door stank werd verpest: af en toe waterde iemand in het portiek van een van de buurhuizen, meestal op zondagavond, nadat hordes studenten en andere mannen uit de kroegen waren gekomen.

Was het mogelijk dat de geheelonthoudersbond tot de studenten was doorgedrongen? Onwaarschijnlijk.

Snel liep ik de straat door. De wijk Norrmalm met zijn brede straten en neoklassieke gebouwen was op maandagochtend een en al bedrijvigheid. Behalve arbeiders en reizigers die naar het station wilden, waren er ook veel studenten op weg. Ik had die middag zelf aan een werkcollege op de Koninklijke Kunstacademie moeten deelnemen, maar de gedachte daaraan riep een vreemde onverschilligheid bij me op. Het leek of alles om me heen naar de verte was verschoven, of ik door mist liep, waarin slechts contouren waarneembaar waren. Het enige wat ik werkelijk waarnam waren het gewicht van mijn tas en het onrustige gevoel in mijn maag. Wanneer zou de eerstvolgende trein gaan? Kon ik mijn moeder van tevoren per telegram bereiken?

Het was verbazingwekkend wat het lot kon aanrichten. Gisteren nog had ik geen enkele gedachte aan mijn ouderlijk huis verspild. Nu kon ik aan niets anders meer denken. En opeens waren alle geuren en indrukken, de zondagen en ook de kwetsende opmerkingen er weer, beelden die onuitwisbaar in mijn brein waren gegrift.

'Agneta!' rukte een stem me uit mijn gedachten. Ik bleef staan en draaide me om. Marit kwam naar me toe lopen. Ze had haar groene rok opgetild, zodat een stuk van haar lange onderbroek zichtbaar was. Haar bruine, altijd wat afgetrapt ogende enkellaarsjes zaten onder de modderspatten. Een zelfgebreide sjaal wapperde om haar hals. 'Mijn hemel, ben je doof?' vroeg ze toen ze vlakbij was. 'Ik loop al een hele tijd achter je aan!'

Marit overdreef, ik was pas tweehonderd meter van mijn woning vandaan. Maar zo was mijn vriendin. Ik zette mijn tas voor me op de grond om haar in mijn armen te kunnen sluiten.

'Het spijt me, ik was in gedachten verzonken. Ik ben op weg naar het station. Familieaangelegenheid.'

'Dan kom je vandaag dus niet naar de actie voor het kantoor van de decaan?' Marit keek teleurgesteld. Met vurig enthousiasme organiseerde ze demonstraties, verschafte ze materialen voor spandoeken en trommelde ze de vrouwen op. Die dag wilden we voor het kantoor van de decaan protesteren tegen pogingen om de inschrijving van vrouwen te reglementeren.

'Ik dacht dat je niet zo'n nauw contact meer had met je familie.'

'Dat klopt, maar er is iets met mijn vader en mijn broer gebeurd. Het klinkt ernstig, en mijn moeder heeft me gevraagd onmiddellijk te komen.'

Marit sloeg haar hand voor haar mond. 'Wat vreselijk! Weet je wat er precies is gebeurd?'

Ik schudde mijn hoofd. 'Nee. Maar ze had niet van zich laten horen als het niet heel dringend was.'

'Ach, wat naar.' Marit sloeg haar armen om me heen en omhelsde me stevig. 'Kan ik iets voor je doen?'

'Ik ben bang van niet, maar bedankt. Ik neem contact op zodra ik meer weet, goed?'

'Ja, graag. Ik zal voor je vader en je broer bidden. Ik heb het anders niet zo op met God en de Kerk, maar in dit geval maak ik een uitzondering.'

Dat was waar. Marit liet zich zelden in de kerk zien, want ze vond dat die niets deed voor de gelijkstelling van vrouwen. Als ze aanbood voor ons te bidden, was dat iets speciaals.

Heimelijk wenste ik dat ik haar mee kon nemen. Wat me thuis ook te wachten stond, ik zou daarbij haar steun heel goed kunnen gebruiken, maar het was onmogelijk.

'Doe de anderen de groeten,' zei ik toen ik haar losliet. 'Zeg dat ik voor ze duim voor de demonstratie.'

'Dat is nu niet van belang,' antwoordde Marit. 'Voor jou telt nu eerst je familie, en niets anders. Maar ik moet toegeven dat we je zullen missen. Als ik eraan denk hoe jij professor Svensson in zijn hemd hebt gezet...'

'Bedankt.' Ik omhelsde Marit opnieuw en drukte haar stevig tegen me aan, daarna tilde ik mijn tas weer op. Die leek nog zwaarder te zijn geworden.

'Het beste, en zorg goed voor je zelf!' Marit zwaaide tot ik me omdraaide en verderliep.

Ik liep langs de prachtige Koninklijke Opera, waar ik meestal even voor bleef staan kijken, en kwam ten slotte bij het station.

De lucht was zwaar van de rook. Vanuit de haven klonk het luide getoeter van een stoomboot, gevolgd door het fluiten van een locomotief. Sinds Zweden had besloten zich nooit meer met oorlog in te laten, maakte het land een economische opleving door. En ook voor ons vrouwen was er iets veranderd. We konden ons, als we niet getrouwd waren, met vijfentwintig jaar volwassen laten verklaren. Onlangs was er nog een wet aangenomen die vrouwen in staat stelde hun geërfde bezittingen te beschermen door het sluiten van een huwelijkscontract. Dat waren belangrijke overwinningen voor de vrouwenbeweging, maar het grootste doel hadden we nog steeds niet bereikt: het vrouwenkiesrecht, dat Finland al zeven jaar geleden had ingevoerd. Ook in Noorwegen werd vooruitgang geboekt, maar hier niet. De politici mochten dan horende doof zijn, maar dat betekende niet dat ze niet doorhadden wat we aan het doen waren. Wij zouden blijven vechten.

Ook op de Koninklijke Kunstacademie was er aardig wat gaande. In 1864 was met Anna Nordlander de eerste vrouw toegelaten. De poging van een aantal studenten en kunstenaars, verenigd in een groep met de naam '*Opponenterna*' (de Opponenten), om fundamentele hervormingen in gang te zetten mislukte weliswaar, maar intussen stroomden steeds meer vrouwen tot de academie toe. Natuurlijk bleven conflicten niet uit, maar al dat gedoe werd gecompenseerd door het gevoel van vrijheid.

Toen ik eindelijk bij het station kwam, liep het zweet in straaltjes van mijn gezicht en over mijn rug. Ik was blij dat ik een mantel aanhad. De maartse lucht bracht de belofte van lente mee, maar was toch verraderlijk.

Voor het classicistische witte gebouw wemelde het van de mensen. Hier en daar viel een hoed op, of een crèmekleurig colbert. Koetsen reden dicht achter elkaar, daaruit stapten nog meer passagiers. Ik vroeg me af hoe ze het voor elkaar kregen elkaar niet op de hielen te trappen.

Vorig jaar had ik het station geschilderd en een reprimande van mijn docent gekregen. Ik had gekozen voor de stijl van Van Gogh, omdat ik wist dat Andersen hem bewonderde. Maar dat was een misrekening. Andersen sloop om mijn ezel heen, natuurlijk voor de ogen van mijn medestudenten, en schudde zijn hoofd. Zijn ogen vernauwden zich, hij krabde aan zijn kin, en toen wendde hij zich tot mij.

'Een prachtstuk,' zei hij, en ik was zo dom te geloven dat hij het echt zou gaan prijzen.

'Heel goed... voor een kopiist.' Zijn gezicht versomberde zodanig dat ik dacht dat de zon voor de ramen verdwenen was.

'Ik denk echter niet dat u hier bent om tot kunstvervalser te worden opgeleid. In dat geval zou ik erop moeten aandringen u onmiddellijk van de academie te laten verwijderen.'

Andersens stem donderde door de zaal. Ik verstarde. Ik voelde de blikken van mijn medestudenten in mijn rug prikken. Van de meesten hoefde ik geen sympathie te verwachten. Er waren bijna geen vrouwen bij het werkcollege van Andersen, en de meeste mannen waren net als hij van mening dat de bestemming van een vrouw het huwelijk was en dat ze achter het aanrecht hoorde.

Dergelijke gedachten moest Andersen van mijn gezicht hebben afgelezen.

'En voordat u me nu weer de ideeën van u en uw medesuffragettes gaat voorhouden,' vervolgde hij, nu echt kwaad, 'kan ik u verzekeren dat ik u, als u een man was geweest, er eigenhandig uit had gegooid. Als ik een Van Gogh wil zien, ga ik naar Parijs, maar hier wil ik zien wie u bent. En of u het verdient om les van mij te krijgen!'

Ik staarde de docent aan. In het begin leek mijn hoofd leeg, toen werd me duidelijk welke grote fout ik had gemaakt. Hielen likken lag eigenlijk niet in mijn aard. Waarom had ik dat bij Andersen geprobeerd?

Ik voelde tranen opkomen, maar ik wilde niet huilen in het bijzijn van de anderen. Die knullen hadden me beslist uitgelachen. Ik dacht aan mijn moeder en vroeg me af wat zij in deze situatie zou hebben gezegd en gedaan. En plotseling sloeg mijn zelfmedelijden om in woede.

Andersen keek me onderzoekend aan en verwachtte waarschijnlijk tranen. Maar hij kreeg de meest woedende blik die ik kon opbrengen.

Ik zette de herinnering opzij toen ik de stationshal binnenliep. Mijn blik viel op de grote klok. Sinds de ontvangst van het telegram was er een uur verstreken.

Voor het loket stond een lange rij. Er zat niets anders op dan achter aan te sluiten. Mijn slapen klopten. Onder het gewelfde plafond van de hal versmolten de stemmen tot een ondoordringbare brij, het klonk bijna als gedonder. Vroeger had ik dat geluid altijd fascinerend gevonden: na de stilte waarmee ik op ons landgoed altijd was omgeven, was dit de klank van de wereld, de vrijheid, voor mij. Om de een of andere reden stoorde het me nu, werd het zelfs bijna ondraaglijk.

Het gefluit van een aankomende trein leidde me een beetje af. Er stroomden nog meer mensen de hal in. Sommigen droegen loden mantels zoals ik, anderen waren in duur bont gehuld. Een vrouw met een enorme veren hoed trok mijn blik. Mijn moeder had waarschijnlijk tientallen van zulke hoeden. Ikzelf hield niet veel van die pracht en praal, en zeker niet van zulke hoofdbedekkingen. Ze waren zwaar en lomp en verborgen de mensen eronder.

'Juffrouw?'

Ik draaide me vlug om. De rij was ondertussen opgeschoven, ik was aan de beurt.

'O, pardon, ik was in gedachten verzonken. Ik wil graag een kaartje naar Kristianstad. Wanneer gaat de volgende trein?'

'Over een half uur,' antwoordde de man achter het loket. 'Enkele reis?'

'Ja,' hoorde ik mezelf antwoorden nog voor ik kon nadenken. Ik had Michael beloofd zo vlug mogelijk terug te komen. Maar wanneer zou dat zijn? Mijn moeder zou me niet getelegrafeerd hebben als het om lichte verwondingen ging. Mijn vader en vooral Hendrik hadden mijn steun nodig. En als het ergste gebeurde... Daarover weigerde ik na te denken.

Maar ik wist dat ik ook dan niet zonder meer terug zou kunnen gaan. En ik kon het me niet permitteren geld te verspillen aan een kaartje dat ik misschien niet zou gebruiken.

De lokettist keek me even aan en noemde de prijs. Ik schoof de kronen over de balie naar hem toe en ging met het kaartje op weg. De tijd die ik nog had tot de trein vertrok, zou ik gebruiken om mijn moeder te telegraferen.

2

De hele treinreis staarde ik in gedachten verzonken uit het raam. Ik herinnerde me levendig hoe ik al eens voor het leven van mijn ouders had gevreesd. Ik was toen twaalf. Mijn ouders hadden een reis naar Frankrijk ondernomen en waren twee dagen na de aangekondigde terugkeer nog steeds niet thuis. We hadden geen bericht ontvangen, en het hele landgoed verkeerde in grote opwinding.

Juffrouw Rosendahl was destijds de kamenierster van mijn moeder. Terwijl ze eigenlijk een rustige en evenwichtige persoonlijkheid was, verloor ze die dag haar kalmte. Ze zat in de keuken om haar mevrouw te huilen.

Ik maakte me ook zorgen om mijn ouders, maar ik was niet zo overstuur als zij. Mijn broer Hendrik was er, en hij leek nog steeds heel kalm. Toen ik tegen hem zei dat onze ouders toch al lang iets van zich hadden moeten laten horen, antwoordde hij dat ze waarschijnlijk spontaan familie hadden bezocht. Het telegram dat ons daarvan op de hoogte had moeten brengen zou om de een of andere reden niet zijn aangekomen.

Na dat antwoord haalde hij zijn schouders op en liep weg. Ik probeerde mezelf af te leiden door veel tijd bij de veulens door te brengen of door de velden te banjeren. Maar de tranen van juffrouw Rosendahl maakten me duidelijk dat de mogelijkheid bestond dat ze nooit meer zouden terugkeren. Dat Hendrik en ik wees zouden zijn. Dat een onbekende voogd onze opvoeding op zich zou moeten nemen.

Zonder dat juffrouw Rosendahl het merkte sloop ik naar mijn

kamer, en terwijl ik uit het raam staarde verschenen alle mogelijke verschrikkingen voor mijn geestesoog – totdat er een rijtuig voorreed. De koets van mijn ouders... Mijn hart klopte in mijn keel en toen ik ze zag uitstappen, voelde ik een ongekende opluchting.

Ze waren terug, het koninklijk paar van mijn kinderwereld. Het was altijd moeilijk geweest mijn moeders liefde te verwerven; ze zag me als een pop die mooi moest worden uitgedost en diende te zwijgen, wat me toen al moeilijk viel. Mijn vader daarentegen was gul met zijn genegenheid. In elk geval zolang ik kind was en niets te maken had met de problemen van de volwassenen. We gingen samen paardrijden; vaak droeg hij me rond in huis en voor het slapengaan vertelde hij me verhalen over ridders en rovers.

De relatie met mijn ouders verslechterde zodra ik de middelbaremeisjesschool in Stockholm had afgerond. Hun wens was dat ik zo snel mogelijk zou trouwen en kinderen zou krijgen. Maar zelfs nadat ik mijn debuut in het uitgaansleven had gemaakt, diende zich tot ergernis van mijn moeder geen geschikte kandidaat aan. Voor mijn vader was het reden tot bezorgdheid over mijn toekomst. Beiden hadden er geen vermoeden van dat ik een leven zoals ze het mij hadden toebedacht niet wilde. Ik wilde studeren, iets van de wereld zien, in kunstsalons verkeren. Ik wilde een wijdere blik op de wereld, ik wilde kennis vergaren en vooral nieuwe ideeën. En ik wilde mijn echtgenoot zelf kiezen. Het duurde niet lang voor het tot een uitbarsting kwam. Maar dat kon me niet zo veel schelen; mijn broer was er immers, die zou op een dag het landgoed erven en voor het voortbestaan van het huis Lejongård zorgen. Ik echter was gedoemd mijn vrijheid en mijn naam te verliezen – en de Leeuwenhof te verlaten.

En nu...

In stilte vervloekte ik mijn moeder. Ze had me op zijn minst een idee moeten geven van wat er precies gebeurd was en hoe het met mijn vader en Hendrik ging. Ik zette mijn gedachten van me af en probeerde me op het uitzicht te concentreren.

Zonlicht viel tussen de forse boomstammen langs de spoordijk. Bossen hadden altijd al mijn verbeelding gestimuleerd. Ik droomde van elfen en trollen, van magische werelden voorbij betoverde open plekken in het bos.

Na het bos volgden uitgestrekte velden waar op beschaduwde plaatsen nog vuile vlekken sneeuw lagen. Binnenkort zou een groengouden tapijt de zachtglooiende heuvels bedekken. In Skåne, de graanschuur van Zweden, waren de landgoederen net zo beroemd als het landschap. Sommige eigenaren waren graven, andere behoorden tot de lagere adel. Maar ze waren allemaal belangrijk voor Zweden en waren meestal eensgezind wat hun belangen betreft; als ze een spoorwegverbinding wilden, dan kwam die er. Ik was toentertijd nog niet op de wereld, maar ik kon me voorstellen hoe mijn grootvader zich ervoor had ingezet.

De avondschemering gaf de horizon een rode gloed toen de trein in Kristianstad halthield. Er stapten hier niet veel passagiers meer uit. Ik was al een tijdje alleen in het compartiment. Ik pakte mijn tas uit het bagagerek en liep ermee naar de deur van de wagon. Toen ik die opende, sloeg een ijzige wind me in het gezicht en striemde mijn wangen. De winter was nog niet voorbij.

In eerste instantie herkende ik niemand aan de andere kant van het perron. Was mijn telegram niet aangekomen?

Toen het me te oncomfortabel werd in het tochtige station, liep ik naar de uitgang. In het kleine huisje van de stationschef brandde licht. Ik sleepte mijn tas naar de trap. Even later hoorde ik paardenhoeven op de straatstenen. Ons rijtuig kwam voorgereden, ik herkende het duidelijk aan de donkerrode verf. Een lantaarn schommelde naast de bok. Mijn moeder had toch iemand gestuurd. De koetsier stelde de rem in werking en klom naar beneden.

'Ah, daar bent u, mejuffrouw.'

Oude August nam zijn pet af. Zijn dikke witte haar stond aan weerskanten een beetje uit. 'Dat is aardig lang geleden.'

'Het waren maar drie maanden.'

'Voor een oude man als ik is dat bijna een eeuwigheid,' antwoordde hij en hij nam de tas van me over. 'Waar is de rest van uw bagage?'

'In Stockholm natuurlijk!' antwoordde ik terwijl ik de onrust probeerde te verbergen die naar aanleiding van die vraag in me opkwam.

'Nou, als u wilt, zorg ik ervoor dat die gehaald wordt,' zei hij.

Wat had mijn moeder de arme man verteld? Dat ik voortaan hier zou blijven? Dat kon ze toch niet serieus menen?

'Hoe gaat het met mijn vader en mijn broer?' vroeg ik terwijl we naar de koets liepen. Uit de neusgaten van de paarden kwamen kleine witte wolkjes.

'Daar kan ik niets over zeggen, mejuffrouw, het spijt me.'

Ik fronste mijn voorhoofd. 'Kunt u het me niet vertellen omdat u het niet weet, of...'

'Uw moeder heeft me verboden er met u over te praten,' zei August met een ernstig gezicht. 'Ze wil u persoonlijk inlichten.'

'Dan ziet het er dus slecht uit?'

De koetsier perste zijn lippen op elkaar. Hij hoefde niets te zeggen, ik zag het aan zijn blik. Het zag er slecht uit.

'Kunt u mij vertellen wat voor een ongeluk het was? Zijn de paarden op hol geslagen?'

'U zult het wel zien,' zei August terneergeslagen terwijl hij het portier voor me opendeed.

Even later zette de koets zich schommelend in beweging.

Mijn moeders eigenaardige opdracht aan August en het feit dat de oude man, die ik van kinds af kende, zich eraan hield, voorspelden niet veel goeds. Ik kreeg pijn in mijn maag en mijn slapen klopten. Stel dat het ergste was gebeurd? Waarom was mijn moeder eigenlijk niet meegekomen om me meteen te laten weten wat er gebeurd was? Dat ze zorgzaam naast het bed van mijn vader of mijn broer zat, kon ik me niet goed voorstellen. Stella Lejongård liet de zorg voor zieken graag over aan de artsen en haar personeel.

Na een uur doemde het landhuis voor ons op. Van het daglicht was slechts een smalle rode streep aan de horizon overgebleven, maar dat was genoeg om de ruwe stenen muur te verlichten die het landhuis omgaf. De grote, licht gebogen ijzeren poort met de leeuwenkoppen op de vleugels had in vroegere tijden rovers en opstandelingen tegengehouden. Nu stond hij open.

We reden langs de hoge lindebomen, die in deze tijd van het jaar kaal waren. In de zomer overschaduwden hun kronen de weg als een dak. Dan zoemden de bijen en rook het zoet naar honing. Maar daarvan was nu geen sprake. In plaats daarvan zat er een zwerm kraaien in de takken. En er hing een vreemde geur. Ik kon nog niet precies zeggen wat het was, maar op de een of andere manier verontrustte het me.

De witte muren van het landhuis waren ook in de schemering goed te onderscheiden. Uit de ramen van de twee benedenverdiepingen scheen ons fel licht tegemoet.

Bij die aanblik kreeg ik een tweeslachtig gevoel. Aan de ene kant werd ik bevangen door angst en onzekerheid, aan de andere kant ervoer ik vreugde en warmte. Ik herinnerde me weer dat het niet het landgoed was dat me vanhier had verdreven. De groene weiden, de machtige bossen, de paardenweiden en stallen, zelfs het witte landhuis waren altijd vriendelijk voor me geweest en hadden me niet veroordeeld.

In het huis had ik mezelf urenlang voor onze gouvernante en ook voor mijn moeder kunnen verstoppen. Toen we nog klein waren, had ik met Hendrik op de zolder verhaaltjes zitten verzinnen. Wellicht was het op een van die momenten geweest dat ik had besloten me op de kunst te richten, op schilderen of schrijven.

Plotseling besefte ik waarnaar het bij de lindebomen had geroken. Het sloeg in als een bom. Scherpe brandlucht stroomde door het raampje van de koets. Toen ik klein was, had ooit een van de veldschuren in brand gestaan. De wind had de rook naar het huis geblazen. Dagenlang hing de geur in de kamers, ook al legden de dienstmeisjes nog zo veel lavendel neer. Was er brand geweest?

Vanuit de koets kon ik niets zien, het licht uit de ramen van het huis verhinderde dat.

Toen August eindelijk de rotonde voor de ingang opreed, kon ik nauwelijks blijven zitten. Ik wachtte niet tot de koets volledig tot stilstand was gekomen, maar gooide de deur open en sprong naar beneden zodra August 'ho!' had geroepen. Bijna was ik op het grind gestruikeld, maar ik wist overeind te blijven en liep de trap op. Omdat de voordeur op dit tijdstip op slot was, belde ik aan.

Even later verscheen Arno Bruns, de kamerdienaar van mijn vader. Inmiddels moest hij achter in de vijftig zijn. Zijn zwarte haar was langzamerhand heel wat grijzer geworden, het leek nu bijna wit. Hij had een hoekig gezicht met borstelige wenkbrauwen en ogen zo bruin als koffiebonen. Als kind was ik altijd bang voor hem geweest. Samen met juffrouw Rosendahl, die sinds een paar jaar hoofd van de huishouding was, gaf hij leiding aan het personeel en zorgde hij voor het welzijn van onze familie.

'Goedenavond, mejuffrouw,' zei hij nadat hij had opengedaan, en hij begroette me met een lichte buiging. 'Ik ben blij dat u veilig bent aangekomen.'

'Dank u, Bruns,' zei ik. 'Waar is mijn moeder?'

'In het slaapvertrek van meneer,' antwoordde Bruns. 'Ik zal u erheen brengen.'

Ik had graag afgezien van zijn begeleiding, maar in dit huis waren overal regels voor. Ook voor de terugkeer van een ontaarde dochter. Zwijgend klommen we de trap op.

Had het bij August geen zin gehad om vragen te stellen, van Bruns hoefde ik al helemaal geen antwoord te verwachten. En uit zijn gezichtsuitdrukking viel absoluut niets op te maken. Als jongeman was hij in Engeland geweest, waar hij tot kamerdienaar was opgeleid. Hij werd niet moe het personeel te vertellen over wat hij de 'Engelse standaard' noemde.

Uit bezorgdheid over mijn vader en Hendrik had ik nauwelijks oog voor de pracht van de hal, die door een reusachtige kristallen kroonluchter werd verlicht. Grote schilderijen begroetten de bezoeker. Hier een jachttafereel, daar een uitgestrekt landschap met stralende hemel en daartussenin portretten van een aantal verdienstelijke voorouders. De beroemdste van hen was Axel Lejongård, een vertrouweling van de eerste Bernadotte-koning, wiens verkiezing tot kroonprins hij had gesteund. Met zijn felblauwe ogen keek hij de toeschouwer aan, met zijn bakkebaarden en zelfverzekerd in zijn stijve uniform beslist erg aantrekkelijk voor de dames die hij in zijn tijd had ontmoet.

Onwillekeurig knikte ik naar mijn roemrijke voorouder, toen liep ik vlug achter Bruns aan. Statig ging hij me voor, alsof ik voor een bal kwam. Zijn voetstappen waren nauwelijks hoorbaar op het tapijt.

Ik verbaasde me over mijn eigen opmerkzaamheid. Ik was hier opgegroeid, ik kende alle hoekjes en gaatjes, en toch stond ik altijd weer versteld als ik na langere tijd weer hier kwam.

We stopten bij de deur van mijn vaders slaapkamer. Mijn moeder had ook een eigen slaapkamer. De echtelijke slaapkamer werd door hen nog maar zelden gebruikt. Ik kon me herinneren dat ik op mijn vierde of vijfde vaak bij mijn ouders in bed was gekropen, maar dat was ineens voorbij geweest. Pas later begreep ik dat ik niet meer in die kamer mocht komen omdat hij niet meer gebruikt werd.

Bruns klopte en toen er geen antwoord kwam, deed hij zomaar de deur open. Dat vond ik vreemd, want normaal gesproken wachtte hij tot de heer des huizes reageerde. Maar misschien sliep mijn vader nu en had ik de stem van mijn moeder gewoon niet gehoord.

Toen ik de kamer binnenkwam, bevroor ik. Mijn moeder was er niet. Alleen mijn vader lag op het bed, gekleed in zijn beste rokkostuum. Zijn gezicht was bleek en zag eruit alsof het met een witte pasta was bestreken. Het deed me op een vreselijke manier denken aan de schmink van een clown die ik in het circus had gezien.

Mijn adem stokte en ik strompelde naar achteren. De borst van mijn vader was stil, zijn handen lagen er zwaar en levenloos op.

'Mejuffrouw, gaat u zitten,' zei Bruns terwijl hij een kruk achter me schoof. Even had ik de neiging erop neer te zakken. Maar toen draaide ik me spoorslags om en staarde de bediende verbijsterd aan. Wiens idee was dit geweest? Zeker niet het zijne!

'Bruns,' stamelde ik. 'Wat heeft dit te betekenen? Waarom hebt u me niet gewaarschuwd?'

Vurige haat vlamde in me op. Mijn vader was dood. En niemand had me daarop voorbereid. Niemand had geprobeerd het me voorzichtig te vertellen. De kamerbediende had me gewoon hierheen gebracht, onder het voorwendsel dat mijn moeder hier zou zijn. Het gezicht van de man werd eerst rood, vervolgens bleek en toen weer rood.

'Vergeef me, mejuffrouw, ik dacht...'

'Lieg niet tegen me!' voer ik uit. 'Waarom hebt u me niet gezegd dat mijn vader overleden is?'

De bediende hapte naar lucht en keek hulpzoekend rond.

'Dat was op mijn orders,' zei een stem achter hem. Het volgende moment zag ik haar. Bleek en eenvoudig in het zwart gekleed.

Moeder! Ik begon van top tot teen te beven. De tranen schoten me in de ogen.

'Ik wist niet dat je nu al zou komen, daarom heb ik het mezelf gepermitteerd weg te gaan.' Haar stem verried geen enkele emotie.

Mijn zicht werd wazig en mijn hoofd bonsde. Hoe kon mijn moeder zo wreed zijn? Hoe kon ze me zoiets aandoen? Ik was het liefst de kamer uit gelopen, maar mijn benen weigerden dienst. Bruns ving me net op tijd op en manoeuvreerde me op de kruk. Zodra ik ertoe in staat was, sloeg ik zijn hand weg. Bruns kromp in elkaar. Op zo'n reactie had hij niet gerekend.

'U kunt gaan, Bruns,' snauwde ik, waarop hij boog en de kamer verliet. Geknakt zat ik daar, met mijn blik gericht op mijn vader, de lege huls die van de eens zo trotse en sterke man was overgebleven. Ik werd verteerd door haat jegens mijn moeder en woede op de kamerbediende die me van kleins af aan had gekend en niet de moed had gehad om me te waarschuwen – al zou hij dan tegen een bevel van zijn mevrouw in zijn gegaan.

'Zoals ik je al schreef, is er een ongeluk gebeurd. In de grote stal is brand uitgebroken. Je vader en je broer hebben geprobeerd de paarden in veiligheid te brengen. Daarbij is het dak van de schuur boven hen ingestort.'

Ik bewoog niet. De woorden van mijn moeder waren als ijskoude waterdruppels die op een koortsige huid vielen: ze verlichtten niet, ze deden alleen maar pijn.

Ik wilde het liefst tegen haar schreeuwen en haar vragen wat ik had gedaan om haar tot een dergelijke wreedheid te brengen. Dat ze me niet persoonlijk had ontvangen om te vertellen dat mijn vader dood was, me te troosten en te wachten totdat ik gekalmeerd was voordat ik naar de opgebaarde werd gebracht, was het ergste wat ik ooit had meegemaakt. Het ergste wat ze me ooit had aangedaan.

'Je broer ligt in het ziekenhuis, de dokters doen wat ze kunnen,' vervolgde ze, zonder blijk te geven van een spoortje compassie. Alsof Hendrik haar zoon niet was. Had de dood van mijn vader haar van haar verstand beroofd?

Mijn broer leefde nog. Dat stelde me een beetje gerust, maar ik was nog steeds te verdoofd en te gechoqueerd om emoties te tonen.

Ik staarde naar mijn vader. Hij was dood. Dood. Het woord bleef in mijn geest hameren, en uiteindelijk knapte er iets in me. Maar in dit huis zou ik me pas aan mijn verdriet kunnen overgeven als ik alleen was.

Het waren geen tranen van verdriet die in mijn ogen opwelden.

Ik sprong op en keek naar mijn moeder. Ze was al in mijn kindertijd een ijskoningin geweest, wier liefde je vergeefs probeerde te winnen. Maar nu was ze een boze heks geworden. Ik wenste dat zij de schuur in was gelopen toen het brandende dak naar beneden kwam.

Mijn ogen vlamden van woede. 'Waarom hebt u het me niet verteld,' fulmineerde ik. 'Waarom hebt u me zonder enige waarschuwing naar deze kamer laten brengen?'

Stella Lejongård vertrok geen spier. Mijn moeder was wel altijd koel en beheerst, maar nu we te maken hadden met een groot verlies, begreep ik haar nog minder dan gewoonlijk.

'Ik kon je niet bereiken toen je onderweg was,' antwoordde ze nuchter alsof ze een boodschappenlijstje doorgaf. 'Je vader leefde nog toen ik je telegrafeerde.'

Dat mocht dan wel zo zijn, maar niets rechtvaardigde dat Bruns me zonder een woord te zeggen naar de dodenkamer had gebracht. 'U had me zelf moeten ontvangen,' antwoordde ik. Nu kwamen de tranen toch naar boven en ik kreeg een brok in mijn keel. 'Of u had me ten minste door August of Bruns moeten laten waarschuwen.'

De tranen bereikten mijn ogen en versluierden mijn blik. De brandende pijn in mijn borst werd haast ondraaglijk. Mijn vader was dood. Bezweken aan de verwondingen ten gevolge van de brand.

'U had me zelf moeten ontvangen!' herhaalde ik. 'U had het me moeten vertellen voordat ik hem zag! Wat bent u voor moeder?'

De beschuldigingen leken op een muur te stuiten. Mijn moeder deinsde niet eens achteruit toen ik ze haar in het gezicht slingerde. Ze bleef zwijgend staan, alsof ze broeide op een antwoord. Toen keek ze me aan, althans dat meende ik door de mist van tranen te zien.

'En wat voor soort dochter ben jij?' vroeg ze koeltjes. 'Je geeft allang niet meer om de familie! Je wilde je eigen zin doordrijven.'

Die woorden deden het verdriet in mij weer omslaan in woede. 'Dus dat is mijn schuld?' Ik wees naar mijn vader. Mijn stem sloeg over. Waarschijnlijk hoorden de meisjes het zelfs boven in hun kamers.

'Alleen omdat ik mijn eigen weg wilde gaan? We leven in de twintigste eeuw, moeder, niet meer in de middeleeuwen. Een stal vliegt niet in brand als een dochter niet aan de verwachtingen van haar ouders voldoet!'

Waarom moest ze daar weer over beginnen? Waarom dezelfde verwijten als altijd, ook nu, ten overstaan van de dood?

'Je vader hoopte dat je tot bezinning zou komen! Hij heeft op zijn sterfbed nog op je gewacht en gevraagd wanneer je kwam.'

Ontredderd staarde ik mijn moeder aan. Hoe kon ze? Pas nu voelde ik de schok die de aanblik van mijn dode vader bij me had veroorzaakt. Ik werd misselijk en kreeg geen lucht. Mijn knieën en handen trilden.

'Ik ben vertrokken zodra ik het telegram had gekregen,' wist ik uit te brengen, met dichtgesnoerde keel. Nu begreep ik waar ze op uit was en wat ze beoogd had door mij met mijn dode vader te confronteren.

Dat was in haar ogen vast een gepaste straf voor het feit dat ik me van mijn familie had bevrijd.

'Als je niet in Stockholm was geweest, had je geen lange reis hoeven te maken. Je had bij hem kunnen zijn.'

Haar stem klonk vast. Mijn vaders dood was voor haar gewoon een reden om me het vuur aan de schenen te leggen.

Opeens beklemde de ruimte me. Ik kon het niet meer verdragen om hier te zijn met mijn moeder die de lucht met haar beschuldigingen verpestte. Ik had het liefst ergens een klap tegen gegeven, maar mijn armen voelden krachteloos, en mijn hart deed pijn van verdriet en woede.

Wellicht deed ik nu precies wat ik vroeger ook had gedaan, maar om niet voor haar ogen in te storten stormde ik de kamer uit. Dat Bruns naast de deur stond en onze ruzie had meegekregen, kon me niet schelen. Ik moest ergens heen waar ik in alle rust kon huilen.

Ik stoof de overloop af en sloeg de gang in die naar de kinderkamers leidde. Vroeger holde ik altijd naar Hendriks kamer om bij hem bescherming te zoeken. Ook hij had er geen begrip voor gehad dat ik mijn eigen weg wilde gaan; hij had me echter wel gesteund.

Maar hij was er niet. Dus rende ik naar mijn kamer, gooide me op mijn bed en huilde zoals ik in geen tijden had gedaan.

3

’s Ochtends werd ik wakker in de vaste overtuiging dat de voorgaande dag slechts een droom was geweest. Zo een die je deed geloven dat wat je beleefd had realiteit was. Zulke dromen had ik nu en dan. Michael meende dat het kwam doordat ik te veel nadacht. Hij had me aangeraden die dromen uit te wissen door te schilderen.

Maar hoe moest ik de dood van mijn vader schilderen?

Terwijl die vraag nog steeds door mijn hoofd spookte, realiseerde ik me langzaamaan dat ik niet had gedroomd. Alles was echt geweest. Ik zat niet meer in de tochtige kamer op de begane grond in de universiteitswijk van Stockholm. De ramen waren hoog en het zonlicht dat door de heldere ruiten kwam streek warm over mijn gezicht. Ook de geur was anders. In plaats van terpentijn en vernis hing er een geur van lavendel en rozen in de kamer. Thuis. De plaats waarvandaan ik was weggelopen.

Ik lag op mijn bed, in de kleren die ik tijdens mijn reis had gedragen. Michael was niet bij me. Maar al te graag had ik hem nu in mijn armen genomen en zijn warmte gevoeld! Toen ik rechtop ging zitten, zag ik geen lege ezels en afgedekte doeken. Ik zag de open haard met de oeroude schilderijen, de kast waarin mijn baljurken sluimerden, en de zware gordijnen, die niet gesloten waren. De deken onder me rook een beetje muffig. Niemand had de kamer klaargemaakt. Het voelde koud en klam en ongastvrij aan. Maar langer dan tot na de begrafenis van mijn vader zou ik toch niet blijven.

Kreunend probeerde ik mijn ledematen in de juiste positie terug te krijgen. Op mijn buik slapen deed me geen goed, daarna had ik altijd vreselijke pijn in mijn rug.

Ik had net mijn warrige haar losgemaakt toen er op de deur werd geklopt. Ik keek verbaasd op, toen herinnerde ik me weer dat je nooit echt alleen was in dit huis. En dat het heel zeker niet mijn moeder was die kwam kijken hoe het met me ging.

Omdat ik niet had gebeld en het al na negenen was, wilden de dienstmeisjes weten of ik er nog was. Het affront van gisteravond had me er ook toe kunnen bewegen stiekem het huis uit te sluipen en naar het station te gaan.

'Binnen!' riep ik terwijl ik de mouwen van mijn jurk begon los te knopen.

Het eerste meisje dat binnenkwam, kende ik van mijn laatste bezoeken. Susanna droeg die dag haar blonde haar gevlochten tot een krans, waar ik vroeger de meisjes in het dorp altijd zo om had benijd. Ze was heel mooi en mijn moeder en Hendrik zouden moeten oppassen dat ze niet al vlug weg zou gaan omdat ze ging trouwen. Het meisje naast haar, bleek en klein met lange ledematen en een tenger lijf, kende ik niet. Met haar rossige haar en donkere, wat angstig kijkende ogen leek ze op een jonge mus die elk moment het raam uit kon fladderen.

'Goedemorgen, mejuffrouw, onze excuses dat we u komen storen. Mevrouw wil weten of u het ontbijt in uw kamer wilt gebruiken of naar beneden komt.'

Mevrouw... Ik moest me inhouden om niet te gaan lachen. Het maakte mijn moeder niet uit of ik iets at of niet. Omdat ik er nu eenmaal was en het personeel dat natuurlijk wist, dienden ze een bepaald decorum in acht te nemen. Daartoe behoorde de dochter des huizes te vragen waar ze haar ontbijt wilde nuttigen. Ik had liever gehad dat ze me het ontbijt gewoon hadden gebracht.

'Ik ga naar beneden,' antwoordde ik desondanks. De confrontatie met mijn moeder zou me toch niet bespaard blijven. Dan wilde ik haar liever manhaftig tegemoet treden.

'Zoals u wilt, mejuffrouw,' zei Susanna; ze leek haast opgelucht.

Het was voor bedienden altijd lastig om hun taken discreet uit te voeren als iemand zich de hele tijd in zijn kamer ophield.

'Dit is overigens Lena Tyske.' Susanna keek naar het andere meisje. 'Mevrouw wil graag dat ze u voortaan ter beschikking staat.' Haar opluchting maakte plaats voor verlegenheid. Toen ik verbaasd mijn voorhoofd fronste, voegde ze eraan toe: 'Lena is pas drie dagen op de hoeve, het is mogelijk dat ze haar taken nog niet helemaal correct kan uitvoeren. Maar ik zal proberen haar zo goed mogelijk in te werken.'

O, waaide de wind uit die hoek! Mijn moeder had me het jongste dienstmeisje toebedacht voor mijn persoonlijke verzorging. Dit scharminkeltje was hooguit veertien of vijftien, en ze zou niet gemist worden omdat ze toch niet zo veel omhanden had. Ik zou het met haar feilen moeten zien te redden of uiteindelijk alles zelf afhandelen. Daar leek mijn moeder op uit te zijn.

Maar het musje trof geen schuld. 'Bedankt, Susanna, dat is erg aardig van je. En Lena, ik weet zeker dat je je werk goed zult doen.'

'Moeten we u helpen met aankleden?' vroeg Susanna, nog steeds een beetje ongerust. De klok tikte. Als ik beneden wilde ontbijten, moest ik daar zo vlug mogelijk zijn. Mijn moeder zou fatsoenshalve moeten wachten, maar elke minuut zou ze onuitstaanbaarder worden en uiteindelijk moesten de bedienden dat bezuren.

'Nee, dat is niet nodig. Leg gewoon schone kleding voor me klaar. Ik ben van plan mijn broer te bezoeken.'

'U wilt zeker donkere kleding?'

Donkere kleding. Ik staarde haar geschrokken aan. Ja, natuurlijk, donkere kleding. Die ik in Stockholm niet had willen inpakken.

Vandaag zou mijn vader door de begrafenisondernemer in zijn kist worden gelegd. De herdenkingsdienst moest georganiseerd worden! Zaken waarbij de dochter des huizes moest helpen. Maar kon ik het bezoek aan mijn zwaargewonde broer uitstellen?

'Ja, natuurlijk, donkere kleding. Zwart.' Ik dacht even na en voegde eraan toe: 'Ik heb geen idee of ik iets geschikts heb, jij kent mijn garderobe waarschijnlijk beter dan ik. Ik heb niets donkers meegebracht. Als je niets geschikts vindt in mijn garderobe, vraag dan alsjeblieft aan Linda of mijn moeder mij iets kan lenen.'

De blik die de twee meisjes elkaar toewierpen sprak boekdelen. Als zij Linda, de kamenierster van Stella Lejongård, vroegen om iets uit haar kledingkast te halen, kon het zijn dat ze hun een versleten kledingstuk zou geven waarin ik me niet zou kunnen vertonen.

Linda had weliswaar nog nooit ruzie met me gehad, maar ze vereenzelvigde zich dusdanig met de sympathieën en antipathieën van haar mevrouw dat ze me net zo haatte als mijn moeder.

'Nou ja,' zei ik, 'als er niets geschikts in het zwart te vinden is, nemen jullie maar iets donkerblauws.'

Susanna permitteerde zich een verlegen glimlach. 'We zullen zien wat we kunnen doen.'

'Bedankt,' zei ik, gebarend dat ze konden gaan.

Ik besloot in een donkergrijze blouse en een donkere geruite rok aan het ontbijt te verschijnen. Niet geschikt als rouwkleding, en ook niet voor het bezoek aan mijn broer. Maar voor het ontbijt zou het volstaan, want in welk tenue ik ook verscheen, het veranderde niets aan mijn moeders mening over mij.

Aan de ontbijttafel, die overvloedig gedekt was, alsof mijn vader en Hendrik zo meteen van hun ochtendrit terug zouden komen, zat ze op haar gebruikelijke plaats.

'Goedemorgen, moeder,' zei ik en ik liep naar mijn stoel. Het verbaasde me bijna dat er geen gehavend of miskleurd serviesgoed op mijn plaats stond om me te laten zien dat ik hier niet meer hoorde. Maar toen bedacht ik dat zoiets hier niet bestond.

Een dienstmeisje, Marie, verscheen met een koffiekan. Een ogenblik bleef ik nog wachten op mijn vader of Hendrik, maar toen de koffie in mijn kopje stroomde werd me duidelijk dat het ontbijt begonnen was. Er werd nooit begonnen voordat alle familieleden aan tafel waren.

Ik had geen honger; de geur van de havermoutpap waar ik eigenlijk zo van hield, snoerde nu mijn keel dicht. Ook het gebak kon ik niet aanzien, want door de rode jamvulling deed het me aan een open wond denken. Maar de koffie was welkom. Die zou me de kracht geven om deze dag te doorstaan. Een tijdje kon je alleen het tikken van de staande klok van grootvader horen en het heel zachte klikklakken van de hakken van Marie. Voor de rest was het doodstil. Mijn moeder leek trek te hebben, want ze lepelde de pap uit haar schaaltje. Ze droeg zwarte, heel sobere kleding en ze had vandaag veel te doen. Ze moest de begrafenisondernemer instrueren, naar de tombe gaan en de overlijdensadvertentie naar de kranten sturen. Ik legde mijn hand om het koffiekopje, genoot van de warmte en nam de eerste slok. Zwart en ongezoet, zo had ik hem het liefst. Michael zei dat ik koffiedronk als een man. De meeste vrouwen wilden er room in en suiker, sommige zelfs specerijen. Maar dat was bij mij nooit zo geweest.

Ik keek naar mijn vaders plaats. Mijn moeder moest erop gestaan hebben dat er voor hem gedekt werd. Het ochtendblad lag onaangeroerd naast het bord. Ook op de plaats van Hendrik was gedekt. De aanblik daarvan bezorgde me een rilling over mijn rug.

'Hoe was je nacht?'

De woorden van mijn moeder weergalmden als een echo in mijn hoofd. Bijna verslikte ik me in mijn koffie. Toen ik opkeek, zag ik dat ze me aankeek. Geen liefdevol vragende blik, geen bezorgde blik. Haar ogen waren als zwarte parels en haar gezichtsuitdrukking star.

'Niet al te best,' antwoordde ik. Mijn gevoelens waren sinds vannacht niet veranderd. Ik was nog steeds verdrietig, maar ik voelde nu een doffe beklemming in mijn borst. Ik wist dat de pijn in golven zou terugkeren, die me zouden kunnen overspoelen, maar de zee was nu nog rustig.

Stella keek me even aan met haar parelogen, toen richtte ze haar aandacht weer op haar maaltijd. Ik had haar vraag meer in detail moeten beantwoorden. Ik had moeten zeggen dat ik had gehuild. Maar na het incident van gisteren kon ik dat niet.

'Ik ga op bezoek bij Hendrik,' zei ik ten slotte. 'Hij is toch in het ziekenhuis in Kristianstad?'

'Ja,' antwoordde mijn moeder terwijl ze haar kopje naar haar mond bracht, om niets meer te hoeven zeggen.

Ik besefte dat het beter was haar met rust te laten. Met mijn beslissing om naar Stockholm te gaan had ik de navelstreng doorgeknipt. Dat liet ze me duidelijk merken.

Voordat ik naar mijn kamer ging, besloot ik afscheid te nemen van mijn vader. Gisteravond was de slaap te snel gekomen en nu voelde ik de drang om hem nog een laatste keer te zien voordat hij in de houten kist verdween.

De deur van de dodenkamer leek reusachtig. Ik wist wat zich erachter bevond. Mijn vader kon niet meer met verwijten komen of eisen stellen. Maar ik had elk verwijt graag aangehoord als het betekende dat hij nog in leven was.

'Mejuffrouw,' sprak iemand me aan. Toen ik opzijkeek, stapte Arno Bruns uit de schaduw in de hoek naast de kamer.

'Goedemorgen, Bruns,' zei ik mechanisch, zonder ook maar een vleugje vriendelijkheid. Ik zou hem niet vergeven dat hij het bevel van mijn moeder had opgevolgd.

'Ik... ik wil me verontschuldigen voor mijn gedrag van gisteravond,' zei de kamerdienaar en hij boog zijn hoofd. 'Ik had u moeten waarschuwen. Ik had u een aanwijzing moeten geven. Ik...'

'U hebt het bevel van mijn moeder uitgevoerd. Daar is niets incorrects aan.' Zijn berouw raakte me.

'Vanuit dat standpunt bekeken inderdaad, maar... ik ken u sinds u klein was. Ik had tenminste een aanwijzing kunnen geven.'

Hij zweeg even en voegde er toen aan toe: 'Het spijt me. Als ik naar mijn overleden vader was gebracht zonder dat ik enige notie had, zou ik zeker zijn ingestort.'

Dat was ik ook, maar in mijn eentje in mijn kamer. Een Lejongård bewaarde in het openbaar altijd zijn zelfbeheersing.

'Het is al goed,' zei ik, en het klonk een beetje alsof ik een klein kind troostte. 'Ik neem het u niet kwalijk.'

De bediende knikte, maar hij leek niet opgelucht. Meer dan hem laten weten dat ik hem vergaf, kon ik niet doen, maar hij wist natuurlijk dat een uitlating van zijn meneer of mevrouw niet altijd letterlijk opgevolgd hoefde te worden.

'Ik wil mijn vader graag nog eenmaal zien,' zei ik. 'En daarna ga ik een bezoek brengen aan mijn broer. Kunt u doorgeven dat ik August en de koets nodig heb?'

'Zoals u wilt, mejuffrouw.' Hij maakte een kleine buiging en trok zich terug.

Ik draaide me weer om naar de deur, haalde diep adem en duwde de klink naar beneden.

De gordijnen waren half gesloten, alsof men vreesde dat mijn vader zou kunnen ontwaken. De smalle strook licht die door een raam stroomde streek over mijn vaders gezicht als een schijnwerper in een toneelstuk.

Ik ging naast hem op het bed zitten en probeerde er niet op te letten dat hij verkoold was en naar conserveringsvloeistof rook. Ik probeerde ook niet echt naar hem te kijken, uit angst dat ik dan zijn vreselijke verwondingen zou waarnemen. Het was voldoende hem vanuit mijn ooghoeken te zien. Weer welden er tranen op in mijn ogen, en ik kreeg een brok in mijn keel. Maar ditmaal was het anders. Het was geen schok meer, het was eerder een gelijkmatige pijn. Die viel niet te negeren, maar was te verdragen.

'Het spijt me, vader,' zei ik. Mijn stem galmde dof door de kamer. 'Het spijt me dat je je zo vaak aan me hebt moeten ergeren. Het spijt me dat ik een eigen wil heb. En dat ik er niet was. Maar ik rekende erop dat je zo oud als Methusalem zou worden. Ik dacht dat het altijd zo zou doorgaan. Vergeef me, ik was er niet op bedacht.'

Stilte volgde op mijn woorden. 'Ik wilde jullie het leven niet moeilijk maken. Dat wil ik nog steeds niet. Maar ik leef slechts één keer. We bevinden ons in een nieuwe eeuw, alles verandert zo snel. Ik vind niet dat we moeten blijven stilstaan. In elk geval niet wij, degenen van wie het leven nog niet vastligt. Hebt u niet ook tegen uw moeder gerebelleerd?'

Helaas had mijn vader nooit veel over onze grootouders verteld. Onze grootmoeder was een in het zwart geklede norse oude vrouw, die zelden meer sprak dan noodzakelijk was. Het enige boek dat voor haar van belang was geweest, was de Bijbel en ze had er streng op toegezien dat Gods wet werd nageleefd. Uitbundige vreugde kon je niet van haar verwachten, ze had alles bewaard voor het paradijs. Voor ons kinderen leek ze altijd een beetje onheilspellend. Ik vroeg me af of je tegen zo'n vrouw zou rebelleren. Mijn vader had altijd orde betracht en ik wist niet zeker of hij echt iets zou hebben gedaan waardoor het gezicht van zijn moeder nog meer zou kunnen betrekken.

'Nou, misschien hebt u dat niet gedaan. Dus nogmaals: het spijt me. Ik kan niet beloven dat ik zal worden zoals u het zou wensen, maar ik kan u verzekeren dat ik mijn pad in het leven volg en mijn geluk vind. Op de een of andere manier.'

Een zacht geluid maakte dat ik ophield. Ik keek naar de deur. Het had geklonken alsof iemand hem open had gedaan. Was het Bruns? Of mijn moeder, die haar man nog een keer wilde zien? Ik achtte dat onwaarschijnlijk, maar wist het niet zeker.

Degene die de kamer in had gewild, leek van gedachten te zijn veranderd. De voetstappen voor de deur waren heel zacht, geen wonder dat ik ze tijdens mijn monoloog niet had gehoord. Uiteindelijk verdwenen ze.

Ik stond op en keek recht naar mijn vader. 'Ik beloof u dat ik er zal zijn voor Hendrik en de Leeuwenhof. Op mijn manier, maar ik zal er zijn.'

Die belofte hielp hem niet meer, maar mij wel. Ik voelde me een beetje rustiger en de pijn in mijn borst was niet meer zo hevig.

4

De rit naar Kristianstad verliep net zo hobbelig als mijn terugkeer naar de Leeuwenhof, ook al deed August nog zo zijn best de gaten te ontwijken die de winter in de weg had geslagen. Ergens wenste ik dat onze familie een automobiel bezat, die ik in Stockholm al vaker had gezien. Maar mijn vader was van mening dat paard-en-wagen de beste vorm van privévervoer was. Toen we bij het ziekenhuis aankwamen, was ik blij dat ik kon opstaan en gaan lopen.

'Ik blijf ongeveer een uur, rust maar een beetje uit en kijk wat rond,' zei ik tegen August, die me met grote ogen aankeek nadat hij me uit de koets had geholpen.

Ik wist waarom. Mijn moeder gaf hem nooit vrij wanneer ze boodschappen deed. In het slechtste geval moest August als pakezel dienstdoen.

'Uitstekend, mejuffrouw.'

Ik knikte naar August, toen nam ik mijn tasje in mijn handen en draaide me om naar het ziekenhuis, een hoog rood bakstenen gebouw met grote ramen.

Er waren twee ingangen, een aan de voorkant voor bezoekers en patiënten die konden lopen, en een aan de achterkant, waar bedlegerige patiënten per koets werden afgeleverd. Ik kende het ziekenhuis van bezoeken met mijn ouders, die al decennialang bijdroegen aan de medische vooruitgang en zich met dit ziekenhuis en de directeur, professor Lindström, bijzonder verbonden voelden. Aangezien mijn familie jaarlijks een genereuze donatie aan het ziekenhuis deed toekomen, verscheen hij vaak op onze avondrecepties of bij privéaudiënties waarin hij mijn vader vertelde waaraan het geld werd gespendeerd.

Als kind waren Hendrik en ik stiekem weggeglipt wanneer we bij inspecties naar het ziekenhuis werden meegenomen. We liepen dan naar de achteringang om te kijken hoe de patiënten werden afgeleverd. Soms zagen we inderdaad twee broeders iemand op een brancard uit een koets halen. Sommigen jammerden van de pijn, anderen waren volkomen apathisch. Enkelen van hen hadden verwondingen, sommigen zagen knalrood, anderen waren lijkbleek. We hadden altijd geprobeerd te raden wat de betrokken persoon had, ondanks onze beperkte schat aan ervaring. Degenen met zichtbare verwondingen hadden een ongeluk op een bouwplaats gehad, die met een rood gezicht hadden roodvonk en de bleekscheten hadden blindedarmontsteking. Nu huiverde ik bij de gedachte dat de broeders Hendrik door de achterdeur hadden binnengebracht.

Bij de receptie vertelde een zuster me dat mijn broer in kamer zeventien lag, maar dat professor Lindström me eerst wilde spreken. Blijkbaar was daarover in het register waarin de inschrijving en het ontslag van patiënten werden bijgehouden een aantekening gemaakt.

Ik ging naar de spreekkamer van de arts, maar op mijn kloppen kwam geen antwoord. De stoelen in de wachtkamer waren leeg, dus ging ik zitten en keek uit het raam. Dat bood uitzicht op het park, waar patiënten aan het wandelen waren; sommigen van hen werden vergezeld door een zuster. Ik wenste dat Hendrik ook al daarbeneden zou zijn, dusdanig hersteld dat hij van de zon kon genieten en grapjes maken over zijn toestand. Voetstappen rukten me uit mijn wensdroom. Ik keek opzij.

Professor Lindström was een lange, tanige man die me altijd deed denken aan onze koning Gustaaf v. Die was ook lang en mager, en net als hij kweekte de professor een volle baard met een snor met omhoog gekrulde punten. Lindström droeg een stapel dossiers onder zijn arm. Uit de zak van zijn witte jas stak een stethoscoop. Blijkbaar had hij net zijn rondes gelopen. Toen de dokter me zag, verstijfde hij.

'Juffrouw Lejongård,' zei hij nadat hij zich had hersteld en hij stak zijn hand uit. 'Het is u gelukt uit Stockholm terug te komen.'

'Ja, ik ben zo snel mogelijk gekomen. Hoe gaat het met mijn broer?'

De man perste zijn lippen op elkaar en keek me ernstig aan. 'Dat kunnen we maar beter in mijn kantoor bespreken. Is uw moeder ook aanwezig?'

'Nee, ze is bezig met het organiseren van de begrafenisplechtigheid van mijn vader.'

'Nu, volgt u me dan alstublieft.'

Gelukkig was ik zevenentwintig en daardoor volwassen voor de wet. Bij afwezigheid van mijn moeder en broer mocht ik in het openbaar de familiebelangen vertegenwoordigen. En ik mocht trouwen met wie ik wilde. Eigenlijk. Want in adellijke families tikte het klokje anders en werd nog steeds verwacht dat je toestemming van je ouders kreeg.

Het kantoor van de professor was een grote, imposante ruimte met hoge ramen die aan een kerk deden denken. De ruiten waren gemaakt van gekleurd glas-in-lood, dat in symmetrische patronen was gerangschikt: hier en daar kleine bloemen, die werden afgewisseld met witte en gele vlakken. De zon wierp een gekleurd patroon als een lappendeken op het in de was gezette parket. De planken met de zware folianten en dossiers daarentegen leken sinister en bedreigend.

Ik was hier niet vaak geweest, maar elke keer had ik me afgevraagd welk doel het skelet naast het raam diende. Iedereen die binnenkwam duidelijk maken dat de dood een vaste gast was in het ziekenhuis? Of hem op zijn eigen sterfelijkheid wijzen?

'Zoals u misschien al weet, is uw broer gisteren rond half tien bij ons binnengebracht. Hij had tweede- en derdegraads brandwonden, bovendien zwaar letsel door het puin dat op hem was gevallen. En hij lijdt ook aan rookvergiftiging, maar dat is nog het gemakkelijkst te behandelen.'

Bij het idee dat het rijtuig met mijn broer erin over de hobbelige weg had gejakkerd, werd ik misselijk. En die misselijkheid werd erger toen ik aan de brandwonden dacht. Mijn knappe broer bedekt met brandwonden!

'We hebben meteen geprobeerd de rook uit zijn longen te verwijderen door hem zuurstof toe te dienen. De botbreuken zijn gespalkt, maar we maken ons zorgen over de brandwonden. Voor zover dat mogelijk was hebben we er zalfverbanden op gedaan.'

Het liefst was ik weggerend. Ik voelde een vreselijke druk op mijn borst, speeksel verzamelde zich in mijn mond, alsof ik ging overgeven. Koud zweet parelde op mijn voorhoofd. Ik klampte me vast aan de armleuningen van de stoel. Ik wilde niet bezwijken. Ik moest Hendrik zien! Professor Lindström merkte mijn toestand op en zweeg een moment tactvol. Toen ik mezelf bij elkaar had geraapt, vroeg ik: 'Hoe is het nu met hem? Is hij bij bewustzijn? Mag ik hem zien?'

'Ja, hij is wakker, maar u kunt beter niet zo gekleed naar hem toe gaan.'

Ik trok mijn wenkbrauwen op. De misselijkheid was nog niet over, maar verdween nu door wat hij zei.

'Zo gekleed?' Ik keek langs mijn lichaam naar beneden. Susanna en Lena waren erin geslaagd een acceptabele donkere rok en een zwarte blouse met ruches te vinden, die ik onder een kort zwart jasje met pofmouwen droeg. Dat laatste kwam van mijn moeder. Het verbaasde me dat Linda het aan mij had afgestaan. Die gedachte zette ik samen met de wrok jegens mijn moeder opzij.

'U draagt rouwkleding,' zei de dokter.

'Ja, mijn vader is gisteren overleden.'

Voor de professor leek dat geen verrassing te zijn. 'Gecondoleerd,' zei hij, en hij voegde eraan toe: 'Onder deze omstandigheden is het natuurlijk begrijpelijk en passend, maar... uw broer... Ik denk dat het niet verstandig is hem te laten weten dat uw vader dood is.'

'O!' ontschoot me, toen zakte ik achterover tegen de stoelleuning.

'Uw moeder heeft erop aangedrongen dat wij hem, hoe dan ook, in het ongewisse laten over het lot van uw vader, tenminste tot er vooruitgang zit in zijn genezing. Het is gezien zijn brandwonden een wonder dat hij de nacht heeft overleefd. Het zou te riskant zijn om zijn herstelproces op het spel te zetten door hem met de verschrikkelijke waarheid te confronteren.'

Ik moest die woorden eerst verwerken. Mijn broer was te zwaar gewond om hem de waarheid te kunnen vertellen!

'Hoe ernstig zijn de brandwonden?' vroeg ik. Ik herinnerde me dat er in Stockholm kort na mijn aankomst een brand in onze wijk was geweest. Een vrouw was uit de vlammen gered. Er werd gezegd dat haar lichaam voor meer dan de helft was verbrand. Ze had het niet gehaald.

'Ongeveer vijfendertig procent van zijn lichaam is aangetast.' De dokter haalde diep adem. 'Zoals ik al zei, is het een wonder dat hij de nacht heeft overleefd. Misschien komt dat doordat vooral zijn ledematen zijn aangedaan. De brandwonden op de romp zijn lichter omdat uw vader hem met zijn lichaam probeerde te beschermen.'

Mijn vader had geprobeerd hem te beschermen. Die woorden echoden door mijn hoofd. Ik zag hem weer voor me, bleek, zijn gezicht met een vreemde pasta bedekt. Zijn handen waren niet verminkt geraakt, als ik het me goed herinnerde, maar de pasta had de brandwonden bedekt die hij in zijn gezicht had opgelopen. Ik verdrong het beeld voordat het me in tranen zou doen uitbarsten.

'Ik heb geen andere kleding meegenomen, want ik was nog niet op de hoogte van de toestand van mijn broer,' hoorde ik mezelf uiteindelijk zeggen. Ik hoopte dat het verwijt in de richting van mijn moeder niet al te duidelijk doorklonk. 'Maar ik wil graag naar hem toe. Het zal hem troosten om me te zien, we hebben altijd een goede band gehad.'

Ik zag dat de dokter met zichzelf worstelde, dat hij afwoog hoe schadelijk mijn zwarte kleding voor de gesteldheid van mijn broer zou zijn. Toen kreeg ik een idee.

'Is het misschien mogelijk mij verpleegsterskleding te geven?'

vroeg ik. 'Op zijn minst een rok en een blouse? We zouden mijn broer kunnen vertellen dat dit nodig is om geen straatvuil in zijn wonden te laten komen.'

De dokter keek me verbaasd aan en knikte toen. 'Dat is een goed idee, juffrouw Lejongård. Wacht u even, ik zal voor het nodige zorgen.' Daarna stond hij op en verdween wat al te snel uit de kamer. Hij leek blij te zijn weg te mogen. In elk geval hoefde ik niet lang op verpleegsterskleding te wachten.

De volgende momenten kwamen onwerkelijk op me over. Achter het scherm in de spreekkamer van de dokter veranderde ik mezelf in een ander mens. In een witte engel voor mijn broer. Ik had nooit veel nagedacht over welk beroep ik zou hebben gekozen als ik in andere omstandigheden was opgegroeid. Ook burgerdochters gingen niet werken; net als adellijke dochters wachtten ze op een man die met hen trouwde en hun, in ruil voor kinderen en de zorg voor het huishouden, een goed leven bood. En toch bestonden ze, verpleegsters, vroedvrouwen, dienstmeisjes, naaisters, secretaresses en leraressen.

Even later bekeek ik mezelf in de spiegel. Voor het eerst van mijn leven droeg ik het uniform van een werkende vrouw, en ook al was ik niet van plan verpleegster te worden, het beviel me. Ik vond het alleen onaangenaam dat ik het droeg om Hendrik te misleiden. Als ik zwaargewond was en de dood nabij, zou ik dan niet de waarheid willen weten? Als kind hadden Hendrik en ik het vreselijk gevonden wanneer volwassenen iets voor ons verzwegen of verhulden – vaak genoeg kwamen we toch achter de waarheid, al moesten we hen daarvoor afluisteren. Maar als de dokter dacht dat het Hendriks toestand nadelig kon beïnvloeden als hij van vaders dood hoorde, zou ik proberen zo goed mogelijk toneel te spelen. Van de zuster die me naar Hendriks kamer bracht, verschilde ik alleen doordat ik geen schort en geen kapje droeg.

Mijn broer was, zoals het zijn stand betaamde, in een eenpersoonskamer ondergebracht.

'Schrikt u niet alstublieft,' zei de verpleegster. 'In eerste instantie kan de aanblik een schok voor u zijn. Mocht u onwel worden, dan belt u gewoon, er zal dan een zuster komen om u te helpen.'

Bellen? Was er in de kamer een schellekoord zoals bij ons thuis? Of stond er een belletje op het nachtkastje? De zuster tastte in de zak van haar schort.

'Hier is China-crème. Voor het geval dat de geur ondraaglijk wordt.'

Haar woorden maakten me bang. Bovendien keek ze me aan alsof ze zelf moeite had kalm te blijven, terwijl ze toch aan de aanblik van gewonden gewend was. Ik knikte, ademde diep door en sloot mijn hand rond het kleine blikje waarop een vrolijk kijkende Chinees stond afgebeeld.

Toen opende ik de deur. Afgezien van een metalen kast, een stoel en het grote metalen bed, was er geen meubilair. Een schilderij met een saai zeegezicht hing boven het bed, niet zichtbaar voor de patiënt. De inrichting was uiterst smakeloos, en er stonden niet eens bloemen op het nachtkastje naast het bed.

De verpleegster had niet overdreven; de geur in de kamer was onbeschrijfelijk, en dat terwijl het raam op een kier stond. Ik was gewend aan de stank van urine; in de buurt in Stockholm waar ik woonde, nam men het niet zo nauw met de hygiëne. Maar iets als dit had ik nog nooit geroken. Mijn maag leek omhoog te komen, en ik pakte vlug de crème. De muntgeur was sterk, maar beter dan de lucht van verbrand vlees en etterende wonden. Ik negeerde de smeersporen in de crème en wreef wat onder mijn neus.

De aanblik van mijn broer was eveneens angstaanjagend, maar niet zo erg dat het niet uit te houden viel. Nadat ik mijn vader dood en met gecamoufleerd gezicht had gezien, was het bijna een opluchting te ontdekken dat Hendriks borst omhoog en omlaag ging. En dat er bloed en andere vloeistoffen door het verband sijpelden. Hij was niet dood, al kon je hem onder al dat gaas nauwelijks zien. Zijn armen en benen waren aan een rek vastgemaakt zodat de wonden niet verder opengereten konden worden als hij ze bewoog. Het leek bijna alsof hij boven het bed zweefde. Die houding moest vreselijk ongemakkelijk zijn, maar alleen zo konden de wonden en zijn huid genezen.

Zijn gezicht was tenminste vrijwel ongeschonden gebleven. Hij had een verband om zijn voorhoofd en een kras op zijn wang, maar hij was nog steeds te herkennen als mijn broer. Hendrik hield zijn ogen gesloten. Had hij gemerkt dat ik binnenkwam?

'Hendrik?' vroeg ik, en ik strekte mijn hand naar hem uit om zijn wang te strelen. Die voelde warm aan, alsof de hitte van het vuur nog steeds onder zijn huid zat. Maar ik wist dat het koorts was. Met zulke ernstige brandwonden was dat niet verwonderlijk.

Het duurde een tijdje, maar uiteindelijk gingen zijn ogen knipperend open. De wimpers waren verkleefd, ook leek hij aanvankelijk gedesoriënteerd. Toen zag hij mij en werd zijn blik helder.

'Hallo broer,' zei ik glimlachend, hoewel ik het liefst in tranen zou zijn uitgebarsten.

'Neta,' zei hij zwakjes. Mijn koosnaampje uit mijn jeugd.

'Ja, ik ben het. Ik ben er.'

Hendrik probeerde te glimlachen, maar er was iets waardoor die glimlach bevroor.

'Sinds wanneer ben je hier?' vroeg hij.

'Sinds gisteravond,' antwoordde ik.

Ik barstte bijna uit elkaar, ik had hem zo graag verteld wat moeder had gedaan. Wat er was gebeurd en hoe ik Stella Lejongård haatte. Maar dan had ik moeten onthullen dat vader dood was. En dat mocht in geen geval.

'Moeder heeft me een telegram gestuurd en ik ben onmiddellijk vertrokken. Maar je weet dat het lang duurt om van Stockholm hierheen te komen. De trein rijdt steeds langzamer naarmate hij verder naar het zuiden gaat.'

'Ja, dat klopt,' zei Hendrik. Het klonk niet echt als een lach, maar hij vertrok zijn mond tot een glimlach.

'Hoe gaat het met vader?' vroeg hij. Dat was de vraag die ik had gevreesd.

'Nou, hij...' ik haperde. Alles in me verzette zich om tegen mijn broer te liegen. Maar de waarheid kon hem zijn herstel kosten.

'Ze zeiden dat hij hier was,' voegde hij eraan toe. 'Hij zou op een andere afdeling liggen.'

Een koude rilling liep over mijn rug. Het leek erop dat vader het niet eens tot het ziekenhuis zou hebben gered. Met moeder had ik het niet over de details willen hebben, daar was ik te kwaad voor. Maar blijkbaar had de dokter die gekomen was om eerste hulp te verlenen afgeraden hem naar het ziekenhuis te vervoeren. Ze hadden hem thuis laten sterven. Hendrik had het niet meegekregen, waarschijnlijk was hij bewusteloos geweest.

'Hij...' begon ik, maar ik kon verder geen geluid uitbrengen. 'Met hem gaat het beter,' dwong ik mezelf eindelijk te zeggen, omdat iedere verdere aarzeling bij hem het vermoeden kon oproepen dat er iets niet klopte. 'Hij... hij heeft geen pijn meer.'

Het volgende moment besefte ik dat dit eigenlijk iets te veel was. Van de doden werd altijd gezegd dat ze geen pijn meer hadden.

Maar mijn broer leek opgelucht. 'Dat is mooi. Waarschijnlijk heeft hij het beter getroffen dan ik.'

'Nou, waarschijnlijk komt het door de medicijnen die hij krijgt.'

Nu hij de leugen had geslikt en wat rustiger leek, viel het me makkelijker om meer te verzinnen.

'Hij is net zo zwaargewond als jij, tenslotte wilde hij je beschermen. Dat is althans wat de dokter me heeft verteld.'

Hendrik perste zijn lippen op elkaar en zoog trillend de lucht door zijn neus naar binnen. Misschien moest ik niet overdrijven met mijn verhaal.

'De brand brak ineens uit,' verklaarde hij. 'Vader was net terug van zijn ochtendrit. Hij heeft geprobeerd het vuur te doven, maar het greep te snel om zich heen. We hebben de paarden naar buiten gejaagd...'

Hij nam een korte pauze om op adem te komen en vervolgde: 'Hij had de schuur uit moeten gaan toen ik het hem zei. Er waren nog maar een paar paarden binnen, die hadden we kunnen missen. Nu zitten we met de ramp dat hij noch ik de komende tijd voor het landgoed kan zorgen. Afgezien van het feit dat we jou en moeder verdriet bezorgen.'

Het zweet liep langs zijn slapen. Praten moest hem vreselijk veel inspanning kosten. Ik legde mijn vingertoppen op zijn wang, omdat ik zijn lichaam niet durfde aan te raken; de angst dat ik hem pijn zou doen was te groot. Ik voelde hem sidderen onder mijn aanraking.

'Shhh,' deed ik. 'Rustig maar. Het komt allemaal goed. Moeder en ik kunnen het wel aan. En vader moest je beschermen. Jij bent zijn zoon.'

Hendrik ontspande weer een beetje. Even betrapte ik me erop dat ik zelf geloofde wat ik zei.

Het zou allemaal goed komen. Mijn broer nam even tijd om zijn kracht te hervinden. Toen draaide hij zijn hoofd een beetje om me beter aan te kunnen kijken.

Dat ik witte kleren droeg, leek hem te ergeren. Ik raadde zijn gedachten en zei: 'De dokter heeft me verzocht me om te kleden. Het is vanwege het vuil aan mijn kleding. Ze willen niet dat daarvan iets in jouw wonden komt.'

Bij Hendrik schemerde een glimlach door. 'Dat zei mevrouw Bloomquist ook altijd. Weet je nog, van vroeger? Toen ik me aan die pan water had gebrand?'

Ik knikte en vocht tegen mijn tranen. Een brandwond door een beetje water had ons toen een ramp geleken, maar het noodlot brengt de mens soms nog ergere slagen toe waarbij al de voorafgaande verbleken.

Hendrik keek me een poosje aan en richtte zijn blik even op het raam, waarvoor de donkere takken van de linden zachtjes wiegden in de wind. 'Nu zien moeder en vader dat je wel om ze geeft.'

'Dachten ze dan echt dat het me onverschillig liet?' vroeg ik. Gek genoeg was het niet meer zo erg om te praten over wat mijn ouders van me vonden.

Nog maar een paar maanden geleden had ik mezelf bezworen me bij geen enkel feest van mijn ouders meer te laten zien. Met Kerstmis, dat zoals altijd met veel bezoekers werd gevierd, had mijn moeder het zich weer gepermitteerd een paar huwelijkskandidaten met hun ouders uit te nodigen. Dat zou op zich geen reden tot onenigheid zijn geweest, omdat ik zoiets voortdurend meemaakte bij openbare gelegenheden. En het lukte me altijd om me uit de strop te bevrijden.

Maar een van de kandidaten was Daniel Oglund. Zijn vader, Pelle Oglund, was lid van de Raad van State en verdedigde de stelling dat vrouwen niet geschikt zijn om een functie bij de overheid te bekleden en dat men er goed aan zou doen op grond van hun gebrek aan intellectuele volwassenheid hun fundamentele rechten te beperken. Hij sprak niet alleen denigrerend over de suffragettes, maar ook over vrouwen die een eigen wil hadden in het algemeen. Ik had kunnen doen alsof ik die provocatie niet hoorde, maar uiteindelijk kon ik het niet meer verdragen en sprak ik hem erop aan. Ik beschuldigde hem ervan uit mannelijke arrogantie te negeren voor welke maatschappelijke verworvenheden vrouwen hadden gezorgd.

'Neem Marie Curie!' voer ik tegen hem uit. 'Beschouwt u haar ook als zwakzinnig? Of professor Kowalewskaja, die een leerstoel voor wiskunde had in Stockholm? Als dat zo is, verkeert u in goed gezelschap; August Strindberg hield hen voor wangedrochten. Als u tenminste weet wie Strindberg was.'

Mijn gezicht gloeide. Misschien had ik te veel gedronken, maar die man in zijn slecht zittende frak maakte me razend.

'Ik vind niemand een gedrocht,' probeerde hij me met een onzekere blik naar mijn vader te sussen. 'Ik zei alleen dat vrouwen niet geschikt zijn om belangrijke posities te bekleden.'

Daarmee gooide hij nog meer olie op het vuur.

'U staat hier en beroemt u op een post die u waarschijnlijk hebt gekregen omdat iemand een goed woordje voor u heeft gedaan' antwoordde ik.

Ik wist dat ik te ver ging, maar ik voelde me strijdlustig en wilde dat ventje en zijn familie laten zien op wie ze hun hoop vestigden.

'Er zijn waarschijnlijk tientallen, zo niet honderden vrouwen in het land die beter geschikt zijn dan u, maar die nooit aan de beurt komen omdat u in uw herenclubs steeds ijverig vasthoudt aan het standpunt dat wij vrouwen inferieur zijn! Zijn wij ook inferieur als u en uw vrienden hun vrouw of geliefde beklimmen?'

Op dat moment sprong mijn vader uit zijn vel. Hij begon tegen me te schreeuwen en probeerde me als een klein kind naar mijn kamer te sturen. Natuurlijk weigerde ik en in plaats daarvan vroeg ik hem of hij Daniel niet wilde adopteren, nu hij toch al probeerde hem via een huwelijk de familie binnen te halen ter vervanging van zijn inferieure dochter.

Mijn vader werd zo rood als een biet, toen pakte hij me vast en sleurde me de balzaal uit. 'Hoe durf je!' foeterde hij. 'De Oglunds zijn onze gasten! Hoe kun je hen zo beledigen? Heb jij je goede manieren in Stockholm achtergelaten? Ben je een straatmeid geworden?'

'Hebt u hem niet gehoord, vader?' bitste ik terug. 'Hij vindt vrouwen zoals ik zwakzinnig en achterlijk. Hij heeft uw dochter beledigd! Hoe kunt u hem bijvallen! En mij ook nog een straatmeid noemen!'

'Omdat hij gelijk heeft!' reageerde hij nijdig. 'De plaats van een vrouw is niet op de universiteit of op welke post dan ook. God heeft vrouwen slechts voor één ding uitverkoren. En een vrouw heeft een man nodig, anders is ze niet veel meer dan een...'

'... een lichtekooi, toch? Dus zo denkt u over mij? Dus ik dien mijn talenten overboord te gooien voor een saai leven in een of ander landhuis, waar ik dan op mijn veertigste afgeleefd ben en stiekem aan de drank?'

'Je vergeet dat je in zo'n landhuis bent geboren!'

'Dat vergeet ik niet,' siste ik, trillend over mijn hele lichaam. 'Maar als mijn eigen vader gelooft dat ik niet geschikt ben om mijn leven in eigen hand te nemen, als hij denkt dat ik een lichtekooi ben omdat ik iets van mezelf wil maken, dan wens ik niet in een huis als dit te zijn geboren.' Met die woorden draaide ik me om en rende naar boven. Heimelijk hoopte ik dat hij naar me toe zou komen om zich te verontschuldigen. Dat moeder zou verschijnen en me moed zou inspreken. Maar er gebeurde niets van dien aard. Niemand sprak met me, ik werd aan mijn lot overgelaten. Op tweede kerstdag was de sfeer zo ijzig dat ik zonder afscheid te nemen vertrok. De enige met wie ik contact hield was Hendrik. Hij schreef me wat voor een rel er in de nasleep nog was geweest.

Nu had mijn vader geen mogelijkheid meer om zijn wrok jegens mij te herzien, en mijn moeder... zij, die er altijd op bedacht was in gezelschap niet hinderlijk op te vallen, en voor wie het oordeel van andere huizen heilig was, zou mij de belediging die ik me gepermitteerd had nooit vergeven. Net zomin als het feit dat ik geprobeerd had uit te breken uit het leven op de Leeuwenhof.

'Ze hadden soms het vermoeden dat je alle schepen achter je wilde verbranden,' haalde de stem van Hendrik me uit mijn herinneringen. 'Je bent immers meerderjarig en hoeft aan niemand verantwoording af te leggen. Maar je bent er, en nu moeten ze wel inzien dat ze het bij het verkeerde eind hadden.' Hendrik pauzeerde even, toen zei hij: 'Ik zou zo graag je hand willen vasthouden, maar op het moment heb ik het gevoel dat ik geen handen heb.' Weer probeerde hij te glimlachen; daarin slaagde hij nog minder dan bij de vorige poging.

'Ze zijn er nog steeds. En je zult er weer mee aan de slag kunnen,' beloofde ik, al verkeerde ik niet in de positie hem dat in het vooruitzicht te kunnen stellen. Hij knipperde vermoeid met zijn ogen. 'Ik ben moe,' verklaarde hij. 'Kom je me weer opzoeken? Of ga je meteen terug naar Stockholm?'

'Ik blijf voorlopig hier, en natuurlijk kom ik,' beloofde ik en ik probeerde een huivering te onderdrukken. Ik kon niet naar Stockholm gaan, ook al wilde ik dat het liefst. Vaders begrafenis zou de komende dagen plaatsvinden. Zolang was ik gedwongen te blijven.

Maar Hendrik wist daar niets van. Hij was gewoon blij dat hij me weer gauw zou zien.

'Dat is fijn,' zei hij. 'Dan moet je me vertellen hoe het op de academie gaat. En of je een aanbidder hebt.'

Bij mijn laatste bezoek had ik niets over Michael verteld, zelfs niet aan Hendrik. Ik had me al moeten wapenen tegen de storm thuis en wilde het allemaal niet erger maken door het over een onaanvaardbare minnaar te hebben.

'Weet je, de docenten zijn streng, en ik heb veel te doen. Dan blijft er niet veel ruimte over voor liefde en mannen,' antwoordde ik. 'Dat ken jij toch ook? Vader houdt je vast strak.'

'Ja, dat... is zo.'

Hendrik stond op het punt in slaap te vallen.

'Rust nu maar, ik zal je morgen alles vertellen wat je wilt weten.'

Ik boog me over hem heen en kuste hem op het kleine stukje voorhoofd dat ongeschonden was gebleven.

Toen draaide ik me om naar de deur.

'Neta?' klonk het vragend achter me.

Ik bleef staan. Paniek beving me en ik merkte dat ik mijn zelfbeheersing dreigde te verliezen. Hevige onpasselijkheid overviel me en het koude zweet brak me uit. Met moeite raapte ik mezelf bij elkaar en draaide me om. Ik wilde niet bij Hendrik weggaan zonder hem te laten zeggen wat hij op zijn hart had.

'Ja?' Ik liep weer naar zijn bed, want ik merkte dat het spreken hem steeds meer kracht kostte.

'Als ik het niet haal...' begon hij en het liefst had ik hem de mond gesnoerd. Hij moest het halen, dat moest!

'Zeg dat alsjeblieft niet!' hijgde ik en ik raakte het onbeschadigde deel van zijn gezicht aan.

'Neta,' zei hij en hij slikte zwaar; zijn mond was droog. 'Alsjeblieft, luister naar me.'

Ik knikte, maar zou het liefst zijn gevlucht. Mijn fantastische broer mocht niet doodgaan! En hij mocht zeker niet opgeven.

'Als ik het niet red, moet jij mijn plaats in de familie innemen. Ik weet dat je liever een voet zou afhakken, maar jij bent de laatste Lejongård! Na mij ben jij de erfgenaam.'

'Je mag niet opgeven, hoor je!' zei ik in tranen. 'Je mag me niet in de steek laten.'

Hij slikte opnieuw. 'Dat ben ik niet van plan. Maar als het gebeurt, wil ik dat je de leiding van het landgoed op je neemt. Ik weet dat je andere plannen hebt. Je wilt beroemd worden als schilderes. Maar je weet evengoed dat je hier thuishoort. Dat je deel uitmaakt van de hoeve. Van onze familie. Alsjeblieft, laat die niet in de steek, ja?'

Hij keek zo smekend naar me dat ik hem alles zou hebben beloofd. Pas het volgende moment begreep ik wat hij van me verlangde.

'Je weet dat ik bijna alles voor je zou doen,' zei ik en ik pakte zijn verbonden hand en drukte die tegen mijn wang. 'Maar...'

'Geen gemaar, Neta, alsjeblieft!' Hij huiverde licht. 'Beloof me dat je naast het schilderen ook voor het huis en het landgoed zult zorgen. Voor onze ouders. Je weet hoe na me dat aan het hart ligt.'

'Lig ik jou dan niet na aan het hart?'

'Natuurlijk, zusjelief. Ik hou meer van jou dan van wat dan ook. Dat is waarom ik wil dat jij van het landhuis je thuis maakt. Het is je bestemming.'

Hendrik werd steeds rustelozer. Hij leek haast wanhopig. Ik voelde me verscheurd. Ik wilde hem niet een belofte doen die ik niet kon houden. Maar ik wilde hem ook niet overstuur maken.

'Onder één voorwaarde,' zei ik uiteindelijk.

'En dat is?'

'Dat je weer beter wordt,' zei ik. 'Als jij op een gegeven moment sterft, zal ik bijspringen, maar niet nu. Je bent nog zo jong en hebt nog zo veel plannen. Ik weiger die last van je af te nemen zodat jij je uit de voeten kunt maken.'

Een glimlach gleed over zijn gezicht. 'Het is dus ja.'

'Nee. Toch wel. Ik beloof je dat ik voor de Leeuwenhof zal zorgen. Maar dat zal niet nodig zijn, want je bent er nog.'

'En vader ook,' was Hendriks reactie, en hij sloot glimlachend zijn ogen.

Ontzet staarde ik hem aan. Zonder het te weten had hij me zojuist een stomp in mijn maag gegeven. Ik wilde het niet bevestigen, maar ik kon het ook niet ontkennen.

'Ga nu maar slapen,' zei ik zacht, en ik aaide over het plukje haar dat onder het verband uit piepte. 'Morgen kunnen we verder praten.'

'Je bedoelt, verder ruziemaken.' Weer glimlachte hij, maar zijn uitdrukking verstarde.

'Tot morgen, Hendrik,' zei ik zachtjes, terwijl ik wegliep.

5

Ik slaagde erin de kamer enigszins beheerst te verlaten, maar ik had nog nauwelijks een paar stappen in de richting van de verpleegsterskamer gezet of mijn benen weigerden dienst. Ik zakte op mijn knieën en begon luid te jammeren en te huilen, alsof ik zojuist mijn broer had zien sterven. Twee verpleegsters kwamen gealarmeerd aanrennen en vroegen wat er gebeurd was.

Ik kon het hun niet vertellen. Mijn keel zat dicht.

Twee paar handen wisten me op de een of andere manier op de been te helpen en me naar de spreekkamer van de dokter te brengen. Lindström zat achter zijn bureau, maar sprong op toen hij me zag.

'Wat is er gebeurd?' vroeg nu ook hij.

'Ze is op de gang in elkaar gezakt,' rapporteerde een van de verpleegsters.

'Het is niets, het gaat wel,' zei ik trillend van het snikken. 'Het is gewoon... mijn broer... Ik vind het zo vreselijk voor hem.' Ik barstte weer in tranen uit.

'Ga alstublieft,' hoorde ik de dokter tegen de verpleegsters zeggen. 'Ga bij de patiënten kijken.' De vrouwen trokken zich terug, terwijl Lindström naast me neerhurkte en me aankeek.

'Gelooft u me alsjeblieft, we zullen alles doen wat in onze macht ligt om hem beter te maken. U hebt zich heel dapper gedragen.'

'Ik heb tegen hem gelogen,' snikte ik. 'Ik heb gedaan alsof onze vader er nog was. Hij vroeg...'

'Geloof me, dat is het beste. Zijn toestand is nog steeds kritiek. We kunnen niets riskeren.'

'En wat wilt u doen als zijn toestand weer verbetert? Wanneer hij weer beter is? Wilt u hem vertellen dat mijn vader in het ziekenhuis is overleden? Hij is toch nooit hier geweest, of wel?'

Professor Lindström boog zijn hoofd. 'Nee, hij is hier niet geweest. Uw huisarts, dokter Bengtsen, was van mening dat zijn verwondingen te ernstig waren. Hij vroeg me om raad, en ik kwam tot dezelfde conclusie. Meer dan vijftig procent van uw vaders lichaam was verbrand, bovendien had hij een zware rookvergiftiging. Het was een wonder dat hij levend gered werd.' Lindström pauzeerde even en haalde diep adem. 'Ik weet zeker dat ook wij hem niet hadden kunnen redden. Met zulke ernstige brandwonden is dat onmogelijk.'

Die woorden klaterden als een koude douche op me neer. Dokter Bengtsen had dat besloten – natuurlijk in overleg met mijn moeder. Had ze er soms op gespeculeerd dat hij zou sterven? De ongebruikte echtelijke slaapkamer was misschien maar één aspect van een stukgelopen huwelijk. Wie weet wat ze elkaar hadden aangedaan zonder dat iemand het wist.

'Natuurlijk vertellen we uw broer de waarheid zodra hij weer op krachten is. Ik reken er niet op dat hij het ons in dank zal afnemen, niemand wil graag worden voorgelogen.'

Vooral Hendrik niet.

'Maar hij zal misschien begrijpen dat we zo moesten handelen. Hij had voor zijn eigen zoon ongetwijfeld dezelfde beslissing genomen.'

Ik was te uitgeput om verder te discussiëren. 'Bedankt, dat ik naar hem toe mocht,' zei ik terwijl ik opstond. Mijn benen trilden nog steeds, maar de pijn vanbinnen was nu draaglijk. 'Ik zou me nu graag willen omkleden. Ik kom morgen weer.'

Dokter Lindström stond ook op. 'Maar natuurlijk, juffrouw Lejongård. Neem gerust de tijd en laat het me weten als u klaar bent.' Hij verliet de spreekkamer.

Ik draaide me om naar het scherm. Even speelde ik met de gedachte om in de stapel documenten op het bureau naar het dossier van Hendrik te zoeken om erachter te komen hoe het werkelijk met hem was. Het was denkbaar dat mijn moeder ervoor gezorgd had dat de dokter ook mij voorloog. Maar ik zag ervan af. Strikt genomen wilde ik het niet weten ook. De hoop dat Hendrik weer volledig zou herstellen en me daarmee zou vrijwaren van een verplichting die ik nooit had willen hebben, wilde ik me niet laten ontnemen.

Op de terugweg leunde ik met mijn hoofd tegen het raampje van de koets, al werd ik daardoor heftig door elkaar geschud. Ik had op de een of andere manier steun nodig, ik voelde me leeg en moe en bovendien vertwijfeld.

De verwondingen van Hendrik waren veel erger dan ik me had voorgesteld. Ik was blij dat mijn moeder niet bij me was en me kon dwingen mijn zelfbeheersing te bewaren. In de koets kon ik me tenminste een beetje laten gaan. Vragen martelden me. De meeste draaiden om de onverenigbaarheid van mijn twee levens.

Ik had Michael beloofd vlug terug te komen, maar kon ik dat doen nu het leven van mijn broer aan een zijden draadje hing? En nu mijn vader was overleden? Zou ik me tijdelijk over de breuk tussen mijn ouders en mij heen kunnen zetten? Mijn vader en ik zouden nooit meer in de gelegenheid zijn ons te verzoenen. En mijn moeder? Die zou me kil blijven behandelen. Maar wat Hendrik van me had gevraagd, kon ik niet zomaar negeren. Misschien was het genoeg om een paar dagen te blijven. Hendrik zou opkrabbelen, dat had hij altijd gedaan. Als hij de touwtjes weer in handen nam, was ik vrij. Natuurlijk zou alles anders zijn na de dood van mijn vader, maar er was iemand die voor de hoeve zorgde. Hij zou me rugdekking geven. In gedachten formuleerde ik al een brief aan Michael.

In elk geval probeerde ik het, maar niets klonk goed.

Op de Leeuwenhof aangekomen ging ik meteen naar mijn kamer. Mijn moeder verwachtte vast dat ik verslag uitbracht, maar ik was nog te veel in de war door wat ik gezien en gehoord had. De belofte die ik Hendrik had gedaan verontrustte me en ik wist nog steeds niet wat ik tegen Michael moest zeggen.

Zuchtend liet ik me op mijn bed vallen en staarde naar het plafond. De gipsrozet boven de kroonluchter was nog altijd hetzelfde. In de begindagen in Stockholm had ik die aanblik een beetje gemist. En nu miste ik bijna de watervlekken.

Beelden flitsten door mijn hoofd: de dag dat ik hier wegging. De eerste dag in mijn appartement, toen ik me even afvroeg of ik niet een grote fout had begaan.

Mijn eerste stappen in de Koninklijke Academie voor Schone Kunsten, de blanke doeken op ezels en de terpentijnlucht.

En toen verscheen Michaels gezicht voor me. Ik had hem op een zondag leren kennen in een café in het oude centrum, waar ik met Marit en een paar andere meisjes heen was gegaan. Hij was er met vrienden, en in eerste instantie vond ik het gedrag van de jonge mannen nogal ongepast. Maar toen keek ik in Michaels ogen en hij in de mijne, en ik wist dat ik hem weer wilde zien.

Het had nog een tijd geduurd voor we elkaar onze genegenheid bekenden en aan onze hartstocht toegaven, maar dat was op het moment dat ik al wist dat ik met deze man mijn leven wilde delen. Toen hij me ook nog begon te steunen bij de acties van vrouwenrechtenactivisten, en me zelfs een keer redde van een afranseling waarmee een groep boze mannen ons had bedreigd, ging ik voor de bijl en liet ik hem in mijn hart toe. Hoe opgewonden was ik toen geweest! Ik had al een paar bewonderaars gehad, maar met hem wist ik dat het liefde was.

En nu stond alles op zijn kop...

Uiteindelijk stond ik op. Denken bracht me niet verder.

Ik moest Michael schrijven. Hij zou me vast vlug een antwoord sturen en mijn twijfels wegnemen.

Ondanks mijn inzet voor vrouwenrechten droomde ik van een klassiek huwelijksaanzoek. Dat de man voor me knielde en me een ring toestak, het maakte niet uit of die van ijzer, zilver of goud was. Zou Michael een duidelijke hint begrijpen? Of was het beter om die achterwege te laten? Hij kon er toch geen bezwaar tegen hebben dat ik hem nodig had en hem aan mijn zijde wilde. En ik had hem echt hard nodig...

Ik liep naar mijn schrijftafel, die Lena en Susanna netjes hadden afgestoft, opende de la en vond het briefpapier dat ik daar voor mijn verhuizing had bewaard. Mijn oude kroontjespen lag er nog. Ik doopte hem in de inktpot, waarin de inkt uitstekend bewaard was gebleven, en begon.

Mijn lieve Michael,

Ik schrijf je om je te vertellen dat ik hier op de Leeuwenhof vaak en vol hartstocht aan je denk. Daarnet dacht ik weer aan die winterdag in de Gamla Stan, toen jij daar met je vrienden was en ik er met mijn vriendinnen zat. Hoe zou het allemaal zijn gelopen als we op die dag ergens anders naartoe waren gegaan? Zouden we elkaar ook dan hebben ontmoet? Dat heb ik mezelf zo nu en dan afgevraagd en dan voelde ik het enorme geluk in mijn hart dat de Voorzienigheid ons destijds naar dezelfde plaats leidde.

En ook nu voel ik blijdschap als ik aan je denk. Vooral omdat het voor mij momenteel het enige lichtpuntje in mijn leven is.

Herinner je je het onheilspellende telegram? Nou, het is allemaal nog veel verschrikkelijker. Mijn vader was al gestorven voordat ik in de trein stapte en mijn moeder confronteerde me met de dode zonder me erop voor te bereiden. Kun je je iets vreselijkers voorstellen? Ik was diep geschokt! Mijn broer is ternauwernood aan de dood ontsnapt, maar hij is heel ernstig gewond. Ik heb hem net in het ziekenhuis bezocht en ik ben helemaal van slag. Wat moet ik doen?

Hendrik heeft me laten beloven voor het landgoed en de familie te zorgen. Nooit had ik gedacht dat dit moment zou komen. Maar ik kon het mijn broer niet weigeren, want ook al hoop ik vurig dat hij snel herstelt, hij is er duidelijk heel slecht aan toe. De dokter maakt zich dusdanig zorgen om zijn toestand dat hij me heeft verboden Hendrik van de dood van onze vader op de hoogte te stellen. Mocht Hendrik sterven, dan ben ik de laatste Lejongård. Ik zou de enige overlevende telg van mijn eeuwenoude familie zijn en zou een verantwoordelijkheid moeten dragen waarvoor ik nooit was voorbestemd.

Het troost me echter om jou aan mijn zijde te weten. De gedachte alleen al je binnenkort weer te zien is hartverwarmend. Als ik me voorstel dat we op een dag samen op dit landgoed zullen wonen, zie ik de toekomst niet meer zo somber in.

Toen ik voetstappen in de gang hoorde, hield ik op. Was het mijn moeder? Of een van de dienstmeisjes? Nee, de laatsten zouden zo geruisloos mogelijk proberen te lopen. Deze voetstappen klonken resoluut en ik wist dat het Stella was, die een verslag over Hendriks toestand zou wensen.

Ik draaide me om en maakte mijn brief vlug af.

Wees ervan verzekerd dat mijn hart jou volledig toebehoort. En dat hart is ontroostbaar dat het je pas kan weerzien wanneer de begrafenisplechtigheid voorbij is. Dan zullen we tijd hebben om over de toekomst te praten. Ik weet het, we hebben dat lang uitgesteld, en nu worden we erdoor ingehaald. Maar we hebben elkaar, en niets ter wereld kan dat veranderen.

Het ga je goed tot die tijd en wees verzekerd van mijn oneindige liefde!

Je Agneta

Ik had het vloeipapier nog niet weggehaald of er werd geklopt. Ik vouwde vlug het blaadje op en stopte het met trillende handen in de envelop voordat ik 'Binnen!' riep.

De donkere gestalte van mijn moeder verscheen in de deur.

'Heb je even tijd?' vroeg ze koeltjes. 'Ik zou graag met je praten over je bezoek in het ziekenhuis.'

Haar gezicht en haar woorden verstikten onmiddellijk het vurige verlangen dat tijdens het schrijven in me op was gekomen. Nu werd ik lichtelijk door angst bevangen. Een toekomst met Michael... Wat zou mijn moeder zeggen? Als advocaat zou hij een respectabel man zijn, maar hij was niet van adel...

Ik onderdrukte die gedachten. Hendrik leefde nog. Hij zou weer herstellen en dan kon ik teruggaan naar Stockholm en me weer op mijn eigen leven concentreren.

6

Na een snel ontbijt op mijn kamer verliet ik de volgende ochtend het landhuis om een wandeling te maken.

De vorige dag had ik geen tijd gehad om het uitgebreider te bekijken, maar nu stond ik eerbiedig stil voor de imposante witte muren van de Leeuwenhof, die de tand des tijds nog steeds heel goed wisten te trotseren.

Ook in Stockholm stonden vele prachtige gebouwen; sommige waren zelfs groter dan de Leeuwenhof. Maar mijn ouderlijk huis had altijd een bijna intimiderende uitwerking op me. Mijn ogen dwaalden over de hoge ramen waarin de wolken werden weerspiegeld. Door de jaren heen was het aanzicht van het landhuis veranderd. Iedere graaf had zijn sporen nagelaten. Uit de tijd van de stamvader van ons geslacht, Axel Lejongård, die in de zeventiende eeuw het landgoed van koning Karel XI had gekregen vanwege zijn loyaliteit in de Skånse Oorlog, was alleen de fundering overgebleven. Axel maakte het land vruchtbaar, stichtte de stoeterij en hielp de Zweedse macht in Skåne te vestigen nadat zijn koning dit gebied enkele jaren eerder had ingenomen.

Meer dan eens was mijn voorouderlijk huis beschoten door Deense sluipschutters, die een guerrillaoorlog tegen de Zweedse beheerders voerden. Een paar kogelgaten waren als waarschuwing aan de achterkant van het huis zichtbaar gelaten.

De meest ingrijpende structurele veranderingen waren aangebracht door mijn overgrootvader, die een goede vriend en groot voorstander van de eerste Bernadotte-koning was geweest. Hij maakte van het oude renaissancegebouw, dat door sommige inwoners van Deense afkomst in de regio vurig werd gehaat omdat ze in ons onrechtmatige indringers zagen, een elegant neoklassiek landhuis. Het werd door reizigers bewonderd en door schrijvers beschreven. De nazaten van de families die ons hadden gehaat sloten vrede, waarschijnlijk omdat ze de hetze van hun voorouders beu waren.

De laatste graaf die iets in het landhuis had veranderd, was mijn grootvader geweest. Om de nadruk te leggen op het aspect van de leeuw in onze naam had hij boven alle ramen van het huis kleine leeuwenkoppen laten plaatsen. Elk ervan had een andere gezichtsuitdrukking.

Hendrik en ik hadden al die koppen een naam gegeven en er verhaaltjes bij verzonnen. In onze fantasie spraken de leeuwen 's nachts met elkaar, soms roddelden ze over ons of onze ouders, of waren ze bang wanneer er een onweersbui boven ze uitbarstte.

Onwillekeurig gleed er een glimlach over mijn gezicht toen ik naar Sture keek, een van de leeuwen die de ramen van de balzaal bewaakten. Hij was mijn favoriet geweest, hem had ik een knorrig maar edelmoedig karakter toebedacht. Bror, de leeuw ernaast, was de favoriet van mijn broer, nieuwsgierig en slim. Die twee brachten ons altijd verslag uit over de bals in het huis, waar we nog niet bij mochten zijn.

Misschien moest ik Hendrik nieuws brengen over Bror en Sture. Zou hij zich die twee eigenlijk nog wel herinneren? Had hij de afgelopen tijd aan ze gedacht wanneer hij langs de ramen liep, of hadden de dagelijkse beslommeringen hem geen tijd gelaten voor zulke gedachten?

Met een warm gevoel draaide ik me om en ging naar de paardenweiden. Hendrik en ik hadden daar vroeger vaak gespeeld. Moeder vond het niet prettig dat we alleen in de omgeving rondzwierven, maar vader zei altijd dat de kinderen van een landgoed ook moesten weten wat ze op een dag zouden erven. Ze behoorden het terrein en de streek te kennen en mochten niet bang zijn voor de natuur.

Op weg naar de weiden moest je langs de stallen. De aanblik van het zwarte puin dat van het grootste gebouw was overgebleven, raakte me tot op het bot. Af en toe was er wel eens brand op het landgoed ontstaan, maar meestal had een van de velden of een stuk bos vlam gevat. Op de hoeve zelf was nog nooit brand geweest.

Het geruststellende gevoel dat ik bij het zien van de leeuwen boven de ramen had gekregen, verdween op slag. Nu leek het of een donkere onderstroom alle vreugde die ik ooit had ervaren met zich meezoog. Ik probeerde aan iets leukers te denken. Ik wenste dat Michael bij me was, ik probeerde me voor te stellen hoe het zou zijn als hij me nu in zijn armen hield. Maar niets hielp. De onderstroom bleef onverminderd trekken.

Mijn voorhoofd parelde van het zweet en mijn handen begonnen te trillen. Waarom waren ze in vredesnaam niet begonnen met opruimen?

Uiteindelijk wist ik me met grote moeite van de aanblik los te scheuren. Ik draaide me om en begon te rennen, zo hard als ik kon en zo lang als mijn longen het uithielden. De kiezels onder mijn schoenen werden gras, dat door mijn mantel en de zoom van mijn rok opzij werd geveegd. De bodem werd ongelijker en woekerend struikgewas zwiepte tegen mijn kuiten. Toen ik buiten adem raakte, bleef ik staan. Ik zag nu niets anders dan bomen om me heen. De onderstroom verloor zijn zuigkracht en geleidelijk aan werd ik rustiger. Van het donkere bleef slechts een vaag spoor over dat wegwaaide in de wind.

Zonder het te beseffen was ik naar de plek gegaan waar ik ook als veertienjarige heen was gevlucht wanneer ik alleen wilde zijn of weer eens niet aan de eisen van mijn ouders kon voldoen. De kleine open plek was niet ver van de paardenweiden. Hier kon je je in een kamer van bomen wanen, beschermd tegen de kou die me zo vaak vanuit het huis had gevolgd.

Ik plukte wat droge graspollen af en draaide ze rond in mijn handen. Vroeger speelden Hendrik en ik daar 'haantje en hennetje' mee. Dan schoof je het bloeiende gedeelte van het gras langs de stengels naar boven, zodat je een bundeltje kreeg. Van tevoren probeerde je te raden wat het zou worden. Het 'hennetje' was een plukje zonder uitsteeksels, het 'haantje' had een 'staartje'. De uitkomst van het spelletje was puur toeval, al had Hendrik wel eens geprobeerd vals te spelen. Maar we vonden het leuk en speelden het urenlang, tot we terug naar huis moesten.

De herinnering deed me glimlachen en ik wachtte even voordat ik terugging naar de paardenweiden. Die werden omringd door hoge lindebomen en eiken. Het hek moest onlangs gerepareerd zijn, de palen leken nog nieuw. Ik liep een tijdje langs de afrastering tot ik de paarden zag. Om ze tegen diefstal te beschermen werden de kostbare dieren 's avonds naar de stal gebracht, terwijl de werkpaarden bijna de hele lente en zomer in de wei bleven.

Terwijl ik bleef staan, brak een van de paarden los uit de kudde. Aanvankelijk dacht ik dat het Edwina was, mijn vaders favoriete merrie. Maar bij nader inzien herkende ik Talla, de merrie waarop ik vroeger altijd had gereden. Ze was, net als Edwina, isabelkleurig; ze hadden dezelfde moeder. Talla was ouder dan Edwina, en ook veel rustiger. Daarom had vader haar destijds als rijpaard voor mij uitgekozen.

Het was verbazingwekkend dat ze zich mij herinnerde. Doelbewust kwam ze naar me toe en stak haar grote hoofd over het hek. Tranen van ontroering sprongen me in de ogen toen ik haar geur van warme vacht en hooi inademde.

'Hé, Talla,' zei ik, een snik onderdrukkend, en ik raakte voorzichtig haar neus aan. Ze stak haar hoofd nog wat meer naar voren tot ze bij mijn haar kwam, toen streek ze er met haar neusgaten over. Onze oude begroeting. Ik was helemaal vergeten hoe ik die gemist had. Ze snoof in mijn haar en leunde met haar hoofd tegen het mijne. Het leek of we gisteren nog samen een rit hadden gemaakt.

Tot de meest waardevolle dieren behoorde ze vanwege haar leeftijd niet meer, maar het leek erop dat zij ook een van de paarden was die in de grote stal gehuisvest waren geweest. Bij nadere inspectie ontdekte ik op haar rug een schroeiplek. Blijkbaar was ze ternauwernood aan de vlammen ontsnapt.

'Ach meisje, hoe gaat het?' vroeg ik en ik aaide haar voorzichtig over haar neusgaten. Onmiddellijk probeerde ze aan mijn hand te knabbelen, en ik ergerde me omdat ik niet iets lekkers voor haar had meegenomen. 'Dat was schrikken, hè?'

Talla snoof, maar dat was meer uit teleurstelling dat ik geen wortel bij me had. Toen sidderde ze een beetje en hief haar hoofd op.

'Ah, de jonkvrouw,' zei een stem achter me. Natuurlijk had Talla hem eerder opgemerkt dan ik.

De blonde man in zware laarzen, rijbroek en geruit overhemd die op me af kwam lopen was Sören Langeholm, onze stalmeester. Hij was een van de grootste experts op het gebied van het fokken van Zweedse warmbloeden. Aan hem hadden we te danken dat onze hengsten al jarenlang boven aan de lijst met de beste fokhengsten van het land stonden.

'Meneer Langeholm,' zei ik en ik stak hem mijn hand toe.

'Goed u te zien.'

Talla stootte me van achteren tegen mijn schouder. Onze afscheidsgroet. Even later draafde ze terug naar de andere paarden.

'Het genoegen is geheel aan mijn kant,' antwoordde Langeholm. 'Hoewel ik andere omstandigheden voor uw bezoek zou hebben gewenst. De dood van uw vader heeft ons allemaal erg aangegrepen. Het spijt me voor uw familie.'

'Dat is heel aardig van u,' zei ik. Zijn krachtige handdruk deed me goed.

'Uw vader en uw broer hebben heldhaftig voor de merries gevochten. Het is ons gelukt ze allemaal op één na te bevrijden voordat het dak instortte.'

Ik wist hoe belangrijk de paarden voor mijn vader en ook Hendrik waren. Maar ik wilde dat ze niet hun leven voor ze op het spel hadden gezet.

'Hoe heeft het kunnen gebeuren?' vroeg ik. Als mijn moeder me dan niets vertelde, kon ik misschien bruikbare informatie van Langeholm loskrijgen.

'Nou, we staan voor een raadsel. De politie was er vlak nadat het vuur was gedoofd. Later hebben de agenten nog in het puin gepord, maar niemand wilde iets zeggen. Misschien is er een sigaret weggegooid. Soms ontbrandt stro ook vanzelf. We hadden de afgelopen dagen erg mooi, zonnig weer.'

Ik had nog nooit gehoord van stro dat in maart ontbrandde, maar misschien was het wel mogelijk.

'Waren er nog andere mannen in de stal?'

'Ja, twee stalknechten, Lasse en Sven. Uw vader heeft ze eruit gestuurd toen de rook te dicht werd. Uw broer heeft geprobeerd om ook uw vader over te halen naar buiten te gaan, maar hij wilde niet, en dus bleef ook hij. Ze dachten dat ze alle dieren konden redden, maar... toen stortte ineens het dak in. Er was nog maar één merrie in de stal, maar die wilde uw vader niet opgeven.'

Ik sloot mijn ogen. Het besef van wat er gebeurd was joeg een koude rilling over mijn hele lichaam.

'Welke merrie heeft het niet gehaald?' vroeg ik, hoewel ik het gevoel had dat mijn keel dicht zat.

'Sigursdottir,' antwoordde Langeholm. 'We hebben haar weliswaar levend uit het puin gered maar ze was te zwaar gewond, en we moesten haar afmaken.'

De naam van de merrie zei me wel iets. Ze was de moeder van een paar goede veulens geweest. Een fokker uit Noorwegen had haar aan ons verkocht. Onze familie had al lang geen contact meer met hem, maar het paard hadden we nog.

'Ik zou willen dat vader en Hendrik eerder de stal uit waren gegaan. Paarden kun je vervangen, maar mensen...' Het verlies van de Noorse merrie was naar, maar geen ramp voor de stoeterij. De verwoeste stal kon weer herbouwd worden. Mijn vader, die misschien nog wel twintig jaar had kunnen leven, kon niemand terugbrengen. En ook Hendrik zou voor altijd getekend zijn. Dat maakte me kwaad en ik wenste dat vader verstandiger had gehandeld.

'Ja, uw vader is onvervangbaar.'

Ik knikte en we bleven even stil. Toen vroeg ik: 'U zei dat de politie hier is geweest. Kunt u mij daar meer over vertellen?'

'Nou, omdat de brand heel plotseling begon, wordt brandstichting niet uitgesloten. In mijn ogen is dat onzin, maar de rechercheurs willen desondanks de komende dagen het personeel ondervragen.'

Ik wilde dat moeder me dit allemaal had verteld.

'Dat zal de mensen verontrusten,' zei ik. 'Niemand wil ervan verdacht worden schuldig te zijn aan de dood van zijn meester.'

Er klonk droog geritsel. Vrijwel gelijktijdig keken Langeholm en ik om. Lasse Broderson, een van de stalknechten, kwam over het pad aangerend.

Mijn hart sloeg even over. Was er iets met mijn broer?

Toen hoorde ik hem roepen: 'Het begint! Het is zover!'

Opgelucht haalde ik adem. Wat er ook begon, met Hendrik had het waarschijnlijk niets te maken. 'Morgenrood krijgt haar veulen,' vervolgde Lasse.

'Weet je het zeker?'

'Ze is gaan liggen. Het ziet er helemaal naar uit dat het zover is.'

Langeholm keek me aan. 'Nou, juffrouw Agneta, ik denk dat u snel een naam zult moeten bedenken. Paarden werpen soms heel vlug en voor Morgenrood is het niet de eerste keer.'

De naamgeving was eigenlijk de taak van de landheer. Dat was mijn broer nu, omdat de erfopvolging van onze familie bepaalde dat de eerstgeboren zoon landgoed en titel overnam. Daarin onderscheidden we ons niet van de koninklijke familie.

'Zou Hendrik niet de naam moeten kiezen? Hij is nu toch de landheer.'

'Ik vrees dat uw broer nog een tijdje in het ziekenhuis zal moeten blijven. Dus de eer is aan u...'

Ik had het liefst ertegenin willen brengen dat de doop van een veulen kon wachten, dat je het ook een half jaar later nog een naam kon geven. Maar dat was tegen de traditie van ons huis. Zodra ze waren geboren, kregen onze veulens hun naam. Zo hoopte men vroeger boze geesten af te weren die het dier kwaad zouden willen doen. Niemand geloofde hier meer in geesten, maar de gewoonte was bewaard gebleven.

Zo vlug mogelijk renden we terug naar de stal. De stalknechten hadden zich daar verzameld, samen met Oude Linus, onze 'paardenheelmeester'. Hij was bij Morgenrood en streelde zachtjes haar hals. Daarbij sprak hij in een oud dialect tegen haar dat bijna als een toverspreuk klonk.

Terwijl mijn blik langs het stalraampje gleed, ontdekte ik de spiegelscherven die op de richel waren uitgestrooid om de paarden tegen kwade dromen te beschermen. In mijn ogen was het een onzinnige, zelfs gevaarlijke gewoonte. De scherven konden naar beneden vallen, en in het ergste geval in het voer.

Hoewel paarden de reputatie hebben met hun tere lippen een naald in het hooi te kunnen vinden, durfde ik daar niet op te vertrouwen.

Ik wist dat ook mijn vader er bezwaar tegen had gehad, maar dat bij Linus, die nog in trollen en geesten geloofde, dit gebruik niet uit te bannen was.

'Ach, juffrouw Agneta,' zei de oude man toen hij me opmerkte. 'Goed u weer te zien.'

'Bedankt, Linus,' antwoordde ik. 'Ik ben blij dat het goed met u gaat.'

'Hm, nou... Mijn botten doen pijn en ik word er verder ook niet jonger op. Maar zolang God me 's ochtends de ogen laat opslaan vind ik het best.'

De oude Linus was niet alleen een expert op het gebied van paarden. Mensen van het dorp gingen ook naar hem toe als ze hun eigen pijntjes wilden laten verhelpen. Onze familie had al honderdtwintig jaar geleden een dokterspraktijk in het dorp gevestigd en ervoor gezorgd dat die telkens weer door een goede opvolger werd bezet. Toch zwoeren de mensen bij de oude genezer, die waarschijnlijk al tachtig of negentig was en bijna iedereen in het dorp vanaf de wieg kende.

'Hoelang zal het duren?' vroeg ik terwijl ik tegen het hek leunde.

'Hoogstens een uur. Waarschijnlijk minder. Het meisje hier weet hoe het is om te werpen.'

De merrie had haar hoofd nu op de grond gelegd en snoof. Haar flanken bewogen heftig op en neer. Ook al was ik geen paardenheelmeester, ik wist dat ze pijn had.

Langeholm voegde zich nu bij de oude man. Hij had lange handschoenen aangetrokken. Nieuwerwetse rommel, dacht Linus vast, althans zo interpreteerde ik zijn blik. De twee mannen mochten elkaar niet erg, want ze zagen elkaar als concurrentie. Langeholm had gestudeerd en deskundigheid opgedaan bij een paar vooraanstaande landgoederen, Linus had al zijn kennis van zijn vader. Vooral in het begin hadden ze moeite met elkaar gehad, totdat Langeholm zich had gerealiseerd dat Linus iets te bieden had wat niet aan een universiteit werd onderwezen maar uit eeuwenlange ervaring voortkwam. En Linus had moeten inzien dat sommige van zijn methoden verouderd waren.

Inmiddels respecteerden ze elkaar, soms met tegenzin, maar ze deden het. En als het geen ernstig geval betrof liet Langeholm het aan Linus over, omdat de oude man door mijn vader werd gewaardeerd. Hij zou Linus nooit hebben laten gaan, en ik wist zeker dat Hendrik zich ook niet zijn hulp zou willen ontzeggen.

'Ja, goed zo, meisje, je redt het wel,' zei de oude Linus tegen de merrie terwijl hij haar hals bleef strelen. Toen stond hij op en wendde zich tot ons. 'Het is beter om afstand te bewaren en haar met rust te laten. Ik denk dat ze zo meteen rechtop gaat zitten en zal beginnen met persen.'

De oude man liep weg bij Morgenrood en ging voor het hek staan. Ik staarde gebiologeerd naar het paard.

Wat er de komende minuten ging gebeuren, was me sinds mijn jeugd vertrouwd. Hendrik en ik waren als kind tijdens het werpen vaak in de stal gekropen en hadden toegekeken – ook al wilde vader ons er niet bij hebben.

Nu wenste ik dat mijn broer erbij was, om hem te laten zien dat het leven doorging. Dat er hoop was. Morgenrood trappelde met haar voorbenen, haar hele lichaam trilde toen ze met een wee meeperste. Toen ging ze liggen, om zich even later weer op te richten en weer te persen. Uiteindelijk stond ze helemaal op en begon ze door de stal te lopen. Al die tijd fluisterde Linus allerlei bezweringsformules, tenminste zo klonk het mij in de oren. Zelfs toen hij nog tanden had, was zijn gemompel voor mij onverstaanbaar geweest en nu verstond ik het evenmin.

Ten slotte verscheen het eerste been van het veulen, zwart als de nacht. Dat zei echter niet zo veel. Ook paarden die later wit worden zijn bij de geboorte zwart, en de vader van dit kleintje was een schimmel. Wellicht zou er een nieuwe schimmel uit groeien.

Toen het veulen half uit de buik was ging de merrie weer liggen. De vruchtzak zat niet meer over het hoofdje en het kleintje bewoog al, maar de uitgeputte moeder hield het met haar achterhand op de vloer gedrukt en bleef snuiven.

'Kijk eens, een hengstje,' zei Linus, waarop hij een ongelovige blik van Langeholm oogstte.

'Hoe kunt u dat weten?'

'Dat weet ik gewoon,' antwoordde de oude man. 'Ik zie het aan het hoofd, dat is net zo betrouwbaar als wanneer u de onderkant bekijkt.'

Mijn hart bonsde heftig. Ik was helemaal vergeten hoe opgewonden ik me altijd had gevoeld bij het zien van een pasgeboren veulen – en wat een vreugde, als de kleine gezond en wel was. Het kon me niet schelen of het een hengst of een merrie was. De aangename ontroering bij de aanblik van het vertederende schepseltje verdreef een poosje mijn verdriet. Voor zover ik kon nagaan, zat alles erop en eraan. Vier tere beentjes, elk met een witte vlek op de koot, een hoofd met een kleine bles, een staartje dat vochtig aan de achterhand kleefde, een zwarte, vochtig glanzende vacht die wel gelakt leek en ogen die donker glommen als glazen knikkers. De tranen sprongen me in de ogen, maar ditmaal waren het tranen van geluk.

Het veulen – Langeholm zou vast nog controleren welk geslacht het precies had – probeerde nu op te staan, wat Morgenrood niet toestond. Ze bleef nog een tijdje op de grond liggen, maar de bewegingen van haar flanken werden wat rustiger. Toen ze opstond, gleed de vruchtzak bijna helemaal van het veulen af, en ze begon het droog te likken.

'Goed zo, meisje,' zei Linus, waarna hij zich naar Langeholm omdraaide. 'U kunt uw handschoenen wel weer uittrekken, de moeder weet wat ze moet doen.'

'Desalniettemin zal ik moeten controleren welk geslacht het veulen heeft,' zei de stalmeester, ook zichtbaar geraakt door de voorspoedige geboorte.

Het duurde even, maar eindelijk, toen Morgenrood haar kleine bijna helemaal had drooggelikt, stond het veulen op en keek naar ons.

'Nou, welke naam zullen we hem geven?' vroeg Linus. Hij was niet alleen de 'vroedmeester' van de paarden, hij doopte de dieren ook. Hij had zijn heupfles vandaag niet met zelfgestookte drank gevuld, maar met echt wijwater uit de kerk. In elk geval beweerde hij dat het uit de kerk kwam. De pastoor en hij hadden een enigszins vreemde relatie met elkaar, en Linus was ook geen fervent kerkganger, maar hij stond erop de paarden met wijwater te dopen.

'Wat dacht u van Avondster?' vroeg ik. Eigenlijk was wat ik inbracht maar een suggestie. Als Linus de naam niet geschikt vond, werd hij afgewezen.

'Waarom?'

'Nou, het morgenrood is de moeder van het avondrood. En in het avondrood staat de avondster. Bovendien kan de naam zowel voor een merrie als voor een hengst worden gebruikt.'

'Vertrouwt u niet op mijn oordeel, mejuffrouw?' vroeg Linus een beetje beledigd, waarna ik vlug mijn hoofd schudde. 'Nee, Linus, dat is niet wat ik bedoelde. Het was meer een algemene opmerking.' Ik keek op en zocht hulp bij Langeholm, om wiens mond een glimlach speelde. Niemand mocht in het openbaar aan Linus twijfelen – tenzij bewezen was dat hij ongelijk had. Mijn wangen gloeiden, en ineens voelde ik me weer twaalf.

Linus dacht even na en knikte toen. 'Het is geen bijzonder originele naam, maar hij is mooi en heeft een goede betekenis. De meeste mensen zijn bang voor de nacht, ze denken dat daarmee aan alles een einde komt, maar de nacht is slechts de voorbereiding op een nieuwe dag. Je kunt het een niet van het ander scheiden. Goed dan.' Hij ontkurkte omslachtig de fles en druppelde wat water op het voorhoofd van het veulen. Het kleintje huiverde even en Linus sprak plechtig: 'Ik doop je met de naam Avondster.'

Toen ik de stal uit kwam, met de zoom van mijn rok vol stro en om mijn lippen een glimlach die ik voor mezelf niet zo goed kon verklaren, zag ik mijn moeder: een zwarte vlek op de buitentrap, als een verdwaalde kraai. Had ze me gezocht? Nu kon ze me tenminste niet de schuld geven dat ik me niet om de belangen van de boerderij bekommerde – tenslotte had ik meegeholpen om een nieuw veulen ter wereld te brengen! Euforisch rende ik naar haar toe.

'Morgenrood heeft zojuist een veulen geworpen,' riep ik haar toe.' We hebben er een hengstje bij!'

Moeder vertrok geen spier. Waarom zou ze ook, tegenover haar dochter die zich even niet verslagen voelde? Het nieuwe veulen had me echt even mijn verdriet doen vergeten. En ook de wrok die ik jegens Stella Lejongård koesterde. Haar gezicht was als uit steen gehouwen.

'Ik moet met je praten,' zei ze.

'Ik zal me vlug omkleden,' zei ik, maar toen ik haar wilde passeren, greep ze mijn arm en dwong ze me om haar aan te kijken.

Mijn lichaam verstarde onmiddellijk. Mijn euforie verdween als sneeuw voor de zon.

'Hendrik is dood,' zei ze vrijwel toonloos. 'Er is een bode van het ziekenhuis geweest. Hendrik is een uur geleden gestorven.'

Ik hoorde de woorden, maar begreep ze niet. Hendrik was gestorven? Maar ik had hem gisteren nog gezien! 'Dat kan niet,' zei ik. Ik voelde paniek opkomen.

Weer zag ik voor me hoe zijn oogleden trilden. Ik zag hem voor me toen hij me vroeg hem alles over Stockholm te vertellen. Zijn opmerking dat hij geen gevoel meer in zijn handen had. Ik had daar niets bij gedacht, en het had er niet naar uitgezien dat het ongewoon was.

Mijn moeders lippen werden een dunne streep. 'Heb je hem over je vader verteld?'

Ik schudde mijn hoofd. 'Nee, dokter Lindström had het me afgeraden. En ik... ik heb gezegd dat het goed ging met vader...'

Nee, moeder, je gaat me de schuld van de dood van Hendrik niet in de schoenen schuiven, dacht ik, en toen voelde ik het als een stomp in mijn maag. Hendrik was dood. Mijn broer was gestorven, een dag nadat hij me had gezien en mij een belofte had laten doen. Ik drukte mijn vuist tegen mijn mond. Er gleden een paar tranen over mijn wangen, maar daar schonk ik geen aandacht aan en ik stormde naar binnen.

Naast de trap zakte ik in elkaar. Mijn benen wilden me niet langer dragen. De rauwe wond van mijn verdriet scheurde opnieuw open en werd nog dieper. Het benam me de adem, het explodeerde in mijn hoofd. Even was er niets anders dan het suizen in mijn oren, terwijl ik me vanbinnen verdoofd voelde. Ik hoorde niet eens mijn eigen gejammer.

7

Die nacht kon ik nauwelijks slapen, hoewel ik uitgeput was van het huilen. Om de een of andere reden werd ik overmand door de angst dat Hendrik me in mijn dromen zou achtervolgen en me zou verwijten dat ik hem niet over de dood van vader had verteld. Als er een hemel bestond, zei ik tegen mezelf, dan had hij hem daar tot zijn verbazing vast ontmoet.

Toen ik vervolgens droomde van de twee leeuwenkoppen, die me zware verwijten maakten over mijn gedrag, was het met mijn nachtrust gedaan. Ik staarde in de duisternis, bang om mijn ogen weer dicht te doen omdat ik vreesde dat Sture en Bror met schelle stemmen tegen me zouden schreeuwen.

’s Morgens voelde ik me loodzwaar, en toch hield ik het niet uit in bed. De deken drukte op mijn borst alsof hij me wilde laten stikken. Rust had ik toch al niet gevonden. Daarvan zouden de blauwe kringen onder mijn ogen getuigen, of ik nog bleef liggen of niet.

Ik stond op, schoot mijn ochtendjas en schoenen aan en verliet mijn kamer. Beneden kon ik de geluiden horen die de dienstmeisjes maakten. De dagelijkse routine was begonnen.

Als kind was ik ’s ochtends ook af en toe mijn kamer uit geslopen. Meestal ging ik naar Hendrik om hem te plagen. Of om me bij hem te verstoppen. Soms liepen we ook naar buiten, op blote voeten over het bedauwde gras, vooral in de midzomer als de warmte nog draaglijk was.

Ook deze keer leidde mijn weg naar Hendriks kamer. Ik legde mijn hand op de deur, voelde het hout en probeerde een spoor van

Hendrik te vinden. Iets, wat dan ook, wat er nog was. Ik sloot mijn ogen en voelde verdriet opwellen. Ik verzette me er niet tegen, liet het gewoon gebeuren. De pijn steeg op uit mijn buik, verzamelde zich in mijn borst en kneep mijn keel dicht.

In gedachten zag ik mijn broer als kind, een jongen met goudblond haar en meer sproeten dan ik kon tellen. Ik zag zijn ogen en zijn lach, voelde zijn hand wanneer hij me overeind hielp als ik was gevallen. Hij was altijd mijn grote held geweest. Als ik bang was, nam hij mijn angst weg. Als ik geloofde dat hij ons in een hopeloze situatie zou brengen, liet hij me zien dat ik hem kon vertrouwen. We werden de hoeders van elkaars geheimen.

Waarom had God ons op deze manier uit elkaar moeten halen? Waarom had hij niet ten minste hém kunnen sparen? Ineens meende ik een geluid te horen. De stroom van beelden ebde weg en de tranenvloed werd minder. Ik veegde vlug over mijn ogen en luisterde. Een zacht, verstikt gejammer. Waar kwam dat vandaan?

Zat mijn moeder in de kamer van Hendrik te rouwen, in de veronderstelling dat niemand het merkte? Had ze zich eindelijk laten meeslepen door het verdriet om haar zoon? Die gedachte wekte een vreemd gevoel in me op. Hoelang wachtte ik er al niet op dat mijn moeder emoties zou tonen. Dat ze zich als een normaal mens gedroeg. Haar te zien huilen zou me de hoop geven dat ze een hart en een ziel had die konden lijden en liefhebben zoals de mijne. Ik had natuurlijk moeten kloppen, maar dan zou mijn moeder weer haar masker hebben opgezet. Dus ik duwde voorzichtig de deurklink naar beneden.

De kamer van mijn broer was nogal donker, met gelambriseerde muren die vol hingen met prachtige schilderijen van paarden. Het ochtendlicht viel door een smalle opening tussen de crèmekleurige gordijnen op een vrouwelijke gedaante die in elkaar gedoken op de rand van het bed zat. Ze snoot haar neus, veegde haar ogen af en richtte toen haar hoofd op. Toen ze me zag, sprong ze overeind. Maar het was niet mijn moeder die me geschrokken aankeek.

'Susanna?' vroeg ik verbaasd.

'Vergeef me, mejuffrouw, ik wilde de kamer luchten, en toen herinnerde ik me weer...' Ze barstte opnieuw in tranen uit.

'Rustig maar, Susanna,' zei ik, terwijl ik de kamer binnenstapte. 'We zijn allemaal erg verdrietig over het verlies van mijn broer.'

Susanna drukte een zakdoek tegen haar mond. 'Ik zal nu gaan. Vergeeft u...'

'Het is al goed.'

Ik keek haar na en voelde mijn hart verkrampen. Het bed van Hendrik was onaangeroerd en zou dat blijven. De aanblik van de beddensprei werd me ineens te veel. Snikkend liep ik terug naar mijn kamer, trok vlug een japon aan en deed beneden in de hal mijn mantel aan en een sjaal om. Van een wandeling zouden mijn gedachten misschien een beetje opklaren.

Door de stralende maartse ochtend raakten mijn sombere gedachten een beetje op de achtergrond. De zon kwam net op achter het woud. Mist hing in de boomtoppen. Zo vroeg in de ochtend, wanneer helemaal niemand wakker was, ging er een bijzondere betovering van het landgoed uit. Je voelde je als in een sprookje, als een prinses in een verdoemd slot die een betoverde prins moest bevrijden. We hadden een tijdje een Franse gouvernante die sprookjes uit haar land voorlas. Ik heb altijd van *Belle en het beest* gehouden. Het roodgouden licht streelde mijn gezicht en drong door de loden stof van mijn mantel. Warmte doorstroomde mijn lichaam.

Op dat moment wenste ik dat Michael bij me was. Hij zou het rustige park zeker waarderen. Maar het viel me zwaar als ik eraan dacht mijn studie en Stockholm op te geven. Ik was een vrije vrouw die een zelfstandig leven leidde. Een leven waarvoor mijn vriendinnen en ik al geruime tijd streden. Als ik de taken van erfgename van het landgoed op me nam, zou ik alles moeten opgeven wat ik met pijn en moeite voor mezelf had bevochten.

Maar ik had het Hendrik beloofd en het was nu mijn verantwoordelijkheid om de toekomst van de hoeve te verzekeren. Had ik eigenlijk een keuze?

Mijn moeder zou me nu niet meer willen laten gaan. Ik zou de band met de Leeuwenhof, en ook met haar, met geweld moeten verbreken en alle schepen achter me moeten verbranden. Er waren tijden geweest dat die beslissing me makkelijk zou zijn afgegaan.

Nu stond ik hier, op de grond waar ik geboren was. Ik voelde nog steeds een sterke band met het landgoed. Maar was dat genoeg om mijn vrijheid op te geven? Zolang ik me kon heugen, wilde ik kunstenaar worden en een vrij leven leiden. Zou dat nog steeds mogelijk zijn?

De gedachte drukte loodzwaar op mijn schouders. Ik vervloekte mezelf omdat die nu weer naar boven kwam en me niet meer losliet. Waarom had Hendrik toch dood moeten gaan?

Ik liep naar de bloembedden. In deze tijd van het jaar was het hier nog behoorlijk kaal. Mijn moeder had ervoor gezorgd dat de tuin voor het grootste deel Engels was aangelegd, maar er waren naast de rozenperken en de fleurige vaste planten ook lelietjes-van-dalen, die na de narcissen kwamen, en in de zomer klaprozen. Mijn moeder had een hekel aan die wildgroei, maar tot nu toe had ze er niet veel aan kunnen veranderen. Mijn vader wilde een stukje natuur op het landgoed behouden, zo had hij het tenminste tegen haar gezegd. Dus hier werd alleen het gras bijgeknipt en werd er niets geplant.

Ik had graag op de grond willen gaan zitten, maar het gras was nat van de dauw. Ik hurkte, plukte een van de sneeuwklokjes die hier net als onkruid groeiden, en hield het onder mijn neus. Hoe onbezorgd had mijn leven eruitgezien toen ik nog een kind was. Nu was alles donker en zwaar van narigheid, verdriet en onzekerheid. Alles stond op losse schroeven en mijn toekomst en die van de Leeuwenhof hingen af van mijn beslissing.

Weer moest ik aan Michael denken. Ik wist niet zeker of hij het plattelandsleven zou weten te waarderen, maar omwille van mij zou hij het zeker op zich nemen. Ik had niet specifiek gesproken over een huwelijk met hem, maar wat zou daarop tegen zijn? Natuurlijk zou de adel hier de neus voor Michael ophalen, maar we leefden toch in een moderne tijd. Omdat ik meerderjarig was, kon mijn moeder niets tegen een huwelijk beginnen.

En mijn studie? Zou het mogelijk zijn om die te combineren met het beheer van het landgoed?

In het geval dat ik de hoeve achter me liet, waren er twee alternatieven: óf mijn moeder ging het landgoed beheren, óf het werd verkocht. Hendrik wist dat toen hij me had laten beloven zijn plaats in te nemen. Tot in de dood rekende hij erop dat ik er zou zijn. Er was geen denken aan hem teleur te stellen.

Toen ik in het huis terugkwam, verdween de magie van de stilte. In de keuken klonk gerammel, de meisjes haastten zich door de gangen. De meeste kamers waren rond deze tijd al gelucht en de open haarden aangestoken.

Ik ging naar de keuken. Mevrouw Bloomquist, onze kokkin, had me vroeger altijd graag een paar koekjes toegestopt en melk voor me neergezet. Dat was precies waar ik nu naar verlangde, na de donkere uren die achter me lagen en voor de donkere uren die me te wachten stonden.

'Goedemorgen,' groette ik toen ik onder aan de trap was. Zoals ik had verwacht was Svea, het keukenmeisje dat ervan droomde ooit zelf kokkin te worden, bezig het vuur aan te maken. Marie, die al jaren bij ons werkte, pompte water in een wat gehavende emaillen emmer.

Onmiddellijk verstijfden ze allebei. 'Goedemorgen, mejuffrouw,' wist Svea uiteindelijk uit te brengen. 'Kunnen we iets voor u doen? Moeten we mevrouw Bloomquist halen of juffrouw Rosendahl?'

Ik schudde mijn hoofd en liep naar de lange tafel waar de bedienden hun maaltijden gebruikten.

'Nee, bedankt, ik wil hier gewoon even zitten. Dat deed ik vroeger als kind ook.'

Ik ging midden op de bank zitten. Wie zat er nu op deze plaats? Een van de meisjes of misschien Bruns? Ik wist dat er een geheime rangorde was onder de bedienden, die ook de zitplaats aan de gemeenschappelijke tafel bepaalde. De meisjes staarden me onzeker aan. Toen besloten ze door te gaan met hun bezigheden, waarbij hun bewegingen er niet meer zo ontspannen uitzagen. Om ze niet het gevoel te geven dat ik ze wilde controleren, keek ik uit het raam. Vanaf hier had je een goed zicht op de stallen – helaas ook op de schuur die door de brand was verwoest.

'Juffrouw Agneta, is alles in orde?' Mevrouw Bloomquist haalde me uit mijn gedachten.

'Goedemorgen, mevrouw Bloomquist, ja, dank u.' Ik wist dat op mijn gezicht iets anders te lezen was. Niets was in orde en zou dat ooit weer zijn. Maar voor de bedienden moesten de meesters vertrouwen uitstralen – zelfs in donkere tijden. 'Ik vraag me alleen af of u havermoutpap met veenbessen voor me wilt maken. Net als vroeger.'

Er gleed een glimlach over het gezicht van de kokkin. Ze herinnerde zich nog steeds dat ik dat als kind erg lekker had gevonden. Meestal kreeg ik het wanneer ik 's morgens vroeg mijn bed uit was geslopen. Eigenlijk stond moeder erop dat het gezin samen at, maar mevrouw Bloomquist, die zelf geen kinderen had, kon het me niet weigeren – ook al riskeerde ze problemen omdat ik dan aan tafel geen honger had.

'Natuurlijk, maar ik moet u erop wijzen dat mevrouw niet blij zal zijn als u zonder eetlust aan het ontbijt verschijnt.'

Ik trok een scheve glimlach. 'Ik denk niet dat dat een probleem is. Mijn moeder heeft op dit moment andere zorgen.'

De kokkin knikte, pakte haar theedoek en stopte die tussen haar schort voordat ze aan de slag ging.

Na een paar minuten stroomde de geur van zoete havermoutpap in mijn neus. De geur van mijn jeugd, van de zorgeloosheid van toen. Wat verlangde ik op dat moment naar die uren terug. Uren waarin het niet nodig was het iemand naar de zin te maken. In die tijd had ik alles en dacht ik er helemaal niet aan dat ik iets zou kunnen verliezen. Maar nu...

'Hier, mejuffrouw,' zei mevrouw Bloomquist terwijl ze de kom voor me neerzette. De naar melk en suiker geurende pap werd bekroond met een grote klodder veenbessencompote, waar ik zo van hield. 'Laat het u goed smaken. Mocht u meer willen, er is genoeg.'

'Dank u wel, mevrouw Bloomquist,' antwoordde ik, terwijl ik mezelf even toestond me onder te dompelen in jeugdherinneringen.

8

Een uur later had ik spijt van het dubbele ontbijt. Het lag zwaar op mijn maag toen we naar Kristianstad reden.

Mijn moeder zat in het rijtuig met een uitdrukkingsloze blik tegenover me, haar gezicht bevroren tot een masker. Ze droeg haar haar in een kunstige wrong in de nek. Linda was zeer bedreven in dat soort kapsels en had doorgewinterde coiffeurs in Stockholm in verlegenheid kunnen brengen. Soms vroeg ik me af waarom ze er genoegen mee nam de kamenierster van mijn moeder te zijn.

Linda mocht dan zeer getalenteerd zijn, ze had kennelijk niet kunnen voorkomen dat de zwarte japon van mijn moeder wat te ruim viel. Gisteren had ik het nog niet opgemerkt, maar nu zag ik het duidelijk: Stella Lejongård was zichtbaar afgevallen. De afgelopen dagen hadden veel van haar gevergd. Desondanks hield ze haar lichaam rechtop met een gratie die veel jonge vrouwen ontbrak. Mij ook. Alleen het korset onder mijn japon verhinderde dat ik in elkaar zakte. Omdat ik in Stockholm nooit een korset droeg, was ik eraan gewend ontspannen te zitten. Nu had ik het gevoel dat iemand me in een houten ton had geschoven. Maar bij deze gelegenheid durfde ik het niet op een ruzie met mijn moeder te laten aankomen. Ze zou het zeker meteen hebben gemerkt als ik het had weggelaten. Hoewel mijn volle maag me nu min of meer nekte, wilde ik geen ruzie over gepaste kleding met haar maken nu we Hendrik afhaalden voor zijn laatste reis.

Toen we in Kristianstad aankwamen, was het middaguur al lang voorbij. Traag luidde de kerkklok. Of die luidde voor een begrafenisstoet of een bruiloft, kon ik niet zeggen.

De geur van carbol sloeg ons tegemoet. Mijn moeder haalde een zakdoek uit haar mouw tevoorschijn en hield die onder haar neus. Op haar gezicht was nog steeds geen emotie te zien. Misschien had ze vanmorgen gehuild, maar nu wist ze, zoals van haar werd verwacht, heel goed haar kalmte te bewaren. Ik daarentegen wist niet hoelang ik mijn tranen nog kon tegenhouden. Enerzijds omdat ik weer aan het gesprek met Hendrik dacht waarbij ik hem had beloofd over Stockholm te vertellen en anderzijds omdat me duidelijk werd dat dit gesprek nooit meer zou plaatsvinden, ook al wilde ik het nog zo graag.

Dokter Lindström zat in zijn spreekkamer op ons te wachten. De zon was inmiddels verdwenen achter dikke wolken die zich dreigend achter de grote ramen hadden opgestapeld.

'Mijn oprechte medeleven,' zei de dokter en hij boog zijn hoofd voor mijn moeder en mij. 'Het spijt me heel erg dat ik niet meer voor uw zoon kon doen. U weet dat ik complicaties vreesde. Dat die optraden...'

Mijn moeder bracht hem met een handgebaar tot zwijgen. 'U hebt alles gedaan wat in uw vermogen lag,' zei ze. 'Ik weet dat de verwondingen ernstig waren. Mijn zoon was in Gods hand.'

Gods hand. Ik herinnerde me nog levendig de discussies die ik in Stockholm had gevoerd met geestelijken, die vonden dat het Gods wil was dat de vrouw achter het aanrecht bleef en kinderen kreeg.

Hoewel ik wist wat mijn moeder motiveerde om zich zo te gedragen, vroeg ik me af hoe het er vanbinnen bij haar uitzag. Werd ze verscheurd door verdriet? Voelde ze zich verdoofd? In families als de onze werd nooit over persoonlijke gemoedstoestanden gesproken. Er werd verwacht dat je functioneerde. Dat was de reden geweest dat ik weg wilde van het leven op de Leeuwenhof.

'Wilt u de overledene nog een keer zien voordat we u het lichaam overdragen?' vroeg dokter Lindström.

'Ja, dat willen we,' antwoordde mijn moeder voor ons allebei.

Ik keek haar enigszins verbaasd aan. Ik had Hendrik het liefst in mijn herinnering bewaard zoals hij was. Maar wat was mijn laatste herinnering aan hem? Mijn broer in verband gehuld! Het beeld van Hendrik, blakend van gezondheid, die met mij door de weilanden rende en zich moeiteloos in het zadel zwaaide, werd te veel door die laatste, vreselijke aanblik overschaduwd.

En wat zouden we nu aantreffen? Was hij met dezelfde pasta beschilderd als mijn vader? Bij dat idee draaide mijn maag om. Het koude zweet brak me uit. Mijn oren begonnen te suizen, net als twee dagen geleden toen ik Hendrik voor het laatst had bezocht.

'Ik moet me even verontschuldigen,' bracht ik uit en ik stormde de kamer uit, zonder een reactie van mijn moeder of de dokter af te wachten.

In eerste instantie dacht ik dat ik moest overgeven. Met mijn hand op mijn korset sleepte ik me naar het raam en sloot mijn ogen. Als ik dat keurslijf toch eens uit kon doen! De frisse lucht gaf me gelukkig verlichting en verdreef het beklemmende gevoel dat me overvallen had. Ik probeerde me op mijn ademhaling te concentreren en uiteindelijk verminderde het ruisen en hoorde ik het getjilp van de vogels. Langzaam opende ik mijn ogen weer. Achter me hoorde ik een deur opengaan.

'Juffrouw Lejongård?' De stem van de dokter klonk bezorgd. Mijn moeder was hem natuurlijk niet gevolgd.

'Het gaat wel weer. Begrijpt u, het is op het moment allemaal een beetje veel.'

De dokter knikte.

'Misschien moet je hier een beetje rusten,' zei mijn moeder vanaf de achtergrond. Toen ik achter me keek, zag ik duidelijk de teleurstelling in haar ogen. Ze had van mij verwacht dat ik net als zij mijn kalmte zou bewaren. Daarbij vergat ze zeker dat mijn hart niet van ijs was.

'Nee, het is al goed,' zei ik, omdat ik haar geen reden wilde geven om later in het rijtuig over mijn gedrag te gaan klagen. 'Ik ben er klaar voor.'

'Echt waar?' Dokter Lindström keek me sceptisch aan.

Ik weet niet waarom, maar ineens werd ik heel erg kwaad toen ik naar hem keek. Hij had beloofd al het mogelijke te doen om mijn broer te redden! En nu kon hij ons alleen maar het stoffelijk overschot van Hendrik laten zien.

'Ik weet het zeker,' zei ik, misschien een beetje scherper dan nodig zou zijn geweest. Lindström week een beetje terug en probeerde niets te laten merken. Ik zocht de blik van mijn moeder niet eens.

'Nou, volgt u me dan alstublieft,' zei de professor.

Ik streek mijn japon glad en liet mijn moeder voorgaan.

Hendrik was in de kelder van het ziekenhuis opgebaard. Het elektrische licht waarmee de kamer werd verlicht, versterkte de koude indruk. Kaarsen waren me liever geweest, want de lampen brachten alles aan het licht. Elke wond, elk teken van verval. Hendriks lijk was bedekt met een wit laken, waardoor de contouren van zijn lichaam maar vaag waarneembaar waren. Dokter Lindström ging naast hem staan en sloeg het laken zo ver terug dat we het gezicht van mijn broer konden zien.

'De begrafenisondernemer wacht op de binnenplaats,' verklaarde de dokter. 'U kunt hier zo lang blijven als u wilt.'

'Dank u, dokter, dat is heel vriendelijk van u.'

Alleen al uit beleefdheid zou mijn moeder niet langer dan een paar minuten blijven.

'Dan laat ik u nu alleen. Als u me nodig hebt, belt u maar.' Hij wees naar een schellekoord naast de deur en nam afscheid.

Mijn moeder zakte neer op de stoel naast de baar. Haar ogen bleven op Hendriks gezicht gericht. In het felle licht leek ze nog matter dan gewoonlijk en de schaduwen onder haar ogen nog donkerder. In haar ogen blonken echter geen tranen. Ze zag er nog steeds uit alsof ze bevroren was.

De aanblik van Hendrik was hartverscheurend. Ik jammerde zacht toen ik naar zijn gezicht keek, dat nog steeds door verband ontsierd werd. Waarom hadden ze het er niet af gehaald? Zagen de wonden eronder er zo vreselijk uit?

Ik moest weer aan de witte pasta op mijn vaders gezicht denken. Ik verloor mijn zelfbeheersing en begon hard te huilen. Het beeld van mijn broer werd wazig, tranen druppelden op mijn japon en op de grond. Het suizen in mijn oren werd zo sterk dat ik het niet eens zou hebben gehoord als mijn moeder me tot de orde had geroepen.

Op een gegeven moment droogden mijn tranen op en begon ik te trillen, daar kon ik niets aan doen. Vergeefs wachtte ik op een teken van troost van mijn moeder. Toen ik een beetje gekalmeerd was, stond ze op, liep waardig naar het schellekoord en trok eraan. Toen ging ze weer zitten. Met betraande ogen keek ik haar aan. Ze staarde langs me heen. Een jonge arts begeleidde ons naar boven, waar de koets van de begrafenisondernemer op ons wachtte. De uitvaartdienst voor mijn vader en broer zou in Kristianstad plaatsvinden, daarna zouden ze naar het familiegraf op de dorpsbegraafplaats worden overgebracht. Door me op deze feiten te concentreren wist ik mijn verdriet in te houden.

'We moeten met de pastoor praten en hem vragen of de uitvaart van Hendrik ook op zaterdag kan plaatsvinden,' zei mijn moeder plotseling nadat we de achteringang van het ziekenhuis uit waren gelopen.

Ik staarde mijn moeder ongelovig aan. We waren er net getuige van geweest dat haar zoon, mijn broer, de lijkkoets in werd gedragen en ze dacht al meteen weer praktisch. Hadden we in plaats daarvan niet in elkaars armen moeten liggen en elkaar moeten troosten?

'Ben je het daarmee eens of heb je bezwaren?' haalde haar stem me uit mijn gedachten.

'Pardon?' vroeg ik verward.

'De begrafenis van je vader en je broer. Heb je er bezwaar tegen dat ik de pastoor vraag of hij de gezamenlijke herdenkingsdienst op zaterdag kan houden?'

'Bedoelt u vanwege het bijgeloof van de mensen?' vroeg ik en mijn stem klonk sarcastischer dan ik wilde. 'Omdat ze vrezen dat er meer doden zullen vallen wanneer hun kisten in het weekend boven de grond staan?'

Mijn moeder keek me ontsteld aan. 'Hoe kun je zoiets zeggen? Kan het jou dan niets schelen?'

Ik schudde mijn hoofd. Had ik het goed gehoord? Beschuldigde mijn moeder mij van onverschilligheid? Opnieuw kwamen er tranen in mijn ogen maar ditmaal omdat het mijn moeder gelukt was om me met een paar woorden diep te krenken.

'Het kan me wel iets schelen,' viel ik uit terwijl de tranen over mijn wangen rolden.

'Zachtjes!' siste mijn moeder.

Ik kon haar plotselinge woede niet begrijpen, en die maakte me ook boos. Het was toch maar een opmerking! Waarom reageerde ze zo?

'Moet ik me inhouden?' barstte ik uit. 'Ik ben net zo geschokt als u! Vooral doordat u me zonder waarschuwing met mijn overleden vader hebt geconfronteerd. Denkt u dat ik niet kan wachten totdat ze allebei onder de grond verdwijnen? Dat is niet zo!' Mijn stem werd steeds schriller. Het kon me niet schelen of de medewerkers van de begrafenisonderneming het konden horen. Dat moest dan maar! 'Wie van ons beiden is nou onverschillig? Ik die niet weet wat ze moet zeggen als ze ziet dat haar moeder de begrafenis zo snel mogelijk achter de rug wil hebben, of mijn moeder die het niet schijnt te raken dat ze haar zoon zojuist voor de laatste keer heeft gezien?'

Mijn stem schalde over de binnenplaats, maar dat viel me slechts even op, omdat mijn hart als een razende tekeerging.

Trillend stond ik voor mijn moeder en ik besefte dat ik weer eens niet anders had gedaan dan wat ze van me verwachtte. En ook zag ik in hoe dom ik me had gedragen. Had ik niet gewoon 'Ja, daar ben ik het mee eens' kunnen zeggen? Waarom hield ik in zulke situaties niet gewoon mijn mond?

Even leek ze haar gezicht een beetje te vertrekken. Verrassend genoeg was ze niet in staat iets uit te brengen. Eindelijk draaide ze zich om en keek naar de wagen, die nu het lichaam van Hendrik had ingeslikt.

Ik veegde de tranen van mijn wangen. Natuurlijk negeerde

mijn moeder me nu. Andere vrouwen zouden misschien geprobeerd hebben zich te verdedigen, het verwijt van onverschilligheid van zich af te schudden. Maar Stella Lejongård deed liever alsof er geen scène was geweest.

Toen de assistenten van de begrafenisondernemer klaar waren, sprak ze nog even kort met hen. Ik stond erbij als een overbodig meubelstuk. Mijn woede maakte plaats voor teleurstelling en ik voelde me verdoofd. Ook op de terugweg naar Lindströms spreekkamer deed mijn moeder alsof ik er niet was. Als ik niet mee naar binnen was gegaan, had ze me waarschijnlijk buiten laten staan. Ze bedankte de professor, die daarop van ons allebei afscheid nam. We zwegen tot we in de koets zaten.

'Een ogenblikje,' zei ze tegen August, die op een teken wachtte om te vertrekken.

Toen wendde ze zich tot mij. Haar ogen bleven koud, maar haar mond trilde toen ze zachtjes zei: 'Ik ben niet onverschillig. Misschien ben je het vergeten, maar een familie als de onze heeft verplichtingen. We moeten het decorum bewaren. Dat betekent ook dat wij niet zomaar toegeven aan onze gevoelens, vooral niet in het openbaar.' Ze zweeg even, alsof ze tegenspraak van me verwachtte. 'Daarnet gedroeg je je alsof je uit de goot komt. Thure had je nooit naar Stockholm moeten laten gaan, want daar ben je al je manieren vergeten. Hendrik zou nooit op het idee zijn gekomen, maar jij moest zo nodig gehoor geven aan je grillen! Ik betreur het echt dat Hendrik aan het vuur ten prooi is gevallen. Hij was de ideale zoon!'

Even keek ze me met een harde blik aan, toen klopte ze tegen de koetsdeur. Ik staarde haar geschrokken aan, maar ze besteedde geen aandacht meer aan me.

Haar tirade hield me gedurende de hele terugreis bezig. Het liefst had ik haar de vraag naar het hoofd geslingerd of ze liever had gewild dat ík zou zijn gestorven. Maar ik was bang voor het antwoord.

Bij het middageten bleef ik weg; ik wilde haar niet meer zien.

Zonder bedoeling liep ik naar de paardenweiden en wenste zo ver mogelijk weg te zijn. Ik wilde naar Michael in Stockholm. De gedachte aan hem troostte me echter niet. Ik voelde iets groots, iets vreselijks op me afkomen. Iets wat mijn leven zoals ik het tot nog toe kende onherroepelijk zou veranderen.

Nu was alleen ik er nog, de enige nazaat van Thure Lejongård. De erfgename van de Leeuwenhof.

Ik sloeg mijn armen om mezelf heen. Ineens voelde ik me ontzettend eenzaam. Ik wilde mijn leven in Stockholm niet kwijt. Ik wilde evenmin dat de Leeuwenhof ten onder ging of verkocht moest worden. Was er dan toch meer verantwoordelijkheidsgevoel in me achtergebleven dan ik dacht?

Toen de wind aanwakkerde en aan mijn haar en kleding begon te trekken keerde ik om. Er kwamen donkere wolken opzetten. Het was waarschijnlijk beter om terug te gaan, dus nam ik mijn rokken op en begon te rennen.

Vlak bij huis begon het te stortregenen. Ik rende de trap naar de voordeur op. In mijn kamer pelde ik me als verdoofd uit mijn natte kleren, haalde een schoon hemdje uit de kast en hulde me in mijn oude ochtendjas. Ik voelde me zwaar en verdrietig en wilde alleen nog maar slapen. Gewoon slapen, tot een nieuwe dag aanbrak.

9

Aangezien mijn pogingen om te helpen bij de voorbereidingen voor de begrafenis hardnekkig door Stella werden afgewezen, moest ik de tijd zien te verdrijven.

Ik wachtte op een bericht van Michael, maar dat kwam niet.

Ik troostte me met de gedachte dat brieven tijd kostten. Misschien had hij mijn laatste brief nog maar pas ontvangen. Toch schreef ik hem een nieuwe, iets beknoptere brief waarin ik hem over de dood van Hendrik vertelde. Vreemd genoeg voelde ik me er niet lichter door. Mijn belofte aan Hendrik drukte zwaar op mijn schouders en ik hoopte iets geruststellends van Michael te horen. Dat hij me zijn steun zou toezeggen of gewoon zou laten weten dat hij van me hield.

Meer dan eens viel mijn blik op mijn oude schildersezel, maar ik kon me er niet toe brengen erachter te gaan zitten. Als kind had ik er vaak achter zitten schilderen. Schilderij na schilderij ontstond, eerst amateuristisch en naïef, daarna steeds gedetailleerder. Maar sinds ik hier was, voelden mijn vingers stram. In mijn hoofd waren geen beelden, alleen verdriet, verwarde gedachten en schaduwen.

Je kunt ook met een zwaar gemoed schilderen, maar de pijn van het verdriet verlamde me.

Het zou goed zijn geweest om een opdracht te hebben. Dan zou ik er niet urenlang aan hoeven te denken hoe vader en Hendrik zich gevoeld moesten hebben toen ze de brandende stal in waren gelopen – en toen het dak naar beneden stortte. Ik kon die kwellende gedachten niet zomaar uit mijn hoofd zetten, hoe ik het ook probeerde.

De middagen bracht ik door in de bibliotheek, maar ik kon er niet toe komen echt te lezen. Wanneer ik in een boek was begonnen, zette ik het terug en pakte het volgende.

Op vrijdag besloot ik naar het familiegraf te gaan. Ik had geen idee wat me daar trok. De enige daar rustende dode die ik nog persoonlijk had gekend, was mijn grootmoeder, met wie ik geen speciale band had gehad. Als kind waren we er nooit geweest. Omdat de tombe bij het dorpskerkhof hoorde, waren we nooit in de verleiding gekomen er te gaan spelen.

Toch wilde ik daar zijn waar mijn voorouders rustten, mannen en vrouwen die hun leven op het landgoed hadden doorgebracht en het gewijd hadden aan het Zweedse koningshuis. Vader en Hendrik maakten daar nu deel van uit. Als er een hemel bestond, zouden ze al die mensen ontmoeten.

Toen ik bij de tombe aankwam, die op een kleine heuvel lag waarvandaan je op de grafkruisen van het dorp uitkeek, zag ik dat de grafdelvers al waren begonnen voorbereidingen te treffen voor de begrafenis. Op de begraafplaats zouden ze een graf hebben gedolven en met gras hebben bekleed, maar Lejongårds werden niet aan de aarde toevertrouwd. Ze sliepen in stenen nissen tot in de eeuwigheid. Boven de ingang van het mausoleum lag een huilende vrouw wier arm over de rand van de ingang uitstak. Een engel boog zich sierlijk over haar, met de ene hand troostrijk op haar schouder gelegd, de andere naar de hemel gericht om haar te laten zien dat na de dood voor ons allen het paradijs zou komen. De beelden moesten vroeger goudkleurig geglansd hebben, nu waren ze overal geheel bedekt met een groen patina. Voorbijtrekkende wolken werden weerspiegeld in het water van de vijver. In het midden dreef een groepje waterlelies, wachtend tot ze zouden gaan bloeien. Als je niet wist dat zich achter de smeedijzeren poort de graven van generaties Lejongårds bevonden, zou je kunnen denken dat dit de ingang van een geheim, betoverd koninkrijk was.

Ik liep naar de poort. In de duisternis erachter kon je de grafplaten onderscheiden.

De mannen die bezig waren de weg vrij te maken van gebladerte, zouden daarna naar binnen gaan, twee van de vrije nissen met een doek bekleden en boeketten en kaarsen neerzetten.

De gasten zouden het mausoleum niet binnengaan, mijn moeder en ik wel.

Ik groette de mannen en duwde de traliedeur open. Mijn moeder hield die gewoonlijk op slot, maar waarschijnlijk had ze de sleutels aan de grafdelvers gegeven. Wat zou je hier hebben moeten stelen? De Lejongårds waren nooit met wereldse rijkdom begraven. Er viel niets te plunderen; de doden droegen geen sieraden en waren in eenvoudige kleding of een nachthemd gehuld. Mijn voorouders wilden niet worden belast door wereldse zaken wanneer ze aan de poort van Petrus verschenen.

Een muffe geur van stof en vocht omgaf me. Ik haalde een lucifer uit mijn schoudertas en stak een lantaarn aan die op een verhoging in de voorkamer stond. Daarmee ging ik dieper de crypte in.

In de tombe rustte alleen de hoofdtak van de Lejongårds, de families van de eerste zonen. Ieder paar voor altijd verenigd in een nis die door een zware stenen plaat werd afgesloten. Het lot was mild geweest voor onze familie. Hoewel in vroeger tijden sommige kinderen jong waren gestorven, was er altijd weer een zoon geweest die lang genoeg leefde om de naam voort te zetten. Dat was nu voorbij. De zoon was gestorven zonder kinderen na te laten. Een dochter was de volgende in de erfopvolging, tenzij het testament van mijn vader iets anders bepaalde.

Die gedachte deprimeerde me, hoewel ik bij de stenen platen niet veel voelde. Het was niet de naam die een familie verenigde, het was de liefde voor elkaar. En liefde had ik alleen voor Hendrik, en ook wel voor vader gekoesterd.

Een geluid haalde me uit mijn gepeins. Ik dacht dat het de mannen waren, maar achter mij dook mijn moeder op, een diepzwarte schaduw met een wit gezicht.

'Jij hier?' vroeg ze, alsof ze me voor een geest aanzag.

'Ja', antwoordde ik.

Mijn moeder schudde een beetje ongelovig haar hoofd maar zei verder niets. In plaats daarvan liep ze naar de lege nissen. Die naast Thure zou vrij blijven voor haar. Hendriks voortijdige dood bracht de volgorde in de war, omdat hij geen kind meer was, dat in de nis voor kinderen begraven zou kunnen worden. En naast hem zou er geen vrouw, geen zoon zijn. Alleen ik.

'Waarom laat u me niet helpen met de voorbereidingen?' vroeg ik. Mijn stem weergalmde gedempt tegen de muren. Dit was geen plek om te praten en al helemaal niet om te ruziën, maar mijn moeder zou hier niet zonder meer naar haar rustkamer kunnen verdwijnen.

'Jij bent hier een hele tijd niet geweest, je leidde je eigen leven in Stockholm,' antwoordde ze, zonder haar blik van de nis af te wenden. 'Je woont daar nog steeds. Als vrouw des huizes heb ik de plicht om de begrafenissen te organiseren.'

'En dat weerhoudt u ervan om u door mij te laten ondersteunen?'

Mijn moeder zweeg op mijn vraag, dus vervolgde ik: 'Het spijt me dat ik op de binnenplaats van het ziekenhuis zo luidruchtig ben geweest. Ik... Ik voelde me zo gespannen. Ik word vanbinnen verscheurd als ik eraan denk dat ze 's ochtends nog vol verwachting zijn opgestaan en toen al die ellende moesten doormaken. Ik weet dat als dit niet zou zijn gebeurd, ik hier niet zou zijn. Maar geloof me, het lot van mijn familie laat me niet onverschillig. Ook al streef ik naar vrijheid, ik maak er toch deel van uit.' Ik boog mijn hoofd en voegde eraan toe: 'Ik wil zo graag dat u me begrijpt.'

Nog steeds bewoog mijn moeder zich niet. Omdat ze haar gezicht niet naar me toe draaide, kon ik niet zien hoe ze keek, maar ik hoorde dat ze haar neus ophaalde, alsof ze tegen haar tranen vocht.

'Er is niet veel meer te doen,' zei ze en ze keerde zich eindelijk naar me toe. In haar ogen blonken inderdaad tranen, maar ze knipperde ze weg. 'Ik ben maandag al begonnen alles te regelen. Nadat dokter Bengtsen naar je vader had gekeken, vertelde hij me dat alle hoop vergeefs was. Ik moest bij hem blijven en zijn laatste uren zo aangenaam mogelijk maken. Hij gaf hem opium, en zo kon je vader tenminste enigszins pijnloos overgaan.' Ze pauzeerde even, boog haar hoofd en keek toen weer op.

'Voor Hendrik zag het er niet veel beter uit, maar Bengtsen zei dat hij gezien zijn leeftijd misschien nog zou kunnen herstellen. Daarom werd hij naar Kristianstad gebracht. Diep in mijn hart wist ik dat hij niet beter zou worden.'

'Dus dat is de reden dat hij niet van de dood van vader mocht weten.'

Mijn moeder knikte. 'Ja. Ik wilde ook zijn laatste uren zo aangenaam mogelijk maken. Hij moest denken dat zijn vader het zou overleven. Of zou jij zo wreed zijn geweest om het hem te vertellen?'

'Ik hoopte dat hij beter zou worden,' antwoordde ik. 'Dokter Lindström zei weliswaar dat het ernstig was, maar ik heb uit zijn woorden niet opgemaakt dat hij zou sterven.'

Mijn moeder had het me kunnen vertellen. In plaats daarvan had ze die wrede voorstelling met vader opgevoerd. Maar misschien was het nu het juiste moment om erachter te komen wat ze daarmee had beoogd.

'Waarom hebt u me niet verwelkomd, om me te vertellen dat vader overleden was?' vroeg ik zo kalm mogelijk. 'Waarom moest ik door Bruns naar zijn doodsbed worden gebracht, zonder te vermoeden wat me te wachten stond?'

Mijn moeder perste haar lippen op elkaar. 'Ik... ik zat zo vol verdriet. Vol woede. Je had hier moeten zijn! Je hoort hier! Maar je was in Stockholm, leidde een frivool leven...'

'Een kunststudie is niet frivool, moeder.' Hoewel mijn maag van streek raakte door haar verwijt, probeerde ik kalm te blijven. 'Ik doe erg mijn best, en mijn docenten zijn tevreden over me. En u kunt me geloven, ik leid geen frivool leven. Ik wil gewoon niet onder toezicht staan, dat is alles.'

Mijn moeder zweeg daarop. Waarom kwam ze zelfs nu niet op andere gedachten?

'Nou, in elk geval is er voor jou hier niets meer te doen. Tenzij je voorgoed terugkomt.'

'Als ik terug zou komen, zou ik u dan mogen helpen bij de voorbereidingen?' Dit gebrek aan logica was bepaald niet te overtreffen.

'Nee, de begrafenis is al geregeld. Dat was al zo na het overlijden van je vader. Maar als je terugkomt, kun je zorg dragen voor de Leeuwenhof. En voor het erfgoed van je familie.'

Wilde ze dat ik haar dat beloofde, hier, voor al onze voorouders? Ik kon het niet, en dat leek ze ook te merken.

'Ik ga met de mannen praten,' zei ze. 'Als je wilt, blijf nog gerust, maar je aanwezigheid is niet vereist.' Daarop draaide ze zich om.

Ik keek haar na. Mijn borst verkrampte. Even had ik gedacht dat ze een beetje zou ontdooien, zich zou openstellen en zich misschien zelfs voor het vreselijke dat ze had gedaan zou verontschuldigen. Maar ik had me vergist. Ook al had ze milder geklonken, ze had er geen spijt van dat ze haar woede op mij had afgereageerd. Dat maakte me verschrikkelijk verdrietig.

Ik wachtte tot ze de tombe had verlaten en ging haar toen achterna. Terwijl ze tegen de grafdelvers sprak, sloop ik langs haar heen en terneergeslagen liep ik langzaam terug naar de hoeve.

De hele avond sloot ik me in mijn kamer op en probeerde op de een of andere manier afleiding te vinden.

Zaterdagochtend schudde iemand me aan mijn schouder. Ik richtte me verschrikt op en blikte verward in het gezicht van het meisje; haar naam kon ik me niet meteen herinneren.

O ja, Lena. Zo heette ze. Lena.

'Gaat het, mejuffrouw?' vroeg ze bezorgd en ze keek me aan alsof ik een bloedende wond in mijn gezicht had. Het volgende moment werd me pas duidelijk dat ik op de grond lag, met onder me een boek waarin ik waarschijnlijk had gelezen voordat ik in slaap was gevallen.

Met moeite krabbelde ik op. Als kind kon ik overal slapen, maar die tijd bleek voorbij. Mijn rug was zo stijf als een plank, en mijn nekspieren waren verkrampt alsof ik dagenlang, aan een stuk door, aan een schilderij had gewerkt.

Toen ik eindelijk overeind was gekomen, voelde ik me net mijn grootmoeder.

'Bent u onwel?' vroeg Lena, terwijl ze nog steeds onzeker van het ene been op het andere wiebelde. 'Moet ik uw moeder waarschuwen?'

'Nee, ik ben in orde,' antwoordde ik. 'Ik heb gisteren bij de open haard liggen lezen.'

Het meisje knikte onzeker, helemaal overtuigd van mijn welbevinden scheen ze niet te zijn. Zelf was ik dat ook niet. Hoe had ik het in mijn hoofd kunnen halen om voor de open haard te gaan liggen? Van al dat verdriet en huilen wist ik blijkbaar niet meer wat ik deed.

'Goed, laten we eens aan de dag beginnen,' zei ik.

'Ik heb net warm water gehaald en ik wilde uw bad gaan klaarmaken.'

Blijkbaar was mijn moeder van mening dat ik mijn zonden af moest wassen voordat we naar de kerk gingen. Maar gewone zeep zou niet voldoende zijn.

'Goed, laat je door mij niet weerhouden.'

Lena maakte een knicksje en verdween in het aangrenzende kamertje, waar in het midden een zitbad met groen uitgeslagen leeuwenpoten stond.

Ik keek in de spiegel van mijn toilettafel. Mijn hemel, wat zag ik er slecht uit! Donkere kringen onder mijn ogen. Mijn wangen waren bleek en mijn lippen gebarsten. Als Michael me zo had gezien, zou hij me meteen in bed hebben gestopt en de dokter hebben geroepen.

Maar afgezien van een merkwaardige dofheid voelde ik me niet naar. Waarschijnlijk had mijn hart zich in het verdriet ingesponnen als een rups in zijn cocon.

Bij de begrafenisplechtigheid werd er van me verwacht dat ik me beheerste, maar hoe ik eruitzag deed er niet toe. Ik zou de hele dag mijn gezicht achter een zwarte sluier kunnen verbergen, beschermd tegen het medelijden van degenen die eigenlijk geen medelijden voelden.

De dood van mijn vader en Hendrik was een grote schok voor een aantal buren, vooral voor de mensen in het dorp. Die kenden hen van de jacht en van de zomerfeesten waaraan ze altijd hadden deelgenomen, ongeacht de bezwaren van mijn moeder. Mijn vader had de afgelopen paar jaar zijn best gedaan Hendrik in zijn rol van nieuwe landheer aan de dorpelingen aan te bevelen. Ik had het gevoel dat zijn opzet geslaagd was. De dorpelingen zouden oprecht rouwen.

Maar er waren anderen die in hun overlijden een voordeel zagen: landeigenaren die ons altijd al om onze positie hadden benijd en erop hadden zitten wachten dat we door ongeluk zouden worden getroffen. Sommigen van hen waren zware concurrenten bij de leveringscontracten en hoopten nu vast van onze ellende te profiteren. Ik werd beroerd als ik eraan dacht hoe boosaardig ze zouden reageren als een vrouw de leiding over het landgoed overnam.

Ik zette die gedachten van me af.

'Jij komt toch uit het dorp?' vroeg ik aan Lena, die bezig was mijn bad voor te bereiden. De wateremmers stonden al klaar, ze moest ze naar boven hebben gedragen voordat ze me voor de open haard had ontdekt.

'Ja, mejuffrouw,' antwoordde ze.

Ik bekeek haar in de spiegel. Ze was een pezig meisje. Haar armen onthulden dat ze, zoals veel boerenmeisjes, al vanaf jonge leeftijd geleerd had hard te werken.

'Tyske,' zei ik, en ik merkte dat ze verstijfde. 'Dat is toch je achternaam, of heb ik dat verkeerd onthouden?'

'Nee, dat is mijn achternaam.' Ze keek me een beetje achterdochtig aan.

'Je bent dus de dochter van Björn Tyske, toch? De boer die met een Duitse is getrouwd?'

Weer zag ik haar verstarren. Toen werd het me duidelijk. De mensen uit de regio bekeken vreemden zeer sceptisch, vooral wanneer ze in lokale boerenfamilies introuwden.

Björn Tyske kende ik alleen van horen zeggen. Mijn vader had het eens tegen onze stalmeester over hem gehad. Tyske was het

Zweedse woord voor ‘Duitser’. Dat een man met zo’n naam met een Duitse vrouw was getrouwd, getuigde van een zeldzame speling van het lot.

‘Dat klopt,’ antwoordde ze. ‘Ik hoop dat het voor u geen probleem is.’

Ik trok mijn wenkbrauwen op. ‘Probleem? Waarom zou dat een probleem voor me zijn?’

‘Omdat het voor de meeste mensen in het dorp een probleem was. En nog steeds is.’

Nu begreep ik haar verkramptheid. ‘Maak je geen zorgen, Lena,’ zei ik sussend. ‘In dit huis doet de herkomst van je ouders er niet toe. Hier tellen alleen je prestaties en je gedrag. Als dat allemaal onberispelijk is, zie ik geen reden tot kritiek.’

Een onzeker lachje gleed over Lena’s gezicht. Ik vroeg me af wat er door haar hoofd ging. Ze was nog maar net een paar dagen hier of ze was al getuige van een ramp. Vermoedelijk deed er in de bediendenvertrekken op zolder van alles de ronde. Werd er misschien zelfs gefluisterd dat er iemand ontslagen moest worden?

‘Hoe gaat het, zo na de eerste dagen?’ vroeg ik terwijl ik mijn haar losmaakte. Er zaten een paar klitten in, het zou wel even duren om ze te ontwarren.

‘Goed,’ antwoordde Lena. ‘Nou ja, ik weet veel nog niet, maar het huis bevalt me.’

‘Kun je met de andere meisjes overweg?’

Ze knikte. ‘Ja, ik bedoel, de meesten ken ik nog niet goed. Ik ben hier pas sinds de dag dat...’ Ze stokte.

Ik keek haar even aan, toen besefte ik waar ze naartoe wilde. ‘Dat de brand uitbrak?’

Lena knikte.

‘Was je erbij?’ vroeg ik verder en ik probeerde mijn nieuwsgierigheid in te dammen.

‘Ja. We waren er allemaal bij en hebben geprobeerd het vuur te blussen.’

Ik merkte duidelijk dat ze zich ongemakkelijk voelde. Wat een schrik moest het zijn geweest toe te kijken hoe de stal door de vlammen werd verzwolgen! Maar ik kon niet ophouden met vragen.

'Kun je me vertellen hoe het was? Hoe het begon en hoe mijn vader...' Onwillekeurig pakte ik haar bij haar arm. Het meisje keek me angstig aan. Ik liet haar weer los. 'Pardon, dat was ongepast,' zei ik. 'Maar ik zou zo graag willen weten hoe het is gegaan. Zodat ik begrijp wat mijn vader is overkomen. Heb je het zien gebeuren? Of hebben ze het je verteld?'

'Uw vader en uw broer...' zei Lena aarzelend. '... ze waren die ochtend zoals gebruikelijk uitgereden. Wij hadden het ontbijt klaargemaakt en opgediend, en meneer maakte een grapje tegen juffrouw Rosendahl. Een paar minuten later hoorden we dat een van de stalknechten 'Brand!' schreeuwde. Uw vader en uw broer zijn meteen naar de stal gerend om de paarden naar buiten te laten. Daar stonden een paar drachtige merries, ook zijn favoriete merrie.'

'Edwina,' zei ik, knikkend.

'Ja, Edwina. Ze hebben de meeste paarden naar buiten gejaagd terwijl wij probeerden het vuur op het dak in bedwang te houden. Uit het dorp hadden ze zelfs een pomp hierheen gebracht.'

Mijn vaders geschenk aan het dorp, zodat het zijn eigen brandweer kon opbouwen.

'Helaas heeft het niet geholpen. De vlammen vraten aan de balken en plotseling...' Lena zweeg even. Ze scheen de verschrikkelijke gebeurtenis weer voor zich te zien.

'Dank je wel, Lena,' zei ik en ik legde mijn hand op haar arm. 'De rest is me bekend.'

Lena bleef even besluiteloos voor me staan, toen pakte ze een van de emmers. Het water was intussen vast lauw. Ze goot toch de inhoud in het bad, kwam weer overeind en keek me aan.

'Mejuffrouw, mag ik u iets vragen? Iets persoonlijks?' Het volgende moment leek ze spijt te hebben van haar initiatief; ze beet op haar lip. 'Pardon, ik wilde niet nieuwsgierig zijn. Juffrouw Rosendahl zei tegen me dat ik het niet mocht vragen, maar...'

'Vraag het gerust,' zei ik. Mij waren de strikte regels maar al te bekend, maar waarom niet een uitzondering maken op een dag als deze? Per slot van rekening had zij me over de brand verteld.

'Dat ding daarachter... Susanna noemde het een schildersezel...'

Het verbaasde me dat ze daarin geïnteresseerd was. Voor de meesten was het slechts met verf besmeurd brandhout. Als het aan mijn moeder lag, was hij allang in de open haard beland. Het was vreemd dat ze hem nog niet veel eerder had laten weghalen. Het enige wat ik kon bedenken was dat ze het vergeten was.

'Ja, wat is daarmee?'

'Waarom hebt u die hier gelaten?'

Ik trok verbaasd mijn wenkbrauwen op. Toen werd me duidelijk dat haar natuurlijk verteld was waarom de mejuffrouw niet zoals het hoorde thuis woonde en zat te wachten tot een paar adellijke knapen haar het hof kwamen maken. 'Dat is mijn oude schildersezel, die ik vroeger gebruikte. Voor mijn werk in Stockholm is hij veel te klein.'

'Het moet leuk zijn in Stockholm,' zei Lena met dromerige blik.

'Ben je daar nog nooit geweest?' vroeg ik en ik had mezelf wel kunnen slaan. Natuurlijk was ze er nog nooit geweest. Boerenkinderen kwamen maar zelden het dorp uit. Ze moesten al vroeg meehelpen, en zodra ze volwassen waren, trouwden ze en stichtten hun eigen gezin, waardoor ze hier voor altijd geworteld waren.

'Nee, mejuffrouw,' antwoordde ze. 'Maar ik zou de stad graag zien. Vooral het Koninklijk Paleis, de theaters en de winkels. Om nog maar te zwijgen van de haven en al die schepen die de zee op gaan of uit verre landen terugkomen.'

'Nou, wie weet komt dat er ooit van,' zei ik. 'Die wens moet je goed onthouden en nooit vergeten.'

Haar ogen glansden. Ineens besefte ik wat voor geluk ik tot nog toe had gehad. Mijn vader had het niet leuk gevonden dat ik naar Stockholm ging, maar uiteindelijk was het me niet verboden.

'Dank u wel, mejuffrouw!' zei Lena, ze maakte een knicksje en verdween om nog een emmer water te halen.

10

Toen ik klaar was met aankleden, bekeek ik mezelf in de spiegel. De japon die mijn moeder me had geleend, was stijf en strak. Hoewel ze een heel slank figuur had, stond ze erop dat jurken altijd een maat te klein werden gemaakt zodat een korset noodzakelijk was. Aan dat benauwde gevoel kon ik maar niet wennen. Deze keer leek het me nog meer de adem te benemen dan die dag dat we Hendrik uit het ziekenhuis hadden opgehaald.

Er was echter geen tijd om nog iets anders aan te trekken. August had het rijtuig al voorgereden. Mijn moeder zou te laat komen niet tolereren. Ik liet Lena de sluier over mijn haar leggen, waarop een klein hoedje werd gezet. Nogmaals controleerde ik mijn uiterlijk in de hoge spiegel. Ik leek bijna een jongere versie van mijn norse grootmoeder, maar ik was er zeker van dat Stella niets op me kon aanmerken.

In de hal werd ik al door haar opgewacht. Op de een of andere manier had ze het voor elkaar gekregen haar lichaam nog strakker in te snoeren dan anders. Of was ze nog meer afgevallen?

Haar onderzoekende, bijna scherpe blik kon ook de sluier niet verzachten. Ze bekeek me van top tot teen en met een bijna onmerkbaar knikje maakte ze haar tevredenheid kenbaar.

'We moeten opschieten,' zei ze. 'Het heeft geregend en we weten niet hoe de wegen zijn.'

'Maar moeder, de meeste wegen zijn toch ondertussen bestraat en rond Kristianstad zijn ze zelfs geasfalteerd. We zullen heus wel op tijd komen.'

'Toch moeten we nu vertrekken.'

Ik knikte. Om zo'n kleinigheid wilde ik geen ruzie met haar maken. Op deze dag hadden we een grotere last op onze schouders.

August stond bij het rijtuig te wachten en hield de deur voor ons open. Hij had zijn beste pandjesjas aan en droeg op zijn prachtige witte haar een zwarte cilinderhoed, die ik voor het laatst bij de begrafenis van mijn grootmoeder op zijn hoofd had gezien.

We stapten in en even later gaf mijn moeder het sein om te vertrekken.

Toen we op het plein voor de Heilige Drie-eenheidskerk van Kristianstad aankwamen zag ik een enorme in het zwart geklede mensenmassa. De gezichten van de gasten waren wazig vanachter de sluier over mijn gezicht. Ik had het warm in de zwarte japon. Het liefst had ik alles uitgetrokken en was ik weggelopen voor alle ellende en verdriet. Maar dat kon niet.

Geleidelijk aan stroomden de mensen de kerk in. Toen wij door het portaal liepen, stonden de gasten op. Onder hen herkende ik eigenaars van naburige landgoederen, zakenpartners en vrienden van mijn vader. Zelfs het kroonprinselijk paar was aanwezig. Mijn moeder had me niet verteld dat ze zouden komen, maar aangezien onze familie een goede relatie met het koningshuis onderhield was het geen al te grote verrassing. Als verdoofd ging ik in de kerkbank zitten, waarbij ik de blikken probeerde te negeren.

Voor het altaar stonden de kisten van mijn vader en mijn broer. Grote bloemstukken met rozen in de kleuren van ons huis, geel en rood, lagen op de deksels, hun zoete geur dreef naar ons toe. Ik hield van rozen, maar nu werd ik er misselijk van.

Toen iedereen in de kerk was werd de hoge deur gesloten. Het gemompel van de begrafenisgasten ebde weg en werd een verstikkende stilte die zich door het schip van de kerk verspreidde. Even later verscheen de pastoor, hij boog voor de kisten en besteeg de kansel. Orgelmuziek zette in en na een tijdje begon hij met zijn preek.

Mijn blik was op de twee doodskisten gericht. Ik probeerde me voor te stellen hoe mijn vader en mijn broer op de witte kussens rustten, maar die gedachten brak ik vlug af toen ik voelde dat de herinnering me de keel dichtsnoerde. Toen gebeurde er iets vreemds. De woorden van de pastoor werden naar de achtergrond gedrongen door de herinnering aan een van de weinige dagen waarop ik innig van mijn vader had gehouden.

Het was de dag dat ik voor het eerst op een paardenrug mocht klimmen. Ik was op dat moment misschien vijf of zes. Al maanden benijdde ik mijn drie jaar oudere broer, die al een hele tijd mocht paardrijden. Mij was steeds verteld dat ik daar nog te klein voor was. Het zou mijn moeder goed zijn uitgekomen als ik nooit had leren paardrijden. Maar mijn vader had tegen haar gezegd: 'Ze is een Lejongård! Als mijn dochter moet ze net zo veel van paarden af weten als haar broer!'

'Maar die kennis zal voor haar nutteloos zijn,' hield mijn moeder vol. 'Ze zal op een dag in een ander huis intrekken, waar het er misschien niet zo op aankomt dat ze kennis van paarden heeft.'

Ik wist destijds niet dat ze zich heimelijk voorstelde me in een verre zijtak van het koningshuis te laten introuwen.

'Een dame moet zichzelf in het zadel kunnen houden,' wierp mijn vader tegen. 'Vanaf vandaag gaat ze het leren. Ik wens hierover geen verdere discussie!'

Daarmee was het beslist. Die dag nam mijn vader me mee naar de buitenmanege.

Daar stond een pony. Hij was bruin en ruwharig met lange lichtgekleurde manen en staart. Mijn hart begon opgewonden te bonzen toen ik het kleine zadel zag. Het zou echt gebeuren! Ik zou leren paardrijden!

Mijn vader liep naar de pony en moedigde me aan om op te stijgen. Hendrik begreep dat het me zonder hulp niet zou lukken – tenslotte was ik toen nog best klein. Maar voordat hij me te hulp kon schieten, klom ik over de omheining en rende naar de pony. Zijn naam was Lykke, dat wist ik van mijn broer. Hij had ook zijn eerste rijlessen op hem gehad. Ik had het dier tot nu toe altijd alleen maar suikerklontjes mogen geven.

Toen ik voor hem stond, leek hij reusachtig.

'Agneta, wacht!' riep mijn broer, maar toen stond ik al naast de pony. Ik had al zo vaak gezien hoe Hendrik in het zadel was geklommen. Waarom zou ik dat niet net zo goed kunnen?

Ik zette mijn voet in de stijgbeugel en toen probeerde ik mezelf aan het zadel omhoog te trekken. Helaas had ik niet genoeg kracht, maar het volgende moment stond Hendrik achter me en duwde me omhoog. Nu lukte het me om de zadelknop vast te pakken. Met nog een beetje hulp slaagde ik erin op het zadel te gaan zitten.

'Heel goed, Agneta!' riep mijn vader en hij klapte in zijn handen. Hij had me ook in het zadel kunnen tillen, maar zelfs toen wist ik al dat mijn vader het meer waardeerde wanneer je iets op eigen kracht bereikte.

Trots als een koningin op een troon zat ik op Lykke, en het kon me niets schelen dat de pony zich zelfs bij een schot waarschijnlijk niet had verroerd.

Mijn vader legde me uit wat ik moest doen om hem in beweging te krijgen en weer tot staan te brengen. Hij pakte de pony bij de teugels en begon hem langzaam naar voren te leiden. Het schommelen maakte me een beetje bang en ik klemde me vast aan de manen. Mijn angst was me kennelijk niet aan te zien, want een van de mannen die rond de omheining rondscharrelden, riep: 'Die kleine is voor de duvel niet bang.'

'Ze is een echte Lejongård!' riep mijn vader terug. Op zijn gezicht zag ik vreugde en trots. Zo had hij daarna echter nog maar zelden naar me gekeken hoewel ik dat bij menige gelegenheid had gewenst...

Orgelmuziek verdreef de herinnering. Ik kromp in elkaar toen ik me realiseerde dat de preek al voorbij was. Ik zag de baardragers naderen. Kort daarna stonden we op, en ik merkte geïrriteerd dat er een glimlach om mijn mond lag. De herinnering aan die tijd was heel sterk, sterk genoeg om de gruwelen van de afgelopen dagen een beetje te verzachten. Ik sloot haar in mijn hart – en was blij dat de sluier mijn gezicht verborg, omdat niemand begrip zou hebben gehad voor mijn glimlach.

Na de uitvaartdienst reden we in een lange stoet naar de begraafplaats van het dorp. De aanwezigen vormden een rij langs het pad naar het mausoleum, dit keer waren er ook talloze dorpelingen bij. Mijn moeder en ik gingen helemaal vooraan bij de poort staan.

De pastoor begon nu met de laatste zegening, die werd gevolgd door het Onzevader. Zijn woorden weergalmden dof tegen de stenen muren. Ergens hoorde ik gesnik. Blijkbaar werd er nog iemand erg emotioneel van de ceremonie.

Hoezeer die mijn moeder aangreep, die als verstijfd stond, wist ik niet, maar mijn hart werd erdoor verscheurd, al kon ik niet huilen. Dat zou ik later doen wanneer ik niet was blootgesteld aan de priemende ogen van onbekenden. Wanneer ik in elkaar kon krimpen en jammeren zonder dat iemand me zwakte kon toeschrijven of me op een andere manier veroordelen.

'In der eeuwigheid, amen!' De laatste woorden van de pastoor weergalmden boven de hoofden van de aanwezigen.

De baardragers tilden de kisten op en droegen ze de poorten van het mausoleum door. Ik keek hen na. De gedachte dat ze nu voor altijd in die nauwe vakken werden opgesloten, lag als een steen op mijn borst. Hendrik had er altijd van gehouden om buiten op het veld te zijn of bij het meertje aan de rand van onze landerijen. Hij hield van de zon maar moest nu in de eeuwige nacht blijven. We hadden er nooit over gepraat welke wensen hij voor zijn begrafenis had. Het leek ons toen allemaal zo ver weg. We hadden ons onsterfelijk gevoeld. Nu vroeg ik me af of hij niet liever een graf onder de vrije hemel had gehad, misschien met een linde erop en met uitzicht op de sterren.

Ik haalde rillend adem. Ik voelde me ellendig en licht duizelig. De sluier leek, hoewel hij vrij dun was, alle lucht bij me weg te houden. Wat verlangde ik nu naar een arm waar ik op kon steunen! Michaels arm of misschien die van mijn vriendin Marit. Ze zou me hebben omhelsd en getroost, ook al was ze niet erg op mijn familieachtergrond gesteld. Maar er was niemand en mijn moeder stak niet eens haar hand naar me uit. Ik voelde me ongekend eenzaam.

Toen de baardragers weer verschenen, wenste ik dat ik ook de tombe in kon gaan en daar op de grond inslapen. Maar dat mocht ik niet. Ik kreeg ook niet de gelegenheid om even alleen bij het graf te staan. Mijn moeder greep mijn arm, maar wat op vasthouden leek, was eigenlijk eerder rukken, opdat ik vooral niet zou blijven staan als het protocol van de herdenkingsdienst vereiste dat ik mijn moeder volgde.

Even overwoog ik me te verzetten, maar toen voegde ik me en liet me door haar naar de koets trekken.

11

Toen we bij het landhuis aankwamen, had het voltallige personeel zich op de trap verzameld, een groepsportret van de bedienden in het zwart. Wie niet over geheel zwarte kleding beschikte, droeg in elk geval een zwarte rouwband om de arm. De vrouwen hielden hun handen gevouwen voor hun lichaam, de mannen hadden hun pet in hun handen. Bruns stond diepbedroefd naast juffrouw Rosendahl, wier wangen rood waren van het huilen. Helemaal aan de rand ontdekte ik Susanna, Marie en Lena, aan de andere kant stond Linda, de kamenierster van mijn moeder, naast Svea en mevrouw Bloomquist. Daarachter hadden zich de stalknechten verzameld. Ongekend verdriet tekende de hele opstelling.

De koets stopte, de deur werd geopend en August hielp ons eruit. Na ons volgden talloze andere wagens, inclusief het rijtuig van de kroonprins. In de kerk hadden we alleen tijd gehad voor een korte condoleance, maar ik hoopte dat we de gelegenheid zouden krijgen om nog een keer met elkaar te praten.

Ik mocht Gustaaf Adolf en zijn jonge vrouw Margaret. Door de Engelse prinses was er weer wat kleur aan het Zweedse hof gekomen, dat sinds de ambtsaanvaarding van koning Gustaaf v steeds bleker leek te worden. De koning zelf verafschuwde pracht en praal. Ik herinnerde me hoe boos mijn moeder was geweest over mijn debuut aan het koninklijk hof. Indertijd was die ene keer niet ik daarvan de reden, maar de glans die mijn moeder tijdens de feestelijkheden had gemist. De ceremonie en het daaropvolgende bal waren tamelijk sober gehouden en de koning had al vroeg afscheid genomen. Weliswaar had de koningin het bal tot aan het einde bijgewoond, maar ze had er daarbij uitgezien alsof ze wenste dat ze heel ergens anders was. Het was een publiek geheim dat ze sinds de geboorte van haar jongste zoon ziekelijk was en het klimaat hier in Zweden niet goed verdroeg. Ze had een villa aan de Middellandse Zee laten bouwen en woonde daar met haar lijfarts. Alleen als het niet anders kon verscheen ze aan het hof.

Veel meer herinneringen dan de klacht van mijn moeder had ik vreemd genoeg niet aan het feest. Ik wist niet meer met wie ik had gedanst, noch wat er te eten was geweest. Waarschijnlijk was mijn onverschilligheid ten opzichte van het debuut net zo groot geweest als die van de koning. In die tijd wist ik al dat ik geen leven zou gaan leiden zoals mijn moeder zich dat voorstelde.

De receptie vond plaats in onze grote balzaal. Die ruimte was een van de mooiste van het huis. Hier waren schitterende feesten gevierd: ons traditionele jagersbal, het midzomerfeest, het kerstbal. En hier werd de receptie van begrafenisplechtigheden gehouden. De laatste die ik had meegemaakt, was die van mijn grootmoeder geweest. In die tijd was ik nog erg jong. Ik kon me alleen nog het grote aantal mensen herinneren, ongeveer net zo veel als nu.

Vlak nadat mijn moeder de gasten had begroet en de bedienden waren begonnen hen van verfrissingen te voorzien, kwam de kroonprins naar ons toe.

'Uwe Hoogheid!' Ik maakte een reverence, waarna Gustaaf Adolf me de hand reikte.

'Laten we niet zo formeel doen,' zei hij. 'Het gaat hier niet om mij, maar om uw vreselijke verlies. Mijn vader was net als ik zeer terneergeslagen toen we het vernamen.'

'Hartelijk dank, dat is heel vriendelijk van u.'

Ik keek de prins in de ogen. Hij was van dezelfde leeftijd als Hendrik, maar al getrouwd en met kinderen gezegend. Voor onze familie was het betreurenswaardig dat Hendrik nog geen gezin had gesticht, maar op dit moment was ik er eigenlijk blij om dat hij geen rouwende weduwe en kleine kinderen achterliet. Of had hij zich als hij getrouwd was geweest misschien niet in de vlammen gestort?

De kroonprins sprak nu met mijn moeder. Zijn echtgenote keek me een beetje verlegen aan. Ik kende haar nauwelijks. De laatste keer had ik haar tijdens een verblijf op ons landgoed ontmoet. Het kroonprinselijk paar kwam af en toe in de zomer voor een bezoek van een paar weken. Margaret was een kleindochter van koningin Victoria en leek soms wat stijfjes. Dat vond zelfs mijn moeder. Maar ze was niet onsympathiek en het verraste me dat ze nu, heel spontaan, mijn hand pakte.

'Het spijt me heel erg,' zei ze met een Engels accent dat vroeger sterker was geweest. 'Uw vader en uw broer waren goede vrienden van onze familie. Ik hoop dat we uw vriendschap en die van uw moeder niet zo gauw zullen verliezen.'

'Dat zult u niet, uwe Hoogheid,' zei ik, waarop er een verlegen glimlach over haar mooie gezicht gleed. Ze drukte nogmaals mijn hand en even dacht ik dat ze me terzijde wilde nemen voor een privégesprek. Maar toen wendde haar man zich opnieuw tot ons.

'Mocht u hulp nodig hebben, aarzel dan niet om mij te schrijven. Uw familie heeft altijd veel goeds voor het koningshuis gedaan, en het zal me een eer zijn u bij te staan.'

'Dat is erg aardig van u, uwe Hoogheid, hartelijk dank,' antwoordde ik, wetende dat we ons zeker niet tot hem zouden wenden. De Lejongårds waren er om de kroon te dienen, niet om er een beroep op te doen. Sinds het landgoed in het geannexeerde Skåne door het Zweedse koninkrijk aan onze familie was geschonken, hadden wij de koning nooit om hulp gevraagd.

Toen het prinselijk paar zich weer had afgewend, voelde ik mijn moeders hand zachtjes op mijn arm. Dit gebaar was voor mij zo verrassend dat ik even terugdeinsde.

'Ik zie dat je niet bent vergeten hoe je je tegenover de kroonprins dient te gedragen,' constateerde ze.

Ik wist niet wat ik daarop moest zeggen.

'Ik ga me even terugtrekken,' ging ze verder. 'Let jij alsjeblieft op de gasten en excuseer me, mocht iemand me missen.'

Wilde mijn moeder zich terugtrekken? Ze zag er erg moe uit, maar het lag eigenlijk niet in haar aard.

'Ja, moeder,' antwoordde ik. Toen keek ik hoe ze tussen de gasten verdween.

Onzekerheid overviel me. De gasten waren met zichzelf bezig, de meeste zouden zeker een tijd over mijn vader en mijn broer praten en zich uiteindelijk aan hun zakenrelaties wijden. Toen ik me omdraaide, kwam Samuel Jensen, de notaris van onze familie, naar me toe.

In zijn donkere pak zag hij er niet veel anders uit dan anders. Hij hield niet van lichte kleuren omdat hij ze niet bij zijn status vond passen.

'Mijn kantoor is uiteindelijk geen zomerverblijf, maar een oord van objectiviteit en competentie,' zei hij altijd. Die objectiviteit wilde hij al met de eerste indruk van zichzelf overbrengen, wat hem goed lukte met zijn grijs gemêleerde haar en baard.

'Mijn lieve juffrouw Agneta, het spijt me heel erg dat u en uw moeder zo'n zwaar verlies hebben moeten lijden. Men zou nu iets over Gods wil kunnen zeggen, zoals de pastoor daarnet, maar zoals u weet, ben ik daar geen voorstander van.'

Jensen was altijd indrukwekkend eerlijk, op het gevaar af dat hij zijn medemensen voor het hoofd stootte. In de loop der jaren leek die eerlijkheid nog toe te nemen. Maar juist daarom was zijn condoleance een van de meest oprechte die ik vandaag had ontvangen.

'Dank u, meneer Jensen, aardig dat u dat zegt.'

De notaris knikte, toen zei hij: 'Ik weet niet of uw moeder u al heeft ingelicht. Aangezien uw landgoed een van de rijkste en grootste van het land is, zou ik graag al overmorgen de testamenten van uw vader en uw broer willen openen.'

'Heeft mijn broer een testament laten opstellen?' vroeg ik verbaasd. Hendrik had me niets van dien aard verteld. En waarom zou hij een testament hebben moeten maken? Hij was nog zo jong en had niet kunnen voorzien dat het brandende dak van een paardenstal op hem zou vallen.

'Jazeker. Hij was tenslotte de belangrijkste erfgenaam. Twee dagen lang was hij feitelijk de heer van het landgoed, dus heeft hij het laatste woord.'

Hendrik zou het laatste woord hebben. Gezien de wens die hij aan zijn ziekbed had geuit kon ik me voorstellen wat hij had beschikt. Het vervulde me met grote onrust.

'Omdat u nu de erfgenaam van deze familie bent, zou u er eveneens aan moeten denken bijtijds een testament in bewaring te geven.'

'Ben ik daar niet wat te jong voor?' Er liep een rilling over mijn rug. Tot op het moment dat ik mijn vader op zijn doodsbed had zien liggen, had ik nauwelijks stilgestaan bij mijn eigen dood. En ook nu dacht ik er met tegenzin aan.

'Men is nooit te jong voor een wilsbeschikking,' antwoordde de notaris. 'Vooral niet als er wensen zijn die men graag uitgevoerd wil zien.'

Had ik zulke wensen? Aan wie zou ik het landgoed moeten nalaten? Ik had nog geen kinderen. En ik wist niet aan wie ik het anders zou moeten nalaten. Geen van mijn vriendinnen zou iets met dit landgoed kunnen beginnen. En Michael? Als we trouwden, zou hij hoe dan ook mijn erfgenaam zijn.

'Maar ik begrijp dat u nu andere zaken aan uw hoofd hebt dan een testament,' erkende Jensen, die mijn verwarring moest hebben opgemerkt. 'Ik wilde u eigenlijk ook alleen maar vragen of u alstublieft op maandag om tien uur naar mijn kantoor kunt komen. Ik zal het testament openen en vervolgens zullen we bespreken hoe het met het landgoed verder moet.'

'Hartelijk dank.' Omdat ik de hele dag voortdurend mensen had bedankt, kwamen die woorden me zo langzamerhand een beetje afgezaagd voor. 'We zullen op tijd bij u zijn. Als u mijn moeder wilt spreken...'

'O nee, dat is niet nodig. Met uw moeder heb ik intussen gecorrespondeerd, ze is op de hoogte. Ik was er echter niet zeker van of ze u al had ingelicht.'

Het liefst had ik willen antwoorden dat mijn moeder mij zoiets belangrijks gewoonlijk pas op het laatste moment vertelde en vervolgens deed alsof mijn onwetendheid mijn eigen schuld was. Maar ik knikte alleen maar en verborg de bitterheid die weer in me bovenkwam.

'Hartelijk dank, meneer Jensen,' zei ik en ik liep weg.

Ineens werd ik overvallen door een sterke tegenzin. Ik wilde hier niet zijn. Ik had behoefte aan ruimte om adem te halen en aan een moment voor mezelf. Ik liep het huis uit en ging op de buitentrap staan. Daar sloeg ik mijn sluier terug en ademde voor de eerste keer sinds die ochtend weer vrijuit. De lucht rook groen en fris en ik probeerde hem met mijn hele lichaam op te zuigen. Ik liet mijn blik over de bomen langs de oprijlaan gaan en keek naar de wolken die zich dreigend in het hemelsblauw samenpakten. Daar bovenaan staan was niet genoeg, want ik kon nog steeds de stemmen van de gasten horen. Ze waren nog te dichtbij, dus liep ik de trap af en maakte een rondje om het huis.

Op de binnenplaats stonden talloze koetsen, klein en snel of groot en pompeus. De barouchet van het koningshuis wekte daartussen een eenvoudige en bescheiden indruk. Ik betwijfelde of Gustaaf en Margaret de hele weg daarin hadden afgelegd. Waarschijnlijk hadden ze de trein genomen en waren ze in Kristianstad door de koets opgewacht. Het verbaasde me een beetje dat ze niet hier in het huis hun intrek hadden genomen, aangezien ze toch regelmatig een paar dagen bij ons doorbrachten. Waarschijnlijk wachtten belangrijke staatszaken op de kroonprins. Het was beslist zeer te waarderen dat ze gekomen waren. Ik zou me later uitgebreider met hen bezighouden, maar nu had ik een moment voor mezelf nodig.

Ik liep de tuin in en zette koers naar het verwaarloosde kleine paviljoen dat aan de zuidkant van de tuin stond te vervallen. Ik had geen idee waarom mijn ouders er geen aandacht meer aan hadden geschonken. Per slot van rekening was hun bruiloft daar gevierd. Ineens merkte ik dat nog iemand door het paviljoen was aangetrokken.

Ik staarde hem verbaasd aan. In eerste instantie herkende ik hem niet, maar toen besefte ik wie hij was: Lennard Ekberg, een oude vriend van de familie, die ik ruim drie jaar niet meer gezien had. Hij was de zoon van een naburige graaf, die zijn rijkdom te danken had aan de graanhandel. Lennard gold als de hoop van zijn familie, vooral sinds zijn vader ernstig ziek was. Als kind hadden Hendrik en ik veel tijd met hem doorgebracht. Dat ik hem al zo lang niet had gezien, kwam ongetwijfeld doordat hij ondertussen een groot deel van het beheer van het landgoed op zich had genomen. Die paar jaar waren genoeg geweest om van de jonge knaap, die er altijd een beetje onzeker en bleek uitzag, een man te maken die geen vrouw kon negeren.

Zijn blonde haar was dik en glanzend, zijn gezicht had behalve een kleurtje ook een paar rimpels gekregen, die hem echter aantrekkelijker maakten dan de gladde wangen die hij als jongen had. Gelukkig had hij geen baard, want zijn mond was maar een smalle streep, die echter goed in verhouding stond tot zijn lange gezicht met de slanke neusbrug.

'Lennard, wat doe jij hier?' vroeg ik verbaasd.

'Ik zou jou hetzelfde kunnen vragen!'

Hij kwam het paviljoen uit en even later vielen we elkaar in de armen.

'Je bent beeldschoon, weet je dat?' zei hij, terwijl hij me stralend aankeek.

'O, echt?' zei ik twijfelend. 'Dan moet je me eerst maar eens zien wanneer ik een goede dag heb.' Ik zuchtte diep en maakte me voorzichtig van hem los.

'Ik denk dat je het vandaag al te vaak hebt gehoord, maar ik vind het heel erg dat Thure en Hendrik van ons heen zijn gegaan,' zei Lennard en hij stak zijn handen in de broekzakken van zijn zwarte pak.

'Het hangt er helemaal van af met welke bijgedachten het wordt gezegd. Bij jou weet ik tenminste dat je het uit de grond van je hart meent.'

Lennards glimlach werd nog breder en de blik die hij me toewierp, verbaasde en verwarde me een beetje. Was ik vergeten hoe intens zijn blauwe ogen konden kijken?

We waren jeugdvrienden en kenden elkaar zeker al twintig jaar. Hendrik en ik hadden ons altijd verheugd wanneer de Ekbergs op bezoek kwamen en Lennard en zijn zusje Lisbeth meebrachten. Hij mocht er dan altijd bleekjes hebben uitgezien, en hij was nog steeds tamelijk tenger, maar hij straalde kracht uit en zat vol fantasie. Hij vertelde ons oude Vikingverhalen omdat zijn vader beweerde dat hun familie van strijdbare Noormannen afstamde, en samen trokken we met houten zwaarden door de buurt. Lisbeth bleef meestal bij haar ouders, maar Lennard ravotte vrolijk mee. Ik was altijd diepbedroefd geweest wanneer ze weer vertrokken, zelfs toen de verhalen over de Vikingen geleidelijk hadden plaatsgemaakt voor adolescentenproblemen.

'Je vader was als een oom voor me,' zei hij nadat hij even naar de wolken had gekeken. 'Maar dat weet je natuurlijk wel. Vooral mijn vader was aangedaan.'

'Hoe is het eigenlijk met hem?' vroeg ik. 'Is hij hier?'

Lennard schudde zijn hoofd. 'Nee, hij is thuis gebleven. Het nieuws van Thures dood was een grote schok voor hem. Dat moet ik ook nog tegen je moeder zeggen.'

'Ze voelt zich niet lekker,' zei ik. 'Ze is even gaan liggen.'

'Dat kan ik maar al te goed begrijpen.' Lennard wachtte even, toen zei hij: 'Mijn vader heeft al een paar jaar problemen met zijn gezondheid, maar ik heb het gevoel dat het steeds erger wordt. Ook al zeggen de artsen dat zijn toestand stabiel is.'

Gustav Ekberg werd niet alleen fysiek verteerd door maagzweren, die zo nu en dan openbarstten, maar ook zijn ziel had schade geleden. Sinds meer dan een jaar durfde hij nauwelijks nog het huis uit.

'Ik hoop dat hij over het slechte nieuws heen komt en dat jullie niet met meer verdriet te maken krijgen. Doe hem de groeten van me, wil je?'

Lennard knikte. 'Dat zal ik doen, dank je. Er is gelukkig goed nieuws over Lisbeth. Ze verwacht haar eerste kind!'

'Echt waar?'

Dat was geweldig nieuws, want voor zover ik wist wilde Lisbeth heel graag kinderen. Ze had een goede keuze gemaakt. Haar echtgenoot, die een klein landgoed in Småland bezat, was niet alleen een goede partij, ze hielden ook van elkaar, wat in onze kringen niet vanzelfsprekend was.

'Ja, ze is dolgelukkig!' zei Lennard. 'Je zou ons weer eens moeten bezoeken, je weet helemaal niets meer van ons.'

'Ik zal kijken of ik het kan regelen. Nu de hoeve zonder landheer is, zullen er zeker veranderingen plaatsvinden. Voor mij, mijn familie...'

'Je zult een geweldige landvrouwe worden.'

'Misschien, maar zoals je weet heb ik een ander beroep gevonden.'

'O ja!' riep Lennard uit. 'Daar ben je ronduit berucht om.'

'Echt, berucht?' vroeg ik.

'Ja, mevrouw Von Löfven krijgt altijd rooie oortjes wanneer mijn moeder zegt dat de dochter van haar vriendin in Stockholm kunst studeert.'

'Waarschijnlijk staat dat voor haar gelijk aan prostitutie, toch?' Ik moest grijnzen.

Hertha von Löfven was een echte feeks. Ze was met bijna alle oudere dames in de hogere kringen bevriend, louter en alleen om alle geruchten die ze verzamelde, zoals Pandora het onheil in haar doos, gelijkmatig te kunnen verspreiden. Ik had in het rijk van haar verhalen beslist een vaste plek, omdat alle hooggeplaatste dames zo hun mening hadden over het feit dat ik het gewaagd had me aan de regels van de samenleving te onttrekken.

'En wat zegt je moeder ervan?'

'Nou, ze zou niet blij zijn als Lisbeth op het idee zou komen, maar in dat opzicht heeft ze geluk. Ze veroordeelt je echter niet. Ze zegt altijd dat je tot een nieuwe garde van vrouwen behoort, die op een dag de muffe lucht uit oude gordijnen zal verdrijven.'

'Dat klinkt bijna als een compliment.'

Lennard haalde zijn schouders op, toen keken we elkaar een hele tijd zwijgend aan. Wat had ik hem de afgelopen jaren gemist! Het lukte hem om ook op de donkerste momenten een beetje licht tevoorschijn te toveren.

'Zullen we teruggaan?' vroeg hij ten slotte en hij wees naar de lucht. 'Het kan zijn dat er zo meteen noodweer losbarst.'

'Dan verschilt het weer hierbuiten amper van de sfeer binnen.'

'Nou overdrijf je. Ze zullen intussen allemaal een beetje aangeschoten zijn en mooie verhalen over Thure en Hendrik vertellen. Deze dag gaat voorbij, en binnenkort zal de zon weer over de Leeuwenhof schijnen.'

Met die woorden bood hij me zijn arm aan. Ik aarzelde, omdat ik de geruchtenmolen niet wilde voeden. Maar toen stak ik mijn arm door de zijne en liet me door hem naar het huis brengen.

Tegen de avond kon ik niet meer zeggen wie me allemaal de hand had geschud en condoleances had overgebracht. In elk geval was ik te weten gekomen dat het kroonprinselijk paar nog diezelfde dag naar Denemarken zou reizen om het koningshuis aldaar te bezoeken. Dat ze niet op het landgoed bleven, was dus geen teken dat we minder bij hen in de gunst stonden, wat een opluchting voor me betekende. Met Lennard had ik graag langer willen praten, maar mijn moeder was verschenen en had beslag op hem gelegd.

Nadat ook de laatste gast afscheid had genomen, sleepte ik me uitgeput de trap op. Ik was er niet aan gewend de gastvrouw te zijn. Eigenlijk zou die rol mijn moeder zijn toegekomen, maar na het vertrek van het kroonprinselijk paar en haar gesprek met Lennard was ze weer vlug verdwenen. Op weg naar mijn kamer kwam ze me tegemoet. Ook zij leek extreem vermoeid.

'Agneta,' zei ze zachtjes.

'Moeder,' zei ik. 'Gaat het goed met u?'

'Ik heb een gesprek met Lennard Ekberg gehad,' zei ze. 'Hij zei dat jullie ook met elkaar hadden gepraat.'

'Inderdaad. Het was fijn om hem weer te zien.'

'Ik wou dat het beter ging met zijn vader. Het is bedroevend wat Anna allemaal moet doorstaan.'

Ik keek haar een beetje verbaasd aan. Wanneer hadden we voor het laatst zo met elkaar gebabbeld?

'Heeft hij je verteld dat Lisbeth een baby verwacht?' vroeg ik.

'Jazeker. Betreurenswaardig dat Lennard nog geen vrouw heeft gevonden.' Ze keek me aan en ik kreeg het gevoel dat ze een bijbedoeling had. 'Je zou in elk geval niet veel tijd meer voorbij moeten laten gaan,' vervolgde ze. 'Je wordt er niet jonger op. Per slot van rekening ben je nu al zevenentwintig en...'

'Moeder, kunnen we over iets anders praten?' zei ik, omdat ik er niet verder over wilde discussiëren. 'Meneer Jensen heeft me benaderd. Hij zei dat de opening van het testament maandag al plaatsvindt.'

'Dat hebben we zo afgesproken.' Ze pauzeerde even, toen keek ze me aan. 'Je wilt vast gauw weer naar Stockholm.'

'Dat was toch niet de reden voor die afspraak?' repliceerde ik. Ja, ik verlangde naar Stockholm, waar mijn leven ondanks de armoede zorgeloos was geweest. Ik verlangde naar Michaels kussen en zijn warmte. Ik wilde hem zo veel vertellen.

'Nee, dat klopt,' gaf mijn moeder tot mijn verrassing toe. 'Dit landgoed moet beheerd worden. Het is te waardevol om het langer dan nodig zonder landheer te laten. Bovendien houdt het bedrijfsleven geen rekening met persoonlijke omstandigheden.' Ik moet haar verbaasd hebben aangekeken, omdat ze eraan toevoegde: 'Denk niet dat ik niet weet hoe hard je vader heeft gewerkt om de standaard aan te houden die we nu hebben. De afgelopen jaren is de concurrentie door andere landgoederen toegenomen. We kunnen niet op onze lauweren rusten. Maar dat kan jou niets schelen, toch? Je hebt je nooit voor de toekomst van de Leeuwenhof geïnteresseerd.'

Blijkbaar had de vermoeide wolvin alsnog besloten tot de aanval over te gaan.

'Dat is niet waar, moeder,' antwoordde ik. 'Alleen, welk aandeel had ik als tweede kind daarin kunnen hebben? Ik wist altijd al dat het landgoed ooit aan Hendrik zou toebehoren. Dus ging ik op zoek naar iets anders. Iets wat van mij is en waardoor ik op eigen benen zou kunnen staan.'

Mijn moeder snoof minachtend. 'Als brodeloze kunstenaar! Als je de toelage van je vader niet had gehad, zou je in de goot zijn beland en had je je studie kunnen vergeten.'

Ik was te zwak om me tegen die uitval te verdedigen. Waarom kon ze me zelfs op deze dag niet met rust laten?

'Ik ga naar bed,' zei ik vermoeid. 'U kunt morgen doorgaan met verwijten maken.'

Toen draaide ik me om. De tranen die me nu in de ogen schoten waren geen tranen van verdriet, het waren tranen van woede. Mijn moeder wist heus wel dat er voor Hendriks leven en dat van mij andere plannen waren geweest. Ze wist dat ik de hoeve onder normale omstandigheden niet geërfd had. Dat mijn toekomst een saai bestaan op een ander landgoed zou zijn geweest. Waarom beweerde ze dan dat de hoeve me niets kon schelen? Dat was nooit het geval geweest! Ook al had ik mezelf dat wel eens wijs gemaakt...

In mijn kamer liet ik me zwaar op mijn bed vallen. De druk die het korset op mijn ribben uitoefende, merkte ik al bijna niet meer. Mijn hele lijf voelde als verdoofd. Ik wilde alleen maar alles vergeten en in slaap vallen. Ik verlangde ernaar in Stockholm in Michaels armen wakker te worden, maar ik wist dat dat niet zou gebeuren. Er stond me een nieuwe dag te wachten waarop ik weer tegen mijn moeder in het geweer moest komen of haar zwijgen moest verdragen.

En maandag zouden we erachter komen wat er met de Leeuwenhof zou gebeuren en wat mijn broers laatste wens was. Mijn leven zou hoe dan ook veranderen.

12

Maandagochtend was het fris en zonnig, en afgezien van een paar witte windveren was de lucht onbewolkt. De vogels zongen hun keeltjes schor en de laatste regendruppels zouden weldra opdrogen in de zonneschijn. Het ongeluk was nu een week geleden. Het leven ging door. Het maakte niet uit wie er geboren werd of stierf, de zon ging elke ochtend op en 's avonds weer onder. Alles herhaalde zich.

Mijn moeder, die naast me in de koets zat, had tijdens het ontbijt niets gezegd. Ik was daar blij om, want haar verwijten hadden me uit mijn slaap gehouden en waren zondag steeds weer naar boven gekomen. Het erge was: het was waar wat ze zei. De toelage die ik kreeg was niet ruim, maar zonder zou ik erop aangewezen zijn een baan te zoeken – of als arme studente in een nog erger krot te wonen. Mocht het testament in haar voordeel uitvallen, dan zou ze die zeker schrappen.

Toen het geluid van de paardenhoeven veranderde, schrok ik op uit mijn gedachten. Zonder het te merken had ik een topje van mijn handschoen licht gescheurd. Als mijn moeder dat zag, zou ze me berispen. Of niet? Terwijl ik probeerde het ongelukje te verdoezelen, keek ik naar haar. Ze zat kaarsrecht, met haar handen rustend op haar paraplu. Ze had erop gestaan hem mee te nemen, hoewel het er niet naar uitzag dat er nog een stortbui zou komen. Ze leek ver weg, alsof ze zich in een heel andere wereld bevond. Wellicht verbleef ze in het verleden, toen haar leven nog makkelijk was en ordelijk verliep.

Ik besloot niet te riskeren dat ze in de gaten kreeg dat ik haar observeerde, dus keek ik weer uit het raam. Intussen reden we door de straten van Kristianstad. Op de trottoirs liepen mensen, sommige waren duidelijk dienstbodes die boodschappen deden. Ik had in Stockholm gelezen dat in het hele land over gebrek aan bedienden werd geklaagd. Doordat rijke families in de steden zich een dienstmeisje en een kokkin konden veroorloven, ontbrak het adellijke families aan personeel. Wij hadden geluk omdat bij ons vaak meisjes uit het dorp solliciteerden. De Leeuwenhof was voor velen een droom, de hoop op een beter leven, dat niet afhankelijk was van oogsten en andere inkomsten.

Ik had er waarschijnlijk ook van gedroomd als ik in hun schoenen had gestaan. Ik benijdde Lena zelfs een beetje. Ze was nog zo jong en onbevangen, haar ogen schitterden van verwachting. Ze maakte zich beslist ook zorgen over hoe het nu met het personeel in het landhuis verder moest. Maar ze had vast geen moeder die eropuit was haar uit te huwelijken. Tot dusver had Stella het onderwerp niet meer aangeroerd, maar zodra de afspraak met meneer Jensen achter de rug was, zou het weer ter sprake komen. Zou ik dan open kaart spelen en zeggen dat ik met Michael wilde trouwen? Een toekomstige advocaat? In burgerlijke kringen mocht die professionele status misschien enthousiasme veroorzaken, bij ons telde zoiets alleen mee in combinatie met een adellijke titel.

De koets stopte voor het notariaat. Het witte gebouw met de classicistische pilaren leek op een Griekse tempel. Behalve Jensen hielden hier veel advocaten kantoor. August opende de deur van de koets en hielp mijn moeder met uitstappen. Ik stapte ook uit en volgde haar toen ze de trap op liep.

Koele lucht omgaf ons toen we de hal door liepen. Onze voetstappen echoden over de marmeren tegels. Er kwamen ons mensen tegemoet, maar die waren in hun eigen zaken verdiept. De blik van mijn moeder was star op haar doel gericht. Ze leek vergeten te zijn dat ik bij haar was. Ik had dolgraag de mooie pilaren en de schilderijen aan de muren van dichtbij willen bekijken. Maar we waren hier niet om de kunst te bewonderen. Voor het kantoor van

Jensen bleven we staan. Mijn moeder rechtte haar rug en klopte aan. Ik verwachtte dat ze me zoals gewoonlijk op de een of andere manier zou vermanen me goed te gedragen, maar ze deed nog steeds alsof ik er niet was.

Na enkele ogenblikken verscheen Jensen persoonlijk aan de deur. Weer droeg hij zijn donkere pak, maar dit keer met een saffierblauwe stropdas.

'Ah, de dames Lejongård. Het doet me plezier u te zien.'

'Het genoegen is geheel mijnerzijds, meneer Jensen,' zei mijn moeder. 'Fijn dat u zo vlug tijd voor ons hebt vrijgemaakt. Met een bezit zoals het onze moeten de verhoudingen op korte termijn duidelijk worden, voordat onze zakenpartners het vertrouwen verliezen.'

Ik keek mijn moeder verrast aan. Wie zou het vertrouwen verliezen? De mensen wisten toch dat mijn vader onlangs gestorven was. De handelspartners zouden vast niet zo vlug afhaken en zoals iedereen had kunnen zien, waren we dusdanig belangrijk voor het Koninklijk Huis dat de kroonprins op de begrafenis was verschenen.

Jensen noodde ons binnen in zijn kantoor, waar voor zijn bureau twee comfortabele bruinleren fauteuils stonden. Op het tafelblad lagen twee enveloppen: het testament van mijn vader en dat van Hendrik.

'Nu iedereen er is, kunnen we beginnen.' Jensen ging zitten. 'Krachtens mijn ambt als koninklijk notaris verbreek ik vandaag, 17 maart 1913, om elf uur deze zegels en lees de laatste wil van respectieve opstellers,' verkondigde Jensen plechtig. Toen verbrak hij het eerste zegel en haalde een beschreven blad uit de envelop.

Ik had verwacht dat mijn vaders testament langer zou zijn, temeer daar onze familie nog een andere tak had, die misschien ook iets toebedeeld moest krijgen. Maar blijkbaar had hij zijn testament heel beknopt gehouden.

'Het testament is opgesteld op 18 oktober 1911, het is de laatste versie die mij ter beschikking staat. Deze luidt: "Ik, Thure August Lejongård, bepaal hierbij in mijn laatste wil dat de villa en het landgoed de Leeuwenhof met zowel alle levende have als de hele inventaris, evenals het huis aan het meer bij Åhus, na mijn overlijden op mijn zoon Hendrik Olaf Lejongård overgaat. Mijn dochter Agneta Sophie Lejongård ontvangt een maandelijkse toelage van dertig kroon, tenzij ze besluit naar het landgoed terug te keren. In dat geval wordt tot aan haar huwelijk de toelage verhoogd tot maandelijks honderd kroon. Bovendien krijgt ze als bruidsschat een eenmalig bedrag van vijftienduizend kroon. Mijn echtgenote Stella Louise Lejongård ontvangt een verblijfsrecht op het landgoed voor het leven alsmede een jaarlijkse lijfrente uit het vermogen ten bedrage van tweeduizend kroon."'

Dat had ik wel verwacht. Pas als ik terugkeerde naar de hoeve zou ik meer geld krijgen. Maar de andere brief was er ook nog, Hendriks laatste wil. Het verbaasde me nog steeds dat mijn broer een testament had opgesteld.

Ik keek naar mijn moeder. Om de een of andere reden leek ze niet gelukkig met de regeling die vader had getroffen. Vond ze de tweeduizend kroon niet voldoende? Het was een fortuin. Vooral in vergelijking met wat mijn vader mij had toebedeeld.

Nu kwam Jensen toe aan de tweede envelop.

'Ik lees nu de laatste wil van Hendrik Lejongård voor.'

Weer verbrak hij het zegel en haalde nu twee blaadjes tevoorschijn. Had mijn broer een langere laatste wil dan mijn vader?

'Het testament dateert van 29 december 1912, het is de laatste versie die mij ter beschikking staat. Deze luidt als volgt: "'Ik, Hendrik Olaf Lejongård, bepaal hierbij dat mijn vermogen, de villa, het landgoed de Leeuwenhof met zowel alle levende have als de hele inventaris, en ook het zomerhuis nabij Åhus in het geval van mijn overlijden op mijn zus Agneta Sophie Lejongård overgaan."'

29 december 1912. Hij had het testament meteen na dat rampzalige kerstbal opgesteld. Wat had hij daarmee willen bereiken? Had mijn vader hem te kennen gegeven dat hij me wilde onterven? Had Hendrik willen waarborgen dat ik op een dag het landgoed zou krijgen?

Ik sloot mijn ogen. Na de belofte die hij me had laten doen, verbaasde de inhoud me niet. Nu had ik het officieel. Aangezien mijn broer volgens het testament van mijn vader kortstondig de nieuwe graaf Lejongård was geweest, was Hendriks testament de laatst geldende wilsbeschikking.

'Bovendien heeft hij een persoonlijke notitie achtergelaten,' vervolgde Jensen en hij begon voor te lezen:

Lieve Agneta,

Herinner je je die dag in de wei toen we het erover hadden wat er later van ons zou worden? Je was zeven of acht en vastbesloten de vrouwe van het landgoed te worden.

'Waarom moeten jongens altijd alles krijgen?' vroeg je me opstandig, nadat vader je weer eens duidelijk had gemaakt dat jij niet de erfgenaam zou worden.

We werden het die middag met elkaar eens dat we op een dag beiden de meesters van de Leeuwenhof zouden zijn.

In die tijd wist ik al dat dat niet kon, tenzij je als ongehuwde zus op het landgoed zou blijven. Dat lot wenste ik je niet toe, want je bent veel te mooi om een oude vrijster te worden!

Maar ik zwoer bij mezelf dat je, als je het wilde, altijd een aandeel zou hebben in het landgoed. Ik heb het nooit gezegd omdat ik wilde dat je je eigen weg vond, maar zo was het. Toen je begon met schilderen en besloten had een groot kunstenares te worden, was ik heel trots op je! Ik hoop dat je je doel inmiddels hebt bereikt.

Ik weet niet welke leeftijd je nu hebt. Misschien is het ons allebei gelukt heel oud te worden en een vervuld leven te leiden voordat God me roept. Toch hoop ik van harte dat je, hoe oud je ook bent wanneer deze brief je wordt voorgelezen, je herinnert hoezeer je ooit aan de Leeuwenhof gehecht was. En dat je er als nieuwe eigenaar altijd goed voor zult zorgen en ons erfgoed in goede staat aan de volgende generatie zult overdragen.

Je liefhebbende broer Hendrik

De woorden zweefden nog een tijdje door de ruimte, drongen bij me binnen en explodeerden. Ik hapte naar adem. Hendriks woorden vanuit het graf... wat was er weinig tijd verstreken tussen het opstellen van het testament en het ongeluk!

'Het staat u vrij de erfenis te accepteren of te verwerpen.'

Jensens ogen boorden zich in mijn gezicht. Ik probeerde er op de een of andere manier verstandig uit te zien, maar ik vocht tegen mijn tranen. Ten minste íémand in de familie had geprobeerd me te begrijpen. Er was ten minste één familielid trots geweest op mij en op wat ik deed. Waarom had Hendrik zo vroeg moeten gaan? Nog voordat hij de kans had gekregen een eigen gezin te stichten...

'Ik... ik zal het u laten weten,' zei ik haperend.

'Heb je echt bedenktijd nodig?' viel mijn moeder tegen me uit. 'Waarom? Je hebt alles gekregen!'

Hoorde ik een zekere ergernis in haar toon? Ze was goed bedacht en hoefde de toekomst niet te vrezen. Maar vader had de hoeve niet op haar naam gezet. En Hendrik evenmin.

'Ik veronderstel dat u, van uw kant, de erfenis die uw man u heeft nagelaten, zult accepteren, mevrouw?'

'Zeker.' Moeder keek me aan. Ze sprak het niet uit, maar ik voelde de toevoeging die op haar lippen lag: ik weet tenminste wat er van me wordt verlangd.

Ik wist het ook, maar het viel me zwaar met de toestemming mijn lot definitief te bezegelen.

'Dan sluit ik hierbij de opening van het testament af,' zei Jensen. 'Ik verwacht uw beslissing binnen veertien dagen, juffrouw Lejongård.'

Ik knikte en Jensen voegde eraan toe: 'Ik zal u een geschreven versie van het testament doen toekomen. Mocht u de erfenis aanvaarden, dan moet er nog het een en ander worden besproken.'

Opnieuw knikte ik en ik drukte mijn handtas tegen me aan. Ik was nu gravin Lejongård – als ik dat tenminste wilde zijn. Maar ik voelde geen stralend geluk, het was eerder alsof ik in onze familietombe was opgesloten.

In de koets staarde mijn moeder onbewogen uit het raam. Ik had haar graag willen vragen hoe ze zich voelde. Maar ik kon het me voorstellen. Ik had alles aangeboden gekregen: de titel, het landgoed, de gunst van het koningshuis en de rijkdom. En ik aarzelde.

Mijn moeder had het liefst gezien dat ik met Jensen meteen have en goed van de Leeuwenhof had doorgenomen. Maar dat kon ik niet. Niet nu. Ik moest eerst verwerken dat mijn broer zijn verzoek met het testament had bekrachtigd. En dat hij die scène uit onze kindertijd in mijn herinnering had opgeroepen. Het moment dat aantoonde dat ik destijds graag eigenaar van de Leeuwenhof zou zijn geworden.

Toen we op het landgoed aankwamen, was de sfeer tussen mijn moeder en mij om te snijden.

'Moeder, ik...' begon ik aarzelend. Hoe graag had ik haar uitgelegd dat het ingewikkeld was. Dat het me niet meeviel om mijn persoonlijke belangen op te offeren.

Maar Stella schudde haar hoofd en hief afwerend haar hand op. 'Ik ben moe en zou graag een tijdje willen gaan liggen. Laat het me weten als je naar Stockholm teruggaat.'

Haar woorden waren een klap in mijn gezicht. Ik had niet gezegd dat ik de Leeuwenhof in de steek wilde laten. Goed, als het aan mij lag, was ik onmiddellijk naar Stockholm teruggegaan. Maar ik was geen onverantwoordelijk meisje. De erfenis die mijn vader me had nagelaten kon ik weigeren. Maar niet die van mijn geliefde broer.

Ik volgde mijn moeder het huis in. Daar werd ik opgewacht door Marie. Haar witte schort was vers gesteven, en op haar zwarte haar droeg ze een klein wit mutsje.

'Juffrouw Agneta, een inspecteur van de politie is hier, zijn naam is Hermannsson. Hij wil u spreken.'

'Mij?' vroeg ik verbaasd, en ik keek naar mijn moeder, die al de trap op liep. Marie had zich zeker eerst tot haar gewend en het antwoord gekregen dat ze mij moest benaderen.

Ik herinnerde me dat Langeholm had gezegd dat er vanwege de brand onderzoek werd gedaan. Wellicht waren er nieuwe bevindingen.

‘Waar is hij?’ vroeg ik, terwijl ik me eindelijk van die vreselijke handschoenen bevrijdde.

‘In de salon.’

Waarschijnlijk had Marie gedacht dat mijn moeder hem daar zou willen spreken. Maar ik was niet van plan dat te doen.

‘Breng de inspecteur alsjeblieft naar mijn vaders werkkamer en zeg hem dat ik zo meteen kom. Ik wil me even opfrissen.’

Marie maakte een knicksje en trok zich terug.

Ik keek haar even na, toen ging ik naar boven. Ik wilde een plens water in mijn gezicht gooien en daarmee de lichte hoofdpijn verdrijven die me al sinds de koetsrit had geplaagd. Ook al had ik ten overstaan van meneer Jensen de erfenis nog niet geaccepteerd, vandaag zou ik de eerste stap zetten om in mijn nieuwe rol te groeien.

13

De inspecteur draaide nerveus zijn hoed tussen zijn vingers terwijl hij van zijn ene been op het andere wipte. Hij had ongeveer de leeftijd van mijn vader, midden vijftig. Het grijs bij zijn slapen was al een heel eind tot zijn resterende haar doorgedrongen. Hij droeg een licht versleten bruin pak met vest en een zilveren horlogeketting. Hoe vaak zou hij wel niet naar de tijd hebben gekeken onder het wachten?

'Inspecteur Hermannsson?' vroeg ik terwijl ik naar hem toe liep en hem mijn hand toestak.

De blik van de politieagent onthulde dat ik voor hem een onbekende was. Geen wonder, tot dusver hadden we nog nooit met de politie te maken gehad. Een dorpsagent was er niet, daarvoor gebeurde er veel te weinig bij ons. Kleinere ruzies beslechtte de landheer. Pas wanneer zich een ernstiger incident voordeed, verscheen de politie uit Kristianstad.

'Ik ben Agneta Lejongård. Het is me een genoegen kennis met u te maken.'

Hermannsson staarde me even verward aan, toen nam hij eindelijk mijn hand aan. 'Het genoegen is geheel aan mijn kant. Als daar onder deze omstandigheden tenminste sprake van kan zijn. De dood van uw vader was een schok voor de hele streek.'

'Dank u, inspecteur. Gaat u toch zitten.' Ik wees naar de leren zitgroep bij het raam, waar mijn vader gewoonlijk zijn zakelijke overeenkomsten afhandelde. 'Wilt u iets drinken?'

'Ach nee, dat hoeft niet. Ik wilde u eigenlijk kort informeren over de stand van zaken in ons onderzoek. Is mevrouw uw moeder niet aanwezig?'

'Mevrouw mijn moeder' had er de voorkeur aan gegeven de zaak aan mij over te laten – aangezien ik de mogelijke nieuwe eigenaar van het landgoed was. Als ik de nalatenschap tenminste niet afwees.

'Mijn moeder is onwel,' beantwoordde ik zijn vraag. 'En helaas weet ik heel weinig van de gebeurtenis, omdat ik op het tijdstip dat de ramp plaatsvond in Stockholm was.'

De inspecteur knikte, toen haalde hij een notitieboekje uit de binnenzak van zijn colbert. 'Als u me toestaat breng ik u op de hoogte.'

'Graag.' Ik ging op de stoel tegenover de inspecteur zitten.

'Volgens ons onderzoek brak de brand om acht uur uit. De lokale brandweer werd gealarmeerd en begon met de bluswerkzaamheden. Volgens getuigenissen bevonden uw vader en uw broer zich de gehele tijd in het gebouw. Aansporingen om zich niet in gevaar te begeven hebben ze geen van beiden opgevolgd. Ze hebben de paarden naar buiten gedreven terwijl de brand feller werd. Toen stortte het dak in. Het lukte de stalknechten hen allebei uit het vuur te halen, maar de verwondingen van uw vader waren zo ernstig dat de ontboden arts niet veel meer kon doen.'

Dit kwam overeen met wat Langeholm en Lena me hadden beschreven, toch raakte het me opnieuw. Waarom hadden ze geen van tweeën naar rede geluisterd? Natuurlijk, de paarden waren kostbaar, maar niets vergeleken met hun leven.

'Dank u, inspecteur,' zei ik, me met moeite beheersend. 'Hebt u het onderzoek al kunnen afsluiten?'

'Helaas zullen er nog een paar ondervragingen moeten plaatsvinden. We hebben het puin onderzocht en dat kunnen we waarschijnlijk de komende dagen vrijgeven om te ruimen.'

Ondervragingen? Hadden de aanwezigen hem nog niet alles verteld?

'Na grondig onderzoek van de restanten zijn we tot de conclusie gekomen dat het brandstichting betreft,' vervolgde Hermannsson. 'De manier waarop het vuur zich verspreidde duidt erop dat de brand tussen de opgeslagen strobundels in de stal moet zijn ontstaan. Eerst verspreidde het zich slechts langzaam, maar het sloeg al snel over op het hout. We vermoeden dat er een tweede brandhaard in het dak was aangebracht, waarschijnlijk om het gebouw sneller te laten instorten.'

Onwillekeurig drukte ik mijn hand tegen mijn buik. Er ging een steek door me heen.

Een ongeluk was al erg genoeg, maar dat de brand door boze opzet was ontstaan, beroofde me van mijn adem. Wie zou dat hebben gedaan?

'Weet u dat zeker?' vroeg ik amechtig.

De inspecteur knikte. 'Ja. Natuurlijke oorzaken zijn in deze tijd van het jaar tamelijk onwaarschijnlijk. Dan had de bliksem moeten inslaan. En van onoplettendheid, zoals een omgegooide stallantaarn, gaan we ook niet uit. Om die reden stellen we nog een paar diepgaande ondervragingen in.'

'Denkt u dat de brandstichter van onze hoeve komt?'

'Op dit moment kunnen we niemand uitsluiten, behalve u en uw moeder natuurlijk. We willen erachter komen of iemand een motief had om de schuur in brand te steken.'

'Doet u dat alstublieft en houdt u ons op de hoogte.'

'Dat zal ik doen. In elk geval zeer bedankt.' De inspecteur stond op en schudde me de hand. Toen haalde hij een visitekaartje uit zijn zak. 'Mocht u iets ter ore komen, neemt u dan alstublieft contact met ons op via dit adres of per telefoon.'

Het adres kende ik, maar dat de politie in Kristianstad over telefoon beschikte, was nieuw voor me.

'Ik zal een loopjongen naar u toe sturen,' zei ik toen ik het kaartje in ontvangst nam. 'Wij hebben hier helaas nog geen telefoonapparaat.'

'Zoals u wilt, juffrouw Lejongård.'

Ik begeleidde hem naar de deur. Nadat ik afscheid van hem had genomen keerde ik terug naar de werkkamer. Misschien was het wel een goede plek om over alles na te denken.

Als kind was ik hier af en toe binnen geweest en had ik me verstopt onder de zware eikenhouten tafel. Wanneer mijn vader niet in de buurt was, had ik de laden opengetrokken en stiekem bekeken wat hij er bewaarde. Bij het zien van de ladeknoppen, roosjes van messing, begonnen mijn vingers te jeuken. Een verlangen stroomde door me heen. Hoewel we geen gelegenheid hadden gehad om ons te verzoenen miste ik hem, miste ik de warmte die hij vroeger had uitgestraald.

Ik aarzelde nog even, toen trok ik de bovenste la open. Mijn vader was een heel ordelijk mens geweest, dat had hij van zijn moeder. Die ordelijkheid had hij tot aan zijn dood behouden. Zijn pijp, die een sterke tabaksgeur verspreidde, lag netjes naast het zilveren zakhorloge met het rijkelijk versierde deksel, dat hij alleen bij speciale gelegenheden had gedragen omdat hij bang was geweest het te verliezen. Daaronder lagen de belangrijkste papieren, die hij in geval van brand zou hebben meegenomen. Onze adelsbrief, een kopie van het stamboek en de eigendomsakte van de Leeuwenhof waren veilig opgeborgen in een bankkluis, maar hier lagen onze paspoorten, de bankafschriften en de geboorteaktes. Ik haalde alles tevoorschijn, spreidde het uit op de tafel en sloeg daarna zijn paspoort open, waarin zich een foto van hem bevond. Die liet mijn vader zien zoals ik hem als kind had gekend, misschien halverwege de dertig. Met zijn dikke zwarte haardos en zijn wilskrachtige kin leek hij op de voorouders op de portretten in de hal. Van hem had ik mijn lichte ogen geërfd en mijn oren, alhoewel de mijne gelukkig kleiner waren.

De foto toonde hem ernstig en stijf, maar ik wist hoe hij eruitzag als hij lachte en zorgeloos was. Dat gezicht had hij me echter al lang niet meer laten zien. Hij was de gesloten, strenge vader geweest die alleen al bij mijn aanblik woedend werd. Als ik was teruggekomen en me naar zijn wensen had geschikt, zou ik de lieve vader hebben teruggekregen, maar dan had ik waarschijnlijk altijd het gevoel gehad dat ik mezelf had verraden.

Een mist van tranen vertroebelde het beeld van Thure Lejongård, en er drupte een traan op het papier. Ik klapte het legitimatiebewijs weer dicht. Toen ik het terug wilde leggen, ontdekte ik een kleine bruine envelop, die nog vrij nieuw leek. Wat zou mijn vader daarin bewaren? En waarom onder zijn papieren? Nieuwsgierigheid verdrong mijn verdriet. Ik pakte de envelop en maakte hem voorzichtig open. Was het een liefdesbrief aan mijn moeder? Of iets anders, iets net zo persoonlijks?

Het vel papier dat ik uit de envelop haalde, was echter geen brief. Het was een overeenkomst voor een lening, slechts een paar dagen voor de brand uitgegeven. De som van vijfduizend kroon deed me schrikken. Dat was veel geld dat mijn vader had geleend! Ronduit een fortuin!

Verbijsterd staarde ik naar het contract. Mijn hart ging als een razende tekeer. Wat had dat te betekenen? Verkeerde het landgoed in problemen? We hadden toch wel genoeg geld, nooit had een Lejongård iets hoeven te lenen!

En toch lag het stuk voor me, ondertekend door mijn vaders hand. Vijfduizend kroon! Het bloed klopte in mijn oren, en mijn handen trilden. Wist meneer Jensen hier niets van? Met hem had mijn vader toch zelfs het erfgoed van de familie besproken! Ik stond op. Er was maar één persoon die me dit kon uitleggen.

Ik ging naar de rustkamer van mijn moeder en klopte aan. Toen ik geen antwoord kreeg, keek ik voorzichtig naar binnen, maar het bed was onbeslapen. Vermoedelijk had ze zich bedacht. Ik liep de trap af naar de salon. Dat was de tweede plaats waar je haar regelmatig kon aantreffen.

Ze had het vertrek helemaal ingericht naar haar eigen smaak, die eigenaardig genoeg weinig met Zweden te maken had. Wellicht was het een modeverschijnsel en wilde ze niet voor haar vriendinnen onderdoen. Maar soms vroeg ik me af of zich onder die koele oppervlakte niet een vrouw verborg die naar de felle kleuren en de stralende zon van het Oosten verlangde, van exotische planten hield en graag op de rug van een dromedaris door Egypte had gereden.

Dat straalde de salon allemaal uit, hij leek bijna overvol met zijn rieten meubels, zware gordijnen, Aziatische lakkasten, schilderijen en kleurige zijden kussens. Daartussen stonden twee robuuste dadelpalmen, fragiele orchideeën en strelitzia's, die er, wanneer ze bloeiden, uitzagen als snavels van exotische vogels. Mijn moeder, de sneeuwkoningin, leek daar in haar zwarte japon haast misplaatst. En toch scheen ze zich hier op haar gemak te voelen.

'Wat zei de inspecteur?' vroeg ze, zich naar me omdraaiend. Marie had dus met haar gesproken.

'Niet veel nieuws, veronderstel ik. Hij heeft me de toedracht van de brand beschreven en te kennen gegeven dat hij de komende dagen ondervragingen zal houden. Ze doen nu simpelweg onderzoek naar brandstichting.'

Mijn moeder deed haar ogen dicht. Ik kon me voorstellen wat er door haar hoofd ging. Officieel onderzoek vanwege een vermoedelijke misdaad zou publieke aandacht trekken. De regionale pers zou er als vliegen op de stroop op afkomen en gaan speculeren.

'Heb je bij hem op discretie aangedrongen?' vroeg mijn moeder toen ze haar ogen weer opendeed.

'Ik weet zeker dat hij zich van de noodzaak daarvan bewust is. Bovendien zou het schadelijk zijn voor zijn onderzoek als de brandstichter gewaarschuwd werd door krantenartikelen.'

Mijn moeder keek me aan alsof ik iets onvergeeflijks had gedaan.

'Maar als u wilt, ga ik persoonlijk naar Kristianstad om hem te zeggen dat hij zijn mannen moet muilkorven.'

De blik van mijn moeder veranderde slechts marginaal. 'Als eigenares van de Leeuwenhof moet je op je woordkeus letten,' zei ze. 'Nou ja, als je dat wilt worden. Misschien geef je wel de voorkeur aan je landlopersleven...'

'Moeder!'

'Verder nog iets?'

'Ja, ik...' Ik haalde de envelop uit de zak van mijn rok. 'Dit vond ik in het bureau van vader.'

'Wat is dat?'

'Een overeenkomst voor een lening.' Ik gaf haar het blad.

'Een overeenkomst voor een lening?' vroeg ze verbluft, toen

trok ze het document bijna uit mijn hand. Haar ogen vlogen over het schrijven, stopten even, waarschijnlijk bij het bedrag, en gleden verder. Verontwaardiging lag op haar gezicht toen ze me weer aankeek. 'Wat heeft dit te betekenen?'

'Dat vraag ik aan u,' zei ik. 'Het contract is gedateerd drie weken voor de brand. Het bedrag is behoorlijk hoog... we verkeren toch niet in financiële problemen?'

Mijn moeder was bleek geworden. 'Je vader heeft er nooit iets over gezegd. Je weet dat hij me niet bij zijn zaken betrok.' Ze klonk ontsteld.

'En hij heeft ook niets gezegd over bouwplannen of een dure aankoop voor de hoeve?'

Het bedrag zou voldoende zijn geweest voor een groot bouwproject. Maar waarom had hij zijn vrouw er niets over gezegd? Was het een geheim voornemen geweest? Een huis voor een geliefde misschien?

'Nee, hij heeft de laatste tijd niet veel met me gepraat.'

Ik zuchtte. Het was allemaal behoorlijk mysterieus en verontrustend. Ik moest dus snel onze bankier spreken en hem me inzicht in onze financiële situatie laten geven – vooral omdat we binnenkort een aanzienlijk bedrag nodig hadden om de stal te herbouwen.

'Wat denkt u, waar zou het geld kunnen zijn? Mogelijk heeft hij het nog niet uitgegeven, dan kunnen we het terugbetalen.'

'Zoals ik al zei, ik weet het niet.' Mijn moeder verstijfde. Ik kon aan haar zien dat het haar duizelde.

'Ik zou naar de bank kunnen gaan en vragen waarom hij dit krediet heeft opgenomen,' stelde ik voor.

'Daar heb je een verklaring van erfrecht voor nodig,' zei mijn moeder.

'Moeder, doet u nou toch niet alsof ik bij Jensen de erfenis heb geweigerd,' zei ik. 'Ik wil gewoon doen wat juist is, en daar moet ik over nadenken.'

'Juist voor jou of voor het landgoed?'

'Allebei.' Ik pakte het contract weer terug. 'We moeten proberen uit te vinden waar het geld gebleven is. En hoe het er met het landgoed voor staat, als vader zo'n verplichting moest aangaan. Het zou het beste zijn als u met mij mee naar de bank ging.'

Mijn moeder zei een tijdje niets en staarde alleen maar voor zich uit.

Toen knikte ze. 'Goed, we rijden nog een keer naar de stad. We gaan met Jensen en de bank praten. Misschien heeft je vader iets gezegd.'

'Bedankt, moeder,' zei ik en ik stond op. Ik was een beetje duizelig, wat vast door alle spanning van de afgelopen dagen kwam. De leenovereenkomst lag loodzwaar in mijn hand. Lagen er nog meer geheimen op de loer? Stel dat het landgoed er echt slecht voor stond? Dan had de Leeuwenhof me des te harder nodig!

Een tijd worstelde ik met mezelf, toen ging ik naar Bruns, die bezig was het zilver te poetsen.

'Wilt u August laten weten dat hij moet inspannen? Mijn moeder en ik moeten nog een keer naar Kristianstad.'

Bruns keek me verbaasd aan, maar knikte. 'Tot uw dienst, juffrouw Agneta.'

'Dank u.'

Ik ging naar boven en onderweg begon ik me al van mijn rouwkleding te ontdoen. Natuurlijk werd verwacht dat ik die nog een tijd droeg, maar voor de rit naar Kristianstad had ik iets comfortabelers nodig. Iets waarin ik me prettig voelde.

Ik schoot de kleren aan die ik had gedragen toen ik uit Stockholm kwam. Ze zouden mijn moeder misschien niet bevallen, maar ik voelde me er zekerder in. En zelfverzekerdheid hadden we nodig bij wat ons te doen stond.

14

Toen we in de stad aankwamen, waren de straten grotendeels leeg. Een paar dienstbodes deden nog wat laatste inkopen, maar sommige winkeliers waren al bezig het trottoir voor hun winkel te vegen. Ik werd gekweld door onrust. Wat had die leenovereenkomst te betekenen? Dat mijn vader zo'n geheim had gehad voor mijn moeder choqueerde me. Stella leek het net zo te vergaan, want op haar gezicht waren afwisselend ongeloof en woede te lezen. Hoe zou het er bij haar vanbinnen uitzien? Maakte ze haar man stille verwijten? Vroeg ze zich af of ze een fout had gemaakt? Wat zou er de afgelopen paar maanden tussen hen hebben plaatsgevonden? Waren ze van elkaar verwijderd geraakt? Was ik daartoe misschien de aanleiding geweest? Dat kon ik me niet voorstellen, maar ik hoopte vurig dat mijn moeder openhartig werd en me over eventuele problemen zou vertellen.

We hielden eerst halt bij het notariskantoor. Mijn moeder hoopte vast dat ik nu het erfgoed zou accepteren, en waarschijnlijk schoot bij Jensen dat idee ook door zijn hoofd toen hij door zijn assistent werd geroepen.

'Goedenavond, dames, wat kan ik voor u doen?' vroeg hij zakelijk en hij keek me vol verwachting aan.

'We moeten met u over mijn man praten,' zei mijn moeder en ze keek naar mij. 'Hebt u een moment?'

'Natuurlijk,' zei Jensen. 'Voor u altijd!'

Opnieuw betraden we het kantoor, dat we nog maar een paar uur geleden hadden verlaten. Het was er benauwd, het stond blauw van de sigarenrook. Op het tafelblad lagen een paar dossiermappen.

'Wilt u ons uw beslissing betreffende het testament mededelen?' vroeg Jensen.

'Nog niet,' antwoordde ik. 'We zijn voor iets anders gekomen.' Uit mijn ooghoeken zag ik dat de blik van mijn moeder licht versomberde.

Ik haalde de leenovereenkomst tevoorschijn en legde hem op het tafelblad. 'Die heb ik vandaag gevonden. Weet u hier misschien iets van? Heeft mijn vader u in vertrouwen genomen?'

Jensen fronste zijn voorhoofd. Hij haalde het blad uit de envelop en bekeek het een ogenblik, waarbij hij steeds wanhopiger begon te kijken. Toen hij weer opkeek, stond er totale verwarring op zijn gezicht geschreven. 'Uw vader heeft mij hier niets van verteld.' Hij keek naar mijn moeder, die intussen niets meer van haar verbazing liet merken.

'Heeft mijn man het tegen u misschien over een groot zakelijk project gehad?' vroeg ze.

'Nee. Wellicht is hij er niet meer aan toegekomen. Maar dit contract had eigenlijk in het testament moeten zijn opgenomen.'

'Dan hoeven we u niet te vragen of er financiële problemen waren.'

'Uw man dan wel uw vader heeft zich tegenover mij niet over iets in die geest uitgelaten. Maar ik wou dat hij me in vertrouwen had genomen.'

'Het contract is drie weken voor de brand opgesteld. Er zou toch tijd genoeg zijn geweest om u op de hoogte te stellen, denkt u niet?'

Jensen perste van ontsteltenis zijn lippen op elkaar en nam even de tijd voor zijn antwoord.

'Voor graaf Lejongård stond mijn deur te allen tijde open. Ik zou hem zelfs 's nachts hebben ontvangen. Nu zal die vijfduizend kroon het te erven vermogen slechts marginaal verminderen, maar...'

'Maar als er financiële problemen bestaan, zou dat mijn dochter in de problemen kunnen brengen, als ze de erfenis aanvaardt, nietwaar?'

Ik keek mijn moeder verbaasd aan. Nam ze het werkelijk voor me op? Ze had gelijk: als ik een met schuld belaste erfenis zou aannemen, zou dat me in de problemen brengen. Aan de andere kant: had ik een keuze?

Vermoedelijk had mijn moeder dit bezwaar alleen maar naar voren gebracht om Jensen over te halen om iets te onthullen, mocht vader zijn stilzwijgen hebben verlangd.

Jensen aarzelde even en knikte toen. 'Dat kan het geval zijn als er andere schulden zijn. Ik geloof het weliswaar niet, maar aangezien ik hiervan niet op de hoogte ben gebracht... Misschien is het beter als u het met de bank bespreekt.'

'Daarvoor moet mijn dochter een verklaring van erfrecht hebben.'

'Omdat u, als uw dochter niet bereid is de erfenis te aanvaarden, automatisch de natuurlijke erfgename zou zijn, kunt u voorlopig ook over de rekening beschikken. Bovendien had uw man toch een vriendschappelijke band met de directeur van zijn huisbank. In een geval als dit zou hij zeker inzien dat het belangrijk is om de financiële situatie te kennen voordat er een beslissing wordt genomen.'

Mijn moeder knikte en keek me aan. Nog steeds leek ze ontevreden, maar de spanning die duidelijk rond haar mond zichtbaar was, gold waarschijnlijk niet mij. 'Goed, meneer Jensen, dan danken we u voor uw tijd,' zei ze en ze stond op. 'Ik wil u vragen om discretie te betrachten.'

'Dat doe ik altijd,' zei Jensen vlug. 'Wat hier wordt besproken, blijft binnenskamers.'

Mijn moeder knikte en schudde hem de hand. Nadat ook ik afscheid had genomen, verlieten we het kantoor. We stapten echter niet meteen in de koets. Mijn moeder bleef staan en keek naar de lucht, die geleidelijk betrok. Het leek bijna alsof ze haar man wilde vragen waarom hij haar zoiets aandeed.

'Moeder?' vroeg ik zachtjes.

Ze kromp in elkaar, alsof ze uit haar gedachten opschrok. Toen zei ze: 'Kom. We moeten nog naar meneer Arenhus. Ik wil niet terug naar de hoeve zonder te weten in welke situatie we ons bevinden.' Daarop stapten we weer in de koets.

Het filiaal van de Handelsbanken, een van de machtigste commerciële banken van Zweden, was even na vijven bijna leeg. De mannen achter de loketten in hun gestreepte vesten en met armbeschermers over de mouwen van hun overhemd wekten een vermoeide indruk. De bank was zeer degelijk en sober ingericht. Er was houten lambrisering en er hingen slechts enkele schilderijen aan de muren, maar messing bordjes en goudkleurige, niet al te overdadige kroonluchters straalden een zekere elegantie uit. Onze stappen werden door een donkerrood, subtiel gedessineerd tapijt gedempt. Ik wist niet zeker of we de directeur, meneer Arenhus, nog zouden aantreffen, maar gezien de urgentie van de zaak wilden we niet tot de volgende dag wachten. Ik liep recht op een loket af, liet de man erachter opschrikken en vroeg hem naar zijn superieur. De employé staarde me verrast aan. Waarschijnlijk zag hij hier niet veel vrouwen, omdat zakenlieden bij hun bankzaken gewoonlijk niet hun echtgenotes meenamen. Ik vroeg me af hoe het voor mijn moeder was om hier te staan.

De wereld van getallen was nooit de mijne geweest, bij wiskunde had ik mijn leraar regelmatig tot wanhoop gebracht. Ik kon redelijk rekenen, maar de hogere wiskunde was voor mij mysterieus en onbegrijpelijk. De stille, ordelijke sfeer van de bank had echter een fascinerende en tegelijkertijd geruststellende uitwerking op me. Ik keek naar mijn moeder, die het heel anders leek te ervaren. Onrustig frummelde ze aan de manchetten van haar mouwen.

Even later verscheen Jonah Arenhus. Hij was eind vijftig, had een kaal hoofd en een snor met opgekrulde punten en droeg een rond brilletje op zijn neus. Zijn bruine pak was duidelijk op maat gemaakt en de gouden horlogeketting aan zijn donkere vest wekte de indruk van autoriteit. Hem had ik bij de begrafenis gemist, vooral omdat hij, zoals veel invloedrijke mannen, een vriend van mijn vader was geweest.

'Mevrouw Lejongård!' begroette hij mijn moeder en hij wendde zich tot mij. 'Juffrouw Agneta! Mijn hemel, wat hebben wij elkaar lang niet gezien!'

Dat klopte inderdaad, want bij het laatste midzomerbal was hij ook afwezig geweest. Er waren dus twee jaar verstreken.

'Het spijt me zo dat uw vader en broer van ons zijn heengegaan,' voegde hij er berouwvol aan toe. 'Helaas kon ik de begrafenis niet bijwonen, we waren bij mijn schoonouders in het noorden.'

'Dat is begrijpelijk,' antwoordde mijn moeder. 'En bedankt voor uw medeleven. Ik zal Betty en u nog een uitgebreide brief sturen.'

Ik trok mijn wenkbrauwen op. Echt waar? Ik had niet het gevoel gehad dat mijn moeder heel nauwe contacten met de bankier en zijn vrouw onderhield.

'Volgt u mij alstublieft, dan kunnen we ongestoord praten. Ik veronderstel dat het over de erfenis van uw man gaat.'

'O, ja!' flapte ik eruit, waarop mijn moeder een messcherpe blik op me richtte. Het was waarschijnlijk beter als ik eerst maar eens niets zei en afwachtte.

Arenhus leidde ons naar zijn kantoor op de eerste verdieping van het gebouw. Ook hier leek overal uitsluitend donker hout te zijn. Wat in de hal beneden nog indrukwekkend was overgekomen, ervoer ik hier als enigszins beklemmend, ook omdat de zware leren fauteuils behoorlijk veel ruimte in beslag namen.

We namen plaats in de fauteuils, die een lichte geur van leer en sigarenrook afscheidden.

'Mag ik u iets aanbieden?' vroeg Arenhus, nog terwijl hij de deur voor mij openhield. 'Thee of koffie misschien?'

'Een glas water volstaat,' zei mijn moeder en ze keek me aan.

'Ja, water alstublieft,' antwoordde ik, hoewel ik geen dorst had.

De bankier zette twee glazen water, elk met een schijfje citroen, op de houten tafel voor ons neer, toen ging ook hij zitten.

'Wat kan ik voor u doen?' vroeg hij.

Ik gaf hem de envelop. 'Hierin vindt u een leenovereenkomst

die vier weken geleden is afgesloten. Aangezien noch mijn moeder noch ik van het bestaan wist, vragen we ons nu af of het landgoed in financiële problemen verkeert.'

Arenhus vouwde het document open en bestudeerde het enige tijd. 'Dit is niet door ons uitgegeven,' zei hij verrast. 'Het is van een particuliere geldschieter in Stockholm.'

'Kent u die geldschieter?' vroeg ik.

'Ja, ik ken hem, en het stuit me enigszins tegen de borst om het over hem te hebben.'

'Gaat het om malafide transacties?' vroeg mijn moeder gealarmeerd.

'Nou, niet echt malafide, maar Ohlsson staat erom bekend dat hij niet vraagt waar de lening voor is. Hij leent geld uit en wie niet betaalt, krijgt de consequenties met harde hand te voelen.'

'Consequenties?' vroeg mijn moeder.

'Bedoelt u dat hij de schuldenaar in elkaar laat slaan?' vroeg ik, omdat ik iets dergelijks in Stockholm had gehoord.

'Zo kunt u het noemen. Een man van eer doet er goed aan zich niet te associëren met personen zoals Ohlsson.'

'Mijn God!' mijn moeder werd krijtwit. 'Wat wilde Thure toch van die man?'

'Misschien mocht niemand op de hoogte zijn van de lening, zelfs ik niet. U weet dat uw echtgenoot en ik bevriend waren, en het verbaast me nogal dat hij in deze kwestie niet mijn advies heeft ingewonnen. Ik had hem misschien kunnen helpen.'

Mijn vader had zich ingelaten met een geldschieter die hem mogelijk met een afranseling bedreigde. En waarvoor? 'Was daar eigenlijk aanleiding toe?' vroeg ik.

'Nee, niet echt. Maar veel van het fortuin van uw vader is belegd, daarom zijn de liquide middelen wat beperkt. Een opname van vijfduizend kroon zou zijn opgevallen en zou van onze kant vragen hebben opgeroepen. Dat wilde hij vermijden, neem ik aan.'

Ik keek naar mijn moeder, die versteend leek. Op haar voorhoofd glinsterden zweetdruppels.

'Kunnen we het geleende bedrag zo snel mogelijk aflossen?'

vroeg ik, want het was onwaarschijnlijk dat we het geld nog ergens in de kamer van vader zouden vinden.

'Natuurlijk, dat is voor de goede reputatie van uw vader zelfs aan te bevelen. Niemand kan Ohlsson ervan weerhouden rond te bazuinen wie er bij hem heeft geleend, als de zakelijke relatie... niet meer zo stabiel is. Maar u zult erover moeten nadenken welke grote ondernemingen u binnenkort wilt aanpakken. De verwoeste gebouwen moeten natuurlijk worden herbouwd en verloren gegane paarden vervangen.'

'Wat dat laatste betreft is de schade niet zo groot,' antwoordde ik. 'Maar de grote stal moet natuurlijk worden herbouwd. Om van het opruimwerk maar te zwijgen.'

'Nou, dat zou geen probleem hoeven te zijn. U hebt tenslotte de paarden nog, zo nodig kunt u er een aantal verkopen. Om te kunnen handelen moet u echter een verklaring van erfrecht hebben. Ik neem aan dat u de erfenis van uw familie zult aanvaarden, juffrouw Lejongård?'

Ik keek naar mijn moeder. Het was duidelijk geweest dat de bankier die vraag zou stellen. 'Ik... ik zal het meneer Jensen binnenkort laten weten,' zei ik ontwijkend.

'Nou ja, zolang we niet weten wie de erfgenaam van de Leeuwenhof is...'

'Mijn dochter,' antwoordde mijn moeder. 'En ik hoop dat ze de juiste beslissing neemt.'

'Goed, dan zie ik u binnenkort weer hier.'

In de koets zaten we een tijdje naast elkaar zonder weg te rijden. Ik had mijn moeder ervan weerhouden August het bevel ertoe te geven, omdat ik voelde dat het nu het moment was om te beslissen.

De lucht werd steeds roder, het zou weldra donker zijn. De klok van de Heilige Drie-eenheidskerk luidde zes keer. Mijn hoofd tolde. Er moest iets ondernomen worden. Mijn vader had zichzelf in de problemen gebracht, wat eigenlijk volstrekt niet nodig was geweest, en hij liet een geheim voor ons achter dat we waarschijnlijk nooit zouden oplossen. Nu ging het erom het landgoed te beschermen voordat Ohlssons handlangers kwamen opdagen om het geld met geweld te innen.

Even schoot me de vraag te binnen of Ohlsson misschien iets te maken kon hebben met de brand. Maar in die tijd was de leenovereenkomst pas drie weken oud. Zo vlug zou zelfs de ergste geldwolf zijn knokploeg niet sturen. Desalniettemin moest ik inspecteur Hermannsson inlichten. Ik mocht nu geen tijd meer verspillen. Er was te veel te regelen, en het had geen zin om te hopen dat er een wonder zou gebeuren dat de last van het besluit van me zou afnemen.

Ik zou terug kunnen gaan naar Stockholm en daar met mijn leven kunnen doorgaan, van Michael houden, schilderijen maken en de watervlekken op het plafond tellen. Maar waarschijnlijk zou ik door mijn slechte geweten niet kunnen slapen. Keer op keer zou ik beseffen dat ik mijn broer had verraden. Dat ik niet aan zijn laatste wens had voldaan. En dat ik ook mijn familie in de steek had gelaten.

De tweede mogelijkheid was dat ik het landgoed overnam en dus terugkeerde naar alle taken en verwachtingen die gebruikelijk waren in aristocratische kringen. Ik had geen idee hoe een landgoed geleid diende te worden, en ik zou waarschijnlijk lange discussies met mijn moeder moeten voeren of Michael voor mij wel de aangewezen man was. Bovendien moest ik Michael overhalen om Stockholm te verlaten – in elk geval nadat hij zijn studie zou hebben beëindigd.

Ik dacht over beide mogelijkheden na.

Toen wist ik wat ik zou doen.

'Moeder,' zei ik ten slotte, toen de stilte tussen ons bijna tastbaar werd.

'Ja?' vroeg ze afwezig. Dat zelfs de bank niet wist wat mijn vader met het geld van plan was geweest, leek haar erg dwars te zitten. Gelukkig vormde de leenovereenkomst geen bedreiging voor het fortuin van het landgoed.

'Ik ga binnenkort naar Stockholm,' begon ik, omdat het uiten van wat ik eigenlijk wilde zeggen me nog steeds zwaar viel.

Stella zei niets.

Ik wilde niet dat ze weer koel zou reageren of me verwijten zou maken. Ik haalde diep adem, deed mijn ogen dicht en voegde eraan toe: 'Ik zal daar de zaken regelen die moeten worden geregeld. Maar eerst gaan we naar meneer Jensen om hem te vertellen dat ik de erfenis...' Ik pauzeerde even en zag dat Stella haar adem inhield. Vervolgens voegde ik eraan toe: '... zal aanvaarden.'

Nu wendde mijn moeder haar blik naar mij. Ze keek me een tijdje aan, toen, bijna onopgemerkt, kwam er een glimlach op haar lippen.

Naar die glimlach had ik altijd verlangd, maar nu ik hem eindelijk kreeg kon ik er niet blij mee zijn, want ik wist dat de prijs die ik ervoor betaalde veel te hoog was.

15

Er hingen zware wolken boven de daken van Stockholm toen ik twee dagen later het station uit kwam. Het leek een eeuwigheid geleden dat ik uit de stad was weggegaan. Sindsdien was er meer gebeurd dan andere mensen in een jaar meemaakten. Het verdriet om Hendrik en mijn vader kwam steeds in golven, en nog altijd vroeg ik me af of ik de juiste beslissing had genomen. In mijn hoofd werd het steeds duidelijker. Dat was ook dringend nodig als ik wilde weten hoe het nu verder moest met Michael en mij.

Ik zag ervan af een huurrijtuig te nemen en ging lopen. Toen ik bij mijn etagewoning aankwam, begon het al donker te worden. Terwijl bij het Koninklijk Paleis elektrische straatverlichting was geïnstalleerd, ging hier nog steeds de lantaarnopsteker rond om de ene lamp na de andere aan te steken. Hoelang zou het nog duren voor hij zijn aansteekstok aan de wilgen kon hangen? Veranderingen kun je geen halt toeroepen. Op een dag zou overal elektrisch licht zijn – ook op ons landgoed.

Toen ik door de buitendeur stapte, klonk er geschreeuw vanboven. Ik had heel weinig contact met de huurders boven me, ik wist alleen dat er een vrouw woonde. Maar zo te horen was er een hevige ruzie met een man aan de gang. Al bij het openen van de deur van mijn etage was me duidelijk dat Michael er niet was. Hij straalde altijd zo veel warmte uit dat ik zijn aanwezigheid onmiddellijk voelde. Nu ontbrak die. Hij was waarschijnlijk nog op stap, zat op de universiteit of in een kroeg met zijn vrienden. Ik liet mijn tas op de grond voor het bed vallen en draaide me om naar mijn ezels. Ik liep naar het tafeltje waarop ik mijn schildergerei bewaarde. De beker met terpentijn was uitgedroogd, de penselen hard. Ik had het palet zorgvuldiger schoon moeten maken, ik zou de verf er maar moeilijk af kunnen krijgen.

De schilderijen zelf hadden een beetje een vreemde uitwerking op me, het was bijna alsof ik ze niet had geschilderd. Het was niet de eerste keer dat ik me verbaasde over mijn creatieve vermogen. Het was alsof ik in trance was als ik schilderde.

De deur van het appartement sloeg dicht. Stappen volgden. Michael. Ik wist zeker dat hij het was. Wie anders zou de verlichte woning van een schilder betreden? Er viel hier niets te stelen.

'Dus je bent er weer,' zei hij.

Glimlachend draaide ik me om en liep naar hem toe, maar verstijfde toen ik zijn gezicht zag. Hij leek niet blij te zijn dat ik terug was.

'Ja,' antwoordde ik geïrriteerd. De glimlach op mijn gezicht verdween. 'Ik ben net met de trein aangekomen.'

Michael nam het met een knikje ter kennisgeving aan. Waar bleef zijn omhelzing? Waar waren zijn kussen? Wat was er in de tussentijd gebeurd? Ik liep naar hem toe en wilde hem tegen me aan trekken, maar hij week terug. Ik keek hem verbaasd aan. 'Wat is er?' vroeg ik. 'Heb je mijn brieven niet gekregen?'

Ik kon begrijpen dat hij boos was als hij geen bericht had ontvangen. Maar de post was inmiddels niet meer zo onbetrouwbaar als een paar decennia geleden. Per slot van rekening leefden we in het jaar 1913!

'Jawel, die heb ik gekregen,' zei hij, en nog steeds wilde de kilte in zijn stem niet wijken. 'En het spijt me zeer wat er met je vader en je broer is gebeurd. Maar nu zal je leven veranderen. Je gaat terug naar het landgoed, is het niet?'

Zo'n onvriendelijke reactie had ik niet van hem verwacht. Mijn vreugdevolle verlangen naar hem vervloog onmiddellijk.

'Michael, ik...'

'Aanvaard je de erfenis en ga je terug naar het landgoed?' herhaalde hij.

Ik moest toegeven dat zijn zakelijke manier van doen me altijd was bevallen. Zijn gezonde verstand tegenover mijn hersenspinsels, zijn realisme tegenover mijn dromen. Ik dacht altijd dat we elkaar volmaakt zouden aanvullen. Maar nu vond ik hem veel te hard.

'Ja,' antwoordde ik. 'Er zit niets anders op.'

'Ik had het kunnen weten,' mopperde hij.

'Wat had je kunnen weten?' Ik probeerde hem aan te raken, maar hij ontweek me.

'Ik had moeten weten dat je je familie nooit zou verloochenen.'

'Michael.' Ik pakte zijn arm, waarop hij direct verstijfde. 'Je wist toch wie ik was. Ik begrijp niet waarom dat nu voor jou ineens zo belangrijk is.'

Nu wendde hij zich weer tot mij. 'Voor je wegging was je een studente die schilderes wilde worden. Nu ben je de erfgename van een landgoed. Wat denk je dat er van je droom zal overblijven? En welke plaats heb ik daarin?'

Ik had Hendrik een belofte gedaan. De erfenis van mijn vader had ik kunnen afwijzen, maar de belofte aan mijn broer kon ik niet breken.

'Michael, ik... ik zou je meenemen. Ik zou met je trouwen. Dit hoeft niet het einde te zijn.'

'Maar dat is het wel.'

Geschrokken hapte ik naar lucht.

Michael wreef gejaagd over zijn gezicht. 'Begrijp me toch, ik kan hier niet weg. Dat is een beetje te veel gevraagd.'

'Maar waarom?' vroeg ik. Mijn hart klopte in mijn keel. 'Zou jij je broer iets weigeren als hij zwaargewond was?'

'Mijn broers zouden nooit van me verlangen dat ik mijn hele leven opgeef!' antwoordde hij.

'Mijn broer heeft dat ook niet gedaan. Ik kan ook op het landgoed schilderen!'

'Wat fijn voor jou! En hoe zit het met mij? Je hebt me nog niet eens aan je ouders voorgesteld. En nu zou ik hier alles aan de kant moeten zetten?'

'Dat hoeft niet,' zei ik wanhopig. 'Je zou na je studie ook in Kristianstad als advocaat kunnen werken. We hebben contacten met de advocatenkantoren daar... Samuel Jensen zou ons zeker helpen.'

Maar Michael schudde zijn hoofd. 'Bedankt, maar ik wil mijn sporen zelf verdienen en niet door bepaalde gunsten te ontvangen, wat bij jullie kennelijk gewoon is.'

'Dat is oneerlijk, Michael!' Was er dan niets waarmee ik hem van die vreemde wrok kon afhelpen? 'Natuurlijk kun je je eigen sporen verdienen!'

'En als ik niet in Kristianstad wil zijn?' repliceerde hij. 'Als ik in Stockholm wil blijven? Hoe moet het dan als jij op je hoeve bent?' Zijn ogen fonkelden strijdlustig.

Ik had hem nog nooit zo gezien. Ik vreesde dat hij me op dat moment ontglipte en dat ik hem niet zou kunnen vasthouden.

'Jullie aristocraten geloven dat jullie het middelpunt van de aarde zijn en dat het allemaal om jullie draait, nietwaar?' Zijn stem werd scherp, en toen weer doodernstig. 'Ik kan dat niet. Ik wil dat mijn vrouw bij mij is en niet honderden kilometers van me vandaan.'

'Het is maar een paar uur met de trein,' zei ik timide. 'We zouden elkaar heel snel kunnen zien.'

'En dat een leven lang?' Hij schudde zijn hoofd en maakte zich van me los. 'Nee, dat wil ik niet. En jij moet ook bij jezelf nagaan of je dat wilt. Omdat je, als je teruggaat naar de Leeuwenhof, het alleen zult moeten doen.' Met die woorden draaide hij zich om en stevende op de voordeur af.

'Michael, wacht!' riep ik hem achterna. 'Laten we erover praten!'

Maar hij luisterde niet en sloeg even later de deur achter zich dicht.

Ik stond daar als verdoofd. Ik had me zo op Michael verheugd, ook al wist ik dat het moeilijk zou worden. Ik had natuurlijk niet kunnen voorzien dat die paar dagen genoeg waren geweest om hem zo kwaad te laten worden. En dat allemaal omdat ik de erfenis van mijn familie aanvaardde?

Tot dusver was er geen sprake van geweest dat ik naar de hoeve terug zou gaan. We droomden van een leven in Stockholm. Ik omringd door galeriehouders en misschien zelfs exposerend in het Koninklijk Paleis, Michael als succesvol advocaat die in de stad de aandacht op zich zou vestigen en op een gegeven moment misschien officier van justitie werd. Of minister van Justitie. Onze dromen kenden geen grenzen. Maar nu niet meer. Waar was hij bang voor?

Ik strompelde naar het bed, viel erop neer en staarde in de leegte. Ik kon nog steeds niet geloven dat we dat gesprek hadden gehad. Even vroeg ik me af of het zou helpen als ik mezelf in mijn hand kneep. Maar dit was geen droom.

Waarom had hij zo gereageerd? Waarom toch? Mijn hart verkrampte. Ik begon te huilen en kon er alleen nog maar aan denken hoe onrechtvaardig de wereld was.

In de hoop dat Michael terug zou komen en me zou vertellen dat hij het allemaal niet zo bedoeld had, bleef ik wakker, hoewel mijn lichaam zwak aanvoelde en mijn ogen brandden van de tranen. Bij het minste of geringste geluid schrok ik op, om te constateren dat hij het niet was. In de buurt werd het stil, af en toe blafte er een hond, waarop er boos werd geroepen.

Mijn gedachten bleven draaien om het vreemde gesprek met Michael. Ik ging alle punten na en kwam tot de conclusie dat hij gekomen was met de intentie ruzie te maken.

Die vervloekte brand! Degene die hem had veroorzaakt zou moeten branden in de hel, omdat hij me voor deze beslissing had gesteld. Een onontkoombare beslissing.

Uiteindelijk had ik het gevoel dat ik onder de last die op me drukte zou bezwijken. Ik had iets nodig om de pijn, het verdriet en de vragen waar geen antwoorden op waren te verdrinken. Moeizaam stond ik op en begon te zoeken naar de fles brandewijn die ik afgelopen nieuwjaar van Therese, een van de vrouwen van onze protestgroep, had gekregen. Haar oma had die zelf gebrand, en Therese bezwoer dat je er doden mee kon opwekken. Omgekeerd zou je, als je er maar genoeg van dronk, jezelf ook in een schijndode kunnen veranderen. In de keuken vond ik wat ik zocht. Ik had hem tussen de flessen terpentijn gezet waarmee ik mijn penselen uitwaste. Dat spul had naar mijn idee verder nergens voor gedeugd. Nu wilde ik wel eens zien of de brandewijn in staat was mijn teleurstelling weg te nemen en mijn woede te verlichten.

Ik veegde het stof van het handgeschreven etiket en trok de kurk uit de fles. Vlug vergewiste ik me ervan dat het geen terpentijn was en nam een slok. Het smaakte afgrijselijk, het brandde als de hel en even had ik het gevoel dat het mijn keel zou uitbijten. Maar al na de derde en vierde slok begon de drank lekkerder te worden. Ik sleepte mezelf naar de slaapkamer en plofte neer op mijn bed. Daar bleef ik een tijdje uit de fles zitten drinken. Ik had niet veel ervaring met alcohol, maar nu wilde ik maar één ding: vreselijk dronken worden. Verlost worden van alle ellende van de afgelopen dagen.

Het effect liet niet lang op zich wachten. Meer en meer vervaagde de wereld voor mijn ogen. Maar het werd er niet eenvoudiger op. In plaats van de verwachte onverschilligheid voelde ik nu woede.

Waarvoor had ik dit hier allemaal opgebouwd? Waarom had ik niet de kracht om mijn afkomst achter me te laten? En Michael? Waarom gedroeg hij zich zo achterlijk? Natuurlijk was ik de erfgename van de hoeve! Dat maakte nog geen ander mens van me! Dacht Michael dat het geld me zou veranderen? Maar ik had toch nooit aan de rand van de afgrond gestaan! Ik kon voor mezelf zorgen en had, hoewel ik het graag ontkende, de steun van mijn ouderlijk huis!

Of was dat het juist? Voelde hij zich door mijn rijkdom minder man? Was hij bang in onze relatie niet langer de sterkste te zijn? Zo ja, dan was dat juist de onzin waartegen wij vrouwen in mijn vriendenkring ageerden! Misschien was het beter geweest als ik hem nooit had ontmoet. Misschien had ik nooit hierheen moeten gaan...

Mijn beschonken blik viel op mijn schilderijen. De landschappen leken net zo vervormd als mijn ziel aanvoelde. Ik was geen goede schilderes. Dat zou ik ook nooit zijn! Ik had een droom nagejaagd, een droom waarvan ik had moeten weten dat hij nooit in vervulling zou gaan. Ik was de erfgename van een landgoed, geen kunstenares. En blijkbaar was ik niet zo geliefd dat een man zijn ego voor mij opzijzette, of ten minste toeliet dat we op gelijke voet met elkaar omgingen.

Ineens explodeerde de woede in me als een staaf dynamiet. Ik slingerde de bijna lege fles opzij. Die trof een van de doeken en liet er een grote buts in achter. Maar dat gaf me nog geen voldoening. Nu Michael me de bons had gegeven, zat er niets anders op dan naar de Leeuwenhof terug te gaan en daar voor altijd en eeuwig te verkommeren. Dan was het maar beter om alles wat me aan de zorgeloze tijd in Stockholm herinnerde te laten verdwijnen. Ik zou absoluut nooit meer een penseel aanraken!

Met een woedende kreet trok ik de ezel omver.

Het schilderij viel op de grond, maar vertoonde geen beschadiging. Koortsig zocht ik naar iets waarmee ik meer schade kon aanrichten. De wereld draaide onder mijn voeten en de alcohol brandde in mijn aderen. Ten slotte zag ik iets opflitsen. Ik greep het en stak in op het schilderij. Even ondervond ik weerstand, maar algauw klonk er een scheurend geluid en niet veel later zag ik een gapende spleet. Ik hield even op, omdat ik me staande moest zien te houden. Toen ging ik door. Met elke steek in een doek werd mijn woede groter, ik sneed en scheurde tot mijn wereld aan de randen van mijn gezichtsveld eerst rood en daarna zwart werd.

16

Ik kwam weer tot mezelf toen ik op het raam hoorde kloppen. Het liefst had ik 'Ga weg!' geroepen, maar de hoop dat het Michael was bracht me ertoe overeind te komen. Had hij zich bedacht? Had hij spijt van wat hij me allemaal naar mijn hoofd had geslingerd?

Ik had geen idee hoe ik in mijn bed onder de deken was beland. De afgelopen nacht was uit mijn geheugen gewist. Ik nam de geur van terpentijn en muffige muren waar en schoof mijn haar uit mijn gezicht. Het geklop hield aan. Ik draaide me naar het raam, maar het silhouet dat ik daar zag was niet van een man.

'Agneta, gaat het wel goed met je?' riep een vrouwenstem. 'Ik ben het, Marit!'

Dat stelde me aan de ene kant een beetje teleur, maar aan de andere kant voelde ik opluchting. Er was ten minste één persoon in Stockholm die zich zorgen om me maakte.

Ik gooide de deken van me af, liep naar het raam en deed het open.

'Je ziet er vreselijk uit!' ontglipte mijn vriendin.

En daar kon ik niet eens boos om zijn. Ik voelde me ook verschrikkelijk. Het klopte bij mijn slapen en in mijn achterhoofd voelde ik het dof dreunen. Om nog maar te zwijgen over de pijn die overal in mijn schedel aanwezig leek te zijn. Mijn maag rebelleerde. Ik zag ongetwijfeld bleek. Mijn haar hing in slierten van mijn hoofd en mijn nachtpon rook muf. Hoe zou je er ook anders uit moeten zien als je door je geliefde was verlaten? Als die jou duidelijk had gemaakt dat hij maar één beslissing zou accepteren?

'Bedankt voor het compliment,' morde ik. 'Wil je binnenkomen?'

'Ik wou vooral eerst maar eens zien of je nog in leven was. Aangezien dat het geval is, kom ik graag binnen. Hoe dan ook wordt het me bespaard naar de politie te gaan, waar ze niet bijzonder over me te spreken zijn sinds ik mezelf aan de staatskanselarij heb vastgeketend.'

Ik deed het raam dicht en liep naar de deur. Daarbij viel het me op dat de opmerking van Marit een glimlach op mijn gezicht had getoverd.

'Mijn hemel, ga alsjeblieft niet verder je huis uit,' riep ze. 'Als de buren je zo zien!'

'Waller maakt het niet uit hoe ik eruitzie. Die komt voor zonsondergang toch niet zijn bed uit. En de mensen boven me ken ik niet.'

'Heb je gedronken?' Marit snoof aan mijn adem.

'Ja, maar dat is al uren geleden,' zei ik.

'Een dag,' corrigeerde Marit me. 'In elk geval zei Michael dat je gistermiddag was gekomen.'

Was het al middag? Hoe had ik het voor elkaar gekregen zo lang te slapen? Hoe dan ook, ik wist niet meer wat ik al die tijd had gedaan.

'Vooruit!' zei Marit als een dragonder en ze trok me aan mijn nachtjapon naar binnen. 'Jij gaat jezelf wassen, je tanden poetsen en iets acceptabels aantrekken. Daarna zien we wel verder.'

Ik had geen zin in wat dan ook en het minst van al wilde ik nadenken over hoe het verder moest. Maar Marit duldde geen tegenspraak. Het was niet voor niets dat ze in Stockholm bekendstond als een van de fanatiekste suffragettes, die er ook niet voor terugschrok zich ergens halfnaakt aan een boom vast te binden als dat de zaak zou dienen.

Ik haalde op de binnenplaats water uit de pomp en liep met de waterkan door mijn woning. Op de achtergrond hoorde ik Marit opruimen. Ik schonk water in de waskom en trok mijn nachtjapon uit. Mijn armen voelden moe en zwaar aan. Dat veranderde niet toen ik het koude water op mijn lichaam voelde. Ik zocht schoon ondergoed en een jurk uit, toen sloop ik het atelier in, waar Marit een beetje hulpeloos voor de kort en klein geslagen stapel hout stond die ik in mijn dronkenschap had gefabriceerd.

'Lieve help, wat ben jij tekeergegaan!' zei ze. 'Dit kan zelfs niet meer als expressionistisch worden beschouwd.'

'Die schilderijen zijn hoe dan ook waardeloos,' antwoordde ik. 'Ik raak nooit meer een penseel aan.'

Marit fronste. 'Hoezo? Jij, die alles achter je hebt gelaten om een kunstopleiding te volgen?'

'De tijden veranderen nou eenmaal,' antwoordde ik bitter.

Marit kwam naar me toe en pakte me zachtjes bij mijn armen. 'Wat is er gebeurd? Ik ben Michael tegengekomen, maar hij zei alleen dat het niet goed met je ging na de dood van je vader en je broer.'

'Dus hij zei niet dat we ruzie hebben gemaakt en dat hij me vanwege mijn voornemen om het landgoed over te nemen wil verlaten?'

'Heeft verlaten' was eigenlijk de juiste term. Waarom zei ik 'wil'?

'Hij wil wát?' Marit trok haar wenkbrauwen op. 'Maar het zag ernaar uit dat jullie binnenkort zouden gaan trouwen. Het was niet om aan te zien, zo verliefd als jullie altijd naar elkaar keken wanneer we jullie tegenkwamen.'

'Nou, dat was zolang ik de rebelse dochter was die de rijkdom van haar familie achter zich had gelaten.' Ik snoof. 'Alsof ik iemand anders zou worden als ik de erfenis van mijn vader accepteer.'

'Dan word je zeker een ander mens,' wierp Marit tegen. 'Want dan ben je een volwaardig lid van de adel. Een vrouw die zich aan bepaalde regels moet houden.'

Ik trok me van haar los. 'Denk jij dat ook?' snauwde ik. 'Wil jij onze vriendschap nu ook verbreken?'

'Dat heb ik niet gezegd!' antwoordde ze. 'Misschien moet je me eerst maar eens vertellen wat er de afgelopen dagen is gebeurd.'

Ze trok me naar het bed, dat ze ondertussen had opgemaakt, duwde me een glas water in mijn hand en ging naast me zitten.

Mijn hoofd deed nog steeds zeer, alsof het er moeite mee had aan de ruzie te denken. En ook aan wat daaraan vooraf was gegaan.

Ik begon met mijn aankomst op het landgoed, de schok die mijn vaders dood had veroorzaakt en het verdriet om de dood van mijn broer. Ik vertelde haar over de Leeuwenhof, dat mijn broer me had laten beloven dat ik hem zou opvolgen en dat zelfs in zijn testament had vastgelegd. Ik vertelde over mijn twijfels, de drang om zelfstandig te blijven, en ook over de gevoelens die het verblijf op de hoeve bij me teweeg had gebracht. Toen kwam ik bij Michael uit.

Marit luisterde geduldig, streelde me af en toe over mijn rug en keek me toen ik klaar was lang aan.

'Het gaat hem er dus alleen maar om dat hij bang is dat hij zichzelf niet kan verwezenlijken op de manier waarop hij dat wil?' Ze keek ongelovig.

Ik kende haar mentaliteit ten opzichte van mannen. Ze had besloten zich nooit door een man te laten ketenen. Mannen beroofden je van je onafhankelijkheid, 'van je ik', zei ze altijd. Toen ik een relatie met Michael kreeg, had ze me op het hart gedrukt op mezelf te passen.

Ik wilde ook niet geketend worden, ik wilde iemand die er voor me was. Iemand van wie ik kon houden en die mij ook liefhad. Dat betekende toch niet meteen dat je jezelf opgaf... in elk geval niet als je de juiste man had gevonden.

'Ja, dat zei hij. Ik heb er nog niet verder over nagedacht.'

'Omdat je zo nodig je atelier moest vernielen.' Marit streek een streng haar uit mijn gezicht. 'Over een paar jaar heb je daar spijt van.'

'Ik denk het niet.'

'Je klinkt koppig als een klein kind. Dat past eigenlijk niet bij jou. Denk je niet dat er nog iets aan te doen is? Michael heeft vast alleen maar overdreven gereageerd. Jij bent toch zeker ook niet in gejuich uitgebarsten toen je vernam dat je de nieuwe landeigenaar moest worden?'

'Natuurlijk niet,' antwoordde ik. 'Ik heb er dagenlang erover gepiekerd. Maar ik kwam telkens weer tot het inzicht dat ik geen keus heb.' Ik dacht even na en voegde eraan toe: 'Bovendien heb ik nog steeds een band met de hoeve. Ik heb dat lange tijd verloochend, vooral na het ijzige welkom van mijn moeder. Maar zodra de notaris Hendriks brief aan me voorlas, wist ik het weer. Ik hou van de hoeve! Die is zo vol herinneringen aan mijn broer. Ik kan de Leeuwenhof niet aan zijn lot overlaten. Dat gaat gewoon niet.'

'Dan heb je je besluit genomen.'

'Ik ben bang van wel. Maar Michael... ik dacht dat hij de ware was...'

Marit nam me in haar armen. 'Ik weet het. En ik weet ook dat het verloren gaan van een liefde verschrikkelijk is. Maar misschien is het ook wel goed zo. Je weet dat ik geen voorstander ben van die zelfgenoegzame adel. In mijn ogen zijn het nietsnutten. Maar jij bent anders. Jij hebt gezien hoe de kleine man leeft. Je hebt een unieke kans iets te veranderen.'

'Wat bedoel je?'

'Wij gaan de straat op en het enige wat we bereiken, is dat we gearresteerd worden. De politici maken zich vrolijk om ons. Op de universiteit worden we bekeken als zeldzame dieren. Mannen slaan ons of schelden ons uit wanneer we demonstreren. Ze denken dat ze ons onze waardigheid kunnen afnemen als ze ons naar onze geslachtsdelen noemen.'

Ik merkte dat Marit zich al pratend steeds meer begon op te winden. Maar ze had gelijk. Ook ik had zulke dingen meegemaakt. Ook ik wist hoeveel pijn die beledigingen deden.

Marit pakte mijn handen en hield ze vast alsof ze me voor een afgrond moest behoeden. 'Maar nu heb je de kans om iets te bewerkstelligen. Als eigenares van de hoeve kun je toepassen wat wij eisen. Op jouw landgoed, in jouw dorp...'

'Dat zal de wereld niet veranderen,' antwoordde ik met een bittere glimlach.

'Wie kan dat nou weten? Je zult contact hebben met andere grootgrondbezitters. Je kunt onze ideeën uitdragen naar hun vrouwen en hun dochters. Als ze daar in vruchtbare aarde vallen, heb je meer bereikt dan wij die voor het parlement of het paleis staan en riskeren achter de tralies te belanden.'

Ik was ervan overtuigd dat de vrouwen en dochters van de andere landgoedeigenaren niet erg ontvankelijk zouden zijn voor de ideeën van suffragettes. Maar waarom zou ik het niet proberen? Dan zou mijn vertrek uit Stockholm tenminste nog ergens voor dienen...

Ik maakte mijn handen uit de greep van Marit los en omhelsde haar. 'Ik ben zo blij jou in mijn leven te hebben. Beloof me alsjeblieft dat je me op de Leeuwenhof komt opzoeken.'

'Dat zal ik doen,' antwoordde ze. 'Ook al kan ik aristocraten nog steeds niet uitstaan.'

'Maar mij mag je wel, toch? En ik heb ook veel aardige bedienden die je tegen me kunt opzetten.'

'Alsof ik dat ooit zou doen!' zei ze. 'En ja, van iedereen mag ik jou het liefst.' Ze keek me even aan, toen gaf ze me een kus op mijn wang.

'Denk je dat je het weer redt in je eentje?'

Ik keek naar de stapel hout en het aan stukken gescheurde linnen. De brandewijnfles piepte onder de stapel uit. Het restant van de inhoud was ergens op de vloer opgedroogd en vormde geen bedreiging meer.

'Ja, ik denk het wel. En ik beloof je dat ik nooit meer brandewijn zal drinken.'

'Zo nu en dan een glaasje kan heus wel,' zei Marit en ze stond op. 'Je weet waar je Michael kunt vinden? Mocht je nog een keer met hem willen praten.'

'Hij zal wel op de universiteit zijn. Of bij zijn vrienden. Naar mij komt hij vast niet meer terug.'

Marit glimlachte. 'Ik weet zeker dat hij spijt krijgt van zijn besluit. Misschien is dat wel allang het geval.'

Ik knikte en we vielen elkaar opnieuw in de armen.

'Bedankt voor alles,' zei ik en ik knuffelde haar.

'Ik ben er voor jou.'

Marit zwaaide en verdween toen de gang in.

17

Mijn hart klopte in mijn keel toen ik voor de collegezaal van de rechtenfaculteit van Stockholm stond. Tenzij Michael vrij had genomen, zou hij daar weldra uit moeten komen. Ik wist niet of het iets zou opleveren als ik nog een keer met hem sprak. Maar ik wilde het proberen. Het mocht niet met ruzie eindigen.

Marit zou me zeker uitlachen als ze erachter kwam dat ik voor hem mijn beste donkerblauwe japon had aangetrokken. Die had een naaister in Kristianstad twee jaar geleden voor me gemaakt – nog voor mijn vertrek van de Leeuwenhof. Hij paste eigenlijk niet bij een studente, maar ik had hem bewaard omdat hij gewoon heel mooi was. Ik wist niet zeker of het effect op Michael zou hebben, maar ik hoopte dat ik er goed in uit zou zien. En dat hij bereid was om naar me te luisteren.

Ik wachtte een half uur, toen werd het onrustig achter de deur. Blijkbaar had professor Rasmussen zijn lezing beëindigd. Ik deed een stap achteruit en bleef wachten naast de tegenoverliggende pilaar.

Een stel jonge mannen kwam de zaal uit. Sommigen hadden hun boeken met een riem bij elkaar gebonden, anderen hadden helemaal geen boeken bij zich. Waarschijnlijk hadden ze het hoorcollege benut om eens goed uit te slapen. Na een tijdje verscheen Michael. Hij was in gesprek met een medestudent en leek opgewekt, alsof de ruzie tussen ons nooit was voorgevallen. Dat gaf me een lichte steek. Vanwege hem had ik mijn schilderijen vernield – en hij? Ik vermande me en liep hem achterna. Het gesprek tussen beiden was vrij levendig, maar ik was zo geagiteerd dat ik niet hoorde wat ze precies zeiden.

'Michael!' riep ik, toen ze een eindje van de anderen af waren.

Onmiddellijk bleven ze staan. Michaels medestudent staarde me aan alsof hij een geestverschijning zag. Waarschijnlijk vertoonden zich hier niet zo veel vrouwen. Michael moest mijn stem hebben herkend, want hij bleef staan, zonder zich om te draaien.

'Ik wil met je praten, Michael,' zei ik. 'Alsjeblieft. Het hoeft niet lang te duren.'

Nu draaide hij zich toch maar om. Hij keek nors. Zijn medestudent leek te voelen dat het niet om een vriendschappelijk gesprek ging, want hij verontschuldigde zich en ging weg.

'Wat is er?' vroeg Michael koeltjes.

'Het gaat over wat we gisteren hebben besproken,' zei ik.

Michael keek me onvriendelijk aan. 'Wat valt daar nog over te zeggen? Wil je de hoeve opgeven?'

'Nee, ik... ik dacht, als ik je aan mijn moeder voorstel...'

'Dan?' vroeg hij.

'Dan kunnen we kijken hoe we onze toekomst gaan invullen.' Een vreemde onrust trok door me heen. De Michael van vroeger had me in zijn armen genomen. Nooit had een onenigheid tussen ons lang geduurd. Maar nu deed hij helemaal niets.

'Ik heb je toch gezegd dat er geen toekomst voor ons bestaat als je naar de Leeuwenhof teruggaat.'

'Zelfs niet als we trouwen?' Mijn hart klopte in mijn keel.

Michael keek me ontsteld aan. 'Daar is nooit sprake van geweest.'

'Dus alles wat je me hebt verteld gold alleen zolang ik niet de erfgename van een landgoed was? Zolang ik het kunstenaresje was dat toch geen succes zou boeken? Zolang ik onder jou stond?' Ik voelde de woede in mij groeien.

'Dat heb ik nooit gezegd!' zei hij. 'Maar is het niet beter als de man het geld binnenbrengt?'

Ik staarde hem verbijsterd aan. Nog maar een paar weken geleden had hij gezegd dat hij het goed van me vond dat ik me inzette voor de vrouwenrechten. Blijkbaar was dat gelogen.

'Dus zo denk jij erover? Ben je vergeten wie ik ben?'

'Nee, dat ben ik niet!' snauwde hij. 'Jij bent de rijke erfgename die alles heeft. Ik vraag het je nog één keer: denk je echt dat ik alles hier zal opgeven, om naar een hoeve in de provincie te verhuizen? Om de echtgenoot van de erfgename te zijn? Wat moet ik daar de godganse dag doen? In de wijnkelder verzuren? Op jacht gaan? Je weet dat ik weinig opheb met de wereld van de adel. En als jij hebt besloten om terug te gaan, dan blijft het bij wat ik twee dagen geleden gezegd heb.'

Ik staarde hem verward aan. Ik had het kunnen weten. Mijn ledematen werden loodzwaar en mijn knieën begonnen te trillen.

'Kijk eens naar jezelf,' ging hij verder, alsof zijn woorden niet genoeg waren geweest om mijn hart te verscheuren. 'Jij hoort hier niet. Je jurk behoort tot een andere tijd, net zoals jij. Je hebt de smaak van het moderne leven te pakken gekregen, maar dat is kennelijk niet voldoende om niet terug te gaan naar die ouderwetse wereld van je voorouders. Je zult heus wel een man vinden met wie je je leven kunt delen. Daar heb je mij niet voor nodig.'

Ik wankelde. Hoewel ik nog zo veel woorden in me had, kon ik geen woord uitbrengen.

'Het is voorbij, Agneta,' voegde hij eraan toe.

'Michael...' snikte ik.

'Vaarwel,' zei hij en hij liep weg.

Zijn beeld vervaagde voor mijn ogen.

Ik staarde hem een moment na en voelde een brandende pijn in mijn borst. Toen draaide ik me om en rende met grote stappen de gang door. Ik redde het nog tot het tuintje dat aan de faculteit grensde en kromp daar onder tranen in elkaar.

Hoe ik thuisgekomen was, wist ik later niet meer. Ik moet de weg als in trance hebben afgelegd, met Michaels gezicht voor me, zijn woorden in mijn oren. Mijn wangen waren strak van de tranen en mijn zicht werd belemmerd door mijn gezwollen ogen. Mijn voeten droegen mij desalniettemin feilloos naar het steegje, naar huis.

Pas toen de deur achter me dichtviel, kwam ik weer tot mezelf. De kamer voelde ineens koud aan. De sporen van mijn destructieve woede waren nog steeds zichtbaar.

Ik voelde al dat ik afscheid nam. Michael had me definitief aan de kant gezet. Hij was zo verbonden met alles wat ik hier had gedaan dat ik het waarschijnlijk niet zou kunnen opbrengen naar een van mijn schilderijen te kijken of ooit weer een penseel ter hand te nemen. Ik had gedacht dat mijn passie voor het schilderen boven alles verheven was, maar uiteindelijk was het Michael geweest die me de kracht had gegeven om me te verbeteren en de gelegenheidsschilder die ik was te ontgroeien. Dat was nu allemaal voorbij.

Ik haalde diep adem. Opnieuw kwam er woede in me op, maar deze keer was het geen wilde, allesverterende woede zoals de dag ervoor. Het was een woede die ik kon beheersen door gecontroleerd en emotieloos te handelen. Door alles uit de weg te ruimen wat me aan de tijd hier herinnerde. Ik zou niet nog meer schilderijen vernielen. In plaats daarvan zou ik ze aan Marit nalaten, die ze misschien zou kunnen verkopen voor een goed doel.

Langzaam begon ik alles in te pakken. Ik maakte twee stapels. Op de ene belandde alles wat ik aan Marit zou geven zodat ze het aan het Leger des Heils kon schenken. Op de andere legde ik het weinige wat ik wilde houden.

Daar zou maar één schilderij bij zijn. Dat was het schilderij waarmee ik me bij de kunstacademie had aangemeld. Het liet de Leeuwenhof zien, wit en stralend voor een hemel die begon te betrekken. Het licht, hoewel zomers, had een enigszins dreigend effect, de bloemen lichtten bijna te fel op. *Onweersstemming* had ik het genoemd. Dat paste in tweeërlei opzicht. Ten eerste had ik het schilderij echt geschilderd tijdens opkomend onweer – ik was er nog steeds trots op hoe goed het me gelukt was het licht te vangen – en ten tweede had het ook binnenshuis geonweerd, omdat ik kort daarvoor mijn vader had laten weten dat ik me aan de universiteit in Stockholm wilde inschrijven. Misschien had het gedonder dat daarop volgde me ertoe gebracht het schilderij vol passie in mijn kamer af te maken. Het was wel bijzonder dat het zo bij mijn huidige stemming paste. Dus zette ik het naast de kledingkast en ging door met mijn bezigheden.

Toen alle overgebleven schilderijen in doeken waren gewikkeld, liep ik naar de kledingkast. Van wat ik hier had gedragen, wilde ik evenmin iets meenemen, maar ik wist dat de vrouwen die sommigen van onze zusters in de vrouwenvereniging onder hun hoede hadden, blij zouden zijn met een nieuwe rok, een nieuwe blouse of een nieuwe jurk. Ik behield slechts een eenvoudige reisjapon die ik hier in het warenhuis had gekocht. De rest pakte ik in mijn grootste koffer en daarna leende ik van de buurman een handkar.

Even later was ik op weg naar Marits woning.

In bepaalde gedeelten van het havengebied waren woningen goedkoop en acceptabel als je het niet erg vond om af en toe prostituees langs te zien flaneren. De huizen hadden hun beste tijd gehad, en bij enkele bladderden grote stukken stucwerk en verf af. Maar her en der zag je tussen de waslijnen en met lappen bedekte ramen ook een bloempot met een zonnebloem of keurige met de hand geborduurde gordijnen.

Het begon al avond te worden en achter het raam van Marit brandde licht. Ik had geluk, ze was thuis. Naast haar inzet voor de vrouwenrechten werkte mijn vriendin in een gaarkeuken van het Leger des Heils en werkte ze bij een naaiatelier. Ik wist dat ze graag gestudeerd zou hebben, maar afgezien van het feit dat studieplaatsen nog steeds zelden aan vrouwen werden gegeven, had ze er ook niet de financiële middelen voor. Ze kwam met wat ze verdiende echter heel goed uit en ik had er altijd bewondering voor dat haar kleine woning zo schoon en netjes was, terwijl het bij mij regelmatig een chaos was. Ik klopte aan en even later verscheen ze aan de deur.

'Hé, wat leuk je te zien!' riep ze maar ze hield midden in haar omhelzing op toen ze de handkar zag, die nog op straat stond.

'Wat is dat?'

'Mijn kleren. Afgezien van wat ik aanheb.'

'En waarom rij je daarmee de stad door?'

'Omdat ik ze naar jou wil brengen, zodat je ze onder de vrouwen kunt verdelen. Ik heb ze niet meer nodig.'

Ze keek geschrokken. 'Je gaat toch geen domme dingen doen?' vroeg ze en ze pakte mijn arm.

'Domme dingen?' Ik schudde mijn hoofd. 'Wat denk je wel! Michael heeft me weliswaar verlaten, maar ondanks al het verdriet daarover zou ik mezelf nooit van het leven beroven. Ik wil gewoon veel spullen uit mijn tijd hier niet houden. Ik wil er niet voortdurend aan worden herinnerd dat het niet veel had gescheeld of ik had een ander leven geleid dan mijn ouders me hadden toebedacht.'

Marit keek me kritisch aan en zei toen: 'Kom binnen. Maar laten we eerst de wagen in de gang zetten, die is hier sneller weg dan dat je "kofferdief" kunt zeggen.'

Ze voegde de daad bij het woord en samen sjouwden we de kar de trap op.

In de gang, die naar vuile biezen matten en oude maaltijden rook, bond ze de kar vast met een touw en toen hielp ze me de koffer haar woning in te dragen. Maar in plaats van hem open te maken trok ze me naar haar bank, die ze had gered uit een sloophuis. Hij was zo groot dat twee volwassenen er arm in arm op konden liggen.

'Dus het gesprek met Michael is niet goed verlopen?'

Ik schudde mijn hoofd. 'Nee. Hij wil degene zijn, die het geld in het laatje brengt, en tegelijkertijd beschuldigt hij me van conservatisme! Ik zal hem nooit meer terugzien.' Ik voelde de woede in me opkomen.

'Michael is een idioot,' zei Marit en ik deed geen poging haar op andere gedachten te brengen.

'Ik dacht dat hij het anders zou zien. Nee, ik vertrouwde erop dat onze liefde sterk genoeg was om samen alles te doorstaan.'

'Op een gegeven moment kom je zo'n man tegen.' Marit zuchtte, toen sloeg ze haar arm om me heen. 'Dus je gaat terug naar de Leeuwenhof?'

Ik knikte en omhelsde haar. 'Jij bent voor mij de kostbaarste mens ter wereld! Daar zal niets aan veranderen wanneer ik op de Leeuwenhof ben. Je bent te allen tijde van harte welkom.'

Marit boog voorover en gaf me een kus op mijn voorhoofd. 'Hetzelfde geldt voor jou. En als je moeder of het landgoed je te veel op je zenuwen werken, schrijf me dan of kom een paar dagen op mijn bank logeren.'

'Dat doe ik met alle plezier!' verzekerde ik.

Even later nam ik afscheid en liet de woning van mijn vriendin achter me. Dat viel me niet makkelijk. Bovendien zag ik nogal op tegen alles wat me te wachten stond. Ik treurde nu niet alleen om Hendrik en mijn vader, ik treurde ook om de tijd die ik met Michael had gehad. Zijn afwijzing was een wond die slechts langzaam zou genezen. Maar misschien kwam er ooit een dag waarop ik weer wat zorgelozer vooruit zou kunnen kijken.

18

Ik was vergeten hoe zwaar het schilderij dat ik uit Stockholm had meegenomen werd als je het langere tijd onder je arm droeg. Het zweet liep van mijn kruin in mijn nek en gleed onder mijn jurk over mijn rug. Mijn voeten deden pijn en ik besefte dat het geen goed idee was geweest om mijn moeder geen telegram te sturen en om de koets te vragen. Ik was met een melkwagen tot aan het dorp meegereden en moest constateren dat ik niet meer gewend was lang te lopen. Toen ik het landgoed verliet, was ik ook met de koets gegaan. Maar nu was ik er bijna.

Hoewel het verdriet over het abrupte einde van mijn liefdesrelatie met Michael me nog steeds af en toe overmande, probeerde ik vooruit te kijken. Mijn besluit was genomen, nu moest ik er het beste van zien te maken. Ik stopte even voor de poort, alsof het een portaal naar een betoverd rijk was. Ik was nu de vrouwe van de Leeuwenhof. En ik zou ervoor zorgen dat het landgoed een nieuwe tijd tegemoetging. Ik ademde de frisse lentelucht diep in, toen liep ik de poort door.

Een paar stalknechten die me zagen renden meteen weg om het huis in te lichten. Toen ik de trap op klom, kwam juffrouw Rosendahl me tegemoet.

'Juffrouw Agneta, wat fijn dat u terug bent! Maar waarom hebt u ons niet op de hoogte gebracht? August had u kunnen afhalen!'

'Ik wilde een stukje lopen, dank u,' zei ik en ik deed mijn best om te glimlachen.

'Waar is uw bagage?' vroeg ze. 'Moet ik die laten ophalen?'

Ik keek naar het schilderij onder mijn arm. 'Meer dan dit en mijn tas heb ik niet.'

Juffrouw Rosendahl keek me verbaasd aan en zei toen: 'Ik heb al een meisje gestuurd om mevrouw te waarschuwen.'

'Dank u, juffrouw Rosendahl. Ik zal eerst maar eens naar mijn kamer gaan om me op te frissen. Zou u er alstublieft voor kunnen zorgen dat er een bad voor me wordt klaargemaakt? Ik moet dringend de reuk van de trein kwijtraken.'

'Maar natuurlijk, mejuffrouw. Ik zal Lena meteen opdracht geven.'

'Dank u.' Ik knikte haar toe en droeg mijn tas naar boven. Ik deed de deur achter me dicht en bekeek mezelf in de spiegel.

Marit zou mijn uiterlijk waarschijnlijk nog steeds vreselijk hebben gevonden. Mijn haar was warrig, mijn knot was losgeraakt, mijn wangen waren bleek en mijn ogen stonden dof. Er zaten donkere schaduwen onder omdat ik in de trein, ondanks mijn vermoeidheid, niet had kunnen slapen. Zelfs de beste make-up zou daar niets aan kunnen doen.

Na een tijdje verscheen Lena. Haar ogen straalden alsof ze het beste nieuws van de wereld had ontvangen. 'Juffrouw Agneta, u bent terug!'

'Jazeker,' zei ik.

'Dat doet ons allemaal groot plezier. Wat kan ik voor u doen?'

'Ik zou graag een bad nemen. En ik vraag me af of de zwarte blouse die ik van mijn moeder had geleend weer schoon is.'

'Zeker,' antwoordde Lena. 'Ik heb hem gisteren zelf in de kast gehangen.'

'Heel goed. Laten we beginnen.'

Lena knikte en haastte zich de kamer uit.

Ik trok mijn reisjapon uit, gooide hem op bed en keek ernaar. Michael had me er maar één keer in gezien. Hij had me betoverend gevonden, maar dat had voor alle japonnen gegolden die hij me had kunnen uittrekken. Ik kon nog steeds niet geloven dat mijn erfenis ons uit elkaar had gedreven. Blijkbaar had ik ondanks alle liefdesbetuigingen niet zo veel voor hem betekend als hij voor mij.

Nadat ik even aan de geruwde stof had gevoeld en mijn verlangen had teruggedrongen, besloot ik hem te houden. Maar ik zou hem niet meer dragen. Hij zou een plek krijgen in een doos in de kast. Wanneer ik oud en grijs was, zou hij me misschien helpen om herinneringen op te halen.

Nadat ik in bad was geweest en me had omgekleed ging ik naar de salon, waar ik mijn moeder vermoedde. Ik voelde me wat beter, het bad had me opgefrist en ook mijn sombere gedachten deels verdreven. Ik vond Stella inderdaad op haar dierbare rotanbank, met een boek op schoot.

'Moeder?' begon ik, waarop zij de in leer gebonden band dichtklapte, diep ademhaalde en me aankeek.

'Agneta.'

Wat mijn moeder aan mijn gezicht aflas wist ik niet, maar zijzelf leek nog magerder te zijn geworden, hoewel mevrouw Bloomquist al haar kookkunsten aanwendde om haar naar behoren te voeden.

'Dus je bent weer terug. Je had om de koets moeten vragen.'

'Ik heb de gelegenheid om met iemand mee te rijden benut en wou toen nog een stukje lopen,' antwoordde ik. 'Ik moest nadenken.'

Ik kon zien dat het mijn moeder interesseerde met wie ik was meegereden, maar ze vroeg het niet. 'Je komt op het juiste moment, ik heb Susanna gestuurd om koffie te halen,' zei ze in plaats daarvan. 'Je drinkt toch wel een kopje mee?'

'Heel graag,' zei ik, en dat was niet eens gelogen. De koffie zou hopelijk weer mijn levenslust opwekken.

'En, heb je je zaken geregeld?' vroeg ze.

Dat klonk bijna alsof ik ernstig ziek was en niet lang meer te leven had. Maar in zekere zin was mijn leven in Stockholm ook gestorven.

Ik knikte en voelde me vreselijk zwaar worden. 'Ja. Ik heb mijn etage opgezegd en de faculteit op de hoogte gesteld.'

Het klonk eenvoudig, maar toen ik de brief aan de Koninklijke

Kunstacademie af had, was ik in tranen uitgebarsten.

Twee jaar geleden had ik zo gehoopt daar te worden aangenomen, waar Anna Nordlander als eerste vrouw had gestudeerd. Waar Carl Larsson zich tot een beroemd schilder had ontwikkeld. Hoe gelukkig was ik niet geweest toen ik de brief met de toezegging had ontvangen. En nu moest ik alles opgeven en achter me laten. Ik zou het grote witte gebouw in de Fredsgatan dat een beetje op een theater leek, missen.

Mijn moeder nam mijn antwoord met een knikje in ontvangst. Haar opluchting kon ze niet verbergen. 'Ik ben blij dat je voor je familie en het landgoed hebt gekozen. Nu heb je veel om over na te denken.'

'Ja, moeder,' zei ik vermoeid terwijl ik in een van de fauteuils neerzakte. Wat had ik op dat moment graag bij iemand troost gezocht. Maar mijn moeder was daarvoor niet de aangewezen persoon.

'Daarbij hoort ook het zoeken naar een man. Een geschikte man,' zei ze, alsof ze mijn oordeel niet vertrouwde.

'Moet ik niet eerst inzicht in vaders boeken en zijn zaken zien te krijgen?' vroeg ik daarop. 'Ik neem aan dat u nog steeds niet weet waarom vader een leenovereenkomst met een onbetrouwbare geldschieter heeft gesloten.'

'Nee, dat weet ik niet. Maar dankzij jouw doortastendheid kon het bedrag in de tussentijd worden betaald.'

Nadat ik Jensen had uitgelegd dat ik de erfenis zou aannemen, had ik de notaris opgedragen in mijn naam alles te regelen. De schuld was voldaan en het gat dat de lening in het fortuin had geslagen zou hopelijk binnenkort weer worden aangevuld. Maar het bleef een raadsel waarom mijn vader zich met een woekeraar uit Stockholm had ingelaten.

'Voor een vrouw van jouw stand is het niet gepast om zich met zakendoen bezig te houden,' vervolgde mijn moeder. 'Jouw plicht is het bestaan van het huis veilig te stellen.'

'U bedoelt kinderen op de wereld te zetten?' Ik perste mijn lippen samen. Ik had dit onderwerp bij mijn terugkeer graag vermeden. 'Denkt u niet dat ik dat ook kan terwijl ik voor het landgoed zorg?'

Een beetje hoopte ik dat ze zou zeggen dat een moeder er voor haar kinderen diende te zijn. Voor zover ik me kon herinneren, hadden Hendrik en ik altijd alleen maar gouvernantes en kindermeisjes gehad. Stella speelde alleen haar rol als moeder bij officiële gelegenheden of wanneer we bezoek hadden. Verder kregen Hendrik en ik haar nauwelijks te zien. Ik haalde diep adem en richtte mijn blik eerst op de vloer, toen keek ik haar recht aan.

'Ik denk dat het mijn eerste plicht zal zijn om ervoor te zorgen dat de hoeve geen schade ondervindt,' begon ik zo rustig mogelijk. 'Ik heb niet het idee dat aristocraten in de omgeving bekend zijn met de specifieke bijzonderheden van ons landgoed. Bovendien zijn we allebei nog in de rouw. Denkt u nu echt dat ik me ertoe zou kunnen zetten zo vlug na de dood van Hendrik en vader vrolijk op bals te dansen en me het hof te laten maken?'

'Hoe zit het met graaf Ekberg?' vroeg ze. 'Je kent hem heel goed, althans dat was in het verleden het geval. Hij is ook nog steeds ongehuwd. En ik heb het gevoel dat het hem niets zou uitmaken jou tot vrouw te nemen.'

'Niets uitmaken?' vroeg ik geschokt. 'Moeder, denkt u nu echt dat het in een huwelijk belangrijk is dat het beide partners niets uitmaakt? Denk je niet dat ze van elkaar zouden moeten houden?'

Ik staarde haar aan. Zou ze nu weer aanvoeren dat zijzelf alleen haar plicht was nagekomen en dat liefde geen rol had gespeeld in haar huwelijk?

'Moeder,' zei ik iets kalmer. 'U weet toch hoelang we al bevriend zijn.'

'En?'

'Denkt u niet dat ik het hem had laten merken als hij me als huwelijkskandidaat interesseerde? Hij is een vriend, misschien wel de beste die ik heb in deze kringen. Maar dat zal hij blijven. Een vriend.'

Het volgende moment klonk er luid gerinkel in de gang.

'Wat was dat?' vroeg ik en ik sprong overeind, blij met de onderbreking.

Ik was nog niet bij de deur of er klonk een gil. Meteen haastte ik me de salon uit. Daar zag ik dat Marie zich over Susanna heen boog, die op de grond lag, naast het koffieplateau dat ze ons had willen brengen.

'In godsnaam! Wat is er gebeurd?' vroeg ik aan Marie.

Die schudde haar hoofd. 'Ik weet het niet, juffrouw Agneta. Ik hoorde het gerinkel, en toen ik de gang in kwam, lag ze er al.'

Voorzichtig draaide ik Susanna om en tikte op haar wangen.

'Zeg tegen Peter dat hij dokter Bengtsen moet halen!'

Marie knikte en rende weg. Het volgende moment stond mijn moeder achter me.

'Wat is er met haar aan de hand?' vroeg ze.

'Ik weet het niet. Valt ze vaker flauw?'

'Nee, dat is niet eerder voorgekomen.'

Susanna deed haar ogen open en keek me verward aan. 'Wat is er gebeurd?' vroeg ze verdoofd en ze wilde rechtop gaan zitten, maar ik duwde haar zachtjes bij haar schouders naar beneden.

'Je bent bewusteloos geraakt,' zei ik. 'Heb je pijn? Ben je gevallen?'

'Nee, ik... ik weet het niet, ineens werd het zwart voor mijn ogen.'

Toen ze zich realiseerde dat ze het koffieplateau had laten vallen, schrok ze. 'Het spijt me, juffrouw Agneta, ik wilde niet...'

'Natuurlijk wilde je dat niet.' Ik keek naar mijn moeder.

Stella Lejongård raakte haar lange rij parels aan. Ze leek niet bezorgd, eerder een beetje verbaasd.

Het volgende moment verscheen Marie opnieuw. 'Peter is onderweg.'

'Goed, help me dan nu maar. We moeten haar naar haar kamer brengen.'

'Kan een van de andere meisjes dat niet doen?' vroeg mijn moeder op de achtergrond, maar ik schudde mijn hoofd.

'Ik ben al hier en ik kan helpen. Het is niet nodig om er een hele toestand van te maken.' Ik richtte me tot Susanna: 'Denk je dat je kunt lopen?'

'Ik weet het niet.' Susanna begon over haar hele lichaam te trillen.

'Leun op ons!' Ik gebaarde Marie dat ze naar de andere kant moest gaan, terwijl ik Susanna onder haar linkerarm vastpakte. Samen lukte het ons haar omhoog te tillen, maar ze was nog steeds erg zwak. Langzaam leidden we Susanna door de hal. Ze leek onzeker, ze trilde en haar benen dreigden het keer op keer te begeven. Wat was er met haar aan de hand? Het duurde een eeuwigheid om de trap meester te worden, maar ten slotte bereikten we de bediendenvertrekken op de bovenste verdieping. Samen legden we Susanna op bed. Haar voorhoofd was met zweet bedekt en haar huid koud. Wat kon zo'n jong meisje toch hebben?

'Marie zal voor je zorgen tot de dokter hier is,' zei ik en ik streelde haar geruststellend over haar voorhoofd.

Susanna knikte en ze keek me smekend aan. 'Alstublieft, het was echt niet mijn bedoeling om het koffieservies te laten breken.'

Mijn moeder zou er wel overheen komen. We hadden nog meer porselein.

'Maak je daar maar geen zorgen over, je kunt er niets aan doen dat het zwart voor je ogen werd. Probeer nu maar een beetje uit te rusten.'

Ik aaide over haar schouder, toen wenkte ik Marie om met mij de kamer uit te gaan.

'Marie, je wijkt niet van haar zijde, begrepen?'

Het meisje knikte.

'Heeft ze vandaag gezegd dat ze zich niet lekker voelde?'

'Nee, er leek niets aan de hand.'

'En de afgelopen dagen?'

'Ook niet.' Marie keek me vragend aan. 'Wat zou het kunnen zijn? Haar hart misschien? Mijn grootvader is ook plotseling omgevallen toen hij het aan zijn hart had.'

'Ik ben helaas geen arts,' zei ik. 'Eigenlijk vallen jonge meisjes zoals zij niet zomaar om.' Ik zuchtte. 'Ga weer naar binnen en laat het me onmiddellijk weten als haar toestand verslechtert. De dokter zal er vast gauw zijn.'

Marie knikte en verdween de kamer in.

Ik bleef nog een tijdje in de gang staan. Er gingen allerlei vermoedens door mijn hoofd, maar ik stond niet toe dat er eentje bleef hangen. Wat er ook aan de hand was met Susanna, de dokter zou er wel achter komen.

Ik ging terug naar de salon. Lena was bezig het gebroken porselein op te ruimen. De hele hal rook naar de gemorste koffie.

'Hoe is het met haar?' vroeg mijn moeder, die weer op haar bank was gaan zitten.

'Onveranderd,' zei ik. 'Marie waakt over haar.'

'Misschien heeft ze niets gegeten. We weten toch hoe die jonge meisjes tegenwoordig zijn.'

'Dat denk ik niet. Maar laten we afwachten wat de dokter zegt.'

Een half uur later ging de bel. Bruns deed open, en kort daarna verscheen Hanno Bengtsen in de salon. Ik stond op en liep hem tegemoet.

'Bedankt dat u zo snel bent gekomen,' begroette ik hem. 'Volgt u mij alstublieft, dokter.'

Ik bracht de dokter naar de bediendenvertrekken. Bij de kamer die Susanna met Marie deelde, klopte ik aan.

Marie verscheen aan de deur. Ze had blijkbaar net levendig met Susanna gesproken. 'Het gaat beter met haar,' zei ze hoopvol.

'Dat moet de dokter beslissen.' Ik wendde me tot de arts. 'Hebt u iets nodig?'

'Een kom water, een handdoek en zeep.'

'Marie, zou je kunnen halen wat de dokter wenst?'

'Ja, mejuffrouw.'

De dokter knikte. 'Dank u. Ik moet u nu vragen om buiten te blijven.'

'Natuurlijk, dokter, ik zal hier wachten.'

Dokter Bengtsen verdween achter de deur. Even later verscheen Marie met de waskom. Kort daarop kwam ze weer naar buiten.

'Je kunt het best naar beneden gaan en de anderen geruststellen,' zei ik. 'Ze willen vast weten wat er aan de hand is.'

'Natuurlijk, juffrouw Agneta.'

Ze knikte en trok zich terug. Ik bleef op de gang staan. Dit was een rijk dat eigenlijk taboe was voor de landheer en zijn familie. Het behoorde natuurlijk tot ons huis en we konden de gang betreden wanneer we maar wilden. En toch liet een lid van de familie zich hier maar heel zelden zien. Als kinderen waren Hendrik en ik hier af en toe geweest, totdat we werden betrapt en berispt door de gouvernante. Later was onze belangstelling voor deze vertrekken verdwenen.

Het duurde eindeloos lang. Toen de dokter Susanna's kamer verliet, was er voor mijn gevoel ongeveer een half uur verstreken. Hij keek ernstig. Was het echt zo erg?

'Hoe is het met haar?' vroeg ik.

Dokter Bengtsen fronste. 'Eigenlijk is er geen reden tot bezorgdheid. In elk geval niet op medisch vlak.'

'En in hoeverre dan wel?'

De dokter keek rond alsof hij verwachtte dat er iemand meeluisterde. 'Nu, als arts ben ik aan de medische zwijgplicht gebonden. U moet het zelf aan uw employee vragen. Als ze het u wil zeggen...'

'Dat zal ik doen,' zei ik. 'Nogmaals dank, dokter, dat u zo snel gekomen bent.'

Dokter Bengtsen knikte en gaf me een hand. 'Tot ziens. Ik veronderstel dat we elkaar in de nabije toekomst vaker zullen zien?'

'Jazeker,' antwoordde ik. 'Maar ik hoop dat het niet om medische redenen zal zijn.'

'Dat hoop ik ook.' Hij glimlachte en voegde eraan toe: 'U zult een goede landvrouwe zijn, gravin Lejongård.'

Gravin Lejongård. Dat klonk me zo vreemd en op de een of andere manier verkeerd in de oren. Maar dat was ik nu.

De dokter draaide zich om en liep met zijn dokterstas in de hand door de gang. Ik keek hem even na, toen draaide ik me om naar de slaapkamerdeur, waarachter ik Susanna zachtjes hoorde huilen. Wat was er aan de hand? Als haar gezondheid geen reden tot zorg was, wat was er dan?

Ik klopte aan en luisterde.

Aanvankelijk hoorde ik alleen gesnik, toen zei Susanna sniffend: 'Binnen.'

Ze zat in haar witte nachthemd op het bed, met haar armen om haar gebogen knieën geslagen. Toen ze me zag, kromp ze in elkaar en liet haar hoofd hangen.

'Hoe gaat het met je, Susanna?' vroeg ik terwijl ik naast het bed ging staan.

'Heeft de dokter u dat niet verteld?'

Ik schudde mijn hoofd. 'Artsen hebben geheimhoudingsplicht. Ik wil eigenlijk alleen maar weten hoe je je voelt. Je hoeft het me niet te vertellen als je het niet wilt.'

Susanna liet nog een tijdje haar hoofd hangen, toen keek ze me aan. 'Het zal toch niet geheim kunnen blijven,' zei ze terneergeslagen.

'Geheim blijven? Wat kan niet geheim blijven?'

Susanna perste haar lippen op elkaar. Tranen biggelden over haar wangen.

'Susanna...'

'Ik ben zwanger,' zei ze.

'Zwanger?' Ik staarde haar aan. Dat was eigenlijk een reden tot vreugde, maar Susanna was niet getrouwd, en ze was een dienstmeisje.

Er liep een koude rilling over mijn rug als ik eraan dacht welk lot haar wachtte. Ook al was ik van mening dat vrouwen niet tot een huwelijk gedwongen moesten worden zodra ze zwanger waren, ik wist maar al te goed hoe weinig we tot nog toe aan de maatschappelijke normen hadden kunnen veranderen.

Susanna zou eeuwig gebrandmerkt zijn en niemand zou haar meer in dienst nemen. Vrouwen zoals zij hadden dikwijls slechts twee uitwegen: zelfmoord of prostitutie.

'Weet de dokter het echt zeker?' vroeg ik. 'Ik bedoel... heb je zelf iets gemerkt?'

'Ik was misselijk, maar dat kon ik nog verbergen,' zei ze snikkend. 'En mijn ongesteldheid bleef uit.'

Dat was het duidelijkste teken. Ikzelf kende de angst wanneer mijn menstruatie te laat kwam. Ik had altijd geprobeerd de dagen nauwgezet te tellen, en Marit had me een kruidenmengsel gegeven dat ze had gekregen van een oude vrouw aan de rand van de stad. Maar soms kwam het maandelijkse ongemak later, en hoewel ik het misschien had verwelkomd een kind met Michael te krijgen, was ik toch blij dat alles bij het oude was gebleven. Vooral nu Michael uit mijn leven was verdwenen.

'Hoelang al?' vroeg ik, terwijl ik de gedachte aan Michael probeerde weg te dringen voordat die onaangename gevoelens opriep.

'Ik weet het niet. Ongeveer een maand of twee. Toen mijn maandstonde uitbleef, zocht ik er niets achter. Ik dacht dat die nog wel zou komen, omdat dat soms ook zo was...'

Ik haalde diep adem. 'Weet je wie de vader is?'

Ze knikte.

'Is het iemand van de hoeve?'

Susanna zweeg op mijn vraag.

'Susanna,' zei ik. 'Ik weet dat het, ook al ben ik jouw bazin, aan jou is met wie je een relatie hebt. Maar je bent je er hopelijk van bewust dat je in moeilijkheden raakt als de vader van je kind niet met je trouwt.' Ik had nooit gedacht dergelijke woorden uit mijn eigen mond te horen komen.

'Hij... hij zal niet met me trouwen,' zei ze droevig. 'Tussen ons is het voorbij.'

'Niettemin wordt hij nu vader! Hij moet de gevolgen dragen, hoe dan ook. Zelfs als hij getrouwd is...'

'Dat is hij niet. Maar hij zal de gevolgen niet dragen. En ik wil er niet meer aan denken.'

Ik haalde diep adem. Die uitleg zou in de maatschappij niet geaccepteerd worden. En ik wilde er niet aan denken wat er zou gebeuren als mijn moeder het hoorde.

'Zegt u het alstublieft niet tegen mevrouw!' smeekte Susanna even later.

'Ik zal dat helaas wel moeten doen,' zei ik. 'Nu kun je het nog verbergen, maar vroeg of laat zal ze je buik zien. Omdat ik niet van plan ben je te ontslaan.'

'Nee?' vroeg ze verbaasd.

Ik schudde mijn hoofd. 'Nee. Je hebt je werk tot nog toe onberispelijk gedaan en voor zover ik heb gehoord, ben je altijd ijverig geweest. Ik heb geen idee hoe je aan het kind bent gekomen, maar ik hoop echt dat je van de vader hield en dat je geen geweld is aangedaan.'

'Nee, er was geen sprake van geweld,' zei ze en haar ogen vulden zich opnieuw met tranen. 'Ik heb een hele tijd gedacht dat ik op een dag zijn echtgenote zou worden. Maar het is allemaal anders gelopen.'

Wat een schoft, ging het door mijn hoofd. Eerst van haar liefde profiteren en dan niet met haar willen trouwen. Ik vroeg me af of het iemand van het landgoed was. Maar misschien ook was het iemand uit het dorp met wie ze op haar vrije dagen omging.

'Goed, ik zal kijken wat ik kan doen. Maar ik blijf erbij dat ik het op een gegeven moment aan mijn moeder moet vertellen. Al was het alleen maar omdat je dan geen zwaar werk meer mag verrichten. Ik wil niet dat je weer instort.'

Susanna knikte, maar ze leek allesbehalve blij. Ik wenste dat ik haar kon helpen. Er waren suffragettes in Stockholm die haar naar een engeltjesmaker zouden hebben gestuurd, maar die gedachte stond me tegen.

Als ze erom vroeg, was het iets anders, maar ikzelf zou het haar niet voorstellen.

'En wat je kind betreft,' voegde ik eraan toe, 'zal ik proberen een oplossing te vinden.'

'Dank u, juffrouw Agneta,' antwoordde Susanna en ze reikte naar de deken.

Toen ik de kamer had verlaten, bleef ik even op de trap staan. Helaas kon een zwangerschap maar beperkte tijd geheim worden gehouden. Als mijn moeder erachter kwam, zou ze heel kwaad worden. Er had nog nooit een meisje dat in verwachting was op de Leeuwenhof gewerkt. Meisjes die wilden trouwen, beëindigden hun dienst. En ongehuwd zwangeren werden ontslagen.

Misschien kon ik de woede van mijn moeder uitstellen tot ik een oplossing voor Susanna had gevonden. Maar zelfs als ik haar zou kunnen beschermen tegen Stella's woede, bleef het problematisch. We hadden echter nog wat tijd voor het bekend zou worden. Misschien kon ik iets bedenken.

19

De volgende ochtend begaf ik me al vroeg naar mijn vaders werkkamer. In het verleden was er geen dag voorbijgegaan zonder dat hij afspraken had. De belangrijkste zakenpartners waren op de hoogte gebracht van de veranderingen op landgoed de Leeuwenhof, maar hadden mogelijk gewacht op bericht van mijn kant.

Sinds mijn gesprek met de inspecteur was hier grondig opgeruimd, maar er hing nog steeds de geur van sigaren, die mijn vader graag had gerookt. Hij was gehecht aan de folianten en de archiefkisten, aan de leren bekleding van de stoelen en het hout van de hoge boekenkasten. Op het bureau lagen de brieven opgestapeld. Hoewel ze zorgvuldig waren neergelegd, waren sommige opzij gegleden. Misschien zou ik daarmee moeten beginnen. Ik liep naar de hoge stoel achter het bureau. Hij was oncomfortabel. Mijn vader vond dat meubilair voor het werk niet comfortabel hoorde te zijn. Ik bladerde door de enveloppen. Sommige bevatten kaarten met verlate condoleances, andere de gebruikelijke facturen en correspondentie tussen zakenrelaties. Vader moest onlangs naar nieuwe dekhengsten hebben geïnformeerd, daar was nu antwoord op gekomen. Waren de desbetreffende paardenfokkers er al over ingelicht dat er brand bij ons was geweest? Geklop op de deur haalde me uit mijn overpeinzingen. Had mijn moeder soms besloten me te helpen met de correspondentie?

'Binnen!' riep ik.

Bruns verscheen in de deuropening. 'Pardon, juffrouw Agneta, ene Max von Bredestein is hier, hij beweert een afspraak te hebben met uw vader. Misschien wilt u hem spreken.'

'Een afspraak? Waarvoor?'

'Voor zover ik weet was uw vader van plan een beheerder aan te stellen.'

'Een beheerder?' Mijn vader had toch Hendrik, die hem hielp de zaken te regelen. Waarom had hij dan nog een beheerder nodig? De laatste beheerder die ik had meegemaakt was de oude Gridholm geweest. Hij stierf toen Hendrik veertien was. Een paar weken later was mijn vader begonnen mijn broer in te werken.

'Goed, laat hem maar binnenkomen.'

Ik stond op en streek mijn japon glad. Ook van dit voornemen wist ik niets. Had mijn vader mijn moeder hier eigenlijk over ingelicht?

Even later werd er opnieuw geklopt.

'Binnen!' zei ik, en ik keek hoe de deur openging.

Meneer Von Bredestein ontpopte zich als een zeer knappe man van achter in de twintig. Zijn donkere krulhaar oogde wat warrig en was vermoedelijk te lang voor de huidige mode. Maar het trok mijn aandacht, net zoals de helderblauwe ogen die onder fraai gebogen wenkbrauwen de wereld in keken. Hij zou het ideale model voor een schilder zijn geweest. Zijn atletische lichaam stak in een zwarte broek, een wit overhemd en een beige tweedjasje. Blijkbaar was hij te paard gekomen, want zijn rijlaarzen, die 's ochtends vast glanzend gepoetst waren geweest, zaten onder de modderspatten. Zijn uiterlijk fascineerde me een moment dusdanig dat ik vergat wat ik wilde zeggen.

Ook mijn gesprekspartner leek verrast te zijn. Had hij bij 'gravin Lejongård' op mijn moeder gerekend?

'Goedendag, meneer Von Bredestein,' zei ik ten slotte. 'Aangenaam kennis te maken.'

'Het genoegen is geheel aan mijn kant,' zei hij met een licht accent. 'Maar ik verwachtte uw vader aan te treffen.'

Het nieuws had hem kennelijk nog niet bereikt. 'Helaas is mijn vader twee weken geleden overleden,' antwoordde ik.

Bredestein leek oprecht geschrokken. 'Dat... dat spijt me heel erg. Ik...' Hij stokte en keek me verward aan. 'Mijn oprechte medeleven.'

'Dank u.'

'Dan... kom ik misschien ongelegen?' Ontdaan speelde hij met de manchet van zijn mouw die onder zijn jasje tevoorschijn kwam.

'Welnu... Misschien kunnen we eerst even gaan zitten,' stelde ik voor. 'En vertelt u me dan alstublieft wat u met mijn vader hebt afgesproken. Ik ben nog niet lang de baas van de hoeve, om precies te zijn is het vandaag mijn eerste dag.'

'O,' zei hij en hij glimlachte zo ontwapenend dat ik even wenste dat we elkaar onder andere omstandigheden hadden ontmoet. 'Dan is het voor ons allebei een onbekende situatie, nietwaar?'

Ik kon me niet voorstellen dat die fantastische man daar niet mee om zou kunnen gaan. Dat hij niettemin enige onzekerheid liet merken, maakte hem sympathiek. Ik had heel andere types in Stockholm meegemaakt. Ik gebaarde hem voor het bureau plaats te nemen. Eigenlijk had ik hem naar de zithoek bij het raam moeten brengen, maar op de een of andere manier maakte hij me nerveus. Achter het bureau voelde ik me zekerder.

'Ik heb uw vader ongeveer een maand geleden in Stockholm ontmoet,' begon Bredestein nadat hij was gaan zitten. 'We raakten op een paardenveiling in gesprek.'

'U wilde paarden kopen?'

'Ja, voor het landgoed van mijn vader.'

Ik trok mijn wenkbrauwen op. Als zijn vader een eigen landgoed had, waarom was hij dan hier?

'Dus mijn vader probeerde u als arbeidskracht weg te kopen?'

'Nee, het was mijn eigen beslissing om bij u te solliciteren. Maar ik kan het begrijpen als u na uw vaders dood mijn diensten niet nodig hebt. Uw echtgenoot zal vast binnenkort het beheer van het landgoed overnemen.'

Hoe charmant hij ook naar me glimlachte, ik kon me niet aan de indruk onttrekken dat hij die vraag slechts stelde om erachter te komen of ik getrouwd was.

'Er is geen echtgenoot,' antwoordde ik. 'Ik ben van plan het landgoed zelf te beheren.'

'Welnu, als dochter des huizes brengt u de nodige ervaring mee.'

'Dat klopt. Maar dat betekent niet dat ik geen hulp kan gebruiken.' Ik bekeek hem onderzoekend. Zijn optreden vertoonde een zweem van arrogantie, maar dat maakte hem juist aantrekkelijk. 'Vertelt u me eens waarom u het landgoed van uw vader wilt verlaten,' voegde ik eraan toe. 'Hij is vast niet blij dat hij een goede kracht verliest.'

Een grimmige glimlach gleed over zijn gezicht en liet zijn ogen even opvlammen. 'Dat hoop ik,' antwoordde hij. 'Mijn vader en ik hebben elkaar nooit echt begrepen. Bovendien ben ik de tweede zoon. Mijn oudere broer zal ooit de hoeve overnemen. Ik zal hoe dan ook slechts een werknemer blijven.'

'De relatie met uw broer is niet goed?'

'Nee, absoluut niet! Hij zal blij zijn als ik wegga.' Hij pauzeerde even en vroeg toen: 'Hebt u broers en zussen? Uw vader heeft niet veel over zijn gezin verteld.'

'Ik had een broer,' antwoordde ik, en ik voelde mijn hart verkrampen. 'Hij is samen met mijn vader omgekomen.'

'O, dat spijt me zeer,' zei Bredestein.

Ik knikte. 'Hij was de oudste van ons tweeën. En we begrepen elkaar heel goed. Hij zou de hoeve overnemen, maar nu is het mijn beurt...'

'Dat schijnt u niet erg te bevallen.'

'Toch wel. Maar de prijs die ik ervoor moest betalen, was hoog.' We keken elkaar even in de ogen, en ik wist niet wat hij in de mijne zag. 'In elk geval ben ik van plan om mijn leven in eigen hand te nemen.'

Ik kneep mijn ogen een beetje dicht. Iets aan hem vond ik vreemd. Hij was geen Zweed, maar waar kwam hij vandaan?

'U bent een Duitser, nietwaar?' vroeg ik. 'Waar komt u vandaan?'

'Uit de omgeving van Stralsund. Pommeren.'

‘Waar Wallenstein tijdens de Dertigjarige Oorlog wilde landen maar werd afgeslagen,’ zei ik. Als kind had ik iets gehoord over hoe de inwoners van Stralsund zich teweer hadden gesteld. En dat ze dankzij de hulp van onze Gustaaf Adolf de overwinning hadden behaald.

‘Dat klopt. In dat opzicht hebben we veel aan Zweden te danken. De Zweedse troepen gingen echter niet bepaald zachtzinnig met de boeren om. De “Zweedse drank” was een nogal perfide foltermethode die veel mensen tegen de Zweden heeft opgezet.’

Ik keek hem even aan. Zijn kennis van de geschiedenis beviel me. Blijkbaar leek hij ook andere interesses te hebben dan paarden.

‘Het is goed dat die vreselijke tijden voorbij zijn,’ erkende ik. ‘Het lijkt erop dat de mensen uit Pommeren vrede met de Zweden hebben gesloten.’

‘Mijn vader is zelfs met een Zweedse getrouwd.’ Bredestein glimlachte fijntjes. ‘Daarom spreek ik uw taal een beetje.’

‘U spreekt uitstekend Zweeds,’ zei ik. Ik wist dat hij alleen maar op een compliment uit was. Hij was zich er terdege van bewust hoe goed hij mijn moedertaal beheerste. Maar in dit geval speelde ik mee.

‘Dank u, u bent erg vriendelijk.’ Zijn glimlach verried dat mijn gedachte juist was geweest. ‘Vanwege mijn beheersing van het Zweeds stuurde mijn vader me hierheen om de Zweedse warmbloed te bekijken. Onze stoeterij heeft vers bloed nodig, en de paarden hier zijn uitstekend.’

Ik hield mijn hoofd schuin. ‘Dat was waarschijnlijk een grote fout van uw vader, nietwaar? Nu loopt hij gevaar een goede kracht te verliezen. Was het een spontane beslissing, of dacht u er al een tijd over hem dwars te zitten?’

‘Ik wil mijn vader niet dwarszitten, al is het, bij God, zijn verdiende loon. Ik wil op eigen benen staan en niet de hele tijd met mijn broer worden vergeleken. En aangezien mijn moeder zoals gezegd Zweedse is, dacht ik dat het aantrekkelijk zou zijn om in haar vaderland een nieuw leven te beginnen.’

Ik leunde achterover, en terwijl ik naar zijn gezicht keek, dacht ik na. Referenties leek hij niet te hebben meegebracht, wel een afkeer van zijn familie. Mijn vader leek hem interessant genoeg te hebben gevonden om hem voor een gesprek op de Leeuwenhof uit te nodigen. En hij wilde op eigen benen staan, een verlangen dat we deelden.

Moest ik het met hem proberen? Er was iets aan hem wat me aantrok. Maar dat mocht geen criterium zijn om hem aan te nemen. Vooral omdat we net vijfduizend kroon hadden verloren door die dubieuze leenovereenkomst en geen onnodige uitgaven moesten doen.

'Hebt u ervaring met het beheren van een landgoed als dit?' vroeg ik. 'Hoe groot is de stoeterij van uw vader?'

'We hebben in totaal ongeveer driehonderd paarden. Het is dus niet heel groot, maar ook niet klein. Uw landgoed is natuurlijk veel groter, maar ik denk niet dat de gang van zaken erg verschillend is. Helaas kan ik u geen aanbeveling van mijn vader geven – om redenen die u zult begrijpen, durfde ik er niet om te vragen.'

Ik knikte, leunde naar voren en legde mijn handen op het tafelblad.

'Ik zal eerlijk zijn. Nog maar een paar weken geleden studeerde ik in Stockholm. Mijn leven liep op rolletjes en de toekomst was uitgestippeld. Maar nu ben ik hier, en ik wil niet verbloemen dat ik hulp kan gebruiken. Mijn moeder was niet betrokken bij het bedrijf, en een beheerder hebben we al sinds lang niet meer gehad. Het verbaasde me eigenlijk enigszins dat mijn vader met u over een betrekking als beheerder heeft gesproken, terwijl mijn broer eigenlijk werd opgeleid om de hoeve over te nemen.'

Ik nam een korte pauze, zodat mijn woorden op hem konden inwerken. Hij keek nieuwsgierig en zijn lichaam was lichtelijk gespannen. Blijkbaar wilde hij de baan absoluut hebben.

'Maar het is zoals het is,' vervolgde ik, 'en ik heb iemand nodig die me kan inwerken in het leiden van een landgoed. Daarom vraag ik u: wanneer kunt u beginnen?'

Bredestein trok verbaasd zijn wenkbrauwen op. 'U wilt me dus aannemen?'

'Jazeker. Eerst een half jaar op proef. Tenslotte hebt u geen referenties.'

'Ik beloof u dat ik u niet teleur zal stellen.'

'Ik hoop het. We hebben een klein bijgebouw op het terrein, daar kunt u voorlopig intrekken. De vroegere beheerder woonde daar ook. Ik betaal u elke maand tachtig kroon, en u krijgt kost en inwoning. Waar verblijft u nu?'

'Ik hoopte dat ik zou worden aangenomen en meteen hier mocht blijven. Misschien is het beter als ik voorlopig in de herberg overnacht. Het bijgebouw moet vast eerst op orde worden gebracht.'

Ik knikte. 'Uitstekend. Komt u morgenochtend terug, dan zal ik u alles laten zien. De herberg in het dorp is erg goed, u kunt de kamer op rekening van de hoeve laten schrijven.'

'Dat is heel genereus van u,' antwoordde Bredestein lichtelijk verrast. 'Dank u wel.'

'Geen dank. Als u aan mijn verwachtingen voldoet, zal die uitgave lonen.'

'U spreekt al als een echte zakenvrouw.'

'Ik ben dat bij God niet, maar met uw hulp word ik het misschien,' zei ik terwijl ik naar hem glimlachte.

'Tot morgen, gravin Lejongård.' Mijn nieuwe landgoedbeheerder boog even en draaide zich om naar de deur.

'Als u uw vader op de hoogte wilt stellen van uw nieuwe baan: in het dorp is een telegraafstation. Dat gaat het snelst.'

'Wie zegt dat het snel moet zijn?' vroeg Bredestein glimlachend en hij nam afscheid.

Ik keek naar de deur en besefte niet goed wat me was overkomen. Mijn vader had oog voor talent gehad, tenminste, als het om de hoeve en paarden ging. Had hij dat in Bredestein gezien? Dat moest wel, anders zou hij hem de baan als beheerder niet hebben aangeboden. Ook zonder voorbereid te zijn op het leven als landeigenaar, wist ik dat het verstandig was naar advies te luisteren. Als Bredestein echt zo goed was als mijn vader dacht, zou hij een grote hulp kunnen zijn.

Ik kon bijna niet geloven dat mijn vader me postuum zo'n dienst had bewezen. Alhoewel ik me nog steeds afvroeg waarom hij het Hendrik niet had toevertrouwd het landgoed alleen te beheren.

Er werd geklopt. Nog een afspraak misschien? Ik moest maar eens de agenda van mijn vader inkijken. Maar het was niet Bruns die een nieuwe bezoeker wilde aankondigen. Nadat ik 'Binnen!' had geroepen, kwam mijn moeder het kantoor in. In haar hand hield ze een envelop.

'Is het niet de taak van de dienstmeisjes om de post te brengen?' zei ik voor de grap.

Zoals altijd reageerde mijn moeder niet. 'Graaf Bergen heeft zich voor vandaag aangekondigd,' zei ze en ze gaf het telegram aan mij.

'De hofmaarschalk?' vroeg ik. Het was al een hele tijd geleden dat ik Bergen hier had gezien.

Maar het telegram dat mijn moeder me gaf, bevestigde het.

'Ja. Hij wil de nieuwe gravin Lejongård spreken.'

'Is dat niet een beetje kort dag?' vroeg ik. Doorgaans liet de hofmaarschalk zich weken van tevoren aankondigen.

'Het is waarschijnlijk een reactie op de dood van je vader.'

'Maar kon dat niet wat later? Over een paar weken ben ik ook nog gravin Lejongård.' Ik bekeek het telegram, maar er werd geen reden voor het bezoek gegeven.

'Ik veronderstel dat zijn bezoek van algemene aard is. Tenslotte leid jij nu ons huis. Hij zal de wensen van de koning met je bespreken, dus moet je je vandaag van je beste kant laten zien. Ik zal Linda zeggen dat ze een van mijn japonnen voor je moet klaarleggen. Die in jouw kast zijn te jeugdig, daar zou je iets aan moeten doen.'

Alsof ik geen andere zorgen had dan de naaister opdracht te geven voor nieuwe japonnen.

'Misschien kan Linda uit het warenhuis in Kristianstad een paar japonnen voor me halen,' zei ik nonchalant, want ik wist dat mijn moeder het verafschuwde om kleding in warenhuizen aan te schaffen. Een japon van een warenhuis dragen bij een officiële gelegenheid kwam neer op een ramp.

'Laat liever de naaister komen. Dan loop je tenminste niet het risico voor de huishoudster te worden aangezien. Als je wilt, laat ik een afspraak maken, zodat ze je de nieuwste modellen kan laten zien.'

Als jong meisje was ik dol geweest op de presentaties van de naaister. Alles wat ze bij zich had glansde, glinsterde en fonkelde: taf, brokaat, zijde, kristallen kralen, gouden kammen. Te midden van al die prachtige stoffen en accessoires voelde ik me net een prinses. Nu leek het me een beetje ouderwets. Ik had echter geen zin om er met mijn moeder ruzie over te maken.

'Goed, laat het de naaister maar weten. Omdat we nog een tijd in de rouw zullen zijn, heb ik in elk geval een donkere japon nodig. Ik kan niet de hele tijd beslag leggen op uw garderobe.'

'Goed. Maar maak me vanavond niet te schande door er als een suffragette bij te lopen.'

Mijn moeder draaide zich om. Ik wilde haar al vragen hoe een suffragette er in haar ogen uitzag, toen ze bleef staan en me nogmaals aankeek.

'Trouwens, wie was die jongeman die ik net tegenkwam?'

'Max von Bredestein,' antwoordde ik. 'Vader heeft hem in Stockholm ontmoet en wilde hem als beheerder aanstellen.'

Mijn moeder trok haar wenkbrauwen op. 'Een beheerder aanstellen? Waarom zou hij dat doen?'

'Ik weet het niet. Misschien ter ondersteuning?'

'Hij had zijn zoon toch!'

Precies dat had ik ook gedacht, maar ik had er net zomin een verklaring voor als voor de leenovereenkomst.

'Bredestein komt uit Pommeren, waar zijn vader een landgoed heeft,' ging ik door. 'Vader is hem op de paardenmarkt tegengekomen en zag in hem blijkbaar een capabele man.'

'Zijn vader heeft een landgoed, zeg je? En waarom wil hij dan hier werken?'

'Hij is de tweede zoon, moeder,' antwoordde ik. 'Bovendien is de relatie met zijn vader niet al te best. Hij vond dat het tijd werd om op eigen benen te staan. Ik kan dat wel begrijpen.'

Mijn moeder keek me boos aan. 'Het is nooit goed om je vader in de steek te laten, ongeacht wat er is voorgevallen.'

Die steek bleef niet onopgemerkt, maar ik wilde me er niet door laten provoceren.

'Ga je hem in dienst nemen?' vroeg mijn moeder door.

'Dat heb ik al gedaan,' antwoordde ik. 'Ik heb geen flauw idee hoe je een landgoed moet bestieren, en ik ben ervan overtuigd dat hij daarbij heel waardevol zal zijn.'

Mijn moeder keek me onderzoekend aan, toen knikte ze en trok zich terug.

20

Toen het bezoek van de hofmaarschalk naderde, trok ik een donkere avondjapon aan en bekeek mezelf in de spiegel. Met de korte pofmouwen, het stijve bovenstuk en de smalle rok oogde die een beetje ouderwets. Ondertussen was er in Stockholm een heel andere, lossere snit in de mode. Er werd bijvoorbeeld Japanse snit gedragen, zwierige wikkelstoffen met decoraties van kostbare kant, in de taille bijeengehouden met een brede riem, of jurken met een soort tuniek eroverheen. Onder wijde theejaponnen kon het korset rustig worden weggelaten. Op de universiteit had ik me meestal vrij eenvoudig in rok en blouse vertoond, maar zo nu en dan hadden Marit en ik voor de etalages van kleermakers de nieuwste modellen staan bewonderen. Mode was allang niet meer het privilege van de adel, zodoende had Marit er niets op tegen gehad. Misschien moest ik het bezoek van de naaister gebruiken om dat oude spul uit de kast te laten verdwijnen, zei ik tegen mezelf – ongeacht wat mijn moeder ervan vond.

Maar nu moest ik deze japon wel dragen als ik me niet weer in een van de te strakke robes van mijn moeder wilde persen. Ik trok mijn lange handschoenen aan en ging naar beneden.

Mijn moeder zat al op me te wachten in de salon, die ook als ontvangstruimte diende. Ze droeg de meest elegante zwarte japon die zich in haar kast bevond. Niettemin was die ook niet moderner dan wat ik droeg. Maar haar duidelijk maken dat de mode steeds ongedwongener werd, zou zeker verspilde moeite zijn.

'Hij is laat,' zei mijn moeder terwijl ze op de klok keek. Toen nam ze me onderzoekend op. 'Je hebt dringend nieuwe japonnen nodig. Hierin lijk je wel zestien.'

'In sommige kringen zou dat als een compliment worden beschouwd,' antwoordde ik.

'Wil je je korset niet wat strakker laten strikken? Je taille ziet er breder uit dan het hoort.'

'Mijn taille is prima in orde,' zei ik. 'Zullen we het er niet liever over hebben dat graaf Bergen te laat is?'

Stella vertrok haar gezicht. Ik wist zeker dat ze gebrek aan stiptheid nog ergerlijker vond dan ongepaste kleding.

'Hij wilde hier om acht uur zijn. Nu is het al kwart over.'

'Misschien is hij opgehouden. Of is er iets niet in orde met zijn koets. U weet hoe de wegen hier kunnen zijn.'

Mijn moeder snoof en keek naar het glas in haar hand. Het schijfje citroen erin zag er een beetje verschrompeld uit door het spuitwater. Als ik te laat was gekomen, had ik me beslist een paar scherpe opmerkingen op de hals gehaald, maar ik wist zeker dat ze dat bij graaf Bergen niet zou durven.

Plotseling klonk er luid kabaal, gevolgd door een harde knal. Onmiddellijk sprongen we op. Ik kende het geluid, in Stockholm had ik het zo nu en dan gehoord. Als een klein kind rende ik naar het raam.

Een automobiel kwam de oprit op en parkeerde even later op de rotonde voor de buitentrap. De donkerrode lak en de vergulde lampen glansden in het licht van de gaslantaarns voor het huis. Achter het stuur, op een zeer comfortabel ogende rode stoel, zat een jonge man in uniform met een platte pet. Om zijn hals bungelde een grote bril. De armaturen schitterden in het licht als de inhoud van een juwelendoos. Graaf Bergen had achterin plaatsgenomen op een gepolsterde bank bekleed met donker leer, die aan een chesterfieldsofa deed denken.

Hendrik zou bij die aanblik van de ene verbazing in de andere zijn gevallen. En ook ik werd door verlangen naar zo'n voertuig bevangen. Het moest hemels zijn om in een automobiel langs de velden te rijden en de wind te voelen!

'Fenomenaal!' ontglipte het me. Onmiddellijk daarna ontwaarde ik mijn moeder naast me.

'Moet je dat hellepaard nou toch eens zien,' zei ze verontwaardigd. 'Met dat vreselijke voertuig komt hij voorgereden als een boeman op jacht naar een bruid.'

Ik moest een glimlach onderdrukken. Zo'n respectloze opmerking over een lid van de koninklijke huishouding zou ze van mij nooit hebben getolereerd. Maar ze leek zich aan de automobiel te ergeren.

'Ik begrijp niet waarom de koning zijn zinnen op zo'n voertuig heeft gezet,' vervolgde ze hoofdschuddend. 'Waarschijnlijk is het net zo'n bevlieging als dat tennisspelen van hem. Heb je al gehoord dat hij meedoet aan tennistoernooien en zich Mr. G. laat noemen?'

Ik knikte. De kranten in Stockholm hadden erover bericht. Ik had het heel verfrissend gevonden.

'En dat vind je waarschijnlijk nog leuk ook, nietwaar? Het Avondland zal ten onder gaan!'

'Moeder, het Avondland gaat niet ten onder als onze koning tennist, en ook niet als zijn hofmaarschalk in een automobiel rijdt,' zei ik. 'Misschien kunnen we nu beter klaar gaan staan om graaf Bergen te ontvangen.'

We gingen terug naar onze zitplaats. Mijn moeder sputterde nog even , maar nam toen een slokje mineraalwater. Even later verscheen Bruns om de graaf aan te kondigen.

In de tussentijd had graaf Bergen zich van zijn autobril en zijn mantel ontdaan. In zijn grijze geklede jas kwam hij bijzonder elegant over en zijn snor met opgedraaide punten gaf hem een enigszins zwierig tintje, een beetje gewaagd voor een man van in de zestig. Zo herinnerde ik me hem helemaal niet.

'Goedenavond, dames!' Hij boog en gaf eerst mijn moeder en toen mij een handkus.

'Graaf Bergen,' zei ik. 'Het verheugt me u hier te verwelkomen.'

'Gravin Lejongård. Mijn oprechte medeleven met uw verlies. Het zal zeker niet eenvoudig voor u beiden zijn.'

'Dank u,' antwoordde ik, en mijn moeder, die tot nog toe opmerkelijk lang had gezwegen, voegde eraan toe: 'Ondanks het leed zijn we in staat de glorieuze traditie van ons huis voort te zetten.'

Bergen knikte. 'Het was een opluchting te vernemen dat u en uw dochter bij de ramp gespaard zijn gebleven.'

Dat was maar gedeeltelijk waar. Misschien hadden we er fysiek niets aan overgehouden, maar het dubbele verlies had diepe wonden in onze ziel achtergelaten.

Mijn moeder liep naar het raam en trok aan het schellekoord. Op weg naar de salon had het vanuit de keuken heerlijk geroken en ik was nieuwsgierig naar de toverkunst van mevrouw Bloomquist.

'De wagen waarmee u gekomen bent is indrukwekkend,' zei ik, omdat ik niet langer over mijn vader en Hendrik wilde praten. Nog steeds werd alleen al bij de gedachte aan hen mijn keel dichtgeknepen. Ook die eigenaardige leenovereenkomst wilde ik het liefst uit mijn geheugen bannen. Bergen was hier om de nieuwe gravin te ontmoeten. Dat was niet om gevoelsredenen, maar om puur praktische redenen.

'Het is een Packard Eighteen Touring,' antwoordde Bergen. 'Enigszins tochtig bij slecht weer, maar met die snelheid kan zelfs de Erlkönig je niet inhalen. De koning heeft er drie gekocht, een voor de kroonprins, een voor zichzelf en een voor zijn hoge ambtenaren.'

'Wat denkt u, moeder?' vroeg ik een beetje provocerend. 'Moeten we er ook zo een kopen? Dan kunnen we razendsnel in de stad zijn.'

'Ons landgoed staat bekend om zijn paarden en niet om automobielen,' antwoordde mijn moeder humeurig.

'Nou, u moet eens een proefrit maken. Het verschil met een koets is aanzienlijk. Het bespaart heel veel tijd, en volgens mij is het ook comfortabeler reizen.'

'Dat is erg aardig aangeboden, graaf Bergen, maar vooralsnog geven we er de voorkeur aan met de koets te reizen.'

We? had ik bijna gevraagd, omdat ik van mijn kant graag zou willen overgaan op een gemotoriseerd voertuig.

Even later verscheen Bruns in de deuropening. 'Het avondeten is klaar, mevrouw.'

'Bedankt, Bruns,' zei mijn moeder, ze dronk haar glas leeg en stond op.

Terwijl we de eetkamer binnenliepen, zag ik dat de borden anders stonden. Mijn moeder had mijn couvert aan het hoofd van de tafel laten neerzetten. Ik was nu het hoofd van het huis. Toch voelde het vreemd om mijn vaders plaats te bezetten. Die had me altijd zo ver weg geleken.

Mijn moeder keek me verwachtingsvol aan. Blijkbaar diende ik een toost uit te brengen. Ook dat leek me vreemd. Ik keek naar mijn wijnglas. Het was nog leeg, maar even later stond Marie naast me om het te vullen. Susanna was er ook. Ze zag nog steeds bleek, maar verder was er niets meer aan haar te zien.

'Laten we drinken op de koninklijke familie,' zei ik in de stilte die volgde op het vertrek van Marie. 'En op Thure en Hendrik Lejongård, mijn dierbare vader en mijn geliefde broer.'

'Moge de een bloeien voor God en de ander in Hem vrede vinden,' stemde Bergen in, citerend uit de preken van Johann Tauler, terwijl hij zijn glas naar zijn mond bracht.

Even later kwamen de dienstmeisjes de soep opdienen.

Ik voelde steken bij mijn slapen en wenste bijna dat ik alleen met mijn moeder was. Dan hadden we elk gesprek kunnen mijden, maar nu werd van me verwacht dat ik de conversatie gaande hield. Of we nu één gast hadden of honderd, mijn moeder verwachtte dat ik ze aangenaam bezighield. Ik kende Bergen echter niet goed genoeg om te weten waarover ik met hem zou moeten praten. Gewoonlijk had mijn vader zulke gesprekken gevoerd. Ik had ondertussen stiekem een gekkebekkenwedstrijd met Hendrik gehouden.

'Graaf Bergen, is er nog nieuws van het koninklijk hof?' vroeg ik toen de soepborden waren gevuld en de meisjes zich hadden teruggetrokken, met uitzondering van Marie, die bij de tafel bleef om gevolg te geven aan onze wensen.

'Niet bijzonder veel. De Koning is vaak op reis, en de Koningin heeft weer meer behoefte aan een warmere omgeving. Maar de jongste prins groeit als kool. Bertil is het zonnetje in huis.'

'Ik ben blij dat te horen,' zei ik. 'Willen de Koninklijke Hoogheden in de zomer weer enige tijd bij ons doorbrengen?'

'Wel, gravin Lejongård, dat moeten we later in een gesprek onder vier ogen bespreken,' antwoordde hij met een korte blik op het dienstmeisje.

'Is er reden tot ongerustheid?' vroeg mijn moeder, maar Bergen schudde zijn hoofd.

'Nee, maakt u zich geen zorgen. Het is slechts een detail dat ik graag met uw dochter wil bespreken. Zo deed ik het ook met uw geliefde echtgenoot.'

Mij ontging het niet dat mijn moeders glimlach versteende – beslist niet vanwege de verwijzing naar mijn vader, maar vanwege het feit dat ze er ook nu buiten zou worden gehouden. Mijn vader had zich inderdaad altijd met Bergen afgezonderd – tenminste voor zover ik me dat kon herinneren. De hofmaarschalk was gezien zijn relatief hoge leeftijd voor mij weinig interessant geweest. Mijn moeder had zich meestal met zijn vrouw teruggetrokken, die ik me nauwelijks kon herinneren.

'Hoe gaat het met uw echtgenote?' vroeg mijn moeder al in mijn plaats, waarmee ze haar verontwaardiging probeerde te verbergen.

'Niet zo goed, helaas. Ze heeft sinds vorig jaar problemen met haar geheugen. Soms is ze in de war en loopt ze door de tuin en weet daarna niet meer hoe ze daar gekomen is. De arts denkt dat ze lijdt aan een nieuwe ziekte, alzheimer genaamd, en heeft haar enkele weken rust in Italië voorgeschreven. Ze is daar nu met mijn dochter.'

'Dat spijt me. Ik hoop dat ze weer herstelt,' zei ik, hoewel ik aan zijn gezichtsuitdrukking kon zien dat hij die hoop niet deelde. Het was nooit goed als iemand een nieuwe aandoening ontwikkelde waarvoor de artsen slechts rust konden voorschrijven.

Maar Bergen vermande zich vlug. 'Ik heb gehoord dat u dit jaar al twintig nieuwe veulens hebt gefokt. Dat is een opmerkelijke prestatie.'

'Ja, mijn vader heeft nieuwe fokkers benaderd. Ik heb nog steeds niet alle veulens gezien, maar vooral het laatste veulen lijkt mij heel goed geslaagd.' Er gleed een glimlach over mijn gezicht toen ik aan Avondster dacht. Als er zoiets bestond als reïncarnatie op het moment van sterven, was Hendriks ziel misschien wel op dat beeldschone veulen overgegaan.

'Denkt u dat u op een gegeven moment ook goede renpaarden zou kunnen fokken? U weet dat Zijne Hoogheid ervan droomt ooit paardenrennen te organiseren die de Engelse waardig zijn.'

Dat wist ik nog niet, maar mij was bekend dat er inmiddels ook in Stockholm paardenrennen werden gehouden. Die waren zeker niet te vergelijken met de Engelse races, maar Hendrik was er steeds weer over begonnen.

'Nou, onze paarden zijn bij de jacht erg snel en ik geloof nauwelijks dat u voor dat doel betere zult vinden. Wat hun kwaliteiten op de renbaan zijn, zou getest moeten worden. Ik betwijfel echter of het de moeite loont de paarden naar Engeland te verschepen om ze in Ascot te laten rennen.'

'Misschien zal het op een dag de moeite waard zijn. Stelt u zich voor, de winnaar van onze eigen competitie viert in Engeland successen! De tijden veranderen zo snel, gravin Lejongård, we moeten beslist bijblijven.'

Hij sprak voor het land en het Koninklijk Huis, maar ik wist niet of ik onze paarden wel wilde laten deelnemen aan die moorddadige rennen. In Stockholm had ik er woeste verhalen over gehoord, van dieren die op de renbaan instortten.

'Welnu, als de koning er warm voor loopt, dan zouden we onze eigen competitie moeten gaan opzetten,' zei mijn moeder terwijl ze Marie beduidde dat de volgende gang kon worden opgediend.

'Hoe slaat hij zich door de tennistoernooien?' vroeg ik en ik kon zien wat er in mijn moeders hoofd omging.

Ze vond het onwaardig dat een koning op de tennisbaan rondsprong, maar de jonge mensen in Stockholm waren opgetogen.

'O, hij doet het heel goed. Zijn nieuwe trainer is heel tevreden over hem.'

'Gaat hij aan Wimbledon deelnemen?'

'Nou, wie weet. Als gast is hij er al meermalen geweest, en het zou hem zeker plezieren om het daar ook tegen internationale spelers op te nemen.'

'Als dat zo is, moet u het ons absoluut laten weten. Ik ben al lang niet meer in Engeland geweest, en het zou een ideale gelegenheid zijn.'

De laatste keer dat ik Engeland had bezocht was in 1905, toen kroonprins Gustaaf Adolf op Windsor Castle met prinses Margaret trouwde. Ik was destijds net negentien en had het allemaal vreselijk spannend gevonden. Ergens moest ik nog een schets van het kasteel hebben liggen, die ik tijdens mijn verblijf daar had gemaakt.

Het was een schitterende bruiloft geweest, en mijn moeder had het in haar hoofd gezet om het midzomernachtfeest daarna net zo prachtig te maken. Daar was ze gedeeltelijk in geslaagd, maar het kroonprinselijk paar had het feest niet kunnen bijwonen omdat het in die tijd in Ierland op huwelijksreis was. Stella had haar teleurstelling daarover maandenlang niet te boven kunnen komen.

'Mocht Zijne Koninklijke Hoogheid daadwerkelijk aan het toernooi in Wimbledon deelnemen, dan zullen we natuurlijk een passende delegatie samenstellen en dan zal ik uw naam noemen.'

'Dank u wel,' antwoordde ik, en ik keek naar mijn moeder, die eruitzag alsof ze in een citroen had gebeten. Ze zou veel liever naar een bal aan het Engelse koninklijk hof gaan dan urenlang in de brandende zon zitten, aardbeien met slagroom eten en riskeren dat een regenbui haar kapsel ruïneerde.

'Hoe dan ook, we zouden ons gelukkig prijzen Zijne Hoogheid weer welkom te kunnen heten op onze vossenjacht in het najaar,' mengde mijn moeder zich in het gesprek voordat de meisjes de tweede gang zouden opdienen.

'Nou, ik vermoed dat hij zich die gebeurtenis niet zal laten ontgaan. Maar eerst moeten we ons op andere dingen concentreren.'

Die woorden lieten bezorgdheid oplaaien in mijn moeders ogen. En zelfs ik vond het vreemd dat de hofmaarschalk geen toezegging deed. Naast tennis was de jacht de grote passie van de koning. Dat zou niet veranderd zijn. Dus waarom aarzelde Bergen dan?

Aan het eind van de avondmaaltijd nam mijn moeder afscheid. Graaf Bergen gaf haar een handkus volgens alle regelen der kunst, en ik ontsloeg haar van verplichtingen door haar een goede nacht te wensen. Toen inviteerde ik de graaf in de werkkamer. Daar stonden kisten opgestapeld, maar het leek me de enige geschikte plaats om te praten over de koninklijke familie en hun verblijf bij ons.

'Mijn excuses voor de wanorde,' zei ik toen ik Bergen verzocht binnen te komen. Ik had de afgelopen middag benut om papieren te ordenen.

'Ik zie dat u al begonnen bent u vertrouwd te maken met de bedrijfsdocumenten.'

'Jazeker. Ik wil de touwtjes zo vlug mogelijk in handen hebben. Elke dag die verstrijkt kost het landgoed geld.' Die zin kwam niet van mij maar van mijn vader. Die had hij er bij Hendrik voortdurend ingehamerd, en mijn broer had zich er telkens weer bij mij over beklaagd. 'Neemt u alstublieft plaats.'

Ik wees naar de leren zitgroep, die van de papierchaos verschoond was gebleven.

'Doordat u het landgoed en de titel hebt overgenomen, rust er een grote verantwoordelijkheid op u,' merkte graaf Bergen op. Hij ging zitten en leunde achterover. 'Uw familie heeft al sinds lang banden met het Koninklijk Huis. Maar dat weet u.'

Ik knikte. De trouw van de Lejongårds aan het Koninklijk Huis had mijn vader me van jongs af aan bijgebracht. 'Ik ben niet van plan daar iets aan te veranderen,' antwoordde ik en ik vroeg me af waar hij heen wilde.

Bergen verscheen hier alleen als de koninklijke familie een of ander verzoek aan ons had: een verblijf ter ontspanning, het herbergen van staatsgasten of het faciliteren van vertrouwelijke bijeenkomsten, hetzij privé, hetzij van politieke aard. Ik betwijfelde of hij hier puur voor een kennismakingsbezoek was verschenen.

Ik bood Bergen een glaasje aan van de aquavit die mijn vader altijd in de globebar in zijn werkkamer verborgen hield, en ging toen bij hem zitten.

Gelukkig was hij iemand die zijn tijd niet aan nutteloze complimenten verspilde, en dus maakte hij zijn verzoek vrij snel kenbaar. 'Zoals u weet, is het als hofmaarschalk mijn taak de afspraken van de Koninklijke Majesteiten en Hoogheden te coördineren. Uiteraard overleg ik ook met de afzonderlijke secretarissen. Een paar dagen geleden is gebleken dat prinses Margaret hier van de zomer een week met de kinderen wil doorbrengen.'

'Dat zou een grote eer zijn,' zei ik, maar Bergens bezorgde gezicht deed vermoeden dat er een probleem was.

'Het is echter ook mijn taak om bedenkingen bij zo'n voornemen te uiten als ik tot de conclusie kom dat de veiligheid van de Hoogheden in gevaar is.'

'In hoeverre is daar sprake van?' vroeg ik.

'Welnu, we staan voortdurend in contact met de hoofdcommissaris van de politie. Van die kant is ons ter ore gekomen dat de bevoegde instanties vermoeden dat de betreurenswaardige ramp het gevolg is van brandstichting.'

Ik kreeg het tegelijkertijd warm en koud. Daar had ik niet aan gedacht, en er was niets waarmee ik het had kunnen voorkomen. De koning en ook de kroonprins werden van bepaalde politieonderzoeken op de hoogte gebracht. De Lejongårds waren niet zomaar een familie, daarom was het van betekenis als er bij ons brandstichting werd vermoed.

'Ja, inspecteur Hermannsson onderzoekt die mogelijkheid,' zei ik. 'Maar u kunt er zeker van zijn dat we er alles aan zullen doen om de veiligheid van de Koninklijke Hoogheden te waarborgen. Het puin zal tegen die tijd zeker zijn geruimd, zodat daarvan geen gevaar uitgaat.'

'Ik ben eerder verontrust over het gevaar van herhaling,' zei Bergen streng. 'Als er werkelijk een criminele bedoeling achter zit, is het immers mogelijk dat een dergelijk incident opnieuw plaatsvindt.'

Mijn mond werd opeens droog, alsof ik sinds dagen niets gedronken had. 'Welnu, ik hoop niet dat zoiets zich zal herhalen,' antwoordde ik.

'Dat hopen wij natuurlijk evenmin. Maar kunt u mij dat garanderen?'

Ik schudde mijn hoofd. Dat kon ik niet.

'Om het te omzeilen zouden we het verblijf van Hare Majesteit in uw strandvilla in Åhus kunnen plannen.'

'Voor een verblijf in Åhus zouden we het personeel moeten verdubbelen,' zei ik. 'Tenzij mijn moeder en ik meegaan. Maar iemand moet hier voor de paarden zorgen. Niet dat ik veel personeel nodig heb, maar...'

'Hare Hoogheid verblijft bovendien veel liever op het landgoed. Naar de zee reist ze liever in het voorjaar en in de herfst, omdat het dan heersende gunstige klimaat haar goed bekomt. Maar als we het risico lopen dat zij of de prinsen en prinsessen schade ondervinden, zou het toch voor u geen grote moeite zijn rekening te houden met de omstandigheden.'

'Nee, natuurlijk niet,' zei ik bedrukt. Het aanstellen van nieuw personeel was uiteindelijk een geldkwestie. Ik had nog steeds geen precies overzicht van de financiën van het huis, maar het bouwen van de nieuwe stal zou aardig wat gaan kosten, en dat moesten we met de verkoop van paarden eerst maar eens binnen zien te krijgen.

'Goed, het zal haar plezier doen dat te horen,' antwoordde Bergen, maar hij bleef me onderzoekend opnemen. 'Kan ik ervan uitgaan dat u het ons laat weten als de autoriteiten succes boeken met het onderzoek?'

Als dat het geval is, hoort u het waarschijnlijk rechtstreeks van de hoofdcommissaris, lag op het puntje van mijn tong, maar ik slikte de woorden in. Als je de gunst van het Koninklijk Huis wilde behouden moest je de hofmaarschalk niet kwaad maken. Zulke gedachten zou ik een paar weken geleden lachwekkend hebben gevonden, maar nu besefte ik dat ik eraan gewend zou moeten raken.

'Uiteraard laat ik het u meteen weten. En ik zal bij de verantwoordelijke inspecteur aandringen op een snellere voortgang van het onderzoek. Mogelijkerwijs kan de dader gauw worden gevonden.'

'Dat hopen we allemaal ten zeerste.' Bergen zette een welwillende glimlach op. 'Nu, dan zal ik niet langer beslag leggen op uw tijd.'

'Wilt u niet blijven overnachten? Onze gastenkamers zijn gereed, en we zouden ons verheugen op uw gezelschap tijdens het ontbijt.'

'Het spijt me, maar ik ben bang dat ik uw vriendelijke aanbod moet afslaan. Ik vertrek vanavond nog.' Toen stond hij op en stak zijn hand uit. Toen ik die vastpakte, gaf hij me weer een handkus.

We liepen naar de voordeur, waar Bruns met de mantel van de hofmaarschalk stond te wachten. De graaf trok hem aan en ik vergezelde hem naar buiten.

'U zou over een automobiel moeten nadenken,' zei hij. 'Uw moeder is misschien een beetje wantrouwend tegenover de vooruitgang, maar ik zeg u: zodra u in zo'n voertuig hebt gezeten, zult u het nooit meer voor echte paardenkracht willen inruilen.' Met die woorden nam hij plaats op de achterbank, waarna hij de chauffeur het sein gaf om te gaan rijden.

Even later startte de motor en echode het geluid als het gebrul van een leeuw over de rotonde. Ik kon me voorstellen dat de dienstmeisjes en de stalknechten nu allemaal bij de ramen stonden om er een glimp van op te vangen.

De bestuurder haalde een hendel over en het voertuig kwam in beweging. Onder de wielen sprongen kiezelsteentjes op, toen verdwenen de rode achterlichten en de witte kegels van de koplampen in de nacht.

Bruns stond nog steeds gedienstig bij de deur. De automobiel leek hem ook te zijn bevallen, zijn ogen schitterden als die van een kleine jongen.

'Hebt u nog iets te wensen, juffrouw Agneta?' vroeg hij, waarop ik mijn hoofd schudde.

'Ik ga maar eens naar bed. Het was een lange, vermoeiende dag.'

'Ik zal het Lena laten weten.'

'Nee, dat is niet nodig. De meisjes zijn vrij zodra het werk is gedaan.'

Ik draaide me om en liep naar boven. Ik had behoefte aan een moment voor mezelf. Mijn slapen bonsden pijnlijk en de spieren in mijn nek voelden gespannen aan. Ik ontdeed me van mijn kleren, waste me met koud water en glipte in mijn nachthemd.

Ik had me net op het bed laten vallen, toen er werd geklopt. Was Lena toch naar boven gekomen?

'Binnen,' zei ik vermoeid en ik krabbelde weer overeind.

Kort daarop kwam mijn moeder binnen. Even liet ze haar blik door de kamer gaan, die ze vermoedelijk al jaren niet meer vanbinnen had gezien, toen wendde ze zich tot mij.

'Ik hoop dat de ontmoeting met graaf Bergen naar wederzijdse tevredenheid is verlopen?'

Ik knikte. 'Ja. Het kroonprinselijk paar zal aanwezig zijn bij het midzomerfeest, en prinses Margaret komt in augustus met de kinderen een week logeren.'

'Wat geweldig!' Bij dat bericht verzachtte haar gezicht.

'Maar graaf Bergen wil wel dat de oorzaak van de brand tegen die tijd opgehelderd is. Hij heeft gehoord dat de politie brandstichting vermoedt. Ze willen geen gevaar voor de prinses en haar kinderen riskeren.'

Ik trok een paar haarspelden uit mijn haar. Wat had ik een hekel aan die opgestoken kapsels! Op een gegeven moment kreeg je het gevoel dat je een slecht passende pruik droeg. Waarom moesten vrouwen zulke toestanden met hun haar uithalen? Het liefst zou ik het kort laten knippen, maar ik moest op dit moment op zo veel andere fronten strijden dat ik geen ruzie met mijn moeder over mijn haar wilde beginnen.

'Dat is begrijpelijk,' antwoordde mijn moeder zuur. 'Heeft hij een of andere suggestie gedaan voor wat we zouden kunnen doen?'

'Hij zei dat we de prinses ook ons zomerhuis in Åhus kunnen aanbieden. Ik heb hem er echter op gewezen dat we daarvoor meer personeel nodig zouden hebben.'

'Wat we ons ongetwijfeld kunnen veroorloven. Je hebt bij hem toch niet de indruk gewekt dat we...'

'Nee, dat heb ik niet,' zei ik. 'Het was alleen een opmerking, die niet afwijzend klonk. Dat denk ik tenminste.'

'Ik hoop het! Als men vermoedt dat ons huis niet eens het verblijf van de kroonprinses kan regelen, dan is onze goede naam naar de maan. De huidige koning is niet degene van wie we het landgoed hebben gekregen.'

'Daar ben ik me van bewust. Maar ik denk dat we ons geen zorgen hoeven te maken. De prinses geeft hoe dan ook de voorkeur aan de Leeuwenhof. Maar dan moeten we kunnen garanderen dat er niet weer brand komt.'

'Ik zal Hermannsson schrijven dat hij een beetje moet opschieten. Ik begrijp toch al niet waarom er nog geen resultaat is geboekt.'

'Het is pas twee weken geleden. Politieagenten hebben ook tijd nodig voor hun onderzoek.'

Mijn moeder leek een andere mening te zijn toegedaan, maar ze sprak niet hardop uit dat ze vond dat de ambtenaren hun plicht verzaakten.

'Heeft Bergen je nog meer verteld?'

Ik schudde mijn hoofd. 'Nee, dat was alles. De onopgeloste brand lijkt ze te verontrusten. Misschien was hij daarom terughoudend wat de jacht betreft.' Ik zweeg even. 'De koning komt heus wel,' voegde ik eraan toe. 'Hij houdt te veel van onze bossen.'

Mijn moeder knikte en draaide zich toen om. 'Welterusten, Agneta.'

'Welterusten, moeder.'

Ik keek haar na terwijl ze mijn kamer verliet en zakte weer neer op mijn bed. Ik voelde een diepe hunkering in mijn hart. Ik zou nu zo graag mijn woning met de watervlekken aan het plafond terug willen hebben. Ik zou zo graag weer in de armen van Michael willen liggen. Maar dat was allebei niet meer mogelijk, dus ik kon me maar beter vermannen en er het beste van zien te maken.

21

'U bent precies op tijd,' constateerde ik toen ik naar buiten liep.

Max von Bredestein stond onder aan de trap en keek naar me op.

'En u ziet er vanmorgen erg elegant uit,' antwoordde hij.

Dreef hij de spot met me? Ik droeg een zwarte japon met een brede strik rond de taille. Die had een beetje te veel franje naar mijn smaak, maar zoals mijn moeder me tijdens het ontbijt had meegedeeld, zou ze de naaister vandaag pas op de hoogte brengen.

Juffrouw Larsson was erg ijverig en deed haar uiterste best om een klant als mijn moeder zo snel mogelijk tegemoet te komen. Maar ze kon niet toveren. Ook als ze vandaag nog langskwam om de maat te nemen, zou het dagen duren voor ze de japon af had. Zelfs als ze moderne naaimachines gebruikte.

Behalve een kleine tas die naast hem op het stenen plateau stond, leek Bredestein verder niets bij zich te hebben.

'Is dat alles wat u aan bagage hebt?' vroeg ik.

'Ja, en ik ben bang dat het niet meer zal worden. Zodra ik mijn vader heb verteld dat ik het landgoed verlaat, wil ik hem niet meer onder ogen komen.'

'Denkt u echt dat hij het u zo kwalijk zal nemen?'

'Erger nog,' antwoordde hij terwijl hij de tas optilde. 'Waar is mijn nieuwe onderkomen?'

Hij glimlachte naar me, maar in zijn ogen nam ik iets donkers waar. Vreugde om aan zijn vader te ontkomen zag er anders uit. Kennelijk maakte hij zich ondanks alles zorgen.

We liepen langs het knechtenverblijf naar het bijgebouw, waaraan mijn vader na de dood van Gridholm weinig aandacht had besteed. De stalknechten wierpen ons nieuwsgierige blikken toe.

Halverwege ontmoetten we Langeholm. 'Goedemorgen juffrouw Agneta, ik wilde net naar u toe komen. Er zijn vannacht twee veulens geboren.'

Ik gaf de stalmeester een hand. 'Goedemorgen meneer Langeholm, dit is Max von Bredestein, onze nieuwe beheerder. Meneer Von Bredestein, dit is Sören Langeholm, onze stalmeester.'

De twee mannen schudden elkaar de hand. 'Aangenaam kennis te maken,' zei Langeholm met een brede glimlach.

Gisteren had ik de mensen geïnformeerd dat er een nieuwe beheerder op de Leeuwenhof was aangesteld. Dat was met algemene instemming aanvaard.

'Het zal u op het landgoed bevallen. Mocht u hulp nodig hebben, wendt u zich dan gerust tot mij.'

'Dat is heel aardig, dank u wel.' Mijn nieuwe beheerder glimlachte innemend en sloot zich weer bij me aan.

Het bijgebouw was een rood geschilderd houten huisje, omgeven door een schutting. Hendrik en ik hadden als kind vaak stiekem de appelboom naast het gebouwtje geplunderd wanneer Gridholm in het landhuis was. De beheerder had altijd op de kraaien gemopperd, maar inmiddels was ik ervan overtuigd dat hij wel had geweten wie zich van zijn fruit bediende.

'Het ligt een beetje afgelegen,' zei ik terwijl ik het tuinhek opende. 'Als het u niet bevalt, laat u het me maar weten, dan zal ik een andere accommodatie voor u vinden.'

'Dat is niet nodig,' antwoordde Bredestein glimlachend. 'Het bevalt me hier. En zo nu en dan ben ik graag alleen. Dat was ik op het landgoed van mijn vader nooit.'

Ik haalde de sleutel tevoorschijn en deed open.

Een vleugje van Gridholms sigaren leek nog steeds aanwezig te zijn. De houten wanden hadden de rook geabsorbeerd. Ik was vergeten hoe gezellig het hierbinnen was. De kleine open haard met de bakstenen schoorsteen beloofde warm vuur in de winter en de ramen waren groot genoeg om in de zomer veel zon binnen te laten. Het huisje bestond uit twee vertrekken: een kamer met een kooknis en een slaapkamer, waarin zich behalve een breed bed ook een badkuip bevond, verscholen achter een stoffen gordijn. Voorraden konden buiten in een kleine aanbouw worden bewaard. Mevrouw Bloomquist voedde het personeel met haar kookkunsten, maar Gridholm had er tabak, zelfgemaakte schnaps en zijn geliefde gedroogde vis opgeslagen. De blikken met gefermenteerde rog die hij af en toe van zijn neef in Noorwegen kreeg, kon hij vanwege de stank alleen hier, ver van het landhuis, openmaken.

'Het is niets bijzonders, maar u kunt het hier inrichten zoals u wilt,' zei ik.

Ik sloeg Bredestein gade terwijl hij zijn blik liet gaan over de keukentafel met twee stoelen, de door het landhuis afgedankte kast en de bank naast de open haard, waarop een oude schapenvacht lag.

'Ik denk dat hier alles is wat ik nodig heb,' antwoordde hij. 'Ik kom weliswaar uit een landhuis, maar ik ben met weinig tevreden. Zolang ik geen honger hoef te lijden en genoeg slaap krijg, ben ik een gelukkig mens.'

Terwijl hij sprak, nam ik hem op. Hij zag er niet bepaald uit als een verwend zoontje. Zijn gelaatstrekken waren duidelijk en markant. Hij was niet bijzonder stevig gebouwd, maar wel pezig. Zijn schouders, armen en zijn manier van lopen verrieden dat hij op het platteland was opgegroeid en er geen moeite mee had een koppig paard te beteugelen.

Een paardenman als Hendrik.

Ik verdrong de herinnering aan mijn broer.

'Als u iets nodig hebt, aarzel dan niet u tot Langeholm of mij te wenden. U eet net als iedereen in het huis, ik zal aan mevrouw Bloomquist doorgeven dat ze per direct voor een extra portie moet zorgen. Verder verwacht ik u vanmiddag in het kantoor. Daar zal ik u de boeken laten zien en de eerste zaken met u bespreken.'

Toen ik aan het einde van mijn kleine rede kwam, merkte ik dat hij de hele tijd glimlachend naar me had gekeken. Nam hij me niet serieus? Vond hij het vreemd dat een vrouw hem instructies gaf?

'Dank u wel, gravin Lejongård,' zei hij, hij pakte mijn hand en drukte er een kus op. 'Ik kijk ernaar uit met u samen te werken.'

'Dat is wederzijds.'

Even keken we elkaar in de ogen, daarna draaide ik me om. In mijn buik voelde ik het opeens vreemd tintelen en kriebelen, en dat werd niet minder toen het huisje achter de bomen verdwenen was.

22

In de volgende weken veranderde het weer, en de natuur bloeide op. Juni bracht heerlijk zomerweer. De lucht zinderde van zoete geuren, de zon scheen vanaf een diepblauwe hemel en de bijen wedijverden met de hommels rond de bonte bloesems.

Max von Bredestein bleek een grote hulp bij het beheren van het landgoed. Hij liet me zien hoe de boekhouding werkte en legde geduldig de gebruiken in de paardenhandel uit. We gingen zelfs een keer samen met Langeholm naar de paardenmarkt in Stockholm. We hadden eigenlijk geen nieuwe paarden nodig, maar ik vond dat ik ook dit deel van het bedrijf moest kennen. Mijn moeder had er in mijn jeugd altijd op gestaan dat ik thuisbleef wanneer de mannen erheen gingen.

De paardenfokkerij was natuurlijk een mannendomein, en er werd op de markt dan ook verbaasd naar me gekeken. Dat ik eenvoudig gekleed was en probeerde mijn vrouwelijkheid zo min mogelijk te laten opvallen, was daarbij niet echt behulpzaam. Meer dan eens werd Max, zoals ik hem al een tijdje heimelijk noemde, of Langeholm voor mijn echtgenoot aangezien. Als ik vervolgens uitlegde dat ik de geïnteresseerde partij was, oogstte ik onomwonden verbazing. Het was bijna net als toen ik voor het eerst bij de kunstcolleges verscheen.

Geleidelijk aan kreeg ik plezier in mijn rol. Wel waren er nog steeds nachten waarin ik om Hendrik en soms om Michael huilde of geplaagd werd door nachtmerries. Maar overdag had ik mezelf redelijk goed onder controle, en ook mijn moeder leek een beetje milder te worden. Natuurlijk kwam dat alleen doordat ik weer op de hoeve was en doorgaans deed wat er van een lid van de familie werd verlangd.

Inmiddels beschikte ik ook over een nieuwe garderobe, waaronder een rijkostuum waarin ik bij de herfstjacht mee kon rijden. Mijn moeder vond het schandalig en waarschuwde me om me niet zo te vertonen. Maar ze zou toch niet willen dat ik de vossenjacht op een dameszadel leidde!

Susanna baarde me steeds meer zorgen. Hoewel Marit me begin april had toegezegd dat ze in Stockholm naar een man zou omzien of tenminste naar een discrete arts, had ze niets meer van zich laten horen. Het zou niet lang meer duren voordat het voor Susanna onmogelijk zou worden haar toestand geheim te houden. De weinige keren dat ik haar te zien kreeg, besefte ik dat het kind haar geen goed deed. Er zaten donkere wallen onder haar ogen, en ze leek te vermageren, hoewel mevrouw Bloomquist er ongetwijfeld voor zorgde dat ze goed at. Zouden de andere meisjes iets vermoeden? Vermeden ze haar of roddelden ze over haar? Op de een of andere manier had ik er geen goed gevoel over.

Midzomer was ophanden en daarmee ook het grote bal. Onder de gegeven omstandigheden was ik er niet zeker van geweest of ik daarvoor eigenlijk wel uitnodigingen moest versturen en voorbereidingen treffen. De dood van mijn vader en mijn broer was amper drie maanden geleden. Was het dan wel mogelijk een bal te geven en te dansen?

'Natuurlijk kan dat,' zei mijn moeder toen ik haar daar begin mei tijdens het ontbijt over aansprak. 'We hebben verplichtingen tegenover de samenleving. De bevriende huizen en ook het Koninklijk Huis hebben mijn echtgenoot en mijn zoon de laatste eer bewezen. Nu verwachten ze dat we onze plicht vervullen en het bal geven.'

Ik zou wel nooit begrijpen waarom een huis dat een afgezant had gestuurd naar de begrafenis van mijn vader en Hendrik, verwachtte dat we nog geen drie maanden later op de tafels dansten.

'Goed, moeder, ik zal het in overweging nemen.'

'In overweging nemen?' viel mijn moeder uit. 'Dat meen je niet! Het midzomerfeest is een traditie! We hebben het nog nooit overgeslagen.'

'Zal het niet respectloos worden gevonden als we nu een bal organiseren? We zijn tenslotte niet eens zover dat we half-rouw mogen dragen.'

Mijn moeders kaken bewogen op en neer. 'We moeten het bal geven. Misschien een beetje rustiger en stemmiger, maar het midzomerfeest moet doorgaan.'

Ik zuchtte en liet mijn koffiekopje zakken. Wat moest ik doen? Een groot dispuut met haar aangaan? Of aan haar wens voldoen? Aan het midzomerfeest beviel me hooguit dat er verse haring was en *nubbe*, zelfgemaakte schnaps.

'Goed dan, moeder,' zei ik. 'We zullen het feest geven.'

'Heel goed! We...'

'We zullen het echter zo sober mogelijk houden. Geen groot vertoon, gewoon een gezellig samenzijn met lekker eten. En misschien moeten wij van het dansen afzien.'

'Midzomer zonder dansen?' vroeg ze vol afgrijzen. 'Wat voor feest moet het dan worden? De mensen in het dorp zullen het ons niet in dank afnemen.'

'De gasten moeten natuurlijk wel dansen. Wij tweeën zouden ons er allebei van moeten onthouden.'

Mij zou dat geen moeite kosten, omdat ik besefte dat ik de aandacht van de vrijgezellen uit de buurt zou trekken.

Mijn moeder keek me sceptisch aan, maar knikte toen. 'Goed. We zullen onszelf een dansverbod opleggen. Maar er moet wel een strijkje worden uitgenodigd.'

'Waarom niet de vioolspeler uit het dorp?' vroeg ik. 'Hij verstaat zijn vak en het zou de dorpelingen plezier doen.'

'Heb je je verstand verloren? Hoe moeten de Koninklijke Hoogheden dan dansen? Net als de boeren?'

Er gleed een glimlach over mijn gezicht.

'Je steekt weer eens de draak met me!' zei mijn moeder kwaad.

'Moet dat nou zo nodig? Je hebt de naaister er ook al mee aan het schrikken gemaakt. De stakker werd niet goed van jouw eigenaardige wensen.'

'Wat is erop tegen een moderne garderobe te hebben?' was mijn wedervraag. 'De mode verandert zo snel, dan kun je maar het best in de allernieuwste chic investeren.'

'In onze kringen moet op kwaliteit worden gelet en niet op de nieuwste stijl.'

'Waarom niet op allebei? Ik denk niet dat uw oude crinolines en tournures weer in de mode zullen komen. Van dergelijke hinderlijke poespas proberen jonge vrouwen zich juist te bevrijden.'

'Ja, door in het warenhuis kleding te kopen, toch? Ik zie me al naar Kristianstad gaan.'

Ik kon een glimlach niet onderdrukken, maar mijn moeder leek het serieus te menen.

'Goed, laten we erover ophouden. Nodig gerust een strijkje uit. Maar ik hou vast aan de vioolspeler. Ik weet zeker dat hij bij de gasten in de smaak zal vallen.'

Mijn moeder zuchtte diep en zei toen: 'Voor mijn part.'

23

De ochtend voor het bal heerste er in het huis een verwachtingsvolle sfeer. Iedereen wilde naar vermogen bijdragen tot het welslagen van het midzomerfeest. Ik hoorde de meisjes giechelen, en ook juffrouw Rosendahl en Bruns waren wat minder streng. De midzomerzon had kennelijk magische krachten.

Lena kwam met rode wangen mijn kamer binnen. Haar haar was op een manier gevlochten die ik tot nog toe niet bij haar had gezien. Waarschijnlijk had Susanna haar toverkunsten op dit kapsel toegepast.

'Goedemorgen, Lena,' begon ik. 'Ga je vandaag de zeven bloemen verzamelen?'

De ouderen in het dorp geloofden dat als je in de midzomernacht zeven verschillende bloemen verzamelde en ze onder je kussen legde, je 's nachts van je toekomstige man zou dromen. Lena was pas veertien, maar misschien had ze ook al een oogje op een bepaalde jongen.

'Ja, juffrouw Agneta, dat ga ik doen. De andere meisjes in het dorp zijn ook vreselijk opgewonden.'

'Zou je graag van een bepaald iemand willen dromen?' vroeg ik, wetend dat je niet mocht verklappen welke jongen je je wenste.

Lena giechelde. 'Misschien. Maar ik geloof niet dat hij mijn man wil worden.'

'Nou, als de droom het zo bepaalt, gebeurt het ook.'

'Weet u dat zeker?'

'En als dat niet het geval is, kijk dan eens wat de droom je anders nog laat zien. Wie weet word je nog verrast.'

'Ik ben er allesbehalve zeker van dat iemand me wil.'

'Je bent nog jong, Lena,' zei ik. 'Alles staat voor je open.'

'Maar als ik hier in dienst blijf, mag ik toch helemaal niet trouwen.'

'Wie zegt dat? Dat was misschien vroeger zo, maar de tijden veranderen. Maar voordat je me om toestemming vraagt, moet je je eerst over mijn haar ontfermen.'

'Gaat u ook bloemen plukken?' vroeg Lena terwijl ze borstel en kammen klaarlegde.

Kon ik me maar van mijn lange haardos ontdoen! schoot het door mijn hoofd toen ik naar mezelf in de spiegel keek. Dat tijdrovende werk met kammen en haarspelden kon ik mezelf dan besparen.

Maar juist vandaag kwam het erop aan. Dat je rouwde werd geaccepteerd, maar over een slecht uitgevallen kapsel zou lang worden gepraat. Dat kon mij eigenlijk niets schelen, maar mijn moeder zou me niet met rust laten als ze er door een van de dames op gewezen werd dat ik er onverzorgd bij liep.

'Ik weet het niet. Eens kijken of ik wel tijd kan vinden om bloemen te plukken,' zei ik, en vreemd genoeg kwam Max' beeld me voor ogen toen ik eraan toevoegde: 'Misschien is er een aardige man op het feest van wie ik ga dromen.'

Na het ontbijt deed ik mijn gebruikelijke ronde over de hoeve, maar ditmaal sloeg ik de stallen over. De tuin was heel mooi verzorgd. Zelfs het paviljoen leek nu als nieuw. Waarom had mijn moeder het feest eigenlijk nooit in dit deel van de tuin georganiseerd? Midzomer was een heidens oerfeest, een eerbetoon aan de natuur. Waar zag het er op ons landgoed natuurlijker uit dan hier? Net toen ik terug wilde gaan, kwam Max me tegemoet.

'Goedemorgen,' zei hij. 'Verheugt u zich al op het feest?'

'Zoals een gastvrouw zich er nu eenmaal op verheugt,' antwoordde ik. 'Vreugde is voor mij bijzaak.'

'Nou, dat zou ik niet durven beweren. Mijn moeder zei altijd dat het hele feest wordt bedorven als de vrouw des huizes een slecht humeur heeft.'

'Werd op uw landgoed ook midzomer gevierd?'

'Nee, mijn vader wilde het niet, en ook in het dorp was er weinig belangstelling. In Pommeren zijn ze de Zweden niet overal vriendelijk gezind, die hebben immers een deel van het land ingelijfd.'

'En dat nemen de mensen hun nog steeds kwalijk?'

Natuurlijk wist ik dat Gustaaf Adolf een paar Pommerse steden had veroverd. Na de Vrede van Westfalen waren die gebieden Zweeds gebleven en werd de plaatselijke vorsten de onbeperkte toegang tot de Oostzee ontzegd.

'Zo nu en dan wel. De *Schwedentid* is bij ons niet geliefd. Maar gelukkig leeft er niemand meer die de Dertigjarige Oorlog kan navertellen. De mensen zeggen alleen maar na wat hun grootouders van hun grootouders hebben gehoord.'

'Ik moet bekennen dat ik nog nooit in Pommeren ben geweest,' zei ik. 'Hoe is het daar?'

Max glimlachte breeduit. 'Nou, over het algemeen net als hier, tenminste wat het landschap betreft. Geen noemenswaardige heuvels, wel uitgestrekte velden en dichte bossen. Maar ik ben bang dat onze dorpen aanmerkelijk achtergebleven zijn vergeleken met de uwe.'

'Nou, misschien hadden ze Zweeds moeten blijven,' opperde ik schertsend.

'Misschien.' Hij keek me even aan alsof hij iets bepaalds wilde zeggen, maar helaas zweeg hij toen.

We liepen een tijdje naast elkaar, en ik vroeg me af of ik hem beter niet meer van zijn werk kon houden toen hij vroeg: 'Hoe zit het met de koninklijke stalmeester? Hebt u van hem al antwoord gekregen vanwege de nieuwe aankopen die hij wilde doen?'

'Ja, hij heeft me geschreven en hij komt erg ontvankelijk over ten opzichte van onze suggesties. Waarom ook niet, het zijn de beste paarden die we hebben.'

'Is er concurrentie?'

'Natuurlijk! Concurrentie is er altijd. Maar ik weet zeker dat we het zullen klaarspelen.'

Max glimlachte. 'U klinkt net als uw vader.'

'Ik ben dan ook zijn dochter.'

'We moeten in elk geval een wat hoger bedrag vragen. Anderen mogen dan misschien goedkoper zijn, maar wij bieden paarden die je nergens anders kunt krijgen.'

'Dat weet u al na zo'n korte tijd?'

'Als ik iets van mijn vader heb geleerd, is het de kunst om een goed paard te herkennen. De paarden hier zijn de beste die ik ooit in Zweden heb gezien. Uw hoeve verkoopt ze aan bepaalde mensen onder de waarde.'

'Mijn vader wilde het koningshuis altijd genegen zijn. Zo deden alle Lejongårds het.'

'Dat kan wel zo zijn, maar de tijden veranderen. Alles wordt duurder, het geld minder waard. We moeten niet meer de prijzen aanhouden die in 1880 golden.'

'Zijn ze echt uit die tijd afkomstig?'

Max knikte. 'Zelfs in Pommeren verkopen de grote stoeterijen hun paarden inmiddels voor een hogere prijs. Vooral als het om volbloeden gaat. Laten we er zodra u tijd en gelegenheid hebt, over nadenken welk prijsniveau we kunnen nastreven.'

'Dat zullen we doen.' Ik bleef staan, beschermde mijn ogen met mijn hand tegen de felle zon en keek naar Max. 'We kunnen het ook meteen afhandelen.'

'En het bal?'

'Tot die tijd zijn er nog heel wat uren te gaan, en in tegenstelling tot mijn moeder heb ik vrij vlot een keuze gemaakt wat mijn baljapon betreft.'

'Het is jammer dat het feest overschaduwd wordt door de dood van uw vader en broer.'

'Ik heb zelfs overwogen om er dit jaar van af te zien. Maar de mensen uit de streek zijn dol op het feest en we moeten ze niet straffen door onze rouw voor te laten gaan op de traditie. In elk geval heeft mijn moeder me dat duidelijk weten te maken.'

'Uw moeder is een fascinerende vrouw. Jammer, dat ik tot dusver geen gelegenheid had om uitvoeriger met haar te spreken.'

Het was me bijna ontglipt dat hij beter kon wensen dat ze hem nog lang zou negeren, maar ik hield me in. Bovendien kon mijn moeder, als ze wilde, erg charmant en vriendelijk zijn.

'U bent hier nog niet zo lang. Veel dingen hebben tijd nodig.'

Toen ik opzijkeek, zag ik Lena naar ons toe lopen.

'Lena, wat is er?' vroeg ik.

'Mevrouw wenst u te spreken over het menu,' hijgde Lena. 'Ze meent dat sommige dingen niet zo zijn als de gasten het van de voorgaande jaren gewend zijn.'

'Nou, dat is opzettelijk, maar ik kom natuurlijk.'

Lena draaide zich om en rende weer weg.

Ik keek Max spijtig aan. 'U ziet het, de plicht roept.'

'Dat geldt ook voor mij,' zei hij, en hij leek het eveneens jammer te vinden dat we ons gesprek moesten afbreken.

'Tegen de avond zal ik wel klaar zijn met het doornemen van de boekhouding van het voorjaar.'

'Zie ik u op het feest?'

'U bent vergeten dat ik geen Zweed ben, midzomer betekent voor mij niet zo veel als voor u.'

De schalksheid straalde uit zijn ogen. Ik voelde dat hij weer een van onze schertsende disputen wilde beginnen. Maar Lena stond verderop te wachten, kennelijk had mijn moeder haar gezegd dat ze me mee moest brengen.

'Een stevige borrel en lekker eten betekenen toch vast wel iets voor u. Begeeft u zich gewoon onder de mensen, het zal u bevallen.'

Met die woorden draaide ik me om en liep achter Lena aan.

24

Toen de avond viel, waren de prijzen van de paarden besproken en was er duidelijkheid over het menu. Wat de vernieuwingen betreft was ik onverzettelijk gebleven. Populair streekvoedsel zoals haring, nieuwe aardappelen en veenbessentaart smaakte iedereen. We hoefden daardoor niet twee menu's aan te bieden om de dorpelingen en onze gasten van eten te voorzien.

Toen ik me had omgekleed, gunde ik mezelf een moment rust. De eerste gasten zouden niet lang meer op zich laten wachten. Vanuit het raam keek ik naar het strijkje, dat bezig was de muziekinstrumenten op het podium voor het paviljoen klaar te zetten. De mannen wekten een ernstige indruk, alsof ze een stuk van Beethoven moesten opvoeren in plaats van lichte dansmuziek spelen. Toen ze klaar waren, begonnen ze hun instrumenten te stemmen. Ik luisterde even naar de muziek, toen hoorde ik het geluid van paardenhoeven. De eerste gasten kwamen. Ik moest naar beneden.

Op de trap ontmoette ik mijn moeder. De jurk die ze droeg stond haar uitstekend. Linda had haar haar prachtig opgestoken en het gedecoreerd met zwarte lakkammen.

'Je haar zit een beetje slordig,' zei ze toen ze me zag. 'Je had Linda moeten vragen het op te steken.'

Ik vond het niet slordig. Lena had haar best gedaan. Ze was natuurlijk niet zo vaardig als de kamenierster van mijn moeder, maar ze deed het heel aardig en over een paar jaar zou ze zeker hetzelfde niveau hebben als Linda.

'Ik wilde het wat losser hebben,' zei ik. 'Je mag van geluk spreken dat ik mijn haar niet kort heb laten knippen.'

'Kort laten knippen?' zei mijn moeder vol afgrijzen. 'Ben je niet goed wijs? Je bent toch geen man!'

'Ik weet het, moeder, helaas,' zuchtte ik.

Mijn moeder mompelde iets wat ik niet kon verstaan, toen voegde ze eraan toe: 'Zo zie je eruit alsof je bij een schilder model gaat zitten voor een of ander smakeloos broddelwerk. Het enige wat nog ontbreekt, is dat je je schouders bloot laat.'

'Dank u, moeder, dat beschouw ik maar als een compliment, want we hebben nu geen tijd om ruzie te maken. Kijk, daar zijn de Gundersens!'

We begaven ons naar de deur, die Bruns inmiddels had geopend. De Gundersens stonden bekend om hun punctualiteit. Bij het midzomerbal kwamen ze altijd als eersten. Helaas waren ze destijds ook aanwezig geweest bij het kerstincident. Toen ze mij zagen, keken ze alsof ze in een citroen hadden gebeten.

'Welkom op de Leeuwenhof!' zei ik en ik reikte eerst mevrouw en daarna meneer Gundersen de hand.

'Het doet me plezier dat u de tijd hebt gevonden om naar ons feest te komen.'

De man nam me een beetje misprijzend op, alsof mijn japon daadwerkelijk van mijn schouders was gegleden, maar toen knikte hij en zei: 'Hartelijk dank voor de uitnodiging. Zo te zien blijven de tradities van dit huis gehandhaafd.'

Had hij soms gedacht dat ik het landgoed in een bordeel zou veranderen? Wat werd er over mij gezegd in 'onze' kringen?

'Ik ben niet anders van plan,' antwoordde ik met een vriendelijke glimlach. 'Komt u toch binnen, Marie zal u naar de verfrissingen leiden.'

Mevrouw Gundersen glimlachte naar me, terwijl haar man nog steeds keek alsof hij last van een maagzweer had.

Meer gasten volgden. Sommigen van hen kende ik van vorige evenementen in ons huis, anderen waren uitgenodigd omdat mijn moeder van haar vriendinnen had vernomen dat ze zich in de gemeenschap door liefdadigheid of iets dergelijks onderscheidden.

'Nieuwe bondgenoten kun je altijd gebruiken,' had mijn moeder gezegd toen ze me de lijst overhandigde.

Uiteindelijk verscheen er iemand die ik het liefst nooit meer had gezien.

Pelle Oglund arriveerde met zijn echtgenote. Tot mijn grote opluchting constateerde ik dat Daniel deze keer thuis was gebleven. Dat zijn ouders zich vertoonden, grensde overigens aan een wonder.

Al toen ik zijn gelaatsuitdrukking zag, had ik me het liefst verscholen. Toen hij me opmerkte, fonkelden zijn ogen strijdlustig. Maar wie had hij dan hier verwacht? Het nieuws dat ik de hoeve had overgenomen, moest hem toch bereikt hebben. Was hij hier om wraak te nemen?

Op dat moment was ik blij dat mijn japon zwart was. Zo zou Oglund tenminste niet zien dat het zweet me nu uitbrak.

'Meneer Oglund, het doet me plezier dat u en uw vrouw de uitnodiging voor ons feest hebben aangenomen.'

'Kijk eens aan, de rebelse dochter van de graaf,' zei Oglund terwijl hij me met toegeknepen ogen aankeek. 'Ik kan me u nog goed herinneren. Het is jammer dat er geen andere mogelijkheden waren om het landgoed na de dood van uw vader voort te zetten.'

'Hoe bedoelt u?' Mijn kaken verstrakten. Het liefst had ik die vrouwenhater iets naar zijn hoofd gegooid, maar dit was een feest, en er stonden inmiddels andere gasten te wachten.

'Meneer Oglund,' zei mijn moeder zacht maar met een dreigende ondertoon die ik maar al te goed kende. 'We hebben u niet uitgenodigd om mijn dochter en het landgoed te beledigen. Agneta is nu gravin Lejongård en tenzij u van plan bent direct te vertrekken, zult u haar met gepast respect moeten behandelen!'

Vol verbazing keek ik naar mijn moeder. Ze glimlachte ijzig en haar ogen fonkelden.

Oglund staarde Stella aan alsof hij door de bliksem was getroffen.

Ik hield er serieus rekening mee dat hij zijn vrouw bij de hand zou nemen en met haar zou verdwijnen. Misschien zou dat het beste zijn geweest.

Maar toen ontspande hij zich een beetje. 'Vergeeft u me, gravin Lejongård. Natuurlijk verheugt het ons om aan uw feest te mogen deelnemen. Hartelijk dank voor de uitnodiging.'

Mijn gezicht gloeide en mijn ogen brandden. Ongeloof maakte zich van me meester. Mijn moeder was zowaar voor me opgekomen! Zoiets had ik een paar weken geleden niet voor mogelijk gehouden.

Nadat Stella had gezegd dat de verfrissingen in het achterste deel van de tuin te vinden waren en dat Susanna ze erheen zou brengen, liepen ze langs ons.

Mijn hart ging tekeer. Weer keek ik mijn moeder aan, maar haar blik was nu koel. Ze had zichzelf verbazingwekkend vlug onder controle gekregen.

'Bedankt, moeder,' zei ik zacht terwijl de volgende gasten de trap op kwamen.

'Geen dank. Hij viel een lid van de familie en de eigenares van dit landgoed aan. Wat er met kerst is gebeurd wordt daardoor niet beter en net als voorheen zou ik het liefst willen dat die woordenstrijd niet had plaatsgevonden. Incidenten kunnen niet ongedaan worden gemaakt, maar op een dag als deze zou men ze beslist moeten laten rusten.'

Met die woorden liep ze op de Södermalms af. Hun twee opgewonden dochters hadden rode wangen, alsof ze door de prins uit *Assepoester* waren uitgenodigd. Gelukkig verscheen even later Lennard, verrassend genoeg zonder enige aanhang. Zijn ouders en zijn zus met haar echtgenoot en kinderen waren ook uitgenodigd. Misschien kwamen ze nog?

'Hallo, lieverd,' begroette ik hem en we kusten elkaar op de wang. 'Hoe gaat het met je? Komt je moeder later?'

Lennard schudde zijn hoofd. 'Ze wilde bij vader blijven. Hij is er nog steeds slecht aan toe.'

'Dat spijt me. Ik had gehoopt hen allebei te zien.'

'Ja, dat had ik ook graag gewild,' verzuchtte Lennard. 'Maar ik ben er. Mocht je je vervelen, dan kan ik je wel een paar verhalen vertellen.'

'Die zou ik dolgraag horen,' zei ik terwijl ik hem naar de andere gasten liet gaan.

Uiteindelijk verscheen ook nog professor Lindström met zijn elegante echtgenote. Ze was vijftien jaar jonger dan hij en beeldschoon met haar donkere haar en grijze ogen. De professor had vrij laat besloten in het huwelijk te treden. Irma was de dochter van een collega. Hoe het mogelijk was dat zij, die iedere jongere man had kunnen krijgen, juist op Lindström verliefd was geraakt kon niemand zeggen, maar de liefde was hun beiden aan te zien.

'Gravin Lejongård,' zei hij en hij gaf me een handkus.

Mijn moeder was nog steeds met de Södermalms aan het praten, maar in de loop van de avond zouden ze genoeg tijd hebben om te babbelen.

Een uur later kon ik niet meer zeggen wie we allemaal hadden begroet. Stellen met of zonder kinderen defileerden langs en geleidelijk aan werd het druk en lawaaierig in de tuin. Het strijkje speelde lichte vioolmuziek en de zon scheen. Ik keek op de staande klok in de hal. Het was inmiddels tien over acht. Het kroonprinselijk paar was nog steeds niet gearriveerd.

Mijn moeder werd stilaan ongeduldig. 'Ik hoop maar dat hun onderweg niets is overkomen,' mompelde ze binnensmonds. 'Bergen zou ons toch zeker hebben ingelicht als ze verhinderd waren.'

'Er kan een voorval in de familie zijn geweest waardoor hun vertrek is vertraagd,' probeerde ik haar gerust te stellen.

'Of de kwestie met de brand baart het hof zodanig zorgen dat ze besloten hebben maar niet te komen.'

Helaas was het onderzoek tot dusver zonder resultaat gebleven. Inspecteur Hermannsson liep nog steeds enkele sporen na en had ons beloofd zich te melden ingeval er iets nieuws aan de dag kwam.

'Dat is niets voor de Bernadottes,' antwoordde ik. 'Ze zouden het ons hebben laten weten. Waarschijnlijk kunnen ze elk moment komen voorrijden.'

Ik had het nog niet gezegd of er klonk een luid geknal, dat de muziek steeds meer overstemde.

Kort daarop reden drie glanzende automobielen de oprit op en kwamen vlug dichterbij. De gasten die nog op het voorplein waren, draaiden zich om en staarden verbaasd naar de voertuigen, die uiteindelijk op de rotonde stopten. Het waren drie rode wagens, waarvan er een het wapen van de koninklijke familie voerde. Daarin zat het kroonprinselijk paar, zonder kinderen, viel me op. In de voorgaande jaren waren de kinderen er altijd bij geweest. Deze keer reisden ze onder begeleiding van verscheidene lijfwachten, die zelfs bij dit warme weer donkere pakken droegen. Uit de voorste auto stapte graaf Bergen. Hij overlegde even met de lijfwachten en liep toen naar het prinselijk paar.

'De brand,' mopperde mijn moeder terwijl ze haar best deed om te glimlachen. 'Ze zijn bang dat er tijdens het feest nog zoiets gebeurt.'

'Dat is toch absurd,' zei ik op fluistertoon. 'Het bal vindt ver van de stal plaats. En ik ben ervan overtuigd dat het oude paviljoen niet in vlammen zal opgaan.'

Mijn moeder zei daar niets op, want het kroonprinselijk paar kwam op ons af. Gustaaf Adolf droeg een elegant zwart pak, zijn stropdas was in de kleuren van het koningshuis, blauw en geel. Prinses Margaret had voor een blauwe satijnen japon met daarover een kanten overkleed, lange handschoenen en gouden sieraden gekozen.

'Excuses, gravin Lejongård!' zei de kroonprins terwijl hij ons de hand reikte. 'Onze wagen kreeg na Kristianstad panne. Helaas zijn er in deze omgeving niet veel monteurs die verstand hebben van automobielen.'

'Geen zorgen, Hoogheid, het feest is nog maar net begonnen,' zei mijn moeder. Ze was er een meester in wrok te verbergen, tenminste als ze niet wilde dat die werd opgemerkt.

'Agneta, u ziet er betoverend uit!' De kroonprins gaf me een handkus.

'Hartelijk dank, wat vriendelijk van u, Hoogheid.' Ik reikte de kroonprinses mijn hand en maakte een kleine reverence. 'Het verheugt me zeer u op het midzomerbal te mogen verwelkomen.'

'Na de moeilijke tijd die achter u ligt, is het goed om vanwege een vrolijke aanleiding hier te zijn,' antwoordde ze met een vriendelijke glimlach.

Toch hadden haar woorden een enigszins bezorgde ondertoon. Maakte ze zich zorgen over haar kinderen, die dit keer niet van de partij waren? We leidden de Koninklijke Hoogheden naar de tuin, waar ik alle gasten een buiging, of, in geval van de dames, een reverence zag maken. Op sommige gezichten lag onvervalste nijd. Sommigen hadden wellicht gedacht dat door de brand of door het feit dat ik het landgoed had overgenomen, ook het aanzien van de Lejongårds schade zou hebben geleden. Met name Oglund zag eruit alsof hij een pond citroenen had moeten eten. Hij leek zich te ergeren dat we net als voorheen bij het koningshuis hoog in aanzien stonden. Maar ik had me voorgenomen hem te negeren. Mijn mening over zijn opvattingen was hetzelfde als destijds. En misschien zouden we hem het komende jaar ook niet meer uitnodigen.

Toen mijn moeder ervoor had gezorgd dat de Koninklijke Hoogheden hadden plaatsgenomen, was het aan mij om de welkomsttoespraak te houden. Ik kon niet beweren dat ik me erop verheugde. In Stockholm had ik op protestbijeenkomsten de eisen van vrouwenrechtenactivisten vrijuit kunnen roepen. Ik had gegargumenteerd, gediscussieerd en me dikwijls narigheid op de hals gehaald. Eén keer was ik bijna gearresteerd, en alleen door mijn welsprekendheid was mij en anderen de rit in de politiekoets bespaard gebleven. Nu voelde ik me net een onzekere gymnasiaste die een examen moest afleggen waarvoor ze niet geleerd had. Maar ik kon de gasten niet laten wachten. Ik negeerde mijn van nervositeit trillende handen en klom op het podium voor het strijkje. Dat hield op muziek te maken, waardoor de gesprekken verstomden. Aller ogen werden op mij gericht. Nog nooit was mijn hart zo tekeergegaan. Ik haalde diep adem, schraapte mijn keel en begon.

'Uwe Koninklijke Hoogheden, zeer geëerde dames en heren. Het verheugt me bijzonder u op de Leeuwenhof te mogen verwelkomen, een plaats vol tradities waar de Zweedse kroon vele jaren geleden voet aan de grond kreeg en de heerschappij heeft behouden. Dit huis is al eeuwen het onderkomen van mijn familie geweest, als een oord van bloei, van groei en vreugde. Hoewel we de afwezigheid van mijn vader en mijn broer betreuren en beklagen, hebben wij, mijn moeder en ik, besloten deze bijzondere dag, waarop de zon niet ondergaat, met u allen te vieren. Laten we het glas heffen en drinken op zowel de overledenen als de toekomst van dit oord en van heel Zweden. Leve de koning! Leve Zweden!'

Toen ik het champagneglas pakte trilden mijn handen nog steeds, maar ik zag dat de aanwezigen gevolg gaven aan mijn aansporing en dat kalmeerde me een beetje. We proostten op mijn vader en Hendrik, vervolgens op het kroonprinselijk paar. Ik stapte van het podium en het strijkje begon weer te spelen. Toen ik naar mijn moeder liep, zag ik dat ze met Lennard stond te praten.

'Een mooie toespraak,' zei deze.

'Dank je, daar vrolijk je me echt mee op.'

Ik glimlachte naar Lennard. Ik had het eerder niet gemerkt, maar hij zag er moe uit.

'Hebben jullie een goed gesprek gehad?' Ik keek naar mijn moeder, die samenzweerderig glimlachte.

'Heel goed,' antwoordde ze. 'Ik zal de meisjes laten weten dat het eten kan worden opgediend.' Met die woorden liep ze terug naar het huis.

'Je ziet er veel fleuriger uit dan de vorige keer,' zei Lennard. 'Zal ik iets te drinken voor je halen?'

'Is er iets mis met me, dat iedereen wegloopt?' vroeg ik gekscherend. 'Zo fleurig zie ik er kennelijk toch niet uit.'

'Ik kom gegarandeerd terug, ik steel voor jou gewoon iets van het dienblad van de butler,' antwoordde hij en hij verdween tussen de gasten.

Net als een aantal dienstmeisjes was Bruns druk bezig dienbladen tussen de gasten door te manoeuvreren om drankjes aan te bieden.

'Bruns krijgt nog pretenties als je hem zo noemt!' zei ik toen Lennard met een glas limonade terugkwam. 'Na zijn tijd in Engeland zou dat voor hem de ridderslag betekenen.'

'Goed dat ik het niet zei toen hij het kon horen. Hier.' Lennard glimlachte breed.

'Bedankt,' zei ik en ik goot de limonade in één keer naar binnen. Die was zo zoet en tintelend als alleen mevrouw Bloomquist hem kon maken. 'Ik heb alleen het gevoel jaren ouder te zijn geworden.'

'Een landgoed leiden is veeleisend, nietwaar?'

'Tegen wie zeg je dat? Jij hebt nog steeds je vader die je om advies kunt vragen.'

Lennards gezicht versomberde.

'Wat is er?' vroeg ik. 'Heb ik iets verkeerds gezegd?'

Hij schudde zijn hoofd. 'Nee. Het is gewoon... vader kan me bij veel zaken niet meer helpen. Moeder heeft bijna een dagtaak aan zijn verzorging.'

'En jij kon je vrijmaken?'

'Ik moest wel. Mijn moeder heeft me er min of meer toe gedwongen. Er is tenslotte geen beroemder midzomerbal dan dat van jullie.'

'Als ik het had geweten...'

'Nee, ik vind het niet erg. Ik moet zeggen dat het zelfs goed is dat ik er even uit ben. Ik ben zo begaan met mijn vader, elke dag dat hij verder wegkwijnt valt het me zwaarder om hulpeloos toe te kijken. Ik zou zo graag willen dat het oude bijgeloof van helende ochtenddauw na midzomer waar was! Ik zou wensen dat vader nog een paar jaar zou hebben. Maar dat zit er waarschijnlijk niet in.'

'Wat zeg je nou?'

'De dokter zei kortgeleden dat hij hem hooguit nog een jaar geeft. En als je ziet hoe hard mijn vader achteruitgaat, zou je kunnen denken dat hij gelijk heeft.'

'Wat vreselijk! O, Lennard!' Ik had hem het liefst in mijn armen genomen.

'Ja, het ziet ernaar uit dat ik weldra de heer van het landgoed zal zijn.'

Had hij het daar ook met mijn moeder over gehad? Ze had niet de indruk gewekt dat ze een deprimerend verhaal had gehoord.

Lennard liet zijn blik over de gasten dwalen, toen vroeg hij: 'Wat denk je, kunnen we misschien even onder vier ogen praten? Voordat het feest echt losbarst?'

'Maar natuurlijk!' Ik pakte hem bij de hand en trok hem een beetje weg van het feestgedruis, in de richting van de paardenweiden.

'Hier kan niemand ons afluisteren,' zei ik. Tegelijkertijd voelde ik onrust. Wilde Lennard nog uitgebreider over zijn vader vertellen? Had hij iets nodig?

'Agneta?' vroeg hij zachtjes terwijl hij me op een manier aankeek die ik nooit eerder had gezien.

'Ja?'

'Wij kennen elkaar nu al bijna ons hele leven lang, en...' Hij stokte.

Waar stuurde hij op aan?

'Als je hulp nodig hebt, dan weet je dat je op me kunt rekenen,' zei ik.

'Dat weet ik,' zei hij. 'Maar het gaat me om iets anders.'

'Wat dan?'

'Ik heb de afgelopen tijd veel nagedacht. Over hoe het verder moet. Wij hebben inmiddels steeds meer gemeen. Mijn vader is stervende, en die van jou is al dood. We staan beiden voor de taak het voortbestaan van ons landgoed veilig te stellen. Wat... wat zou je ervan denken om die weg samen te gaan?'

Ik keek hem verschrikt aan. 'Moet dit een huwelijksaanzoek voorstellen?'

'Nee... ik...' Ineens was hij weer de onzekere jongen die hij was bij onze eerste ontmoetingen als kind. 'Jawel... ja... Ik denk dat we goed bij elkaar passen. We zouden het samen kunnen klaarspelen en we zouden niet meer zo alleen zijn.'

Hij nam een korte pauze en keek me afwachtend aan. Ik liet verward mijn blik afdwalen, zonder te weten waar ik me op moest richten. Hoe kwam hij er toch bij dat we een goed echtpaar zouden zijn? Had zijn moeder hem dat geadviseerd? Of mijn moeder? Lennard was mijn oudste vriend. Waarschijnlijk de beste die ik hier had. Maar zijn vrouw worden? Dat was iets heel anders.

'Denk je niet dat een huwelijk niet uit wanhoop of ontreddering gesloten dient te worden?' vroeg ik. 'Zeker, we hebben allebei een moeilijke taak te volbrengen. En we kennen elkaar goed, maar...'

'Is er iemand anders?' vroeg hij. 'Als dat zo is, kan ik het begrijpen, ik... ik dacht gewoon...'

'Er is iemand anders geweest,' antwoordde ik. 'In Stockholm. Onze relatie was geheim en is door de dood van vader en Hendrik verbroken. Ik... ik kan me nu echt nog niet concentreren op het zoeken van een nieuwe levenspartner.' Ik pakte zijn handen vast. 'Je bent een van mijn beste vrienden. Maar ik ben ervan overtuigd dat een huwelijk uit liefde moet worden gesloten.'

'Denk je niet dat je op een dag van me zou kunnen houden?'

'Ik hou van je! Als vriend, maar niet als een man met wie ik me een huwelijk kan voorstellen. Misschien besef ik op een dag dat je de ware voor me bent. Maar... ik wil me niet binden alleen maar omdat het leven op dit moment nieuw en tamelijk zwaar is. Dat verdien jij niet en ik ook niet.'

'Goed.' Teleurgesteld liet hij zijn hoofd zakken.

Ik wist niet wat ik moest doen. Misschien was wat ik had gezegd wat hard geweest, maar zo voelde ik het nu eenmaal. Na de breuk met Michael kon Lennard niet verwachten dat ik me vrolijk in de armen van een volgende man zou storten. Vooral omdat dit een heel goede vriend was, die ik niet wilde verliezen. Ik pakte zijn arm en was blij dat hij hem niet terugtrok.

'Begrijp me alsjeblieft,' zei ik. 'Je bent mijn vriend. Als ik hulp nodig had, zou ik zonder te aarzelen naar je toe komen. En net zo vanzelfsprekend zou ik jou mijn hulp aanbieden. Maar een huwelijk zou een grote vergissing zijn.'

Lennard probeerde te glimlachen. 'Misschien heb je gelijk. Maar dat zal me er niet van weerhouden het nog eens te proberen. Ooit.'

Ik wist zeker dat hij nooit mijn echtgenoot zou worden, maar dat wilde ik hem nu niet vertellen.

'Zou je me desondanks het plezier willen doen met me te dansen?'

'Lennard, ik... mijn moeder en ik hebben besloten om vandaag niet te dansen. We zijn nog in de rouw. We hebben het feest dan wel door laten gaan, maar we houden ons op de achtergrond. Ik weet dat ik je nu weer teleurstel, maar...'

'Het is al goed,' zei hij, en hij trok me even naar zich toe en gaf me een kus op mijn voorhoofd. 'Het leven is nog lang.' Hij deed zijn best om zelfverzekerd te kijken. 'We zullen nog wel vaker met elkaar kunnen dansen, toch?'

'Jazeker.'

We keken elkaar even aan, toen draaide hij zich om en ging terug naar het feest. Ik hield mijn hoofd omhoog naar de zon en sloot mijn ogen. De gasten mochten niet zien hoe verward ik was. Ik bleef daarom even in de wei staan, omringd door het ruisen van het hoge gras en het bos, en probeerde mezelf weer onder controle te krijgen.

Toen ik terugkwam, was het personeel begonnen de gerechten op te dienen. De schnaps had sommige gasten al in een vrolijke stemming gebracht. Ik liep naar onze tafel, waar mijn moeder al op me zat te wachten. Gelukkig kwamen onze tafelgenoten – Lennard en het kroonprinselijk paar – er net aan.

'Professor Lindström heeft me verzocht nieuwe apparatuur voor het ziekenhuis te financieren,' zei ze. 'Ik heb hem gezegd dat hij zich tot jou moet wenden. Jij bent nu de gravin.'

'Maar u zit in het ziekenhuisbestuur,' antwoordde ik, omdat ik die dag niet over de aanschaf van medische apparatuur wilde nadenken. 'U kunt zijn verzoek rustig honoreren als het binnen onze financiële ruimte valt.'

'Welnu, dat hoor jij hem te vertellen,' hield mijn moeder vol. Ze keek me een tijdje aan en vroeg toen met een geheimzinnig lachje: 'Heb je een aangenaam gesprek met Lennard gehad?'

Was Lennard soms naar haar toe gegaan om toestemming te vragen voor een aanzoek?

'Ach, als je het aangenaam kunt noemen dat zijn vader stervende is,' antwoordde ik.

Mijn moeders glimlach verdween. 'Zijn vader...'

'... heeft, als je de dokter moet geloven, nog maar een jaar te leven. Hooguit. Het ziet ernaar uit dat Lennard het landgoed over niet al te lange tijd moet overnemen.'

'Vreemd, dat heeft hij me helemaal niet verteld.' Mijn moeder sloeg haar ogen neer en staarde een ogenblik naar het bestek.

'Waar hebben jullie het eigenlijk over gehad?' vroeg ik en ik deed alsof ik van niets wist.

'Hij wilde je een huwelijksaanzoek doen,' gaf ze toe. 'Hij vroeg mijn toestemming.'

Het nieuws van zijn vaders naderende dood leek haar behoorlijk te raken. Waarom had Lennard haar niet verteld dat hij enkel en alleen met me wilde trouwen omdat hij dacht dat we samen het leven beter aan zouden kunnen? Waarschijnlijk had hij dat niet aangedurfd.

'Nou, het lijkt erop dat hij met me wil trouwen omdat hij vindt dat we elkaar moeten steunen. Ik heb hem duidelijk gemaakt dat we dat ook kunnen doen zonder een verloving. De Ekbergs zijn altijd onze vrienden geweest, en daaraan verandert niets.'

'Je hebt hem dus afgewezen?'

'Nee, ik heb het hem uit zijn hoofd gepraat. Onder deze omstandigheden een huwelijk sluiten is in mijn ogen geen goed idee.'

Voordat mijn moeder nog iets kon zeggen, verscheen Lennard. Hij glimlachte, maar omdat ik hem net zo goed kende als mijn broer, wist ik dat hij een masker ophad.

'Ah, daar ben je weer,' zei hij terwijl hij de schnaps voor zich neerzette. 'Heb je een poosje van de stilte genoten?'

'Ja,' antwoordde ik. 'En daar heb ik honger van gekregen. Excuseer me alsjeblieft.' Daarop liep ik naar het buffet. Mevrouw Bloomquists fantastische eten zou de avond vast nog goedmaken.

25

De volgende uren nam ik waar hoe zelfs de stijfste en keurigste gasten vrolijk werden en op de klanken van de viool onder de meiboom met elkaar begonnen te dansen. Mijn moeder en ik hielden ons aan onze gelofte en namen er niet aan deel, wat sommigen verbaasde, maar ook waarderende blikken opleverde toen we uitlegden waarom we ons door niemand naar de dansvloer wilden laten leiden.

De kroonprins en prinses Margaret verschenen weer bij onze tafel. Ze namen plaats en vertelden ons over hun ouders en hun kinderen, alsof ze gewone mensen waren die oude vrienden tegenkwamen. Op zijn laatst op dat moment moesten degenen die zich hadden ingebeeld dat de brand onze reputatie had geschaad, inzien dat het koningshuis net als vroeger achter ons stond. Dat verdreef mijn moeders zorgen ook enigszins.

Toen mijn hoofd gonsde van alle gesprekken, stond ik op en sloop weg. Ik liep de feestvierende dorpelingen voorbij, en het viel me op dat ik Max de hele avond niet had gezien. Verschool hij zich op deze prachtige avond echt in het huisje? Langeholm en juffrouw Rosendahl bevonden zich ook onder de feestvierders. Met een lantaarn in mijn hand, die ik op de terugweg nodig zou hebben, begaf ik me op weg.

Ik vond Max leunend tegen de omheining voor zijn huisje, met zijn blik naar de hemel gericht. Sterren waren er nog niet te zien, daar was het nog veel te licht voor. Op een gegeven moment zouden ze zichtbaar worden, want in tegenstelling tot Noord-Zweden waren hier de poolnacht en pooldag niet zo uitgesproken.

'Goedenavond, meneer Von Bredestein!' riep ik, waarop hij zijn hoofd boog en me aankeek. 'Wat doet u hier zo alleen? Wachten op de eerste ster?'

'U hebt me betrapt, mejuffrouw!' reageerde hij en hij zette opnieuw zijn onbeschaamde glimlach op. 'Wat brengt u hier? Ik dacht toch dat er in het kasteel een groot bal gehouden werd. Bent u soms op de vlucht voor de prins?'

'Als u de kroonprins bedoelt: van zijn kant dreigt voor mij geen gevaar. Maar bij een paar andere gasten ben ik daar niet zo zeker van.'

'Zo te zien hebt u beide schoenen nog aan, het kan dus niet gebeuren dat een van hen lucht van u krijgt.'

Nu werd me duidelijk dat hij het sprookje van Assepoester bedoelde. Ik onderdrukte een giechel. Door de bowl was ik wat licht in het hoofd. 'Ik moest er gewoon even uit. En ik miste u. Ik dacht dat u ondanks wat u zei toch zou komen.'

'Om u te redden?' Hij keek me fonkelend aan, en ik wist opeens niet meer of het echt door de bowl kwam dat ik me zo eigenaardig voelde.

'Om de mensen een beetje te leren kennen,' antwoordde ik. 'U doet als Pommerse edele niet voor hen onder.'

'Een edele zonder bezit,' bracht hij daartegen in. Hij beduidde me mee te komen naar het huisje.

'Ik geloof dat ik iets voor u heb om de avond wat lichter te maken,' zei hij veelbetekenend.

'Bedoelt u alcohol?'

Max grijnsde. 'U zult het lekker vinden. Kom, u krijgt zelfs de ereplaats.'

De twee keukenstoelen stonden nu op de veranda. Blijkbaar hield Max ervan om hierbuiten te zitten kijken naar het bos dat donker en machtig over de westelijke grens van de weiden waakte. Ik ging op een van de stoelen zitten, terwijl Max in de hut verdween.

'Hier,' zei hij bij zijn terugkeer en hij gaf me een kopje met een sterk naar alcohol ruikende vloeistof. Even schoot me te binnen hoe ik me in mijn dronken bui op mijn schilderijen had uitgeleefd. Sindsdien had ik niet meer zo veel gedronken dat ik de controle over mezelf verloor.

'Graanjenever,' zei hij toen ik hem vragend aankeek. 'Heb ik uit mijn vaderland laten komen. Onlangs heb ik in Kristianstad een vriend ontmoet.'

'Daar hebt u me niets over verteld,' zei ik en ik nam een slok. De alcohol gleed brandend door mijn keel.

'We praten ook maar zelden over privézaken, nietwaar?'

'Dat klopt,' antwoordde ik. Daarbij voelde ik een zekere spijt. Max leek een goede vent te zijn, een beetje mysterieus als het om zijn verleden en zijn vaderland ging, maar juist dat beviel me wel aan hem.

'Waarom hebt u zich niet op het feest vertoond?' vroeg ik toen hij naast me kwam zitten.

'Ik heb u toch al gezegd dat zoiets niets voor mij is. Ik ben liever op mezelf.' Hij dronk nu zelf uit het tweede kopje, dat hij vervolgens naast zich neerzette.

'Waren er geen feesten op uw landgoed?'

'Jawel, daarom heb ik er juist zo'n hekel aan.'

'Werd er van u verwacht dat u de prins zou uithangen?' Ik kon me voorstellen dat een man als hij door dames werd omzwermd. Lennards voorstel schoot me ineens weer te binnen.

'In zekere zin,' zei Max. 'Bovendien werd het gehuichel me te veel. Op het gezicht een glimlach en achter de rug een steen in de hand. Als u begrijpt wat ik bedoel.'

'Ik kan me er iets bij voorstellen,' zei ik. Ook op dit feest was er veel valsheid, maar gelukkig waren er genoeg gasten met wie de gesprekken aangenaam verliepen.

'Ik heb me vaak afgevraagd hoe het zou zijn om van al het gedoe weg te lopen en opnieuw te beginnen. Maar tot ik uw vader tegenkwam, heb ik nooit de kans gekregen.'

'Het leven bestaat uit spelingen van het lot, nietwaar?' mompelde ik en ik nam nog een slok. Mijn lichaam werd zwaar. Het was anders dan indertijd met de brandewijn, maar toen zat ik natuurlijk vol woede. Nu voelde ik me alleen maar moe.

'Hoe zit het met de spelingen van het lot in uw leven, mejuffrouw Lejongård? Toen we elkaar voor het eerst zagen, gaf u te kennen dat u gestudeerd hebt. Hoe zou uw leven eruit hebben gezien als alles anders was gelopen?'

Nog steeds verkrampte ik als ik aan de tijd in Stockholm dacht. Inmiddels was ik daar drie maanden weg.

'Ik zou hier vandaag ongetwijfeld ook midzomer vieren,' antwoordde ik. 'Dat is traditie. Waarschijnlijk zou ik dan weer eens onenigheid met mijn ouders hebben gehad. Mijn moeder is weliswaar nog steeds van mening dat ze me moet vertellen hoe het hoort, maar voor haar doen is ze nu erg verdraagzaam.'

'En dan?'

'Na het midzomerfeest zou ik teruggaan naar Stockholm. Naar mijn colleges in de Koninklijke Kunstacademie en naar...'

'Naar een man?'

Had hij dat van mijn gezicht afgelezen?

'Ja,' antwoordde ik, want ik had het gevoel dat ik geen geheimen voor hem hoefde te hebben. 'Michael. Ik ben bijna een jaar met hem samen geweest.'

'Wat is er gebeurd?'

'Hij kon de gedachte niet verdragen te moeten leven met een vrouw die een landgoed heeft geërfd. Hij wilde het leven hier niet, dus zijn we uit elkaar gegaan.'

'Op zijn initiatief of dat van u?'

'Maakt dat iets uit?' Weer voelde ik een lichte ergernis in me opkomen. Waarom had Michael zo weinig begrip gehad?

'Nou, ik denk van wel. U lijkt niet gelukkig te zijn met die beslissing.'

'Nee, dat ben ik ook niet,' antwoordde ik. 'Maar hij wilde het zo. Hij heeft me de bons gegeven omdat hij bang was door deze wereld ingelijfd te worden en voor altijd in de provincie gevangen te zitten.'

'Was u daar dan niet bang voor?'

'Ik ben hier opgegroeid. En door het testament van mijn broer had ik geen keus. Al in het ziekenhuis had hij een toezegging van me verlangd om zijn plaats in de familie in te nemen. Ik zou de Leeuwenhof voor altijd de rug hebben moeten toekeren om hieraan te ontkomen.'

'En dat kon u niet.'

'Ik hield veel van mijn broer. En ik hou van de hoeve. Het is mijn thuis.'

'Nou, zo te horen had die man u niets beters te bieden. U moet hem maar vergeten.'

Ik keek naar Max' profiel, want hij had zijn blik naar de hemel gericht en hij leek weer op zoek te zijn naar de eerste ster.

'Dat is makkelijker gezegd dan gedaan.'

Nu keek hij me aan. 'Vindt u niet dat het leven te kort is om met de verkeerde mensen door te brengen? Ze ontnemen u de kracht die u nodig hebt voor belangrijker zaken. De hoeve bijvoorbeeld.'

'Ik denk dat u gelijk hebt.' Ik keek naar het kopje in mijn hand. Het was bijna leeg, maar ik wilde niet nog een slok van de schnaps vragen en een kater riskeren.

'Ik moest maar weer eens gaan,' zei ik terwijl ik het kopje naast de stoel neerzette.

'Nu al?' vroeg Max verbaasd. 'Heb ik iets verkeerds gezegd?'

'Nee,' antwoordde ik. 'Ik besef dat ik u niet kan overhalen om mee te gaan naar het feest. Dan laat ik u liever aan de hemel over.'

Toen ik opstond, sloot zijn hand zich zachtjes om mijn arm. 'Wees alstublieft niet boos op me, mejuffrouw Lejongård.'

'Dat ben ik niet.'

'Blijf dan nog een poosje. Op zijn minst tot de eerste ster verschijnt. Of wordt u gemist op het feest?'

Ik aarzelde even. Als mijn moeder erachter kwam dat ik me niet met de gasten bezighield, zou ze woedend zijn. En Lindström zou vast over de hele hoeve dwalen, op zoek naar mij en mijn toezegging voor nieuwe apparatuur. Maar het was hier zo stil en de nacht zo zacht dat ik niet anders kon dan toegeven.

‘We kunnen praten of gewoon naar de hemel kijken,’ zei hij. ‘Wat u maar wilt.’

‘Laten we naar de hemel kijken,’ zei ik, en ik ging weer zitten.

We keken een hele tijd naar de hemel, die nu rood begon te worden.

‘Ik heb vandaag een huwelijksaanzoek gekregen,’ hoorde ik mezelf plompverloren zeggen. Ik was me er niet van bewust dat ik er met Max over wilde praten.

Ik keek naar hem en zag dat hij knikte. ‘Een avond als deze is daar heel geschikt voor.’

‘Wilt u niet weten of ik het heb geaccepteerd of afgewezen?’

‘Ik ben maar de beheerder van deze hoeve. Het is me om het even of ik voor u werk of voor uw man.’

Ik trok vol verbazing mijn wenkbrauwen op. Hoorde ik een zweem van ergernis in zijn stem?

‘Nou, misschien stelt het u gerust dat er ook in de nabije toekomst geen heer des huizes zal zijn. Enkel een vrouwe.’

Nu ontspande zijn gezicht weer een beetje. ‘Om eerlijk te zijn bevalt het me goed om een bazin te hebben.’

‘En als ik eerlijk ben, bevalt het me eigen baas te zijn. Ook al mis ik het soms dat iemand me vasthoudt.’ Ik schudde mijn hoofd. ‘O, wat zeg ik nou! U bent mijn beheerder en hebt uw eigen zorgen.’

‘Als u wilt praten, ben ik er altijd voor u.’

Ik voelde zijn blik. Meende hij dat echt? Zijn ogen zeiden van wel. Maar Michaels ogen hadden ook veel beloofd.

‘Dank u,’ zei ik, waarop hij zich weer op de hemel richtte.

‘Ziet u?’ zei hij naar boven wijzend. ‘Daar is de eerste. Die wil zeker kijken of de zon echt niet ondergaat.’

Ik volgde zijn vinger en ontdekte inderdaad een ster. Hij was bijna niet te zien in het diepe blauw van de hemel, maar het licht ervan zou helderder worden naarmate de zon dichter bij de horizon kwam. En als *midsommar* voorbij was, zou hij weer naar behoren schitteren. Alles had zijn tijd nodig. Alles ontstond, verging en verrees opnieuw.

Terug in de tuin, waar het buffet al behoorlijk geplunderd was en de grenzen tussen de dorpelingen en de hooggeboren gasten enigszins leken te vervagen, schroefde zich plotseling een hand om mijn arm.

'Waar ben jij al die tijd geweest?' snauwde mijn moeder.

Ik draaide me om. Ze wekte een geagiteerde indruk, haar ogen fonkelden van woede.

'Ik heb een wandelingetje gemaakt om mijn hoofd te laten afkoelen,' antwoordde ik. 'Het zag ernaar uit dat de gasten zichzelf wel konden redden.'

'Je hebt gedronken!' constateerde ze toen ze mijn adem rook.

'Zoals bijna iedereen hier,' zei ik. Wat wilde ze nu weer? Ja, het betaamde een goede gastvrouw niet een uur te verdwijnen. Maar vandaag was het midsommar, een feest dat tot diep in de nacht zou duren.

'Kom mee, we hebben een probleem.'

Een probleem? Haar woorden verdreven mijn lichte dronkenschap op slag. Was er iets gebeurd? Misschien zelfs met een gast? Ik liep achter mijn moeder aan, die met grote stappen naar het huis beende.

We gingen naar de rookkamer, een kamer die mijn moeder anders vermeed. Ze had er een hekel aan op haar favoriete plekken geschillen te beslechten, alsof ze daardoor hun gezellige sfeer zouden verliezen. De rookkamer was de kamer van mijn vader geweest, een vertrek waar ze een hekel aan had vanwege de sigarengeur en die kennelijk ook geen aangename herinneringen opriep.

'Susanna,' zei ze nadat ze de deur achter zich had dichtgetrokken.

De naam trof me als een zweepslag. 'Wat is er met haar aan de hand?' vroeg ik.

Was ze weer ingestort? Of had ze misschien een miskraam gehad?

'Ze is zwanger, nietwaar?' vroeg mijn moeder.

Ik sloot mijn ogen en haalde diep adem. Verdomme! Dat was alles wat ik op dat moment kon denken.

'Hoe weet u...?' begon ik, maar mijn moeder beantwoordde mijn vraag voordat ik hem kon afmaken.

'Ik heb ogen in mijn hoofd!' Haar stem werd schel. 'Mijn hemel, ik had het moeten beseffen toen ze in elkaar zakte!'

Mijn handen begonnen te trillen. Ik haalde diep adem.

'Je had het me moeten vertellen!' zei mijn moeder scherp. 'Je weet dat ik liederlijke wijven niet in mijn huis duld.'

'Maar moeder, als ze zwanger is, is dat toch geen teken van liederlijkheid. We weten niet welke toezeggingen haar gedaan zijn.'

'Toezeggingen? Nou, die kunnen niet veel waard zijn geweest als ze het nodig vindt zich aan mijn sieraden te vergrijpen.'

'Wat?' Plotseling had ik het gevoel dat de grond onder mijn voeten wegzakte. Susanna zou gestolen hebben? Ik had toch beloofd haar te helpen!

'Wie beweert dat?' vroeg ik.

'Niemand beweert dat. Linda heeft haar betrapt!'

Linda, de trouwe kamenierster van mijn moeder. Op dit tijdstip maakte ze altijd alles klaar voor de nacht, ook al was het feest en ging mijn moeder later slapen. Susanna kende de gang van zaken in huis, eigenlijk had ze moeten weten dat ze betrapt zou worden. Probeerde Linda haar in diskrediet te brengen? Of had ze gemerkt dat Susanna zwanger was? Die was inmiddels ongeveer in de vierde of vijfde maand...

'We moeten de politie bellen!' foeterde mijn moeder. 'Ze is niet alleen een snol, maar ook een misdadigster!'

Het liefst had ik het ontkend, maar het klopte. Diefstal was een misdaad. Ook al had Linda het verijdeld.

'Ze moet onmiddellijk vertrekken!'

'Pas nadat ik met haar gesproken heb!' bracht ik ertegen in. 'Je kunt niet verwachten dat ik haar eruit gooi zonder haar standpunt te hebben gehoord.'

'Goed dan,' zei mijn moeder. 'Ze is in mijn kamer. Linda is bij haar.'

Ik stond op en verliet de rookkamer. Buiten lachten de gasten, maar mijn hart ging tekeer. Waarom had het meisje die stommiteit begaan?

In de kamer van mijn moeder zat Susanna in elkaar gedoken op een krukje. In die houding tekende haar beginnende babybuik zich lichtjes af onder haar jurk.

Als een cipier stond Linda bij haar. Mijn moeders kamenierster was een dunne, donkerharige vrouw met strenge trekken. Toen ik nog een kind was, werkte ze als dienstmeisje bij ons. Door haar loyaliteit aan mijn moeder was ze een van haar innigste vertrouwelingen geworden, althans wat de belangen van het huis betrof. Blijkbaar was ze bezig geweest op Susanna in te praten, maar ze verstomde toen ik binnenkwam.

'Susanna,' zei ik, waarop het dienstmeisje in elkaar kromp. 'Wat is er gebeurd?'

'Ik stond op het punt het bed voor mevrouw klaar te maken,' antwoordde Linda in haar plaats. 'Toen ik binnenkwam, zag ik dat ze iets uit het juwelenkistje op de kaptafel haalde en bij zich stak. Ik confronteerde haar ermee, waarop ze eerst ontkende, maar toen ik haar vroeg de zakken van haar schort te legen kwam de broche van mevrouw tevoorschijn. De gouden met de saffier.'

Mijn moeders lievelingsbroche. Hoe kon Susanna denken dat dit onopgemerkt zou blijven?

'Susanna, is dat waar?' vroeg ik haar.

'Natuurlijk is dat waar!' zei Linda, maar ik hief mijn hand en legde haar het zwijgen op.

'Ik wil het van haar horen.'

'Het is waar,' zei Susanna met gebroken stem. 'Ik... ik wou de broche stelen.'

Haar eerlijkheid choqueerde me meer dan een poging tot ontkennen had gedaan. Linda moest haar behoorlijk door de mangel hebben gehaald.

'Waarom wilde je de broche dan stelen?' vroeg ik terwijl de ontgoocheling aan me vrat. 'Was je bang gebrek te moeten lijden?'

Ze perste haar lippen op elkaar en boog haar hoofd.

Ik keek naar Linda, die haar met welhaast gloeiende blik opnam. 'Ik wil alleen met haar praten.'

Even leek Linda me te willen tegenspreken, maar toen besefte ze wie ik was en maakte ze een knicksje. 'Zoals u wilt, juffrouw Agneta.'

Waarschijnlijk zou ze zich naar beneden haasten om mijn moeder verslag uit te brengen.

'Susanna,' zei ik terwijl ik voor haar ging staan. 'Kijk me aan, alsjeblieft.'

Met tegenzin hief ze haar hoofd op.

'Waarom heb je het gedaan? Uit angst om niet rond te komen? Uit angst voor armoede?'

Susanna kauwde op haar lip. 'Ik weet het niet...'

'Je weet het niet?' Ik voelde woede in me opkomen. Niet omdat ze had geprobeerd te stelen, maar omdat ze geen vertrouwen in me had gehad.

'Heb ik niet beloofd je te helpen? Heb ik je niet tegen mijn moeder beschermd?' vroeg ik terwijl ik heen en weer begon te lopen. 'Je had je tot mij moeten wenden als je in de problemen zat of bang was.'

'U kon ook niet voorkomen dat ik een kind krijg,' zei ze somber.

'Zijn de anderen erachter gekomen?'

Nu boog Susanna haar hoofd opnieuw.

'Susanna?'

'Ja,' zei ze bijna onhoorbaar.

'Linda?'

Ze knikte.

Dat had ik wel gedacht. Mijn moeder had nooit genoeg aandacht voor het personeel om iets te merken.

'Wanneer heeft ze het gemerkt?'

'Vandaag,' zei Susanna. 'Het werd me zwart voor de ogen en... toen ik ging zitten, vroeg ze wat er met me was en keek ze naar mijn buik. Ik heb het haar verteld.'

Nu pas merkte ik dat ik mijn adem inhield, en ik liet langzaam de lucht uit mijn longen ontsnappen.

Wat we geprobeerd hadden te voorkomen, was gebeurd. Ik had het moeten weten. Het was mijn schuld.

'Heeft ze gedreigd het tegen mijn moeder of mij te zeggen?'

Susanna knikte nogmaals.

'En je dacht dat ik je er nu uit zou gooien, en dus kon het je niets schelen, en je dacht bij jezelf dat je nog iets mee zou kunnen nemen wat je een beetje zou helpen om rond te komen.'

Susanna snikte. 'Het spijt me! Ik heb niet nagedacht...'

'Dat heb je inderdaad niet.' Zonder het te willen verhief ik mijn stem. 'Je had naar me toe moeten komen en me moeten zeggen dat Linda het wist! Je had me om hulp moeten vragen. Ik zou je vanwege de zwangerschap niet ontslagen hebben, dat heb ik je al gezegd. Maar nu kan ik niet anders dan...'

De deur ging open. Mijn moeder verscheen. Haar kon ik natuurlijk niet uit haar eigen kamer weren.

'En, heeft dat mens je antwoord gegeven?' vroeg mijn moeder scherp.

'Ja,' zei ik. 'Maar hoewel ik kan begrijpen waarom ze het gedaan heeft, heb ik geen andere keuze dan haar te ontslaan.'

Mijn moeder, die blijkbaar had verwacht dat ik Susanna zou verdedigen, ontspande een beetje.

'Je kunt het begrijpen?' vroeg ze desondanks vinnig.

'Ze verwachtte dat ze vanwege het kind haar baan zou verliezen.' Ik keek naar Linda, die in de deuropening was verschenen. Vermoedelijk had zij ook gedreigd het aan het hele personeel te vertellen. 'Vrouwen doen dan wel eens domme dingen. Maar desalniettemin moet ze weg.'

Ik wendde me tot Susanna, die nu in tranen uitbarstte. 'Morgenochtend moet je vertrekken.'

'Waarom niet nu meteen?' barstte mijn moeder uit. 'Wil je soms dat ze nog eens de gelegenheid krijgt om haar zakken te vullen? Straks steelt ze nog van de Koninklijke Hoogheden!'

'Dat zal ze niet doen, nietwaar, Susanna?'

Susanna schudde haar hoofd.

'Goed. Anders zou ik dit incident en elk volgende moeten aangeven bij de politie. Nu zie ik van aangifte af. Maar alleen als er tot morgenochtend niet nog meer gebeurt.'

Susanna huilde nu luid. Ze zat voorovergebogen en haar ruggengraat was zichtbaar onder de bleke huid. Was ze zo mager omdat niet alleen het kind haar uitteerde, maar ook angst aan haar vrat?

Meer kon ik echter niet voor haar doen.

Ik keek Linda aan. 'Breng Susanna naar haar kamer. Daar moet ze haar spullen pakken en dan uitrusten. Overstelp haar in godsnaam niet met verwijten. Ze is al genoeg gestraft.'

Linda knikte, maar ik kon aan haar gezicht zien dat er nog meer verwijten zouden volgen. Ze zou Susanna beslist voorhouden dat ze ondankbaar was jegens de familie, die haar werk, kost en inwoning had gegeven.

'Tevreden, moeder?' vroeg ik toen de twee vrouwen verdwenen waren.

'Je bent nog veel te mild geweest,' bromde ze.

'De broche ligt toch weer op zijn plaats?'

'Dankzij Linda.'

'Goed, dan geven we haar een beloning. Maar ik vind niet dat we Susanna nog harder moeten straffen. Ze is niet alleen ongehuwd zwanger, maar ook oneervol ontslagen. Ik heb in Stockholm gezien wat er van zulke meisjes terechtkomt.'

'Dat hoeft niet jouw zorg te zijn,' was mijn moeders reactie.

'Jawel, dat is mijn zorg. Mijn vriendinnen en ik hebben er in Stockholm voor gestreden dat die meisjes en vrouwen niet voor hun hele leven gebrandmerkt worden vanwege een misstap waar zij niet alleen verantwoordelijk voor zijn. Ik zou Susanna ook hebben geholpen. Maar nu kan dat niet meer.'

Daarop draaide ik me om en liep naar de deur, maar in plaats van hem open te doen wendde ik me weer tot mijn moeder.

'Linda heeft het u gezegd, toch? Dat Susanna zwanger is.'

'Het was duidelijk zichtbaar,' zei mijn moeder. 'En nee, Linda heeft het me niet verteld.'

Ik knikte. 'Dan had ze het vanavond alsnog gedaan. Maar door het incident was Susanna haar voor.'

Ik opende de deur en verliet de kamer. Nog steeds was ik woedend en de alcohol in mijn bloed maakte me duizelig. Vroeger was het midzomerfeest me altijd maar tot op zekere hoogte bevallen, maar dit feest spande wat onplezierige situaties betreft de kroon. Ik dacht weer aan Max in zijn huisje, die dit allemaal pas morgen te weten zou komen, en wenste heimelijk dat ik bij hem was om samen naar de sterren te kijken.

26

Met zware hoofdpijn werd ik wakker, en de zon die door de gordijnen scheen was me veel te fel. Het liefst was ik in bed gebleven. Maar het kroonprinselijk paar, graaf Bergen en een paar vrienden van mijn moeder waren blijven overnachten en we zouden samen ontbijten.

Kreunend kwam ik uit bed. Ik wreef over mijn gezicht en wierp een blik op de wei, die er nu verlaten bij lag. De bedienden waren al bezig alles op te ruimen. Bruns had de hulp van een paar stalknechten ingeroepen om de tafels weg te dragen.

Toen er werd geklopt, riep ik: 'Binnen!'

'Goedemorgen, juffrouw Agneta.'

Lena zag er bedrukt uit. Geen wonder, ze verloor hier in het huis een vriendin.

'Goedemorgen, Lena,' zei ik. Omdat ik niet meteen wilde vragen of Susanna de hoeve al had verlaten, vroeg ik: 'Hoe gaat het met jou na het midzomerfeest?'

'Goed,' antwoordde ze, maar dat was een leugen. Ze zag eruit alsof ze de hele nacht samen met Susanna had gehuild.

'Je hebt dat van Susanna gehoord, toch?' vroeg ik, want het had geen zin om om de hete brij heen te draaien.

'Ja,' zei ze. 'Ze is vanmorgen al heel vroeg weggegaan.'

'Heeft Linda of iemand anders nog een verklaring gegeven?' Ik achtte de kamenierster ertoe in staat de gebeurtenis in de bediendevertrekken breed uit te meten.

'Ze zou hebben gestolen,' zei Lena somber. 'En ze krijgt een kind.'

Ik voelde me een beetje inzakken. Linda had dus geen genade voor recht laten gelden. Angst boorde zich in mijn maag. Als Susanna zichzelf nu eens iets aandeed? Ze zou niet het eerste meisje zijn dat vanwege zoiets het water in liep. In het dorp zou ze de verstotene zijn, het 'meisje met het bastaardkind'. Geen enkele jongen zou haar willen hebben, tenzij hij zijn verstand had verloren.

'Hoor eens, Lena,' zei ik, en ik pakte de hand van het meisje. 'Ik had geen andere keus dan haar te ontslaan omdat ze zich had misdragen. Diefstal is geen kleinigheid, dat weet je. Ik moest het wel doen.'

Lena knikte.

'Maar je moet weten dat ik haar niet vanwege het kind heb ontslagen. Dat zou ik bij niemand van jullie doen. Al raad ik je dringend aan om pas zwanger te worden als je getrouwd bent. Onze samenleving gedoogt geen vrouwen die geen vader voor hun kind kunnen aanwijzen. Denk daar altijd aan wanneer een jongen avances maakt. En aarzel niet om met me te praten als iemand je ergens toe probeert te dwingen. Je mag altijd nee zeggen, heb je dat begrepen?'

Lena keek me verbaasd aan, maar toen knikte ze.

'En wat Susanna betreft...' Ik pauzeerde even, omdat ik niet wist of ik het haar kon vragen. Uiteindelijk deed ik het toch. 'Als je donderdag weer je ouders bezoekt in het dorp, kun je dan alsjeblieft uitzoeken waar Susanna is? Ik wil gewoon weten hoe het met haar gaat, verder niets.'

'En als het slecht met haar gaat?'

'Dan zal ik een manier vinden om haar te helpen. Hoe dan ook.'

Lena knikte en er verscheen een glimlachje rond haar mondhoeken.

'Goed. Dank je wel.' Ik liet haar weer los. 'En nu wil ik weten of je de zeven bloemen hebt geplukt.'

'Nee,' antwoordde Lena. 'Van mevrouw Bloomquist mocht ik nubbe drinken. Ik... ik ben in de wei in slaap gevallen.'

Ik onderdrukte een fijn lachje. Ik kon me goed voorstellen hoe ze in het gras had gelegen en bij dageraad door een van de andere meisjes was gewekt. Waarschijnlijk droeg ook de schnaps ertoe bij dat ze zo bedrukt leek.

Het verlies van Susanna was bijna fysiek voelbaar. De hele dag was het stil in het huis, het opgewonden geklets van het personeel ontbrak. Juffrouw Rosendahl probeerde nog met me over het incident te praten, maar dat wimpelde ik af. Ik wilde geen verdere details aan het verhaal toevoegen. Wel maakte ik me voortdurend zorgen over wat Susanna nu thuis te wachten stond.

Maandag verscheen Bruns in mijn werkkamer.

'Een bode heeft zojuist een bericht gebracht dat ik u persoonlijk moet overhandigen.' Bruns reikte me het couvert aan.

Het kwam van inspecteur Hermannsson. Had hij eindelijk resultaat geboekt? Augustus was niet ver weg meer en ik wilde de hofmaarschalk van Zijne Majesteit liever niet hoeven mee te delen dat de brandstichter nog steeds niet opgepakt was.

'Dank u, Bruns.' Ongeduldig scheurde ik de envelop open. Van wat ik las begon mijn hart te bonzen. Ogenblikkelijk stond ik op en liep naar mijn moeders kamer.

Linda was net bezig Stella's haar op te steken.

'Is er nieuws?' vroeg mijn moeder. 'Van wie is die brief?'

'Wil je ons alsjeblieft alleen laten, Linda?' verzocht ik de kamenierster. Ik wilde haar er niet bij hebben wanneer ik met mijn moeder over de brand sprak. Waarschijnlijk zou mijn moeder haar later toch wel alles vertellen.

Linda keek naar haar bazin, maar aangezien er geen tegenspraak kwam, maakte ze een knicksje en verliet de kamer.

'Wat is er zo belangrijk?' vroeg mijn moeder terwijl ze aan een haarstreng plukte.

Ik liet haar het schrijven zien. 'Van de politie.'

Stella pakte het aan en haar ogen vlogen haastig over de regels.

'Blijkbaar hebben ze een verdachte in hechtenis genomen. Hun onderzoek loopt echter nog steeds.'

'Godzijdank! Het zal een kwestie van tijd zijn totdat die persoon zijn misdaad bekent.'

'Laten we hopen dat ze de juiste hebben,' zei ik en ik vroeg me af wie het kon zijn. Iemand uit het dorp? Hermannsson had geen naam genoemd, wat begrijpelijk was als hij nog niet alle bewijzen bij elkaar had.

'Er staat ook dat hij me vraagt om naar Kristianstad te komen. Ik moet de man bekijken.'

'Wat? Hij zal toch zeker niet verwachten dat gravin Lejongård...'

'... met de verdachte praat?' maakte ik mijn moeders zin af. 'Ik weet het niet. Waarschijnlijk moet ik Hermannsson alleen vertellen wat ik van hem weet. Misschien zou het goed zijn als u meegaat. U kent de mensen hier beter dan ik.'

'Je vader kende de mensen hier,' ging ze erop in. 'Ik zou nauwelijks van nut zijn. Misschien moet je Langeholm meenemen. Hij weet tamelijk veel van de dorpelingen.'

'Goed, ik zal Langeholm meenemen,' zei ik, hoewel ik veel liever met Max zou zijn gegaan. Maar in dit geval zou hij niet bepaald een grote hulp zijn geweest. 'We zullen morgenvroeg meteen gaan.'

Mijn moeder knikte. 'Het zou goed zijn als ze hem gepakt hebben, nietwaar?' vroeg ze, en haar stem nam een ongekend zachte klank aan. 'Dan zouden we het eindelijk kunnen afsluiten.'

'Ja,' stemde ik met haar in. 'Maar het brengt noch vader noch Hendrik bij ons terug.'

'Dat vermag zelfs God niet, maar Hij kan ons ten minste gerechtigheid geven.'

'Ik hoop het.'

We keken elkaar even aan, en ik meende een glimlachje om haar mondhoeken te zien.

27

In de hobbelende koets waarmee Langeholm en ik de volgende ochtend naar Kristianstad reden, dacht ik weer aan de koninklijke hofmaarschalk graaf Bergen en de mooie automobiel waarin hij werd rondgereden. Het bedrag waarvoor mijn vader zich in de schulden had gestoken, zou voldoende zijn geweest om ten minste twee van die wagens te kopen.

Het viel me op dat Langeholm ongewoon stil was. Ik had hem verteld dat de politie een verdachte had gearresteerd. Eigenlijk zou dat hem blij hebben moeten maken, maar hij was nadenkend gestemd. Langeholm was geen prater, doorgaans was hij echter veel toegankelijker.

'Mag ik vragen wat u dwarszit?' vroeg ik.

'Ik moet weer aan uw vader en uw broer denken,' zei hij. 'Het is verschrikkelijk wat er is gebeurd.'

'Als de politie de dader werkelijk heeft gepakt, kunnen ze tenminste in vrede rusten.'

'Ik hoop ten zeerste dat dat het geval is,' wierp hij tegen. 'Maar mocht hij onschuldig blijken, dan staan ze weer aan het begin.'

'Hermannsson zou niemand lichtvaardig arresteren. Ik weet zeker dat hij goede redenen had – vooral omdat hij mij wil zien.'

'Laten we het hopen, juffrouw Agneta.' Langeholms blik dwaalde het raam uit en hij leek opnieuw door somberheid. te worden overvallen.

Een half uur later kwamen we bij het politiebureau aan. Het witte gebouw, waaraan de Zweedse vlag in de wind hing te wapperen, lichtte op in de heldere zonneschijn. Achter de getraliede ramen nam ik bewegingen waar zonder te kunnen onderscheiden of het om politieagenten of gevangenen ging.

Toen we binnenkwamen, werden we ontvangen door het geratel van een schrijfmachine. Muffe lucht stroomde ons tegemoet. Het rook naar vochtige wol en laarzenvet en naar iets wat ik niet kon identificeren. De bewaker deelde ons mee dat de inspecteur in zijn kantoor op ons wachtte.

Een agent bracht ons erheen en kondigde ons aan.

Hermannsson droeg weer het bruine pak dat hij ook bij onze eerste ontmoeting aan had gehad. Ondertussen had hij een baard laten staan. De vraag of hij door het onderzoek geen tijd had gevonden om zich te scheren kwam bij me op, maar het zou denigrerend zijn geweest om hem te stellen.

'Ik ben blij dat u zo vlug kon komen, gravin Lejongård,' zei hij terwijl hij me een hand gaf.

'Gezien uw boodschap wilde ik u niet lang laten wachten.' Ik wees naar mijn metgezel. 'Dit is Sören Langeholm, onze stalmeester. Ik heb hem meegenomen omdat hij de mensen in de streek beter kent dan ik.'

Hermannsson stak Langeholm zijn hand toe. 'Dat waardeer ik, die kennis kunnen we goed gebruiken. Volgt u mij alstublieft!'

Hij leidde ons naar de gevangenisvleugel van het bureau. Groot was die niet, op zijn best zaten er tien boosdoeners, die de wachttijd tot hun proces hier in een gemeenschappelijke cel moesten doorbrengen. Momenteel leek de politie in de stad niet veel te doen te hebben. Behalve een man die blijkbaar zijn roes moest uitslapen en een jonge knaap die uitdagend naar de geüniformeerde agenten keek, bevond zich in de cel alleen nog een haveloze figuur die met hangend hoofd op een brits zat.

'U hebt geluk,' zei Hermannsson. 'Anders is het hier veel drukker. Wat er dan gebeurt, daarmee zou ik geen enkele dame willen confronteren. Agent, neem Hellersund maar mee.'

Een van de geüniformeerde agenten knikte, opende de cel en liep op de in elkaar gedoken man af.

'Komt u mee,' zei de inspecteur tegen ons. 'Voor zoiets hebben we een speciale ruimte.'

Hij bracht ons een stukje verder naar een donker uitziende kamer. Werd die gebruikt voor ondervragingen? Hevige onpasselijkheid overviel me. Hoewel de muren niet betegeld waren, zag ik weer de kelder van het ziekenhuis voor me waar Hendrik opgebaard was.

In het midden van de kamer stond een kleine tafel met vier stoelen. De man met de naam Hellersund werd achter ons door de deur geduwd en op een van de stoelen gezet.

'Ik heb niets gedaan,' begon de man meteen te schreeuwen, alsof hij al voor de rechter stond. 'Ik geef toe dat ik de stromijt van Larsen in brand heb gestoken, maar al die andere dingen heb ik niet gedaan!'

Hermannsson negeerde zijn woorden. 'Gravin Lejongård, kent u deze man misschien? Hij heeft als naam Ole Hellersund opgegeven, geboren in Ystad, momenteel zonder werk en dakloos. Hij is in hechtenis genomen voor een stromijtbrand ten noorden van Kristianstad, en we verdenken hem er sterk van dat hij ook bij u kwaad heeft aangericht.'

'Ik heb niets gedaan!' jammerde de man. 'Ik wilde alleen maar dat de stemmen stopten! De stemmen maken me gek! Ze zeiden dat ik het moest doen.'

Ik fronste. De man klonk alsof hij gestoord was. Waren mijn vader en mijn broer slachtoffer geworden van een waanzinnige?

'Kent u hem?' vroeg de inspecteur door het gejammer van de zwerver heen.

Ik schudde mijn hoofd en keek naar Langeholm. Die keek enigszins walgend naar de onbekende man. 'Het zou kunnen dat hij in onze weiden heeft rondgehangen. Af en toe zien we daar mensen, maar daar letten we verder niet zo op.'

'In dit geval had u het beter wel kunnen doen. Hij wordt ervan beschuldigd drie stromijten rond Kristianstad in brand te hebben gestoken. Weliswaar niet direct in de buurt van uw landgoed, maar het is goed mogelijk dat hij ook bij u langs is geweest.'

'Daarvoor had hij ons terrein op moeten sluipen.'

Ons landgoed was rondom goed door muren en hekken beveiligd, maar tot dusver was er geen noodzaak geweest ze te laten bewaken. Wie binnen wilde komen, stapte gewoon door de poort. Ik voelde me misselijk bij de gedachte dat iemand dat had kunnen doen om een misdaad te plegen.

'Nou, misschien is het hem gelukt,' zei Hermannsson. 'In elk geval is er op dit moment geen tweede pyromaan in deze streek, dus nemen we aan dat hij de brand bij u heeft gesticht.'

'De paarden hadden hem beslist geroken en zouden onrustig zijn geworden,' wierp Langeholm tegen.

'Hellersund wist langs twee agressieve waakhonden te sluipen. Ik weet zeker dat hij ook uw paarden te slim af kan zijn geweest.'

'Ik zweer u, ik ben niet in uw stal geweest!' zei de man. Plotseling sprong hij op en stak zijn handen naar me uit.

Verschrikt deinsde ik terug. De geüniformeerde agent achter hem sleurde hem onmiddellijk terug op zijn stoel. Hellersund bleef echter krijsen. 'De stemmen hebben niets over een stal gezegd. Ze zeiden alleen iets over stro, veel stro!'

Het was duidelijk dat hij zijn verstand had verloren. Maar was hij de moordenaar van mijn vader en mijn broer? Het lag voor de hand: hij had stromijten in de buurt aangestoken, en wat had hem ervan moeten weerhouden het eerst bij een stal te proberen? Wie kon nou weten wat de stemmen in zijn hoofd hem hadden bevolen?

Maar in mijn hart geloofde ik niet dat hij het was. De man voor ons was betreurenswaardig en had een strafbaar feit gepleegd, maar stromijten in brand steken was iets anders dan een plotselinge brand in een stal veroorzaken.

'Langeholm,' zei ik tegen de stalmeester. 'U was toch tijdens de brand de hele tijd op de binnenplaats?'

Langeholm verstijfde licht, duidelijk verrast dat ik me tot hem richtte. 'Jazeker. En de stalknechten ook.'

'Hebt u deze man de stal uit zien rennen, kort voordat de brand uitbrak?'

Langeholm kneep zijn ogen samen en probeerde het zich te herinneren. Maar toen schudde hij zijn hoofd. 'Nee, ik heb niemand gezien.'

Ik keek naar de man voor ons. 'Hoe hebt u de stromijten aangestoken? Hebt u toegekeken terwijl ze brandden?'

De ogen van de man lichtten op. 'Ja. En toen ik de vlammen zag, waren de stemmen stil. Het was zo mooi.'

'En wat zeggen uw stemmen nu?'

'Ze zeggen dat ik hier alles in brand moet steken, alles!' Weer sprong hij op en hij begon verwoed aan zijn handboeien te trekken.

'Haal hem hier weg!' beval Hermannsson de bewaker. 'Breng hem terug.'

De man pakte Hellersund beet, zoals hem was opgedragen, en sleepte hem naar de deur van de verhoorkamer.

'Ik was het niet!' schreeuwde hij. 'Ik heb de stal niet in brand gestoken. De stemmen zeggen dat ik het niet was!'

De deur sloeg dicht en het geschreeuw stierf weg. Ik voelde dat ik over mijn hele lichaam trilde. Mijn moeder had gelijk: waarom had Hermannsson me aan die gek blootgesteld?

'Nou, wat denkt u?' vroeg ik de inspecteur. 'Gelooft u nog dat hij het was? Ook al heeft mijn stalmeester hem niet gezien?'

Hermannsson leek ineens sceptisch. En ook een beetje gefrustreerd. 'Dat betekent nog niet dat hij niet ter plaatse had kunnen zijn.'

'Onze mensen zouden hem hebben opgemerkt,' zei Langeholm. 'Het zou zijn opgevallen als er een onbekende had rondgeslopen.'

'We zullen het evengoed verder onderzoeken. Mogelijk heeft hij een andere methode ontwikkeld. Misschien had zijn brandversneller niet meteen effect en is hij ervandoor gegaan toen hij zag dat het niet werkte, en ontvlamde het vuur pas later.'

Even heerste er stilte in de verhoorkamer, toen stond de inspecteur op. 'Hartelijk dank dat u tijd voor me hebt vrijgemaakt. Uw verklaringen waren erg waardevol.'

'Zelfs als dat betekent dat u in een andere richting moet gaan zoeken?'

'We willen de waarheid vinden, gravin Lejongård. Ongeacht hoelang het duurt. Dat ben ik uw familie verschuldigd.'

'Mijn dank daarvoor.'

We gaven elkaar een hand en even later verliet ik met Langeholm het politiebureau.

Ik bleef een tijdje voor de koets staan en keek naar de bomen aan het andere eind van de straat. Wat moest ik van deze bijeenkomst denken? Iets zei me dat we nog niet aan het einde van de zoektocht waren.

'Juffrouw Agneta?' haalde Langeholm me uit mijn overpeinzingen. 'Is alles in orde?'

Ik knikte. 'Ja, het gaat goed met me. Laten we teruggaan.'

Gedurende de hele terugreis haalde ik me de scène met de brandstichter keer op keer voor de geest. Maar hoe meer ik erover nadacht, hoe minder de man me schuldig leek. Hij had zijn andere misdaden ruiterlijk bekend, maar ontkende de brandstichting in onze stal. Misschien omdat hij bang was daarvoor levenslang in de gevangenis te moeten zitten? In elk geval zou hij daar niet meer kunnen doen wat de stemmen van hem eisten. Maar ook voor de andere daden zou hij niet ongestraft blijven. Hij zou hoe dan ook naar de gevangenis gaan – of naar een gekkenhuis.

Toen we weer bij de hoeve terug waren, liep ik meteen het huis in. Ik was helemaal bezweet en had dringend behoefte aan rust. Ik deed mijn japon uit en trok een meer comfortabele aan.

Nadat ik had gerust, begaf ik me naar de salon. Mijn moeder zat aan de glazen tafel patience te spelen.

'En, hoe was het bij de politie?' vroeg ze zonder van haar kaarten op te kijken.

'Ze hebben een landloper gearresteerd die stromijten in de streek in brand heeft gestoken. Hij zegt dat stemmen hem tot die daden hebben aangezet.'

'Een gek! God sta ons bij!'

'Maar hij ontkende bij ons brand te hebben gesticht. Dat zouden de stemmen hem niet hebben bevolen.'

'En geloofde Hermannsson dat?'

'Ik weet het niet. Vanwege die andere daden zal hij hem toch in bewaring blijven houden, maar op het laatst leek hij er niet langer van overtuigd de juiste persoon te hebben opgepakt. Vooral omdat Langeholm heeft verklaard die man nooit op het landgoed te hebben gezien.'

'Wie weet heeft iemand hem verborgen gehouden,' zei mijn moeder. 'De laatste tijd is het bij ons nu eenmaal treurig gesteld met een aantal zaken. Dienstmeisjes worden ongehuwd zwanger, de vrouw des huizes vindt dat dit in orde is en dat ze zouden mogen blijven...'

'Moeder,' zei ik. 'Je kunt de brand toch niet vergelijken met Susanna's zwangerschap!'

'Ook zij wilde een misdaad plegen.'

'Omdat ze wanhopig was!' zei ik, en ik had al bijna spijt dat ik naar mijn moeder toe was gegaan. Hoewel ik wat had gerust, werd ik nog door hoofdpijn geplaagd en ik had last van de toenemende warmte. 'Linda had haar gedreigd alles bekend te maken! Toen zag ze geen uitweg meer...'

'Waarvoor was ze eigenlijk bang? Jij wist het toch al, en voor zover ik weet ben jij de vrouw des huizes. Jij dient de beslissingen te nemen.'

'Dat heb ik gedaan,' zei ik. 'Ik zou haar niet hebben ontslagen vanwege de zwangerschap. Maar diefstal is niet juist.'

Kon ik het gesprek niet weer op de brand brengen? Ik had het gevoel dat er tussen mijn moeder en mij iets aan het escaleren was wat tot een stevige ruzie zou kunnen leiden.

'Het zou het personeel vroeg of laat zijn opgevallen. Het had niet uitgemaakt. Je kunt maatschappelijke uitsluiting niet voorkomen. Of had je gehoopt dat de vader van het kind zich zou bezinnen en met haar zou trouwen, hoewel hij dat tot nog toe niet heeft gedaan?'

'Ik rekende erop dat mijn vriendin in Stockholm een mogelijkheid zou vinden om Susanna hier weg te halen,' gaf ik eerlijk toe. 'Dat hebben we vaker gedaan en het werkte altijd.'

'Tja, maar je bent niet meer in Stockholm en je vriendin lijkt haar contacten te zijn verloren. Als ze tenminste nog gezond is en geen ziekte heeft opgelopen van de vrouwen met wie ze omgaat.'

'Moeder, buitenechtelijke zwangerschap is geen ziekte!' Ik haalde diep adem. Het werd tijd dat ik bij haar wegging voordat ik in de verleiding kwam iets door de kamer te gooien. 'Excuseer me, ik heb het druk.'

Ik draaide me om naar de deur. Die verdomde moeder van mij! Het was haar ook nog eens gelukt me bezorgd te maken om Marit.

'Stuur Linda alsjeblieft weer naar binnen,' riep Stella me achterna.

Ik slikte een weerwoord in en trok de deur open. Linda stond op enige afstand, maar onze laatste woorden had ze ongetwijfeld meegekregen.

'Je kunt weer naar binnen gaan,' zei ik terwijl ik langs haar heen stormde.

Eigenlijk was ik niet van plan geweest de hele dag buitenshuis door te brengen, maar die middag liet ik Talla zadelen en reed naar het telegraafstation in Kristianstad.

De beambte schrok op toen ik binnenkwam. De krant waarachter hij verscholen had gezeten, gleed op de grond. 'Goedemiddag, mejuffrouw, u wenst?'

Kennelijk was hij blij eindelijk iets te doen te hebben.

'Ik zou graag een telegram opgeven,' zei ik en ik haalde wat muntgeld uit de zak van mijn rok. 'Naar Stockholm, aan mejuffrouw Marit Andersson.'

'Met genoegen, mejuffrouw. Zegt u maar het adres en wat ik moet doorgeven.'

Ik noemde hem het adres en haalde het briefje tevoorschijn dat ik in mijn werkkamer had opgesteld. Ik wilde Susanna niet bij naam noemen, en ook niet direct zeggen waar het om ging. In korte zinnen deed ik navraag hoe het met Marit ging en hoe het met ons project stond. Ik schreef ook dat de situatie was verslechterd en dat ik vooral wilde weten of alles met haar in orde was.

De man nam het geld aan en ging aan het werk.

Terwijl het telegraaftoestel metaalachtig klikte, liet ik mijn gedachten door de straten van Stockholm dwalen. Was er echt iets met Marit gebeurd? Was ze ziek geworden? Of was een actie van vrouwenrechtenactivisten zo uit de hand gelopen dat ze in de gevangenis zat? In de krant had ik er niets over gelezen, maar dat betekende niet dat er niets gebeurd was. Soms vonden journalisten hier het gewoon niet de moeite waard om erover te schrijven.

'Zo, dat was het,' zei de telegraafbeambte en hij overhandigde me de kwitantie.

Nu kon ik alleen maar afwachten en er het beste van hopen.

Toen ik het telegraafkantoor weer verliet, keek ik naar de toppen van de hoge sparren, waar vogels waren neergestreken die luidkeels tsjilpten. Zou er ooit een einde aan komen? Of zouden van nu af aan zorgen mijn deel zijn?

Bij mijn terugkomst op de hoeve wachtte Max me op met de boeken en met een brede glimlach, waardoor mijn zorgen even naar de achtergrond verdwenen.

'Welkom terug, juffrouw Agneta. Ik ben klaar met de pachtovereenkomsten. Ik moet echt benadrukken dat u ook aan uw pachters veel te weinig vraagt. Pommerse grootgrondbezitters zouden niet zo weekhartig zijn.'

'We hebben net de prijzen voor onze paarden verhoogd. Ik wil niet riskeren dat de pachters met fakkels en hooivorken voor de poort komen te staan,' antwoordde ik chagrijniger dan ik eigenlijk tegenover Max wilde zijn. Hij kon er immers niets aan doen dat ik vandaag een gesprek met een gek had gehad en vervolgens door mijn moeder gek was gemaakt.

'Gaat het wel goed met u?' vroeg Max. 'U komt wat gespannen over. Als u wilt, kunnen we de stukken morgen doornemen.'

Ik schudde mijn hoofd. 'Nee, laten we het meteen doen. Misschien leidt dat me af van mijn zorgen.'

'Zorgen? Waarover? Heeft het iets te maken met de verdachte?'

'Heeft Langeholm u over hem verteld?'

'Mij en de andere mannen. Hij zei dat die vent stemmen hoorde.'

'Ja, blijkbaar. En ik ben bang dat hij niet de dader is.' Ik zuchtte diep. 'Ik wou dat ik in elk geval dit kon afsluiten. Het blijft allemaal zo onzeker, en mijn vriendin in Stockholm heeft ook al weken niets van zich laten horen. Eigenlijk is dat helemaal niet haar stijl, om geen contact op te nemen.'

'Ze zal nog wel van zich laten horen,' zei Max meelevend. 'En als er iets is waarmee ik u kan helpen, zegt u het maar.'

'U doet al zo veel voor me.' Mijn hart verkrampte toen ik hem aankeek. Ik moest een man als hem naast me hebben. Niet alleen als beheerder, maar ook voor mijn verdere leven.

'Ik doe graag nog wat meer.'

'Dank u, dat stel ik op prijs.'

Hij knikte me bemoedigend toe.

'Goed, komt u mee naar binnen. Na koffie met gebak zal ik me wel beter voelen.'

's Avonds, vlak nadat ik Lena de kamer uit had gestuurd, realiseerde ik me dat ik mijn papieren nog niet in de la had teruggelegd. Op het politiebureau had ik ze bij me moeten hebben, om me te kunnen identificeren. Ik zocht naar mijn handtas, maar kon hem niet vinden. Omdat ik de tas niet tijdens mijn rit naar Kristianstad bij me had gehad, moest hij nog in de koets liggen. Er zat niet veel geld in, maar ik wilde niet dat mijn papieren daar rondslingerden. Mogelijkerwijs kwam dat door de onweersnachten waarin we in opdracht van mijn grootmoeder wakker hadden moeten blijven, voor het geval dat de bliksem insloeg en brand veroorzaakte.

Ik was in die nachten altijd vreselijk bang geweest, wat vermoedelijk ook kwam doordat Hendrik graag voor kasteelspook speelde en me bij elke gelegenheid liet schrikken. Later was ik vrijwillig wakker gebleven om naar de bliksemflitsen te kijken. Ik had zelfs geprobeerd er een te schilderen. Helaas was hij sneller uit mijn geheugen verdwenen dan ik hem op papier kon zetten.

Hoewel het al begon te schemeren, ging ik naar beneden. In de keuken waren de meisjes nog met de afwas bezig. Over niet al te lange tijd zouden ze kunnen gaan slapen.

Bij het koetshuis aangekomen merkte ik dat de deur openstond. Daar was eigenlijk niets ongewoons aan, want soms was August nog bezig iets te repareren – ook op een laat tijdstip. Ik zag echter binnen geen licht. Was hij vergeten af te sluiten? Ik glipte door de kier en wilde net het licht aandoen, toen ik stemmen hoorde.

'Ik denk dat ik de komende tijd niet meer kan komen,' zei een vrouwenstem die me bekend voorkwam. 'Het is bijna zover.'

'Goed, dan kom je daarna gewoon weer. Onze overeenkomst blijft, begrepen?'

De andere stem behoorde onmiskenbaar toe aan Langeholm. Wat had hij hier te zoeken? En waarom klonk de vrouwenstem als die van Susanna? Terwijl ik me naast de koets verstopte, hoorde ik hoe een riem in een broek rechtgetrokken werd. Rokken ritselden, en toen klonk het alsof iemand onhandig zijn schoenen aantrok. Ik gluurde onder de koets door, maar zag alleen een rok en broekspijpen.

De vrouw moest stilzwijgend hebben toegestemd, want op hetzelfde moment kwamen ze in beweging. Had Langeholm de sleutel? Als dat zo was, zou hij me nu waarschijnlijk in het koetshuis opsluiten!

Maar ik kon niet meer onopgemerkt naar buiten glippen. Ik zag nog dat het bij de vrouw inderdaad om Susanna ging, ook Langeholm herkende ik, toen viel de deur van het koetshuis dicht. Zoals ik al had voorzien, sloot Langeholm af en verdween. Ik had hem kunnen roepen, maar wat ik had waargenomen, weerhield me daarvan. Mijn hart bonsde.

Was Langeholm Susanna's geliefde en de vader van haar kind? Wat hij had gezegd had echter niet bijzonder liefdevol geklonken. Hij had het over een overeenkomst gehad. Wat voor overeenkomst was dat? Dat ze eens per week een rendez-vous hadden? Dat ze niet verried dat hij de vader van haar kind was? Besefte Langeholm niet dat hij zijn positie in gevaar bracht doordat hij iemand op het landgoed liet komen die vanwege een poging tot diefstal was ontslagen?

Even bleef ik nog verbaasd naast de koets staan, toen werd me duidelijk dat ik de nacht hier in het donker zou moeten doorbrengen. Boven in de deuren zaten weliswaar twee ramen, maar die konden niet open. Mijn hart ging als een razende tekeer. Misschien moest ik om hulp roepen? Maar behalve Langeholm, die ik op dit moment liever niet wilde zien, zou er op dit tijdstip waarschijnlijk niemand meer buiten zijn.

Nadat ik daar een tijdje hulpeloos had gestaan, liep ik naar de deur van de koets en maakte hem open. De bekleding was verre van comfortabel, maar het was beter dan op de grond slapen. Morgenochtend zou ik om hulp roepen, als August niet al eerder even bij het koetshuis langsging. Ik stapte in de koets, deed de deur dicht en luisterde naar mijn hartslag, die me in de koets extreem luid voorkwam.

Wat had dit allemaal te betekenen? Waarom was Susanna hiernaartoe gekomen? Had ze hem om hulp gesmeekt? Wilde ze dat hij met haar trouwde?

Nee, er klopte iets niet. Maar ik zou ontdekken wat het was. Zodra iemand me uit het koetshuis had bevrijd.

28

'Grote goedheid, juffrouw Agneta!' haalde de stem van de koetsier me uit mijn sluimering. 'Waarom hebt u hier in de koets overnacht?'

Ik probeerde de slaap uit mijn ogen te wrijven.

Eerst was ik me er helemaal niet van bewust dat ik in de koets had geslapen, maar toen maakten mijn verkrampte schouders me duidelijk dat August gelijk had. En het schoot me weer te binnen waar ik de vorige avond getuige van was geweest.

'Uw moeder is doodongerust,' beweerde August, maar dat kon ik me niet voorstellen. Ongetwijfeld was het Lena opgevallen dat ik vanochtend niet op mijn kamer was. 'Ze dacht dat u 's nachts uit het huis was verdwenen. Ze stond op het punt om me eropuit te sturen om u te zoeken.'

'Het spijt me, maar ik ben blij dat u meteen naar het koetshuis bent gegaan.'

August stak zijn hand naar me uit en hielp me uitstappen.

'Hartelijk bedankt. Dan zal ik eerst maar eens iedereen kalmeren voor ik wegga.'

'Wegga?' vroeg August verbaasd. Maar waar wilt u dan naartoe?'

'Ik moet iets regelen. Wilt u de stalknechten vragen Talla voor me te zadelen?'

'Natuurlijk, juffrouw Agneta. Maar met alle respect: wat deed u hierbinnen?'

Waarnemen dat Susanna iets met de stalmeester deed en horen

dat die twee een overeenkomst hebben. Maar dat kon ik August niet vertellen.

'Ik was mijn handtas vergeten,' zei ik en ik hield hem omhoog. 'Ik wilde hem pakken, maar toen ging de deur ineens dicht, iemand moet hebben afgesloten voordat ik mijn aanwezigheid kenbaar kon maken.'

August keek me een beetje ongelovig aan. Waarschijnlijk vroeg hij zich af wie de sleutel van het koetshuis kon hebben, die hij toch eigenlijk beheerde.

'Nou, gelukkig is u niets overkomen,' zei de koetsier met een welwillende glimlach. 'En wat het afsluiten betreft, ik zal een paar hartige woordjes met de jongens wisselen.'

'Nee, August, laat maar. En vertel alsjeblieft niemand van het personeel waar je me hebt gevonden.'

'Waarom niet?'

'Ik...' Wat moest ik hem vertellen? Als ik niet wilde dat Langeholm te weten kwam dat ik hem had gadegeslagen, moest de koetsier zijn stilzwijgen bewaren. 'Ik heb iets gezien wat ik graag wil nagaan.'

August keek me onnozel aan, maar toen knikte hij.

'U kunt op me rekenen, juffrouw Agneta.'

'Bedankt, August.'

Daarop haastte ik me terug naar het huis. Gelukkig waren de meisjes blijkbaar bezig, want ik kwam geen van hen tegen. Met bonzend hart glipte ik naar boven en probeerde mijn gedachten te ordenen. Ik moest mijn moeder kalmeren, me aan de meisjes vertonen en dan zo onopvallend mogelijk naar het dorp rijden om Susanna te zoeken.

'Agneta, waar zat je?' riep mijn moeder terwijl ik door de gang naar mijn kamer liep. Had ze daar soms staan wachten? Hoe dan ook, het leek uit die richting te komen.

'Ik ben in het koetshuis in slaap gevallen,' antwoordde ik, omdat ik op dit ogenblik niets beters kon bedenken.

'In de koets? Wat had je nou in de koets te zoeken? August zei dat hij gisteravond niet weg was geweest.'

'Dat is ook zo,' zei ik. 'Ik zal trouwens niet komen ontbijten. Er is iets wat ik moet regelen.'

'Vertel je nog aan je moeder wat dat is?' vroeg Stella vinnig.

'Dat doe ik zodra ik terug ben,' zei ik en ik verdween mijn kamer in.

Even later verscheen Lena, helemaal buiten zichzelf. 'Goddank, u bent er weer! We hebben ons allemaal vreselijk zorgen gemaakt.'

'Ik ben alleen maar een eindje gaan wandelen,' zei ik en ik gooide mijn handtas op het bed. 'Geen reden tot bezorgdheid. Wil je mijn zwarte rijkostuum even halen, alsjeblieft?'

Lena keek me verbaasd aan. Eigenlijk kondigde ik het altijd de avond van tevoren aan als ik van plan was er vroeg op uit te gaan. Maar ik had een kristallen bol moeten hebben om dat waarvan ik de vorige avond getuige was geworden, te voorzien.

Lena verdween dienstvaardig en kwam kort daarna terug met de rijkleding.

Ik waste me vlug, kleedde me aan en liet mijn haar doen.

'Zal ik iets te eten voor u halen?' vroeg Lena, maar ik schudde mijn hoofd.

'Ik eet wel als ik terug ben. Dit is nu belangrijker.' Met die woorden pakte ik mijn rijzweep en liep naar beneden.

Tim bracht net de gezadelde Talla.

'Bedankt, Tim.' Ik steeg op en reed weg.

Ik stoof met Talla over de velden. Hoewel ik van paardrijden hield en het die ochtend stralend weer was, kon ik alleen maar denken aan wat ik had gezien. Daarom ontging me bijna de schoonheid van de bossen, het zonlicht dat tussen de machtige boomstammen door viel en alles in een groene gloed hulde.

Ik had geen idee waar ik Susanna kon vinden. De enige manier om erachter te komen waar ze verbleef, was het haar ouders te vragen. De Korvens woonden aan de rand van het dorp, waar ze een klein boerenbedrijf hadden. Ze zouden er zeker niet happig op zijn me te ontvangen, na alles wat er op de hoeve was gebeurd. Ze hadden hun dochter bij ons in dienst laten gaan omdat ze hoopten dat ze daar veilig was en zo in haar levensonderhoud kon voorzien. Maar nu was ze zwanger, had geprobeerd te stelen en verkeerde in God weet wat voor moeilijkheden.

Bij het huis werd ik met woest geblaf verwelkomd. De hofhond rukte woedend aan zijn ketting en ik vreesde dat die elk moment kon breken. Sinds wanneer hadden de Korvens zo'n agressieve hond?

Even later verscheen Sven Korven voor het huis.

'Goedemorgen, meneer Korven!' riep ik over het geblaf van de hond heen terwijl ik afsteeg. 'Ik ben Agneta Lejongård en...'

'Ik weet wie u bent!' snauwde de boer kwaad. 'Loop naar de hel!'

Op zoiets had ik gerekend.

'Alstublieft, meneer Korven, ik moet uw dochter spreken. Het is belangrijk.'

'Mijn dochter? U had haar er niet uit mogen schoppen, dan had u met haar kunnen praten.'

Ik keek opzij. Als het geblaf er niet was geweest, hadden de buren bij onze woordenwisseling vast uit het raam gekeken.

'Sven!' riep plotseling een vrouwenstem. Mevrouw Korven was een kop groter dan haar man, en ze was vroeger beslist net zo mooi geweest als haar dochter. Maar de jaren leken haar hard te hebben gemaakt. 'Ga naar binnen, ik regel dit!'

Ik wist niet of ik liever wilde dat hij haar tegensprak of dat hij gehoorzaamde. Ze leek niet bepaald beter gestemd dan hij.

Maar blijkbaar maakte de vrouw des huizes de dienst uit, want hij droop af.

Mevrouw Korven kwam nu naar de poort. In haar ogen schitterde strijdlust.

'Nou, waarom wilt u met mijn dochter praten?' vroeg ze. 'Hebt u haar niet genoeg in de problemen gebracht?'

'Ik weet niet wat Susanna u verteld heeft, maar...'

'Ze hoefde niets te vertellen,' zei de vrouw. 'Ik zag het. Ze is in verwachting. Dat had u moeten voorkomen!'

'Hoe had ik dat moeten doen?' antwoordde ik. 'In de tijd dat ze zwanger raakte, was ik niet eens hier!'

'Dan hadden uw vader of uw moeder beter moeten opletten. Wat hadden uw ouders gezegd als u zwanger van een bastaard thuis was gekomen?'

Ik was waarschijnlijk niet eens naar huis gegaan, ging het door me heen, maar ik wilde de vrouw niet nog meer ergeren.

'Nou, wat gebeurd is, is gebeurd,' zei ik. 'Ik wil uw dochter helpen, maar er is iets wat ze me moet vertellen. Het betreft de vader van het kind.'

'Weet u wie die klootzak was?'

'Nee, maar ik heb een vermoeden.'

'En wie had het moeten wezen? Een van die nietsnutten die in uw stallen werken? Iemand uit het dorp kan het niet geweest zijn. Of heeft uw vader zich soms aan haar vergrepen?'

Die woorden waren als een stomp in mijn maag. Voor zover ik wist, had mijn vader nooit toenadering tot een dienstmeisje gezocht. Aan de andere kant was er die leenovereenkomst in zijn la geweest, en niemand wist waarvoor hij het geld had gebruikt. Had hij Susanna daarmee het zwijgen willen opleggen?

De gedachte alleen al maakte me misselijk. Maar dat kon ik tegenover Marga Korven niet laten merken. 'Laat u mijn vader erbuiten!' antwoordde ik. 'Het heeft geen zin om met veronderstellingen te komen voordat ik met Susanna heb gesproken.'

'Als uw vader zich aan haar heeft vergrepen, zult u ervoor boeten.' Marga Korven dreigde opnieuw met haar vuist en draaide zich toen om.

'Waar is uw dochter?' riep ik haar na, maar ze antwoordde alleen: 'Hoe zou ik dat moeten weten!' en ze verdween weer het huis in.

De hond had het inmiddels opgegeven aan de ketting te trekken en liet alleen nog een schor gegrom horen.

Terneergeslagen steeg ik op en wendde mijn paard.

'Juffrouw Agneta!' riep toen een stem. Het oude vrouwtje op de weg, dat duidelijk alles had gehoord, had ik bijna over het hoofd gezien. 'Als u met Susanna wilt praten: ze is in het hutje vlak bij het meer. Ze kon het gekrijs van haar moeder niet meer verdragen en is daarheen gevlucht. Ik heb haar daar gisteren nog bezocht.'

Ik bekeek de oude vrouw nader. Ze kwam me bekend voor. De laatste keer dat ik haar had gezien, moest ik nog een kind zijn geweest...

'U bent Ida, de kruidenvrouw,' zei ik, en het vrouwtje glimlachte. De tijd had haar van een paar tanden beroofd, waardoor de andere bijna angstaanjagend in haar mond omhoogstaken.

'Ja, dat ben ik. En het is echt verschrikkelijk wat er met het meisje is gebeurd. Jammer dat ze niet eerder bij me is gekomen... Nu kan ik alleen nog over haar waken tot het kind er is.'

Ida was niet alleen de kruidenvrouw van het dorp, ze zorgde ook voor zwangere vrouwen die haar advies wilden, en soms slaagde ze erin een zwangerschap te beëindigen. Dat ze een engeltjesmaakster was zou niemand in het dorp hebben toegegeven, maar ik wist dat ze die vaardigheid bezat.

Sommigen beschouwden haar zelfs als een heks. In vroegere tijden zou er vast wel iemand hebben geprobeerd haar op de brandstapel te brengen. Gelukkig lagen die donkere tijden achter ons. Alhoewel er nog veel diende te veranderen.

In elk geval was het goed dat ze zich om Susanna bekommerde. Ze zou niet toelaten dat het meisje zichzelf iets aandeed.

'Ik wil haar helpen,' zei ik, terwijl ik afsteeg. 'Maar daarvoor moet ik eerst iets van haar weten.'

'Gaat u gerust naar haar toe,' zei Ida met een milde glimlach.

'Ze is niet zo kwaad als haar ouders. Eigenlijk zit ze alleen maar op uw komst te wachten. Wie anders zou haar kunnen helpen? Niemand hier in het dorp zou het doen, u weet toch hoe de mensen zijn.'

'Heeft ze u ook verteld dat ze heeft geprobeerd mijn moeder te bestelen?' vroeg ik.

'Ja. En het spijt haar vreselijk. Praat met haar, en ik zal mijnerzijds kijken wat ik kan doen.' De oude vrouw legde haar gerimpelde hand op de mijne. 'U bent een goed mens, jonge gravin. Uw vader zou zoiets niet hebben gedaan, maar u bent goedhartig. Ik wil niet zeggen dat ik niet betreur wat er met de oude graaf en zijn zoon is gebeurd. Maar God heeft met u de juiste keuze gemaakt.' Daarna liet ze me los en schuifelde weg.

Als aan de grond genageld staarde ik haar na. Het was alsof ze een toverspreuk over me had uitgesproken. En die werd pas verbroken toen ze om de volgende hoek verdwenen was.

Ik steeg weer op, en terwijl mijn hart nog steeds tekeerging reed ik naar het meer.

29

Het hutje was klein en scheef en bood geen enkel comfort, maar Susanna had tenminste een dak boven haar hoofd en ze was er uit het zicht van de dorpelingen.

Ik bond Talla aan een boom en liep door het hoge gras. In de verte vernam ik het gefluit van een trein. Het spoor lag hier niet ver vandaan. Ik klopte op de deur.

Aanvankelijk kwam er geen reactie. Ze zal even weg zijn, zei ik tegen mezelf.

Toen werd de deur ineens opengetrokken.

Ik schrok. Susanna zag er nog ellendiger uit dan een paar dagen geleden. Haar teint was ondanks het zonnige weer grauw en haar gezicht leek opgezwollen. Haar blik was net zo dof als haar haar. Het kind scheen haar vreselijk uit te teren. Sinds ze de hoeve had verlaten, leek ze niet meer fatsoenlijk te hebben gegeten. Bovendien had ze waarschijnlijk de afgelopen nacht ook niet genoeg slaap gehad. Hoe vaak zou Langeholm die ontmoetingen van haar verlangen?

'Gravin Lejongård,' bracht ze uit en ze keek me bijna angstig aan. 'Wat... wilt u?'

'Goedemorgen, Susanna,' antwoordde ik, maar ik maakte geen aanstalten om naar binnen te gaan. Ze moest me binnenvragen, ik wilde geen indringer zijn. 'Ik wil graag met je praten.'

'Maar ik...'

'Je was gisteravond op de hoeve, nietwaar? Ik heb toevallig gezien dat je daar met Langeholm was.'

Susanna wankelde achteruit. Ik vreesde dat ze zou vallen, maar ze herstelde zich en staarde me aan alsof ik een kwaadaardige verschijning was.

'Ik ben niet gekomen om je daarvoor te straffen, Susanna,' begon ik. 'Maar praat alsjeblieft met me! Wat is er tussen jou en de stalmeester?'

'Waarom?' vroeg ze. Haar ogen fonkelden van vijandigheid.

'Omdat ik je wil helpen. En omdat ik je ervoor wil behoeden weer iets doms te doen.'

Susanna snoof. 'Kijk eens naar mij! Welke stommiteit zou ik nog kunnen begaan om mezelf verder in het nauw te drijven!' Ze spreidde haar armen uit en stak haar buik naar voren. Haar jurken hadden hem goed verborgen gehouden, maar nu kwam hij in alle glorie aan het licht.

'Misschien het landgoed nog meer schade toebrengen? Iets doen waar je later spijt van hebt?'

'In de ogen van de mensen ben ik al een dievegge en een hoer,' antwoordde ze bitter. 'Het maakt niet meer uit.'

'Susanna, je bent geen hoer!' Ik stak mijn hand naar haar uit, maar ik kon haar niet bereiken. 'Zo mag je niet over jezelf denken, dat is helemaal verkeerd! Mannen willen ons vrouwen ervan overtuigen dat alleen wij schuldig zijn als zij ons zwanger maken. Maar dat klopt niet.' Ik zuchtte en boog mijn hoofd. 'Susanna, ik wil je echt helpen. Het ziet ernaar uit dat je je kindje gauw gaat krijgen. Je moet op zijn minst een goede vroedvrouw hebben! En wat de diefstal die je wilde plegen betreft... Ik kan het wel begrijpen. Een vrouw in jouw situatie ...'

'U begrijpt helemaal niets!' riep ze tegen me. 'U hebt nooit in zo'n situatie verkeerd.'

'Nee, maar in Stockholm heb ik vrouwen zoals jij leren kennen. Die hebben zich aangesloten bij de vrouwenbeweging, omdat ze iets wilden veranderen. En vaak konden wij hen helpen.'

'Dus u wilt dat ik naar de vrouwenrechtenactivisten ga?' Susanna snoof spottend.

'Nee, ik wil dat je je door mij laat helpen. Ik ben niet langer je werkgeefster, je kunt uiteraard doen wat je wilt. Maar ik heb nog steeds bekenden in Stockholm. Zij zouden je terzijde kunnen staan.'

'Op voorwaarde dat ik u de naam van de vader vertel?' Susanna schudde haar hoofd en perste haar lippen op elkaar. Er glinsterden tranen in haar ooghoeken.

Was Langeholm de vader? Was ze daarom zo bang? Na de scène die ik gisteren had meegemaakt, hield ik dat voor onwaarschijnlijk.

'We zouden ons ervoor inzetten de man ter verantwoording te roepen,' verzekerde ik haar en ik nam me voor Langeholm persoonlijk op het matje te roepen. 'We hebben advocaten die ervoor zouden kunnen zorgen dat hij voor de opvoeding betaalt. Natuurlijk kun je hem niet dwingen met je te trouwen, maar hij moet de gevolgen dragen '

Ze keek me met een vreemde blik aan. Plotseling leek haar lichaam een groot deel van zijn spanning te verliezen. Ze zakte gewoon in.

'Ik ben bang dat dat onmogelijk is,' zei ze. 'Hij kan niet meer ter verantwoording geroepen worden.'

Ik keek haar verbaasd aan. 'En waarom niet? Langeholm...'

'Langeholm?' vroeg ze verbaasd. 'Hoe komt u daarbij?'

'Ik dacht dat hij...'

Ze schudde haar hoofd. 'Het was uw broer,' zei ze toen. 'Hendrik Lejongård is de vader van mijn kind.'

Even leek de tijd stil te staan. De woorden schoten als revolverkogels door mijn hoofd en het duurde een hele tijd voor ik adem kon happen.

'Hendrik en jij...?'

Er verscheen een minachtende uitdrukking op Susanna's gezicht. 'Ja, moeilijk te geloven, nietwaar? Dat uw broer de jonkheer zich zou inlaten met een dienstmeisje.'

'Dat is het niet,' zei ik vlug. 'Hendrik... Ik bedoel, hij heeft me niets verteld.'

'Hij wilde het nog geheim houden totdat we...'

'Wat?'

'Totdat we gingen trouwen. Hij wilde het er bij zijn vader doordrukken.'

Weer kon ik niets uitbrengen. Hendrik had Susanna beloofd met haar te trouwen. En zoals ik hem kende, zou hij geprobeerd hebben zijn zin te krijgen.

Een vreselijke gedachte kwam in me op. Had mijn vader ervan geweten? Had hij Susanna met het geld van de leenovereenkomst willen afkopen? Haar tot zwijgen willen brengen? Maar waarom had ze het geld dan niet aangenomen om ermee te verdwijnen?

'Susanna, ik... ik heb een vraag. Een heel delicate vraag.' Mijn hart klopte in mijn keel.

'Ja?' vroeg Susanna.

Ik wist niet hoe ik moest beginnen. 'Vergeef me alsjeblieft als het ongepast is, maar ik moet het je vragen. Wist mijn vader van jullie relatie? Heeft hij geprobeerd je geld aan te bieden opdat je zou zwijgen of mijn broer zou opgeven?'

Haar ogen werden groot van schrik. 'Nee! Hendrik had hem nog niets verteld. Hij vond dat we tot het voorjaar moesten wachten... En geld heb ik ook niet gekregen. Niemand wist het, ik zweer het!'

Ik knikte. 'Dank je.'

Susanna staarde langs me heen in de leegte.

We waren beiden lange tijd stil. Ik probeerde me voor te stellen wat mijn moeder hiervan zou vinden. Haar voorbeeldige zoon had een dienstmeisje zwanger gemaakt! En wilde zelfs met haar trouwen! Maar was het wel de waarheid?

Heel even begon ik te twijfelen, maar toen herinnerde ik me dat Hendriks eerste liefde de dochter van de hoefsmid was geweest. Hij had zich aangetrokken gevoeld tot de natuurlijke schoonheid van eenvoudige vrouwen. En Susanna was echt mooi! Nu begreep ik ook waarom Susanna destijds in Hendriks kamer had zitten huilen. Het was geen dweperige verliefdheid op haar werkgever geweest, ze had het gedaan uit verdriet om haar geliefde.

'Waarom heb je me dat niet verteld?'

'Dat kon ik niet. U had me waarschijnlijk niet geloofd.' Er rolde een traan over haar wang en in haar ogen lag wanhoop. 'Toen ik hoorde dat hij zwaargewond was, was ik verscheurd. Ik bad elke dag en hoopte dat hij het zou redden. Het was me al duidelijk dat hij niet met me zou trouwen. Uw moeder is daar veel te streng voor. Maar hij had beloofd voor me te zorgen, ongeacht wat er zou gebeuren. En dat ik zwanger werd... Dat was niet de bedoeling. We werden door onze hartstocht meegesleept. Hij zei tegen me dat hij zou oppassen, maar toen is het toch gebeurd.'

Marit zou haar haren uit haar hoofd trekken. Haar favoriete klacht over mannen was dat ze altijd beloofden op te passen, en zich dan toch lieten gaan en op de koop toe namen dat ze hun geliefde zwanger maakten. 'Ik ben meteen naar de oude Ida gegaan en heb kruiden gehaald, maar het heeft niet geholpen, zoals u ziet.'

Ik keek een poosje naar Susanna. In een wereld zonder rangen en standen zou ze voor Hendrik vast een goede echtgenote zijn geworden. Misschien zou mijn broer zelfs een revolutionaire daad hebben verricht en echt met haar zijn getrouwd. Als heer van de hoeve zou het hem vrij hebben gestaan.

'Susanna, luister alsjeblieft naar me,' zei ik.

Susanna keek me aan. Mijn hart brak bijna bij het zien van het leed in haar ogen.

'Mijn broer zou beslist voor je kind hebben gezorgd. Aangezien hij het niet meer kan, zal ik dat zo goed mogelijk doen.'

'U wilt het kind van me afpakken?'

Ik schudde mijn hoofd en stak geruststellend mijn handen omhoog. 'Nee, dat niet, je begrijpt me verkeerd! Ik zeg alleen maar dat ik je zal helpen. Mag ik misschien binnenkomen en je vertellen hoe ik me dat voorstel? Als het je niet bevalt, kun je het afslaan, dan verdwijn ik en laat je met rust. Maar geef me alsjeblieft de gelegenheid Hendriks fout goed te maken!'

Susanna knikte. 'Nou goed dan, komt u binnen.'

De hut was een beetje rommelig, maar hoe kon het ook anders in zo'n aftands onderkomen? Dat Susanna haar kind hier wilde laten opgroeien, was bijna ondenkbaar.

Ach, Hendrik, wat heb je toch gedaan!

Ik zette de gedachte aan mijn broer opzij en ging op een krukje zitten.

'Ik kan u niets aanbieden, ik heb zelfs geen brandnetels meer voor thee.'

'Dat is ook niet nodig. Nou, hoever ben je?'

'Misschien in de zesde maand. Ik weet het niet precies, Hendrik en ik hebben vaker...'

Ik deed mijn hand omhoog. 'Nadere uitweidingen hierover zijn niet nodig. Dus laten we aannemen dat je echt in de zesde maand bent. Je hebt bij de bevalling een dokter of een verloskundige nodig die geen vragen stelt.'

'Ik... ik kan me dat niet veroorloven,' stamelde Susanna.

'Dat hoeft ook niet. Die kosten zal ik op me nemen,' zei ik. 'Ik heb mijn vriendin Marit Andersson om hulp gevraagd. Zij kent veel mensen. Bovendien zijn er onder de vrouwenrechtenactivisten ook vroedvrouwen, en sommige artsen sympathiseren met ons.'

'Dus ik moet het kind in het geheim ter wereld brengen. En wat dan?'

'Nou, ik weet niet wat Marit in gedachten heeft, ze heeft nog niet van zich laten horen. Mogelijk moet je een schijnhuwelijk sluiten, zodat je niet als alleenstaande moeder wordt beschouwd. Denk er eens over na of je daartoe bereid zou zijn. En misschien zou het ook goed zijn om naar Stockholm te verhuizen, ver weg van het geklets hier. Ik stel dit niet voor omdat ik van je af wil zijn, maar omdat je in Stockholm de kost kunt verdienen. In de grote stad worden veel bedienden gezocht. Je zou dus helemaal opnieuw kunnen beginnen en gebruikmaken van wat je hier geleerd hebt.'

Ze schudde haar hoofd. 'Ik wil geen man! Niet na wat ik hier heb meegemaakt.'

Dat geloofde ik direct. Maar de regels van de samenleving waren strikt. Een ongehuwde vrouw met een kind zou nooit een fatsoenlijke baan kunnen vinden. Alleen een huwelijk kon Susanna redden.

'Het zou natuurlijk geen echt huwelijk zijn,' stelde ik haar gerust. 'Er zijn mannen in Stockholm die... laten we het zo zeggen, niet geïnteresseerd zijn in een huwelijk met een vrouw. Die bieden zichzelf aan om vrouwen in nood te helpen, omdat ze de represailles kennen die de maatschappij oplegt. Zo iemand zou jou niet dwingen tot, en ook niet aandringen op naleving van de huwelijksplicht. En mocht je ooit nog verliefd raken, dan zou hij bereid zijn van je te scheiden.'

'Maar is dat geen zonde? Een huwelijk geldt toch eigenlijk tot de dood?'

Ik glimlachte scheef. 'De tijden zijn veranderd, vooral in de stad. Daar stellen vrouwen inmiddels huwelijkscontracten op, zodat mannen hun in geval van een echtscheiding niet al hun bezittingen kunnen afnemen. Voor het hier op het platteland zover is, zal het nog wat langer duren, maar in de steden gebeurt al veel. Daar zorgen vrouwen als mijn vriendinnen wel voor.'

Susanna knikte, toen zweeg ze een tijdje. Waarschijnlijk moest ze wat ze zojuist had gehoord nog even op een rijtje zetten.

'Zou je me nu willen vertellen hoe het zit met de stalmeester?' vroeg ik na een poosje. 'Wilde je hem overhalen om met je te trouwen?'

'Ik met de stalmeester trouwen?' Susanna schudde heftig haar hoofd, toen snoof ze en keek me woest aan. 'Voor geen goud!'

'Waarom ben je dan naar hem toe gegaan?'

'Omdat... we een afspraak hadden.'

'Wat voor afspraak?'

Ik kon me niet voorstellen dat ik met een man zou afspreken die ik zo verafschuwde als Susanna kennelijk de stalmeester.

'Ik moest met hem...' Ze werd rood en perste beschaamd haar lippen op elkaar.

'Je moest met hem... naar bed?'

Ik schudde mijn hoofd. Was dat echt waar? Langeholm was toch eigenlijk een fatsoenlijke man. Zou het kunnen dat zijn ziel zo zwart was dat hij van een in ongenade gevallen meisje seksuele diensten eiste?

'Ja,' antwoordde Susanna, en weer kwamen de tranen. 'Ik weet hoe het overkomt, maar ik had geen keus. En toen ik hem niets anders meer kon geven, wou hij dat ik voor hem zou stelen.'

'Waarom moest je dat doen?' vroeg ik boos.

'Om hem zijn mond erover te laten houden wie de vader van het kind is.'

'Wat zeg je nou?'

'Hij wist het. Op een avond hield hij me tegen en beweerde te hebben gezien dat Hendrik en ik...' Ze boog beschaamd haar hoofd. 'Hij dreigde dat hij het aan mevrouw zou vertellen. En aan iedereen in het dorp. Ik wou niet dat Hendrik door hem door het slijk gehaald zou worden.'

Dit was schandalig! De stalmeester had Susanna gechanteerd? En haar tot zijn persoonlijke hoer en dievegge gemaakt?

Ik werd woedend bij het idee. 'Je gaat niet meer naar de stalmeester toe, begrepen?' zei ik streng.

'Maar als hij...'

'Hij zal het mijn moeder niet vertellen, omdat ik hem voor zal zijn.'

'Maar ze zal...'

Ik legde mijn handen op haar schouders. 'Ze zal helemaal niets. Tieren misschien, maar dat raakt jou niet. En ook de mensen in het dorp zullen het niet te weten komen.'

'Doet u dat alstublieft niet!' smeekte Susanna, en ze pakte mijn handen. 'Hij zal alles in het werk stellen om me te schaden. En Hendrik...'

'Er zal je niets gebeuren, dat verzeker ik je!' Ik nam haar handen in de mijne en gaf er een kneepje in. 'En ik zal ervoor zorgen dat je goed te eten krijgt.'

Als ik het aan Ida vroeg en haar geld zou geven, zou ze Susanna van al het nodige voorzien zolang ze hier was. En op Ida's stilzwijgen kon ik bouwen.

30

Ik droeg mijn paard over aan Tim, de stalknecht, en beende met grote stappen naar het huis.

Dat Hendrik de vader van het kind was, choqueerde me nog steeds. Hij had moeten weten welke gevolgen dat zou hebben! Hendrik was toch geen meedogenloze smeerlap geweest!

De koets op de binnenplaats betekende dat mijn moeders vriendinnen weer eens bij haar in de salon waren. Des te beter! Dan zou mijn moeder niet naar me toe komen voor ik mijn nieuwe bevindingen verwerkt had en mijn gedachten op een rijtje had gezet.

'Goedendag, mejuffrouw Lejongård!' riep een stem me van opzij toe. De stalmeester. De rijzweep in mijn handen begon te trillen. Het liefst had ik hem dwars over zijn hypocriete grijns in zijn gezicht geslagen, maar ik beheerste me.

'Goedendag, meneer Langeholm,' antwoordde ik zo kalm als ik maar kon, toen liep ik naar binnen.

Vanbinnen kookte ik. Hoe was het mogelijk dat die man me zo betrouwbaar had geleken, terwijl hij toch zo zonder scrupules had gehandeld? Een dienstmeisje chanteren, haar lichamelijke gunsten afdwingen en haar tot stelen aanzetten!

Het zou natuurlijk kunnen dat Susanna gelogen had, maar dat achtte ik niet waarschijnlijk.

Ik realiseerde me dat ik veel te weinig vertrouwd was met de mensen die op het landgoed werkten. De vrouw die iedereen het best kende, zou ik op dit tijdstip vast in de keuken aantreffen. Ik wist dat juffrouw Rosendahl, evenals het overige personeel, erg gesteld was op de korte ochtendpauze.

Inderdaad zat ze beneden aan de lange keukentafel, samen met mevrouw Bloomquist, Linda, Marie, Svea en Lena.

De heerlijke geur van koffie en gebak hing in de lucht.

Toen ik binnenkwam, verstomden de gesprekken van de vrouwen op slag.

'Ah, juffrouw Agneta, kan ik iets voor u betekenen?' vroeg mevrouw Bloomquist toen ze me zag. 'Ik heb net verse koffie gebrouwen. En de eerste bakplaat met gebak voor vanmiddag is ook al klaar. Als u wilt proeven...'

Gezien de gedachten die in me rondwoedden, zou ik er niet op zijn gekomen aan gebak te denken, maar de verleidelijke geur kon ik niet weerstaan.

'Dank u wel, mevrouw Bloomquist, ik neem graag een pot en wat koekjes mee.'

De kokkin stond op en liep naar de bakplaten die het bedwelmende aroma afscheidden. Het gebak van onze kokkin was ronduit het resultaat van magie. Met de kokkinnen van naburige huizen was ze in een regelrechte wedijver om de beste recepten verwikkeld. Het was sinds lang de gewoonte 's middags bij de koffie zeven verschillende soorten gebak op tafel te zetten. Mevrouw Bloomquist hield haar recepten angstvallig geheim en verbood vreemde bedienden, die met gasten meekwamen, naar de kast te gaan waar haar schatten werden bewaard.

'O, dat kan ik u toch brengen,' zei Lena dienstvaardig en ze sprong op.

'Bedankt, Lena, maar dat is niet nodig. Je hebt net als iedereen pauze. Ik draag het dienblad zelf wel.'

Lena ging weer zitten en keek hulpzoekend naar juffrouw Rosendahl, die haar een strenge blik toewierp. In mijn ogen was er niets mis met Lena's gedrag. In Stockholm had ik zelf koffie moeten maken.

'Eigenlijk ben ik hier alleen maar om u, juffrouw Rosendahl, te vragen straks naar me toe te komen. Ik moet iets met u bespreken.'

'Dat kunnen we met alle plezier ook nu al doen,' zei ze, maar ik schudde mijn hoofd. 'Geniet van uw pauze, zoals ik van de mijne zal genieten. U vindt me in de werkkamer. Meldt u zich alstublieft bij me zodra het u uitkomt.'

Met die woorden pakte ik het kleine zilveren dienblad op, dat mevrouw Bloomquist nagenoeg onder gebak had bedolven, en droeg het naar boven.

Het koffiearoma slaagde erin de geur van leer en ceder, die in de werkkamer overheerste, voor even te verdringen. Ik leunde achterover in de leren stoel en stak een stukje gebak in mijn mond. Mevrouw Bloomquist had het gevuld met bosbessenjam en had het op een of andere manier voor elkaar gekregen dat het als boter smolt in de mond.

De zoete smaak van het gebak en het versterkende effect van de koffie leidden me even af van mijn problemen. Ik keek uit het raam, sloeg de wolken gade en probeerde mijn hoofd leeg te maken. Te ordenen wat zo moeilijk te ordenen was.

Er werd geklopt. Blijkbaar had juffrouw Rosendahl haar pauze toch eerder beëindigd. Of wilde mijn moeder iets?

Nee, haar vriendinnen waren er vast nog, en ze zou haar verplichtingen als gastvrouw beslist niet verwaarlozen. In het beste geval zou ze een dienstmeisje sturen om me eraan te herinneren dat ik me in de salon moest laten zien zodra ik terug was. Het was inderdaad juffrouw Rosendahl, die zichtbaar ongerust vanwege mijn verzoek de werkkamer in kwam.

'Schikt het u dat ik nu al kom?' vroeg ze na een blik op mijn nog bijna volle gebaksbord.

'Natuurlijk,' zei ik, wijzend naar de stoel aan de andere kant. 'Gaat u alstublieft zitten, juffrouw Rosendahl.'

De huishoudster kwam een beetje aarzelend dichterbij en nam plaats. 'Ik hoop dat er geen voorval met het personeel heeft plaatsgevonden.'

'Nee, dat niet', antwoordde ik, omdat je het werkelijk geen voorval kon noemen. Eerder gore smeerlapperij.

'Wat weet u van meneer Langeholm?'

'Onze stalmeester?'

'Ja. Wat weet u van hem? Ik weet dat hij al sinds enige tijd voor onze familie werkt, maar ik ben twee jaar lang niet vaak thuis geweest. Hebben zich bepaalde... incidenten in verband met hem voorgedaan?'

De huishoudster keek me aan alsof ik haar voor een onoplosbaar raadsel had gesteld.

'Nee, niet dat ik weet. Hij heeft zich eigenlijk altijd correct gedragen.'

'Eigenlijk?' Ik trok mijn wenkbrauwen op. Iemand die op het idee kwam een dienstmeisje te chanteren, deed dat niet zomaar ineens. Had hij al eerder achter Susanna aan gezeten?

'Nou... Ik weet niet of u van uw moeder gehoord hebt over die toestand met Juna.'

'Juna?' Die naam zei me niets.

'Ze werkte sinds januari als dienstmeisje in het huis. Maar ze kreeg algauw een verhouding met de stalmeester. De affaire werd ontdekt en uw moeder heeft haar op staande voet ontslagen.'

Waarom had Hendrik me daar niets over geschreven? Was het te onbetekenend voor hem geweest? Of had het ontslag van dat meisje hem voorzichtiger gemaakt, omdat hij zelf een affaire met Susanna had?

'U zei "affaire". Voor zover ik weet, is de stalmeester niet getrouwd. En het staat de werknemers toch vrij om een echtgenote te zoeken?'

Juffrouw Rosendahls gezicht versomberde. 'Uw moeder noch uw vader, God hebbe zijn ziel, was gesteld op relaties onder de bedienden. Ze waren van mening dat het de dienstverlening geen goed doet als je door persoonlijke zaken wordt afgeleid.'

'Maar een huwelijk is toch iets heel normaals!'

Ik keek juffrouw Rosendahl aan. Als kind had ik haar altijd bewonderd om haar schoonheid. Als er een vrouw in de omgeving van mijn vader in aanmerking zou zijn gekomen voor een verhouding, dan was zij het wel. Maar ze was altijd boven alle twijfel verheven geweest. Betekende dat dat ze steeds haar verlangens en behoeften ondergeschikt had gemaakt aan haar verplichtingen?

Ik haalde diep adem. 'Nou, het lijkt erop dat ik als nieuwe eigenares van het landgoed een aantal zaken dien te wijzigen.'

De huishoudster keek me ongelovig aan. 'Hoe bedoelt u?'

'Ik zie geen reden waarom werknemers niet een serieuze en liefdevolle relatie met iemand anders zouden mogen aangaan. Natuurlijk mag het werk er niet onder lijden, en ik wil ook overspel niet aanmoedigen. Maar als beide partners ongehuwd zijn en ze het gevoel hebben dat uit hun relatie een huwelijk kan ontstaan, zouden ze niet tegengehouden mogen worden.'

Marit zou voor deze toespraak hebben geapplaudisseerd. Er waren onder de vrouwenrechtenactivisten ook zusters die een dienstbetrekking hadden en niet naar een echtgenoot op zoek mochten gaan zolang ze in dienst waren. Natuurlijk konden ze ontslag nemen, maar soms gebeurde het dat een relatie stukliep voordat er getrouwd werd. En dan kwamen die vrouwen op straat te staan.

'Maar dat zou helemaal in tegenspraak zijn met wat uw vader altijd wilde!' protesteerde de huishoudster. 'Wat zouden onze gasten wel niet denken als er allemaal meisjes met een dikke buik rondliepen? Nog afgezien van het feit dat ze als echtgenotes hun huishoudelijke plichten moeten vervullen.'

'Juffrouw Rosendahl, ik ben nu de eigenares van dit landgoed,' begon ik zo kalm mogelijk. Het argument dat vrouwen eeuwig achter het aanrecht moesten blijven omdat ze hun huishoudelijke plichten niet konden vervullen als ze gingen werken, daar wond ik me al lang over op en het was vaak het onderwerp van onze demonstraties geweest. 'Ondertussen is het dertien jaar geleden dat er een nieuwe eeuw begonnen is. Bent u niet ook van mening dat er bij alle vooruitgang ook verbetering moet zijn wat vrouwen betreft?'

'Maar die regels zijn er niet voor niets.'

'Ja, om vrouwen klein te houden. Om ze duidelijk te maken dat ze niet tot meer in staat zijn.' Ik keek haar aan. Blijkbaar ervoer ze het feit dat ze geen man of kinderen had werkelijk niet als een gemis. 'U bent al heel lang in dienst van onze familie.'

'Al bijna dertig jaar,' antwoordde juffrouw Rosendahl.

'Dat is lang, nietwaar? En voor zover ik me kan herinneren, waren mijn ouders altijd tevreden over u. Zeg me eens, hebt u plezier in uw werk?'

'Ik... ik weet niet of je plezier in je werk dient te hebben. We hebben allemaal onze eigen plaats, en daar moeten we invulling aan geven.'

'Dat klopt, maar voor die invulling zou je je toch met hart en ziel moeten inzetten?'

'Vanzelfsprekend.'

'En doet u dat met heel uw hart en ziel?'

'Natuurlijk, juffrouw Agneta.' Juffrouw Rosendahl leek van streek. 'Als u iets anders veronderstelt...'

Ik hief kalmerend mijn hand. 'Ik veronderstel niets anders, want ik heb u altijd alleen maar als gewetensvol en ijverig gezien. Ik wil naar iets anders toe: hebt u er ooit naar verlangd een echtgenoot en een gezin te hebben en desondanks uw plicht te kunnen doen?'

'Nee, ik... ik wilde altijd mijn dienstbetrekking zo goed mogelijk vervullen.'

Omdat haar wangen rood werden, besefte ik dat ze niet helemaal de waarheid vertelde.

'Dat doet u, maar weest u alstublieft eerlijk: hebt u dat verlangen op een bepaald moment in uw leven gehad? Eigenlijk snakt toch iedere vrouw naar liefde, nietwaar?'

'Nou, dat is eigenlijk een privéaangelegenheid...' antwoordde ze aarzelend.

Ik knikte. Haar innerlijke leven ging me feitelijk niets aan. Maar ik kon me niet voorstellen dat er in juffrouw Rosendahls leven nooit een moment was geweest waarop ze naar genegenheid had verlangd.

'Hoe dan ook, ik zal hier wat nieuwe regels introduceren. Daarbij hoort dat bedienden, met inachtneming van hun taken, mogen trouwen.'

Juffrouw Rosendahl knikte en wilde al opstaan, in de veronderstelling dat dit het einde van ons gesprek was.

Maar ik hield haar tegen. 'Om nogmaals terug te komen op meneer Langeholm: is u in de tijd nadat het meisje het landgoed had verlaten, iets aan hem opgevallen? Heeft hij zijn ongenoegen geuit, of was hij boos op mijn vader?'

De huishoudster zakte terug in haar stoel.

'Nou... Natuurlijk heeft hij zijn ongenoegen wel eens kenbaar gemaakt, maar nooit aan uw vader. Na een tijdje was zijn woede weggeëbd. Het meisje is naar het dorp teruggegaan en heeft de relatie verbroken.'

'Waar woont die Juna? Wat is haar achternaam?'

Misschien moest ik het meisje eens opzoeken.

Dit leek me nogal verdacht. Mogelijk wilde Langeholm de broche hebben om zich daarmee schadeloos te stellen voor zijn vroegere geliefde.

'Holm,' antwoordde juffrouw Rosendahl. 'Juna Holm. Maar ik weet niet of ze nog steeds in het dorp woont.'

'Hartelijk dank, juffrouw Rosendahl, dat is voorlopig voldoende.'

De huishoudster knikte, toen stond ze op en verliet de werkkamer.

Ik richtte mijn blik weer op het raam. Onrust knaagde aan me. De hele zaak stonk als een beerput.

31

Toen mijn moeders vriendinnen vertrokken waren, begaf ik me naar de salon, omdat ik wist dat ze daar nog een tijdje zou blijven om van de weergekeerde rust te genieten.

Ze zat inderdaad met een glas veenbessenlimonade op haar rotanbank en keek in gedachten verzonken uit het raam.

'Moeder?' vroeg ik. 'Mag ik u even storen?'

Ze draaide haar hoofd langzaam naar me toe. 'Je bent er wel! Ik dacht dat je buiten was.'

'Dat klopt, en er is iets waar we over moeten praten.'

'Hoelang ben je eigenlijk al terug?'

'Niet zo heel lang,' antwoordde ik, omdat ik wist dat ze me anders zou verwijten dat ik me niet bij haar vriendinnen had vertoond. 'Hebt u een fijne dag gehad?'

Stella keek me aan alsof ze me op een leugen had betrapt. Misschien had Linda haar al verteld wanneer ik thuisgekomen was.

'Ja, het was heel amusant. Waarover wil je met me praten?'

Het lag niet in mijn moeders aard het geroddel van haar vriendinnen aan mij door te geven. Wellicht had ze er vandaag iets extra's aan toegevoegd door over mijn afwijzing van de trouwlustige graaf Ekberg te vertellen.

Ik ging op een stoel zitten. Het parfum van de dame die daar voor mij op had gezeten, was nog te bespeuren.

'Ik ben bij Susanna geweest,' begon ik, en ik merkte dat mijn moeder meteen verstijfde.

'Wat wou je bij die liederlijke slet?'

'Ik heb gisteren iets gezien wat me niet met rust liet.'

'Heeft ze soms opnieuw geprobeerd iets te stelen?' begon mijn moeder driftig.

'Nee, maar ze is hier op het landgoed geweest.'

De fraai geëpileerde wenkbrauwen van mijn moeder schoten omhoog. 'Is ze hier geweest? Hoe durft die snol! Waarom heb je haar niet van de hoeve laten jagen? En waarom heb je het me niet meteen verteld?'

'Ik had daar geen tijd voor, de ontmoeting was erg kort en... nou ja, heel ongewoon.'

'Een ontmoeting? Met wie?'

'Met Langeholm.'

'De stalmeester?'

'Ja. En het lijkt erop dat we ons heel erg in die man hebben vergist.'

'In hoeverre?'

Ik lichtte mijn moeder in over wat ik in het koetshuis had gezien, en ook over wat Susanna me had verteld – met uitzondering van het feit dat Hendrik de vader van haar kind was. Dat bewaarde ik voor later.

Mijn moeder volgde mijn beschrijving met een woedende gezichtsuitdrukking – hadden we bloedhonden gehad, zoals onze voorvader Axel, dan zou ze die beslist op het arme meisje hebben losgelaten.

'Dus ze beweert dat hij haar heeft aangezet tot de diefstal en tot... zonde met hem?'

'Ja,' antwoordde ik.

'Dat is absurd! Langeholm is een van onze beste krachten! Hij heeft zich zeer verdienstelijk gemaakt voor de hoeve.'

'Daar zou ik niet meer zo zeker van zijn na het vertrek van Juna. Je bent toch zeker niet vergeten dat hij verkering had met dat dienstmeisje?'

Mijn moeders gezicht vertrok van walging. 'Een belachelijke liaison! Waarschijnlijk was dat meisje uit op een goede vangst.'

Ik hield mijn hoofd scheef. Mijn ongenoegen nam toe en mijn

maag verkrampte. 'Een goede vangst? Soms worden mensen verliefd op elkaar, hebt u daar wel eens aan gedacht? En soms doen ze domme dingen uit liefde!'

'Hou maar op!' wimpelde ze af. 'In een huis als dit gelden regels. Relaties tussen werknemers zijn niet verboden, maar ze mogen niet onfatsoenlijk zijn.'

'De enige die onfatsoenlijk is geweest is Langeholm, door Susanna gade te slaan en af te persen. En wie weet bij wie hij het nog meer heeft geprobeerd.'

Ik moest weer denken aan de dubieuze leenovereenkomst. Vijfduizend kroon voor Langeholms stilzwijgen over Hendriks verhouding met een dienstmeisje?

'Susanna had zich niet onbehoorlijk mogen gedragen,' zei mijn moeder, zichtbaar overweldigd door de situatie.

'In uw wereld zijn de vrouwen altijd de boosdoeners,' gaf ik terug. 'Ongeacht wat mannen uitvreten, zij zijn onschuldige lammetjes. Als ze een vrouw bezwangeren, zijn de vrouwen de verleidsters. En als ze proberen hen te chanteren, is dat natuurlijk ook weer de schuld van de vrouwen.'

'Dat is het meestal.'

'Hoe kunt u dat nou weten?'

Mijn moeders kaken maalden. 'In het geval van Susanna is het toch duidelijk. Ze heeft zich ingelaten met een of ander onbetrouwbaar sujet.'

'U kunt Hendrik toch niet bepaald een onbetrouwbaar sujet noemen,' liet ik de bom barsten.

Al het bloed trok nu weg uit mijn moeders gezicht. Ik moest toegeven dat dat me behoorlijk bevredigde. Hoewel ik besefte dat ons gesprek nu een nare wending zou gaan nemen.

'Wat zeg je nou?'

'Dat Hendrik zeker geen rokkenjager was,' antwoordde ik. 'En ja, je hebt het goed gehoord, hij is de vader van Susanna's kind.'

'Heeft ze dat beweerd?'

'Ja, en als de moeder van het kind moet ze toch weten van wie het is.'

Mijn moeder sprong op. ‘Dat is een leugen! Ze wil wraak op ons nemen en ervan profiteren.’

Dat was precies wat ik had verwacht.

‘Als dat het geval was geweest, waarom heeft ze het dan niet meteen gezegd toen haar zwangerschap werd ontdekt? Of op zijn laatst toen we haar het huis uit joegen? In plaats daarvan heeft ze gezwegen, omdat ze Hendrik niet wilde compromitteren.’

‘Ja, maar jou vertelt ze het wanneer jij bij haar komt opdagen?’ mijn moeder trilde van woede. ‘Waarschijnlijk voert ze nog iets in haar schild en moet de stalmeester haar toegang tot het huis verlenen!’

‘En daarom dwingt hij haar tot liefdesdiensten? Daarom dreigt hij rond te bazuinen wie de vader van het kind is? Daarom is hij achter Hendrik aan geslopen om te zien met wie hij een rendezvous had?’

We staarden elkaar woedend aan. De lucht tussen ons knetterde, alsof iemand een lont had aangestoken.

‘Weet u, moeder,’ zei ik na een tijdje wat rustiger. ‘Toen Hendrik was gestorven, zat Susanna te huilen in zijn kamer. Ze beweerde dat ze had willen luchten en dat ze er toen weer aan moest denken dat Hendrik dood was. Maar de werkelijkheid was toch wel een beetje anders.’

‘Zij en Hendrik een paar. Dat is toch belachelijk!’

‘Moeder, alstublieft!’ voer ik nu tegen haar uit. Waarom moest je toch altijd je stem verheffen om gehoord te worden? ‘Als ik vandaag niet naar haar toe was gegaan, zou Susanna het nooit hebben verraden. Ze had haar ouders kunnen vertellen wie de vader was, en dan was mevrouw Korven woedend bij ons door de poort gemarcheerd. Maar dat heeft Susanna niet gedaan. En in plaats van haar de schuld te geven zouden we ons liever moeten afvragen wat Langeholm in zijn schild voert, aangezien hij Susanna niet loslaat.’

‘Waarom zou hij haar chanteren als hij net zo goed ons zou kunnen chanteren?’ snauwde Stella. ‘Bij ons zou er veel meer te halen zijn! Als hij ons vanwege dat snolletje zou willen straffen, zou hij dan niet hebben geprobeerd ons schade te berokkenen?’

'Kunt u met zekerheid zeggen dat dat niet al is gebeurd of nog gebeuren zal?

Opeens schoot me iets te binnen. Nee, het sloeg eerder in als een bom. Er was iets wat ik moest doen zodra ik een eind had gemaakt aan deze ruzie met mijn moeder.

'Het is allemaal klinkklare onzin!' zei mijn moeder boos. 'Maar naar mij luister je niet. Dat heb je nooit gedaan!'

'U weet best dat dat niet waar is. Maar ik moet wel onderzoeken wat er gebeurd is.'

'Onderzoek dan maar eens of het echt gepast is om Langeholm van afpersing te beschuldigen! Maar nu ben ik het praten beu. Ik ben moe en ga een poosje liggen. Excuseer me.'

Met die woorden liep ze naar de deur, trok hem open en liet hem harder dan nodig dichtvallen.

Ik trilde over mijn hele lichaam. Had ik deze strijd gewonnen? Daar was ik niet zo zeker van.

Na een tijdje verliet ook ik de salon. Mijn moeder was nergens meer te bekennen. Waarschijnlijk probeerde ze onder haar slaapmasker te verwerken wat ze gehoord had. Of ze het nu geloofde of niet, het zou haar bezighouden.

Ik keerde terug naar de werkkamer. Het voelde nog steeds een beetje vreemd om dat vertrek in te gaan. Het was bijna alsof mijn vader elk moment binnen zou kunnen komen en me zou vragen wat ik hier deed. Mijn handen trilden toen ik het briefpapier met het wapen van onze familie uit de la van het bureau haalde. Mijn hart bonsde toen mijn blik op de leenovereenkomst viel, die naast het schrijfgerei lag.

Dit was het enige exemplaar en het was riskant om het naar Kristianstad te sturen. Maar Hermannsson moest hem zien, hij moest weten wat hier gaande was. En een brief die voorzien was van het zegel van ons huis moest wel aankomen.

Ik legde de zaak van Susanna en die van Juna zo beknopt mogelijk uit en verzocht inspecteur Hermannsson bij zijn onderzoek aandacht te besteden aan deze omstandigheid. Toen ik klaar was, deed ik het schrijven in een kleine envelop en deze daarna in een iets grotere en schreef daar het adres op dat op het visitekaartje van de politieagent stond. Daarna haastte ik me de trap af, het huis uit en de binnenplaats over.

Gelukkig was Langeholm ergens anders bezig, zodat ik hem niet onder ogen hoefde te komen. Onze loopjongen stond de hoeven van een paard te krabben.

'Peter, breng deze brief alsjeblieft naar inspecteur Hermannsson in Kristianstad. Het is heel belangrijk.'

'Ja, juffrouw Agneta.'

'Ga maar meteen. Mocht de inspecteur je een antwoord overhandigen, breng me dat dan zodra je terug bent.'

De jongen knikte, stak de brief in de binnenzak van zijn jas en liep de stal in om het zadel voor het paard te halen.

Ik keek hem na. Mijn handen waren koud van boosheid en opwinding en mijn hart ging als een razende tekeer. Als mijn vermoeden klopte, zouden we binnenkort de kroonprinses welkom kunnen heten zonder dat iemand zich zorgen hoefde te maken dat er nog een incident zou plaatsvinden.

32

Die nacht kon ik niet slapen. Ik moest steeds denken aan wat Susanna had gezegd. En ik hoorde de stem van mijn moeder: was Hendrik de vader, of loog ze?

De redenatie van mijn moeder kon ik niet helemaal van de hand wijzen. Bewijs dat het kind dat Susanna verwachtte van Hendrik was, hadden we niet. Maar ik geloofde niet dat Susanna het huis weer in probeerde te komen door haar lichaam aan de stalmeester aan te bieden.

De volgende ochtend liet mijn moeder zich verontschuldigen en verscheen ze niet aan het ontbijt. Dat kon ik na ons gesprek van de vorige dag wel begrijpen. Waarschijnlijk viel het haar zwaar vertrouwd te raken met de gedachte dat Hendrik een verhouding met Susanna had gehad. Ik zat boven mijn koffie te broeden en dacht aan inspecteur Hermannsson. Wat zou hij opmaken uit wat ik hem had meegedeeld?

Het geluid van een deur die openging haalde me uit mijn gedachten. Ik keek op en zag Bruns met een zilveren dienblad binnenkomen. Een bericht? Zo vroeg in de ochtend?

'Er is een telegram gekomen,' zei Bruns met een lichte buiging.

Gespannen scheurde ik de envelop open. Kwam het van Hermannsson? Toen ik het blaadje eruit haalde, constateerde ik dat Marit me had geschreven.

Kunnen beginnen +++ Kom morgen tegen 17.00 uur aan in Kristianstad en leg alles uit +++ Hoop dat je blij bent +++ Marit

En of ik blij was! Blijkbaar ging het goed met haar, en was ze onderweg hierheen.

'Dank je, Bruns!' zei ik en ik liep met het telegram de eetkamer uit. In de keuken waren de meisjes bezig het middageten klaar te maken.

'Waar is juffrouw Rosendahl?' vroeg ik, want ik kon haar nergens ontdekken.

'Uw moeder wilde haar spreken,' antwoordde mevrouw Bloomquist. 'Ze zal in haar kamer zijn.'

'Dank u!'

Ik liep naar boven. Wat zou Marit zeggen als ze hoorde dat mijn moeder had geopperd dat ze door de zorg voor in nood geraakte vrouwen iets had opgelopen? Dat kon ik haar maar beter niet vertellen.

Op de gang kwam ik voor mijn moeders rustkamer juffrouw Rosendahl tegen. Wat een geluk!

'Juffrouw Rosendahl, we krijgen morgenavond bezoek. Wilt u onze mooiste logeerkamer in orde laten maken?'

'Natuurlijk, juffrouw Agneta. Mag ik vragen om wie het gaat?'

'Het gaat om mijn vriendin Marit Andersson uit Stockholm. August moet haar morgenmiddag om vijf uur van het station in Kristianstad afhalen. Voor zover ik haar ken, zal ze niet veel bagage bij zich hebben, maar we moeten het haar zo aangenaam mogelijk maken.'

'We zullen alles naar tevredenheid voorbereiden.' Met een lichte buiging trok de huishoudster zich terug.

Ik drukte het telegram tegen mijn borst. Wat verheugde ik me op Marit en alle verhalen die ze zou meebrengen! Ik was erop gebrand over de anderen te horen. En hoewel het idioot was, hoopte ik ook een beetje dat een van haar nieuwtjes Michael betrof.

Nog altijd deed mijn hart af en toe pijn van verlangen, maar mijn verplichtingen hier lieten me weinig tijd om me aan liefdesverdriet over te geven. En dan was er Max, van wiens gezelschap ik erg genoot. Ik moest hem aan haar voorstellen. En ik zou haar vertellen over Lennards onbeholpen huwelijksaanzoek. Het was zo geweldig dat ze kwam!

Onrustig liep ik de volgende avond voor het raam heen en weer, in de hoop dat de koets weldra in zicht zou komen. Inmiddels liepen de wijzers van de klok al naar half zeven. Natuurlijk duurde het een tijdje om van Kristianstad hierheen te komen. Door het onweer van de afgelopen ochtend waren de wegen vast nog modderig en August was niet iemand die risico's nam. Ook was het mogelijk dat de trein vertraging had gehad omdat er bijvoorbeeld een boom op de rails was gevallen.

'Weet je zeker dat je vriendin met die trein kwam?' vroeg mijn moeder, die beneden in de hal aan een schrijftafeltje zat en leek op een boekhouder die meelzakken telde die naar binnen werden gedragen.

'Natuurlijk zat ze in de trein. Waarom zou ze me anders geschreven hebben dat ze vandaag aankomt?'

'Nou, het zou kunnen dat ze zich bedacht heeft. Voor suffragettes is immers niets heilig.'

Ik rolde met mijn ogen. Had ik mijn moeder maar nooit over Marit en haar engagement met de vrouwenrechten verteld! 'Wij mogen dan sommige regels niet willen erkennen, vooral regels die ons door mannen zijn opgelegd.' Ik legde duidelijk de nadruk op dat 'wij' voor het geval dat mijn moeder was vergeten dat ik mijzelf ook tot 'die vrouwen' rekende. 'Maar tijd is voor zover ik weet geen mannelijke uitvinding, dus zal Marit zich er wel aan houden. Ze kan echter onmogelijk op tijd hier zijn als haar trein vertraging heeft.'

Op dat moment klepperden paardenhoeven over de keien. August stuurde de koets de rotonde op en hield halt voor de trap.

'Ziet u wel, daar is ze!'

Ik streek mijn japon glad, schoof een haarstreng achter mijn oor en liep naar de deur.

'Moet Bruns haar niet eerder verwelkomen?' vroeg mijn moeder achter me.

'Ze is mijn vriendin,' antwoordde ik. 'Het is heus niet beneden mijn waardigheid om haar zelf te begroeten.'

Toen ik voor de deur ging staan, kwam ze net de trap op. Ze

had alleen een kleine tas van tapijtstof in haar hand.

Tot mijn genoegen zag ik dat ze kleding droeg uit de partij die ik weggegeven had. De strakke witte blouse en de bordeauxrode rok hadden mij nooit erg goed gestaan, maar zij zag er heel keurig in uit.

'Hé, lieve schat!' riep ik en ik omhelsde haar zo onstuimig dat haar donkerrode hoedje, waaronder ze haar wrong verborgen hield, van haar hoofd viel. 'Wat fijn om je weer te zien!'

Marit beantwoordde de omhelzing hartelijk, daarna keek ze me aan. 'Het ziet ernaar uit dat gravin Lejongård niet wezenlijk veranderd is.'

'Weet je dat zeker? Ik heb anders wel het gevoel dat ik grijze haren heb gekregen.'

Marit kneep haar ogen tot spleetjes. 'Nou, ik kan niets ontdekken. Je moet je grijze haren goed verstopt hebben.'

'En dat is niet het enige,' zei ik. 'Kom, dan stel ik je aan mijn moeder voor!'

'Hopelijk ben ik passend gekleed,' schertste Marit terwijl ze haar arm door de mijne stak.

Het zou echt iets voor mijn moeder zijn geweest om zich in haar kamer terug te trekken, maar ze was er nog en observeerde ons.

'Moeder, dit is mijn vriendin Marit Andersson. Marit, mag ik je mijn moeder voorstellen, Stella Lejongård?'

Marit liep naar haar toe, maakte een kleine reverence en reikte Stella de hand. 'Het verheugt me bijzonder kennis met u te maken, Agneta heeft veel over u verteld.'

Mijn moeders blik dwaalde even naar mij. 'Nou, ik kan me wel voorstellen wat ze u verteld heeft. Maar dat is vast niet de reden voor uw bezoek.'

Marit keek haar een beetje onzeker aan. Alles wat ik haar over mijn moeder had verteld, kon nog niet voor de helft beschrijven hoe ze in werkelijkheid was.

'Ik breng je naar je kamer. En dan moet je me alles vertellen wat er de afgelopen tijd gebeurd is.'

Marit en mijn moeder keken elkaar nog even in de ogen, toen trok ik mijn vriendin weg bij de cerberus, die eruitzag alsof hij meteen wilde toehappen.

Juffrouw Rosendahl had de logeerkamer gezellig laten inrichten. Op de schoorsteen stonden kaarsen met rozenblaadjes die een lichte geur verspreidden. De ramen waren gelapt, het bed opgemaakt met batisten beddengoed en een rooddamasten sprei. Op de sprei lag een zachte ochtendjas, voor het bed stonden pantoffels met fijn borduurwerk. Een bos zonnebloemen op de secretaire naast het raam glansde in het schijnsel van de avondzon.

'Ongelofelijk!' fluisterde Marit toen ze de kamer zag. 'Hier ben je dus opgegroeid!'

'Niet speciaal hier, dit is een logeerkamer,' zei ik.

'Ziet het er in de andere kamers ook zo uit?' Marit liep naar binnen en keek vol verbazing rond.

'Over het geheel genomen wel, maar voor gasten doen we extra ons best. De kaarsen en de pantoffels halen we alleen tevoorschijn als er hoog bezoek komt.'

'Dus ik ben hoog bezoek?' Marit glimlachte naar me.

'Wie anders, als jij het al niet bent!'

Weer vielen we elkaar in de armen, toen bekeek ze me aandachtig. 'Je lijkt je goed te hebben aangepast. Ondanks alle problemen.'

'Ik doe mijn best. Maar ik heb elke dag het gevoel dat ik veel moeite moet doen en me moet wapenen tegen onaangename verrassingen. Elke dag is er weer iets anders. Zo langzamerhand raak ik daar wel aan gewend. Ook aan het uitvechten van ruzies met mijn moeder.'

'Nou, met je beschrijvingen van haar heb je bepaald niet overdreven.'

Er klonk geklop achter ons.

'Binnen!'

Marie verscheen in de deuropening met schone handdoeken. 'Neem me niet kwalijk, ik wilde alleen vragen of onze gast nog iets nodig heeft.'

'Dank je, Marie, ik weet zeker dat juffrouw Andersson je hulp goed kan gebruiken.'

Marit keek me verbouwereerd aan.

'Daar moet je hier ook aan wennen: dat je voortdurend door dienstmeisjes wordt omringd. Marie zal je bij alles helpen en je zo ook een geschikte japon voor het avondeten brengen.'

'Een geschikte japon?'

'We willen mijn moeder toch niet van streek maken door jou in suffragettekledij in de eetkamer te laten verschijnen?' Ik knipoogde naar haar en liep de logeerkamer uit.

Een half uur later verscheen Marit in de eetkamer – ze leek een heel ander mens. De japon paste haar uitstekend en Marie had haar haar gevlochten en met bloemetjes versierd. In die kleding zou ze op het midzomerfeest beslist veel aandacht hebben getrokken. Ze bewoog zich er wat onzeker in, maar zelfs mijn moeder zou niets op haar aan te merken hebben.

Nadat de meisjes de eerste gang hadden opgediend, richtte mijn moeder zich tot Marit. 'U komt dus uit Stockholm,' begon ze, en ik verstijfde op slag. Wat zou er nu komen? 'Hebt u met mijn dochter aan de academie gestudeerd?'

'Nee, helaas beschik ik niet over de middelen daarvoor. Ik werk bij het Leger des Heils en als naaister. Onze gemeenschappelijke interesse in de vrouwenrechten heeft uw dochter en mij samengebracht.'

Mijn moeder rilde haast onmerkbaar. Maar ze herstelde zich algauw. 'En hebt u een man?'

Marit verslikte zich in haar soep en begon te hoesten.

Vlug pakte ze haar servet en verontschuldigde zich. 'Nee, een echtgenoot heb ik niet. Ik sla me alleen door het leven.'

'Maar zou u dat niet veel beter kunnen als u getrouwd was?'

'Moeder, ik denk dat Marit zich uitstekend redt,' mengde ik me in het gesprek. 'Bovendien is het aan iedere vrouw zelf om te beslissen of ze wil trouwen of niet.'

'Nou, in deze moderne tijden vast wel. Misschien heb ik geen idee van de wereld.'

Ik keek naar Marit en zag strijdlust in haar ogen fonkelen. Juist bij dit soort conversatie kon ze tot ongekende hoogte stijgen.

'De wereld is aan het veranderen,' zei ze terwijl ze zichtbaar moeite deed beleefd te blijven. 'Het is niet zo dat vrouwen niet in staat zouden zijn zelfstandig hun leven te leiden. Alleen wordt hun door de maatschappij van alles in de weg gelegd. Sommige vrouwen weten niet beter, omdat ze zo zijn grootgebracht, andere zien zich door omstandigheden genoodzaakt een man te zoeken. En dan zijn er vrouwen zoals ik, die willen proberen alleen door het leven te gaan.'

'En hoelang zal dat u lukken?' vroeg mijn moeder provocerend.

Ik werd beurtelings warm en koud. Het laatste wat ik wilde was een discussie onder het eten. Maar daar leek Stella Lejongård op aan te sturen. Zou ze dat ook hebben gedaan als mijn vriendin in haar ogen 'van stand' was geweest?

'Hopelijk lange tijd. Ik weet het, het Leger des Heils betaalt niet goed, en ook van mijn naaiwerk word ik niet rijk. Maar het is iets van mezelf. Ik ben onafhankelijk. Ik hoef me niet door mijn man te laten slaan of bedriegen, zoals zo veel vrouwen van mijn klasse.'

'U bent dus van mening dat alle mannen zonder uitzondering lomperiken zijn?'

'Moeder,' zei ik vermanend, 'misschien moeten we op een ander onderwerp overgaan.'

Maar dat was mijn moeder niet van plan.

'Nee, maar ik denk dat mannen vanouds verkeerd zijn opgevoed,' antwoordde Marit. 'Hun wordt van jongs af aan bijgebracht dat vrouwen niets waard zijn. Dat ze er hoogstens zijn om het huishouden te doen en kinderen ter wereld te brengen.'

'Misschien is dat door de natuur beschikt!' onderbrak mijn moeder haar. 'Zo is het al eeuwen!'

'Misschien is het een beschikking van de natuur. En ja, vrouwen krijgen kinderen en zorgen voor ze. Vrouwen doen het huishouden. Maar dat zou hun vrij moeten staan. Iedere vrouw heeft het recht kinderen te krijgen en thuis te blijven als dat haar voldoening schenkt. Maar een vrouw die iets anders wil in het leven, moet de mogelijkheid hebben dat te bereiken.'

Stella keek haar even zwijgend aan. Waarschijnlijk dacht ze nu de bron van mijn oratie met Kerstmis te hebben gevonden. 'En wat wilt u van het leven?' vroeg ze. 'Eeuwig en altijd voor armen en zieken zorgen? Altijd ziek en arm zijn?'

'Trouwen met een rijke man die me meeneemt naar zijn kasteel zit er voor mij niet in. Dus wil ik zelf vorm geven aan mijn leven. Ik vind het fijn om anderen te helpen en voor hen te zorgen als ze in nood verkeren. Liefdadigheid is in uw kringen toch ook heel geliefd, nietwaar?'

'Maar wij doen het vanuit een andere achtergrond. Wij staan iets van onze rijkdom af.'

Marit snoof. Even leek het of ze haar lepel neer zou gooien en de eetkamer uit stormen. Maar toen antwoordde ze: 'Denkt u dat ik uit noodzaak bij het Leger des Heils werk? Dat is niet het geval. Ik doe het omdat ik ervan overtuigd ben dat ik met mijn werk iets kan bewerkstelligen. Om die reden gaan vrouwen zoals uw dochter en ik de straat op om voor onze rechten op te komen. En nu we het over mijn dromen hebben: ik droom ervan op een dag naar Amerika te gaan. Dat zal tijd kosten, dat weet ik, en na wat er het afgelopen jaar met de Titanic is gebeurd, zal ik beslist niet op het onderdek willen verblijven. Maar het gaat me lukken. Op eigen kracht, zonder steun van een man.'

Even heerste er stilte. Toen verscheen er een glimlach op mijn moeders gezicht. Wat had dat te betekenen? Als ik zo praatte, fonkelden haar ogen altijd van woede, maar Marit leek haar te amuseren. Misschien omdat ze ervan uitging dat het mijn vriendin niet zou lukken.

'Ik denk niet dat we het eens zullen worden,' zei mijn moeder ten slotte. 'Maar ik heb bewondering voor mensen die hun leven in eigen hand willen nemen. Of ze daarbij slagen of falen, kan alleen de tijd leren, maar ze kunnen altijd zeggen dat ze het geprobeerd hebben.'

Ik staarde mijn moeder aan. Had ik dat goed gehoord? Bewonderde ze mensen die hun leven in eigen hand namen? Waarom liet ze mij dat dan niet merken? Waarom vertelde ze me dat niet?

Waarom hadden er zulke vreselijke discussies over mijn zelfstandigheid gevoerd moeten worden?

Ook Marit leek verbaasd. Aan het op en neer gaan van haar borst zag ik dat ze op een lange discussie had gerekend. Maar die leek uit te blijven.

Mijn moeder pakte de tafelbel die naast haar bord stond. Even later verschenen Marie en Svea met de tweede gang. Omdat Susanna er niet meer was, moest het keukenmeisje met het opdienen helpen. We hadden een vervangster nodig. Dat was nog zoiets wat ik moest regelen.

Na het eten ging ik met Marit naar buiten, de tuin in. Het was een zachte, heldere avond en onder het getsjirp van de krekels liepen we naar het kleine paviljoen, waar nog steeds de linten van het midzomerfeest hingen.

De avondmaaltijd was verder verrassend rustig verlopen. Mijn moeder had beleefd geconverseerd en wij waren daarin meegegaan. Daarna had Stella zich teruggetrokken.

'Het is hier prachtig,' zei Marit terwijl ze om zich heen keek. 'Je hebt me helemaal niet over de tuin verteld.'

'Ik wist zelf niet meer hoe mooi hij is. Dat viel me pas op toen ik hier met Lennard was tijdens de begrafenisreceptie.'

'Lennard?'

'Een jeugdvriend. Ik had hem in geen jaren gezien. Na de begrafenis hield ik het binnen niet meer uit, en toen ik hier kwam, was hij er ook. En ik herinnerde me wat we hier als kind allemaal deden. Stel je voor, hij deed me een huwelijksaanzoek!'

'Wat? En dat heb je me niet geschreven?'

'Excuus. Hij bedoelde het ook niet echt serieus. Zijn vader is ernstig ziek. Hij was niet goed bij zijn verstand.'

'Dat was vast niet de enige reden.'

'Hij dacht dat we het allebei makkelijker zouden hebben als we onze weg gezamenlijk gingen. Ik zie dat niet zo. Ik waardeer hem als vriend, maar bij een huwelijk hoort liefde...'

Moest ik haar naar Michael vragen? In gedachten verzonken

stak ik mijn hand uit naar een van de linten.

'Je had eerder moeten komen,' zei ik, toen we de trap op liepen en onder het achthoekige dak gingen zitten. 'Het midzomerfeest was heel interessant.'

'Zoals je het zegt, lijkt het geen erg vrolijk feest te zijn geweest.'

'Het was vrolijk tot het dienstmeisje over wie ik je heb geschreven, zich aan mijn moeders broche probeerde te vergrijpen.'

'Het spijt me dat ik niet eerder gekomen ben,' zei ze. 'Het was nogal lastig om een arts te vinden die de bevalling wil doen zonder er ruchtbaarheid aan te geven.'

'En dokter Strondheim dan?'

'Die is een paar weken terug onverwacht overleden.'

Ik bleef staan. 'Wat? Maar hij was pas zestig!' Het goeiige gezicht van de arts stond me duidelijk voor de geest. Hoewel hij uit een heel andere tijd stamde, was hij bereid geweest vrouwen die in problemen waren geraakt te helpen bij de bevalling en zijn mond te houden.

'Zijn hart,' zei Marit. 'We waren allemaal ontredderd. Van het ene moment op het andere zaten we zonder hulp. En het was zelfs onder jonge artsen moeilijk iemand te vinden die niet uitgaat van de gangbare maatschappelijke principes. Bovendien hebben we in dit geval ook een huwelijkskandidaat nodig.'

'En, hebben jullie er een gevonden?'

'Ja, een boekhouder die Sigurd Wallin heet en een paar weken geleden gearresteerd is op verdenking van sodomie. Hij zou op het station een man onzedelijk hebben benaderd. Elsa heeft hem voor ons opgeduikeld. Om een schandaal met zijn ouders te vermijden is hij bereid met Susanna te trouwen.'

'Een huwelijk volgens onze voorwaarden?'

'Hij zal niet meer van haar willen dan dat ze het huis schoonhoudt en vriendelijk lacht als zijn ouders op bezoek komen. Het is toch wel een knap meisje?'

'Wat doet dat ertoe?'

'Een mooi meisje maakt eerder kans door de schoonouders geaccepteerd te worden – vooral als ze in gezegende omstandigheden verkeert.'

'En wie gaat de bevalling doen?' vroeg ik door.

'Stel je voor, een vrouw. Ze is pas een paar weken geleden afgestudeerd, en je kunt je voorstellen wat ze in Stockholm over haar zeggen. Maar juist daarom was ze bereid ons te helpen. Laten we hopen dat ze gezegend is met een sterk hart.'

'Ja, laten we dat hopen. Bedankt dat je zo veel moeite hebt gedaan. Ik dacht al dat jou iets was overkomen.'

'Strikt genomen was dat ook het geval.' Marit keek me aan. 'Ik had griep opgelopen. De dokter dacht een tijdje dat het de Spaanse griep was, die af en toe de kop opsteekt.'

Ik staarde haar geschrokken aan. 'Waarom heb je me niet geschreven? Ik zou...'

Marit schudde haar hoofd. 'Je had niets kunnen doen. Bovendien was ik veel te zwak om te schrijven. Ik wilde alleen maar in leven blijven, en op de een of andere manier is me dat ook gelukt. In die tijd zijn velen ziek geworden, je hebt geluk gehad dat je er niet was.'

'Toch...' zei ik, 'moet je me in zo'n geval schrijven!'

'En jou met nog meer belasten? Je hebt al genoeg aan je hoofd. En zoals je ziet, is je vriendin de dans ontsprongen. Elsa en de anderen hebben voor me gezorgd, en ik kan je wel vertellen dat ik Magere Hein niet nog eens zo dichtbij zal laten komen.'

De gedachte dat Marit dood had kunnen gaan, vond ik onverdraaglijk. Dat had ik na de dood van mijn broer niet aangekund. Ik legde mijn arm om haar schouders.

'Heb je nog iets van Michael gehoord?' hoorde ik mezelf ineens zeggen. Het uitspreken van zijn naam sneed me door de ziel. 'Bedankt, trouwens, dat je het tegenover mijn moeder niet over hem hebt gehad.'

'Na die discussie over vrouwen en trouwen? Ik wilde niet nog meer in de problemen raken.'

Ze zweeg even, toen pakte ze mijn hand, alsof ze vreesde dat wat ze me ging vertellen me verdriet zou doen.

'Hij heeft een paar dagen geleden zijn verloving aangekondigd. Ik zag het in de krant.'

Ik deed mijn ogen dicht. Verloofd. Hij had iemand anders gevonden die hij het waardig achtte om met hem te mogen trouwen.

'Wil je weten wie het is?' vroeg Marit voorzichtig.

'Nee.'

Marit knikte begrijpend en keek toen naar het huis. 'Ik weet dat je van hem hield. Maar van een afstand gezien, met inachtneming van de omstandigheden, heb je juist gehandeld. Je bent een vrije vrouw met macht. Ook al heb je Stockholm moeten opgeven, je hebt nu de gelegenheid je leven te leiden zoals jij dat wilt.'

'Nou, als het aan mijn moeder lag, zou ik morgen voor het altaar staan.'

'Maar daarvoor moet je een man hebben. Een sterke man, die je desondanks niet beperkt. Je moet iemand hebben die naast jou kan bestaan. Michael was daarvoor niet de juiste persoon. Hij zou het hier niet hebben uitgehouden. Of jullie relatie was op iets anders stukgelopen, wie weet.'

'Wie weet,' echode ik en ik trok haar nog een beetje dichter tegen me aan.

Ieder ander had ik misschien tegengesproken, maar niet Marit. Ze had gelijk. Michael zou hier ongelukkig zijn geweest. Hij zou het hier niet hebben uitgehouden. En als je zag hoe vlug hij zichzelf getroost had, dan zou hij me vast op een gegeven moment hebben bedrogen.

Ik daarentegen kon mezelf niet verloochenen, dat was me ook duidelijk. Van gravin Lejongård kon niemand de volgzame echtgenote van een advocaat maken. Die was ervoor geschapen in haar eentje haar weg te vinden.

'Is er dan behalve die jeugdvriend die zo graag met je wilde trouwen, niemand in je leven?'

Ik schudde mijn hoofd. 'Een vrouw als ik heeft blijkbaar niemand nodig.'

'En of je iemand nodig hebt! Ik mag dan wel zonder man kunnen, maar jij niet! Is er niemand die je een beetje mag? Niemand die je na aan het hart ligt?'

Ik wilde al ontkennend antwoorden, maar ineens zag ik een gezicht voor me. Stralende blauwe ogen, een zelfbewuste glimlach, markante gelaatstrekken... Max! We konden het uitstekend met elkaar vinden, en soms dacht ik dat hij me echt begreep. Maar verder dan dat waren we niet gekomen. En om eerlijk te zijn was ik ook een beetje bang voor het aangaan van een nieuwe relatie. Max was mijn ondergeschikte, ook al had hij een adellijke titel.

'Er is wel iemand die ik misschien in mijn hart kan sluiten. Maar ik heb geen idee wat zijn gevoelens zijn. Ik wil niet aan iets wat uitzichtloos lijkt beginnen. Mijn hart doet nog pijn van de laatste keer.'

En nu nog een beetje meer nu ik gehoord had dat Michael een ander had.

'Maar als je een mogelijkheid ziet maak je daar wel gebruik van, toch?' Marit keek me ernstig aan. 'Laat je plicht en de strijd om de vrouwenrechten je niet van je geluk afhouden.'

'Dat zal niet gebeuren,' zei ik. 'Maar ik heb tijd nodig. En als er iemand in mijn leven komt, hoor jij het als eerste.'

Marit glimlachte en gaf me een kneepje in mijn hand.

Een hele tijd zaten we daar zo, toen keerden we terug naar het huis. Er stond ons een vermoeiende dag te wachten, en niemand wist wat er nog allemaal ging gebeuren.

33

Omdat Marit bang voor paarden was en niet kon rijden, besloten we de volgende ochtend de oude, lichte landauer te nemen, die ik zelf kon besturen. Maar daarmee kon je niet door de velden of over een hobbelige wei rijden.

Hijgend werkte mijn vriendin zich door het hoge gras. Ondertussen mopperde ze: 'Ik begrijp niet hoe je hier in die wildernis kunt leven.'

'Als je op een paard had gedurfd, hadden we niet hoeven te lopen,' wierp ik tegen, en ik merkte weer eens hoe ik ervan genoot door de vrije natuur te struinen. Al waren we hier nu natuurlijk niet voor ons plezier.

'Ik ben nu eenmaal geen plattelandsmeisje en zal dat ook wel nooit worden. Maar voor het goede doel neem ik de wildernis voor lief.'

'Daar ben ik je eeuwig dankbaar voor en ik hoop dat het allemaal goed gaat. Per slot van rekening ben ik de tante van het kind.'

Marit bleef staan en keek me aan. 'Tante?'

'Het kind is van Hendrik,' antwoordde ik. 'Blijkbaar hadden Susanna en hij een verhouding.'

Marit snoof. 'De typerende verhouding van een werkgever met een dienstmeisje, hè?'

'Marit.' Ik wist precies hoe ze erover dacht als werkgevers hun positie misbruikten en vrouwen met valse beloften het bed in lokten.

'Nou, is het in dit geval dan anders?' vroeg ze. 'Je weet dat ik van je hou, maar daardoor ben ik niet echt anders over je familie gaan denken.'

'Alleen heb ik nu de positie die anders Hendrik was toegekomen.'

'Daar ben ik me van bewust, en geloof me, ik ben er blij om. Anders was die arme meid in de goot beland.'

'Dat kun je niet weten, en ik kan ook niet beoordelen hoe de relatie tussen hen beiden eruitzag. Maar één ding weet ik: Hendrik zou niet zo schofterig zijn geweest om zich niet om Susanna en het kind te bekommeren. Ze heeft tegen me gezegd dat hij met haar wilde trouwen. Hij heeft helaas alleen niet de mogelijkheid gekregen om dat te doen.'

Marit perste haar lippen op elkaar. Ik kon aan haar zien dat ze graag meer had gezegd, maar om mijnentwille zweeg ze.

'Is het nog ver?' vroeg ze toen.

'Nee, daar is het al!' Ik wees naar het huisje, dat van daaraf maar net achter het gras te zien was.

'Wat een hok!' mompelde Marit.

'Ik had haar dit graag bespaard, maar na de poging tot diefstal was het voor mij onmogelijk haar nog in huis te houden.'

'Weet je moeder dat het kind van je broer is?'

'Ja,' antwoordde ik. 'Maar dat lijkt haar onverschillig te laten. Sinds ik het haar heb verteld, heeft ze het er niet meer over gehad.'

'Waarom heeft Susanna niet eerder iets gezegd?'

Ik schetste kort de situatie met Langeholm. 'Ze wilde Hendrik niet in diskrediet brengen.'

Toen we bij het huisje kwamen, stond de deur wagenwijd open. Susanna was nergens te bekennen.

Waar was ze? Op pad, om iets te eten te zoeken?

Ik had een vreemd gevoel. 'Laten we een eindje verder lopen,' zei ik en ik keerde me in de richting van het meer. 'Misschien komen we haar tegen.'

We werkten ons door het hoge gras tot een smal paadje zichtbaar werd. Dat volgden we tot aan het meer.

'Hier heb ik leren zwemmen,' vertelde ik Marit. 'Als kind kwamen mijn broer en ik hier vaak. We hebben een keer een vlot gebouwd van oude boomstammen en zijn daarmee het water op gegaan. Halverwege zonk het. Gelukkig konden we toen al zwemmen, maar het was toch wel flink schrikken.'

'Ik wou dat ik als kind zo'n meer in de buurt had gehad. Ik heb mijn hele leven in Stockholm doorgebracht.'

'Daar had je de Oostzee.'

'Ja, maar daar kon je niet in leren zwemmen.'

'Je moet eens een hele zomer komen logeren,' stelde ik voor. 'Dan leer ik het je. Hier.'

Ik stokte toen ik de gedaante op de steiger zag. Met blond haar dat wapperde in de wind en met gespreide armen, alsof ze elk moment de lucht in kon gaan. Ik zag meteen dat het Susanna was.

'Wacht,' zei ik tegen Marit en ik gebaarde dat ze moest blijven staan.

Ik liep langzaam naar de steiger. Wilde Susanna zich soms verdrinken?

'Hé, Susanna!' riep ik, waarop ze haar armen liet zakken en zich verschrikt omdraaide. Wat er op dat moment ook door haar hoofd was gegaan, het verdween op slag, dat was te zien.

'Juffrouw Agneta,' zei ze verward. 'Ik... Wat komt u hier doen?'

'Dat heb je me een paar dagen geleden ook al gevraagd. En ik kom steeds voor jou.'

Ik wees achter me, want haar blik viel op Marit. 'Dat is de vriendin over wie ik je verteld heb. Marit Andersson. Ze is hier om je te helpen. Zullen we dat verder in het huisje bespreken?'

Susanna keek even naar Marit, toen liep ze achter me aan.

Mijn vriendin gaf haar een hand. 'Ik ben Marit. Mag ik Susanna tegen je zeggen?' vroeg ze, waarop Susanna knikte.

'Mooi!' zei ze op de innemende manier waarop ze mij bij onze eerste ontmoeting ook voor zich had weten te winnen. 'Laten we dan maar eens praten. We weten nu hoe we je kunnen helpen. Als je akkoord gaat, kun je meteen met me meegaan naar Stockholm.'

'Naar Stockholm?' Susanna keek verward van mij naar Marit en weer terug.

'Ja, Stockholm,' zei ik. 'Je kunt erop ingaan of niet, de beslissing is aan jou.'

Susanna knikte een beetje angstig, maar nam ons daarna mee naar haar onderkomen.

Daar gingen we aan de gammele keukentafel zitten. Marit deed haar plan uit de doeken en liet Susanna een foto van Sigurd Wallin zien. Ik moest erkennen dat het zo te zien een aardige jongeman was. Als zijn karakter met zijn uiterlijk overeenstemde, zou hij zich zeker aan zijn beloften houden.

Susanna leek echter nog te twijfelen. Met sceptische blik hoorde ze Marit aan toen die uitlegde dat ze haar bij een vriendin zou onderbrengen en dat ze de komende week met haar toekomstige man en de vrouwelijke arts kennis zou maken.

'Dokter Strömstad zal je onder controle houden en zal ook bij de bevalling zijn. Sigurd zal je kind erkennen, en daarmee wordt de ergste schade afgewend.'

'En als die Sigurd... als hij me niet goed behandelt?' vroeg ze en ze keek even naar mij, alsof ik haar een garantie kon geven. Maar helaas kon ik dat niet.

'Hij zal je goed behandelen, daar zullen wij voor zorgen. Je hoeft nergens bang voor te zijn.'

'En hoe zit het met mijn familie? Met mijn ouders? Zie ik hen nog terug?'

Die vraag verraste me een beetje, want ze was toch voor haar kijvende moeder weggevlucht. Maar diep in haar hart was ze blijkbaar wel aan hen gehecht.

'Ze kunnen je altijd komen opzoeken,' antwoordde Marit. 'Als zij het willen en als jij het wilt. Je kunt je verblijfplaats echter ook voor hen geheimhouden. Dat hoef je niet meteen te beslissen.'

'In elk geval zal niemand meer over je kletsen,' mengde ik me in het gesprek. 'Ze zullen je met rust laten, en jij bent de respectabele echtgenote van een boekhouder.'

Susanna wekte niet de indruk dat haar dat bijzonder beviel.

'Denk erover na. De alternatieven ken je. Je zou geen gemakkelijk leven hebben, maar als je denkt dat je het wel zal redden, kun je ook nee zeggen.'

Susanna zweeg nog steeds. Zou ze echt nee gaan zeggen? Ik bad inwendig dat ze het niet zou doen.

Nadat ze een hele tijd naar het tafelblad had zitten staren, keek ze me aan. 'Hoe zit het met u?' vroeg ze. 'Het kind is toch van uw broer... Zal uw familie er geen aanspraak op maken?'

Ik keek naar Marit. Zo'n vraag had ik niet verwacht. 'Susanna, dat hangt van jou af. Wil je je kind vertellen wie zijn echte vader is? Of wil je het in de waan laten dat je nieuwe man zijn vader is? Het is aan jou om dat te beslissen.'

Susanna knikte.

'Ga je dus akkoord?' vroeg Marit.

'Ja, ik ga akkoord,' antwoordde Susanna. 'Er is geen andere mogelijkheid, toch?'

'Niet een waarbij jij en het kind geen schade ondervinden.' Marit legde haar hand op Susanna's arm. 'Het zal je bevallen in de stad. Daar kent niemand je, en je kunt helemaal opnieuw beginnen. Je kunt een fijn leven hebben, een beter leven dan wanneer je hier in je eentje zou blijven met je kind, overgeleverd aan de genade van de dorpsbewoners.'

Op de terugweg naar de koets zwegen we. Marit had met Susanna afgesproken dat we haar de volgende ochtend op de weg naar Kristianstad zouden ophalen. Voor die tijd kon ze, als ze dat wilde, haar ouders op de hoogte stellen en haar spullen pakken.

'Het gaat haar lukken,' zei Marit, terwijl ze haar arm door de mijne stak. 'We hebben er goed aan gedaan.'

'Ja,' antwoordde ik. 'En daar ben ik blij om. Maar...'

'Wat?' vroeg Marit.

'Het is ook Hendriks kind. Mijn neefje of nichtje. Ik zal nooit weten hoe het eruitziet of wat voor kind het is.'

'Nou, wat dat betreft zal ik je graag informeren en ik kan je misschien zelfs een foto sturen. Ik kan me niet voorstellen dat Susanna daar iets op tegen zal hebben, na alles wat je voor haar gedaan hebt.'

Ik snoof. 'Wat heb ik dan gedaan? Ik heb haar eruit gegooid!'

'En je hebt ervoor gezorgd dat ze door mijn toedoen een nieuw leven krijgt. Lang niet iedere werkgever zou dat hebben gedaan.'

Ik knikte, maar tevreden was ik niet. Ik wist natuurlijk dat de maatschappelijke conventies het verboden, maar het was me liever geweest als we op een andere manier voor Susanna hadden kunnen zorgen.

'Wanneer zal het geen schandaal meer geven als een vrouw in haar eentje een kind grootbrengt? Wanneer zal de maatschappij inzien dat ook dat kind waardevol is en dat de prestaties van de moeder erkend moeten worden?'

'Ik denk dat vrouwen eerder kiesrecht zullen krijgen dan dat ze ongehuwd moeder kunnen worden zonder hun aanzien te verliezen. De Kerk schrijft nu eenmaal voor dat je getrouwd moet zijn, en daar zullen de mensen zich nog lang aan houden.'

'Maar zondigt de Kerk dan niet tegen het leven door mensen ertoe te drijven die vrouwen en kinderen geen kans te geven? Jij weet toch ook dat die vrouwen meestal op een gegeven moment in de prostitutie terechtkomen. En dat het veel van die kinderen nooit lukt om hogerop te komen.'

'Ik weet het, en daar strijden we ook voor. Maar dat doel is op zijn vroegst over honderd jaar haalbaar. Als het dat al is.'

We stapten weer in de koets en ik liet de paarden flink draven. Er kwam bewolking opzetten die de zon dreigde te versluieren. De velden baadden in een vreemd soort licht. Zou het gaan regenen? Het was het beste om vlug naar huis te gaan.

Tijdens de rit zwegen we, beiden in gedachten verzonken.

Toen we bij de hoeve aankwamen, kregen we Max in het vizier, die met hoge laarzen aan van de velden kwam. Hij hield een map onder zijn arm; naast hem liep de voorman van onze landarbeiders. De twee voerden een levendig gesprek, wat me een beetje verwonderde, want de voorman, Torge Breken, was eigenlijk niet iemand met wie je gemakkelijk contact had. Maar naar het scheen waren Max en hij van hetzelfde laken een pak.

'Dat is een interessante man,' merkte Marit op en ze hield haar hoofd scheef terwijl ze naar hem keek.

'Max von Bredestein, onze nieuwe beheerder,' verklaarde ik. 'Mijn vader heeft hem vlak voor zijn dood aangesteld.'

'En, hoe is hij?' Nu keek ze naar mij. In haar ogen lag een vragende uitdrukking.

'Hij is erg sympathiek en is het liefst op zichzelf. Hij heeft geen goede verstandhouding met zijn vader en kijkt graag naar de sterren.'

'Heb je al eens samen met hem naar de sterren gekeken?'

'Eén keer, toen ik hem wilde overhalen om naar het midzomerfeest te komen. Maar er waren toen niet veel sterren te zien. En ik had ook geen succes, hij wilde voor geen goud meegaan.'

'Je moet het nog maar eens proberen.' Marit keek me veelbetekenend aan. 'Het is bekend dat naar de sterren kijken tot zeer langdurige verbintenissen leidt.'

'Dat zeg jij, de vrouw die gezworen heeft nooit te trouwen!' diende ik haar lachend van repliek.

'Ach, misschien ben ik niet meer zo trouw aan mijn principes als je denkt. Als je ternauwernood aan de dood bent ontsnapt, ga je anders naar de dingen kijken.'

Ik trok mijn wenkbrauwen op. Dit waren heel andere geluiden van mijn vriendin. 'Heb je dan iemand in gedachten?'

'Nee,' antwoordde Marit, maar ik voelde dat dat niet helemaal naar waarheid was. 'En of ik nou ooit een man vind of niet, ik zal altijd voor onze rechten blijven strijden. Daar zal hij zich bij neer moeten leggen.'

Op dat moment kreeg Max ons in de gaten en kwam naar ons toe. 'Goedemorgen, gravin Lejongård!' zei hij terwijl hij me zijn hand toestak. 'Wie mag die schone dame naast u dan wel zijn?'

Ik had niet voor mogelijk gehouden dat Marit rood kon worden. Maar ze begon te blozen.

'Dit is mijn vriendin Marit Andersson. Marit, dit is mijn beheerder, Max von Bredestein.'

'Aangenaam kennis te maken.' Max gaf haar een handkus. Ik kon niet verhelen dat ik een lichte steek van jaloezie voelde. Maar dat gevoel verdrong ik vlug, want het was gewoon belachelijk. 'Bevalt het u op de Leeuwenhof?'

'Ja, heel erg,' antwoordde ze. 'Maar ik zou hier niet willen wonen. Ik ben een stadskind.'

'Uit welke stad komt u?'

'Stockholm,' antwoordde ze.

'Stockholm is een mooie stad,' zei hij. 'Maar ze heeft ook haar schaduwzijden. U moet voorzichtig zijn.'

'Dat ben ik altijd.'

'Dat stelt me gerust.' Max keek nu weer naar mij. 'Meneer Breken en ik hebben net de akkers geïnspecteerd. Het graan groeit goed.'

'Het doet me plezier dat te horen,' antwoordde ik. 'U weet dat meneer Breken na een veldinspectie altijd een borreltje wil drinken met zijn gezelschap?'

Max lachte. 'Dat heeft hij me al verteld. Toen ik hem erop wees dat drinken onder het werk niet hoort, zei hij dat het traditie was.'

'Zo is het, en in dat geval is het toegestaan. Mijn betovergrootvader heeft dat gebruik ingesteld, hij dacht daardoor slecht weer op de velden te kunnen voorkomen.'

'En, heeft het gewerkt?'

'Soms wel, soms niet.'

Max moest weer lachen, toen troffen onze blikken elkaar even. Er stroomde een warm gevoel door me heen. Sinds ik had gehoord dat Michael verloofd was, leek alles anders. Het voelde alsof ik van een last, van een verplichting was bevrijd. En voor het eerst merkte ik weer dat mijn lichaam naar de nabijheid van een man verlangde.

Het was riskant om een verhouding met een werknemer aan te gaan. Maar gelukkig kende niemand mijn gedachten en dromen.

'Veel plezier dan maar,' zei ik. 'En bereid u vast voor. De zelfgebrande schnaps van meneer Breken is sterker dan de graanjenever uit uw vaderland.'

'Dat overleef ik wel. En anders weet u me te vinden als ik niet op eigen kracht bij Torge weg kan komen.'

Nu wendde hij zich tot Marit. 'Pas goed op uzelf, juffrouw Andersson.'

Weer kuste hij haar hand, toen ging hij ervandoor.

Marit bleef even als aan de grond genageld staan en keek hem na alsof ze een geest had gezien. Zelfs de grootste suffragette kon ten overstaan van de juiste man blijkbaar zwak worden.

'Je bent verliefd op hem,' constateerde Marit toen hij buiten gehoorsafstand was, en ze keek me aan.

'Ik? Je bent gestoord,' zei ik niet erg overtuigend, dat viel zelfs mij op.

'Wel. De manier waarop jullie met elkaar praten is zo vertrouwelijk. Jullie lijken een stel dat elkaar al een eeuwigheid kent.'

'We kennen elkaar drie maanden. Dat kun je geen eeuwigheid noemen.'

'Maar genoeg tijd om je hart te verliezen. Soms is daar maar even voor nodig.' Marit pakte mijn hand. 'Vergeet Michael. Ook al leek het zo, hij was niet jouw grote liefde. Die komt nog, daar ben ik van overtuigd.'

Ik keek in de richting waarin Max verdwenen was. Hij was niet meer te zien, maar zijn beeld stond me duidelijk voor de geest.

Was ik echt bezig verliefd op hem te worden? Bij Michael had het allemaal zo duidelijk geleken, nu leek het allemaal heel verwarrend.

Maar misschien had mijn vriendin daar een betere kijk op dan ik.

34

Een lichte ochtendnevel zweefde boven de velden. Maar de zon zou die verdrijven en een stralende dag laten ontwaken. Marit sliep nog, en ook het personeel was nog niet wakker.

Ik waste me en schoot mijn japon aan, toen liep ik het huis uit. Het was nu al een tijdje geleden dat ik het familiegraf voor het laatst had bezocht, en voor we Susanna naar Stockholm brachten, wilde ik Hendrik laten weten dat zijn kind veilig zou zijn.

Onderweg probeerde ik me voor te stellen hoe hij op dat nieuws zou hebben gereageerd. En hoe zijn verdere leven eruit zou hebben gezien. Nog altijd wilde ik me hem niet als schofterige verleider voorstellen. Misschien zou hij echt geprobeerd hebben met Susanna te trouwen. Dat zou een schandaal hebben veroorzaakt, maar mijn vader zou beslist niet op het idee zijn gekomen hem ten gunste van mij te onterven. Na een tijdje zou de storm weer zijn gaan liggen. En al had de gemeenschap haar neus opgetrokken, Susanna zou de volgende gravin Lejongård zijn geworden. Een triomf van de liefde waar het nu niet meer van zou komen.

Het gras langs de rand van de weg was vochtig en de dauwdruppels glinsterden als diamanten terwijl ik naar het kerkhof liep. Een paar weken geleden waren er twee ouderen overleden. Het klokgelui was bij ons te horen geweest. Ik had de families een bezoek gebracht en mijn medeleven betoond, zoals het mijn plicht als landeigenares betaamde.

Nu verspreidden de bloemen op hun grafheuvel hun geur. Boven alles uit verhief zich de graftombe van onze familie. Het hek piepte zachtjes toen ik naar binnen ging. Ik liep naar de nis waar mijn broer rustte. Inmiddels waren bij hem en bij mijn vader de grafplaten geplaatst. Het ontwerp voor de roos boven Hendriks naam had ik gemaakt. Gelukkig had de steenhouwer iets met mijn gekrabbel kunnen beginnen. Ik legde mijn hand op de plaat en probeerde mijn broer erachter te ontwaren, wat uiteraard onmogelijk was.

'Ik...' Mijn stem klonk schor en weergalmde dof tegen de muren. 'Ik zou het fijn hebben gevonden als je me over haar had verteld.' Alsof het nog steeds nodig was het geheim voor mijn vader te bewaren, kon ik haar naam niet uitspreken.

'Ik zou je waarschijnlijk wel hebben begrepen.' Ik zweeg een poosje, toen voegde ik eraan toe: 'Je had voor haar moeten zorgen. Tenzij ze niets voor je betekende. Maar dat geloof ik niet. Jij bent mijn broer. Je had geen slecht hart. Je kind zal in Stockholm opgroeien en waarschijnlijk nooit te weten komen wie zijn echte vader was. Het zal je nooit leren kennen, en dat breekt mijn hart.'

Ik kreeg tranen in mijn ogen en het duurde even voor ik weer iets kon zeggen. Mijn oren suisden. Even ervoer ik weer al het verdriet dat ik had gevoeld bij het bericht dat Hendrik gestorven was.

Maar toen haalde ik diep adem en richtte me op. Het leven ging door. Ook al zou Susanna's kind nooit een echte Lejongård kunnen worden, iets van mijn broer leefde in hem voort. Misschien lukte het me wel het kind in het oog te houden.

'Het ga je goed, Hendrik,' zei ik ten slotte en ik volgde nog eenmaal met mijn vinger de omtrek van de roos. Toen draaide ik me om en verliet de grafkelder.

Uit de bomen rond het kerkhof klonk vogelgezang, dat me omhulde. Ik bleef even als betoverd staan, sloot mijn ogen en liet de tonen tot me doordringen. Het was bijna alsof ik over de drempel van een sprookjeswereld was gestapt, een rijk van vogels, die me welkom heetten of juist als indringer zagen. Maar toen ik mijn ogen opendeed, was ik nog steeds op het dorpskerkhof, met het familiegraf achter me. Ik verliet de begraafplaats en liep de velden in. Ik wist niet precies hoe laat het was, maar mijn gevoel zei me dat ik me niet hoefde te haasten.

Toen het kerkhof een eind achter me lag en ik weer in de buurt van de weiden van ons landgoed was, kwam er ineens een gedaante op me af. Die droeg een donkere jas en liep langzaam, als in gedachten verzonken. Toen hij dichterbij kwam, herkende ik Max. Wat deed die hier? Wilde hij naar het dorp? Misschien een brief afgeven? Toen hij me opmerkte, bleef hij staan en keek me aan. 'Goedemorgen, juffrouw Agneta.'

'Goedemorgen, meneer Von Bredestein,' zei ik terug, en daar was het weer, dat warme gevoel als ik hem in de ogen keek. Wist ik maar hoe het er bij hem vanbinnen uitzag, wat hij dacht.

'Wat doet u hier zo vroeg?' vroeg hij uiteindelijk. 'Ik heb u hier op deze tijd nooit eerder gezien.'

'Ik had zin om een eindje te wandelen,' antwoordde ik. 'En een bezoek te brengen aan mijn broer.'

Max knikte.

'En u?' vroeg ik. 'Zwerft u hier altijd 's ochtends door de weiden?'

'Ja,' zei hij. 'Het geeft me energie om aan de dag te beginnen.'

'Is het heus? Of steekt u weer de draak met me?' Ik gniffelde stiekem. Dat hij dat altijd probeerde, had voor mij al menige sombere dag goedgemaakt.

'Nee, ditmaal meen ik het echt,' antwoordde hij terwijl hij wat dichterbij kwam. Ik bleef staan, alsof ik heimelijk betoverd was.

'Ik wandel graag een beetje rond. Zo leer ik de omgeving beter kennen. En het is een bijzonder gevoel om wakker te zijn wanneer zo veel anderen nog slapen.'

'Nou, u zult niet lang meer alleen zijn,' zei ik terug. 'De boeren zijn vast allang op.'

'Maar hier kom je alleen vossen en hazen tegen.' Hij monsterde me even, toen voegde hij eraan toe: 'Wat denkt u, zullen we de volgende keer samen wandelen? U zou me wat verhalen kunnen vertellen. Over trollen en elfen bijvoorbeeld.'

'Ik dacht dat u rust wilde hebben voor ik u weer met instructies en vragen op de zenuwen ga werken!'

Hij pakte mijn hand en hield hem in de zijne. Ik voelde zijn warmte, en even leek het of ik in het zonlicht zou oplossen. Mijn lichaam voelde heel licht, en mijn hart bonsde.

'U werkt me niet op de zenuwen, noch als gravin Lejongård, noch als uzelf. Ik zou uren en dagen met u kunnen doorbrengen, het maakt niet uit of het in het bos is of in een donker hol. En het zou me een groot plezier doen als u me nu en dan 's ochtends zou willen vergezellen. Dat zou een ideaal begin van de dag zijn.'

We keken elkaar aan, en terwijl mijn verstand wanhopig een antwoord probeerde te vinden dat zijn woorden waardig was, stapte ik als vanzelf dichter naar hem toe. Hoe eenvoudig zou het nu zijn om hem te kussen. Of door hem gekust te worden.

Maar hij week een eindje terug. 'Tenzij u me onverdraaglijk gezelschap vindt.'

Ik keek hem verward aan, maar schudde toen mijn hoofd. 'O nee, absoluut niet! Ik vind u niet onverdraaglijk. En ik... Ik zou heel graag met u gaan wandelen.'

Hij slaakte een zucht van verlichting en glimlachte. 'Echt?'

'Ja, echt. Als u wilt, kunnen we nu meteen beginnen.'

'Heel graag. Maar u was op weg naar het landgoed. Hebt u dan nog wel tijd?'

'Eventjes,' antwoordde ik terwijl ik hem meetrok het weiland in. 'Ik wed dat u dit paadje nog niet kent. Als we geluk hebben, zien we trollen.'

'Werkelijk?'

'Mijn broer en ik waren daar als kind heilig van overtuigd. Misschien is ons hart nog rein genoeg om ze te zien.'

We liepen een tijdje over het smalle pad, dat naar een plek met hoge sparren leidde, ik voorop, hij achter me. Ik voelde zijn ogen en zijn warmte in mijn rug en moest me flink beheersen om er niet als een dom wicht op los te gaan kletsen. Het was fijn dat een man zich voor me interesseerde, in elk geval genoeg om met me te gaan wandelen. Op dat moment merkte ik hoezeer Max me aan het hart lag. Of ik van hem hield wist ik nog niet, maar wellicht kreeg ik de gelegenheid daar binnenkort achter te komen.

Een uur later kwam ik terug op de hoeve. Max had onderweg afscheid genomen omdat hij nog naar zijn huisje wilde. Ik voelde me licht en opgetogen, bijna alsof er geen zware dag voor me lag. Maar zodra ik het huis binnenkwam voelde ik de enorme verantwoordelijkheid weer op mijn schouders rusten.

Susanna. Mijn moeder. De Leeuwenhof. Zou ik ooit weer zonder zorgen zijn?

Na het ontbijt stapten Marit en ik in de koets.

'Moet ik u dan niet rijden?' vroeg August, maar ik wilde niet dat een van de personeelsleden merkte dat we Susanna afhaalden. Ik had August wel kunnen opdragen te zwijgen, maar het was beter als hij van niets wist. Vroeg of laat zouden de dienstmeisjes te weten komen dat Susanna weg was, maar niemand hoefde te weten waar ze naartoe was gegaan. Vanwege Langeholm, en ook vanwege de mensen in het dorp. Niemand mocht haar kwaad toewensen bij haar vertrek naar een nieuw leven.

'Nee, August, laat maar. 'Ik moet oefenen met mennen. Mijn vader kon het ook heel goed.'

'Dat klopt,' zei de koetsier. 'Maar doet u alstublieft voorzichtig, mevrouw uw moeder rukt mijn hoofd eraf als u iets overkomt.'

'August, ik ben toch volwassen!' zei ik, en toen Marit haar tas in de landauer had gelegd, liet ik de zweep boven de paardenhoofden knallen.

We reden via een kleine omweg naar het meer, zodat we niet door dorpsbewoners werden gezien. Susanna stond al aan de kant van de weg te wachten. Hoewel het heel warm was, droeg ze een grofgebreid jasje over haar jurk. In haar haar had ze een keurige vlecht gemaakt. Ze had nog steeds diepe kringen onder haar ogen, maar bij het vooruitzicht naar Stockholm te gaan leek ze wat optimistischer. We hielpen haar de wagen in, en ik pakte haar tas.

'Is dat alles wat je hebt?' vroeg ik, waarop ze knikte.

'Dit is alles wat ik heb. Mijn ouders zullen me beslist niets geven.'

'Heb je ze dan gesproken?'

Ze schudde haar hoofd. 'Nee. Ik zal ze een brief sturen wanneer ik aangekomen ben.'

Ik keek naar Marit, die met haar blik te kennen gaf dat zij overal voor zou zorgen.

Toen klom ik op de bok.

De rit verliep zonder problemen, want de bodem was droog en de zon scheen warm op ons neer.

Op het stationsplein in Kristianstad hield ik halt en zette de landauer op de rem. Voorbijgangers keken nieuwsgierig naar ons. Een koets met drie vrouwen, van wie er een op de bok zat, was blijkbaar nog steeds iets bijzonders.

We hielpen Susanna met uitstappen en ik sloot Marit in mijn armen. 'Laat het me de volgende keer weten als het niet goed met je gaat,' zei ik. 'Ik stuur je de beste dokters die er zijn. En als je wilt, kun je ook met alle liefde bij mij komen herstellen.'

'Dank je, dat is lief van je,' antwoordde ze. 'Maar er ligt veel werk op me te wachten.' Ze keek naar Susanna, die een beetje verschrikt naast ons stond.

Toen ik haar ook in mijn armen wilde sluiten, deinsde ze terug. 'Maar juffrouw Agneta, ik...'

'Je bent geen dienstmeisje meer,' sprak ik haar tegen. 'Je bent nu een vrije vrouw en binnenkort de echtgenote van een boekhouder.' Ik glimlachte bemoedigend naar haar. Ze knikte en liet zich omarmen. 'Pas goed op het kind en op jezelf. Ik wens jullie veel geluk!'

Marit pakte behalve haar eigen tas ook die van Susanna. Vlak voor de ingang van het station bleven ze staan en keken nog even om. Ik zwaaide en klom toen weer op de bok.

Vlak na mijn terugkeer op de Leeuwenhof kwam mijn moeder naar me toe. Ze was zichtbaar aangeslagen en ik vroeg me af om welke reden dat was.

'Was de trein op tijd?' vroeg ze terwijl ze aan de kanten mouwen van haar japon frunnikte.

'Ja, het liep van een leien dakje.'

Stella knikte. 'Jammer dat ze alweer weg moest. Je vriendin beviel me. Eigenlijk geen vrouw met wie jij zou moeten omgaan, maar ze is sterk en eigenzinnig. Ze gaat haar eigen gang, zonder zich op iemand te verlaten. Als ze de juiste man treft, zou ze in betere kringen kunnen verkeren. Dat heeft ze wel in zich.'

'Wellicht komt ze ook zonder mannelijke hulp hogerop,' zei ik, maar ik was echt blij om de positieve uitlatingen van mijn moeder. Het korte dispuut met Marit aan de eettafel leek haar te hebben veranderd. 'Marit heeft overigens Susanna meegenomen. Dat is de reden dat ze hier was.'

Stella's gezicht trok strak. 'Nou...'

'Moeder, alstublieft,' zei ik, want ik wilde dat ze het begreep. 'Het gaat om het kind, Hendriks kind. Ik weet dat we alleen haar woord hebben dat hij de vader is, en in jouw ogen mag ze een dievegge zijn. Maar u had haar moeten zien toen we het over Hendrik hadden. Ze hield echt van hem.'

Mijn moeder zei nog steeds niets. Maar zo te zien ging er van alles door haar hoofd.

'Ze gaat met een boekhouder trouwen en zal haar kind krijgen met hulp van een bekwame vrouwelijke arts. De man zal het kind erkennen, dus je hoeft niet te vrezen dat het later ooit aanspraken zal doen gelden.'

'En hoe zit het met onze aanspraken?' vroeg ze. 'Als het kind echt van Hendrik is, zou het een Lejongård zijn.'

'Zelfs als het een Lejongård naar den bloede is, zal het het kind van een boekhouder zijn,' wierp ik tegen. 'Het kan niet anders, als we geen schandaal willen uitlokken.'

'En als het de enige telg van onze familie blijft?' vroeg ze bezorgd.

'Dan zullen we daar iets op vinden. Ik zal beslissen wat voor onze familie juist is.'

Even keken we elkaar aan, ten slotte knikte Stella. 'Je hebt gelijk, het is zo het beste. Ik zal je niet langer storen.'

Met die woorden trok ze zich terug. Maar ergens had ik het gevoel dat ze wat ze echt had willen zeggen, niet had uitgesproken.

35

Er gingen drie weken voorbij. Augustus naderde, en daarmee het bezoek van de kroonprinses. Ik had graaf Bergen laten weten dat het onderzoek volop gaande was en omdat hij resultaat verwachtte, had ik hem meegedeeld dat er inmiddels een verdachte was. Maar ik had hem veel liever meegedeeld dat de dader eindelijk was opgepakt. Van inspecteur Hermannsson had ik niets meer gehoord. Of Langeholm iets met de lening te maken had of niet, Susanna was in elk geval veilig voor chantage van zijn kant. Hij zou het niet wagen de Korvens op te zoeken en hun naar haar verblijfplaats te vragen. Ik betrapte mezelf erop dat ik Langeholm extra in de gaten hield. Ik merkte niets aan hem, maar op een avond zag ik hem nog laat weggaan. Was hij op zoek naar Susanna? Of wilde hij alleen maar naar de kroeg?

Een paar dagen later werd ik bij het schrijven van een brief aan een voederfabrikant gestoord door luide stappen. Eigenlijk voerden we de paarden met wat de landerijen voortbrachten, maar Max had voorgesteld voor de drachtige merries een bijzonder soort haver bij te mengen, die betere bescherming bood tegen uittering door het groeiende veulen. Het volgende moment werd er aangeklopt.

'Binnen!'

'Juffrouw Agneta, wilt u gauw komen alstublieft!' riep Lena opgewonden met een vuurrood hoofd. 'Er zijn heren van de politie die meneer Langeholm willen komen halen.'

Die woorden waren als een donderslag bij heldere hemel. Had

Hermannsson werkelijk aanwijzingen tegen hem gevonden?

'Ik kom!' riep ik, ik smeet mijn penhouder op het papier neer en rende langs Lena heen.

Toen ik beneden de deur uit liep, trokken twee geüniformeerde agenten aan de stalmeester, die zich heftig tegen zijn arrestatie verzette. De staljongens stonden bij de stallen met elkaar te fluisteren.

'Juffrouw Agneta!' riep Langeholm toen hij me zag. 'Dit is een vreselijke vergissing! Zegt u hun dat ik niets gedaan heb!'

Ik perste mijn lippen op elkaar. De agenten sleurden de stalmeester mee. Op de inrit van de hoeve zag ik een grote gevangeniswagen staan.

'Ik ben onschuldig!' brulde Langeholm, maar dat maakte geen indruk op de agenten. En ook niet op mij. Het was haast niet te geloven dat ik een paar weken geleden nog met die man in de koets had gezeten om naar een vermoedelijke verdachte te gaan kijken.

'Gravin Lejongård,' hoorde ik Hermannsson van opzij zeggen. Toen ik me naar hem wendde, zag ik een ernstige uitdrukking op zijn gezicht.

'Inspecteur Hermannsson! Wat ik in mijn brief heb aangevoerd, was dus voor u van belang?'

'Dat was het zeker. Kunnen we misschien een ommetje maken? Ik vrees dat de implicaties van de hele zaak groter zijn dan u vermoedt.'

Ik staarde hem aan. Wat had dat te betekenen? Ik greep met mijn handen in mijn rok en probeerde zo te verbergen dat ik over mijn hele lichaam trilde.

We liepen een eindje van het huis weg, naar de Engelse tuin. Mijn moeder besteedde blijkbaar weinig aandacht meer aan de tuinman, want het gazon stond vol met klaver.

'Op grond van de uiteenzettingen in uw brief hebben we Sören Langeholm wat nader bekeken. Daarbij hebben we ontdekt dat hij in een etablissement in Stockholm speelschulden had en nog steeds heeft. Bovendien hebben we een bezoek gebracht aan zijn vroegere geliefde Juna Holm, die nu in een huis aan de rand van Stockholm woont.'

‘En wat heeft dat opgeleverd?’ vroeg ik. Blijkbaar had zelfs mijn vader een volkomen verkeerd beeld van de stalmeester gehad. Maar Langeholm was een expert op zijn gebied! Waarom had hij zich ertoe laten verleiden speelschulden te maken?

‘De jonge vrouw beweerde dat Langeholm het huis voor haar had gekocht – voor een bedrag van duizend kroon!’

‘Duizend kroon is beduidend meer dan hij bij ons in een jaar verdient,’ zei ik, want inmiddels wist ik van alle werknemers precies wat ze verdienden.

‘Dat dachten wij ook. En het wordt nog mysterieuzer. Bij het casino is zijn schuldenlast opgelopen tot vierduizend kroon.’

‘Vierduizend!’ ontviel me. Dat was bijna een vermogen!

‘Het ging zelfs zover dat de eigenaar van het casino hem met geweld dreigde als hij niet betaalde. Die betaling kwam toen in februari, ongeveer drie weken voor de schuur in brand raakte.’

‘In februari is de leenovereenkomst van mijn vader opgesteld.’

‘Precies, dat realiseerden wij ons ook. We hebben contact opgenomen met de geldschieter; die kon echter niets zeggen over de beweegredenen van uw vader. Maar het bedrag van vijfduizend kroon past mijns inziens heel goed bij de uitkomsten van ons onderzoek.’

‘Waarom wilde Langeholm Susanna er dan toe bewegen een kostbare broche te stelen? Hij had net zo goed mijn moeder kunnen chanteren.’

‘Het leek hem waarschijnlijk makkelijker het meisje te bedreigen. Uw moeder had vast en zeker contact met ons opgenomen.’

‘En mijn vader? Die onderhield toch ook goede betrekkingen met u, nietwaar?’

‘Ja. Maar het zou kunnen dat Langeholm hem op een andere manier bedreigde.’

‘Op een andere manier?’ Ik keek over Hermannssons schouder heen naar het landhuis. Wat zich tijdens mijn afwezigheid achter die muren had afgespeeld overtrof alle vermeende immorele kwesties die ik in Stockholm was tegengekomen.

‘We hebben de jongedame wat nader aan de tand gevoeld. Omdat ze bang was bij de zaak betrokken te raken, verklaarde ze uiteindelijk dat Langeholm in een kwade bui had gezegd dat hij graag de schuur boven het hoofd van die fijne meneer Lejongård in de fik zou steken.'

'Dat heeft ze niet verzonnen?'

'Dat weten we niet, maar door de geconstateerde afpersing en het dreigement in het bijzijn van mejuffrouw Holm zijn we tot de conclusie gekomen dat we een onderzoek naar de heer Langeholm moeten instellen.'

Ik zakte neer op een van de marmeren banken, die bedekt waren met een dun laagje mos. Een van de engelen zag eruit alsof hij groene tranen plengde.

'Dus u denkt dat hij de brand heeft veroorzaakt?'

'Nou, we moeten uiteraard steekhoudend bewijs hebben. Maar stelt u zich het volgende voor: Langeholm heeft niet meer genoeg aan het loon dat u hem uitbetaalt. Mogelijk omdat hij verliefd is geworden op een dienstmeisje en toekomstplannen met haar heeft. Mogelijk omdat hij bij haar de grote jongen wil uithangen. Hij denkt dat hij met kansspelen rijk zal worden, maar hij maakt schulden en raakt in de problemen. De eigenaar van het casino wil de schulden innen, desnoods met geweld.'

'De relatie tussen Juna en Langeholm kwam aan het licht en Juna werd ontslagen,' ging ik verder, waarop Hermannsson bevestigend knikte.

'Hij is buiten zichzelf van kwaadheid, dreigt er tegenover juffrouw Holm mee dat hij zijn heer schade zal berokkenen. Het is aannemelijk dat de mensen van de casino-eigenaar in die tijd ontdekten waar hij verbleef. Als Langeholm ziet dat de zoon van de landheer een rendez-vous heeft, krijgt hij een idee. Hij gaat naar uw vader en perst hem af voor het bedrag van zijn schulden plus een extra bedrag, waarmee hij voor zijn geliefde kan zorgen. Uw vader betaalt.'

Ik knikte. 'Maar dat verklaart nog steeds niet waarom hij Susanna afperste. En waarom hij de schuur in brand zou hebben gestoken.'

Hermannsson trok veelbetekenend zijn wenkbrauwen op. 'O nee?'

Mijn moeder lag uitgestrekt op bed, met haar handen gevouwen op haar buik en een lila slaapmasker op haar ogen. Op het eerste gezicht leek ze dood, maar haar borst ging regelmatig op en neer.

'Moeder, ik moet u spreken,' zei ik, want ik wist dat ze niet sliep. Als kind al had ik ontdekt dat mijn moeder net zo hard snurkte als mijn vader. Wanneer ze dat niet deed, sliep ze niet en diende het masker alleen als bescherming tegen de wereld en alles wat ze niet wilde zien.

'Ik doe net mijn middagdutje,' antwoordde ze. 'Kan het niet tot later wachten?'

'Langeholm is zojuist door inspecteur Hermannsson opgehaald.'

Nu kwam Stella toch maar overeind en deed ze haar slaapmasker af. 'Om welke reden?' vroeg ze verward.

'Ik heb Hermannsson geschreven over de toestand met Susanna. En ook vaders eigenaardige leenovereenkomst gemeld. Hij is het gaan onderzoeken en is...'

'Heb je de inspecteur op de hoogte gesteld van de schulden van je vader? Hoe kon je!' viel ze me in de rede.

'Ik had een vermoeden, moeder!' zei ik terug. 'Al meteen toen ik de leenovereenkomst zag, vroeg ik me af of vader het geld had gebruikt voor een transactie waarvan niemand iets mocht weten. Als hij het aan het vermogen van het landgoed had onttrokken, zou het Hendrik zijn opgevallen.'

Bij het horen van de naam van haar zoon kromp mijn moeder in elkaar. Natuurlijk zag ze Susanna nog altijd als de schuldige, maar blijkbaar hield ze er rekening mee dat Hendrik ook niet zo zuiver op de graat was als ze had gedacht.

'Toch kun je daarmee niet zomaar naar de politie gaan. Als de gemeenschap in Kristianstad dat te weten komt!'

'Die zal het niet te weten komen.'

'O jawel! Op zijn laatst wanneer het in de krant komt!' wierp ze tegen.

'Wat had ik dan moeten doen? In stilte de maanden zien verstrijken zonder dat de brandstichter gepakt wordt?'

'Wat heeft Langeholm dan met de brandstichting te maken?'

Ik zuchtte. 'Wilt u me alstublieft eens laten uitpraten, moeder?'

Stella kneep haar ogen tot spleetjes, maar zei even niets meer.

'Hermannsson heeft met Juna gepraat, het dienstmeisje dat u eruit hebt gegooid vanwege haar relatie met Langeholm. Hij heeft zomaar ineens een huis ter waarde van duizend kroon voor haar gekocht! En het wordt nog sterker. Langeholm had voor vierduizend kroon aan speelschulden in een casino in Stockholm. De politie gaat ervan uit dat Langeholm, toen hij Susanna en Hendrik samen had gezien, op het idee is gekomen om vader te chanteren.'

'Daar zou je vader nooit op zijn ingegaan.'

'O nee? Ik denk dat hij dat wel heeft gedaan, om zijn zoon te beschermen. Waarschijnlijk heeft hij Langeholm betaald. Die kon het gokken niet laten en bedreigde vader opnieuw. Maar blijkbaar was die van mening dat hij genoeg had betaald. Wat er daarna precies is gebeurd, weet niemand, maar het is mogelijk dat Langeholm de schuur in brand heeft gestoken om vader te straffen en hem schade te berokkenen. In elk geval heeft hij daarmee gedreigd tegen Juna.'

'Die zou kunnen liegen!' wierp mijn moeder tegen.

'Waarom zou ze dat doen? Ze heeft van Langeholm een mooi huis gekregen. Een huis zoals een dienstmeisje zich nooit zou kunnen permitteren.'

'Maar als ze hem zo dankbaar was, waarom heeft ze dat dan eigenlijk gezegd?'

'Omdat ze bang was voor de politie!' Ik haalde diep adem en dwong mezelf mijn schouders te ontspannen, die ik onwillekeurig had opgetrokken. 'Hermannssons mensen doorzoeken nu Langeholms woning. En dat zullen ze ook met Juna's huis doen. We moeten ervan uitgaan dat de brandstichter is gevonden en dat het de stalmeester is.'

Ik keek mijn moeder aan, wachtend op een reactie. Maar die bleef uit. Ik wist dat ze Langeholm altijd erg had gewaardeerd. Was het aannemelijk dat de inspecteur hem wilde schaden? Nauwelijks. Die richtte zich alleen op de feiten.

'Je vader heeft dus het onheil zelf over ons afgeroepen,' zei ze uiteindelijk als verdoofd.

'Strikt genomen, ja.'

En als je het nog strikter nam, was het Hendrik geweest die door zijn affaire met Susanna Langeholm een aanleiding had gegeven voor zijn chantage.

'Mocht het je interesseren,' zei ik, 'Susanna wilde je broche alleen maar stelen om hem aan Langeholm te geven. Maar gelukkig hoeven we nu niet meer voor zijn schulden te betalen. En voor de kroonprinses bestaat er geen bedreiging meer. Ik zal dat aan Bergen laten weten.'

Mijn moeder knikte, toen zakte ze terug op het kussen en deed ze haar slaapmasker weer op. Ik had een euforische reactie verwacht, maar waarschijnlijk moest ze het allemaal eerst verwerken. Ik was in elk geval blij dat het voorbij was.

36

’s Avonds begaf ik me naar het huisje van Max. Net als alle anderen had hij de arrestatie gezien, maar we hadden geen tijd gehad om erover te praten. Omdat er het een en ander te bespreken viel en ik het ook een beetje wilde vieren, had ik een fles aquavit uit mijn vaders barglobe meegenomen.

Terwijl ik langs de weiden liep, legde ik mijn hoofd in mijn nek en keek naar de sterren. Marits woorden klonken me daarbij duidelijk in de oren. Was een relatie tussen mij en Max mogelijk?

Toen we elkaar achter het kerkhof waren tegengekomen, was er een moment geweest dat ik hem bijna had gekust. Het scheelde niet veel, en ik had me sterk tot hem aangetrokken gevoeld. Misschien kon ik er vanavond achter komen of er meer was...

Max zat op zijn veranda bij het schijnsel van een dikke kaars, dat in zijn nikkelen brilletje werd weerspiegeld. Hij deed een beetje denken aan een student die voor een tentamen aan het studeren was.

‘Goedenavond, Max,’ zei ik, waarop hij in elkaar kromp.

‘Juffrouw Agneta!’

‘Was u iets boeiends aan het lezen?’

Hij hield het boek omhoog. August Strindberg. Bij het zien van die naam liep er een rilling over mijn rug, omdat ik aan afgelopen kerst moest denken. Die ruzie leek honderd jaar geleden, net als mijn leven als studente in Stockholm.

‘U weet dat Strindberg niet gesteld is op moderne vrouwen,’ zei ik terwijl ik de veranda op kwam. ‘Ik hoop dat u zich zijn ideeën niet al te zeer eigen maakt.’

'Om eerlijk te zijn vind ik hem vermoeiend,' zei Max. 'Maar ik heb niets anders en ik wil mijn woordenschat uitbreiden.'

'U kunt boeken uit het landhuis lenen. Ik vrees dat mijn vaders bibliotheek niet erg modern is, maar er zitten interessante titels bij. Vreemd genoeg had mijn vader een zwak voor detectives.'

'Nou, daar kijk ik graag eens naar. Maar wat brengt u hier? Wilt u met mij drinken op de opschudding op de hoeve?' Hij wees naar de drankfles.

'Ik wilde vieren dat er een einde is gekomen aan de angst. U hebt vast wel gehoord waarvan Langeholm wordt beschuldigd.'

Max knikte. 'Jazeker, en om eerlijk te zijn, ik ben er zeer door verrast. Er is nooit enige aanwijzing geweest dat hij uw familie wilde schaden.'

'Niet direct, maar indirect wel. Kunt u zich Susanna nog herinneren?'

'Dat dienstmeisje dat weg moest?'

'Ja. Hij had haar tot die diefstal aangezet. Gelukkig is erger voorkomen.'

Ik overwoog even of ik hem meer over Susanna moest vertellen, maar ik besloot erover te zwijgen. Marit had me geschreven dat ze goed in de stad waren aangekomen en dat Susanna er langzaam begon te wennen.

'Gaat u toch zitten,' zei Max en hij wees naar de plaats naast hem. 'Ik zal iets halen om uit te drinken.' Hij stond op en verdween naar binnen.

Drie weken lang hadden we nu en dan samen ochtendwandelingen gemaakt. Maar telkens wanneer ik het gevoel had dat Max een beetje begon te ontdooien, trok hij zich weer terug. Alsof mijn titel een muur was waar hij tegenaan liep.

Na een poosje kwam hij terug en zette twee kopjes voor me neer.

'Ik zal mevrouw Bloomquist vragen u glazen te brengen,' zei ik.

'Dat is niet nodig,' wimpelde hij af. 'Deze kopjes doen het uitstekend. Bovendien hebben ze nostalgische waarde voor me.'

'Nostalgisch?' vroeg ik verwonderd. 'Als ik het wel heb, zijn het kopjes die al lang geleden in het huis zijn afgedankt omdat er niet genoeg meer waren om als servies te dienen.'

'Maar u hebt uit een ervan gedronken,' zei hij met een guitig lachje. 'Ik kan me zo steeds voorstellen dat uw lippen de rand hebben aangeraakt.'

'Alleen als u het kopje pakt waaruit ik echt gedronken heb,' zei ik terug en ik hief het stukje vaatwerk op. 'Ze zien er allemaal hetzelfde uit!'

'Ja, en daarom geef ik u elke keer als u komt een van deze kopjes. Op een zeker moment zult u ze allemaal hebben aangeraakt.'

Grijnzend maakte ik de fles open. De aquavit was een van de laatste flessen van mijn vader. 'Die heb ik uit de globe in de werkkamer. Het is waarschijnlijk niet zo sterk als jullie graanjenever, maar toch geschikt voor de gelegenheid.'

'Zit er alcohol in de globe?' vroeg Max verbaasd.

'Kennen jullie zoiets dan niet? Ieder zichzelf respecterend huis heeft een globebar. In elk geval was dat vroeger zo.'

'Mijn vader heeft er geen. Zijn drank verstopt hij in zijn werkkamer, waar alleen zijn bediende toegang heeft.'

Ik keek hem aan. Wat hij vertelde klonk zo vertrouwd. Ook mijn vader had niemand in zijn kamer toegelaten – afgezien van Bruns en mijn moeder, maar die kon hij niet beletten binnen te komen.

Max wist hoe het was in een landhuis op te groeien. In tegenstelling tot Michael begreep hij wat het betekende tot een adellijke familie te behoren. En hoe lastig het was om je daarvan los te maken. Dat kon alleen als je helemaal met je familie brak.

'Zullen we elkaar tutoyeren?' vroeg ik terwijl ik mijn kopje ophief. 'Nu we samen iets drinken, is het misschien wel een goed moment om daarmee te beginnen.'

'Is dat wel verstandig?' wierp hij tegen. 'Het zou kletspraatjes onder het personeel kunnen veroorzaken.'

'Niet als we het alleen doen wanneer we met zijn tweeën zijn.'

'Betekent dat dat we nooit een normale relatie zouden kunnen hebben?'

'Nee, ik...' Zijn vraag bracht me in verwarring. Ik wilde alleen maar vertrouwelijker met hem kunnen praten. En hij... mijn wangen begonnen te gloeien toen ik besefte wat hij bedoelde. 'Wat mij betreft kunnen we elkaar ook altijd tutoyeren. Per slot van rekening zijn we van dezelfde stand.'

'Maar uw familie is bevriend met het Zweedse koningshuis. Die van mij behoort tot de landadel.'

'Dat geldt voor ons toch evengoed.' Zijn weifeling maakte me nerveus. Was ik te hard van stapel gelopen? Dat we tijdens onze wandelingen zo vertrouwelijk met elkaar omgingen, betekende misschien niets. 'Maar als u het niet wilt, dan laten we alles bij het oude.'

Ik sloeg mijn ogen neer. Door de teleurstelling raakte mijn maag van streek. Ik had gedacht dat hij iets voor me voelde. Had ik me vergist?

'Ik wil het wel,' zei hij en hij pakte mijn hand.

Ik keek hem weer aan. In zijn ogen glansde een gloed die ik voor het laatst bij Michael gezien had. In de eerste periode, toen we elkaar net hadden leren kennen.

'Ik wilde voorkomen dat u last krijgt van geroddel,' voegde hij eraan toe. 'U hebt al genoeg aan uw hoofd.'

'Ik weet het. Maar als wij tweeën wat... vertrouwelijker met elkaar zouden omgaan, zou ik dat niet onaangenaam vinden. Integendeel.'

Max keek me onderzoekend aan, toen knikte hij. 'Goed. Laten we elkaar tutoyeren. Eerst onder elkaar, en later zal wel blijken waar het toe leidt.'

'Ja,' zei ik. 'Dat zal wel blijken.'

We proostten, en daarna boog hij zijn hoofd naar me toe en kuste me. Ik deinsde verrast terug. Toen zette ik mijn kopje neer en legde mijn arm om zijn nek. Onze kus was wat onhandig, zoals bij twee mensen die nog moesten oefenen in het met zijn tweeën zijn. Maar ik voelde de hartstocht onder zijn beheersing gloeien. Een aangenaam gevoel trok door mijn lichaam en ik merkte dat ik bij elke hartslag wenste heel dicht bij hem te zijn, zonder al die lagen kleding.

Ineens maakte hij zich van me los. Met gloeiende blik keek hij me aan. 'We moeten kalm aan doen,' zei hij terwijl hij zichtbaar probeerde zijn begeerte te bedwingen.' Ik weet dat je een moderne vrouw bent, maar ik hou het graag ouderwets. Je het hof maken, kijken wat we allebei willen.'

'Daar ben ik het mee eens,' antwoordde ik, nog steeds ademloos van zijn kus. Het bloed suisde in mijn oren, en voor het eerst in lange tijd voelde mijn lichaam weer aan als dat van een vrouw. Verlangens die onder verdriet en woede verborgen waren geweest, kwamen eindelijk weer tevoorschijn. Het was alsof een oeroude schil rond mijn ziel barstte waardoor die ruimte kreeg om zich opnieuw te ontplooien.

'Goed.' Er verscheen een onzekere maar opgeluchte glimlach op zijn gezicht. Toen hief hij zijn kopje op en proostte naar me. 'Op jou, mooie paardengravin!'

'Op jou, edele ridder.'

De kopjes rinkelden eendrachtig, en even later stroomde de aquavit door onze kelen.

Ten slotte legde Max zijn arm om me heen en liet toe dat ik mijn hoofd tegen zijn schouder liet rusten. Samen keken we naar de sterren, die steeds talrijker werden. De nacht werd duisterder en vallende sterren schoten langs het firmament.

'Als je je voorstelt dat elke ster daarboven een eigen wereld is,' begon hij uiteindelijk, 'dan vraag ik me af hoeveel mensen zoals wij nu naar de hemel kijken.'

'Weet je zeker dat het allemaal werelden zijn?' vroeg ik en ik voegde er schertsend aan toe: 'Stel dat het slechts een groot met edelstenen bestikt gordijn is?'

Hij schudde zijn hoofd. 'Nee, dat is het echt niet. Elk van die sterren is een zon, en elke zon heeft planeten. En wie weet leven daar mensen zoals wij.'

'De pastoor zou je tegenspreken.'

'De Kerk heeft ook geprobeerd Galileo Galilei van het idee af te brengen dat de aarde rond is en om de zon draait. Dat is niet gelukt. En ik zou me er nooit van laten afbrengen te geloven dat er ergens in het universum nog meer leven is. En liefde.'

Er ging een zucht door me heen. Wat hij zei klonk zo wijs, zo teder... Ik had uren naar hem kunnen luisteren. En hoewel ik had gezworen geen penseel meer aan te raken, wenste ik op dat moment dat ik die vreemde werelden waarover hij sprak en die niemand kende, kon schilderen. Misschien zou ik dat ooit nog eens doen.

'Overigens heb ik een nieuwe stalmeester nodig,' zei ik. 'Langeholm is weg en ik zou geen staljongen weten die genoeg ervaring heeft om zijn functie over te nemen.'

Max keek me aan. 'Nou, ik vind Lasse heel competent. Hij is veel verstandiger en flexibeler dan de anderen. Hij is misschien jong, maar hij heeft verstand van paarden.'

'Dat kan wel zo zijn, maar ik heb iemand met ervaring nodig. Iemand zoals jij.'

'Maar ik ben je beheerder, ben je dat vergeten?'

'Nee, natuurlijk niet. Maar ik vraag me af of jij Lasse niet kunt inwerken. Tijdelijk, tot hij het alleen kan.'

Max vertrok zijn gezicht. Het was inderdaad een dubbele belasting om ook de functie van stalmeester te vervullen. Maar ik kon niemand bedenken die Langeholm zou kunnen vervangen.

'Het is veel werk,' zei Max.

'Dat weet ik, maar ik denk dat ik er nu aan toe ben een groter deel van het beheer op me te nemen.' Ik keek hem smekend aan. 'Ik betaal je ook Langeholms salaris.'

'Goed dan,' zei hij instemmend. 'Voorlopig. Tot Lasse die functie kan vervullen.'

Van vreugde viel ik hem om de hals en kuste hem. 'Bedankt! Je bent mijn reddende engel!'

Max glimlachte gevleid. 'Moet ik dan dit huisje opgeven?' vroeg hij toen. 'Je weet hoe erg ik op dit plekje gesteld ben.'

'Je hoeft het niet op te geven.' Ik nestelde me weer in zijn armen. 'Het is hier prachtig, en ik betwijfel of we elkaar in Langeholms onderkomen kunnen ontmoeten. Bovendien wil ik dat absoluut niet, daarvoor heb ik te slechte herinneringen aan hem.'

'Dank je!' Max kuste me opnieuw en hield me vast alsof zijn armen daarvoor gemaakt waren.

Een hele tijd bleven we nog zo zitten tot de brede band van de Melkweg de hemel verlichtte.

'Ik moet gaan,' zei ik en ik stond op. De plek waar ik zijn warmte had gevoeld koelde veel te vlug af, en ik was veel liever bij hem gebleven. Maar dat zou onverstandig zijn geweest. Ik wilde Lena de volgende ochtend niet weer angst en schrik aanjagen.

'Als je wilt, kun je blijven slapen,' zei hij, maar ik schudde mijn hoofd.

'Nee, het is beter als ik ga,' antwoordde ik. 'We zouden het toch kalm aan doen? Als ik hier blijf, kom ik misschien nog op ideeën.'

Max glimlachte, toen gaf hij me een kus op mijn voorhoofd. 'Ik kijk ernaar uit op een dag met die ideeën kennis te maken.'

Toen ik me van hem losmaakte, streelde hij teder mijn arm. Daardoor was ik toch nog bijna gebleven om hem te laten zien waarnaar ik verlangde. Maar ik wilde dat moment niet verstoren.

'Tot morgen,' zei ik zachtjes en ik stapte de veranda af. Ik liep een stukje, en toen ik me omdraaide, stond hij me nog steeds na te kijken.

Ik zwaaide en verdween toen de nacht in. Ik had het gevoel dat ik op wolken liep. Mijn hele lichaam trilde, en voor ik bij het landhuis kwam probeerde ik alle kleine aanrakingen en de kussen weer te voelen.

Ik deed mijn ogen dicht en daar waren ze, zacht en warm en vol verlangen. Daar zou ik van dromen wanneer ik in bed kroop.

37

Een paar dagen later, vlak voordat de kroonprinses met haar gevolg naar ons op weg zou gaan, kwam er weer bericht van inspecteur Hermannsson. Hij deelde ons mee dat Langeholm had bekend de brand te hebben aangestoken en ook dat hij mijn vader had gechanteerd.

'Hij benadrukte dat hij het niet had gedaan om de graaf en zijn zoon te doden,' las ik mijn moeder 's avonds voor. 'Hij wilde ze alleen maar een lesje leren omdat ze niet op zijn eisen ingingen. De rechter zal hem echter desondanks ten laste leggen dat hij de dood van hen beiden evenals die van vele anderen op de koop toe heeft genomen om zijn lage doel te bereiken. Wij zullen het u laten weten als de datum van het proces vaststaat. Mogelijk wordt u gevraagd te getuigen.'

Ik liet de brief zakken en keek naar mijn moeder, die zich niet had verroerd. Ze leek zo hard als een granieten zuil, maar in haar ogen gloeide haat.

'Hij verdient de doodstraf,' fluisterde ze even later. 'Wat een boosaardig mens... Ik schaam me dat ik hem onderdak heb gegeven.'

'Helaas zie je bij de eerste ontmoeting niet wat iemand in zijn schild voert,' zei ik en ik vouwde het blaadje weer op.

Diepe opluchting maakte zich van me meester. Ik voelde mijn ziel enigszins tot rust komen. We waren veilig. Susanna was veilig en ook Hendriks kind. De enorme schade kon niet meer ongedaan worden gemaakt, maar we konden dit hoofdstuk nu afsluiten.

'In elk geval is het gevaar geweken en hoeft graaf Bergen zich ook geen zorgen meer te maken om de veiligheid van prinses Margaret.'

Dat leek mijn moeder niet erg op te monteren, maar ik was ervan overtuigd dat ze er blij om zou zijn zodra haar haat tegen Langeholm vervlogen was.

'Je hebt juist gehandeld,' zei ze ineens. 'Met Langeholm en met het kind. Vergeef me dat ik het niet wilde inzien. De afgelopen maanden... jaren... hebben van mij iemand gemaakt die alleen nog maar het slechtste verwacht.'

Ik staarde mijn moeder verrast aan. Dit waren geluiden die ik niet van haar kende. Zelfs in mijn jeugd had ze niet zo tegen me gepraat. Het liefst zou ik dit moment in een weckfles hebben geconserveerd.

'Ik zou nooit iets doen wat schadelijk is voor ons huis,' zei ik toen ik een beetje van mijn verbazing was bekomen. 'Indertijd, toen ik besloot hier weg te gaan, deed ik dat in de wetenschap dat Hendrik er was. Dat hij ons huis zou voortzetten. Nu ben ik terug en zal ik voor onze familie zorgen.'

'Als je tr...'

Ik hief mijn hand en onderbrak mijn moeder. 'Bederf dit moment alstublieft niet. Het is de eerste keer dat we het met elkaar eens zijn, denkt u ook niet? Of en met wie ik trouw, daar kunnen we later over bekvechten. En ook over andere dingen. Maar geef me de tijd. Ik zal de juiste beslissingen nemen. De familie Lejongård zal niet ten onder gaan.'

Mijn moeder zag eruit alsof ze eerst de woorden die ze eigenlijk wilde uitspreken moest kauwen en doorslikken voor ze me antwoord gaf.

'Goed,' zei ze. 'We laten het daar voorlopig bij. Je vader en je broer kunnen in vrede rusten. En wij zijn er nog. De vrouwen van de Lejongårds mogen misschien in het verleden weinig hebben betekend, maar wellicht wordt het nu tijd dat daar verandering in komt.'

Daarop hief ze haar wijnglas en proostte met me.

Ik beantwoordde het gebaar en voelde op dat moment niets dan trots en tevredenheid.

Deel 2

zomer 1914

38

Een frisse gouden nazomer werd afgelost door een nevelige, sombere herfst. Op de kale velden hipten kraaien en raven rond, het loof aan de bomen kleurde rood en geel, terwijl de dennen en sparren duistere wachters werden die uitkeken naar de sneeuw.

Langeholm werd al snel voorgeleid, wat waarschijnlijk kwam door het aanzien van onze familie. De onaangename taak hem onder ogen te komen en tegen hem te getuigen bleef ons niet bespaard, maar we hoefden het niet in het openbaar te doen. Toen we hoorden dat hij tot levenslang was veroordeeld, juichte de hele hoeve en organiseerden we een feestje. Officieel was het pannenbier voor de nieuwe stal, maar iedereen wist dat we feestvierden vanwege het vonnis.

Natuurlijk stelde ik ook Marit daarvan in kennis, die het nieuws aan Susanna moest overbrengen. Eind november kreeg ik een lange brief van Marit waarin ze me meedeelde dat Susanna een gezond meisje ter wereld had gebracht. Haar naam was Mathilda, en Marit had me beloofd te regelen dat ik het kindje een keer kon zien.

Het huwelijk met de boekhouder verliep zonder enige commotie. De man werkte hard en in zijn vrije tijd was hij vaak weg. Susanna had het huisje in Södermalm meestal voor zich alleen. Marit meldde dat Susanna opging in haar rol als huisvrouw en dat ze niet klaagde. In die wetenschap konden we ondanks de verwarring waaraan we door het jaar heen waren blootgesteld een rustig kerstfeest en een geweldige oudejaarsavond vieren.

Deze keer was er geen onenigheid met gasten, en omdat Max niet naar de officiële viering wilde komen, zocht ik hem op in zijn huisje. Veel gebeurde er niet, hoewel ik daar wel naar verlangde. We dronken met elkaar, warmden ons aan elkaar, maar verder hield hij zich in – zoals hij me in de zomer had beloofd.

Inmiddels hadden we een natte, koude lente achter ons en bracht de meimaand warm weer. Het jaar van rouw was voorbij en mijn moeder en ik konden weer onze oude japonnen in lichte tinten dragen. Veel daarvan waren niet erg modieus meer, maar de naaister uit Kristianstad zorgde ervoor dat we dit jaar het midzomerfeest elegant en volgens de laatste mode tegemoet konden treden.

Nieuwe paarden werden geboren, volwassen dieren verkocht. Dat een vrouw de leiding over de Leeuwenhof had veroorzaakte bij sommige handelspartners nog steeds verwarring, maar dankzij Max' uitstekende vakkennis kon ik hun bedenkingen snel wegnemen. De een na de ander erkende dat de dochter van Thure Lejongård zijn zakelijk inzicht had geërfd en dat de Leeuwenhof allesbehalve gevaar liep.

Op de ochtend van de eerste junidag werd ik door een opgewonden Tim naar de stal geroepen. De knaap zei dat er iets niet in orde was met Avondster. Het veulen was inmiddels een jaar oud en leek een van de beste paarden te worden die onze hoeve ooit had voortgebracht.

Max was al in de stal. De buik van Avondster ging heftig op en neer. Zijn neusgaten zagen er blauwachtig uit.

'Ik vrees dat hij vandaag niet naar buiten kan.' Max' ogen glansden van bezorgdheid. 'Hij lijkt al een paar dagen een beetje zwak, dit zou hem te veel kunnen worden.'

Ik keek naar het veulen. Zijn zwakte was Avondster niet aan te zien. Alleen als je naar zijn ogen keek, kon je je misschien indenken dat hij lusteloos was. Maar Max kende Avondster goed, misschien wel beter dan ik, en wist natuurlijk hoe het eruitzag als hij zich niet lekker voelde.

'Hij is nu ruim een jaar,' zei ik. 'En tot voor kort was hij toch nog in goede conditie.'

'Conditie heeft niets met leeftijd te maken,' wierp Max tegen. 'Ook heel jonge paarden kunnen ziek worden. Het kan van voorbijgaande aard zijn, maar Avondster kan net zo goed een hartgebrek hebben ontwikkeld. We moeten een veearts raadplegen.'

'Had u dan gevallen van hartzwakte op uw landgoed?' vroeg ik terwijl ik Avondster over zijn manen streelde. Dat we elkaar in bijzijn van derden vousvoyeerden begon ik steeds vreemder te vinden, maar we hadden ons er nog niet toe kunnen zetten daar iets aan te veranderen.

'Dat niet, onze paarden hadden eerder problemen met hun hoeven,' antwoordde hij. 'Maar ik heb op naburige landgoederen wel paarden gezien die ineens verzwakten en op een dag onmiskenbaar hartzwakte vertoonden. In het geval van Avondster zou het beter zijn het voor die tijd te ontdekken, voor hij tijdens een rit in elkaar zakt.'

Daar schrok ik van. Inmiddels kende ik de notities van mijn vader en grootvader over alle paarden die hier ooit gefokt waren uit mijn hoofd. Het was lang geleden dat er op de Leeuwenhof noemenswaardige problemen op het vlak van gezondheid waren geweest. Er had eens mond- en klauwzeer geheerst, een andere keer had zich een vreemd soort koliek voorgedaan. Geen van onze paarden had ooit last gehad van hartzwakte. Maar alles was mogelijk.

'We moeten Linus erbij halen. Niemand in de streek heeft meer verstand van paarden dan hij.'

'Ook meer dan ik?' Er gleed een provocerend glimlachje over Max' gezicht. Daar was ik de afgelopen tijd wel aan gewend geraakt, maar het lukte hem nog steeds me daarmee van mijn stuk te brengen.

'Linus is een heel wijze oude man, op wie mijn grootvader zich al verliet. Zijn kennis mag dan wel niet overeenkomen met de actuele stand van zaken in de diergeneeskunde, maar hij heeft een bijzonder sterke intuïtie. Zoiets als een zwak hart zal hij kunnen diagnosticeren.'

'Kan hij ook een diepgaandere diagnose stellen?'

'Waarom niet?' vroeg ik.

'Nou, ik ben een beetje sceptisch wat die zogenaamde wijze betreft. In ons dorp was een kruidenvrouwtje naar wie de mensen toe gingen als ze ziek waren. Ze meden de dorpsdokter, tot het mens het een keer mis had en haar diagnose een vrouw bijna het leven kostte. De dokter kon haar gelukkig redden.'

'Wie was die vrouw?' vroeg ik.

'Mijn moeder,' antwoordde Max. 'Het vrouwtje zei dat de medicijnen niet hielpen omdat ze er niet in geloofde. Maar ik ben van mening dat het mens alleen kwalen kon genezen die met kruiden te bestrijden zijn. Met alle andere gezondheidsproblemen moet je naar een dokter gaan.'

Ik knikte en vroeg me af aan wat voor kwaal zijn moeder had geleden. Tot nog toe had hij het er helemaal niet over gehad. Maar hij sprak weinig over zijn familie.

'Laat Linus toch maar halen. Ik hecht waarde aan zijn oordeel. Hij heeft het nog nooit mis gehad.'

'Goed, zoals u zegt.' Max leek niet bepaald enthousiast, maar ook Langeholm had geen hoge dunk van Linus gehad. Misschien slaagde de oude man erin hem te overtuigen.

Thuis wachtte me de gebruikelijke correspondentie: rekeningen, aanvragen van fokkers en brieven van de handelsbank. Maar tussen dat alles viel een brief op die afweek. Hij was van geelachtig handgeschept papier en woog behoorlijk veel voor zo'n kleine envelop. Ik draaide hem verbaasd om. Een afzender werd niet vermeld, en het adres stond er in een wat onbeholpen handschrift op. Even vreesde ik dat hij afkomstig was van Langeholm. Vanuit de gevangenis kon je brieven sturen, en wat kon hem ervan weerhouden ons uit de verte te vervloeken? Toch ritste ik de envelop open, en nog voor ik de brief eruit kon halen, viel er een fototje uit.

Daarop was een klein meisje te zien. Ze lag op een kussen, in een jurkje met ruches en met een kanten mutsje op. Ze lachte breeduit naar de fotograaf. Dat lachje trof me als een bliksemschicht en de tranen schoten me in de ogen. Het was Hendriks lachje.

Ik staarde naar de afdruk en streek er teder met mijn duimen over. Mathilda, mijn nichtje. Die gedachte vloeide door me heen als warme melk met honing. Hendriks dochter. Het was zo fantastisch haar nu eens te zien.

Pas na een paar minuten was ik in staat het fotootje weer neer te leggen. Ik haalde de brief eruit en zag aan het ietwat ongeoefende handschrift dat Susanna hem zelf had geschreven.

Zeer geëerde juffrouw Agneta,

Hopelijk gaat het u goed. Hierbij stuur ik u een fotootje van Mathilda, die geweldig goed groeit en al begint te kruipen. Ze is mijn grote vreugde, en ik kan het geluk dat u voor me mogelijk hebt gemaakt haast niet bevatten.

Sigurd is een heel aardige man. Als je hem samen met Mathilda ziet, zou je bijna denken dat hij de vader is. Hij zorgt goed voor haar en voor mij. Af en toe zou ik wensen dat hij in staat was me ook op een andere manier genegenheid te schenken, maar dat kan ik niet van hem verwachten.

Een paar weken geleden heb ik mijn ouders hier uitgenodigd, maar ze schreven terug dat ze niet zouden komen. Dat maakte me erg verdrietig. Ik besef dat ik ze teleurgesteld heb, maar dat ze kun kleindochter niet eens willen zien, vind ik heel erg.

Ik weet dat het veelgevraagd is, maar zou u de foto aan mijn moeder willen laten zien wanneer u haar tegenkomt? Ik zou het fijn vinden als ze Mathilda in elk geval een keer ziet.

Hoe gaat het met Lena? Ze is vast al meer gewend. Ik weet nog hoe benauwd ze de eerste dagen was. En Marie? Laatst moest ik zelfs aan juffrouw Rosendahl denken. Soms zou ik haar ook willen schrijven, maar dat zou vast te veel onrust geven.

Ik wens u alle goeds en hoop dat het geluk op de Leeuwenhof is weergekeerd.

Hoogachtend,
Susanna

Ik liet de brief weer zakken. Ik was blij dat het zo goed met Susanna ging en ik hoopte dat haar geluk nog lang mocht duren. Maar dat haar ouders helemaal met haar gebroken hadden, stemde me droevig. Konden ze hun dochter dan niet vergeven? Waren ze dan niet blij dat ze geen maatschappelijke schade had geleden? Dat ze een stapje hoger was gekomen dan hier ooit mogelijk zou zijn geweest?

Mijn gedachten dwaalden naar mijn moeder. Onze verstandhouding was verbeterd, ook al waren we het lang niet altijd eens. Mijn tijd in Stockholm kwam nog maar zelden ter sprake, eigenlijk alleen wanneer ik een vernieuwing wilde invoeren die haar niet welkom was.

Maar hoe zat het met Susanna en Hendrik? Op haar zoon was Stella niet boos, maar op het meisje wel. Alleen al het noemen van haar naam kon een woede-uitbarsting veroorzaken. Mijn blik viel weer op de foto. Zou het mijn moeder interesseren hoe Mathilda eruitzag? Ik besloot er nog mee te wachten. Op het juiste moment zou ze wellicht meer open reageren.

’s Middags kwam Linus eindelijk. De oude man zat als altijd op zijn grofgebouwde dikke pony. Ik kon aan Max zien dat het hem niet lekker zat dat ik Linus had laten komen. Maar hoeveel hij ook van paarden wist, soms waren er dingen die alleen iemand kon ontdekken die bijna een eeuw op de wereld was.

‘Goedendag, Linus,’ zei ik en ik reikte de paardenwijze de hand. Sinds hij voor het laatst was geweest, leek hij nog gebrekkiger te zijn geworden. Ook voor hem stond de tijd niet stil.

‘Goedendag, jonge gravin. Het doet me genoegen u weer te zien. Het is een poosje geleden dat we elkaar hebben getroffen.

Worden er bij u geen veulens meer geboren?'

'Zeker wel,' antwoordde ik en ik keek naar Max. Hij was ertegen geweest dat er spiegelscherven op de ramen zaten wanneer de merries aan het veulenen waren. Ik had hem erop gewezen dat dat traditie was, maar hij had gezegd dat we daarmee het risico liepen dat er brand ontstond. Bij het proces tegen Langeholm was gebleken dat hij spiegelscherven had gebruikt om het vuur aan te steken. Daarna had ik de geboorte van de veulens aan Max overgelaten. Geen enkel veulen had schade ondervonden, de jonkies dartelden monter rond in de weiden.

'We wilden u een beetje rust gunnen,' zei ik tegen Linus. 'Per slot van rekening bent u niet meer de jongste.'

'Pfff!' deed de oude man. 'Het was vanwege die nieuwe daar. Die denkt het beter te kunnen dan wij oude mensen.'

'Dat is niet zo,' protesteerde Max. 'Maar ik ben met paarden opgegroeid, net als mijn vader, groot- en overgrootvader. Paardenkennis zit me in het bloed!'

'Die is nog groen achter de oren,' morde Linus tegen mij. 'Laten we maar eens naar het paard gaan kijken.'

Ik beduidde Linus me te volgen. Max kwam achter ons aan, maar op gepaste afstand.

Toen we bij Avondster kwamen, zagen we dat hij door zijn achterhand was gezakt. Hij zat en het lukte hem niet op te staan. Ik probeerde hem aan te sporen om dat te doen, maar hij trilde machteloos.

'Zou het zijn hart kunnen zijn?' vroeg Max vanaf de achtergrond, maar de oude man luisterde niet. Hij liep naar Avondster, boog zich over hem heen en sprak hem toe in de archaïsche taal die hij altijd gebruikte wanneer hij zich met de paarden bezighield. Toen opende hij de mond van het veulen, bekeek de slijmvliezen en rook aan de slokdarm. Hij onderzocht de neusgaten, de ogen en de oren. Daarna kwam hij overeind en haalde iets uit zijn zak.

'Leg dat op de vensterbank, zodat er geen ondode bij hem komt. Ik zal wat versterkende kruiden gaan zoeken.'

'Is het zijn hart?' vroeg ik.

‘Nee, nee, hij is alleen maar een beetje verzwakt. Waarschijnlijk heeft hij iets gegeten wat niet goed voor hem was.’

‘Iets gegeten?’ Ik keek vragend naar Max. Wat kon er dan in het voer hebben gezeten?

‘Misschien een giftige plant.’

‘En glasscherven?’ vroeg ik angstig.

‘Dat acht ik uitgesloten. Paarden zijn veel te voorzichtig. Maar een giftige plant lijkt me mogelijk. Af en toe zitten die tussen het hooi. Mijn kruiden kunnen het gif uit zijn lichaam halen en zullen versterkend werken.’

Max fronste sceptisch zijn voorhoofd. ‘Ik zou toch willen voorstellen een echte veearts te consulteren.’

‘Vertrouwt u me niet?’ vroeg Linus gekrenkt.

‘Jawel, Linus, het is goed zo. Ga de kruiden maar halen,’ zei ik vlug.

Ik pakte de amulet aan. In de rand waren kleine schrifttekens gegraveerd, runen uit een andere tijd. Die zou vast geen effect hebben, maar de kruiden zouden wellicht helpen. De oude man zei niets, maar ik kon aan hem zien dat hij van zijn overwinning genoot.

‘Vanavond kom ik terug,’ zei Linus ten slotte. ‘Ik verzoek u ervoor te zorgen dat de kruiden voor middernacht worden toegediend.’

‘Dat komt in orde. Meneer Von Bredestein zal erop toezien.’

Even trok er een sceptische uitdrukking over Linus’ gezicht, maar toen liep hij de stal uit.

‘Zal ik met u meegaan?’ vroeg Max nadat hij even met zijn ogen had gerold.

‘Nee, jochie, ik kan de weg zelf wel vinden.’ Met die woorden steeg Linus op zijn pony en reed weg.

‘Weet je zeker dat je alleen naar hem wilt luisteren?’ vroeg Max. ‘Ik begrijp dat hij sceptisch tegenover mij staat, tenslotte ben ik de nieuwe, de vreemde, maar hij is oud en probeert dingen met magie op te lossen. Dat gebrabbel en die amulet...’

‘Ik weet dat je daar niet in gelooft, en dat doe ik ook niet. In elk geval wat de toverspreuken en de amulet en de spiegelscherven betreft. Maar zijn kruiden hebben onze paarden altijd geholpen. En ook de veulens heeft hij goed ter wereld gebracht.'

'Ja, met toverspreuken,' mopperde Max. 'Eigenlijk kunnen merries hun veulen prima in hun eentje krijgen. Alleen bij complicaties moet je ingrijpen. Dat heb ik de afgelopen maanden maar twee keer hoeven te doen.'

'Wat je uitstekend hebt gedaan. Maar laten we het eerst met de kruiden proberen,' zei ik. 'Als ze niet helpen, kunnen we er altijd nog een veearts bij halen.'

Max knikte. 'Goed, laten we het proberen. Maar onthoud dat ik denk dat het om hartzwakte gaat.'

'Misschien is het allebei,' zei ik terug, me een beetje ergerend aan mijn vrijwel complete gebrek aan kennis van paardenziekten. 'Er zijn vast ook giftige planten die het hart aantasten.'

'Die zijn er zeker. Maar ik betwijfel dat Avondster zoiets gegeten heeft. Ik ken de nodige giftige planten. Ik zal overigens ook goed kijken naar de kruiden die de oude man hem wil geven. Als er iets bij zit wat niet in orde is, zal ik het je zeggen.'

'Dank je, ik verwacht ook niet anders.'

Ik keek hem in de ogen. Het liefst had ik hem gekust, maar op dat moment kwamen er twee staljongens aanzetten.

Ik zette een stapje achteruit en kuchte. Max begreep de betekenis daarvan en stapte ook een eindje van me vandaan.

'Zien we elkaar vanavond?' vroeg hij.

'Ja,' antwoordde ik.

'Fijn. Ik hoop dat Linus haast maakt met de kruiden. Ik kan het niet aanzien dat Avondster zo lijdt.'

'Ik ook niet. We zullen doen wat goed voor hem is,' zei ik en ik raakte in het voorbijgaan Max' hand aan. Het gevoel van zijn warme huid deed mijn bezorgdheid voor even verdwijnen, maar die kwam terug zodra ik de stal verliet. Ik wilde Avondster in geen geval verliezen!

39

'Je lijkt wat verstrooid, is er iets gebeurd?' vroeg mijn moeder een dag later aan het ontbijt. Het was een stralende ochtend, de zomer begon zich van zijn mooie kant te laten zien.

'Het gaat om Avondster. Er is iets niet in orde met hem,' antwoordde ik.

Linus had zoals beloofd de kruiden gebracht, maar die hadden geen effect op het veulen. Hij leek steeds zwakker te worden en Max stond erop een dierenarts te laten halen.

'En nu?' vroeg Stella.

'Max, ik bedoel meneer Von Bredestein, vermoedt dat hij iets aan zijn hart heeft. Gisteren is Linus geweest. Hij denkt dat Avondster van een giftige plant heeft gegeten.'

'Er rust een vloek op dat paard,' bromde Stella zachtjes. Het is geboren op de dag dat Hendrik stierf.'

'Dat weet ik, maar ik geloof niet echt dat er een vloek op hem rust. Er moet de afgelopen dagen iets gebeurd zijn. Misschien is er iemand in de stal geweest die hem vergiftigd heeft.'

'Ben je nagegaan of een van de dienstmeisjes misschien in problemen verkeert?' Mijn moeder was het voorval met Susanna en Langeholm nog niet vergeten.

'Niet dat ik weet. En waarom zou ze dan een paard vergiftigen? Maar geloof me, als ik de schuldige te pakken krijg, trek ik hem de oren van zijn hoofd.' Kwaad kauwde ik op mijn stukje knäckebröd, dat ik altijd graag at met een beetje jam en room.

'Als je er zo zeker van bent dat het om vergiftiging gaat, schakel dan weer die inspecteur in. Die zal er wel achter komen.'

'Ik denk dat inspecteur Hermannsson wel wat anders te doen heeft dan iemand zoeken die misschien een van onze paarden heeft vergiftigd.'

Ik verstomde even. Er kwam een gedachte bij me op. Als het werkelijk gif was, waarom hadden de andere paarden er dan geen last van? Had een van de staljongens misschien speciaal een hekel aan dit ene paard? Wou hij soms wraak nemen op Avondster omdat die hem had gebeten? Of had Linus het inderdaad bij het verkeerde eind en had Max gelijk? Had het veulen iets aan zijn hart?

Het zou de eerste keer zijn dat zoiets bij een van onze paarden voorkwam. De moeder van Avondster was kerngezond, dus moest er iets niet in orde zijn geweest met de dekhengst. In dat geval moest ik de eigenaar inlichten, zodat hij de hengst niet meer zou gebruiken om te dekken...

'Wij zijn niet zomaar iemand,' haalde mijn moeder me uit mijn gedachten. 'Voor ons zal Hermannsson wel komen.'

Ik schudde mijn hoofd. 'Nee, we kunnen beter nog even wachten. Misschien wordt het nog duidelijk.'

Op dat moment hoorden we buiten het gerinkel van een fietsbel.

Ik stond op en liep naar het raam.

'Het zal de krantenjongen wel zijn,' zei mijn moeder, die zich er inmiddels niet meer over opwond als ik voor het einde van de maaltijd van tafel ging. Mijn vader had dat tot Stella's ongenoegen ook altijd gedaan.

Ik zag nog net een jongen in een bruin pak met een knickerbocker de trap op lopen.

'Het lijkt me eerder de jongen van het telegraafkantoor.'

We bleven even in stille afwachting staan. Toen ging de deur van de eetkamer open. Bruns kwam binnen, met zijn zilveren dienblad in zijn hand. Hij liep naar mijn moeder en zei: 'Een telegram voor u, mevrouw.'

Een telegram voor mijn moeder? Was er iets gebeurd met een

oude vriend? Telegrammen, dat wist ik intussen, brachten soms ongewenst nieuws.

En dat leek ook nu het geval te zijn, want mijn moeder sloeg haar hand voor haar mond.

'Wat is er?' vroeg ik.

Mijn moeder zei niets. Haar hand bleef waar hij was. Uiteindelijk mompelde ze: 'Gustav is overleden.'

'Welke Gustav?' vroeg ik, en even vreesde ik dat het de koning was. Maar toen schoot het me te binnen: Lennards vader heette ook zo.

Ik liep om de tafel heen om het bericht met eigen ogen te zien. 'Arme Lennard,' fluisterde ik zachtjes toen ik achter mijn moeder staand telkens weer de weinige woorden las, die toch zo veel zeiden. Nu was ook voor mijn jeugdvriend de tijd gekomen dat hij de verantwoordelijkheid over moest nemen.

Met Kerstmis had ik hem voor het laatst gesproken. Vanwege zijn vader had hij niet van huis willen gaan, dus was ik maar naar de Ekbergs toe gegaan.

Het bezoek had me erg aangegrepen, want van de eens zo sterke, voorname Gustav Ekberg was nog maar een schaduw over, die zijn omgeving nauwelijks leek waar te nemen. Toen hij mij zag, vroeg hij: 'Stella, wat doe jij hier?'

Ik had nooit een bijzondere gelijkenis tussen mij en mijn moeder kunnen constateren, maar die had Lennards vader wel gezien. Zijn vrouw had hem uitgelegd dat ik Stella's dochter, Agneta, was, waarop hij beweerde me niet te kennen. Ik had gezien hoe Lennard eronder leed, en hem eigenlijk toegewenst dat er weldra een einde aan de situatie zou komen. Nu moest ik vaststellen dat de dokter gelijk had gehad: de oude graaf Ekberg had nog slechts een jaar geleefd.

'Arme Anna,' beaamde mijn moeder, en ze vouwde het blaadje op. 'Ze zal ontroostbaar zijn door de dood van haar man.'

'Zeker. Maar ze heeft Lennard. Hij zal haar tot steun zijn.'

Mijn moeder keek me aan. 'Dat kan wel zijn, maar Lennard heeft geen richting. En ik weet zeker dat hij het landgoed niet zo goed kan beheren als zijn vader.'

'Op mij kwam Lennard niet richtingloos over,' wierp ik tegen. Ik wist waar ze op uit was. Maar ik zou nu hetzelfde tegen haar zeggen als ik op het midzomerfeest tegen Lennard had gezegd. Ik wilde mijn beste vriend niet verliezen door een huwelijk aan te gaan dat misschien nooit gelukkig zou kunnen worden. En ik kon en wilde geen verraad plegen aan mijn hart. Nooit.

'Hij zou een betere landheer zijn als hij de juiste vrouw aan zijn zijde had.'

Stella keek me nu doordringend aan. Om aan haar blik te ontsnappen liep ik terug naar mijn plaats.

'Ik ben ervan overtuigd dat Lennard naar een vrouw op zoek zal gaan zodra hij dat gepast acht. De afgelopen drie jaar kon hij nauwelijks weg.'

Mijn moeder liet me even met rust, toen zei ze: 'We weten allebei wie de beste echtgenote voor hem zou zijn.'

'Nee, moeder, dat denkt u misschien. Maar u hebt het bij het verkeerde eind. Ik kan niet met mijn beste vriend trouwen. Wat moet er dan van de Leeuwenhof worden?'

'Jullie kunnen elkaar steunen,' zei ze. 'Ik heb er altijd van gedroomd dat jullie ooit een paar zouden worden.'

Echt? Had ze zich dat voorgesteld als Hendrik en ik met Lennard uit het bos kwamen met takjes en bladeren in ons haar en groene knieën van het mos?

'Lennard kan altijd op mijn steun rekenen,' antwoordde ik. 'De leden van onze familie zijn zijn oudste vrienden. En ik zal hem bij de keuze van welke echtgenote dan ook steunen. Zolang die keuze maar niet op mij valt, want ik wil niet met Lennard trouwen.'

'Met wie dan wel?' vroeg mijn moeder enigszins zuur.

'Dat zal wel blijken.'

'Je bent al achtentwintig!'

'Ongelofelijk, nietwaar?' zei ik. Ik kon me het feest in november 1910 ter ere van mijn vijfentwintigste verjaardag nog goed herinneren. Het was een ongewoon feest, want ik was niet gewend mijn verjaardag met honderd gasten te vieren. Lennard was er vanwege zijn vaders ziekte niet bij geweest, maar er waren veel anderen die ik nauwelijks kende. Het was de ideale gelegenheid om bekend te maken dat ik mijn meerderjarigheid had aangevraagd en op die dag ook had verkregen. Mijn ouders waren gechoqueerd geweest, evenals de meeste gasten. Het was weliswaar heel gewoon dat ongehuwde vrouwen hun meerderjarigheid door de rechter lieten vaststellen, maar waarschijnlijk had iedereen gehoopt dat ik in plaats daarvan mijn verloving met een veelbelovende huwelijkskandidaat bekend zou maken.

Dan was mijn laatste verjaardag heel wat aangenamer verlopen. Toen Max hoorde dat ik jarig was geweest, kocht hij een sterrenalmanak voor me. 'Zodat je eindelijk van me aanneemt dat het daarboven allemaal zonnen zijn en geen dode edelstenen,' had hij gezegd, en hij dreigde me te overhoren over de namen van de sterren, die meestal een Arabische of Griekse herkomst hadden. Dat had hij nog niet gedaan, maar ik bewaarde het boek als een geheime schat in mijn kamer onder het bed. Zo kon ik me tenminste een beetje verbeelden dat Max bij me was.

'Voor we huwelijksplannen voor mij gaan maken of u me voor ouwe vrijster uitmaakt, moeten we misschien eens nadenken over onze reactie op het overlijden van Gustav. Dat we bij de begrafenis zullen zijn, spreekt vanzelf, maar misschien moeten we er al eerder heen. Als dat niet ongepast is.'

Mijn moeder keek me verbaasd aan. 'Neem jij de conventies van onze stand in acht?'

'Zeker,' antwoordde ik. 'In elk geval wanneer het om zo'n trieste aanleiding gaat als het overlijden van een oude vriend. Denkt u dat we hen met een bezoek storen? Na de dood van vader en Hendrik zijn ze niet hier geweest, maar dat kwam door de slechte toestand van Gustav.'

'Ik zal erover nadenken,' antwoordde mijn moeder. 'Maar jij moet alvast bedenken welke kleding je uitkiest.'

Dat betekende duidelijk ja. Waarschijnlijk wilde ze eerst nog bij haar vriendin navragen of het op prijs werd gesteld.

‘Hoeveel dagen blijven we daar?’ vroeg Lena opgewonden toen ik haar over de reis naar landgoed Ekberg vertelde.

Omdat ze mijn kamenierster was, mocht ze, net als Linda, mee. Het landgoed lag op een dag reizen, en omdat mijn moeder erop zou staan dat ik in aanwezigheid van gravin Ekberg goed gekleed was, had ik het meisje nodig.

‘Vijf,’ zei ik en ik probeerde mijn onbehagen over die lange tijdsspanne te verbergen. Het leek me een eeuwigheid, en al die tijd zou ik Max niet zien. Bovendien maakte ik me zorgen om Avondster.

‘Maar bedenk dat het geen plezierreisje is. We gaan er om een ernstige reden heen. De graaf is lange tijd heel ziek geweest en wij komen er om onze opwachting te maken en de uitvaart bij te wonen. Gedraag je daar alsjeblieft net zo netjes als hier.’

‘Dat zal ik doen,’ beloofde Lena, maar in haar ogen zag ik dat ze zich nog steeds op de reis verheugde.

Dat gunde ik haar, al kon ik haar vreugde niet delen. Enerzijds omdat ik echt bedroefd was dat de oude graaf gestorven was. En anderzijds omdat ik vreesde dat een huwelijk tussen Lennard en mij weer ter sprake zou komen. Maar dat was niet de zorg van mijn kamenierster. Samen zochten we de beste japonnen van mijn nog maar pas afgedankte rouwkleding uit. Er liep een rilling over mijn rug toen ik de japon oppakte die ik op de begrafenis van mijn vader en Hendrik had gedragen.

‘Die niet,’ zei ik en ik gaf hem aan Lena. ‘Leg hem alsjeblieft zo ver mogelijk weg. Die wil ik nooit meer aan.’ Mijn kamermeisje knikte volgzaam en liet de japon verdwijnen.

Toen we klaar waren, liet ik Lena gaan en nam ik even tijd om uit het raam te kijken. Er liepen een paar staljongens langs, en Max was bij hen. Zo te zien hadden ze iets belangrijks te bespreken.

Ik zette mijn bezorgdheid om Avondster van me af, stond op en begaf me naar de werkkamer. Voor ik wegging, moest ik nog een paar dingen regelen. Ik moest de belangrijkste post beantwoorden en daarna juffrouw Rosendahl instrueren wat haar tijdens onze afwezigheid te doen stond. Tot de avond zou ik er waarschijnlijk niet aan toe komen naar de stallen te gaan om naar Avondster te kijken.

De maan verlichtte helder mijn pad toen ik naar het huisje liep. Ik had Max 's middags heel even gezien, maar wilde het nu met hem over de komende dagen hebben. De kruiden van Linus hadden nog steeds geen effect en ik kon er vanwege het bezoek aan de Ekbergs niet op toezien dat Avondster de nodige zorg kreeg.

Toen ik bij het huisje kwam, waren alle ramen donker. Sliep hij al? Ik liep de veranda op en klopte aan. Het geluid weergalmde dof door de ruimte, maar er kwam geen reactie. De deur zat op slot. Was Max er niet? Ik draaide me om en liep terug naar het huis. Ik hoopte Max nog tegen te komen. Maar dat gebeurde niet. Ik begaf me naar de stallen.

Toen ik de deur opendeed en de warme geur van paarden en stro me tegemoet stroomde, zag ik een zwak lichtschijnsel. Ik liep ernaartoe en zag Avondster op zijn zij liggen. Naast hem in het stro zat Max op zijn hurken.

Hij moest ingedommeld zijn, want toen ik kuchte kromp hij in elkaar en schrok op. 'Agneta!' riep hij, zonder eraan te denken dat ik misschien niet alleen was. 'Wat kom jij hier doen?'

'Het is net half elf geweest,' zei ik en ik hurkte ook in het stro neer.

'O jee, ik wilde alleen maar een beetje uitrusten,' zei hij over zijn gezicht wrijvend.

Ik plukte een strohalm uit zijn haar. 'Dat is dan gelukt. Ik was bij je huisje en trof je daar niet aan.'

'Excuus. Ik wou nog een poosje bij hem blijven. Het gaat steeds slechter met hem. Zijn neusgaten gloeien. Hij heeft koorts.'

'Dan zullen we er niet omheen kunnen de veearts te laten komen.'

Ik ergerde me een beetje dat ik niet meteen naar Max had geluisterd. Maar waarom had Linus de situatie niet goed ingeschat? Waren het geen kruiden geweest, maar toch glasscherven? Of, zoals Max vermoedde, een hartaandoening?

'Ik zal morgen meteen contact met hem opnemen,' beloofde Max terwijl hij Avondster streelde.

'Ik ga morgen naar landgoed Ekberg. De oude graaf is overleden.'

'De vader van je jeugdvriend?'

'Ja,' antwoordde ik. 'Hij was al geruime tijd ernstig ziek. Een jaar geleden werd voorspeld dat hij hoogstens nog een jaar te leven had. De dokter heeft dat goed gezien.'

'Dat zal een klap zijn voor je vriend.' Max leek bedenkelijk te kijken. Dat had ik hem al eerder zien doen wanneer Lennard ter sprake kwam.

Onze verhouding, die tussen Max en mij, was geen vaste relatie. We waren nog niet intiem met elkaar geweest, omdat hij niet wilde dat het mij net zo zou vergaan als Susanna. Ik had tegen hem gezegd dat ik de voortekenen kende en wist wanneer ik gevaar liep zwanger te worden, maar dat geloofde hij niet. 'Wanneer we zeker weten dat we bij elkaar horen, zullen we het doen,' had hij gezegd, en ik had gemerkt hoeveel zelfbeheersing hem dat kostte.

Maar zodra Lennards naam viel, leek hij te vrezen dat mijn jeugdvriend concurrentie betekende.

'Ja, het is een hele klap voor hem,' zei ik. 'En ik heb je al verteld dat hij me een aanzoek heeft gedaan.' Zo veel openheid moest er tussen ons zijn. Ik wilde voor Max niets verheimelijken. Inmiddels wist hij ook alles over Michael. 'Maar ook als hij het opnieuw doet, zal ik het niet aannemen. Er is voor mij geen ander dan jij.'

Ik pakte zijn hand, en die sloot zich even later om de mijne. Ik voelde duidelijk de opwinding in zijn lichaam, maar ik wist dat hij zich aan zijn belofte zou houden. Ik boog me naar hem toe en kuste hem, toen leunde ik tegen zijn schouder.

'Je moet gaan slapen,' zei Max nadat we daar een tijdje zo hadden gezeten. 'Je kunt beter naar huis gaan. Ik laat het je weten als er iets verandert.'

Op dat moment wenste ik zo dat ik hem mee kon nemen! Maar ik besefte dat hij gelijk had. 'Goed,' zei ik en ik maakte me van hem los. 'Goedenacht!'

'Goedenacht, Agneta. Zien we elkaar morgen nog voor je vertrekt?'

'Jazeker.'

We kusten elkaar nog eens hartstochtelijk, toen liet hij me weer los.

40

Met bezwaard gemoed stapte ik in de koets. Max had me verzekerd dat Lasse en hij overal voor zouden zorgen, maar ik vreesde dat mijn misrekening om op Linus te vertrouwen ertoe zou leiden dat Avondster stierf. Het was absurd, maar het voelde alsof ik mijn broer nog een keer zou verliezen. Zou ik dat ook bij een ander paard zo hebben ervaren?

Met een half oor luisterde ik naar mijn moeder, die zich erover beklaagde dat er in een van haar beste zwarte japonnen een scheur zat die Linda niet op stel en sprong had kunnen repareren. Ik keek voortdurend naar de stal en hoopte nog een blik op Max te kunnen werpen, maar hij was nergens te bekennen.

Uiteindelijk zette August de paarden in beweging. De heen- en terugreis zouden allebei ruim een dag duren. Omdat de begrafenis de komende vrijdag was, zouden we in totaal vijf dagen weg zijn. Verlangend keek ik achterom naar het huis. Ik zou Max missen. Die ochtend hadden we elkaar voor een wandeling getroffen, maar daarbij hadden we nauwelijks gepraat en de tijd liever doorgebracht met elkaar kussen en omhelzen. Ik wenste dat ik met hem in de wei had kunnen vrijen. Waarschijnlijk zou hij mij en ik hem pas helemaal toebehoren als we getrouwd waren, en dat ergerde me.

'Wat ben je zwijgzaam,' zei mijn moeder na een poosje. 'Zit je nog steeds met je gedachten bij dat paard?'

'Ja,' antwoordde ik, ook al had ik aan heel andere dingen gedacht. 'Linus kon niets voor Avondster doen. Ik heb meneer Von

Bredestein opdracht gegeven de veearts te laten komen.'

'Het is maar een paard,' zei mijn moeder en ze richtte haar blik naar buiten. 'Er komen weer nieuwe als hij doodgaat. Net zoals er altijd weer nieuwe mensen bij komen.'

'Toch zal ik treuren om zijn verlies,' antwoordde ik. 'Het gaat om de herinnering.'

'Het stelt niets voor,' zei mijn moeder. 'Het is maar een paard. De ziel van je broer is in de hemel, je kunt jezelf beter niets wijsmaken, dat zou godslastering zijn.'

Ik keek opzij. Terwijl Lena haar hoofd introk, deed Linda alsof ze niets had gehoord. Aangelegenheden van haar bazin gingen haar pas aan als ze persoonlijk werd aangesproken. Dat betekende echter niet dat ze niet haar oren spitste. Om die reden zag ik af van een dispuut met mijn moeder en keek ik weer uit het raam. We bevonden ons nog steeds op onze landerijen, maar het landhuis lag al ver achter ons. En daarmee ook Max.

Ik zou mezelf moeten dwingen mijn verlangen naar hem niet toe te laten, in elk geval niet als er getuigen waren.

Toen we bij landgoed Ekberg arriveerden, was het al avond. De laagstaande zon werd weerspiegeld in de ruiten van het rococogebouw. Na een verwoestende brand was het landhuis eind achttiende eeuw voor een groot deel herbouwd. Overal waren de typerende schelpmotieven te zien: boven de ramen en deuren, in de haren van de vrouwenhoofden die vanaf de muren op de bezoekers neerkeken, en in de bloemenranken die zich om de zuilen heen wonden. Een natuurlijke versiering vormde de dichte klimop die de muren bedekte. In tegenstelling tot ons huis met de stoere leeuwen wekte het een elegante indruk, en als het groter was geweest, had je het voor een echt kasteel kunnen houden.

Vlak nadat August de koets tot stilstand had gebracht kwam de eerste huisdienaar, Thomas Lundt, ons tegemoet rennen. Hij had ongeveer dezelfde leeftijd als Bruns, maar was kleiner en had al een spierwitte haardos.

Hij werd gevolgd door twee jonge bedienden, die nieuw moesten zijn. Ik had ze in elk geval nooit gezien. Het ontging me niet dat Lena rood werd toen een van hen, blond met een heleboel sproeten op zijn neus, naar haar lachte. De deur van de koets werd opengemaakt en bij het uitstappen moest ik gekreun onderdrukken. Mijn zitvlak was gevoelloos geworden en al mijn gewrichten leken vastgeroest.

'Welkom op landgoed Ekberg,' zei Lundt met een buiging. 'U wordt al verwacht.'

Op dat moment verschenen Lennard en zijn moeder bij de deur.

Gravin Anna Ekberg was vroeger een bijzonder mooie vrouw geweest. Een schilderij van haar dat in het huis hing had me vaak de adem benomen en me de wens ingegeven er later ooit ook zo uit te zien. Mooi was Anna nog altijd, maar de jaren dat haar man ziek was en het huidige verdriet hadden duidelijk hun tol geëist. Bij haar vergeleken was mijn moeder veel sterker. De twee vrouwen hadden een totaal ander karakter.

'Anna, lieverd,' zei mijn moeder en ze sloot de gravin in haar armen. 'Ik vind het zo vreselijk.'

'Dank je,' antwoordde Anna met een door tranen verstikte stem. 'Fijn dat jullie gekomen zijn. Zo kan ik het allemaal tenminste voor even vergeten.'

Mij nam ze ook in haar armen, als een dochter.

Toen was Lennard aan de beurt. Ook hem kon je het verdriet van de afgelopen uren aanzien, maar nadat hij mijn moeder een zedige handkus had gegeven, glimlachte hij naar me.

'Ik vind het zo fijn je weer te zien,' zei hij terwijl hij me omhelsde.

'Ik jou ook,' antwoordde ik en ik probeerde geen stijve indruk te wekken. Sinds zijn huwelijksaanzoek voelde ik me in zijn aanwezigheid een beetje ongemakkelijk. Ik vreesde dat hij het nog een keer zou doen, tenslotte had hij dat aangekondigd. Maar er was niets aan onze situatie veranderd. Behalve dat ik nu mijn hart verloren had. Zou het zin hebben hem dat te vertellen? Zou ik me dan beter voelen? Ik zette mijn overpeinzingen opzij.

'We hoopten al dat jullie er bij het avondeten zouden zijn,' zei gravin Ekberg. 'Ik heb Lundt de grote tafel laten dekken. En Martha is blij dat ze eindelijk weer eens echt kan koken.'

'Als jullie hulp nodig hebben bij de voorbereidingen, zullen onze dienstmeisjes jullie graag terzijde staan,' bood mijn moeder genereus aan.

Ik onderdrukte een grijns. Wat zou Linda daarvan zeggen? Lena was gewend overal een handje te helpen, maar Linda had onder de bedienden een bijzondere positie. Als Stella's aanbod haar ergerde, liet Linda dat echter niet merken.

De vrouw des huizes en Lennard brachten ons naar onze logeerkamers.

'Waar is Lisbeth?' vroeg mijn moeder toen ze arm in arm met Anna de gang door stapte. Ik liep naast Lennard, en we leken allebei niet goed te weten hoe we ons tegenover elkaar moesten gedragen.

'Die komt morgen,' antwoordde Anna. 'De verplichtingen van haar man laten niet toe dat ze eerder komen.'

'En hoe gaat het met je kleinzoon?'

'De kleine groeit als kool. Maar het is jammer dat Gustav niet meer zal meemaken dat hij...' Anna stokte en drukte haar zakdoek tegen haar mond. Lennard legde zijn hand op zijn moeders schouder. Een teder gebaar dat me erg ontroerde.

'Het is al goed, het gaat wel weer,' zei Anna. 'Zulke gedachten komen af en toe bij me op. Ik vermoed dat dat nog wel een tijdje zo zal blijven. Toen Gustav nog leefde, heb ik me altijd vastgeklampt aan de hoop dat zijn toestand als door een wonder zou verbeteren. Maar de dood laat ons zien dat er grenzen zijn aan hoopvolle verwachtingen.'

Daar had ze gelijk in, hoe hartverscheurend het besef ook was.

Nadat we ons hadden omgekleed en Linda met Lena naar de keuken van de Ekbergs was gegaan, begaven we ons naar de eetkamer. Daar waren de twee grote spiegels bedekt, een gewoonte die bij ons thuis niet meer in gebruik was. De doeken leken twee enorme schimmen die ons bij het eten wilden gadeslaan.

De kokkin had werkelijk haar uiterste best gedaan en heerlijke pasteien, sappig gebraad en een kleurrijke groenteschotel bereid, waar nieuwe aardappelen met boter bij werden geserveerd.

'Mijn man at op het laatst alleen nog maar muizenhapjes,' zei Anna Ekberg verdrietig. 'Ik zou willen dat er een gerecht was geweest dat hem meer kracht had kunnen geven.'

'Dat was niet mogelijk, u hebt de dokters gehoord,' zei Lennard zachtjes. 'U moet zich daar niet zo mee kwellen, moeder. Vader is nu ergens waar hij het beter heeft en geen pijn meer lijdt.'

Anna knikte, en weer kwamen de tranen. Verontschuldigend keek Lennard naar ons, maar ik gaf te kennen dat het in orde was. Ook mijn moeder en ik hadden zo onze verdrietige momenten in de eetkamer gehad.

'Daar heb je gelijk in, Lennard,' viel Stella hem bij. 'Je vader hoeft niet meer te lijden. Daarmee moeten jullie jezelf troosten. Hij is gestorven in de zekerheid dat het voortbestaan van jullie huis gegarandeerd is.'

'Ja,' snikte Anna. 'Al zou ik wensen dat Lennard al een echtgenote had.'

'Moeder,' protesteerde Lennard. 'Dat is geen onderwerp om nu te bespreken.'

Hij keek vlug naar mij en werd rood. Ik onderdrukte een glimlach. Blijkbaar verschilden onze moeders wat dat betreft niet van elkaar. Ze wilden allebei hun kind onder de pannen brengen.

'Ik weet zeker,' zei Stella, dat je zoon de juiste beslissing zal nemen.'

Het ontging me niet dat mijn moeder daarbij afwisselend naar mij en naar Lennard keek.

'Pardon,' zei Anna Ekberg. 'Ik ben nogal van streek. Van het ene moment op het andere is alles anders, en ben je bang voor de toekomst en zou je willen dat die helemaal verzekerd was.'

'Vergeet niet dat u al een kleinzoon hebt,' zei Lennard. 'Het zou Lisbeth kwetsen als u haar niet in uw toekomstplannen zou opnemen.'

'Jij bent toch de erfgenaam van het landgoed,' mengde mijn

moeder zich in het gesprek. ‘Een moeder hoopt altijd dat het huis in rechte lijn kan worden voortgezet.’

‘Maar stel dat Lennard niet trouwt,’ voerde ik aan, ‘dan is het kind van Lisbeth net zo goed een Ekberg en zal het erfgoed op hem overgaan.’

‘Dat is juist, maar dan zou de naam van onze familie uitsterven,’ zei Anna. ‘Tenzij haar echtgenoot bereid is onze naam te gaan dragen.’

Zou iemand er dan over moeten nadenken om de naam van een adellijke familie aan te nemen? schoot door me heen. Toen viel me weer in hoeveel moeite Michael ermee had gehad bij me te blijven toen ik de erfenis had aanvaard. Titel of niet, het viel een man blijkbaar niet licht zijn naam en die van zijn familie in te ruilen voor die van zijn schoonouders. Een beetje ongemakkelijk keek ik naar Lennard en hoopte dat hij in de gaten had hoe penibel dit gesprek voor mij was. Met mijn moderne visie kon ik makkelijk een aanvaring veroorzaken. Maar dat zou hier, ten overstaan van de dood van een goede vriend van de familie, niet gepast zijn.

‘Bij jullie is het toch net zo,’ zei Anna zich tot mij richtend. ‘Als jij met iemand trouwt, zou jouw naam ook uitsterven. Tenzij...’

‘Nou, wat dat betreft zullen wij ervoor zorgen dat onze naam behouden blijft,’ kwam mijn moeder ertussen. ‘Als de echtgenoot uit een belangrijk huis stamt, zal hij dat wel begrijpen.’

‘Natuurlijk,’ zei Lennard, alsof hij zich aangesproken voelde.

Onwillekeurig verstijfde ik. Het was al niet gemakkelijk getuige te zijn van Anna’s verdriet, maar het was heel onaangenaam te moeten aanhoren hoe mijn moeder en die van Lennard met elkaar over mijn en zijn toekomst spraken.

‘In dat geval is het ook mogelijk dat ze allebei hun naam en titel behouden en een gemeenschappelijke naam voor de familie kiezen,’ voegde mijn vriend daaraan toe.

‘Dat is uiteraard mogelijk,’ merkte Stella op, ‘maar daar moeten beide partijen in toestemmen.’

Ik raakte steeds meer verkrampt. Wanneer zou mijn moeder tot de aanval overgaan en het onvermijdelijke ter sprake brengen? Ik wachtte gespannen tot de storm losbarstte.

Gelukkig gooide Lennard het uiteindelijk over een andere boeg. 'Hoe ver zijn jullie met de voorbereidingen voor het midzomerfeest?' vroeg hij.

'Wij zullen vanwege de omstandigheden dit jaar helaas niet kunnen komen,' wierp Anna tegen, maar het was aan mij om Lennards vraag te beantwoorden.

Blij dat we het over iets anders konden hebben dan de naamgeving bij adellijke huwelijken, zei ik: 'We zijn bijna klaar. Er ontbreken nog wat toezeggingen, maar die zullen nog wel komen. Zult u er echt niet bij zijn, mevrouw Ekberg?' vroeg ik. 'Het wordt geen buitensporig feest, enkel een gezellig samenzijn. Dit jaar dragen we weliswaar geen rouwkleding meer, maar we hebben besloten het bescheiden te houden.'

De discussie daarover had lang geduurd. Mijn moeder was van mening geweest dat we naar de oude pracht en praal terug moesten, terwijl ik vond dat het beter was het feest net zo sober te houden als vorig jaar. Met het verschil dat we nu weer zouden kunnen dansen.

'Ze zullen denken dat het niet goed gaat,' was haar mismoedige bezwaar.

'Nee,' zei ik, 'ze zullen denken dat ik de hoeve weloverwogen en zuinig bestier. Ons huis doet het goed, de nieuwe stal is groter dan de oude en ook verder kun je geen teken van armoede bij ons ontdekken. Als we het midzomerfeest soberder en simpeler houden zullen ze zeggen dat we niet spilziek zijn en dat de nieuwe gravin haar zaakjes goed op orde heeft. Grotere lof kan de gemeenschap ons niet geven.'

'Als de gemeenschap het tenminste zo opvat,' morde Stella, en ik kon aan haar zien dat ze naar een groots feest verlangde. Maar de tijden waren veranderd en er waren nog steeds veranderingen gaande.

'Dat zal ze zeker doen. En als ze over ons gaan roddelen, trekken we ons daar niets van aan.' Ik was het toch al gewend dat mensen niet altijd een hoge dunk van me hadden.

Dus werd besloten dat het feest dit jaar niet veel anders zou verlopen dan vorig jaar. En als ik nu in de ogen van Anna Ekberg keek, wist ik dat ik de juiste beslissing had genomen.

'We zullen het in overweging nemen,' zei ze.

'Een beetje afstand nemen van het huis en alle herinneringen zal je misschien goeddoen,' viel mijn moeder haar bij. Zelf had ze geen afleiding gezocht, hoewel ze best een tijdje aan zee had kunnen verblijven. Maar ook ik meende dat het de Ekbergs na alle ellende die ze hier in huis hadden meegemaakt goed zou doen om er even uit te zijn.

'We zouden ons er in elk geval erg op verheugen,' voegde ik eraan toe. 'En als jullie alleen naar ons toe willen komen om een beetje bij te komen, zouden we dat prima vinden. Laat het maar weten.'

Anna glimlachte naar me. 'Dat is heel lief van je, Agneta. Mijn zoon en ik zullen erover denken.'

Ook Lennard glimlachte nu weer.

De rest van de avond brachten we door met het vertellen van verhalen over vroeger. Nu en dan sprongen Anna de tranen in de ogen, maar omdat het alleen maar goede herinneringen waren, was het geen triest einde van de dag.

Daarna gingen we naar boven naar onze kamers. Ik kon aan Lennard zien dat hij nog graag een avondwandeling met me had gemaakt, maar ik zei dat de reis erg vermoeiend was geweest en dat ik wilde gaan slapen.

'Zullen we dan morgenochtend samen een korte buitenrit maken?' vroeg hij hoopvol.

'Goed,' antwoordde ik, want ik kon me toch ook niet de hele tijd in mijn kamer opsluiten. En met mijn moeder en Anna in de salon om Gustav zitten treuren wilde ik ook niet.

Lena kwam even later bij me.

'Hoe was jouw avond?' vroeg ik en ik hoorde op hetzelfde moment dat er iets op de vloer viel. Toen ik me omdraaide zag ik een boek. Het moest uit de zak van Lena's rok zijn gevallen.

'Dat... ik heb het niet gestolen,' zei ze vlug en ze liet me met trillende handen het dunne boekje zien. 'De kokkin heeft het me geleend. Zodat ik iets te lezen heb als ik me verveel, zei ze.'

Ik bekeek het boekje. Het was een bundel detectiveverhalen.

'Lees je zoiets?' vroeg ik geamuseerd. 'Ik dacht altijd dat zulke verhalen alleen in trek waren bij mannen en dat meisjes de voorkeur gaven aan iets romantischers.'

'Ik lees ze graag,' antwoordde ze met hoogrood hoofd. 'Mijn vader heeft ook van die boeken. Ik heb ze gelezen tot ze uit elkaar vielen.' Bij de herinnering moest Lena glimlachen. Daar werd ik een beetje vrolijker van.

'Nou, misschien moet ik het ook eens proberen,' zei ik.

'Maar u verveelt zich toch nooit, juffrouw Agneta.'

'Nee, maar jij eigenlijk ook niet,' zei ik. 'We moeten ook niet lezen om de tijd te verdrijven maar om onze geest te voeden. In zoverre doet het me plezier dat je het met boeken probeert. Die zijn de sleutel tot een beter leven.'

O, wat miste ik Marit! Van haar kwam die zin. Ook al vermoedde ik dat ze hem ergens had gelezen, ze had gelijk.

'Als je wilt, leen ik je ook graag boeken,' zei ik. 'Dan hoef je je spaargeld daar niet voor op te offeren.'

'O, maar juffrouw Agneta, ik weet niet of...'

'Het zijn maar boeken, en geen juwelen, toch? Ik leen ze je graag. Uiteraard op voorwaarde dat je ze heel teruggeeft.'

'Wat zullen de anderen daarvan zeggen?' vroeg Lena angstig, maar in haar ogen zag ik het verlangen naar de boeken die ze in de bibliotheek had gezien.

'De anderen hoeven het niet te weten. En als iemand het toch vraagt, verwijs je ze door naar mij. Dan leg ik uit hoe het zit.' Ik pakte haar hand. 'Daar is niets mis mee. Je wordt alleen maar verstandiger en God weet dat dit land verstandige vrouwen goed kan gebruiken.'

Lena knikte en leek enigszins opgelucht. 'Hartelijk dank, juffrouw Agneta, dat is erg aardig van u.'

'Bedenk maar eens waarmee je zou willen beginnen, en zeg me wat je wilt hebben. Dan zal ik het je geven.'

Ik kon aan Lena zien dat ze vannacht niet zou kunnen slapen. Niet vanwege de stilte in het huis, maar vanwege de vraag welk boek uit onze bibliotheek ze als eerste zou uitzoeken.

Toen ze weg was, stond ik nog een keer op en liep naar de kast. Lena had de japon die ik tijdens de reis had gedragen keurig opgehangen. Ik haalde de foto van Hendriks dochtertje uit de zak en nam hem mee naar bed. Wat een schattig meisje! Mijn moeder had geen idee dat Hendrik zoiets moois had nagelaten. Ja, ik wist hoe ze erover dacht. Doordat de boekhouder het kind had erkend, was het haar kleindochter niet meer. Maar voor God en de natuur was ze dat wel.

Ik had vrijwel geen hoop dat Stella nog wakker was, toch ging ik mijn kamer uit en klopte bij haar aan.

'Binnen!' klonk het verrassend vlug.

Toen ik binnenkwam, zag ik dat Linda al weg was. Mijn moeder had een klein vuurtje in de haard laten aanmaken, dat zachtjes flakkerde. Het licht omgaf haar gestalte in de stoel als een aura.

'Moeder, hebt u even tijd?' vroeg ik.

'Natuurlijk. Wat is er?' vroeg ze en ze wendde zich een beetje naar me toe. 'Ga toch zitten.'

Ik nam plaats in de fauteuil naast haar en haalde de brief, die ik sinds hij was aangekomen altijd bij me droeg, tevoorschijn. Wat Susanna schreef, interesseerde haar beslist niet. Maar ik hoopte dat ze naar de foto wilde kijken.

'Een paar dagen geleden heb ik een brief gekregen,' zei ik. 'Misschien moet u dit zien.' Ik stak mijn moeder het fototje toe. 'Ik dacht dat u uw kleindochter graag zou willen zien. Kijk eens, ziet Mathilda er niet net zo uit als Hendrik vroeger?'

Stella's gezicht verstrakte. Ze maakte geen aanstalten de foto aan te pakken.

'Heeft ze je die gestuurd?' vroeg ze kil.

'Ja, en ze bedankte me voor alles wat ik voor haar gedaan heb. Is dat niet aardig?'

Stella richtte haar blik weer op het vuur. Naar de foto had ze, voor zover ik dat kon beoordelen, niet gekeken. 'Het is in elk geval fatsoenlijk van haar,' zei ze alleen maar.

'Moeder,' zei ik en ik ging met de foto een beetje dichter bij haar zitten. 'Kijk toch eens naar haar. Het is uw kleindochter! U hebt gehoord wat Anna zei, dat het haar verdriet doet dat Gustav zijn kleinzoon niet meer kan zien opgroeien.'

'Dat kind is niet mijn kleindochter,' was mijn moeders weerwoord. 'Ze is de dochter van die boekhouder, ben je dat soms vergeten? Ik zal haar toch niet zien opgroeien.'

Ik haalde diep adem. De teleurstelling voelde als een steen in mijn maag. Ik pakte de foto weer terug. Het had geen zin haar te dwingen ernaar te kijken. En op dat moment had ik ook geen zin er ruzie met haar over te maken.

'Nee, dat ben ik niet vergeten. Maar hij is alleen op papier de vader, niet in werkelijkheid. Hendrik zit in dat kleine wezentje.'

'Ja, maar ze zal nooit tot ons huis behoren. Ze zal het nooit te weten komen. En het zou veel beter zijn geweest als ze nooit was verwekt. Ik begrijp nog steeds niet wat Hendrik bezielde, en dat zal ik ook wel nooit begrijpen.'

Wat klonk dat verschrikkelijk bitter. Afgezien van een lichte woede voelde ik ook medelijden met mijn moeder. Ze had haar hoop zo op Hendrik gevestigd, en hij had haar net zo teleurgesteld als ik. Misschien nog wel meer, want ik had me uiteindelijk naar de wil van de familie geschikt.

Hoe zou het allemaal zijn gegaan als de brand er niet was geweest? Het kind had al in Susanna's buik gezeten. Hoe dan ook zou het voor de Leeuwenhof allemaal anders zijn geworden.

Maar ook met het kleine meisje was ik begaan, hoewel ze nooit van dit gesprek zou horen. Het was vreselijk als je niet gewenst was door je eigen grootmoeder, maar nog erger als iemand wilde dat je nooit geboren was.

Vroeger zou ik me daar enorm druk over hebben gemaakt, maar inmiddels wist ik dat geen enkele woede-uitbarsting mijn moeder ertoe zou kunnen bewegen van mening te veranderen.

Misschien was het echt beter als Mathilda nooit op onze hoeve kwam. Was het beter als ze haar leven leidde als dochter van een boekhouder. Ik stopte het fotootje in mijn zak en bleef nog even in gedachten verzonken naast mijn moeder zitten, die eveneens zwijgend in het haardvuur staarde.

'Het wordt tijd om naar bed te gaan,' zei ik ten slotte, en ik stond op. 'U zou ook moeten gaan slapen.'

Mijn moeder knikte, maar zei niets.

Ze scheen in de vlammen iets te zien wat voor mij onzichtbaar was. Misschien een glansrijkere toekomst voor de Leeuwenhof? Een ander leven, waarin er geen brand en geen buitenechtelijk kleinkind waren geweest? Het was jammer dat de wereld zich niet naar onze wensen schikte, maar daar konden we niets aan veranderen.

Ik liep naar de deur.

'Je hebt gelijk,' klonk mijn moeders stem achter me. 'Ze lijkt inderdaad sterk op Hendrik.'

Dat was alles. Ik draaide me om, maar ze staarde nog steeds in de vlammen.

'Welterusten, moeder!'

'Welterusten,' antwoordde ze, toen liep ik de kamer uit.

41

De ochtend kroop loodzwaar en druilerig over het landhuis. Toen ik uit een droomloze slaap ontwaakte, had ik voor mijn gevoel geen oog dichtgedaan. De deken leek klam en ik miste de gebruikelijke geluiden. De rouw waarin het huis was gehuld leek ook het getsjilp van de mussen, het gezang van de ochtendvogels en de geluiden van de bedienden te dempen.

Ik was gewend heel vroeg op te staan. Niet veel later zou ik met Max door de weiden zijn gelopen. Diep verlangen naar hem welde in me op. Nog drie dagen! De uitvaart zou de volgende dag plaatsvinden, daarna zouden we nog een dag blijven, zodat mijn moeder de weduwe kon bijstaan. Ten slotte hield ik het in bed niet meer uit. Ik gooide de deken van me af en stond op.

Ondanks de zomerse temperaturen was het kil in huis. Waarschijnlijk kende Lennard het niet anders, maar ik liep te rillen en vroeg me af of de kou werd veroorzaakt door de geesten die hier rondwaarden.

Enkele voorvaderen van Lennard waren onder dubieuze omstandigheden om het leven gekomen. Een van hen was door Skånse rebellen van achteren neergeschoten omdat ze dachten dat hij zijn landgenoten aan de Zweden had verraden. Van oorsprong waren de Ekbergs Denen, maar de familie was gezwicht voor de Zweedse koning Karel en had hem trouw gezworen. Misschien waarde de doodgeschoten voorouder hier rond, net als een paar andere Ekbergs die voortijdig de wereld hadden verlaten.

Omdat Lena nog lag te dromen, waste ik me met koud water uit de lampetkan die op een krukje naast de waskom stond. Toen schoot ik een van mijn eenvoudige zwarte japonnen aan. Hoewel hij van lichte mousseline was gemaakt, voelde het alsof ik een harnas droeg. Het harnas van de rouw, dat ik pas een paar maanden geleden had afgelegd. Maar gelukkig zou ik die last alleen maar hoeven dragen zolang ons verblijf hier duurde.

Toen ik klaar was, ging ik mijn kamer uit. Het huis was dan wel kil, maar ik kende het als mijn broekzak. We waren soms met Lennard naar de zolder geslopen om op spokenjacht te gaan. Ik liep de trap af naar de entree. Daar ging ik onder de kroonluchter staan. Het ochtendlicht viel zwak door de hoge vensters en streek over het parket.

'Wil je nu al gaan rijden?' klonk er een vraag uit de schaduw. Toen ik me vlug omdraaide, zag ik dat Lennard opstond uit een stoel naast de trap. Waarom zat hij daar zo in het donker?

'Wat doe jij nou hier?' was mijn wedervraag.

Lennard wekte een vermoeide indruk, zijn ogen waren gezwollen. Toch lag er een glimlach op zijn lippen. 'Ik kon niet meer slapen. Toen dacht ik: voor de dekens me verstikken, ga ik even in de hal zitten kijken hoe de ochtend ontwaakt.'

'Dat was ik ook van plan,' zei ik, 'maar dan buiten.'

'Dat is een goed idee. Heb je er iets op tegen als ik meega?'

Ik was liever alleen gebleven, om me te kunnen voorstellen wat Max nu deed, hoe hij ons pad over liep en onze gedachten deelde. Maar ik kon Lennard niet terug naar bed sturen. Het was zijn huis, hij kon doen en laten wat hij wilde.

'Absoluut niet,' antwoordde ik. 'Maar je moet wel schoenen aantrekken.'

Ik wees naar zijn blote voeten.

'O!' zei hij. 'Dat had ik niet in de gaten.'

'En als je dan toch boven bent, trek dan ook iets anders aan dan je ochtendjas. De mensen zullen schrikken als ze je zo zien. En dan nog wel in gezelschap van een dame!'

Hij glipte de trap op en kwam even later terug. Nu droeg hij een donkere broek en een wit overhemd waarvan hij de mouwen had opgerold. Zijn voeten staken in laarzen.

'Kijk,' zei ik tegen hem. 'Zo is het beter.'

Hij bood me zijn arm en we liepen de deur uit.

Het was nog fris, maar het zou warm worden, dat was duidelijk te merken. Een poosje liepen we zwijgend naast elkaar. Lichte verwarring overviel me. Enerzijds was ik bang dat hij weer over trouwplannen zou beginnen, anderzijds voelde ik me in zijn aanwezigheid prettig en veilig. Waarom had ik zulke tegenstrijdige gevoelens? Was ik soms bang dat ik iets voor hem begon te voelen?

Maar gevoelens had ik al zo lang voor hem! Hij was mijn vriend, en sinds de dood van Hendrik de enige verbinding met mijn jeugd. Als Max niet was verschenen, had ik dan verliefd kunnen worden op Lennard? Zou ik dan niet zo afwijzend op zijn aanzoek hebben gereageerd?

'Hier is het echt mooier,' onderbrak Lennard mijn gepeins. 'Ik was helemaal vergeten hoe het is om buiten de zon te zien opkomen.'

'De afgelopen weken moeten zwaar voor je zijn geweest,' zei ik. 'Dan kan zoiets als een zonsopkomst wel eens onbelangrijk worden.'

'Daar heb je gelijk in,' antwoordde hij. 'De afgelopen weken hebben me gewoon alles doen vergeten. Het was... vreselijk.'

'Dat geloof ik best.'

'Ik moet zelfs zeggen dat het me liever was geweest als vader plotseling was overleden. Het bericht heeft je vast aan het schrikken gemaakt en verdriet bezorgd, maar hier in huis heerste er al jaren verdriet. Vader wou dat we bij hem waren toen het afliep, maar ik was het liefst weggelopen. Ik wens het niemand toe getuige te zijn van zo'n langzame, pijnlijke dood.'

'Waarom was je zus er niet bij?' vroeg ik. Ik had de indruk dat Elisabeth zich achter haar gezin verschool om geen verantwoordelijkheid op zich te hoeven nemen.

'Ach, je weet wel, het gezin, haar echtgenoot, haar kind.'

Lennard haalde zijn schouders op. De bitterheid in zijn stem was nauwelijks te missen. Ik kon me voorstellen wat er in hem omging.

Zijn moeder drong er bij Lennard op aan een vrouw te vinden, en misschien was ik in haar ogen de ideale kandidaat. Maar Lennard had geen tijd gehad zich daarmee bezig te houden. Hij had niet de tijd gehad naar een bruid uit te kijken en verliefd te worden. Dat maakte me verdrietig en ook een beetje kwaad. Elisabeth, die een man en een kind had, had meer voor haar vader moeten zorgen. Ze had Lennard de kans moeten geven een eigen leven te leiden, een houvast te hebben in moeilijke tijden. Daardoor bleef hem niets anders over dan een onhandig huwelijksaanzoek aan een jeugdvriendin die hij in geen jaren had gezien.

Op dat moment was ik blij dat ik er niet op in was gegaan. Daarmee had ik hem voor een grote vergissing behoed.

'Nou, al vind ik het triest en treur ik om je vader,' zei ik, 'ik moet toch opmerken dat nu alle mogelijkheden weer voor je openstaan.'

'Ik moet de hoeve overnemen,' wierp Lennard een beetje gedeprimeerd tegen.

'Maar dat wist je toch. Daar ben je op voorbereid. En je hebt de plichten van landheer al tijdens je vaders ziekte vervuld. Ga me nou niet vertellen dat je liever kapitein op een stoomboot wilt worden.'

Ik keek hem aan. Er gleed even een lachje over zijn gezicht. De voorstelling van hem als stoombootkapitein leek hem te amuseren.

'Nee, natuurlijk niet,' zei hij. 'Vergeef me, ik klink als een jammerende oude man.'

'Je praat als een zoon die vreest voor wat de toekomst brengen zal. Maar ik kan je wel vertellen: jij zult het makkelijker hebben dan ik. Bij mij hebben sommige mensen nog steeds het idee dat ik niets van zakendoen begrijp. Velen zullen me pas accepteren als ik een man naast me heb. Dat geldt niet voor jou. Je moeder dringt er bij je op aan te trouwen, dat doet de mijne ook. Wij moeten allebei standvastig blijven. Net zo lang tot we de ware hebben gevonden.'

Lennard keek me aan. 'En als ik de ware al gevonden heb?'

Tegenzin spoelde als een warme golf door me heen. Ik keek voor me uit en antwoordde: 'Nee. Je hebt de ware nog niet gevonden. Dat kan niet, want je hebt nog niets van de wereld gezien.' Ik keek hem aan en zag zijn smekende blik. 'Ik raad je aan,' vervolgde ik, 'om na de rouwperiode eens op stap te gaan. Neem invitaties aan. Ontmoet de dochters van bevriende huizen. En breng eens wat tijd door in Stockholm. Dan zul je zo veel vrouwen zien en leren kennen dat het je gaat duizelen. En dan zul je inzien dat je jeugdvriendin niet de enige is. Ik weet zeker dat er ergens een prachtige jonge vrouw rondloopt die ernaar snakt jouw echtgenote te worden. En als dat gebeurt, ben ik jouw getuige.' Ik ging op mijn tenen staan en gaf hem een kus op zijn wang.

Lennard knikte, maar hij leek er weinig vertrouwen in te hebben. Ik was echter niet degene die de keuze voor hem kon vergemakkelijken.

Toen we een rondje door de tuin hadden gemaakt, gingen we terug naar het huis. 'Zie ik je straks voor de buitenrit?' vroeg Lennard, die een beetje terneergeslagen leek. Ik voelde me wreed, maar hoorden vrienden niet altijd eerlijk tegen elkaar te zijn?

'Natuurlijk,' antwoordde ik. 'Tenzij je meteen op zoek wilt naar een bruid.'

Lennard begon te lachen en schudde zijn hoofd. 'Tot straks dan,' zei hij.

'Tot bij het ontbijt!' antwoordde ik, en ik ging naar mijn kamer.

Na het ontbijt trok ik de japon aan die zich het meest leende voor een buitenrit. Het liefst had ik het rijkostuum gekozen waarmee ik in de herfst grote verwondering maar ook veel complimenten had geoogst, maar ik had er niet aan gedacht het te laten inpakken.

Toen ik klaar was, begaf ik me naar beneden. Lennard stond al te wachten en begon hevig te gapen toen hij me zag.

'Verveel ik je nu al?' vroeg ik spottend.

'Pardon,' zei hij, 'ik heb niet veel geslapen.'

'Geen wonder, je bent veel te vroeg uit bed gekomen,' antwoordde ik.

'Hoe kun jij er zo fris uitzien?' vroeg hij en hij gaapte opnieuw.

'Ik ben het gewend. Ik sta elke ochtend om vier uur op en maak een korte wandeling voor de bedrijvigheid in huis losbarst.'

Ik keek hem onderzoekend aan. Waarschijnlijk had wat ik 's ochtends tegen hem had gezegd hem nog meer verdriet bezorgd.

'Je hoeft niet onderhoudend te zijn als dat je moeite kost,' zei ik, maar hij schudde zijn hoofd.

'Geloof me, mijn uitnodiging was puur eigenbelang. Ik moet even het huis uit. Ik moet mijn gedachten ordenen.'

'Goed, in dat geval ga ik graag mee.'

In werkelijkheid was ik ook blij dat ik er even uit kon.

Als je zelf rouwde, viel de duisternis die een sterfgeval in huis bracht niet op. Maar als je er alleen indirect bij betrokken was, zag je het verdriet overal. Dat vond ik vreselijk deprimerend.

Lennard nam me mee naar de paardenstallen. Landgoed Ekberg was beroemd om zijn akkers. Lennards familie had van oudsher haar inkomen met graan verdiend. Tarwe, rogge, gerst, haver. Waarschijnlijk was er niemand in heel Zweden die nooit brood had geproefd waarin meel van landgoed Ekberg zat. Als de Lejongårds de graven van de paarden waren, waren de Ekbergs zonder meer die van het graan.

Wat rijkdom betreft overtroffen de Ekbergs ons zelfs. Aan graan was altijd behoefte, paarden verloren met de gestage opkomst van machines meer en meer aan betekenis. En de tijden waarin Zweden oorlogen had gevoerd waarbij veel cavalerie nodig was, waren ook allang geschiedenis. Niet dat ik dat betreurde. Het was echter duidelijk dat een toekomstige generatie van ons huis ooit andere inkomstenbronnen zou moeten aanboren. Maar daar wilde ik nu niet aan denken. Voor de stal stonden al een bruin paard en een appelschimmel gezadeld en wel klaar.

'Welke van de twee is het makst?' vroeg ik en ik drong een korte steek bij de gedachte aan Avondster terug. Wat jammer dat hier in de streek telefoons nog niet wijd verspreid waren. Hoe makkelijk had je dan kunnen opbellen en informeren! Als er één vernieuwing was die ik op de Leeuwenhof wilde doorvoeren, dan was het wel een telefoontoestel.

'Neem de schimmel. Het is een heerlijk paard.'

'Hoe heet hij?'

'Raja. Mijn vader heeft hem genoemd naar een Indiër die hij ooit heeft leren kennen.'

De reis naar India die de oude graaf Ekberg had gemaakt, was lange tijd het gespreksonderwerp bij onze wederzijdse bezoeken geweest.

'En de bruine?'

'Die heet Troll en doet zijn naam eer aan. Als hij een vermaning krijgt, bijt hij de staljongens, maar als rijpaard is hij onovertroffen. Als ik ooit weer aan een vossenjacht meedoe, neem ik hem.'

'Zul je dan ook dit jaar in de herfst niet bij onze vossenjacht zijn?'

'Nee. Maar misschien bij de volgende. Het leven gaat door, nietwaar?'

Er gleed een weemoedig lachje over zijn gezicht. Bij de vossenjacht die we over ruim een jaar zouden organiseren, zou hij al meer dan een jaar de nieuwe graaf zijn. In die tijd zou hij net zo veranderen als ik in het eerste jaar als vrouwe van de Leeuwenhof. We stegen op en reden het erf af.

De velden strekten zich als een gouden tapijt voor ons uit. Hier en daar waren er nuances van goudgeel tot geelgroen, als bij een sieraad dat van verschillende kanten wordt belicht. Ik was nooit op het idee gekomen die velden te schilderen, maar nu ik er zo tussendoor reed, viel me op wat een prachtig schilderij ze konden opleveren.

'Wat denk je, hoelang duurt het nog voor jullie het koolzaad kunnen oogsten?' Omdat landgoed Ekberg verder naar het noorden lag dan de Leeuwenhof, was het begin van de oogst daar meestal wat later.

'Nog een maand ongeveer, misschien wat langer, het hangt ervan af hoe zonnig het is.'

Terwijl hij sprak, keek ik hem aan.

Toen hij me op het laatste midzomerfeest dat huwelijksaanzoek deed, had hij overbelast en onzeker geleken. Maar nu sprak hij al helemaal als zijn vader. Sinds het kerstfeest waarop wij hem een bezoek hadden gebracht was hij veranderd, dat zag ik nu heel duidelijk. Hij had gezegd dat het hem zwaar zou vallen, maar hij zou beter in de rol van landheer passen dan ik ruim een jaar geleden. Hij vervulde die nu al uitstekend.

We reden nog een eind verder, door het woud naar een meertje. Daar stegen we af.

'Kun je je dat nog herinneren?' vroeg Lennard terwijl hij naar een huisje wees dat nauwelijks zichtbaar was achter het riet. Ik fronste mijn voorhoofd, toen schoot het me te binnen. Het vissershutje. Indertijd lag het nog niet zo verscholen achter het riet. Wanneer Hendrik en ik hier logeerden, trokken we ons daar terug en vertelden we elkaar verhalen over moordzuchtige piraten en zeemonsters. Het meertje was voor ons een zee, en de grens die de oever vormde, was in onze fantasie verdwenen.

'Ik wed dat je daar nu niet meer kan zitten,' zei ik terwijl ik behoedzaam naar de oever toe liep. De begroeiing was verraderlijk, voor je het wist zakte je met je schoenen in het water.

'Nee, helaas niet. Maar soms kom ik hier desondanks. Vooral na de dood van Hendrik ben ik hier vaak geweest om herinneringen op te halen aan de avonturen die we vroeger hebben beleefd.'

'Ik ben ook vaak naar plaatsen op de Leeuwenhof gegaan waar we elkaar altijd zagen,' bekende ik. 'Ik hoopte een beetje dat Hendriks geest daar zou verschijnen, maar hij liet me in de steek.'

'Ik laat je niet in de steek,' liet Lennard me weten. 'Ik ben er. Ook als ik fysiek niet in de buurt ben.'

'Lennard...' zei ik een beetje onbeholpen. Ik wilde niet dat hij weer begon. Mijn signaal die ochtend moest toch duidelijk zijn geweest.

'Wees maar niet bang, ik zal je niet nog eens een aanzoek doen,' zei hij terwijl hij mijn handen vastpakte. Hij keek me onderzoekend aan.

Zou hij aan mijn gezicht kunnen aflezen dat er een ander was? Het liefst had ik weggekeken, maar dat kon niet. Lennard was mijn vriend, niet een of andere onbekende in wiens gevoelens ik niet geïnteresseerd was.

'Ik wil alleen maar,' zei hij, 'dat je weet dat je in geval van nood op me kunt rekenen. Wat het ook mag zijn, ik zal het voor je doen.'

'Dat is heel lief van je. Maar moet op dit moment jij niet degene zijn die getroost moet worden?'

Lennard lachte even. 'Ik denk haast niet dat behalve jij iemand zich daar zorgen om maakt. Mijn moeder zit gevangen in haar eigen verdriet. Ik ben blij dat Stella er ook is, door haar laat ze zich misschien troosten.'

'Ik ben er voor je,' zei ik terug. 'Precies zoals we dat elkaar indertijd gezworen hebben, Hendrik, jij en ik.'

'Ach, herinner je je dat nog? Bij de oude afgod aan zee?'

Ik knikte. 'Natuurlijk!'

Destijds hadden onze beide families de zomer in Åhus aan zee doorgebracht, in ons zomerhuis. Nou ja, niet de hele families, want de vaders moesten voor hun landgoed zorgen. Maar beide gravinnen waren er, met kinderen en bedienden. Ergens in het bos bij het strand hadden we een oude stèle met een uit hout gesneden gezicht gevonden.

Hendrik beweerde dat het een oude Vikinggod was – de ideale plek om elkaar eeuwige trouw te zweren. Dat hadden we gedaan, Lennard, Hendrik en ik. We sloten een onverbrekelijk verbond.

'Denk je dat hij er nog is?' vroeg Lennard peinzend. Ook hij leek zich het moment te herinneren waarop we gedrieën onze armen en handen in elkaar hadden gehaakt.

'De afgod?' Ik haalde mijn schouders op. 'Ik weet het niet. Misschien. Het hout leek toen al versteend.' Ik keek hem aan. 'Dat moeten we uitzoeken als we daar weer zijn. Wanneer je even tijd hebt, zouden we naar zee kunnen gaan. Alleen met ons tweetjes, om de god te zoeken – en een vrouw voor jou. In Åhus zijn ook heel mooie meisjes.'

Het voorstel leek Lennard te bevallen, want zijn ogen begonnen te schitteren. 'Dat zou ik graag doen. Maar ik vrees dat ik hier dit jaar niet wegkom.'

'Dan doen we het het jaar daarop,' suggereerde ik. 'Beloof me alsjeblieft dat je in de tussentijd naar de vrouwen in je omgeving kijkt. Goed kijkt. En vergelijk hen niet met mij. Er is er geen precies zoals ik, maar ik ben ook niet net zoals zij. Als je een kandidate hebt gevonden die je bevalt, laat haar dan aan me zien. Dan zal ik beoordelen of ze je waardig is.'

Lennard trok me in zijn armen en kuste me op mijn voorhoofd. 'Goed, dat zal ik doen.'

Ik was er niet zeker van dat hij woord zou houden. Maar op dat moment luchtte het me op.

42

Bij de begrafenis van Gustav Ekberg werd veel gehuild, en ook veel gepraat. Ik stond versteld van de vele mooie verhalen die de mensen over de oude graaf ten beste gaven. Na een poosje kon zelfs Anna weer glimlachen. Weliswaar met tranen in haar ogen omdat de verhalen over haar man haar ontroerd hadden. Maar ze glimlachte. Als ik na het lange jaar van rouw iets wist, dan was het dat de vreugde terugkwam wanneer het verdriet overging in herinneringen en dankbaarheid.

Op de tweede ochtend na de begrafenis kwam ik mijn moeder tegen in de gang. Ze was al klaar voor de reis. Rond haar ogen had ze enigszins donkere schaduwen. De gesprekken met Anna over haar man leken haar te hebben aangegrepen.

'Ik begrijp niet dat je Lennard op afstand houdt,' zei ze terwijl we naar de trap liepen. 'Ik zie hoe hij naar je kijkt. Hij zou meteen met je trouwen. Ook al heb je zijn aanzoek afgewezen.'

'Moeder, alsjeblieft. Daar kunnen we het thuis over hebben.'

'Eerder ruziemaken,' was haar weerwoord, en ze zuchtte. 'Ik weet dat Anna vurig wenst dat jullie trouwen. Dat heeft ze altijd gewild.'

'Dat kan wel zo zijn, moeder. Maar ik smeek je, maak dit vanmorgen niet tot gespreksonderwerp. Ik wil Anna niet weer teleurstellen. Het is een wonder dat ze me zo hartelijk heeft ontvangen nadat ik haar zoon het afgelopen jaar een blauwtje heb laten lopen.'

'Lennard heeft dat misschien niet als een blauwtje opgevat. Je hebt tegen hem gezegd dat je er nog niet aan toe bent. Nu moet hij eerst zijn verdriet verwerken, maar daarna... Ik zou me kunnen voorstellen dat hij dan opnieuw een aanzoek doet.'

Ik haalde diep adem. 'Ik heb het daar met hem nog een keer over gehad en hem op het hart gedrukt dat hij eens rond moet kijken. Hij heeft de afgelopen jaren zo weinig sociale contacten gehad dat hij niet kan weten of ik de ware voor hem ben.'

'Wil je dat hij een ander vindt?' vroeg mijn moeder nijdig.

'Ja, als het iemand is van wie hij houdt, zou ik dat prima vinden. Voor ons huis hoeven we ook niet speciaal een goede partij te vinden. Daar is geen noodzaak toe.'

'Maar we moeten ook niet beneden onze stand trouwen. De Ekbergs zijn van dezelfde stand als wij. Dat geldt voor vrijwel niemand in de streek.'

'Nou, misschien trouw ik wel met iemand uit het noorden,' zei ik schertsend. 'Daar waar de zon 's zomers nooit ondergaat en 's winters nooit opkomt.'

Dat idee leek mijn moeder serieus schrik aan te jagen. 'Jij in het noorden? Wie moet dan voor de Leeuwenhof zorgen?'

'Moeder, het was maar een grapje,' zei ik, maar ze kon het nog niet laten rusten.

'Je zult haast niemand kunnen vinden die tolereert dat jij op je eigen landgoed woont terwijl hij in zijn eentje thuiszit.'

'We gaan andere tijden tegemoet, moeder,' zei ik. 'Wie weet is het weldra niet meer zo belangrijk waar echtgenoten wonen en of ze een gemeenschappelijke naam hebben of niet. Bovendien zie ik de zin er niet van in dat een vrouw bij een huwelijk haar thuis verliest, terwijl de man alles krijgt.'

'Zo is het altijd geweest.'

'Nou het is ook altijd zo geweest dat aan de man het hele bezit wordt toegekend. Dat zal bij mij niet gebeuren. Als ik ooit trouw, dan alleen met een huwelijkscontract.'

Ik zei dat uit volle overtuiging, maar mijn gedachten gingen naar Max. Hoe zou hij dat zien? Zou hij eigenlijk wel willen trouwen?

'Huwelijkscontract!' echode mijn moeder, toen viel ze stil, want de dienstmeisjes van de Ekbergs verschenen bij de trap.

We liepen naar de eetzaal zonder het onderwerp nog aan te roeren.

Anna zag er moe en ziek uit. Nu de begrafenis achter de rug was en ze zich niet langer sterk hoefde voor te doen, leek alle kracht uit haar te zijn geweken. Lennard zag er niet veel beter uit, maar voor zijn neerslachtigheid zou nog een extra reden kunnen zijn. Ik wilde er niet naar vragen en was blij toen we het ontbijt achter de rug hadden en konden vertrekken.

Toen we naar de deur wilden lopen, pakte Anna me bij de hand en trok me een stukje opzij. We stapten een kleine nis in die de bouwers van het huis hadden gecreëerd om te kunnen praten zonder bang te hoeven zijn afgeluisterd te worden

'Agneta, ik wil je alleen maar zeggen dat je hier te allen tijde welkom bent,' begon Lennards moeder. 'Stella heeft het er met mij over gehad dat je nog steeds geen huwelijkspretendent wilt accepteren omdat de dood van je vader en Hendrik je nog te veel bezighoudt.'

'En de zaken ook,' zei ik. Ik kreeg het ineens vreselijk warm. Mijn moeder had het dus weer niet kunnen laten. Vandaar dat eigenaardige gesprek daarnet. 'Het is erg inspannend om je als vrouw in de paardenhandel te doen gelden.'

'Welnu, als je hart geen verdriet meer kent, zou je eens moeten overwegen over een aanzoek van mijn zoon na te denken. Ik weet dat hij je er al eens een heeft gedaan, maar toen achtte je jezelf niet in staat het aan te nemen. Geef hem maar gewoon een seintje wanneer je een aanzoek gepast zou vinden. Je weet dat mijn man en ik altijd van je hebben gehouden als van een eigen dochter. Je zou de ware zijn voor mijn zoon, en ik weet zeker dat Lennard dat ook zo ziet.'

Het liefst had ik me op dat moment van haar losgemaakt en was ik naar de voordeur gerend. Maar ik bleef als verstard staan. Wat moest ik zeggen? Dat ik geen zin had om met mijn beste vriend te trouwen? Dat ik hem de kans wilde geven de ware te vinden? Dat zou in elk geval de waarheid zijn geweest.

En het was ook de waarheid dat ik het nogal ongepast vond dat een moeder haar zoon aanprees. Dat had Lennard niet nodig; met zijn vriendelijke aard en zijn uiterlijk kon hij waarschijnlijk alle meisjes in heel Zweden veroveren.

Het was me nog altijd niet duidelijk of het voorstel met mij te trouwen van hemzelf uitging of dat het de wens van zijn moeder was.

'Ik zal erover nadenken en het hem laten weten als mijn hart voldoende vrij van zorgen is om over een huwelijk na te denken.'

Anna knikte en glimlachte naar me. Met dit antwoord was ze vast niet tevreden, maar ze wist ook dat je de huidige gravin Lejongård nergens toe kon dwingen.

'Wel thuis, Agneta, en pas goed op je moeder.'

'Dat zal ik doen, dank u wel,' antwoordde ik. Op Stella Lejongård hoefde echt niemand te passen. Ze was uit heel ander hout gesneden dan Anna. Maar mijn belofte deed haar zichtbaar plezier.

Toen de koets begon te rijden, keek ik met gemengde gevoelens achterom naar het landhuis van de Ekbergs. Het gebouw had me als kind altijd gefascineerd, maar nu vertrok ik met een licht angstig gevoel. De komende tijd zou ik er, als het enigszins te vermijden viel, niet meer heen gaan. Niet vanwege de trieste schaduw die de dood van de graaf had veroorzaakt, maar vanwege de hoop van de gravin.

Was er maar iemand tegen wie ik kon zeggen hoe beklemd ik me voelde! Ik keek naar mijn moeder, maar zij had die beklemming mede veroorzaakt. Waarschijnlijk zat ze te broeden op wat ze later tegen me zou zeggen over het huwelijkscontract. In het bijzijn van haar kamenierster was zo'n gesprek absoluut onmogelijk.

Na onze terugkeer ging ik onmiddellijk naar de stal waar Avondster was ondergebracht. De deur stond open en er kwamen stemmen naar buiten. Een daarvan was me niet bekend.

Bij het binnenkomen zag ik een ongeveer vijftigjarige man in hemdsmouwen en een donkere broek met bretels, die zijn handen stond te wassen. Zijn grijsblonde haar was heel dun en het nikkelen brilletje op zijn neus zat een beetje scheef.

Blijkbaar was het echt nodig geweest om de veearts erbij te halen.

'Ah, daar komt de bazin!' zei Max, die naast de man stond. 'Dokter Falk, mag ik u voorstellen, gravin Agneta Lejongård – gravin, dit is dokter Arvid Falk, de beste veearts van Stockholm.'

'Aangenaam kennis te maken,' zei ik tegen de veearts en ik gaf hem een hand nadat hij zijn handen had afgedroogd. Toen wierp ik een vragende blik naar Max. Die maakte een bezorgde indruk.

'Het genoegen is geheel mijnerzijds, gravin,' zei de veearts met een lichte buiging, en toen beduidde hij me hem te volgen. 'Laten we eens samen naar de patiënt gaan kijken.'

Toen ik dichterbij kwam, zag ik Avondster op zijn zij liggen. Hij haalde reutelend en zwaar adem, zijn ogen waren wijd opengesperd. Het leek of elke ademtocht hem moeite kostte. Lag hij op sterven? Angst schoot als een speer door mijn lichaam. Ik had niet naar Linus moeten luisteren. De veearts had eerder moeten komen.

'Wat heeft hij?' vroeg ik angstig. Wat had ik met het arme dier te doen! Het leed, dat was duidelijk. En het was hartverscheurend om hem zo te zien. Het was bijna net zo erg als wanneer mijn broer daar had gelegen.

'Hij heeft hartspierontsteking, als gevolg van een infectie. Zijn hart is sterk vergroot en ernstig verzwakt.'

Het was dus geen hartgebrek, zoals Max had vermoed, maar wat de veearts zei klonk niet veel beter.

'Is daar iets tegen te doen?'

'Ik heb al stappen ondernomen. Uw stalmeester heeft me verteld dat dit paard u zeer dierbaar is. Menig fokker zou het laten afmaken, want het is mogelijk dat zijn hart voor altijd beschadigd is en dat het dier zwak blijft presteren.'

Ik kromp in elkaar toen ik het woord 'afmaken' hoorde. 'Op onze hoeve laten we paarden zelden afmaken,' zei ik. 'Alleen als ze zo hevig lijden dat het niet anders kan. En ja, dit paard is me bijzonder dierbaar.'

De veearts knikte. 'Ik ben ook geen voorstander van afmaken bij deze ziekte. Want er bestaat wel degelijk kans op genezing.'

'Heus?' Een golf van hoop welde in me op.

'Ja. Hij moet voorlopig elke inspanning vermijden. Daarom heb ik hem lichtelijk gesedeerd. Dat helpt ook bij de angst die hij vertoonde toen ik hem een beetje liet bewegen.'

'Heeft Avondster last van doodsangst?'

Falk knikte. 'Wie zou dat niet hebben als hij merkt dat zijn hart niet goed werkt? Hij moet nu rust houden, en ik heb bij een bevriende homeopaat een middel besteld dat hem veertien dagen lang moet worden toegediend. Het kan zijn dat hij daarna minder presteert, dat moet u wel weten. Maar ik ga ervan uit dat hij, als mijn instructies worden opgevolgd, een normaal leven kan leiden.'

'Kan hij later belast worden?'

'U bedoelt of u buitenritten met hem kunt maken?' vroeg de veearts. 'Dat hangt van het genezingsproces af. In het beste geval hebt u een paard waarmee u heel normale ritten kunt maken zonder ergens bang voor te hoeven zijn.'

'En hoe zit het met de jacht?'

'Als het genezingsproces voorspoedig verloopt, moet dat in de herfst volgend jaar geen probleem zijn.'

Ik knikte. 'Goed, hartelijk dank, dokter,' zei ik.

'Als u het me toestaat blijf ik nog tot het middel komt. Uw stalmeester heeft me, heel vriendelijk, onderdak aangeboden.'

Ik keek naar Max, die op de achtergrond stond te glimlachen. Hij leek net zo opgelucht te zijn als ik.

'Dat is niet nodig, dokter,' zei ik. 'U bent natuurlijk onze gast en zult in een logeerkamer worden ondergebracht.'

Het mocht niet gebeuren dat ik Max niet ongestoord zou kunnen treffen.

'Dat is heel aardig van u, hartelijk dank,' zei de veearts.

'Laten we naar binnen gaan, dan kan ik u aan mijn moeder voorstellen. Tenzij u hier nog nodig bent.'

Falk schudde zijn hoofd. 'Voorlopig niet. Bij de heren Von Bredestein en Broderson is het dier in goede handen.'

De mannen knikten naar elkaar, en daarna liep de veearts achter me aan.

'Dokter Falk, dit is mijn moeder, Stella Lejongård,' zo stelde ik haar aan hem voor. 'Moeder, dit is dokter Arvid Falk, een van de beste dierenartsen van Stockholm. Hij zorgt voor Avondster.'

Mijn moeder bekeek de veearts even voor ze hem haar hand toestak. 'Het doet me genoegen met u kennis te maken.' Ze reikte hem de hand, en de veearts gaf haar een galante handkus.

'Het doet mij bijzonder genoegen bij u te gast te mogen zijn. Het huisje van uw beheerder is weliswaar niet oncomfortabel, maar van de aangename omstandigheden hier maak ik graag gebruik als dat zo vriendelijk wordt aangeboden.'

Het leek mijn moeder te bevallen zoals hij sprak, want ze glimlachte stralend, wat ik haar lang niet meer had zien doen. 'Het is fijn een zo scherpzinnige gast te hebben,' antwoordde ze. 'Als u niet met het paard bezig bent, zou ik u graag in mijn salon verwelkomen.'

'Het zal me een eer zijn!'

Terwijl ik hen gadesloeg viel me op dat de blikken die ze elkaar toewierpen bepaald niet onderdeden voor die tussen mij en Max. In liefde op het eerste gezicht geloofde ik niet echt meer, maar er leek iets tussen mijn moeder en de veearts te gebeuren, terwijl ze elkaar toch pas een paar minuten kenden.

'Komt u mee, dokter Falk, dan wijs ik u uw kamer. Onze huisknecht, meneer Bruns, brengt u alles wat u nodig hebt.'

Met lichte tegenzin liep de veearts achter me aan. Mijn moeder bleef staan en keek hem na, zag ik vanuit mijn ooghoeken. Er kwam een idioot idee bij me op. Stel dat ze weer verliefd werd? Zou ze dan misschien ophouden zich met huwelijksplannen voor mij bezig te houden?

43

Na het avondeten, waarbij mijn moeder onmiskenbaar moeite had niet openlijk met de veearts te flirten, liep ik naar de stal. Ik hoopte vurig dat Max weer in zijn huisje was, maar evengoed kon hij net als voor mijn vertrek naar landgoed Ekberg ook daar over Avondster waken.

In de stal trof ik echter alleen Lasse aan, die naast Avondster in het stro lag te slapen. Avondster zelf bewoog niet, maar aan zijn ademhaling zag ik dat hij nog leefde. Ik begaf me dus op weg naar het huisje. Daarbij kwamen Anna's woorden weer naar boven. Misschien moest ik mijn moeder voor een voldongen feit stellen en haar bekennen dat ik van Max hield.

Toen ik zag dat er in het huisje licht brandde, verdwenen die overwegingen weer naar de achtergrond. Ik keek vol verlangen uit naar Max en zijn kussen. Ik klopte aan en luisterde. Rekende hij op mijn komst?

Na een poosje kwam hij naar de deur en deed open. 'Excuses, ik heb vlug nog een beetje opgeruimd,' zei hij. 'Bedankt dat je mijn logé hebt overgenomen. Ik wist niet wat ik moest doen en wilde hem niet eigenmachtig in het huis onderbrengen. Je moeder zou er geen goed woord voor hebben overgehad.'

'Maak je niet ongerust, ze kan zo goed met de veearts overweg dat ze het je niet kwalijk zou hebben genomen.'

Max hield vragend zijn hoofd scheef.

Ik vertelde hem hoe geweldig de twee met elkaar geconverseerd hadden. 'Het leek wel liefde op het eerste gezicht.'

Ik lachte en Max kwam naar me toe. 'Echt? Bestaat zoiets dan?' vroeg hij en hij sloot me in zijn armen.

'Ik heb me laten vertellen dat er zoiets bestaat.'

'En, was ik voor jou liefde op het eerste gezicht?' vroeg hij en hij kuste me. Als altijd begonnen mijn lippen te tintelen, wat vervolgens als een aangename rilling door mijn hele lichaam trok.

'Ik moet zeggen dat er een zekere aantrekkingskracht was,' gaf ik toe. 'Maar liefde is het eigenlijk pas op het tweede gezicht geworden.'

Hij deed alsof hij teleurgesteld was. Ik kuste hem.

'Maar ik heb gehoord dat zulke liefdes uiteindelijk langer standhouden en bestendiger zijn dan plotseling oplaaiende hevige verliefdheden.'

'Dat stelt me gerust.'

Weer kusten we elkaar, en toen ik tussendoor even mijn ogen opendeed, zag ik dat hij het bed verschoond had. Wat zagen die lakens er verleidelijk uit! Ik zou nu maar wat graag daar met hem tussen gaan liggen en hem heel dicht bij me voelen.

Maar nog steeds was er weerstand van zijn kant.

'Ik ben blij dat je de veearts hebt laten komen,' zei ik terwijl ik me een beetje van hem losmaakte.

Max glimlachte opgelucht. 'Ik wou je niet bij je terugkomst moeten melden dat dat veulen waar je zo aan gehecht bent gestorven was, dus heb ik de beste genomen die ik kon vinden.'

Max streek een haarstreng uit mijn gezicht. Meteen voelde ik vlinders in mijn buik.

'Wist je dat hij geboren is op de dag dat mijn broer stierf?'

Max schudde zijn hoofd. Behalve mijn moeder en ik had Langeholm het geweten, maar blijkbaar was het niet rondgegaan. Blijkbaar vonden de staljongens het niet belangrijk genoeg om dat hun nieuwe baas te laten weten.

'Ik was erbij. Hij was vanaf het eerste moment een schoonheid. Linus heeft hem ter wereld geholpen.'

'En als je daar waarde aan hecht, kan hij dat nog steeds blijven doen,' zei Max, maar ik legde mijn hand op zijn mond.

'Daar gaat het me niet om. Ik wou je alleen maar duidelijk maken waar mijn band met Avondster vandaan komt. Ik weet dat het onzin is, maar ik verbeeld me graag dat de ziel van mijn broer op het moment dat hij stierf in dit veulen geïncarneerd is. Dat zou helemaal bij hem hebben gepast, weet je. Hij zei wel eens dat hij, als de kans bestond om wedergeboren te worden, graag als paard wou terugkomen.'

'Dat zou de pastoor vast niet graag horen.'

'Daarom heeft hij het ook niet tegen hém gezegd, maar tegen mij. Indertijd hadden we allebei nogal romantische bevliegingen.' Ik keek Max aan. 'Als wat zou jij graag terugkomen?' vroeg ik hem.

Hij haalde zijn schouders op. 'Daar heb ik nog nooit over nagedacht. Ik leef liever in het hier en nu.'

'Heb je je nooit voorgesteld hoe het zou zijn om een tweede kans te krijgen?'

'Waarschijnlijk zou ik dan dezelfde fouten maken als nu,' antwoordde hij. 'En ik zou waarschijnlijk ook de belangrijke dingen op de juiste manier doen.'

Met die woorden trok hij me tegen zich aan en begon hij me weer te kussen. Ditmaal was er iets aan zijn kus anders. Hij was minder beheerst, dwingender. Ik voelde verlangen in me opkomen en drukte me tegen hem aan, liet mijn handen over zijn rug gaan. Dit was gewoonlijk het moment dat hij terugdeinsde. Maar nu deed hij dat niet. Zijn weerstand was ineens verdwenen. Zijn mond liet mijn lippen los om mijn hals te kussen, zijn handen streelden verlangend mijn rug.

Ik verkeerde in een soort roes, en zelfs als ik het gewild had, had ik me niet kunnen verzetten. Mijn handen maakten de knoopjes van zijn overhemd los terwijl ik de geur van zijn huid inademde. Elk moment vreesde ik dat hij zou ophouden en mij zonder enige troost in mijn aangename koortstoestand zou achterlaten. Maar toen trok hij me in zijn armen, legde me op zijn bed neer en begon mijn japon open te knopen.

Ik sloeg mijn benen om hem heen, begerig en ongeduldig, maar hij ging er niet in mee. Pas toen elk stukje stof van onze lijven was verdwenen, kwam hij bij me liggen en begon hij mijn borsten en buik te strelen.

Ik brandde van begeerte en verwachting, wat door zijn kussen nog werd versterkt. Toen hij ten slotte bij me binnendrong, bewoog ik me omhoog. Het eerste orgasme kwam snel en heftig, vlugger dan ik had verwacht. Maar ik beduidde hem dat hij door moest gaan.

Nu eens lag hij boven, dan weer ik. Ik genoot ervan hem te berijden en hij genoot ervan mij met langzame bewegingen tot waanzin te drijven. Toen we plotseling door het hoogtepunt werden overvallen klampten we ons aan elkaar vast alsof we in een afgrond dreigden te vallen. Zoiets had ik met Michael nooit beleefd. Onze liefde was hartstochtelijk geweest, maar me aan Max overgeven was als terechtkomen in een heerlijke werveling waar ik niet meer uit wilde.

Pas laat in de nacht waren we verzadigd en lagen we uitgeput naast elkaar. We keken door het raam, waarvoor de muggen dansten in het maanlicht.

Mijn oogleden waren zwaar, maar mijn geest was klaarwakker. Mijn lichaam tintelde en het was alsof ik het voor het eerst in lange tijd weer bewust voelde.

'Ik denk dat ik weet als wat ik terug zou willen komen,' zei Max terwijl hij de welving van mijn hals streelde.

'Ik dacht dat je daar niet in geloofde,' zei ik schertsend.

'Intussen ben ik van mening veranderd,' zei hij. 'Ik zou graag als vlinder terugkomen. En dan zou ik precies hier gaan zitten.' Hij boog voorover en kuste mijn linkerborst.

'En dat zou genoeg voor je zijn?' vroeg ik.

'Ik denk van wel. Het is beter dan te branden in de hel, wat de pastoor ons voorhoudt, nietwaar?'

'Maar het zou toch kunnen dat we even oud worden en op hetzelfde moment sterven. Wat dan?'

'Dan moet jij gewoon nog een keer als beeldschone vrouw terugkomen. Ik zal je vinden, hoelang ik ook moet vliegen. Ik zal je altijd weten te vinden.'

Met die woorden boog hij zich weer naar me toe. Ik sloeg mijn armen om hem heen en trok hem weer mee in een heerlijke liefdesroes, waarna we ten slotte voldaan in slaap vielen.

De nacht omhulde ons als een zachte deken en ik was graag nog langer in dromenland gebleven, maar ik werd zoals gewoonlijk vroeg wakker. Ik hoefde niet te kijken hoe laat het was.

'We moeten eruit,' zei ik en ik porde Max zachtjes in zijn zij. 'Het is zo meteen vier uur. Ik moet terug naar huis voor de meisjes wakker worden.'

Max kwam overeind, trok me in zijn armen en kuste me. 'Ik heb je veel liever hier bij me,' zei hij.

'Dat weet ik,' antwoordde ik. 'Misschien hoef je me op een dag niet meer te laten gaan. Maar vandaag moet het nog wel.'

Weer morde Max, toen liet hij me los en rolde op zijn rug. Ik keek glimlachend toe. Er viel een eerste streepje zonlicht op zijn borst, op de plaats waar daarnet nog mijn hoofd had gelegen.

Mijn moeder zou beslist zeer gepikeerd reageren als ik haar vertelde dat ik van mijn beheerder hield. Maar waarom zou mij dat een zorg zijn als ik de liefde van mijn leven had gevonden? Als ik met hem nog lang en gelukkig kon leven?

Toen ik aangekleed was, stond Max op en sloeg zijn oude ochtendjas om. Die was op veel plaatsen versteld en leek al in de oorspronkelijke staat uit aan elkaar genaaide restjes stof te hebben bestaan. Met al die verschillende kleuren had de jas beslist voor het kostuum van een goochelaar in het circus kunnen doorgaan.

'Waarom hou je dat haveloze ding?' vroeg ik. 'We kunnen samen een nieuwe kopen.'

'Die doe ik voor geen goud weg,' zei Max en hij sloeg hem met een theatraal gebaar nog dichter om zich heen. 'Hij is nog van mijn overgrootvader geweest.'

'Je overgrootvader?'

'Ja, en dat was een echte man! Hij zoop als een tempelier, vloekte als een dragonder en zat altijd achter de vrouwtjes aan, maar hij verafgoodde zijn kinderen. Hij is bijna honderd geworden, waardoor ik het geluk had hem nog persoonlijk mee te maken. Hij zette me altijd op zijn knie, meestal had hij dan deze ochtendjas aan, en dan vroeg hij me: "Nou, mien jong, hoe goat 't?" en als ik dan antwoordde: "Goed!" dan liet hij me paardjerijden op zijn knie tot ik krijste van plezier. De dag dat hij stierf was de droevigste van mijn leven.'

'Jouw familie lijkt behoorlijk oud te worden.'

'Ja, dat is zo, in elk geval wat de mannen betreft. Mijn grootvader leeft nog, al is hij een beetje in de war. Soms herkent hij mijn ouders niet, maar hij interesseert zich voor de eigenaardigste dingen. Het is jammer dat ik geen zoon heb die hem kan leren kennen.'

Hij wierp me een blik toe. Maar ik was er nog niet aan toe om kinderen te krijgen. Het landgoed legde te zeer beslag op me. Als ik kinderen had, wilde ik ze niet aan een gouvernante overlaten, maar zelf voor ze zorgen.

'We zullen zien,' zei ik en ik wierp hem een kushandje toe. Max ving de kus speels en stopte hem in de zak van de ochtendjas.

'Dat zou je overgrootvader vast plezier hebben gedaan,' merkte ik op.

'Daarom doe ik het ook! Tot later, liefste!'

Glimlachend liep ik het huisje uit. De zon maakte zich op om over de horizon te klimmen. Onder het lopen stak ik mijn armen in de lucht, juichte zo hard dat het vanuit de bossen weergalmde en rende uitgelaten als een kind over de paden.

Toen het koetshuis in zicht kwam beteugelde ik mijn uitgelatenheid, want ik wist dat het fatale gevolgen kon hebben als een van de staljongens me zo zou zien. Die zou zich afvragen waarom ik zo raar deed. Bovendien zou ik daardoor mijn gezag ondermijnen.

Muisstil sloop ik het huis in. Daarbij hoorde ik stappen op de bovenste etage. De meisjes waren al op. Het zou nog ruim twee uur duren voor Lena naar mijn kamer kwam, maar ze mochten me niet op de trap zien. Op een andere dag zou het niet erg zijn geweest, want dan was ik heel onschuldig teruggekomen van een wandeling. Maar nu was ik bang dat ze me de sporen van de liefde waaraan ik me had overgegeven zouden aanzien en argwaan zouden krijgen. Ze zouden mijn uitstraling opmerken en weten dat die niet door een wandeling was veroorzaakt. Wellicht konden ze ook de geur van Max bij me ruiken. Dat wilde ik allemaal niet riskeren.

Ik verdween in mijn kamer, kleedde me uit en legde mijn japon over de stoel. Toen glipte ik onder de dekens. Mijn huid tintelde, en ik voelde me zo dartel en gelukkig als ik in geen tijden meer was geweest.

44

De hele ochtend kon ik met moeite de brede glimlach onderdrukken die telkens weer opkwam. Er was haast niets tegen te doen, hij was er de hele tijd, zat genesteld in mijn hart en wachtte tot hij weer tevoorschijn kon komen.

Mijn moeder merkte het echter niet, want ze had alleen oog voor dokter Falk. Die bewees zich als een uitstekend verteller en gaf allerlei voorvallen uit zijn praktijk ten beste. Mijn moeder luisterde verrukt naar hem en moedigde hem aan meer te vertellen. Op een gegeven moment verdween ze met hem in de salon.

Daar bleven ze tot Falk weer in de stal verscheen.

Max en ik waren daar al een tijdje en wisselden verstolen blikken en af en toe een glimlach.

Het medicijn was inmiddels gekomen. Falk diende het Avondster toe en gezamenlijk wachtten we af of het effect had.

'Het kan wel een of twee dagen duren voor we iets merken,' zei Falk om ons gerust te stellen. 'Het moet eerst gaan werken.'

Maar vlugger dan hij had voorzien gebeurde het wonder: al na een paar uur kwam Avondster weer overeind. Eerst alleen op zijn voorbenen, daarna helemaal. Lopen wilde hij nog niet, maar het was een duidelijk teken dat hij met succes tegen zijn kwaal streed.

'Geef hem het middel 's ochtends en 's avonds, en sta hem niet toe meteen te gaan bewegen,' raadde Falk aan. 'Na twee weken kunt u beginnen hem langzaamaan weer naar buiten te brengen.'

Ik was de veearts het liefst om de hals gevallen. Avondster zou blijven leven! Mijn hart sloeg over van vreugde en ditmaal was het echt alleen maar omdat het veulen aan de dood was ontsnapt.

Omdat zijn aanwezigheid niet langer vereist was, pakte dokter Falk de volgende dag zijn spullen. Nadat hij me had verzekerd dat hij over een paar weken weer naar Avondster zou komen kijken, nam hij afscheid. August bracht hem met de koets naar het station in Kristianstad. Het leven op de hoeve normaliseerde zich. Alleen leek mijn moeder haar nieuwe gesprekspartner te missen.

Bij het avondeten barstte ik van ongeduld, ik wilde het zo snel mogelijk achter de rug hebben en naar Max toe. De vorige dag had ik hem vanwege dokter Falk niet kunnen opzoeken, want mijn moeder had erop gestaan dat wij tot laat in de avond met hem converseerden. Toen we eindelijk naar bed gingen, viel ik onmiddellijk in slaap. Maar die avond zou het anders gaan. Door alle opwinding had ik geen trek, maar ik dwong mezelf iets te eten, want anders zou mijn moeder argwaan hebben gekregen.

'U had een interessante conversatie met de veearts,' merkte ik op.

'Heel interessant zelfs,' beaamde ze. 'Het is een intelligente man. Je zou denken dat een veearts een beetje een eigenaardig type was, per slot van rekening snijdt hij allerlei dieren open. Maar dat is hij niet.'

'Dat klinkt bijna alsof u genegenheid voor hem hebt opgevat,' zei ik hoopvol.

Mijn moeder snoof. 'Ik vind hem amusant, dat is alles. Mijn hart behoort je vader toe, ook nu nog. Er zal nooit een ander voor me zijn.'

'Waarom niet?' vroeg ik. 'U zou toch een nieuwe levensgezel kunnen hebben. De rouw is voorbij, en dokter Falk lijkt me heel aardig.'

'Hij is aardig – en getrouwd. Hij heeft veel verteld over zijn vrouw en zijn twee dochters. Een van hen verwacht haar eerste kind, de andere dochter gaat binnenkort trouwen.'

Ik trok mijn wenkbrauwen op. 'Heeft hij het daar met u over gehad?'

'Ja. En ik heb hem verteld over mijn man en over Hendrik en jou.'

'O jee, hopelijk hebt u de pikante details weggelaten.' Ik kreeg het warm en koud tegelijk bij de gedachte dat ze hem misschien had verteld over mijn studie en over alle ruzies die we hadden gehad.

'Wees maar gerust, ik weet wat betamelijk is. Er zijn dingen die je vertelt, en andere die je voor je houdt. Het zou me verheugen als dokter Falk nog eens komt. Hij zou de paarden jaarlijks kunnen komen onderzoeken.'

'Dat is een goed idee,' zei ik. Op de een of andere manier wilde het er bij mij niet in dat ze zich alleen voor hem interesseerde omdat hij zo onderhoudend was. Maar dat zou ze onder geen beding toegeven. 'En als u echt in een man geïnteresseerd zou raken, hoeft u niet bang te zijn dat ik daar bezwaar tegen heb. Het zou fijn zijn u weer gelukkig te zien.'

Stella slikte even, en ik zag dat ze afkeurend haar voorhoofd fronste. Maar ze zei niets, en was zo genadig me niet aan te raden eerst zelf maar eens een man te zoeken.

45

Het midzomerfeest ging voorbij zonder Lennard en zijn moeder. Het was een mooi feest met meiboom, haring en nubbe. Net als vorig jaar bleef ook Max weg, en sloop ik als een dievegge naar hem toe. Ditmaal keken we pas naar de sterren nadat we elkaar uitvoerig hadden bemind.

'Wat zou je ervan vinden je intrek in het landhuis te nemen?' vroeg ik een week later toen ik op de laatste zondag in juni in zijn armen lag.

'Als jouw geliefde, bedoel je?'

'Als mijn echtgenoot.'

Ik draaide me om en steunde op zijn borst. Mijn haar viel over zijn buik. Het was fijn het los te dragen en het niet met haarspelden te hoeven opsteken.

'Denk je echt dat het goed zou zijn om het nu al over zoiets te hebben?' vroeg hij. 'Is het niet beter om te genieten van wat we hebben?'

'Nou, vanuit jouw standpunt mag dat goed zijn, maar ik word elke dag geconfronteerd met het dringende verzoek eindelijk een echtgenoot te zoeken. Ik dacht dat het bezoek bij de Ekbergs erg was, maar vandaag voelde ik me alsof ik me op de paardenmarkt bevond. Ik weet niet wat mijn moeder met haar vriendinnen heeft besproken, maar hun zonen leken bijzonder geïnteresseerd. Ik had het liefst tegen hen allemaal gezegd wat ik indertijd tegen Lennard heb gezegd.'

Ik had Max natuurlijk verteld dat Lennard het weer over trouwplannen had gehad. En dat ik hem had aangeraden naar iemand anders uit te kijken.

'Misschien had je het moeten doen,' zei Max terwijl hij een haarlok van mij vastpakte en die om zijn vingers wond.

'Nou, dat kan ik nog steeds.' Ik streek zachtjes over zijn huid. 'Wat denk je, zou het voor jou een vreselijke bezoeking zijn mijn echtgenoot te worden?'

'Natuurlijk niet,' antwoordde hij. 'Maar ik vraag me af hoe je moeder het zou opnemen.'

'O, die zal het heel fijn vinden.'

'Je liegt.' Max lachte.

'Ze zou het moeten accepteren. Het argument dat je niet van adel bent kan ze niet gebruiken. Je bent een Pommerse jonker.'

'Zonder vermogen en zonder land,' was zijn weerwoord. 'Mogelijk vermoedt ze dat ik op je titel uit ben. En op je geld.'

'Alleen ben ik degene die jou gevraagd heeft, toch?'

Ik legde mijn hoofd op zijn borst. Zijn hart sloeg rustig en krachtig.

Hij streelde over mijn haar. 'Klopt, jij vroeg het. Maar ik weet niet wat ik daarop moet antwoorden.'

Ik richtte me op. Diep vanbinnen voelde ik een steek. Het was de herinnering aan Michael en zijn afwijzing om een nieuw leven met me te beginnen. 'Wil je het dan niet?'

Tussen Max' wenkbrauwen verscheen een rimpel. 'Meer dan wat dan ook. Maar... het is nogal ingewikkeld. Mijn familie...'

'Zou die iets tegen een huwelijk met een Zweedse hebben?' Dat kon ik me gezien de Zweedse moeder niet voorstellen.

'Nee, absoluut niet, en ze zouden je ook heel sympathiek vinden, maar...'

'Maar?' echode ik.

'Maar dan zou je bij hen horen.'

Dat begreep ik niet. Wat was er nu erg aan om bij een familie te horen?

'Mijn vader zou erop staan dat jij als schoondochter op onze hoeve kwam wonen. En ik zou hun dan zeker weer onder ogen moeten komen.'

'Dan trouwen we stiekem!' ontschoot het me. 'Als je geen contact met je familie meer wilt, kan niemand je daartoe dwingen. Je zou zelfs mijn naam kunnen aannemen.'

'Agneta,' zei hij zachtjes en bedroefd. 'Ik wil dat nu niet beslissen. We kunnen ook gewoon op dezelfde manier doorgaan. We kunnen kalm aan doen. Wie weet of je me over een half jaar nog wel wilt.'

Ik kwam overeind. Teleurstelling doorboorde mijn ziel net zo diep als minuten eerder de wellust. Gejaagd streek ik mijn haar naar achteren. Mijn blik dwaalde door de ruimte, op zoek naar houvast. Ik kon Max niet aankijken. 'Misschien kan ik nu maar beter gaan,' zei ik en ik wilde opstaan. Maar Max pakte me vast en hield me tegen.

'Wees alsjeblieft niet boos op me. Laten we het er later nog eens over hebben. Over een paar maanden, een half jaar.'

'Ach, denk je dat je vader over een half jaar niet zou willen dat ik bij jullie intrek? Dat over een half jaar je familie er niets op tegen zal hebben? Of mijn moeder?'

Ik merkte dat de woede zich langzaam in me samenbalde. Eigenlijk wilde ik dat helemaal niet, en ik voelde me net een verwend kind. De tranen sprongen me in de ogen, en ik werd door verlangen verscheurd.

'Agneta, probeer het alsjeblieft te begrijpen,' zei hij. 'Ik kan je niet iets beloven waar ik me misschien niet aan kan houden.'

Ik trok mijn wenkbrauwen op. 'Kun je je niet aan een trouwbelofte houden? Heb je iemand anders?'

'Nee.'

'Wil je weer verder trekken? Heb je genoeg van de Leeuwenhof?'

'Dat is het niet.'

Ik merkte hoe hij met zichzelf worstelde.

'Wat dan wel?'

'Dat kan ik niet zeggen... Het voelt niet juist.'

Ik maakte me van hem los en knikte. 'Als jij het zegt. Excuses dat ik druk op je heb uitgeoefend. Dat was niet mijn bedoeling.'

Ik zag dat hij ontspande. Maar ik voelde me alsof ik elk moment uit elkaar kon spatten. Voor mij had het juist gevoeld. Maar voor de tweede keer stootte ik op iemand die zich niet wilde binden, die niet zijn leven met me wilde delen. Ik kon nu niet meer naast hem gaan liggen alsof er niets gebeurd was. Ik moest nadenken, ik moest van mijn woede af zien te komen. Ik moest accepteren dat we weliswaar genot en gesprekken met elkaar konden delen, maar niet het leven.

Zwijgend en me met moeite beheersend kleedde ik me aan. In stilte hoopte ik dat Max iets zou zeggen, maar ook hij zweeg.

'Zien we elkaar later nog om te wandelen?' vroeg hij toen ik naar de deur liep.

'Nee,' antwoordde ik, 'ik ga meteen aan het werk.'

Nu stond hij op en kwam naar me toe. Hij sloeg zijn armen om me heen en kuste me, maar ik was niet in staat zijn kus te beantwoorden.

'Begrijp het alsjeblieft. We zullen het er nog over hebben. Later. Als we zeker van elkaar zijn.'

'Natuurlijk,' antwoordde ik en ik maakte me weer van hem los. Het lukte me nog de deur achter me dicht te doen, toen kwamen de tranen.

Maar die maakten niet dat ik instortte. Ik begon te rennen, ik wilde zo veel mogelijk afstand tussen mij en het huisje hebben. Ik stormde door de weiden die nacht tot ik er zeker van was dat niemand me kon zien of horen. Toen liet ik me gaan en huilde.

Bij het ochtendgloren keerde ik, moe en terneergeslagen door het ronddwalen en piekeren, terug naar huis. Ik dacht met afschuw aan de verplichtingen die de maandag met zich meebracht en voelde me nog steeds diep teleurgesteld. Er waren voor mij slechts twee redenen waarom Max niet met me wilde trouwen. Of hij hield niet echt van me en zag onze relatie als een avontuurtje waar weldra een einde aan zou komen, óf hij was bang voor mijn positie. Bang dat hij niet het hoofd van de familie zou zijn.

Ik verbaasde me over mezelf. Wat was er in me gevaren? Ik was toch vroeger altijd degene geweest die niet wilde trouwen! Als ik niet de erfgenaam van de hoeve was geworden, was ik zonder boterbriefje met Michael blijven omgaan. Had de Leeuwenhof me zo veranderd?

Boven in mijn kamer glipte ik uit mijn japon en kroop ik in bed. Mijn hoofd deed zeer en mijn oogleden voelden loodzwaar. Even nog bood mijn lichaam verzet tegen het rusten, maar toen werd het door uitputting overmand.

Toen iemand aan mijn schouder schudde, schrok ik op. In mijn droom rende ik nog door het bos. Nu prikte de zon in mijn ogen, en verward stelde ik vast dat ik in mijn kamer was.

'Pardon, juffrouw Agneta,' zei Lena. 'Ik heb al een keer geprobeerd u te wekken, maar uw moeder zei dat we u voorlopig maar moesten laten slapen...'

Ik schoot overeind. 'Hoe laat is het?' De zon stond hoog aan de hemel en de warmte van de dag was duidelijk waarneembaar.

'Hoe laat is het?'

'Elf uur,' antwoordde Lena.

'Wat? Lieve help!' Ik sprong uit bed. Ik had bijna de hele ochtend verslapen!

'Is er al water?' vroeg ik terwijl ik naar de badkamer stormde. Hoewel het laat was, wilde ik de afgelopen nacht zo grondig mogelijk van me afspoelen.

'Ik heb het al klaargezet,' zei Lena, die even later met handdoeken kwam aanrennen.

Toen het water over mijn huid spoelde, verdween mijn vermoeidheid. Maar mijn hart voelde niet lichter aan. Max' afwijzing had me diep geraakt. Ik had het gevoel dat ik me belachelijk had gemaakt. Misschien was het echt nog te vroeg om aan zoiets als trouwen te denken.

In de eetkamer was niemand te bekennen. Ik begaf me naar de keuken.

'Goedemorgen,' zei ik. 'Is er misschien nog iets over van het ontbijt?'

'Goedemorgen, juffrouw Agneta,' antwoordde mevrouw Bloomquist terwijl ze haar pollepel neerlegde. 'Mevrouw uw moeder zei al dat u naar me toe zou komen.'

Ik trok mijn wenkbrauwen op. Had mijn moeder tegen de kokkin gezegd dat ze iets voor me moest bewaren? Dat was volkomen nieuw.

'Na zo'n lange nacht moet u stevig ontbijten,' voegde ze eraan toe, en ze haalde een couvert en zette een broodmandje en jam voor me neer.

'Hoe bedoelt u?' vroeg ik verward.

Mevrouw Bloomquist staarde me ineens heel timide aan. 'Ik bedoel... U bent zo laat wakker geworden. Mevrouw zei dat de meisjes u moesten laten slapen. Tenslotte werkt u altijd heel lang door.'

Bij wat ze zei had ik het gevoel flink in de nesten te zitten. 'Ja,' antwoordde ik toen. 'Het is gisteren erg laat geworden.'

'Uw vader zaliger ging ook altijd laat door met werken. Ik maakte ook wel eens zo'n ontbijt voor hem.'

Ze deed haar best nonchalant te klinken, maar ik kreeg het ineens benauwd. Stel dat het personeel had gemerkt dat ik een liaison met Max had? Stel dat ze over me praatten?

En nog erger, stel dat het mijn moeder ter ore kwam?

Terwijl ik aan de keukentafel ging zitten, kostte het me moeite om niet mijn hoofd over mezelf te schudden.

'Dank u wel, mevrouw Bloomquist, dat is heel aardig van u,' zei ik uiteindelijk. 'Wat at mijn vader dan altijd na die lange nachten?'

'Drie spiegeleieren met spek, brood met bosbessen- of pruimenjam en daarbij flink sterke koffie.'

'Dat klinkt uitstekend!' zei ik en ik gaapte hartgrondig.

Op de gang hoorde ik de meisjes giechelen, maar ik probeerde het niet op mezelf te betrekken. In elk geval zou ik er meteen voor zorgen dat ik me niet meer versliep, ook al was ik nog zo lang bij Max geweest.

Na het ontbijt ging ik naar de zolder. Mijn moeder was ik nog niet tegen het lijf gelopen, en ik had ook geen behoefte haar een verklaring voor mijn late opstaan te geven.

De treden van de smalle trap kraakten onder mijn gewicht. Dat hadden ze vroeger ook al gedaan als ik met Hendrik naar boven sloop. Meestal hadden we ons afgezonderd als er veel bezoek was en we geen zin meer hadden om met onbekende kinderen te spelen. Op zolder waren we veilig voor spelletjes die we niet wilden doen en woorden die we niet wilden horen.

Toen ik het luik opendeed en mijn hoofd erdoor stak, had ik het idee dat ik nog steeds onze schaduwen kon zien die tussen de kisten en hutkoffers hadden rondgeslopen. We hadden verhalen verzonnen, nu eens over verre landen, dan weer over geesten. We hadden ons voorgesteld zelf geesten te zijn. Terwijl we beneden hoorden praten en lachen, hadden wij er plezier in voor even onzichtbaar te zijn.

Felle zonnestralen vielen door de kleine ramen en tekenden lichtvlekken op de vloer. Maar de schaduwen konden ze niet verdrijven. Ik liep langs een zware hutkoffer met heel oude kleren, robes die mijn overgrootmoeder had gedragen en feestkleding van mijn grootvaders. Hendrik en ik hadden die soms aangetrokken en dan hadden we daarin over de zolder gerend. Natuurlijk was het allemaal veel te groot geweest, en moeder zou ons beslist een standje hebben gegeven als ze het had gemerkt. Maar ze had ons nooit betrapt. Ik vroeg me af of er sindsdien eigenlijk nog wel eens iemand was geweest om de oude schatten te bekijken. Vast alleen maar dienstmeisjes die nog meer afgedankte spullen hadden neergelegd.

Graag was ik de hele dag hierboven gebleven, maar ik was geen klein kind meer en ook geen geest. Ik zette koers naar een kleine kist die verscholen stond achter een grote kastkoffer.

Ik haalde het deksel eraf en ontdekte na even zoeken een oude wekker die van mijn grootmoeder was geweest. Ze had er altijd op gestaan dat we op tijd kwamen. Naast het streng naleven van christelijke regels had ze dat het belangrijkst gevonden. De grote, wat gebutste wekker had ik altijd bedreigend gevonden, maar nu was hij precies wat ik nodig had. Ik blies er een laagje stof af, wond hem op en stelde de wijzers in. Met zacht getik kwam hij weer tot leven.

Een weldadig gevoel doortrok me. Mijn grootmoeder was geen warme vrouw geweest. Wat haar kleinkinderen betreft kwam het er voor haar op aan dat ze welopgevoed waren. Maar nu was het alsof ze over me waakte en ervoor zorgde dat ik bij alles wat ik deed mijn plicht niet vergat.

46

De hele middag zat ik over de boeken gebogen. Mijn moeder had haar vriendinnen weer eens op bezoek, maar ik had geen zin me aan hen te vertonen. Het loodzware gevoel was nog niet uit mijn botten verdwenen. Ik voelde me moe en kon me niet goed concentreren. Het gesprek met Max kwam me steeds weer voor de geest. Wroeging knaagde aan me. Ik had er niet over moeten beginnen, dan zou alles bij het oude zijn gebleven.

Maar gewoon doen alsof er niets gebeurd was, kon ik ook niet. Ik wist nu dat Max niet met me wilde trouwen. In elk geval niet nu. Misschien later. Misschien ook nooit. We konden met elkaar naar bed gaan en wandelingen maken, maar als het aan Max lag zou het niet meer worden. Hoe ik mezelf ook wijsmaakte dat ik een moderne vrouw was en geen vaste relatie nodig had, de teleurstelling wilde niet wijken.

Geklop op de deur haalde me uit mijn gedachtestroom. Ik was al bang dat het Max was, die kwam kijken of alles met me in orde was. Maar het was Marie.

'Wat is er?' vroeg ik terwijl ik in mijn ogen wreef en een gaap onderdrukte.

'Mevrouw wil u graag spreken in de salon. Ze zei dat het belangrijk is.'

Belangrijk? Wat zou dat kunnen zijn? Had een van de dames een zoon meegebracht die ze aan me wilde voorstellen? Maar Marie wekte de indruk dat mijn moeder haar een standje zou geven als ik niet binnen een paar minuten in de salon verscheen.

'Goed, ik kom eraan,' zei ik, waarop Marie zich terugtrok.

Ik stond op en stak mijn armen in de lucht. Dat zou wel niets aan mijn vermoeide aanblik veranderen, en ook zou ik me niet speciaal voor de salon gaan omkleden. Moeder zou me zeggen wat ze op het hart had, ik zou een kopje koffie met haar drinken en dan weer aan het werk gaan.

'Daar ben je dan!' zei mijn moeder toen ik door de glazen deur de salon binnenkwam. 'Kom maar hier, we hebben een plaatsje voor je vrijgehouden.'

Ze wees naast zich op de rotanbank. De drie andere aanwezigen waren mevrouw Söderlund, mevrouw Axelson en mevrouw Niebro. Dat waren niet mijn moeders beste vriendinnen, maar hun relatie was wel zodanig dat ze hen eens per maand uitnodigde.

Ik begroette ieder van hen afzonderlijk, en daarbij viel me op dat ze een gezicht trokken alsof de dood van de koning bekend was gemaakt.

Ik ging naast mijn moeder zitten, blij dat er geen jonge man aanwezig was. 'Ik hoop dat u van uw bezoek hier geniet, dames,' zei ik.

'O, zeker,' zei de eerste.

'Je ziet er moe uit,' constateerde de tweede.

'Mijn dochter werkt de laatste tijd erg veel en blijkbaar ook tot diep in de nacht.'

Stella wierp me een kritische blik toe. Had ze argwaan gekregen? Dat ontbrak er nog maar aan.

Maar gelukkig gaf geen van de aanwezigen me de raad eindelijk een man te zoeken die me wat zou kunnen ontlasten.

'Er is schokkend nieuws,' zei mevrouw Söderlund.

'Wat is er dan gebeurd?' vroeg ik. 'Ik moet bekennen dat ik vandaag de krant nog niet gezien heb.'

'Dat moet je dan alsnog doen,' zei mevrouw Söderlund. 'Gisteren is de Oostenrijkse kroonprins in Sarajevo doodgeschoten. Samen met zijn echtgenote. Heel Europa is gechoqueerd.'

Geschrokken sperde ik mijn ogen open. Aanslagen op leden van koninklijke families kwamen in onze tijd gelukkig zelden voor.

Maar als er zoiets gebeurde, had je het gevoel dat er een familielid was aangevallen.

'Maar dat is verschrikkelijk!' zei ik. 'Weten ze al wie het gedaan heeft?'

'Zo te horen een Serviër die lid is van een groep die de Oostenrijkse monarchie afwijst. Ik vrees dat dit zeer binnenkort vreselijke gevolgen zal hebben.'

'Laten we het gewoon bij de naam noemen,' mengde mijn moeder zich in het gesprek. 'Het wordt oorlog. Oostenrijk zal dit niet op zich laten zitten.'

'De keizer eist een genadeloos onderzoek van de Servische autoriteiten,' liet mevrouw Söderlund weten. 'Maar als dat niet naar tevredenheid verloopt, zal Oostenrijk maatregelen treffen.'

'Moord op een troonopvolger is reden genoeg voor wraak,' nam mevrouw Niebro het woord. 'In vroeger tijden werden zulke lieden gevierendeeld.'

Ik probeerde de zinnen die me om de oren vlogen te volgen. Natuurlijk moest de moord worden vergolden, maar zou het echt oorlog worden?

En welke gevolgen zou dat voor ons hebben? Zweden was al honderden jaren niet meer in een oorlog verwikkeld geweest. We hadden neutraliteit verheerlijkt. Maar zou de koning er misschien anders over denken nu het een familielid van een staatshoofd betrof?

Terwijl ik nadacht drongen de woorden van de dames maar vaag tot me door. Ze weidden uit over manieren om wraak te nemen, de ene nog erger dan de andere. Mijn moeder bleef terughoudend en riep uiteindelijk haar vriendinnen tot de orde.

'We leven niet meer in de middeleeuwen,' zei ze. 'Moordenaars kunnen niet meer volgens oud recht worden bestraft.'

'Hoe zie jij dat?' zei mevrouw Söderlund zich tot mij wendend.

'Ik vind het geen oplossing om een oorlog te beginnen. Ik hoop dat de keizer dat net zo ziet. Oorlog betekent ellende voor duizenden mensen. En ik wed dat geen enkele Servische boer wilde dat de kroonprins werd vermoord. En die niet-betrokkenen zijn juist degenen die onder een oorlog zullen lijden.'

'Maar is het leven van een prins niet meer waard dan dat van een boer?' vroeg mevrouw Axelson, die totaal gefascineerd leek door het idee dat ze op haar oude dag nog een oorlog zou meemaken.

'Alle mensenlevens zijn vanaf de geboorte evenveel waard,' antwoordde ik. 'Ieder mens draagt tegenwoordig dezelfde verantwoordelijkheid. Een boer probeert zijn familie te beschermen. Een koning zijn volk. Als het kind van een boer door een beer wordt aangevallen, zal hij proberen de beer te doden of op een afstand te houden, maar hij zal nooit proberen de hele berenstand uit te roeien. En een koning of keizer zou net zomin moeten optreden tegen een volk waarvan een paar leden een vreselijke misdaad hebben begaan. Die mannen moeten worden berecht en in de gevangenis opgesloten wegens moord. Maar de wereld heeft geen behoefte aan weer een oorlog.'

Toen ik klaar was, voelde ik mijn hart tekeergaan. De dames staarden me aan. Het was net als indertijd bij de betogingen, waarbij vrouwen noch mannen wilden begrijpen dat het niet in orde was een deel van de bevolking alle rechten toe te kennen en die het andere deel te ontzeggen.

'Excuseert u mij alstublieft, het werk roept,' zei ik en ik stond op. Ik wilde niet wachten tot de dames zich hadden hersteld.

In het voorbijgaan keek ik mijn moeder aan. Die keek duister, maar om haar lippen speelde een glimlach. Was ze eropuit geweest mij die oorlogszuchtige dames te laten choqueren? Had ze gewild dat ik hun de Levieten las? Nou dat had ik dan gedaan.

Toen ik de salon verliet, voelde ik een vreselijke pijn bij mijn slapen.

Al dat gezwets over oorlog! Ons huis had altijd aan de zijde van de koning gestreden, dat wist ik uit de verhalen van mijn vader. Ik had nooit zelf een oorlog meegemaakt, maar de verhalen die mijn vader had verteld, waren voor mij afdoende. Ze gingen over mijn voorouders uit de zeventiende en achttiende eeuw, de tijd waarin Zweden voortdurend met andere landen oorlogen had uitgevochten. Het waren verhalen vol bloed en ellende, meestal werd er meer verwoest dan gewonnen. Koningen stierven in de slag, duizenden families verloren een vader of een zoon. Duizenden vrouwen werden door soldaten onteerd. Duizenden kinderen verhongerden.

Buiten op de trap kalmeerde ik een beetje. De zon scheen en de vogels kwetterden. Het gehinnik van een paard drong uit de verte tot me door. Boven de keien van de rotonde zinderde de warme lucht. Er was niets veranderd. Het zag er allemaal uit alsof een oorlog er geen invloed op kon hebben

Maar ik voelde dat er de komende maanden iets zou veranderen. Als er oorlog uitbrak, hing alles af van hoe onze koning reageerde. Zou hij de neutraliteit handhaven of zich in het conflict mengen? Zou ons leven van de ene dag op de andere veranderen?

’s Avonds ging ik naar het huisje. Het bericht over de vermoorde aartshertog had me ervan afgebracht vanwege het afgeslagen huwelijksaanzoek te blijven kniezen. Max wilde niet trouwen, en als je in aanmerking nam wat er van de moord op een lid van een Koninklijk Huis zou kunnen komen, was het misschien ook beter zo.

Ik wilde me verontschuldigen en had dringend behoefte aan iemand om mee te praten.

Toen ik aanklopte, kwam er geen reactie. ‘Hallo?’ vroeg ik in het donker, maar ditmaal betekende het ontbreken van licht niet dat Max er de voorkeur aan gaf in het donker te zitten om na te denken.

Hij was er niet. Was hij zich misschien in de herberg in het dorp aan het bedrinken? Even bleef ik verbouwereerd staan, in de verleiding naar het dorp te rijden en hem te gaan zoeken. Maar toen vermande ik me. Waarschijnlijk had hij van de staljongens gehoord wat er gebeurd was. Of de koetsiers van moeders vriendinnen hadden gekletst. Als hij in de herberg was, zou dat zijn omdat hij meer nieuws wilde horen. De Oostenrijkse keizer was niet zijn keizer, maar wel een bondgenoot van de Duitse keizer Wilhelm. Als het oorlog werd, zou deze aan de zijde van de Oostenrijkers vechten. Ik wilde er niet aan denken tot wat voor kettingreactie dat zou leiden.

Toen ik me omdraaide, zag ik een gedaante uit het bos komen. Max. Hij liep met grote stappen en versnelde zijn pas nog eens toen hij me zag. 'Hallo, Agneta,' zei hij.

'Hallo,' zei ik terug.

Het daaropvolgende zwijgen voelde kil en gedwongen aan. Hij had de hele dag geen poging gedaan om me te spreken, maar dat gold ook voor mij. Ik was zelfs bang geweest hem tegen het lijf te lopen.

'Heb je het al gehoord?' begon ik uiteindelijk. 'Aartshertog Frans Ferdinand van Oostenrijk is in Sarajevo vermoord.'

Max knikte. 'Ja, een van de koetsiers heeft het me verteld. Nu zitten ze natuurlijk allemaal te speculeren of er oorlog komt.'

'Zweden is al lang niet meer bij een oorlog betrokken geweest, en zoals ik onze koning ken, zal hij zich er nu ook buiten houden.'

'Dat kan wel zijn, maar voor Duitsland ziet het er anders uit. Als keizer Frans Jozef besluit de Serviërs aan te vallen, zal Wilhelm aan zijn zijde staan.'

'Laten we hopen dat het niet zover komt,' zei ik.

Weer zwegen we, ten slotte begon Max: 'Over vannacht... Het spijt me dat...'

'Tss,' deed ik en ik legde mijn vinger op zijn lippen. 'Het hoeft je niet te spijten. Het spijt *míj*. Ik had niet zo moeten aandringen. Ik weet eigenlijk ook niet hoe ik erop kwam. Al dat gezeur van mijn moeder over trouwen... Iedereen hier lijkt er alleen maar mee bezig te zijn dat ik een man kies. Ik denk dat ik ervanaf wilde, en daarom kwam ik op het idee jou te vragen. Maar dat was verkeerd, dat zie ik nu in en ik vraag je om vergeving.'

Het volgende ogenblik kwam hij naar me toe en trok me in zijn armen. 'Er valt niets te vergeven,' zei hij. 'Je hebt je hart gevolgd. Als de tijd rijp is, zal ik degene zijn die een aanzoek doet. Gun me die tijd alsjeblieft.'

Ik knikte, maar ik voelde dat er vanbinnen iets was geknapt. Ik hield van hem, en als ik hem aankeek wilde ik het liefst helemaal in hem opgaan. Maar zijn afwijzing was een schaduw waar ik geen verweer tegen had. We kusten en beminden elkaar en alles leek als vanouds. Maar na afloop keek ik lang uit het raam en vroeg me af wat ons te wachten stond.

47

Op de warme junimaand volgde een nog warmere maand juli, die het graan deed rijpen en de paarden ertoe bracht beschutting te zoeken onder de bomen in de wei, waar ze loom stonden te wachten tot er een avondbriesje kwam.

Ik ging vaak naar de weiden om Talla en de andere paarden gade te slaan. Het herstel van Avondster verliep voorspoedig. Ik liet hem vrij in de wei lopen. Misschien zou ik nooit op hem kunnen rijden, maar ik hoopte dat het mogelijk was hem voor het fokken te gebruiken.

Het leven ging zijn gangetje, maar alles werd overschaduwd door zorgen dat het niet lang meer zo zou blijven. Ik volgde het nieuws in de kranten nauwlettend. Omdat de streekkrant niet veel te bieden had, liet ik een krant uit Stockholm bezorgen, die een bredere kijk gaf.

Ik was geschokt dat de Servische regering niet inzag dat de schuldigen berecht moesten worden. Er gingen geruchten dat de moord door de autoriteiten daar zelfs werd goedgekeurd, omdat ze de Oostenrijker uit Bosnië wilden verdrijven en het land wilden inlijven. 'De julicrisis' noemden de kranten het en ze voorspelden dat oorlog onvermijdelijk was als er niet vlug een oplossing zou worden gevonden. Mijn moeders vriendinnen leken gelijk te krijgen.

Op de avond van de achtentwintigste juli zag ik vanuit het raam van mijn werkkamer onze loopjongen Peter opgewonden de binnenplaats over rennen. Ik had hem erop uitgestuurd om in het dorp een boodschap te doen. Nu vroeg ik me af wat er aan de hand was, want hij stormde de trap op. Stond een van de velden in brand? Dat gebeurde af en toe en veroorzaakte meestal grote commotie in de buurt. Maar ditmaal was het geen brand, dat voelde ik. Ik liep terug naar mijn bureau en ging erachter zitten. Ik keek door het raam naar de lucht en wachtte. Als het om iets belangrijks ging, zou hij naar me toe komen. En zo niet Peter, dan wel iemand anders. Na enkele ogenblikken werd er op de deur geklopt.

'Binnen!' riep ik en ik keek direct in het gezicht van de uitgeputte jongen, die met zijn pet in zijn hand een buiging maakte.

'Mejuffrouw,' zei hij, 'de Oostenrijkers hebben vandaag de Serviërs de oorlog verklaard. Dat heb ik daarnet bij de kruidenier gehoord.'

'Wie heeft dat gezegd?' vroeg ik. Sinds een paar dagen was er telkens weer iemand die beweerde dat de oorlog begonnen was, zonder dat het later in de kranten werd bevestigd.

'Olsson, de loopjongen van het telegraafkantoor. Hij hoorde het toen iemand een telegram had gekregen. De chef van het telegraafkantoor was volkomen van streek en heeft meteen zijn familie bij elkaar geroepen. Olsson is op zijn fiets gesprongen en kwam vlak voor me in het dorp aan. De mensen zijn allemaal gechoqueerd.'

Dat was ik ook. Ik kon me nog goed herinneren dat ik op de middelbare school de bondgenootschappen van de afzonderlijke koningshuizen en naties moest leren. Zweden ging geen enkel bondgenootschap aan, maar de leraar achtte het belangrijk dat we wisten wie er in Europa bondgenoot of vijand was van wie.

Het was me duidelijk dat bij een Oostenrijkse oorlogsverklaring tegen Servië de Duitsers onvermijdelijk mee zouden doen. De Serviërs hadden een verbond met de Russische tsaar, die weer banden had met Frankrijk. In één klap zouden vijf Europese landen zich in staat van oorlog bevinden. En er zouden er meer volgen, want België was een bondgenoot van Frankrijk, en Groot-Brittannië eveneens. Het was alsof iemand bij een dominospel de eerste steen had omgestoten en nu de ene steen na de andere zou omvallen.

Hoelang zou Zweden zich buiten die keten kunnen houden? De betrekkingen van ons koningshuis met de Duitse keizer waren goed, maar we hadden geen verbond gesloten. Zouden de Denen zich laten meeslepen om de Duitse buren bij te staan? Hoe zat het met Noorwegen, dat sinds 1905 niet meer door ons koningshuis werd geregeerd? En met Finland, dat zich bedreigd zou voelen door Rusland?

'Mejuffrouw, is alles in orde?' vroeg Peter bezorgd, en toen pas merkte ik dat ik minutenlang zwijgend en verstijfd was blijven zitten.

'Ja, dank je wel, Peter, en ook bedankt voor het bericht.'

De knaap maakte een buiging en verliet mijn werkkamer. Ik ging naar beneden en liep door de tuin naar de kleine uitloper van het bos die aan ons grondgebied grensde.

Daar ging ik op een bemoste plek naar het groene bladerdak zitten kijken.

Het was oorlog.

Er leek niets veranderd te zijn. De bladeren ritselden in de wind, de vogels zongen hun zomerse lied en leerden hun jongen vliegen. De zon scheen en wolken trokken langs. Het gras wuifde zachtjes als altijd. Torren en mieren kropen bedrijvig door het kreupelhout op zoek naar voedsel.

Geen ander schepsel dan de mens wist wat het betekende om een oorlog te ontketenen. Voor geen enkel schepsel woog het besluit van een ander wezen zo zwaar als voor de mens.

Die avond was het bijzonder stil in huis. De dienstmeisjes praatten alleen fluisterend over de beginnende oorlog, meneer Bruns en juffrouw Rosendahl wisselden een paar veelbetekenende blikken. Het was hun aan te zien dat ze graag meer hadden geweten, maar ik had niets te melden. Hetzelfde gold voor mijn moeder. Ook zij zweeg, in haar eigen gedachten verzonken.

Toen de dienstmeisjes naar bed waren gegaan en alle lichten waren gedoofd, begaf ik me naar Max. De staljongens hadden hem beslist verteld wat er was gebeurd.

Er brandde licht in zijn huisje en ik nam even de tijd om hem door het raam gade te slaan voor ik liet merken dat ik er was. Hij zat aan zijn bureau iets te lezen wat voor hem lag. Was dat een brief? Wanneer had hij die gekregen?

Hij leek heel geconcentreerd en had blijkbaar nog geen tijd gehad zijn werkkleding uit te doen. Zijn bretels leken in zijn schouders te snijden en zijn overhemd was gekreukeld. Er gleed een glimlach over mijn gezicht, toen klom ik de trap op. Net als altijd kraakte een van de treden. Dat was ons herkenningsteken.

Nog voor ik kon kloppen, deed hij open. Er hing een haarlok in zijn gezicht en zijn glimlach leek wat geforceerd.

'Hallo Agneta, kom binnen.'

Ik keek hem aan, maar durfde hem niet naar het blaadje te vragen. 'Ik hoop dat ik niet stoor,' zei ik, waarop hij me in zijn armen trok en me kuste.

'Jij stoort nooit. Bovendien weet ik dat je elke avond komt.'

Hij hield me een tijdje vast en ik merkte dat zijn hart ongewoon vlug klopte. Kwam dat door mij of door wat hij gelezen had?

'Heb je post gekregen?' vroeg ik en ik keek naar het bureau. De brief zat weer in de envelop, maar die lag er nog.

Max maakte zich van me los, draaide zich om, pakte hem en stak hem in zijn broekzak. Enigszins verward keek hij me aan.

'Ja, maar het is niet belangrijk.'

'Het lijkt je aan te grijpen,' zei ik. Sommige dingen kon hij niet voor me verbergen, ook al vertelde hij weinig over zichzelf en zijn familie.

'Er is oorlog. Je kunt je voorstellen wat dat met mensen doet.'

'Ja, dat kan ik,' zei ik. Maar je hebt hier niets te vrezen. Hier kunnen ze je niet rekruteren, en zo wel, dan zal ik ervoor zorgen dat je niet hoeft te gaan.'

Ik liep naar hem toe en wilde hem in mijn armen sluiten, maar hij onttrok zich aan me.

'En als ik nou wil gaan?' vroeg hij.

Ik keek hem verbaasd aan. 'Wil jij ten strijde trekken?'

'Waarom niet?' antwoordde hij wrevelig. 'Veel mannen van

mijn leeftijd melden zich vrijwillig. We moeten Oostenrijk steunen.'

'We?' Ik schudde mijn hoofd. 'Je bent een halve Zweed, ben je dat vergeten?'

'Natuurlijk niet. Maar stel dat de Zweedse koning ook mobilisatie afkondigt?'

'Wij zijn al honderd jaar niet meer bij een oorlog betrokken geweest!' antwoordde ik. 'Ik denk niet dat de Zweden erom zitten te springen naar Servië op te trekken. Voor een oorlog die niet hun schuld is.'

'Het gaat er niet altijd om wiens schuld het is, toch?' Er verscheen een woeste uitdrukking in zijn ogen die ik niet eerder bij hem had gezien.

Teleurstelling vlamde in me op. Ik had niet verwacht dat hij zo in vervoering zou raken over de oorlog. Dat leek hij te merken, want het volgende ogenblik liet hij zijn schouders hangen en kreeg zijn gezicht ineens een vermoeide uitdrukking.

Hij nam me in zijn armen, maar ik was niet in staat zijn omhelzing te beantwoorden. Ik voelde me zo stijf als een plank.

Ik had eigenlijk rust willen vinden bij hem, ik had met hem willen praten, maar de lust was me vergaan. 'Ik ben moe,' zei ik uiteindelijk. 'Het is beter als ik terugga.'

Max knikte. Ik hoopte een beetje dat hij zou zeggen dat ik toch ook bij hem kon uitrusten. Maar hij maakte geen aanstalten me tegen te houden. Ik liep naar de deur.

'Agneta,' zei hij.

Ik draaide me om. Opkomende tranen snoerden mijn keel dicht en ik deed moeite dat niet te laten merken.

'Gun me alsjeblieft wat tijd.'

Dezelfde wens als vier weken geleden, toen ik hem gevraagd had of we niet moesten trouwen.

'Goed,' zei ik en ik was echt te moe om met hem te discussiëren. Ik kon het niet eens opbrengen te vragen wat hij bedoelde.

'Welterusten,' zei ik, toen liep ik het huisje uit.

De nacht ruiste zacht en aan de hemel schitterden duizenden

sterren. Het was een aanblik waar we het afgelopen jaar samen van hadden genoten. Maar nu was ik hierbuiten en hij daarbinnen. Toen ik me nog een keer omdraaide, zag ik hem weer achter het bureau zitten. Hij vouwde de brief open en verdiepte zich er opnieuw in.

Ik wilde het niet toegeven, maar op de een of andere manier had ik het gevoel dat het afgelopen was. Misschien kwam het alleen door die brief, misschien wilde hij me met de inhoud ervan niet ongerust maken. Maar terwijl mijn verstand naar uitvluchten en verontschuldigingen voor Max' gedrag zocht, zei een klein stemmetje in me dat ik op het punt stond hem te verliezen. Zou ik daar iets tegen kunnen doen?

Ik wist het niet, maar misschien kreeg ik een ingeving als ik stilletjes in mijn kamer lag te luisteren naar het getik van mijn grootmoeders wekker.

48

Een week later nam Duitsland officieel deel aan de oorlog. Toen ik het bericht in de krant las, wist ik dat het lot van Europa de komende tijd zou worden bezegeld. Ik moest weer aan het dominospel denken. Welk steentje zou het volgende zijn dat viel?

Onze koning dekte zich nog in. Hij was niet van plan de Duitsers in de oorlog bij te staan. Hij verklaarde dat Zweden sinds 1814 niet meer in een oorlog verwikkeld was geweest. Een vrede van honderd jaar wilde hij niet verbreken. Gustaaf werd zwakheid verweten, ik was blij dat er geen mobilisatie kwam. Het zou onbezonnen zijn geweest zich in een oorlog tussen Servië en Oostenrijk te mengen.

Toch merkte ik een verandering. Die betrof Max. Soms zat hij urenlang te broeden. Als ik hem aansprak, keek hij me af en toe aan alsof hij me voor het eerst zag. Als ik vroeg waar hij aan dacht, zweeg hij.

Ik wist dat hij er nog steeds over dacht zich bij het leger aan te melden. Ik besefte dat hij me nog minder over zichzelf had verteld dan ik van hem meende te weten. De man die bij het landgoed van zijn familie was weggegaan om aan de daar heersende dwang te ontkomen, wilde zich nu aan de dwang van het leger onderwerpen. Hij, die hier een goed leven leidde, wilde het lijden op het slagveld ondergaan. Dat zou ik waarschijnlijk wel nooit begrijpen.

Die verandering had tot gevolg dat we elkaar nog maar zelden voor een ochtendwandeling troffen. Aanvankelijk deed ik nog mijn best tot hem door te dringen, maar de muur die hij om zich heen bouwde werd steeds hoger. Op een gegeven moment verscheen hij niet meer op onze ontmoetingsplek, en algauw gaf ook ik het op ernaartoe te gaan. Hij verklaarde dat hij tijd voor zichzelf nodig had en dat het genoeg was om elkaar 's avonds te zien. Dat raakte me diep, want ik vermoedde wat het betekende: hij wilde mij niet meer. Onze relatie was nu, terwijl we ons aan de lichamelijke liefde overgaven, blijkbaar al aan het verkoelen.

Dat hield me bezig en vaak lag ik na een bezoek aan hem thuis in mijn eigen bed te huilen. Ik had geen antwoorden op mijn vragen en ik wist ook niet hoe ik ervoor kon zorgen dat hij weer net zo van me zou houden als vroeger. Dus wijdde ik me aan mijn werk en probeerde ik zo veel mogelijk over de oorlog te lezen.

Eind augustus kreeg ik een aanvraag uit Duitsland. Ene graaf Von Kranitz liet weten dat hij geïnteresseerd was in onze Zweedse warmbloeden. 'Mij is ter ore gekomen dat uw paarden de beste, sterkste en energiekste van het land zijn,' schreef hij flemend.

Met het oog op de ontwikkelingen inzake het begin van de oorlog, die ik aandachtig volgde, kreeg ik meteen een naar gevoel bij die aanvraag.

De Duitse mannen leken de afgelopen maand door een onrustbarende euforie te zijn gegrepen. Velen verwelkomden de oorlog als een geweldige gebeurtenis en zagen geen hogere bestaansreden dan zich in de strijd te storten. Ook op Max leek die geestdrift in zijn vaderland invloed te hebben. Hij kon urenlang over de oorlog praten, dat mannen nu eindelijk de kans kregen weer hun mannelijkheid te bewijzen. Dat bevreemdde me een beetje, maar ik vertrouwde erop dat hij niet zover zou gaan dat hij de Leeuwenhof in de steek liet om zich in het strijdgewoel te storten.

Ondanks mijn verontrusting stemde ik in met het bezoek van de graaf en trof ik voorbereidingen om hem en zijn gezelschap te ontvangen. Hij arriveerde in een open landauer, die door vier fraaie appelschimmels werd getrokken. Toen ik de vier mannen in uniform zag uitstappen, was ik verrast. De graaf had het er in zijn brief niet over gehad dat hij in opdracht van het leger kwam. Of was de oorlogskoorts in Duitsland zo hevig dat alle mannen een uniform droegen? Dat kon ik me niet voorstellen.

Ik liep naar hen toe, blij dat ik een formele donkergrijze japon had gekozen. Bij zulke mannen moest je vooral niet het vermoeden wekken dat je naïef was en geen verstand van zaken had. Witte mousseline zou volkomen verkeerd zijn geweest.

'Hartelijk welkom op de Leeuwenhof,' zei ik in het Duits, dat ik dankzij Max de afgelopen maanden goed had geoefend. 'Ik ben Agneta Lejongård, de eigenares van dit landgoed.'

De graaf sloeg zijn hakken tegen elkaar, maakte een buiging en gaf me een handkus. Het kostte me moeite mijn onmiddellijke antipathie te verbergen. We hadden zelden met militairen te maken, maar ook als afgevaardigden van het Zweedse leger langskwamen, voelde ik me onbehaaglijk. Ze straalden agressiviteit uit, en daar voelde ik me weerloos bij. Dat overdreven vertoon van mannelijkheid was iets waarover mijn vriendinnen in Stockholm zich regelmatig opwonden.

'Gravin Lejongård, dit zijn mijn stalmeester Weber, mijn adjudant Köster en mijn vriend baron von Stein.'

De mannen salueerden om de beurt. Het verbaasde me dat zelfs de stalmeester geüniformeerd was.

'Het doet me groot genoegen dat u ons wilt ontvangen,' vervolgde hij. 'Uw paarden staan werkelijk uitstekend bekend.'

'Aardig dat u dat zegt,' antwoordde ik. 'Kan ik de heren misschien een verfrissing aanbieden?'

'Graag, alstublieft!' zei Von Kranitz en hij volgde me. De drie anderen liepen achter ons aan.

Ik bracht ze naar de rookkamer, die ik meestal voor zakelijke gesprekken gebruikte. De tabaksgeur die de muren afgaven maakte me geloofwaardiger en zorgde ervoor dat zelfs moeilijke onderhandelingen goed verliepen. Dat werkte bij Zweedse zakenrelaties, dus waarom niet ook bij Duitse?

De mannen waren zichtbaar onder de indruk. Vol bewondering keken ze rond. Ze bleven bijzonder lang hangen bij het schilderij met dode fazanten. Het was een jachttafereel met fazanten die met hun nek in strikken hingen. Daaronder een afgeschoten hert met het gebruikelijke loof en sparrentakken. Ik wist niet of mijn vader het mooi had gevonden, hij had er nooit iets over gezegd. Als kind had ik er nachtmerries van gekregen. Het liefst had ik het van de muur gehaald en naar de zolder laten verdwijnen, maar ik had gemerkt dat het op mannelijke bezoekers een bepaald effect had. Dood en bloed leek hen te prikkelen. Dat was soms gunstig voor de onderhandelingen.

Ik verzocht de mannen op de leren zitgroep plaats te nemen en belde om Bruns. Deze verscheen even later met een dienblad. Daarop stonden een koffiepot, kopjes en een schaal met gebak van mevrouw Bloomquist.

'Het is een Zweedse traditie om zeven soorten gebak bij de koffie te serveren,' verklaarde ik. 'Het koffie-uurtje is heilig voor ons. Tast toe, heren, mijn kokkin zal het u niet in dank afnemen als de schaal vol terugkomt.'

De mannen bedienden zich en Bruns schonk de koffie in. Ik nam een slok en liet het aroma tot me doordringen.

'Het is zeer ongewoon dat een vrouw een landgoed alleen bestiert,' zei Von Kranitz nadat hij ook een slok koffie had genomen. Ik had tegen mevrouw Bloomquist gezegd dat ze hem flink sterk moest maken, want verkoopgesprekken duurden vaak lang en ik wilde in geen geval moe worden. 'Maar in Zweden zijn vrouwen van oudsher sterk, nietwaar?'

De mannen begonnen te lachen. Hun vrolijkheid stond me niet aan, maar ik was niet van zins me van mijn stuk te laten brengen. Sommige zakenrelaties hadden zulke opmerkingen blijkbaar nodig om over hun gêne tegenover een vrouwelijke eigenaar heen te komen.

'Als u doelt op ons Vikingverleden, hebt u gelijk,' zei ik terug. 'Het is niet voor niets dat het in de oude mythologie de vrouwen zijn die de gevallen strijders van het slagveld halen en naar het walhalla brengen.'

'Ja, van de Walkuren hebben we wel gehoord. U hebt een bewonderenswaardige sagenwereld.'

'Dank u,' zei ik. Het liefst was ik direct over zijn aanvraag begonnen, maar ik wist dat je eerst over koetjes en kalfjes moest praten alvorens tot zakendoen over te gaan. 'Ons huis kan terugkijken op een ruim zevenhonderdjarige geschiedenis. Heer van dit landgoed zijn we pas ongeveer tweehonderdvijftig jaar, maar al daarvoor bezaten mijn voorouders landgoederen en dienden ze de koning.'

'Ik kan er met trots op terugkijken,' antwoordde Von Kranitz, 'dat mijn voorvaderen al in het gevolg van Karel de Grote meereden. Het is interessant dat een van uw grootste koningen dezelfde naam had.'

'Ik neem aan dat u Carolus Rex bedoelt. Ja, dat was een van onze meest oorlogszuchtige koningen. Helaas heeft de geschiedenis hem een geweerkogel in de weg gelegd. Sommige tijdgenoten betreurden dat niet, want de oorlogen die hij voerde hebben het land meer gekost dan ze opleverden.'

Ik merkte dat Von Kranitz me kritisch opnam. Op dat moment had ik het sterke vermoeden dat hij de paarden inderdaad niet voor civiele doeleinden wilde aanschaffen. Het was niet toevallig dat hij zinspeelde op het oorlogsverleden van ons land. Hij leek daarbij alleen te zijn vergeten dat wij Zweden ons hadden voorgenomen ons niet meer in een oorlog te mengen.

'Wat denkt u, zal Gustaaf v de Duitse keizer bij het huidige conflict te hulp schieten?' vroeg hij uiteindelijk, en ik merkte dat de sfeer in de kamer gespannen werd.

'Dat moet u de koning zelf vragen,' zei ik. 'Onze familie mag dan met het huis Bernadotte bevriend zijn, maar wij hebben geen invloed op politieke beslissingen. Mijn voorouders gaven er de voorkeur aan zich te concentreren op het fokken van paarden.'

Von Kranitz stak zijn onderlip naar voren en dacht even na, toen zei hij: 'Ik brand van ongeduld om uw paarden te zien. Bent u genegen me uw stallen en weiden te laten zien?'

'Met alle genoegen,' zei ik. 'Maar eerst nemen we nog wat koffie met gebak.'

Een half uur later leidde ik de mannen rond over de weiden. Von Kranitz was een en al lof voor onze paarden en liet doorschemeren dat de keizer een heleboel paarden voor zijn leger zou kunnen gebruiken. ‘Paarden als deze,’ zei Von Kranitz, met een breed gebaar naar de wei, alsof hij de eigenaar was.

Op dat moment wist ik dat er geen zaken zouden worden gedaan. Maar dat zei ik nog niet.

Daarna liet ik hem de stallen zien, waar we Max aantroffen. Ik had de komst van zijn landgenoten bij hem aangekondigd en hij was duidelijk blij de mannen in uniform te zien.

‘Max von Bredestein,’ zo stelde hij zich voor.

‘Aangenaam kennis te maken,’ zei Von Kranitz. ‘U bent Duitser? Hoe staat u tegenover de laatste gebeurtenissen in ons land?’

‘Ik vind dat de keizer het juiste besluit heeft genomen,’ antwoordde hij. ‘Oostenrijk kon die laffe aanslag niet op zich laten zitten.’

Von Kranitz bekeek hem keurend. ‘U lijkt een capabel man te zijn. En ook nog eens van adel. Iemand als u, met uw paardenkennis, zouden we bij het leger goed kunnen gebruiken.’

Max wierp me een blik toe. Ik kon mijn wrevel over het feit dat de graaf zo overduidelijk probeerde een van mijn mensen weg te kapen nauwelijks inhouden. Ik wachtte alleen nog op een geschikte gelegenheid om de man en zijn gevolg eruit te bonjouren.

‘Dank u,’ zei Max, maar ik heb me helemaal aan het fokken van deze paarden gewijd. Bovendien kan ik het landgoed niet in de steek laten.’

Misschien vergiste ik me, maar hij leek niet erg enthousiast toen hij het zei. Toen hij dacht dat ik het niet zag, keek hij bijna verlangend naar de mannen. Maar daar hoefde ik nog even niet over na te denken.

‘De paarden zijn dus bestemd voor militaire doeleinden?’ vroeg ik. ‘Waar zullen ze worden ingezet? Op het slagveld?’ Zonder dat ik het wilde, klonk mijn stem scherp. Maar Von Kranitz zou dat waarschijnlijk aan mijn accent toeschrijven.

‘Voor verschillende taken, maar vooral bij de cavalerie.’

'Waarbij ze dan worden blootgesteld aan kogelvuur?' Ik kreeg een duister gevoel en woede welde in me op.

'Uiteraard zullen we de paarden op karakter testen, zodat ze op het slagveld niet schichtig worden, maar ik neem aan dat de meeste goed bestand zullen zijn tegen kanonnengebulder.'

Ik haalde diep adem. 'Aan welk bedrag had u gedacht voor hoeveel paarden?' Het liefst had ik hem voorgehouden dat hij me bedrogen had door zijn beweegredenen te verheimelijken. Ik had hem het liefst verweten dat het Duitse keizerrijk op die manier probeerde hulp uit Zweden voor de oorlog te kopen.

'De keizer biedt u vijftigduizend mark aan voor een hele kudde.'

'Vijftigduizend?' herhaalde ik. Dat was veel.

'Voor vijfhonderd paarden,' voegde Von Kranitz er zelfverzekerd aan toe. 'Dan kom je uit op honderd mark per dier.' Blijkbaar dacht hij dat ik niet kon rekenen.

Ik liet hem even spartelen en keek naar Max. 'Wat denkt u, meneer Von Bredestein, is honderd mark een goede prijs voor onze paarden?'

'Een heel goede, zou ik zeggen,' antwoordde Max en ik kon duidelijk merken hoe verheugd hij was over het aanbod.

Maar ik kon zijn vreugde niet delen. Ik keek naar Von Kranitz, naar diens hoekige gezicht met de donkere ogen. 'Hartelijk dank voor uw genereuze aanbod. Ik vrees echter dat Zweedse paarden al zo lang geen kanonnengebulder hebben gehoord dat ze er niet meer aan zullen wennen. Brengt u uw keizer mijn dank over voor zijn belangstelling, maar ik verkoop mijn paarden niet, omdat ik denk dat ze niet geschikt zijn om dienst te doen in het leger.'

'Maar gravin, ik begrijp het niet... Ik heb toch gezegd...' Von Kranitz keek naar de andere mannen. Ook die leken verrast. Blijkbaar hadden ze stellig op een handelscontract gerekend. 'We kunnen de prijs nog wat verhogen, als u wilt. We betalen u zeventigduizend!'

Ik schudde mijn hoofd. Ik was niet bereid om mijn paarden op het slagveld te laten sneuvelen. 'Het spijt me, meneer Von Kranitz, ik blijf bij mijn besluit. Ik dank u voor uw komst en uw belangstelling en wens u alle goeds.'

Von Kranitz staarde me aan alsof ik mijn verstand verloren had. Zijn kaken bewogen op en neer, en even leek hij nog te hopen dat ik van mening zou veranderen. Maar dat deed ik niet.

Kwaad draaide hij zich om en beende naar zijn koets. Ik liep achter hem en zijn mannen aan, maar ze namen niet eens de moeite om afscheid te nemen.

De Duitsers waren nog niet verdwenen of Max verscheen in mijn werkkamer. Hij leek geagiteerd, alsof hij een goede kans was misgelopen. 'Waarom heb je hen afgewimpeld?' wilde hij weten.

'Dat heb je toch gehoord? Ik wil niet dat mijn paarden in de strijd worden ingezet. Daar zijn ze te waardevol voor.'

'Maar het bedrag dat hij bood was gigantisch!'

'Het gevaar waaraan de paarden worden blootgesteld is dat ook,' zei ik. 'Bovendien hebben wij Zweden al lang niet meer aan welke oorlog dan ook meegedaan.'

'Maar dit is toch niet meedoen!'

'O nee? De paarden zouden de oorlog in gaan! Ze zouden Duitse soldaten dragen! Dat is meedoen aan de oorlog.'

Mijn hart bonsde. Mijn gevoelens voor Max waren al een tijdje niet meer zoals ze nog maar een paar weken geleden waren. Maar dat hij bereid was onze paarden op het slagveld te laten neermaaien, vervulde me met doffe woede.

'Die paarden zijn belangrijk voor de oorlog!' viel hij tegen me uit. 'En we hebben het geld nodig! Het is een vermogen dat je niet zou moeten afslaan! Ik ga achter Von Kranitz aan en haal hem in!'

'Voor zover ik weet ben ik nog altijd de baas van dit landgoed,' antwoordde ik ijzig. 'En ik weiger mijn paarden in deze oorlog te laten afbeulen!'

Max' ogen werden spleetjes. Zijn kaken bewogen op en neer en onwillekeurig balde hij zijn vuisten. Hij zag eruit alsof hij zich zo op me zou storten. Zo had ik hem nog nooit meegemaakt en ik werd er bang van. Wat was er in hem gevaren? Waarom was hij zo geobsedeerd door die oorlog? Waarom wilde hij dat onze paarden als kanonnenvoer zouden dienen? Dieren die wij met zorg ter wereld hielpen, grootbrachten en koesterden.

'Zou je ook zo praten als jouw koning mobilisatie had afgekondigd?' vroeg hij. 'Als de Engelsen jullie zouden aanvallen?'

'Onze koning heeft geen mobilisatie verordonneerd,' wierp ik tegen. 'En hij is verstandig genoeg om het niet te doen. Denk je nou echt dat het in het landsbelang is om duizenden mannen te verliezen? Die tijden hebben we gehad. Ieder kind leert hier op school welke ellende oorlogen hebben veroorzaakt. Het zou ons niet meer moeten verheugen als er oorlog komt!'

Max staarde me met gloeiende ogen aan. Ik verwachtte dat hij nog iets zou zeggen, maar net als de Duitsers draaide hij zich om en beende met ferme pas de deur uit.

Ik keek hem na, toen zakte ik tegen het bureau aan. Ik had Max altijd voor een vriendelijke, zachte man gehouden, een die vol gevoel over sterren, vlinders en vreemde werelden kon praten.

De man die daarnet mijn werkkamer had verlaten, kende ik niet meer. De oorlog mocht Zweden dan niet in zijn ban hebben, maar vreemd genoeg kreeg hij het voor elkaar hier bij ons een man te bereiken en zijn hart onherkenbaar te veranderen. Dat deed veel meer pijn dan de zeventigduizend mark die ik die middag had verloren.

49

De week erna ging ik niet meer naar Max, 's ochtends niet en 's avonds ook niet. Ik wilde hem niet zien. Ik was nog steeds kwaad vanwege de paarden en zijn ideeën over de oorlog en besprak met hem alleen het hoogstnoodzakelijke. Ik kon niet geloven dat iemand zoals hij er zo opgetogen over kon zijn dat mensen op onze paarden de dood in gedreven zouden worden.

Begin september, vlak voor de grote vossenjacht, kwam Tim op een ochtend opgewonden mijn werkkamer binnenstormen.

'Juffrouw Agneta, meneer Von Bredestein is vanmorgen niet op het werk verschenen!' Tim keek me in paniek aan. 'We hebben hem overal gezocht, en toen we hem niet konden vinden zijn we naar zijn huisje gegaan, maar dat is afgesloten. Omdat we de deur niet wilden openbreken, dacht ik, ik vraag het aan u...'

Mijn hart begon meteen tekeer te gaan. Wat was er gebeurd? Had hij in de ruzie aanleiding gezien om gewoon maar te verdwijnen? Had hij zijn plan uitgevoerd en was hij naar huis teruggegaan om zich vrijwillig aan te melden? Ik werd misselijk bij het idee.

'Daar heb je goed aan gedaan,' zei ik. 'Ik heb een reservesleutel. We gaan samen kijken.' Ik stond op en liep naar de deur. Ik wilde niet laten merken dat ik ongerust was en het ergste vreesde, maar innerlijk werd ik erdoor verteerd.

Af en toe gebeurde het dat iemand zich van het leven beroofde nadat hij slecht nieuws had gekregen. Ik kon me nog goed een boer in het dorp herinneren die zich in zijn schuur had verhangen nadat de dokter hem had gezegd dat hij kanker had.

Had Max misschien een dergelijk bericht ontvangen? Ik moest denken aan de brief die hem een tijdje geleden zo van streek had gemaakt. Waarom had hij me niet in vertrouwen genomen? Ik sloeg mijn hand voor mijn mond, maar deed hem vlug weer naar beneden, want ik wilde bij Tim niet de indruk wekken dat Max me bovenmatig aan het hart ging.

Ik probeerde net zo te handelen als ik bij een andere werknemer zou hebben gedaan. Dat viel me zwaar, maar ten slotte had ik de sleutel in mijn hand en liep ik, gevolgd door een paar mannen, naar het huisje. Onderweg moest ik de wildste speculaties aanhoren. Dat Max iets had uitgehaald en ervandoor was gegaan. Toen een van de stalknechten het vermoeden uitte dat hij misschien door de politie werd gezocht, had ik er genoeg van.

'Wil je alsjeblieft geen geruchten verspreiden,' viel ik uit. 'We moeten uitzoeken wat er gebeurd is. Daarna kunnen we het erover hebben.'

De mannen staarden me aan. Tot nog toe had ik zelden mijn stem moeten verheffen, maar deze keer sloeg hij over.

Maar ik kon niet toelaten dat ze Max door het slijk haalden. Bij Langeholm was het anders geweest, maar Max was Langeholm niet. Toen we bij het huisje kwamen, klom ik de trap naar de veranda op. Ik klopte aan en riep hem. Toen ik geen antwoord kreeg, maakte ik de deur open.

Een kille leegte sloeg me tegemoet. De meubels waren er nog, maar de weinige persoonlijke spullen waren verdwenen.

Ik liep de slaapkamer in. Ook daar was alles alsof hij er nooit was geweest. Het bed was netjes opgemaakt. De ochtendjas van Max' overgrootvader hing niet meer in de kast. De tas waarmee Max was aangekomen was weg. De slaapkamer had hij, net als de woonkamer, keurig geveegd, zodat werkelijk alle sporen waren uitgewist.

Achter me hoorde ik de mannen mompelen. Zij hadden meteen in de gaten wat ik voor mezelf niet wilde toegeven: Max was weg.

Ik bleef een poosje als aan de grond genageld in de slaapkamer staan. Mijn hart bonkte in mijn borst en mijn slapen bonsden van het bloed dat door mijn aderen joeg.

Ik zag het, maar kon het niet geloven. Max was er gewoon vandoor gegaan. Ik keek overal, maar ik kon nergens een afscheidsbrief ontdekken. Was hij me die niet op zijn minst verschuldigd? Een verklaring waarom hij bij me wegging? Als het vanwege de oorlog was, had hij dan niet in elk geval een krabbeltje kunnen achterlaten?

Ik werd door wroeging overmand. Had ik hem verdreven doordat ik hem had gemeden? Of had het aanbod van graaf Von Kranitz uiteindelijk toch gewonnen?

Pas na een tijdje werd ik me weer van de aanwezigheid van de mannen bewust. Ze verwachtten een reactie van mij. Maar ik voelde er niets voor een zoekactie te beginnen en hem als wild op te jagen. Hij had een besluit genomen, zonder mij erin te kennen, en was gewoon weggegaan. En ik was op dat moment te zeer geschokt om iets te kunnen voelen.

'Zo te zien is hij echt weggegaan,' verkondigde ik wat de anderen ook al hadden gezien.

Ik draaide me om. 'Lasse, ben je bereid de taak van stalmeester op je te nemen?'

'Natuurlijk, juffrouw Agneta.' Lasse maakte een wat verwarde indruk, maar Max had hem ingewerkt en hij werkte inmiddels al twaalf jaar op de Leeuwenhof.

'Goed, laten we weer aan het werk gaan. En mocht iemand te weten komen waar meneer Von Bredestein is: laat het me terstond weten.'

'Ja, mejuffrouw,' zeiden de mannen in koor, toen verspreidden ze zich.

Ik bleef nog een poosje in het huisje staan. Max, wat heb je gedaan? vroeg ik in stilte aan de hanenbalken. Waarom heb je me niet verteld wat je beweegredenen waren? Was hij uiteindelijk gevlogen omdat hij voelde dat ik het niet zou goedkeuren als hij zich bij het leger aanmeldde? Was hij gevlucht omdat ik het over trouwen had gehad? Zo ja, dan had hij al eerder kunnen gaan...

Ik slaakte een diepe zucht. Mijn lichaam voelde nog steeds als verdoofd en ik hoopte dat een kneepje in mijn hand me uit deze vreselijke droom zou halen. Maar Max' afwezigheid was net zo echt als de stilte en het ruisen van de bomen in de verte.

Ten slotte draaide ik me om, liep het huisje uit, sloot af en keek vanaf de veranda naar het bos.

Angst overviel me. Stel dat Max toch zichzelf iets had aangedaan?

Nee, zei mijn verstand. Dat zou hij niet doen. Na de brief en bij het begin van de oorlog was hij in de war, maar levensmoe was hij niet.

Ik ging terug naar het huis, waar ik over het gebeurde wilde nadenken.

'Wat was dat voor commotie?' vroeg mijn moeder toen ik naar binnen liep. Blijkbaar was ze net op weg naar buiten.

'Onze beheerder is weg,' meldde ik haar kortweg in het voorbijgaan.

'Weg?' riep ze me achterna.

'Ja, weg,' zei ik zonder om te kijken. 'Ik heb Lasse benoemd als stalmeester. Het beheer neem ik op me.'

Met die woorden stormde ik de trap op. Ik voelde hoe de schok langzaam overging in een tranenvloed die weldra zou doorbreken.

Ik wist nog net de deur van de werkkamer te bereiken voor ik in tranen uitbarstte. Huilend kromp ik in elkaar en probeerde het niet al te luid uit te schreeuwen van verdriet. De tranen biggelden over mijn wangen en mijn hele lijf trilde. Ik sleepte mezelf naar het bureau en liet me moeizaam op de stoel neerzakken. Toen huilde en snikte ik, legde mijn handen tegen mijn voorhoofd en voelde de nattigheid langs mijn armen druppen. Mijn oren suisden, en mijn hart bonsde en deed pijn.

Waarom was hij weggegaan? Wat was er gebeurd? Uiteindelijk sloeg het verdriet en onbegrip om in bezorgdheid en angst.

Toen er werd aangeklopt, keek ik op. Van schrik hield ik op met snikken. Niemand mocht me zo zien! Bruns niet, en ook juffrouw Rosendahl niet, en mijn moeder al helemaal niet. Ik haalde diep adem en veegde vlug over mijn wangen. Als het Bruns of de huishoudster was, zouden ze weggaan als ik niet reageerde. Maar het was waarschijnlijker dat het mijn moeder was, die een verklaring wilde. Ze had Max nauwelijks gesproken, je kon moeilijk beweren dat ze een relatie met hem had opgebouwd. Maar als de beheerder was verdwenen, zou ze willen weten waarom.

Er klonk weer geklop, toen ging de deur open. Stella kwam met een bezorgde blik binnen.

Mijn ogen brandden en ik besefte dat ik niet kon doen alsof het me niets deed.

'Is alles in orde?' vroeg mijn moeder terwijl ze de deur dichtdeed.

'Ja. Nee.' Ik haalde diep adem en wenste dat Marit er was om me bij te staan. De afgelopen bizarre weken had ik haar niet geschreven. Nu wenste ik dat ik het wel had gedaan. Ik had iemand nodig die ik in vertrouwen kon nemen. Mijn moeder kwam daar beslist niet voor in aanmerking. 'Ik kan het niet vatten dat hij zomaar ineens is verdwenen.'

Mijn moeder liep om het bureau heen zodat ze me kon aankijken. Het had geen zin meer te doen alsof ik de afgelopen minuten niet huilend had doorgebracht.

Ze haalde een zakdoek tevoorschijn en reikte me die aan. 'Hier, alsjeblieft.'

'Dank u.' Ik snoot mijn neus en frommelde de zakdoek in elkaar.

'Nou, mijn opvatting over mannen die hun ouderlijk huis verlaten om hun vader iets betaald te zetten, ken je,' begon ze zachtjes. 'Blijkbaar was die man ook verder nogal onbetrouwbaar. Ik wil niet zeggen dat hij geen goed werk voor de Leeuwenhof heeft gedaan, maar het had je te denken moeten geven dat hij de hoeve van zijn vader in de steek heeft gelaten. Blijkbaar zit het in zijn aard. En jij bent niet eens familie van hem. Welke reden had hij dan om meer ontzag te hebben voor jou dan voor zijn ouderlijk huis?'

Het liefst had ik haar toegeschreeuwd dat Max veel meer voor mij had gevoeld dan voor zijn vader. Ik had het liefst gezegd dat ik belangrijk voor hem was geweest.

Maar de oplaaiende woede jegens mijn moeder verhelderde mijn verstand op een eigenaardige manier.

Ze had gelijk. Max had zich niet aan zijn familie verplicht gevoeld en ik was voor hem gewoon zijn werkgeefster geweest. Ik had me ingebeeld dat de band die tussen ons was ontstaan ervoor zou zorgen dat hij bij me bleef, zelfs na onenigheid. Maar blijkbaar was dat niet zo. Als hij bericht voor me had achtergelaten had ik er anders tegenaan gekeken, maar op deze manier bleef er niets anders over dan te denken dat hij mij, net als eerder zijn familie, in de steek had gelaten.

'Bij het kiezen van een nieuwe beheerder kun je je beter richten op iemand die je kent,' vervolgde mijn moeder.

'Maar vader heeft met hem gesproken. Vader heeft hem uitgekozen.'

'Dat was tenminste wat die man beweerde.'

'Hoe had hij anders van de functie van beheerder kunnen weten?' Ik wilde niet geloven dat Max op slinkse wijze ons huis had weten binnen te dringen. Dan zou ik me moeten afvragen of zijn gevoelens voor mij oprecht waren geweest en wie er achter dat plan zat. Want zo doortrapt schatte ik hem niet in.

In elk geval had mijn moeder geen antwoord op mijn vraag. 'Je vader heeft zich door een stalmeester laten chanteren,' bracht ze uiteindelijk te berde, zo kil als ik haar nooit over hem had horen praten. 'Hij is een lening aangegaan zonder me te vertellen waarom.'

'Hij wou Hendrik beschermen. Dat zou u vast ook hebben gedaan.'

'Ik zou Hendrik op het hart hebben gedrukt dat hij een einde aan die affaire moest maken.'

'Dan had Langeholm onze familie evengoed door het slijk gehaald.'

Mijn moeder schudde haar hoofd. 'Dat zou hem niet zijn gelukt. Maar Thure was nu eenmaal eigenzinnig. Helaas doen mannen wat zij juist achten, ook als het verkeerd is. En het is ook een feit dat vrouwen tevergeefs proberen mannen op het rechte pad te houden. De mannen zullen dan een tijdje doen alsof ze het begrijpen, maar in werkelijkheid zullen ze ons voor dom en zwak houden en hun ongeluk tegemoet gaan.'

Toen ze dat zei dacht ik even dat ze gemerkt had dat er iets tussen mij en Max had gespeeld. Maar ik was heel voorzichtig geweest en er was van haar kant nooit een zinspeling geweest.

'Dank u, moeder,' zei ik terwijl ik mijn hand nog steviger om de zakdoek sloot.

Stella knikte. 'Jij bent mijn dochter en de bazin van de hoeve. Je zult het verlies weer te boven komen en doorgaan. Lejongårds gaan altijd door, wat er ook gebeurt.'

Daarop draaide ze zich om. Ik keek haar na. Jarenlang had ik voortdurend op bemoediging gehoopt. Nu kreeg ik die. Niet overdadig en warmhartig, maar ik voelde dat ze aan mijn kant stond.

Ik zag hoe ze met geheven hoofd de kamer uit liep. Toen de deur dichtviel keek ik naar mijn handen. Hoe kwam het toch dat elke geliefde die ik had zomaar tussen mijn vingers door sijpelde? Was ik er niet voor geschapen een man bij me te houden? Was het mijn straf dat ik telkens mijn zinnen op de verkeerde zette?

50

Na een onrustige nacht waarin het verdriet om Max' verdwijning heftig toesloeg en ik weer in tranen uitbarstte omdat ik mezelf verweet dat ik hem had afgeschrikt, reed ik de volgende dag naar het dorp. Ik wist niet precies tot wie ik me moest wenden, maar ik hoopte dat iemand Max gezien had en me kon vertellen waar hij naartoe was gegaan.

Als eerste zette ik koers naar de kroeg. De waard was al de baas van de herberg toen Hendrik en ik nog kinderen waren. We kregen soms limonade van hem. Sindsdien was ik er nooit meer geweest en had ik de kroeg alleen nog maar van buiten gezien. Nu betrad ik het gebouw alsof het een betoverde plaats was waarvan de muren van sigarettenwalm doortrokken waren.

'Nou, wat voert de bazin van de Leeuwenhof hierheen?' bromde een stem uit een hoekje naast de toog. Het volgende moment kwam Friedjof, de waard, tevoorschijn. Inmiddels was hij een oude man geworden. Hij had nog altijd een dikke bos haar, maar dat was spierwit, net als zijn baard. Hij was vroeger vrij potig geweest, en dat was hij ook nu nog, maar hij ging gebukt onder de last van de tijd.

'Goedendag, Friedjof,' zei ik. 'Het is lang geleden dat ik hier was.'

'Dat klopt. Veel te lang. Maar van een jonge vrouw kun je niet verwachten dat ze zin heeft in bier en de grove taal van mannen.'

'Mijn vader kwam hier vaker, nietwaar?'

De waard knikte. 'Ja, vlak voor zijn dood niet meer zo regelmatig, maar anders kwam hij hier eens per week. Het is heel spijtig dat hij er niet meer is.'

Ik probeerde mijn vader tussen de boeren en landarbeiders voor te stellen die hier van het zware werk wilden bijkomen. Dat lukte niet echt. Sinds mijn twaalfde had hij me niet meer meegenomen, met als reden dat ik weldra een volwassen vrouw zou zijn en er niets meer te zoeken zou hebben.

'Maar u bent hier vast niet gekomen om over uw vader te praten, is het niet?' Friedjof nam me met zijn fletsblauwe ogen kritisch op.

'Nee,' antwoordde ik. 'Mijn beheerder is gisteren verdwenen. Ik wou vragen of u hem gezien hebt.'

De waard kneep zijn ogen tot spleetjes. Het leek of hij zijn geheugen, waarin hij de gezichten van zijn klanten had opgeslagen, als een bibliotheek doorzocht.

'Ach ja, die Duitser,' zei hij ten slotte. 'Die is hier een paar keer geweest. Hij had prettige gesprekken met de mensen. Het verbaasde me dat hij zo goed Zweeds sprak.'

'Hij heeft een Zweedse moeder,' verklaarde ik.

'O? Dat heeft hij nooit verteld. Maar eigenlijk had hij het niet vaak over zichzelf. Hij interesseerde zich voor de streek en de mensen. Hij had het soms ook over de hoeve en dat hij u hoogachtte en er bewondering voor had dat u in uw eentje de zaken van uw vader behartigt.'

Ik onderdrukte een huivering en deed ook niet mijn ogen dicht, wat ik eigenlijk had gewild. Ik mocht de man voor mij, die al zo veel mensen had gezien en hun gezichten kon lezen, niet op bepaalde gedachten brengen. In een mum van tijd zou in het dorp rondgaan dat de bazin van het landgoed gevoelens voor een werknemer koesterde. Aan de verhalen die daarop zouden volgen wilde ik absoluut niet denken.

'Heeft hij er iets over gezegd dat hij ergens heen moest? Naar huis misschien? Heeft hij zich hier de afgelopen dagen nog laten zien? Misschien met een paar Duitsers in uniform gesproken?' Ik was er zeker van dat Von Kranitz hier niet was geweest, maar ik wilde niets onbeproefd laten.

'Nee,' antwoordde de waard. 'Hij is hier een week geleden voor het laatst geweest. Anders kwam hij ook vrij onregelmatig, ik heb er nooit iets bij gedacht.'

'Dus u weet niet waar hij zou kunnen zijn?'

Friedjof schudde kalmpjes zijn hoofd. 'Het spijt me. Ik heb ook niets over hem gehoord.'

Een andere vraag brandde me op de lippen: had hij Max ooit met een vrouw gezien? Was hij naar haar toe gegaan? Als dat het geval was, zou een van mijn bedienden dat vroeg of laat hebben opgevangen en het me hebben verteld. Zou Max echt zo luchthartig zijn? Ik slikte mijn vraag in. Ik wilde niet nog meer aan de waard blootgeven.

'Hartelijk dank, Friedjof,' zei ik alleen maar en ik liep de kroeg weer uit. Buiten keek ik de straat langs. De zanderige weg vertoonde vele sporen. Zouden er ook sporen van Max tussen zitten? Was hij eigenlijk wel door het dorp gekomen of was hij meteen de bossen in gegaan? Misschien was hij nog niet ver. Er ontbrak immers geen paard. Maar toen bedacht ik dat hij bij een boer een paard kon hebben gekocht. Hij kon intussen al in Stockholm zijn of op een schip dat hem naar huis bracht.

Ik klom weer op Talla's rug en spoorde haar aan. De wind ging door mijn haar maar het voelde niet zoals anders. Mijn huid leek ongevoelig te zijn geworden. Maar vanbinnen brandde het des te meer.

Ik zou ermee moeten leren leven. Ik was al eens over een verloren liefde heen gekomen. Maar hoe kon ik een man vergeten van wie ik zeker was geweest dat hij mijn grote liefde was? Een man die zo veranderd was dat ik het gewoon niet kon begrijpen?

Die avond ging ik naar het huisje en de rest van de week deed ik dat ook. Ik werd gedreven door de hoop dat Max daar zou verschijnen, en het lukte me een paar ogenblikken om mezelf voor de gek te houden. Maar als ik de donkere ramen zag, vervolgens op de deur klopte en er niemand opendeed, als ik de deur openmaakte, naar binnen ging en niets dan meubels aantrof, wist ik dat hij niet was teruggekomen. Weer begon ik naar een afscheidsbrief te zoeken, tevergeefs, hoe ik ook alle hoekjes en gaatjes en alle kasten inspecteerde. Het was alsof Max er nooit was geweest. Alsof wat wij hier samen beleefd hadden maar een droom was geweest. Alleen de geur van zijn deken herinnerde nog aan hem.

Ik ging op het bed liggen, drukte de deken tegen me aan en zoog de geur diep op. Maar dat gaf geen voldoening. Het maakte mijn verdriet en teleurstelling nog erger.

De dagen erna leidde ik twee levens. Dat van de bazin van het landgoed die haar energie in het werk op de Leeuwenhof stak, en dat van de treurende geliefde die verlangend uit het raam tuurde en hoopte dat haar beminde terug zou komen.

Ik had Max bij de politie als vermist opgegeven, maar gezien de omstandigheden gaf men me weinig hoop. 'Als hij zijn spullen mee heeft genomen, staat het buiten kijf dat hij zich uit de voeten heeft gemaakt. Zolang hij geen misdrijf heeft begaan, kunnen we niet naar hem zoeken.'

Elke dag bladerde ik met trillende vingers de stapel post door. Ik hoopte een brief zonder afzender aan te treffen, een met Max' handschrift of een die met een schrijfmachine was geschreven zodat de herkomst niet kon worden nagegaan.

Maar er kwam geen bericht en met de dag werd het donkerder om me heen. Het werk begon me steeds meer moeite te kosten en van wat er verder nog gebeurde merkte ik niets. Ik was als een slaapwandelaarster die erop wachtte dat ze gewekt zou worden.

Ten slotte besloot ik Max' vader te schrijven. Diens adres had ik gezien op een brief die ongeopend op Max' bureau had gelegen. Het was een heel oude brief die hij uit Stockholm had meegebracht. Zijn vader had gedacht dat zijn zoon nog bij zijn vriend logeerde/verbleef, zoals hij altijd deed als hij daar was. Max had gezegd dat hij die brief nooit zou openmaken, want hij wist al wat erin stond. Zijn vader vervloekte hem omdat hij wegbleef en verzocht hem tegelijkertijd terug te komen. Omdat hij het ene niet vreesde en het andere niet wilde had hij de brief uiteindelijk laten verdwijnen. De plaats waar landgoed Bredestein lag, had ik onthouden. Hoewel Max geen goede verstandhouding met zijn vader had, was hij misschien toch naar zijn ouderlijk huis teruggekeerd.

Ik hield het schrijven heel vaag en liet de vader weten dat Max bij mij in dienst was geweest en spoorloos verdwenen was. Ik verzocht om een antwoord, zodat we ons geen zorgen hoefden te maken en bracht mijn vriendelijke groeten over.

Toen ik de envelop dichtmaakte, trilde mijn hand. Zoals bij alles wat ik deed, hoopte ik dat hij bij me terug zou komen. Maar het vervulde me ook met angst om zijn vader te schrijven. Stel dat deze inmiddels bericht van Max' overlijden had ontvangen? Als Max aan een veldslag had meegedaan en gesneuveld was? Dan zou ik zekerheid hebben, maar nog steeds geen verklaring. En mijn hart zou breken. Maar dat zou beter zijn dan in onzekerheid leven. Ik stond op, liep de kamer uit en ging naar de keuken. Peter was daar net, hij stond met Marie te praten.

Ik gaf hem de envelop met de instructie meteen naar het postkantoor te gaan. En stuurde in stilte de wens erachteraan op zijn minst een levensteken van Max te ontvangen.

51

Ook de volgende twee weken werd het niet beter. De herfst naderde en kleurde de bossen in prachtige roodtinten. Ik hield eigenlijk wel van die sfeer, vaak had ik hem geschilderd, maar nu scheen het me toe dat het rood, geel en oranje door een grauwsluier waren bedekt die ze het vermogen om te schitteren ontnam.

Bij mijn zielenpijn kwam een lichamelijke zwakte die ik niet kon verklaren. Ik werd vlug moe en had geen eetlust. Dat werd van dag tot dag erger, en eigenlijk zou ik het liefst de hele dag in bed zijn gebleven. Met moeite kwam ik er toch uit en als ik aan het werk was vergat ik de klachten meestal.

Op een ochtend in september werd ik na het ontwaken vreselijk misselijk. Het koude zweet brak me uit, en van pure paniek ging mijn hart als een razende tekeer. Het getik van de wekker klonk extreem hard in mijn hoofd. Wat was er mis met me?

Daar kon ik niet meer over nadenken, want een seconde later sprong ik uit bed. Er kwam bittere gal naar boven en het lukte me nog net op tijd me in de badkamer over een lege emmer te buigen die er nog stond van het bad van de vorige dag. Veel was het niet, het meeste was alleen maar gal, maar het duurde een poosje voor ik weer overeind kon komen. Zwaar ademend hurkte ik naast de emmer terwijl het voor mijn ogen flakkerde. Even kon ik nergens aan denken, maar vanbinnen voelde ik diepe angst.

Was het bezorgdheid om Max? Had ik een ziekte opgelopen? Kwam het door mijn gebroken hart? Ik richtte me op en wilde de badkamer weer uit gaan, maar ik werd meteen weer misselijk. Ik zocht steun bij de badrand en wachtte tot de aanval voorbij was. Mijn knieën trilden en mijn huid was vochtig van het klamme zweet. Angst vervulde me. En die werd erger bij de gedachte dat Lena zo zou komen en de emmer zou ontdekken.

Uiteindelijk lukte het me op de been te komen. Ik pakte de emmer en droeg hem naar het toilet. Ik werd opnieuw misselijk toen ik de inhoud erin goot en met water naspoelde. Daarna borg ik de emmer op. Toen ik in mijn kamer terugkwam, ging ik voor de spiegel zitten. Op dat moment was het alsof de sluier van het liefdesverdriet op slag van me werd afgetrokken.

Nu zag ik wat de afgelopen weken bij me hadden aangericht. Er zaten donkere randen om mijn ogen, alsof ik sinds Max' verdwijning niet meer had geslapen. Mijn haar zag er pluizig uit en mijn lippen waren droog. Mijn huid had een grijze teint gekregen.

Hoe Lena het voor elkaar had gekregen me zo op te knappen dat niemand me op mijn ellendige toestand had aangesproken, wist ik niet. Maar ineens drong tot me door dat ik zo'n gezicht al eens eerder had gezien. Toen, in de kamer van de dienstmeisjes. Susanna... Waren de nachten met Max voor mij dan toch niet zonder gevolgen gebleven? Zou het kunnen dat ik zwanger was?

Het besef trof me als een donderslag bij heldere hemel. Angst schoot door me heen en verlamde mijn ledematen. Hoe vaak hadden we in Stockholm niet vrouwen gesproken die hun ziel uit hun lijf hadden gekotst voor bij hen een zwangerschap was geconstateerd. Maar hoe had dat kunnen gebeuren? Ik had op de gevaarlijke dagen gelet, had me alleen aan Max overgegeven als het veilig leek. Mijn maandstonden... In mijn verdriet had ik er niet op gelet of ze wel gekomen waren. De weken waren verstreken zonder dat ik ze had geteld. En nu...

Er klonk geklop. Ik kromp in elkaar. Lena.

'Binnen!' riep ik en ik dwong mezelf tot kalmte. Lena mocht niets merken, ook al wist ik dat ik haar kon vertrouwen. Een verkeerde opmerking, een woord dat haar ongewild ontsnapte, kon desastreuze gevolgen hebben. Voor ik iets ondernam, moest ik zekerheid hebben. En die kon ik alleen van dokter Bengtsen krijgen.

De dokterspraktijk lag in het zuidelijke deel van het dorp, bijna aan de rand. De eerste dokter die zich in het rood geschilderde houten huis had gevestigd, was in 1795 gekomen. Daarna was de praktijk steeds door zijn opvolgers voortgezet. Het huis was inmiddels aan een aantal reparaties toe, maar dokter Bengtsen had daar geen tijd voor. Hij werd te veel door zijn patiënten in beslag genomen.

Ik bekeek het huis met een onbehaaglijk gevoel. De vrees dat mijn vermoeden juist was, kwelde me en ik hoopte vurig dat dokter Bengtsen mijn vermoeden zou ontkrachten. Op dat moment had ik liever een ernstige ziekte gehad dan zwanger te zijn van een man die me zonder iets te zeggen had verlaten. Als mijn moeder het zou merken, zou de hel die ik net achter me waande, opnieuw beginnen.

Blijkbaar had ik een goed moment gekozen, want toen ik de deur van de praktijk opende, was de wachtkamer leeg. Er heerste totale stilte in het pand. Nergens viel ook maar het minste geluid te vernemen. Was de dokter op huisbezoek? Hield hij middagpauze? Ik keek op de klok aan de muur. Tien over twee. Nee, de middagpauze moest al zijn geweest. Was de praktijk soms helemaal niet open?

Toen ik naar de deur liep om nog eens naar de tijden van het spreekuur te kijken, kraakte er een traptrede achter me. Ik draaide me vlug om. De dokter kwam de trap af. Toen hij me zag, stopte hij even.

'Gravin Lejongård,' zei hij verrast. 'Wat brengt u hier?'

In onze kringen was het gebruikelijk dat de dokter naar ons toe kwam en niet andersom. Het idee tussen andere patiënten te moeten zitten zou mijn moeder niet hebben overleefd. Maar mij leek de gedachte naast een pestlijder te zitten nu aangenamer dan mijn moeder te laten merken dat me iets mankeerde.

'Goedendag, dokter, ik zou u graag spreken. Vooropgesteld dat u tijd hebt.'

De dokter fronste zijn voorhoofd, toen knikte hij. 'Komt u mee naar mijn spreekkamer, mejuffrouw.'

Bengtsen liep naar een van de deuren. Toen hij hem opendeed, zag ik een onderzoekstafel en een hoge vitrine met een heleboel bruine flessen erin.

'Welnu, gravin, wat kan ik voor u doen?' vroeg de dokter bezorgd terwijl hij zijn witte jas aantrok. Ik keek om me heen. Hier in de praktijk was ik nog nooit geweest. Zelfs toen ik nog een kind was, kwam dokter Bengtsen altijd al naar ons toe.

Ik besefte dat dat ook beter was geweest, want de spreekkamer boezemde me een beetje angst in. Aan de muur hing een afbeelding van een mens waarvan de huid was afgetrokken, zodat je de onderliggende spieren en aderen kon zien. Een andere plaat toonde de dwarsdoorsnede van een hoofd. De planten bij het raam zagen er troosteloos en stoffig uit, de opschriften op de flessen waren voor mij onbegrijpelijk. Het toppunt van dit griezelkabinet was een skelet dat naast het raam vlak bij een gordijn stond. Het keek de patiënt met liploze mond grijnzend aan.

Er liep een rilling over mijn rug. Toen vermande ik me. Mijn toestand leek me op dat moment beangstigender dan een bottenmannetje.

'U bent toch gebonden aan uw beroepsgeheim?' vroeg ik onzeker. Met een paar stappen zou ik de deur weer uit zijn. Maar hoe moest het dan met mijn vrees? Waar zou ik dan zekerheid moeten krijgen?

'Vanzelfsprekend. Waar het ook om gaat, ik zal het tegen niemand zeggen.'

'Ook niet tegen mijn moeder?'

'Als u dat niet wilt, nee.'

Ik herinnerde me dat hij zich op zijn zwijgplicht had beroepen toen ik wilde weten wat er met Susanna aan de hand was.

'Goed dan.' Ik ging op de stoel voor het bureau zitten. 'Ik ben al dagenlang vermoeid en voel me enigszins uitgeput. En vanmorgen moest ik zomaar ineens overgeven.'

De dokter knikte en maakte aantekeningen. Toen vroeg hij: 'Hoelang duurt die misselijkheid al? Hebt u er al eerder iets van gemerkt?'

'Ja, een paar keer, maar toen verdween het meteen weer.'

'Was dat steeds 's ochtends of gebeurde het ook op andere momenten?'

Ik dacht na. Wanneer had ik het minst trek?

''s Ochtends,' hoorde ik mezelf zeggen. 'Ja, in de ochtend. Daarom had ik graag van het ontbijt afgezien, maar dat zou mijn moeder nooit hebben toegestaan.'

De dokter knikte weer en ik had het gevoel dat hij al wist wat de diagnose was.

'Dan moet ik u een netelige vraag stellen,' zei Bengtsen. 'Hebt u de afgelopen weken omgang gehad met een... man?'

Omgang? Dat had ik met zo veel mannen. Maar ik wist wat hij bedoelde. 'U bedoelt of ik met iemand geslapen heb?'

De dokter vertrok pijnlijk getroffen zijn gezicht. 'Eh... ja, dat bedoelde ik.'

'Ja, dat heb ik,' antwoordde ik, want het had geen zin het te ontkennen. Een kind kreeg je niet door een onbevlekte ontvangenis, zoals de maagd Maria. 'En als u wilt weten of mijn menstruatie is gekomen, nee, de afgelopen maand niet. Of beter gezegd, ik heb er niet op gelet, want op de hoeve was veel te doen, en dan ook de oorlog nog...'

Bengtsen fronste zijn voorhoofd.

'Goed. Om er zeker van te zijn moet ik u vragen me een urinemonster te geven. Ik haal een po, dan kunt u daarmee achter het kamerscherm verdwijnen.'

Urinemonster? Ik keek hem verrast aan. Had hij dat bij Susanna ook gedaan?

Dokter Bengtsen verliet de kamer, om even later met de po terug te keren. Daarna liet hij me alleen. Ik ging achter het scherm staan en hurkte neer. Bij alle opwinding kon ik in eerste instantie niets produceren, maar ten slotte lukte het me een klein plasje te doen. Toen ik klaar was en overeind wilde komen, werd ik door een lichte duizeling bevangen. Even werd het me zwart voor de ogen, daarna zag ik sterretjes. Maar voor ik de dokter kon roepen, werd alles weer normaal, als een geestverschijning die uit zichzelf verdween.

Ik riep dokter Bengtsen en gaf hem de po. Hij verzocht me te wachten en verdween in zijn laboratorium. Ik vroeg me af wat hij met mijn urine deed. Inspecteerde hij de consistentie ervan? Doopte hij er lapjes in en keek hij of die brandbaar waren?

Na een hele tijd kwam de dokter terug. Zijn gezicht stond ernstig.

'Nou, gravin, ik kan u geruststellen. Ziek bent u niet. Maar u bent in verwachting.'

Ik verstijfde. Even vergat ik zelfs adem te halen. Mijn hart sloeg over en mijn handen begonnen te trillen.

Ik had het vermoed, maar desondanks trof het me als een mokerslag. Mijn maag verkrampte, en hoewel ik niet in staat was helder te denken, wist ik wat het betekende.

'Ik weet niet of felicitaties op hun plaats zijn, dus blijf ik terughoudend,' vervolgde Bengtsen nadat hij weer op zijn plaats was gaan zitten. 'Maar ik zou u aanraden u de komende maanden regelmatig door mij te laten onderzoeken, zodat ik ervoor kan zorgen dat de zwangerschap goed verloopt. Bovendien mag u niet meer paardrijden, want dat kan tot afdrijving van de vrucht leiden.'

Ik was zwanger van een man die met de noorderzon was vertrokken! Zwanger!

'Dank u, dokter,' zei ik terwijl ik als verdoofd opstond. Op de een of andere manier slaagde ik erin Bengtsen te verzekeren dat ik hem zou laten komen. Ik gaf hem een hand, nam afscheid en wankelde de praktijk uit.

Buiten kwam ik een paar vrouwen tegen, die zich misschien verwonderd afvroegen wat de gravin daar te zoeken had. Ik probeerde me te beheersen en groette hen terwijl ik naar mijn paard liep. Ik steeg op.

Wat had de dokter ook alweer gezegd? Dat ik beter niet kon paardrijden? En als ik nu het lot tartte? Ik gaf Talla de sporen en reed het dorp uit, dwars door het bos. Ik voelde dat ik daardoor het kind niet zou verliezen.

Er was geen weg terug, tenzij ik de oude Ida opzocht. En dan nog was het niet zeker of het kind zou verdwijnen.

Wilde ik eigenlijk wel dat het verdween? Het was het kind van Max, van wie ik nog altijd hield! Dat kind kon ik niet aan de engeltjesmaakster geven.

Maar ik kon evenmin naar mijn moeder gaan en haar het heuglijke nieuws vertellen. Al was ik van adel, ik zou net als Susanna worden verbannen. Mijn naam zou door het slijk worden gehaald. Dat zou gevolgen hebben voor de Leeuwenhof, op zakelijk gebied, voor iedereen die er woonde.

Maar wat kon ik doen? Wat kon ik doen zonder mijn gezicht te verliezen?

Die gedachten hielden me tijdens de rit zodanig bezig dat ik niet op de weg lette. Maar Talla vond uit zichzelf de weg naar huis.

Pas toen het landhuis voor ons opdoemde, kwam ik weer bij zinnen. Ik wist echter nog steeds niet wat ik moest doen.

Mijn gedachten kwamen op Marit. Ik moest haar schrijven, ik had haar advies nodig. Ze had zovelen geholpen, misschien kon ze ook mij helpen. Het was wel een ironische speling van het lot dat haar beste vriendin precies dezelfde stommiteit had begaan als zo veel andere vrouwen. Waarom had ik niet beter geweten? Vervloekt hart, waarom heb je me ertoe verleid in een toekomst met Max te geloven?

Bij de hoeve aangekomen steeg ik af en liep de trap op. Op een haar na was ik tegen juffrouw Rosendahl op gebotst, die op weg was naar de salon.

'Pardon,' zei ik en ik liep door.

Ik sloeg de deur van mijn kamer achter me dicht en begon onrustig heen en weer te lopen. Ik werd verteerd door onrust en angst, af en toe werd ik duizelig en tussendoor ging mijn hart als een razende tekeer. Het ergste was dat ik niemand had die ik in vertrouwen kon nemen. Mijn moeder zou er geen begrip voor hebben, de dienstmeisjes kon ik het niet vertellen. Zelfs Lena niet. Lennard... Hem kon ik het al helemaal niet vertellen. Hij zou gekwetst zijn als ik hem vertelde dat ik van een ander had gehouden. En Marit zat in Stockholm. Zij leek zo vreselijk ver weg...

Zo eenzaam als op dat moment had ik me nog nooit gevoeld.

De muren van mijn kamer kwamen op me af, maar ik wilde hem ook niet verlaten. Ik was bang dat iedereen me mijn toestand aan kon zien. Ik was bang dat ze me nu al zouden veroordelen.

Pas na een hele tijd kon ik mezelf ertoe brengen naar de werkkamer te gaan. Mijn knieën voelden slap, het leek of ik op een deinend schip stond. Inmiddels was me duidelijk dat Marit mijn enige hoop was. Ik ging achter het bureau zitten en begon met trillende handen een brief aan mijn vriendin te schrijven. Ik had haar ook een telegram kunnen sturen, maar daarin had ik niet alles kunnen schrijven wat me bezighield.

Kon ik dat eigenlijk wel op papier? Zou het niet beter zijn als ik naar Stockholm ging? Ik hield op met schrijven en zette de penhouder terug in de inktpot. Mijn blik viel op de woorden die ik al neergeschreven had.

Nee, die konden niet duidelijk maken hoe ik me voelde. Ik had misschien schildertalent, maar ik was geen dichteres en kon niet een diepgaande zielstoestand schilderen. Dat kon ik alleen als ik tegenover mijn vriendin zat. Als ik haar aankeek, haar nabijheid voelde en wist dat ze me met heel haar hart begreep.

Ik verfrommelde het blaadje en gooide het in de prullenmand. Even dacht ik na, toen liep ik naar het raam en schelde. Even later verscheen Bruns.

'U wenst, mejuffrouw?'

'Ik ga morgen naar Stockholm. Wilt u alle voorbereidingen treffen en tegen Lena zeggen dat ze me moet komen helpen met inpakken?'

De huisdienaar keek me verbaasd aan. 'Is er een bepaalde reden voor de reis?'

'Nee. Of beter gezegd, inderdaad. Een zakelijke.' Ik moest toch iets zeggen.

'Goed, ik zal het regelen,' zei Bruns en hij trok zich terug.

Toen hij weg was, keek ik uit het raam. Er zou gekletst worden, en mijn moeder zou zeker vragen stellen. Maar ik bezwoer mezelf dat ze nu nog niets uit me zou krijgen. Eerst moest ik met Marit praten.

52

Stockholm verwelkomde me met een bewolkte hemel. Het leek een eeuwigheid geleden dat ik er voor het laatst was geweest. Er scheen niets te zijn veranderd, en toch was alles anders geworden. Ik was veranderd. Ik was geen meisje meer, maar een vrouw. Ik was zwanger. Ik was niet veel beter dan de vrouwen die zich lichtvaardig aan een man overgaven omdat ze van hem een betere toekomst verwachtten en vervolgens ineens teleurgesteld werden. Maakte het uit dat ik adellijk bloed had? Tenslotte was ik maar een vrouw...

Op het station in Kristianstad had ik Marit een telegram gestuurd. Ik hoopte maar dat ze het niet te druk had. Een paar weken terug had ze me geschreven dat ze een jonge arts had leren kennen. Hij was wat ouder dan zij en werkte sinds kort in de praktijk van een collega die bijna met pensioen ging. Hij zou waarschijnlijk diens praktijk kunnen overnemen. Ik was in eerste instantie verbaasd geweest dat zij, die eigenlijk geen man in haar leven had willen toelaten, zo verliefd klonk. Maar ik was blij voor haar en had haar dat laten weten. Ook al maakte het me eens temeer duidelijk dat ik door mijn geliefde was verlaten.

Daarna was onze briefwisseling verwaterd. Geen wonder, want waarschijnlijk was ze helemaal vol van haar dokter. Net als ik dat van Max was geweest. Maar ik wist dat ze er voor me was als ik haar nodig had.

Ik pakte mijn tas steviger vast en liep over het perron. Het zou onrealistisch zijn geweest te verwachten dat ze me van het station zou afhalen. Ik liep door de stationshal en had het vreemde gevoel thuis te komen. Hoe zou mijn leven er nu hebben uitgezien als vader en Hendrik nog hadden geleefd? Als die vreselijke dag in maart vorig jaar er niet was geweest?

'Agneta!' werd er ineens geroepen. Niet veel later zag ik een hand boven de menigte reizigers opduiken. Marit had even nodig om zich een weg te banen, maar toen zag ik haar.

Inmiddels had ze een wat korter kapsel, wat me een beetje gewaagd leek. De donkergrijze overgooier met de witte japon eronder stond haar uitstekend. Ze zag er niet meer uit als een vrouw die bij het Leger des Heils werkte en met naaiwerk de kost verdiende. Haar jonge medicus leek goed voor haar te zorgen.

Een jaar geleden had ik nog van alles verwacht, maar niet dat ze op een dag een burgerlijk leven zou leiden. Maar ik gunde haar het geluk van harte.

'Marit!' riep ik terwijl ik naar haar toe liep.

Toen we elkaar in de armen vielen, was het alsof er geen jaar was verstreken sinds we elkaar hadden gezien.

'Ik heb je zo gemist!' zei ik en ik drukte haar tegen me aan. Dat deed me zo goed. Waarom had ik er toch mee gewacht tot ik in de knel zat?

'Fijn je weer te zien,' zei ze en ze keek me aan.

'Zeg nou niet dat ik er goed uitzie,' was ik haar voor. 'Ik zie er niet goed uit, en zo voel ik me ook niet.'

Marit fronste haar voorhoofd. 'Wat is er gebeurd?'

'Dat kan ik je beter op een rustig plekje vertellen,' antwoordde ik terwijl ik bij haar inhaakte. 'Het spijt me zo dat ik pas naar je toe kom als ik een probleem heb.'

'Daar zijn vriendinnen toch voor,' zei Marit. 'Kom, we gaan iets drinken in de Gamla Stan. Daarna laat ik je mijn nieuwe woning zien. Daar kun je gerust ook een paar dagen blijven als je wilt.'

'Een nieuwe woning?'

'Ja, in de oude binnenstad. Peer stond erop dat ik mijn oude woning opgaf.'

'Je jonge dokter?'

'Ja. Ik heb tegen hem gezegd dat ik niet van hem afhankelijk wilde zijn, maar wat die woning betreft viel er niet met hem te praten.'

'Jij en de oude binnenstad!' zei ik lachend. 'Had je er ooit van kunnen dromen dat je daar nog eens zou gaan wonen?'

'Nee,' antwoordde Marit. 'En ook wat mannen betreft had ik er nooit van kunnen dromen dat er mij nog eens eentje zou bevallen. Maar het is zo. Dat betekent echter niet dat ik mezelf niet meer ben. We organiseren nog steeds protestacties en ik werk nog steeds bij het Leger des Heils. Daar hebben we elkaar ook leren kennen. Peer is een overtuigd socialist en steunt me in mijn aspiraties op het gebied van vrouwenrechten.'

'Dan heb je echt geboft.' Een warm gevoel van vreugde voor mijn vriendin golfde door me heen. Tegelijkertijd had ik het gevoel dat ik elk moment van zelfmedelijden in tranen kon uitbarsten.

'Kom, we nemen een koets,' zei ze en ze trok me mee naar een van de rijtuigen die bij het station stonden te wachten.

Tijdens de rit naar de Gamla Stan viel me op dat er nu meer automobielen op straat waren. Blijkbaar volgden veel rijke burgers het voorbeeld van de koning en schaften er een aan.

'Vind je het ook niet vreselijk wat er aan de andere kant van de Oostzee gebeurt?' vroeg Marit terwijl we door de nauwe straten reden. 'Het was een schok voor ons toen we hoorden dat het oorlog was.'

'Voor ons eveneens,' zei ik. 'Ik hoop alleen dat de koning standvastig blijft en zich niet in de strijd mengt.'

'Peer zegt dat de koning niet anders kan. Veel leden van de regering dringen erop aan dat Zweden de Duitsers gaat steunen. Maar als hij dat doet en Zweden vanwege deze zaak de oorlog in stuurt, verliest hij de steun van het volk.'

'Die Peer van jou lijkt me een wijs man.'

'Ja, en hij is vooral een man die mij niet achter het fornuis wil zetten.'

'Heeft hij je al aan zijn ouders voorgesteld?'

'Tot nog toe niet. Maar dat zijn we in de komende twee maanden van plan.'

'Komt hij uit een burgerlijke familie?'

Marit schudde haar hoofd. 'Nee, uit een familie van ambachtslieden. Zijn vader is timmerman en heeft zijn eigen werkplaats. Hij nam het zijn zoon kwalijk dat hij medicijnen ging studeren. Hij had liever gehad dat Peer de werkplaats overnam.'

'Heeft hij geen broers of zussen?'

'Een zus, maar haar echtgenoot is ambtenaar.'

'Wat jammer voor Peers vader.'

Marit maakte een afwijzend gebaar. 'Hij heeft een getalenteerde gezel. Als hij op zekere dag de werkplaats aan hem overdoet, zal dat hem niet schaden. Peer zegt dat die jongen beter is met hout dan zijn vader.'

'Maar hij behoort niet tot de familie,' bracht ik ertegen in.

'Dat klopt, maar daar komt het niet op aan, toch?'

Ik schudde mijn hoofd en probeerde me voor te stellen dat mijn vader gedwongen was geweest het landgoed aan een vreemde over te laten. Dat zou absoluut ondenkbaar zijn. Maar de Leeuwenhof was geen timmermanswerkplaats.

'Nee, eigenlijk komt het daar niet op aan, antwoordde ik. 'En misschien hebben zijn kleinkinderen straks plezier in werken met hout.'

'Nou, daarvoor moeten ze het er eerst mee eens zijn dat Peer met me trouwt. Zijn zus heeft al twee kinderen, maar dat zijn meisjes. Peers vader denkt dat vrouwen geen timmermanswerk kunnen doen.'

'Misschien gaan ze dat op een dag wel doen,' zei ik optimistisch.

Voor het cafeetje, dat volgens Marit op loopafstand van haar huis lag, hielden we halt. We gingen in een hoekje zitten, waar Marit een kan koffie voor ons bestelde. Toen de kelner het dampende brouwsel voor ons had neergezet, bracht ik haar op de hoogte van wat er de afgelopen weken was gebeurd.

Ik vertelde hoe Max en ik nader tot elkaar waren gekomen, dat we elkaar bemind hadden en dat ik er even van had gedroomd dat we zouden trouwen. Ik vertelde hoe Max bij het uitbreken van de oorlog veranderd was, deed verslag van het bezoek van de militairen, van zijn verdwijning en van mijn bezoek aan dokter Bengtsen.

'Tja, en het ziet ernaar uit dat ik inderdaad zwanger ben,' besloot ik mijn relaas. 'Ik had nooit gedacht dat mij zoiets zou overkomen.'

Er verscheen een rimpel op het voorhoofd van mijn vriendin. Ze keek heel ernstig. 'Wat een waardeloze kerel! Ik had alles van hem verwacht, maar dit niet.'

'Dat geldt voor mij net zo,' antwoordde ik. 'Ik vertrouwde hem. Ik zag een toekomst voor ons samen! Hij was zo rebels, zo vrij... Ik dacht echt dat hij een zielsverwant was.'

De tranen sprongen me in de ogen. Was ik ertoe veroordeeld de rest van mijn leven zonder man door te brengen? Zonder een man die van me hield?

Het volgende moment voelde ik Marits hand op de mijne.

'Het ligt in de aard van de mens zich te vergissen,' zei ze zachtjes. 'Vooral wat mannen betreft. Je weet dat ik nooit wou trouwen. Maar toen kwam Peer in mijn leven. Ik weet zeker dat jij ook een man vindt die je steunt en die je niet in de steek laat, zoals Michael of die Max.'

'Maar het zou misschien betekenen dat ik net als Susanna een alibiman moet nemen,' fluisterde ik en ik brak in tranen uit.

'We bedenken wel iets,' zei Marit, ze boog voorover en gaf me een kus op mijn voorhoofd.

Later, toen we in haar woning op de rode bank zaten, die ze uit haar oude huis had meegenomen, besprak Marit alle opties met me.

'Je zou naar een engeltjesmaakster kunnen gaan,' zei ze. 'Maar dat is erg riskant. Je zou bij de ingreep kunnen omkomen. Of je kind komt verminkt ter wereld.'

'Uitgesloten,' zei ik. Alleen al de gedachte vervulde me met afgrijzen, want we hadden in Stockholm af en toe te maken gehad met vrouwen die in de handen van een engeltjesmaakster waren gestorven. Ook kruiden hadden niet altijd het gewenste resultaat. En de gedachte mijn kind dood te laten maken... Nee, dat zou ik niet over mijn hart kunnen verkrijgen!

'Adoptie is ook een mogelijkheid. Dan zou je het kind heimelijk ter wereld brengen en het aan een andere vrouw geven. Niemand zou het merken.'

'Dat kan ik niet,' zei ik.

'Wil je het kind, ook al brengt het je in de problemen?' vroeg Marit liefdevol.

Ik knikte. 'Ja, ik wil het houden,' zei ik een beetje koppig. 'Het zou niet zo mogen zijn dat vrouwen te schande worden gemaakt als ze een kind krijgen zonder dat ze een vader kunnen aanwijzen. Als het aan mij lag, zou ik nooit trouwen.'

Ineens voelde ik woede opkomen. Waarom bestonden al die beperkingen? Waarom werd het vrouwen zo moeilijk gemaakt hun eigen beslissingen te nemen?

Marit zuchtte. 'Je hebt gelijk. Normaal gesproken zou het geen probleem moeten zijn, vooral niet voor een vrouw als jij. Jij zou een kinderjuffrouw in dienst kunnen nemen. Jij zou een kind een rijk thuis bieden. Nog afgezien van het feit dat je de lijn van je familie voortzet. Maar de samenleving kent geen pardon. Het zou je landgoed zeker schaden, vooral omdat je op de verkoop van paarden bent aangewezen.'

'Als ik een man was, zou dat allemaal geen probleem zijn. Ik zou mijn geliefde gewoon in een achterkamertje verstoppen. Of in een geheime tuin.'

'Je bent alleen geen man, maar een vrouw. Van jou wordt verwacht dat je volgens je stand trouwt. Dat je je plicht vervult. Dat je het landgoed zonder echtgenoot bestiert, is op zichzelf al een schandaal.'

'Dan zou ik er misschien nog een moeten uitlokken. Wie zou me ervan kunnen weerhouden mijn kind ter wereld te brengen en in de erfopvolging van mijn familie op te nemen? Eigenlijk had dat ook met Susanna's kind moeten gebeuren.'

'Susanna's kind heeft een goed leven. Als je wilt, kun je haar morgen bezoeken en naar je nichtje gaan kijken.' Marit streelde mijn hand. 'Natuurlijk kan niemand jou beletten je kind ter wereld te brengen. En een alibiman hoeft ook niet. Jij bent van een andere stand en hebt andere mogelijkheden om voor je kind te zorgen.'

'Ja, maar dan zou het met mijn goede naam gedaan zijn.'

'Dan zouden de mensen niet meer naar je ontvangsten komen, en zou je ook niet meer uitgenodigd worden. Nou en?'

'Klopt, dat zou geen straf voor me zijn.'

Aan mijn scheve lachje moest Marit hebben gezien wat er door mijn hoofd ging, want ze voegde eraan toe: 'Maar wel een straf voor de hoeve, nietwaar? Een straf voor het aanzien van je familie. Ze denken wel dat het voor de adel makkelijker is, maar dat klopt niet. Ook jij moet op zulke dingen letten.' Ze trok me in haar armen en hield me een tijdje vast. 'Ik vrees dat de enige mogelijkheid om hier ongeschonden uit te komen inderdaad een huwelijk is,' zei ze toen. 'Maar in jouw geval is het lastig om iemand te vinden die van jouw stand is. Gewone vrouwen hebben het wat dat betreft makkelijker.'

'Ik denk dat zelfs Lennard me niet meer zou willen hebben als hij het te weten komt.'

'Lennard?' vroeg Marit.

'De jeugdvriend die me een aanzoek heeft gedaan,' antwoordde ik. 'Maar hij is de laatste die ik met een koekoeksjong zou willen opzadelen. Dat verdient hij niet.'

'Toch moet je het in overweging nemen,' zei Marit terwijl haar lichaam verstrakte. 'Als hij je vriend is, wil hij misschien een schikking treffen. Je zou hem in het vooruitzicht kunnen stellen dat hij een minnares kan nemen. Of dat jullie na verloop van tijd zullen scheiden.'

'Daarvan zou voor iemand als Lennard geen sprake kunnen zijn,' wierp ik tegen. 'Bovendien heb ik het gevoel dat hij geen ander wil dan mij.'

'Nou, wat houdt je dan nog tegen?'

'Ik zie in hem niet de soort man op wie ik echt verliefd zou kunnen raken.'

'Om liefde gaat het in veel huwelijken niet,' zei Marit. 'Ik ben nooit getrouwd geweest, maar ik heb een aantal echtparen leren kennen. Degenen die op hun oude dag heel tevreden waren met elkaar, waren niet altijd uit liefde getrouwd. Ze beschikten echter beiden over het karakter, de kracht en de wil om het huwelijk te laten slagen. Waarom zou dat jou met Lennard niet lukken?'

Ik keek mijn vriendin verbaasd aan. Dat ene jaar dat ik uit Stockholm weg was, had haar veranderd. Ze was rijper geworden. Ze klonk veel bezadigder dan destijds. Dan ik. Tegenover haar leek ik onvolwassen, een kind.

'Ik weet het niet,' zuchtte ik. 'Ik wil alleen niet... mijn vrijheid verliezen.'

'Is hij dan een man die je je vrijheid zou ontnemen?'

'Nee, maar...'

'Probeer het dan tenminste. Als hij het niet wil, zullen we iets anders moeten bedenken. En ga met je moeder praten!'

Toen ze over Stella begon, kromp ik in elkaar van schrik. Dat stond me ook nog te wachten. En daar was ik nog banger voor dan dat een paar edellieden niet meer op het kerstfeest of het midzomerfeest zouden komen.

'Mijn moeder zou diep geschokt zijn,' zei ik. 'Waarschijnlijk zou ze nog dezelfde dag haar koffers pakken. Maar dat zou eigenlijk geen straf zijn.'

'Ik denk niet dat ze dat zou doen. Ze zou vast erg blij zijn met het voorstel te trouwen met je jeugdvriend, aan wie ze je toch al wilde koppelen. Dat is precies wat je haar moet aanbieden.'

Ik schudde mijn hoofd. 'Er is nog een mogelijkheid. Stel dat ik overal voor weg zou lopen? Net als Max?'

'Dat is van alle ideeën het op twee na slechtste,' zei Marit. 'Je zou niet ver komen. En hoe moet het dan met de Leeuwenhof? Sinds jij de erfenis hebt aanvaard, heb je niet meer alleen de verantwoordelijkheid voor jezelf. Je hebt de verantwoordelijkheid voor alle mensen op de hoeve op je genomen. Ze rekenen op je. Ze hebben je nodig. Als de Leeuwenhof ten onder gaat, zal niet alleen je familie uitsterven, maar zullen ook de mensen daar hun broodwinning verliezen. Het zou onvoorstelbare ellende veroorzaken.' Ze pauzeerde even en voegde eraan toe: 'En hoe zit het met de veranderingen die je wilt doorvoeren? Zonder jou had Susanna nu in de goot gelegen, samen met haar kind. Zonder jou zou de brandstichter die je vader en broer op zijn geweten heeft nooit zijn gepakt. En wie weet wat je nog allemaal zou kunnen doen! Misschien zal de hoeve ooit een plaats zijn waar vrouwen hun toevlucht kunnen vinden. Een plaats van waaruit de maatschappij verandert.'

Door wat Marit zei voelde ik me ineens heel ellendig. Ze had gelijk. En ik had me weer eens volkomen egoïstisch alleen om mezelf bekommerd. Ik kroop tegen haar aan. Ik kon wel huilen.

'Kom, laten we eerst maar eens een glas limonade nemen,' zei Marit uiteindelijk. 'En dan gaan we verder nadenken.'

Ik knikte. Maar ik wist dat er geen andere mogelijkheid was dan adoptie of een huwelijk. Het eerste kwam voor mij niet in aanmerking. Mijn kind zou zijn vader nooit leren kennen, maar zijn moeder moest er voor hem zijn.

Ik dacht weer aan Susanna. Ook haar dochtertje zou nooit weten wie haar echte vader was. Misschien hielp het als ik haar een bezoek bracht.

53

Begeleid door vogelgezang begaf ik me de volgende ochtend naar Susanna's huis. Marit had me verteld dat haar boekhouder altijd om acht uur naar zijn werk ging, en na die tijd zou ik ongestoord met haar kunnen praten. Sigurd was een zorgzame man, maar hij vond het niet prettig als er over de echte vader van het kindje werd gepraat. Als Susanna me schreef, deed ze dat wanneer hij niet huis was. Ik wilde haar geen problemen bezorgen.

Het huis bevond zich in de Brännkyrgatan. Die liep op een bepaald stuk erg steil af en de huizen stonden als traptreden naast elkaar. Het huis waarin Susanna woonde, stond donkergeel te glanzen. Het was smal, maar had twee verdiepingen. De ramen waren met ouderwetse ranken versierd. De gordijnen die Susanna had opgehangen, ademden eenvoudige gezelligheid uit. De voortuin was goed verzorgd en fleurig; gladiolen, rozen en zonnebloemen wedijverden om de aandacht van de toeschouwer.

In een huis als dit zou Susanna nooit hebben gewoond als ze op het landgoed was gebleven en Hendrik haar niet zwanger had gemaakt. Maar was ze ook gelukkig? Of vroeg ze zich af of het niet allemaal anders had moeten lopen? Bij de poort bleef ik even staan, toen verzamelde ik moed en duwde hem open. Meteen sloeg de hond aan, waardoor ik verschrikt terugdeinsde.

Toen hoorde ik een stem. 'Af, Petterson! Op je plaats!'

Het was die van Susanna. Ik glimlachte. Haar stem was krachtiger geworden en klonk veel zelfverzekerder. Even later deed ze de deur open en keek naar buiten.

Het afgelopen jaar was ze wat aangekomen, maar dat had haar goedgedaan, want ze zag er geweldig uit. In eerste instantie leek ze me niet te herkennen, maar toen werden haar ogen groot. 'Juffrouw Agneta!'

Ik schudde mijn hoofd. 'Zeg maar gewoon Agneta tegen me.' Ik gaf haar een hand. 'Hallo, Susanna, hoe gaat het met je?'

Even bleef ze nog als verstijfd staan, toen perste ze de adem die ze had ingehouden uit haar longen.

'Heel goed! Ik... ik verwachtte u helemaal niet.'

'Ik wou jou en de kleine verrassen,' zei ik. 'Ik hoop dat ik niet ongelegen kom.'

'Nee, natuurlijk niet!' Aarzelend klemden haar vingers zich om de mijne. 'Komt u toch binnen!'

Al bij het binnenkomen hoorde ik luid babygebrabbel. Meteen daarna viel er iets op de vloer.

Susanna draaide zich met een verontschuldigende glimlach om. 'De kleine is heel vrolijk. Ze brabbelt onverstaanbare woordjes en gooit met haar blokken. Laatst raakte ze de hond. Gelukkig was ik erbij en kon ik voorkomen dat hij haar beet.'

Ze liep vlug naar het babystoeltje, dat op de keukentafel stond. Mathilda klapte in haar handjes, maar ze verstarde toen ze mij zag. Haar ogen waren groot en rond, en de aanblik van haar gezicht, dat zo op dat van Hendrik leek, trof me recht in het hart. Het was zo geweldig haar te zien en te weten dat er iets van mijn broer voortleefde.

En nu kreeg dit kleine prachtige wezentje een neefje of nichtje. Iets wat van de Lejongårds zou overblijven.

'Komt u toch binnen, Agneta,' zei Susanna en ze loodste me naar een kleine zitgroep in de woonkamer. De stoelen waren oud, waarschijnlijk had Sigurd ze van thuis meegenomen. Maar de hele inrichting straalde gezelligheid uit en bovendien was het allemaal brandschoon.

Susanna zette een koffiepot op het tafeltje, dat tussen de stoelen stond, legde er twee couverts op en kwam tegenover me zitten. Weer viel me op hoe goed ze eruitzag.

'Gaat het echt goed met je?' vroeg ik desondanks, want iemands uiterlijke verschijning kwam zelden overeen met wat er vanbinnen gebeurde.

De glimlach die het volgende moment verscheen was echter een indicatie dat Susanna er niet alleen gezond en opgewekt uitzag, maar zich ook zo voelde. 'Heel goed,' antwoordde ze. 'Mathilda groeit goed, en ik heb alles wat ik nodig heb. Inmiddels krijg ik ook weer genoeg slaap nu mijn kleintje 's nachts niet meer zo vaak wakker wordt.' Terwijl ze sprak schitterden haar ogen en ik voelde hoeveel warmte er van haar uitging. 'Ik kan u niet genoeg bedanken!' voegde ze eraan toe, en even was het weer het dienstmeisje dat me aankeek.

Maar dat onderdanige wilde ik niet van haar zien. Ze was een vrije vrouw, ze behoorde tot de burgerij. Ze hoefde niemand te dienen dan zichzelf.

'Dat weet ik, maar ik ben niet gekomen om je dank in ontvangst te nemen,' zei ik zachtjes. 'Je hebt me al zo vaak en zo uitvoerig bedankt. En als ik zie hoe je eruitziet, hoe je kindje eruitziet en hoe je leeft, voelt het alsof ik zelf een geschenk heb gekregen. Je hebt toen de juiste beslissing genomen.'

'Die hebt u genomen,' wierp Susanna tegen, maar ik schudde mijn hoofd.

'Nee, ik heb niets gedaan. Dat heb jij gedaan. Je had de hulp kunnen afslaan.'

'Dat kon ik niet,' zei ze. 'Er was geen andere mogelijkheid. Ik wou niet dat ze Mathilda van me afpakten. Of dat ons nog iets ergers zou overkomen. Op het moment dat u met Marit naar me toe kwam, wist ik dat dit de uitweg was die ik dringend nodig had. Anders was ik misschien niet eens meer in leven geweest. En Mathilda ook niet.' Ze keek de keuken in naar het meisje, dat in alle rust haar blokken op de tafel zat uit te zoeken.

Ik knikte. 'Zoals ik al zei, je hebt de juiste beslissing genomen.'

Ik zweeg een poosje en ik vroeg me af hoe ik mijn verzoek kon overbrengen zonder te veel prijs te geven. Susanna zou beslist geen leedvermaak hebben dat ik in dezelfde situatie verkeerde als zij.

Toch vreesde ik dat ze het haar man zou vertellen en dat het dan als een lopend vuurtje zou rondgaan.

'Ik heb een heel persoonlijke vraag,' begon ik. 'Als je het niet prettig vindt, hoef je hem niet te beantwoorden. Als je denkt dat het niet gepast is...'

'Stelt u uw vraag maar, Agneta,' zei ze, en even dacht ik dat ze aan me kon zien wat mijn beweegreden was.

'Zeg me eens hoe het is om met een man als Sigurd getrouwd te zijn. Een man die je niet kende en van wie je ook niet hield.'

Mijn hart klopte in mijn keel. Ik wist niet of ik zelf die vraag zou hebben beantwoord. Susanna dacht even na.

'Sigurd is een heel zorgzaam mens. Hij is vriendelijk, hij zorgt goed voor ons. Maar...' Ze hield op en er gleed een schaduw over haar gezicht. 'Maar door zijn geaardheid komen we niet nader tot elkaar. Dat grijpt me af en toe aan, want met zijn manier van doen heeft hij mijn hart gewonnen. Ik zal ermee moeten leren leven dat ik nooit een plaatsje in zijn hart zal krijgen.'

'Dat kun je niet zo zeggen,' wierp ik tegen. 'Misschien is hij ook op jou gesteld.'

Susanna knikte. 'Ja, misschien. Maar dan op een manier die heel anders is dan de mijne. We zullen nooit echt een paar zijn. Waarschijnlijk zal ik nooit meer ervaren hoe het is bemind te worden. Gevoelsmatig, en ook lichamelijk...'

Uit die laatste woorden sprak grote eenzaamheid. Door haar van maatschappelijke uitsluiting te redden, hadden we haar veroordeeld tot het gemis van lichamelijke liefde. Haar man zou zijn echtelijke plicht nooit vervullen. En zij kon hem niet om die reden verlaten, want hij had haarzelf een thuis en haar kind een vader geboden. Ze hadden een overeenkomst in beider voordeel gesloten.

Zou het met Lennard ook zo zijn? Zeker, hij was geen vreemde, en als ik het wilde, zou hij ook lichamelijke toenadering zoeken. Maar zou ik ooit van hem kunnen houden? Of zou onze relatie ook puur zakelijk zijn?

Vrolijk gelach van Mathilda haalde me uit mijn gedachten. Er was iets op de vloer gevallen en ze kraaide van plezier.

'Wacht even, ik haal haar hierheen,' zei Susanna en ze stond op. Ik keek haar na terwijl de vragen nog steeds door mijn hoofd gingen. Even later verscheen ze met Mathilda op haar arm. Het kleintje bewoog haar handen en zette weer grote ogen op toen ze mij zag. Ik dacht dat ze zou gaan huilen, maar toen zette Susanna haar op mijn schoot. 'Kijk,' zei ze, 'dat is mejuffrouw Lejongård. Die is speciaal voor jou gekomen.'

De kleine nam me kritisch op, alsof ze niet wist wat ze van me moest denken. Toen stak ze haar handje uit naar mijn gezicht.

Ze voelde zo warm en zacht aan dat je alleen maar van haar kon houden. Waarschijnlijk verging het Sigurd net zo als hij haar op schoot had. En zo zou het ook Hendrik zijn vergaan als hij de kans had gekregen haar te leren kennen. Bij de gedachte aan mijn broer kwamen er tranen in mijn ogen. Het was nu bijna anderhalf jaar geleden dat ik om hem had gehuild. De tijd verzachtte de pijn, maar kon de wond niet helemaal helen.

Susanna legde haar hand op mijn arm. 'Ik beloof u, als de tijd er rijp voor is, zal ik haar over haar vader vertellen.'

Ik keek haar aan en wreef met de rug van mijn hand vlug de tranen van mijn wangen. 'Denk je dat dat goed zou zijn?' vroeg ik. 'Het zal haar in de war brengen.'

'Maar ze heeft er recht op het te horen. Ze moet weten wie haar vader was. Wie de enige man was die echt van me hield en die ook van haar zou hebben gehouden.'

Ik wist opeens niet zeker hoe het allemaal zou zijn gelopen als Hendrik de brand had overleefd. Als de schuur niet in brand was gestoken. Maar ze klonk zo oprecht dat ik niets wilde zeggen. Misschien droomde ze 's nachts van Hendrik, misschien droomde ze ervan de bazin van de Leeuwenhof te zijn. Misschien ook had ze zich met haar lot verzoend. Dat Mathilda ooit te weten zou komen wie haar vader was, stemde me blij.

Na nog een uur, waarin ik over de hoeve en de andere dienstmeisjes vertelde en we er uiteindelijk toe overgingen over onbelangrijke dingen te praten, nam ik afscheid. Bij de poort keek ik nog eens om naar Susanna, die Mathilda weer op haar arm had. Wanneer zou ik hen terugzien? Vast niet binnen afzienbare tijd. Maar ik nam me voor hen niet uit het oog te verliezen.

54

'Laat me meteen weten hoe het is gegaan,' zei Marit toen we naar het perron liepen.

De trein zou over enkele ogenblikken arriveren, dus veel tijd hadden we niet meer. Maar de afgelopen nacht hadden we lang gepraat. Ik was er nog niet volkomen zeker van dat wat ik ging doen het juiste was. Maar wat Marit had gezegd, gaf me de kracht om de komende dagen te doorstaan.

'Dat zal ik doen. Ik zal je ook vaker proberen te schrijven,' beloofde ik.

'Dat zou fijn zijn. En als het je allemaal te veel wordt, kom dan gerust weer naar me toe.'

'Hetzelfde geldt voor jou. Neem bij je volgende bezoek Peer mee. Als arts kan hij vast wel een korte vakantie op het platteland gebruiken.'

'Eens kijken of hij wel op die beroemde Leeuwenhof durft te komen.' Marit lachte en sloot me in haar armen. 'Het komt allemaal goed, dat weet ik.'

Op hetzelfde ogenblik kwam de trein met een wolk stoom aanrijden.

We omhelsden elkaar, toen stapte ik in en ging op mijn plaats zitten. Marit stond beneden op het perron en ik besefte dat ik als ik haar terugzag, een andere vrouw zou zijn. Hoe dan ook. Ik zwaaide en probeerde niet te laten merken dat het idee me angst inboezemde.

Toen de trein in beweging kwam en Marit in de witte rook verdween, leunde ik achterover. Ik voelde me doodmoe, en die ochtend had ik weer last gehad van ochtendmisselijkheid. Ik meende nog steeds gal te proeven. Hoelang zou dat zo blijven? Hoe ver zou het kindje in mij al ontwikkeld zijn?

Terwijl ik nadacht plukte ik onrustig aan de mouw van mijn blouse. De passagiers tegenover me keken me verwonderd aan. Waarschijnlijk vroegen ze zich af waarom ik zo nerveus was. Maar dat kon me niet schelen.

Ik zag kaal geoogste velden voorbijtrekken, een zwerm kraaien vloog op en volgde de trein een poosje. De ochtend werd avond en toen de zon nog maar een klein rood stipje aan de horizon was en we Kristianstad naderden, wist ik wat me te doen stond.

Toen ik in Kristianstad aankwam, wachtte August me voor het station op met de koets.

'Fijn dat u er weer bent, juffrouw Agneta,' zei hij terwijl hij mijn tas van me overnam. 'Uw moeder zal blij zijn u weer te zien.'

'We gaan niet naar de Leeuwenhof,' zei ik. 'Wil je me naar landgoed Ekberg brengen?'

August keek me verrast aan. 'Naar landgoed Ekberg? Nu? Maar...'

'Stel geen vragen, August, doe maar gewoon wat ik zeg. Het is belangrijk.'

'Maar uw moeder verwacht u! Als ik niet met u terugkom, zal ze zich zorgen maken. Bovendien is het al donker. Het zou betekenen dat we de hele nacht door moeten rijden.'

'Dat kan me niet schelen,' antwoordde ik. 'En wat mijn moeder betreft, we stoppen bij het telegraafkantoor en sturen haar een bericht. Het is voor mij echt belangrijk om graaf Ekberg te spreken.'

August knikte, snoof en zei: 'Uitstekend, mejuffrouw.'

'Maak je geen zorgen, August, mijn moeder zal je hiervoor niet bestraffen. Ik zal het haar allemaal uitleggen.'

Daarop stapte ik in. Angst bekroop me. Mijn plan was riskant, maar het was de enige mogelijkheid om mezelf uit de penarie te helpen.

Landgoed Ekberg lag verscholen in de ochtendmist toen de koets voorreed. Natuurlijk had ik Lennard en Anna ook bericht kunnen sturen, maar daar had ik van afgezien. Ik wilde niet dat ze zouden gaan speculeren over de reden van mijn komst.

'Rust maar uit,' zei ik tegen August, want ik wist dat hij in het koetshuis kon slapen. 'Wat ik met de graaf te bespreken heb, zal wel enige tijd in beslag nemen.'

Met die woorden streek ik mijn rok glad en liep ik de buitentrap op.

Vlak nadat ik had aangebeld, verscheen Lundt. Hij wekte een wat slaperige indruk, maar zijn vermoeidheid verdween zodra hij me zag.

'Gravin Lejongård! Wat brengt u bij ons?' vroeg de bediende.

'Goedemorgen,' antwoordde ik. 'Ik moet de graaf spreken. Het is dringend.'

Lundt was nog maar net in het huis verdwenen of Anna verscheen aan de deur. 'Lieve hemel, Agneta! Wat is er gebeurd?'

'Een heleboel,' had ik het liefst geantwoord, maar dat kreeg ik niet over mijn lippen.

'Ik zou Lennard graag spreken. Is hij thuis?'

'Ja, natuurlijk,' zei ze. 'Is er iets met je moeder? Of met de hoeve?'

Ik schudde mijn hoofd. 'Niets van dien aard. Ik moet hem gewoon spreken.' Dan komt het allemaal in orde. Hopelijk.

'Goed, kom binnen. We zouden net gaan ontbijten.'

Ze nam me mee naar de eetkamer. Het ontbijt rook heerlijk, maar ik betwijfelde of ik nog iets naar binnen kon krijgen wanneer Lennard verscheen.

Anna keek me onderzoekend aan. 'Ik moet bekennen dat je me een beetje bang maakt,' zei ze.

'Anna, ik zal alles uitleggen, maar eerst moet ik met Lennard praten,' verklaarde ik.

'Natuurlijk,' antwoordde ze, en ik vroeg me af of ze straks mijn moeder een telegram zou sturen om te informeren of haar dochter misschien haar verstand had verloren.

Gelukkig verscheen Lennard niet veel later.

'Agneta! Wat is er aan de hand?' Hij keek naar zijn moeder, maar die haalde haar schouders op.

'Ik moet je spreken,' zei ik en ik pakte hem bij zijn arm. 'Laten we gaan wandelen, dan leg ik je alles uit.'

'Goed,' zei hij en hij liet zich door mij naar de tuin slepen. Ik voelde me opgejaagd, en misschien had ik inderdaad mijn verstand verloren. Maar ik kon niet anders. Niemand mocht horen wat ik nu tegen Lennard ging zeggen.

'Waarom ben je gekomen?' vroeg hij toen we een eind van het huis waren.

Ik zocht naar woorden, wist niet hoe ik moest beginnen. Daarbij voelde ik me ellendig, en ik was vreselijk bang.

'Zijn we nog vrienden?' vroeg ik, waarop hij zijn voorhoofd fronste.

'Waarom zouden we dat niet meer zijn? Natuurlijk!'

'Luister dan alsjeblieft naar me.' Ik keek naar het huis, alsof ik bang was dat iemand ons afluisterde. Uiteraard was er niemand, de dienstmeisjes waren allemaal binnen. 'Je hebt me aangeboden me te helpen als ik in nood verkeerde. Dat is nu het geval.'

Nog steeds leek Lennard niet te begrijpen waar ik naartoe wilde.

'Jij zit in nood?' vroeg hij. 'Wat is er gebeurd? Gaat het om geld?'

'Het is iets anders. En in verband daarmee heb ik een verzoek aan jou. Je kunt het inwilligen of niet, maar beloof me dat je erover zult zwijgen.'

'Je wordt steeds raadselachtiger,' antwoordde hij. 'In 's hemelsnaam, Agneta, wat is er aan de hand?'

'Beloof je dat je het stilzwijgen bewaart over wat ik je nu ga zeggen?'

'Ja!' antwoordde hij. 'Maar vertel me nu alsjeblieft wat er is gebeurd.'

Viel me dat maar niet zo zwaar!

'Ik... ik wou vragen... Zou je nog steeds met me willen trouwen?'

Lennard staarde me verbaasd aan. 'Vanwaar die ommezwaai? Een paar maanden geleden zei je nog dat ik iemand anders moest zoeken.'

'Ja, en eigenlijk vind ik dat nog steeds, maar... de omstandigheden zijn veranderd.'

Ik deed even mijn ogen dicht en wenste heimelijk dat ik ergens anders was, ergens waar het niet uitmaakte of een vrouw een echtgenoot had of niet. Maar bestond zoiets op de wereld?

Het uitspreken van de volgende drie woorden was erger dan elke ruzie die ik met mijn vader had moeten uitvechten.

'Ik... ben zwanger.'

Lennards mond zakte open. Het duurde even voor hij weer iets kon zeggen. 'Dat meen je niet. Hoe...?'

Ik haalde diep adem. Op dit moment was het alles of niets. 'Dat ik niet op je aanzoek wou ingaan, had een reden. Ik was verliefd op iemand anders. Hij was mijn beheerder en...'

Lennard maakte een geluid dat me deed zwijgen. Lachte hij? Maakte hij zich vrolijk om mijn situatie? Of voelde hij diepe weerzin? 'Je beheerder?' vroeg hij. 'Soms die vent die zich te goed voelde om naar het midzomerfeest te komen?'

'Hij was niet van hier, en wat doet dat er eigenlijk toe? Ik hield van hem. En nu is hij verdwenen, en ben ik zwanger.'

Nu maakte Lennard geen geluid meer. Hij keek me alleen duister aan. 'Heb je enig idee wat je jezelf daarmee hebt aangedaan?' Hij zette zijn handen in zijn zij, keek even naar de hemel, alsof hij God om hulp wilde vragen, toen keek hij me met fonkelende ogen aan. 'Hoe kon je je met zo'n vent inlaten? Hoe kon je je door hem zwanger laten maken?'

Mijn keel werd dichtgesnoerd. 'Het was niet de bedoeling, het is gewoon gebeurd. In Stockholm had ik ook een relatie, en toen is het altijd goed gegaan, ik paste op, maar deze keer... Ik weet het, ik ben stom geweest, maar toch... ik smeek je...'

Lennard wendde zich af. Ik kon duidelijk merken dat hij woedend was, maar hij was ook zichtbaar teleurgesteld. Waarschijnlijk zou ik in zijn plaats net zo teleurgesteld zijn geweest. De vrouw van wie hij hield en die hem had afgewezen, had zich door iemand anders laten bezwangeren en kwam vervolgens naar hem om hem voor de gevolgen te laten opdraaien.

Het was idioot geweest om op zijn hulp te hopen.

Ik liet mijn schouders hangen. Ik had niet hiernaartoe moeten gaan. Weglopen was misschien een beter idee geweest.

'Je vraagt me dus om met je te trouwen hoewel ik weet dat je niet van me houdt. En ik moet opdraaien voor het kind dat je draagt. Daar ben ik goed genoeg voor!'

De tranen schoten me in de ogen. Ik wilde ze tegenhouden, maar dat lukte niet. Ze stroomden over mijn wangen. 'Het spijt me,' zei ik en ik wendde me eveneens af. 'Ik zag geen andere uitweg. En ik wilde je geen leugens vertellen. Als je het niet wilt, is dat in orde. Maar zeg alsjeblieft niets tegen je moeder.'

Daarop begon ik weg te lopen. August sliep vast nog niet, en...

Ineens werd ik duizelig. Het ene moment hoorde ik mezelf nog snikken, het volgende moment begon de wereld om me heen te draaien, zo snel dat ik niet overeind kon blijven. Het vochtige gras kwam in een mum van tijd dichterbij en even later viel ik erop neer. Ik kreeg geen lucht meer, maar ik voelde geen pijn en ook geen angst. Een witte sluier verscheen voor mijn ogen, en daarin verdween de wereld.

55

‘De reis is wat te veel voor haar geweest,’ hoorde ik Lennard als door watten heen zeggen. Nog steeds kon ik niet goed zien, maar ik voelde druk bij mijn ribben en onder mijn dijen. Even later besefte ik dat ik gedragen werd. Ik deed mijn ogen open, maar ik zag wazig, een vage mengeling van zwart en wit.

‘Ik zal de dokter laten komen,’ klonk Anna’s stem, maar Lennard verzocht zijn moeder daar nog even mee te wachten. Vervolgens hoorde ik voetstappen en werd ik verder gedragen.

Toen hij me ten slotte een kamer had binnengebracht en me op een bed had gelegd, werd mijn blik weer helder. Ik zag een roze bedhemel en meteen daarna Lennards bezorgde gezicht boven me.

‘Agneta?’ vroeg hij terwijl hij op mijn wangen tikte. ‘Hoor je me?’

Ik wilde ‘ja’ zeggen, maar er kwam alleen onduidelijk gekras uit mijn mond. Even later ging de kamerdeur open. Ik kon haar niet zien, maar ik wist dat het Anna was.

‘Hoe gaat het met haar?’

‘Ze komt langzaam bij,’ antwoordde Lennard en hij streelde me over mijn haar.

Het duurde even voor ik me realiseerde wat er gebeurd was. Toen wist ik ook weer dat ik opgebiecht had dat ik zwanger was. En dat hij heel kwaad was geworden.

‘Misschien moet Frieda thee voor haar maken.’

‘Ik denk dat ze eerder bouillon nodig heeft. En vooral slaap.’

Weer sloeg de deur dicht. Anna was weg.

Lennard aaide over mijn voorhoofd. 'Agneta,' zei hij zachtjes. 'Hoor je mij?'

Ik knikte. Nu zag ik zijn gezicht helder en ik voelde het bloed door mijn ledematen stromen. Lennard leek niet boos meer. Hij zag er eerder bezorgd uit.

'Vergeef me alsjeblieft dat ik zo'n toestand veroorzaak,' zei ik en ik wilde overeind komen, maar Lennard duwde me zachtjes terug op het kussen.

'Jij blijft liggen,' gebood hij. 'Je hebt rust nodig, ik elk geval een paar uur. Het is allemaal te veel voor je geweest.'

Daar had hij gelijk in. En ik was te moe om nog met hem te praten. Ik had het gevoel dat ik met de deken versmolt.

Hij streelde me over mijn voorhoofd, toen zei hij zachtjes: 'Vergeef me alsjeblieft dat ik zo reageerde. Ik had niet zo willen uitbarsten.'

'Daar had je alle reden toe,' zei ik. 'Het is al goed, ik zal niet blijven aandringen.'

'Tss...' deed hij. 'Daar hebben we het later nog wel over, als het weer beter met je gaat. Ga nu maar een beetje slapen, en zodra je wakker bent, moet je iets eten.'

Toen hij opstond, pakte ik zijn arm vast. 'Lennard,' zei ik. 'Het spijt me.'

'Later,' antwoordde hij en hij streelde me nog een keer over mijn haar. Toen verdween hij.

Ik sliep diep en droomloos, alsof ik weer bewusteloos was. Toen ik ontwaakte, wist ik in eerste instantie niet waar ik was. Pas na enkele seconden besefte ik dat ik op landgoed Ekberg was, in de logeerkamer waar ik altijd verbleef.

Ik ging overeind zitten. Ik had de kleren nog aan die ik bij mijn aankomst had gedragen. En ik wist ook weer waarom ik hiernaartoe gegaan was en hoe Lennards reactie was geweest. Zou hij intussen zijn moeder in vertrouwen hebben genomen? Hij was nooit een klikspaan geweest, maar toen waren we nog kinderen en ging het niet om zulke zwaarwegende dingen als huwelijken of zwangerschappen.

Toen ik er zeker van was dat mijn benen me konden dragen, stond ik op. Ik kleedde me uit en liep naar de waskom die naast de kaptafel stond.

Het slapen had me goedgedaan, ik zag er niet meer zo nerveus uit. Maar de schaduwen onder mijn ogen zaten er nog. Wellicht zouden die ook nooit meer helemaal verdwijnen.

Toen ik me had gewassen, trok ik een japon aan. Gelukkig had ik reservekleding naar Stockholm meegenomen. Het was een heel eenvoudige japon, want ik had in de stad niet willen opvallen. Hij viel licht en soepel om mijn lichaam. Eigenlijk was hij aan de dunne kant voor het huis en het jaargetijde. Nog eenmaal bekeek ik mezelf in de spiegel. Het was tijd om me te vertonen. Ik wilde niet wachten tot Lennard of zijn moeder naar me toe kwam.

Ik moest de zaak regelen. Lennard nog een keer om hulp vragen wilde ik niet. De enige dienst die hij me nu nog kon bewijzen was zwijgen. Ik zou ergens anders hulp gaan zoeken. Er zou zich wel een of andere oplossing voordoen. Ik ging naar beneden, naar de eetkamer, want ik wist dat Lennard en zijn moeder rond die tijd daar zouden zijn.

Toen ik binnenkwam, zag ik ze aan de tafel zitten. Ze waren al aan het avondeten begonnen. Mijn maag draaide om toen mijn neus vleeslucht opsnoof. Ik voelde dat het door het kind kwam. Het leek niet van vlees te houden. Het was de eerste keer dat me dat opviel.

'Ah, daar ben je,' zei Lennard. Hij legde zijn servet neer en kwam naar me toe. 'Hoe gaat het met je? We wilden je niet wakker maken en zijn alvast begonnen met eten. Hilda?'

Het dienstmeisje kwam aangesneld. 'Haal alsjeblieft wat soep voor onze gast.'

Lennard bracht me naar mijn plaats, alsof hij zeker wilde weten dat ik niet weer door mijn benen zou zakken. Ik ging zitten en keek naar Anna, die ik sinds die ochtend niet meer had gezien.

'Gaat het beter met je?' vroeg ze bezorgd.

'Ja, dank u. Het was allemaal wat veel.'

Ik merkte dat Lennard zijn mond opendeed en me waarschuwend aankeek.

'Ik neem aan dat Agneta overweldigd was doordat ik haar een aanzoek deed,' zei hij vlug.

Die woorden troffen me als een zweepslag. Een aanzoek? Maar hij had mijn voorstel toch afgewezen! Ik verstarde op slag van schrik. Het liefst had ik hem tegengesproken, maar een stemmetje vanbinnen ried me aan niets te zeggen, me stil te houden en af te wachten. Anna trok haar keurig geëpileerde wenkbrauwen op.

'Heb je...' Ze stokte. Blijkbaar merkte ze dat er iets niet klopte. Ik was in alle vroegte gekomen om hem te spreken, en vervolgens beweerde hij dat hij me een aanzoek had gedaan?

Ik keek hem aan. Lennard glimlachte in zichzelf, hij wekte een heel andere indruk dan een paar uur geleden.

Een onbehaaglijk gevoel bekroop me. Wat had die glimlach te betekenen? Triomfantelijkheid omdat hij me nu eindelijk kreeg? Of nam hij wraak omdat ik aan iemand anders de voorkeur had gegeven? Omdat ik zelfs zover was gegaan om met hem te slapen?

'Ja, ik heb haar een aanzoek gedaan,' zei hij. 'Ik wilde het niet vertellen terwijl Agneta er niet bij was. Maar het is zo. Het leek me juist, nu...'

Hij keek naar mij. Ik verstijfde weer helemaal en had het gevoel dat er elk moment een onweersbui kon losbarsten. De bliksem was al ingeslagen, alleen de donder moest nog komen.

'U weet toch dat we een poosje alleen zijn geweest toen Agneta en haar moeder hier op bezoek waren,' begon hij, en hij zette een gegeneerd gezicht.

'Ja?' vroeg zijn moeder gealarmeerd.

'Nou ja, we zijn toen door hartstocht overmand en we hebben... Nou ja, in elk geval is Agneta naar me toe gekomen om te vertellen dat ze in verwachting is. Daarop heb ik mijn aanzoek opnieuw gedaan. En ze heeft gelukkig ja gezegd.'

Er liep een ijzige rilling over mijn rug toen hij dat zei. Ik was volkomen overrompeld door zijn initiatief. Bovendien keken zijn moeder en hij me aan alsof ze een bevestiging van mij verwachtten. Die moest ik hun geven.

'Ja, dat is zo,' antwoordde ik en ik keek Lennard aan. Zijn gezicht stond nog steeds vriendelijk. Maar ik kon mezelf nauwelijks in bedwang houden.

Anna leek niets te merken. Ze hapte naar lucht en sloeg haar hand voor haar mond. Wat zou er nu komen? Was ze ontsteld over ons onzedelijke gedrag? Het volgende moment schoot ze overeind. Ze kwam naar me toe, en voor ik het wist had ze haar armen om me heen geslagen.

'Maar dat is geweldig!' zei ze met een snik die haar lichaam deed beven. 'Eindelijk word je deel van onze familie!'

Aarzelend beantwoordde ik haar omhelzing. Die hartelijke reactie had ik niet verwacht. Ik keek over Anna's schouder naar Lennard, die me kritisch opnam. Het flitsen in zijn ogen, dat hij aan zijn moeder niet had getoond, verontrustte me. Maar zodra Anna zich van me had losgemaakt en zich naar haar zoon had gewend, verdween het, alsof iemand een kaars had uitgeblazen. Hij straalde weer. Ik had nooit gedacht dat er zo'n goede acteur in hem school.

De rest van de avond maakten we plannen voor de bruiloft en Anna barstte meermalen in tranen uit van geluk. Ze vertelde van haar huwelijk met Gustav en wilde me haar sluier aanbieden, die ze, net als haar trouwjapon, had bewaard.

Ik voelde me miserabel en vroeg me af wat Lennard tot dit toneelspel had bewogen. Ik had gehoopt dat hij me zou helpen, maar na de scène die hij had gemaakt, had ik het niet meer verwacht. Steeds weer keek ik naar hem in de hoop een aanwijzing te vinden, maar hij liet niets merken. En om geen argwaan bij Anna te wekken glimlachte ik en speelde de gelukkige verloofde, maar het liefst was ik hard weggelopen. Ten slotte werd het tijd om naar bed te gaan.

Lennard bracht me naar mijn kamer. Naarmate we ons verder van de salon verwijderden, werd hij koeler en meer gespannen. Ik voelde dat er nog iets zou komen, maar ik moest hem bedanken omdat hij me had gered.

'Heb je even?' vroeg ik toen we bij mijn kamer kwamen. 'Ik wil graag met je praten.'

'Goed,' zei hij stijf en hij ging mee naar binnen. Ik deed de deur achter hem dicht, want ik wilde niet dat iemand iets hoorde.

'Ik wil je graag bedanken. Het is heel veel wat je voor me doet, en ik weet niet hoe ik je dat ooit zal kunnen vergelden.'

'Ik heb je toch beloofd dat ik je in geval van nood zou bijstaan,' antwoordde hij kil.

'Ja, maar toch... Je was zo kwaad, en dat kan ik je niet kwalijk nemen.' Ik begon onrustig mijn handen samen te wrijven, want ik merkte dat hij ondanks zijn uiterlijke zelfbeheersing inwendig kookte.

'Ik ben nog steeds kwaad. Maar dat doet er nu niet meer toe,' antwoordde Lennard. 'Je moet je moeder hetzelfde verhaal vertellen, zodat ik niet als leugenaar te boek kom te staan.'

'Uiteraard,' zei ik. 'Wat zijn je voorwaarden? Onder deze omstandigheden kan ik niet verwachten dat je het belangeloos doet. Moet ik hier komen wonen? Of de Leeuwenhof op jouw naam zetten?'

Lennard keek me aan alsof ik hem een draai om zijn oren had gegeven. Zijn ogen vernauwden zich. 'Ik wil jouw hoeve niet. Voor mijn part kun je een huwelijksverdrag sluiten, of wat je ook maar met je vriendinnen bekokstooft. Het enige wat ik altijd wilde, was jou! Gezien wat je me verteld hebt, kan ik niet echt blij zijn dat je nu mijn vrouw wordt. Dat word je niet omdat je van me houdt, maar omdat ik je help als vriend. Zoals we elkaar in onze kindertijd hebben beloofd.'

'En hoe wil je me straffen?' vroeg ik koppig.

'Ik ga je niet straffen,' antwoordde hij. 'Dat recht heb ik niet. Maar je moet niet van me verwachten dat ik aan alle aspecten van de huwelijkse plicht zal voldoen. Ik zal voor je zorgen, maar voor het overige mijn eigen gang gaan. En als ik een vrouw vind die van me houdt, behoud ik me het recht voor een relatie met haar aan te gaan. Dat zul je moeten accepteren, net zoals ik accepteer dat jij zwanger bent geworden van een rokkenjager.'

Zijn woorden kletterden als harde regendruppels op me neer. Ik was de tranen nabij, maar wist dat huilen niets zou uitmaken.

Dus onderdrukte ik ze. Hij had gelijk, ik had het verdiend. Weer moest ik aan Susanna denken. Aan de leegte die ze voelde omdat haar man geen echte echtgenoot was. Ook zij had de man van wie ze hield verloren. Maar had ze daarom straf verdiend? Nee. Ik daarentegen had me verachtelijk gedragen. Toch kon ik me gelukkig prijzen. De Leeuwenhof zou mijn eigendom blijven. Ik zou mijn leven voortzetten en ook nog eens een kind hebben.

Alleen zou de kans om te trouwen met een man die echt van me hield, eeuwig verkeken zijn. En als Max terugkwam, zou ik hem weg moeten sturen.

'Akkoord. Als je dat wilt,' zei ik ten slotte.

Lennard knikte. 'En nog iets: ik wil nooit meer iets over die vent horen, begrepen? We praten niet over hem, en als hij ooit het lef zou hebben zich op jouw hoeve te vertonen, dan zal ik hem eruit laten gooien. Hij komt nooit meer bij je in de buurt, hoor je?'

Ik kromp in elkaar en wilde al zeggen dat ik kon praten met wie ik wilde. Maar ik voelde zijn woede bijna lichamelijk en had niet de kracht me tegen hem te verzetten. 'Hij komt niet terug,' zei ik. 'En zo wel, dan praat ik niet met hem.'

'Goed. Ga nu maar slapen. Je hebt een lange reis voor de boeg. En je moet je moeder de blijde boodschap brengen.' Lennard keek me nog eens duister aan, toen draaide hij zich om. 'Welterusten!'

'Welterusten,' echode ik zwakjes terwijl de deur dichtviel.

Ik zakte neer op het bed. De duisternis achter de ramen leek ineens drukkend. Misschien kwam het doordat de oplossing zich zo plotseling had voorgedaan. Of lag het aan het feit dat ik nog steeds niet kon geloven dat Lennard me had gered. Misschien was ook zijn mededeling er schuldig aan dat ik niet opgelucht was. Ik had zelf tegen hem gezegd dat hij een vrouw moest zoeken van wie hij kon houden. Waarom kwetste zijn voorwaarde me nu toch zo? Ik rilde. Misschien was het echt beter om te gaan slapen en te zien wat de nieuwe dag zou brengen.

56

Ik wist niet dat ik acteertalent had, maar de volgende ochtend speelden we voor Anna het verliefde stelletje, en ze leek onze vertoning volledig te accepteren. Voor ik vertrok, verzekerde ze me opnieuw dat ze zo blij was dat ik nu eindelijk deel uitmaakte van de familie. Lennard gaf me een hartstochtelijke kus en het kostte me grote moeite die te beantwoorden.

Toen August de koets het voorplein van landgoed Ekberg af stuurde, stonden Anna en Lennard allebei op de trap naar me te zwaaien. Ik zwaaide terug, maar was blij toen de koets het bos in reed en ik uit hun gezichtsveld verdween.

De nacht had geen verlichting gebracht. Ik was me volledig van mijn situatie bewust geworden en ook van het feit dat ik me aan Lennard en de Ekbergs had overgeleverd. En dan stond het gesprek met mijn moeder me nog te wachten. Mijn moeder, die zich beslist zorgen had gemaakt omdat ik niet volgens plan naar huis was gekomen.

Toen de koets laat in de middag door de poort van de Leeuwenhof reed, had de angst me stevig in zijn greep. Hoe zou moeder het opnemen dat ik met Lennard wilde trouwen? Als de hele zaak niet zo'n kwalijke bijsmaak had gehad, zou het eigenlijk reden tot vreugde zijn geweest. Ineens leek het landhuis een kruitvat dat bij het kleinste vonkje de lucht in kon vliegen. Natuurlijk, over mijn huwelijksplannen zou moeder zich verheugen. Maar ze zou de reden van mijn ommekeer willen weten. Moest ik haar vertellen waarom ik met Lennard ging trouwen? Zelfs als het verder niemand zou opvallen, zou ze, als mijn kind zo vlak na de bruiloft ter wereld kwam, vermoeden dat er iets niet helemaal klopte.

Op de rotonde hield August halt en hielp me uit de koets. Ik voelde me een beetje zoals destijds toen ik na de brand was aangekomen, alleen was nu de vrees die ik voelde van andere aard. Ditmaal zou ik moeder voor voldongen feiten stellen in plaats van andersom.

Ik liep de deur door en bracht mijn tas naar boven. Dat had ik ook Lena kunnen laten doen, maar op dat moment stond mijn hoofd er niet naar met iemand te praten. Ik had hem nog niet naast mijn bed neergezet of mijn moeder verscheen in de deuropening.

'Waar ben je geweest?' vroeg ze streng. Toen wist ik dat ik met haar moest praten, of mijn hoofd ernaar stond of niet.

'Dat weet u toch,' antwoordde ik. 'In Stockholm.'

'Ja, dat weet ik. Maar waar? En waarom moest je zo halsoverkop vertrekken?'

Ik had weliswaar afscheid van haar genomen, maar haar geen tijd gelaten een verklaring van me te verlangen.

'Ik ben bij Marit op bezoek geweest, zei ik. Dat ik ook bij Susanna was geweest liet ik achterwege.

'Marit, die vrouw die een jaar geleden hier was?'

Ik knikte.

'Waarom heb je dan tegen iedereen gezegd dat het om een zakenreis ging?'

'Ik heb alleen maar tegen Bruns gezegd dat ik voor zaken op reis ging. Dat is alles. U zegt toch ook altijd dat er dingen zijn die de bedienden niets aangaan.'

Moeder snoof. Ik voelde dat haar geduld zo langzamerhand opraakte.

'Heeft het soms met de beheerder te maken?' vroeg ze door. 'Heb je in Stockholm naar hem gezocht?'

Ik schudde mijn hoofd. 'Nee, moeder, dat heb ik niet gedaan. Ik had Marits raad nodig. En die heeft ze me gegeven.'

'Wat voor raad kon je vriendin je geven en je moeder niet?' Ze keek me kritisch aan. 'Sinds die kerel weg is, ben je veranderd. Wat is er met je aan de hand? Had je een oogje op hem? Was je verliefd op hem?'

'Nee,' loog ik en ik sloeg mijn ogen neer. Op dat moment kon ik haar niet aankijken. 'Maar ik moet bekennen dat ik diepgaande vriendschappelijke gevoelens voor hem koesterde. Maar dat is voorbij, want...'

'Wat?' snauwde mijn moeder. Ze werd bleek.

'Ik ben zwanger.'

Het was eruit. Maar ik voelde geen opluchting. Nu begon de leugen pas echt.

De ogen van mijn moeder werden langzaam groot, toen ging haar mond open. Maar ze kon niets uitbrengen. Een hele tijd keken we elkaar aan, en ik vroeg me af wanneer ze eindelijk haar stem zou terugkrijgen. In plaats van iets te zeggen, zakte Stella neer op de rand van het bed. Toen tuurde ze naar het tapijt, alsof daar geschreven stond dat het allemaal maar een slechte grap of een droom was.

'Toen we op landgoed Ekberg waren, ben ik een poosje met Lennard alleen geweest. Ik weet het ook niet, maar op de een of andere manier is het ons overkomen en hebben we...' Ik wilde het niet uitspreken. Niet omdat ik geremd was, maar omdat het niet waar was. 'Toen ik merkte dat er iets niet klopte, ben ik naar dokter Bengtsen gegaan. Die bevestigde mijn vermoeden. Omdat ik niet wist wat ik moest doen, ben ik naar Marit gegaan.'

'Waarom ben je niet naar mij toe gekomen?' vroeg Stella kil. 'Ik ben je moeder. Waarom heb je mij niet om raad gevraagd?'

Omdat ik niet wist hoe Lennard zou reageren. Omdat ik niet wist wat ik met het kind aan moest. En omdat ik niet had vermoed hoe goed Lennard was in het verzinnen van verhalen.

'Ik wist niet hoe u zou reageren. Ik wilde een oplossing, en die kon alleen Marit me geven. In het gesprek met haar ben ik tot de conclusie gekomen dat het het beste was om met Lennard te trouwen. Dus ben ik meteen naar hem toe gegaan.'

Toen ik klaar was, trilde ik over mijn hele lichaam.

Moeder zei nog steeds niets. Ze staarde naar het tapijt alsof ze het patroon voor eeuwig in haar geheugen wilde branden. Toen keek ze me aan. 'Ik kan niet beweren dat het me plezier doet dat je je voor het huwelijk met een man hebt ingelaten. Maar je hebt de juiste beslissing genomen, en dat waardeer ik zeer.'

Was dat alles wat ze te zeggen had? Ik was in verwachting van haar kleinkind!

Voelde ze misschien aan dat het allemaal gelogen was? Had ze gemerkt dat ik stiekem naar Max was gegaan en dat ik om hem treurde?

'Ik neem aan dat je al met Anna hebt gepraat?' Haar toon was nog steeds hetzelfde.

'Moeder... Het spijt me dat ik je niet in vertrouwen heb genomen,' zei ik, haar vraag negerend.

'Dat is het niet,' was haar reactie. 'Ik ben alleen verrast dat je zo ineens je passie voor Lennard hebt ontdekt. Destijds heb je je er toch heftig tegen verzet om met hem te trouwen.'

'Destijds,' echode ik. 'Toen was alles anders. Maar nu verwacht ik een kind. Uw kleinkind! Ik dacht dat u blij zou zijn.'

'Ik ben blij dat je na een onverstandige beslissing een verstandige hebt genomen,' zei ze. 'We zullen haast moeten maken. Over een paar maanden is je toestand niet meer te verbergen. Ik zal de naaister laten weten dat ze stof voor een bruidsjapon moet kopen. Jullie moeten binnen twee maanden trouwen, en wat er daarna gebeurt gaat niemand nog iets aan.'

Met die woorden stond ze op en liep ze de deur uit.

Ik voelde me miserabel en doodmoe. Ik had gehoopt dat de leugen alles makkelijker zou maken, maar dat was een vergissing. Stella kon ik niets wijsmaken. Dankzij mijn besluit naar Lennard te gaan en dankzij het feit dat hij zo genereus met mijn voorstel had ingestemd was ik voor publieke schande behoed. Maar voor mijn moeder was duidelijk dat ze zich terecht zorgen had gemaakt om haar dochter.

Bij die gedachte sprongen de tranen in mijn ogen. Maar even later balde ik woedend mijn vuisten en sloeg ik op de deken. Waarom probeerde ik nog steeds mijn moeders liefde te verwerven? Misschien moest ik het opgeven en er niet meer om malen wat ze dacht. Ik had het hier in huis voor het zeggen! Ik ging met een vooraanstaande man van adel en vriend van de familie trouwen. Mettertijd zou de argwaan slijten. En ik zou mijn leven leiden en voor de hoeve zorgen. Iets anders kon ik niet meer verwachten.

57

De volgende weken stonden in het teken van haast. Het goede nieuws dat de vrouwe van de Leeuwenhof ging trouwen, werd in elk geval in het huis overschaduwd door het kleine schandaal dat ze al zwanger was. Gelukkig geloofde iedereen, behalve waarschijnlijk mijn moeder, dat Lennard de vader was.

'Die jongelui van tegenwoordig,' zou mevrouw Bloomquist hebben gezegd toen ze van het huwelijk en de korte termijn ervoor hoorde. Lena had het me giechelend verteld. 'Ze kunnen niet wachten tot ze getrouwd zijn. Maar in elk geval heeft onze meesteres voor de juiste man gekozen.'

'We zijn zo blij voor u,' had Lena er met rode wangen aan toegevoegd. 'Het zal fijn zijn een kind in huis te horen kraaien.'

Ik probeerde niets te laten merken, maar vanbinnen voelde ik me verscheurd. Iedereen was blij, maar waarom was ik zelf niet gelukkig? Mijn goede naam was gered, ik kreeg een kind en de gemeenschap zou niet langer haar neus ophalen voor de bazin van de Leeuwenhof die haar zaken zonder echtgenoot wilde regelen. Maar ik had het gevoel dat ik mezelf had verraden. En dan was mijn moeder er ook nog. Ik merkte dat ze af en toe wantrouwend naar me keek. Zou ze iets vermoeden?

Ze zei echter niets. Afgezien van het regelen van de bruiloft spraken we elkaar nauwelijks. Ik deed mijn werk voor de hoeve, hield de boekhouding bij, verkocht paarden en bepaalde welke merries gedekt moesten worden. Ik was bij de geboorte van de veulens, gaf ze namen, bestelde voedervoorraden voor de komende maanden. Zoals altijd. Met het verschil dat ik achtervolgd werd door angst. Angst dat het bedrog uitkwam. Angst dat Lennard zich zou bedenken. Angst dat Max terugkwam.

Ja, inmiddels vreesde ik zijn terugkeer. Terwijl ik eerst nog elke ochtend vol verlangen langs ons paadje was gelopen, bleef ik nu binnen. Enerzijds omdat ik vaak kotsmisselijk was, anderzijds omdat ik de herinnering aan hem wilde verdringen.

Toen uiteindelijk de naaister kwam om de maat voor de bruidsjapon te nemen, begreep ik dat het serieus werd. Natuurlijk kon ik nog voor het altaar weglopen, maar waarheen? Naar Duitsland? Dat was geen optie. En ook bij Marit had ik niets te zoeken. Die was bezig haar eigen geluk te vinden. Daar kon ze een vriendin die in de problemen zat niet bij gebruiken. Dus onderging ik het maat nemen gelaten. Daarbij was ik bang dat de naaister zou zien waarom ze zo vlug een bruidsjapon moest maken. Maar dat was natuurlijk onzin. Mijn buik was nog steeds plat.

Soms vroeg ik me af in welke nacht het kind was verwekt, maar die gedachte schoof ik dan meteen weer opzij. Ik had er alleen maar last van. Het was beter om Max te vergeten. Niet meer naar hem te verlangen of naar een verklaring te zoeken. En toch moest ik steeds weer aan hem denken. Ik vroeg me af of zijn vader de brief had ontvangen. Waarom beantwoordde hij hem niet? Had Max het hem verboden? Wist de oude Von Bredestein niet waar zijn zoon was? Of kon het hem niet schelen? Of had de oorlog zijn antwoord opgeslokt? Soms zat ik daar uren over te piekeren.

Nieuwe commotie stond ons te wachten: het koningshuis deelde mee dat de kroonprins en zijn vrouw niet naar de bruiloft kwamen, omdat ze rond die tijd een reis naar Noorwegen zouden maken.

Mijn moeder was daar erg bedroefd om. 'Blijkbaar zit de brand hun nog altijd dwars,' zei ze.

Ik schudde mijn hoofd. 'Praat uzelf niets aan, moeder. De brand is opgehelderd en vergeten. Maar je kan niet van het koningshuis verwachten dat ze een lang geleden geregelde reis verschuiven voor een bruiloft.'

'Een bruiloft van een huis waarmee ze bevriend zijn!' wierp

mijn moeder tegen en ze zuchtte. 'Misschien hebben we het voorgoed bij hen verkorven.'

'Weet je niet meer hoe gelukkig de kroonprinses afgelopen zomer bij ons was? Hoe de kinderen op de rug van de paarden zaten te juichen? Ik denk niet dat we in ongenade zijn gevallen. Er is oorlog en het koningshuis heeft de plicht zich te vertonen en buurlanden te steunen. Met inbegrip van Gustaaf Adolf en Margaret.'

Ik dacht terug aan afgelopen zomer. Indertijd vond ik al dat het moeilijke tijden waren, maar het was niets vergeleken bij de tijden die we nu moesten doorstaan. Het kroonprinselijk paar was sinds het uitbreken van de oorlog veel op reis, naar Denemarken, Finland en nu naar Noorwegen. De koningshuizen en de regeringen daar waren ongerust en vreesden dat de oorlog via Zweden ook naar hen zou komen. Maar koning Gustaaf bleef standvastig en verbood inmenging in de oorlog, die zich inmiddels over Frankrijk en Vlaanderen uitstrekte. Daar waren een paar kranten kritisch over en ze disten smakeloze verhalen over hem op. Maar ik vertrouwde op zijn standvastigheid. Oorlog zou Zweden alleen maar ellende brengen. Veel vrouwen zouden dan hun kinderen zonder man ter wereld moeten brengen.

'Je zult zien, bij de doop van het kind zijn ze er,' zei ik. 'Tot dan hebben ze genoeg tijd om de reis naar ons in hun plannen op te nemen.'

Mijn moeder wierp me een duistere blik toe. 'Het zou beter zijn geweest als ik voor jouw bruiloft ook meer tijd had gehad. Wat had je dan gedacht!'

Bij die woorden verstarde ik, want ik wist niet wat ze echt betekenden. Bekritiseerde ze dat ik met Lennard had geslapen, of bekritiseerde ze mijn verhouding met Max? Na het gesprek in mijn kamer had ze het niet meer over hem gehad. Maar ik had steeds het gevoel dat Stella hem ervan verdacht mij zwanger te hebben gemaakt. Of was dat alleen maar mijn slechte geweten?

'Wat gebeurd is, is gebeurd,' zei ik. 'Dat kan ik niet terugdraaien. Maar ik ga trouwen, dat is toch het belangrijkste, nietwaar?'

Het leek of Stella me wilde tegenspreken, maar toen klemde ze haar lippen op elkaar en ging verder met de voorbereidingen.

58

Een maand later, op een ongewoon warme, zonnige ochtend halverwege november, trilde het huis van opwinding. De dienstmeisjes stonden overal te giechelen en smiespelen, sommige vroegen zich af wie het bruidsboeket zou vangen. Lennard was de afgelopen weken vaak gekomen en had meerdere malen alleen met mijn moeder gepraat. Maar zelfs Stella kon niet door hem heen kijken. Hij speelde de overgelukkige vader en echtgenoot in spe en leek nergens aan te twijfelen.

Alleen als we alleen waren merkte ik dat achter die zorgvuldig bewaarde façade woede broeide. Vroeger mocht hij van me hebben gehouden, maar dat leek nu niet meer het geval te zijn. Hij speelde zijn rol, hij hield zich aan zijn belofte, maar hij maakte me ook duidelijk dat ik niet méér van hem kon verwachten. En nu mijn aanvankelijke koppigheid verdwenen was, zag ik in dat het zo het beste was.

Nu hing de bruidsjapon op de paspop voor me. Hij was prachtig, misschien een beetje ouderwets, maar de naaister had geprobeerd hem aan de nieuwe snit uit Stockholm aan te passen. Witte kant en crèmekleurige zijde harmonieerden wonderbaarlijk met elkaar, op de ceintuur waren kleine roze rozen aangebracht. De mouwen waren lang en vielen een beetje klokkend, de rok was wijd genoeg om er een crinoline onder te dragen, wat ik echter niet zou doen. De sluier was aan een dunne diadeem bevestigd. Hij was ruim twee meter lang en omzoomd met kostbaar kant.

Er waren misschien bruiden die voor de bruiloft hun bruidsjapon meermalen aanpasten, omdat ze niet konden wachten om hem aan de bruidegom te laten zien. Maar de onrust die ik voelde was niet de opwinding voor de ceremonie. Het was bezorgdheid om de toekomst. Om wat er van me zou worden en wat er al van me geworden was. De studente die zich met een tekendoos onder haar arm naar de Koninklijke Kunstacademie had gehaast, kon ik me nauwelijks nog herinneren. Alles voelde zo zwaar aan, en ik voelde me minstens veertig jaar ouder. Een grootmoeder die in een bruidsjapon werd gestoken.

Lena's klopje op de deur haalde me uit mijn zwaarmoedige gedachten. Ze kwam me aankleden. Waarschijnlijk was Linda bij haar, hoewel ik haar op dat moment net zo slecht kon velen als mijn moeder. Stella moest iets tegen haar hebben gezegd, want sinds mijn huwelijksplannen bekend waren geworden, bekeek ze me bijna minachtend. Natuurlijk zei ze niets, dat durfde ze niet, maar toch was haar afkeuring voelbaar. De vrouw des huizes was in haar ogen vast een onnadenkend sletje dat voor het huwelijk zwanger was geworden. En wie weet welke geheimen mijn moeder nog meer met haar had gedeeld.

Nu was het moment aangebroken dat ik moest doen alsof ik vreselijk blij was.

'Binnen!' riep ik met de vrolijkste stem die ik wist op te zetten. En inderdaad kwam Linda mijn kamer in, met Lena op sleeptouw, die een grote houten koffer voor zich uit droeg.

'Goedemorgen, juffrouw Agneta,' zeiden ze in koor en ik beantwoordde hun groet zo blij mogelijk.

'Zijn de bruidsmeisjes al wakker?' informeerde ik, want een van hen was Marit. Ze was de vorige dag met de avondtrein gekomen en was volkomen uitgeput geweest. Graag had ik nog wat met haar gekletst, maar dat was niet mogelijk geweest, want de andere bruidsmeisjes hadden me volledig in beslag genomen. Dat waren dochters uit andere huizen die mijn moeder had uitgekozen. Ze zaten allemaal op een bruidegom te wachten. De jongste was net zeventien.

'Je kunt nergens makkelijker een huwelijkspartner vinden dan op een bruiloft,' had mijn moeder opgemerkt. Wat zij met de meisjes in de salon had besproken, wist ik niet. Maar het was mogelijk dat ze hun had verteld hoe ze zich moesten gedragen en daarbij ook had gezegd dat je niet meteen met je uitverkorene het bed in moest duiken.

'Ik heb Marie gestuurd om haar te wekken,' zei Lena, 'maar juffrouw Andersson was al wakker.'

Dat paste bij Marit. Die stond altijd vroeg op.

'Als wij hier klaar zijn, wil ik haar graag onder vier ogen spreken. Ik hoop dat er geen problemen zijn met haar japon.'

'Ik neem aan dat dat niet het geval is,' antwoordde Linda stijfjes.

Als enige van de bruidsmeisjes was Marit niet van adel, bovendien was ze met halflang haar verschenen, wat voor Linda een schandaal moest betekenen. Maar ze was nu eenmaal mijn vriendin, de andere meisjes konden me gestolen worden.

Nu gingen Lena en Linda aan het werk. Ik werd in mijn korset gesnoerd, een van de weinige keren dat ik dat toeliet. Nadat ze me in mijn bruidsjapon hadden geholpen, kreeg ik een groot laken over mijn schouders en begon Linda me op te maken. Ik sloeg mijn metamorfose gade in de spiegel. Ik had geen idee hoe ze het voor elkaar kreeg, maar onder haar handen verdwenen de kringen onder mijn ogen en bloeiden mijn lippen en wangen op in een zachte tint roze. Een nog groter wonder verrichtte ze met mijn haar. Mijn wilde krullen toverde ze om in een kunstig opgestoken kapsel, waarop ze de diadeem bevestigde.

'De sluier maken we er pas vlak voor u naar de kerk gaat aan vast,' zei ze terwijl ze met vaardige vingers een paar losse krullen vormde en die fraai schikte. In de spiegel zag ik dat Lena vol verbazing naar mijn moeders kamenierster keek. Op een dag zou ze beslist net zo goed mijn haar kunnen opsteken. Tot die tijd zou ik op Linda moeten terugvallen.

'Bedankt, Linda, je hebt jezelf overtroffen,' zei ik terwijl ik keurend mijn hoofd draaide om mijn kapsel van verschillende kanten te kunnen bekijken.

'Dank u, mejuffrouw,' zei ze gevleid. 'Mag ik u een goede raad geven?'

'Ja, graag,' antwoordde ik.

'U kunt het best vanaf nu in uw kamer blijven. Het brengt ongeluk als de bruidegom u zo ziet voor het huwelijk voltrokken wordt.'

Er was geen enkele kans dat Lennard me voor de plechtigheid zou zien, want hij zou met zijn moeder rechtstreeks naar de kerk in Kristanstad komen. Dat zou Linda eigenlijk moeten weten. Bovendien, wat voor onheil zou mij nog kunnen treffen? Het was toch al geen huwelijk dat ik had gewild. En als Lennard het dreigement waarmaakte dat hij vlak na zijn 'aanzoek' had geuit, zou ik hem misschien niet eens vaak genoeg zien om me getrouwd te voelen.

'Dank je, Linda, dat zal ik ter harte nemen,' zei ik desondanks en ik voegde eraan toe: 'Wil je juffrouw Anderson naar me toe sturen? Dan duurt het wachten niet zo lang.'

Linda boog gedienstig haar hoofd en verliet de kamer. Lena bleef nog om een beetje op te ruimen.

Weer bekeek ik mezelf in de spiegel. Het was allemaal vlekkeloos en ik moest toegeven dat ik mezelf met dat kapsel en die japon mooi vond. Ik zag eruit als een sprookjesprinses die zo meteen door haar prins naar zijn rijk zou worden ontvoerd.

Maar dit was geen sprookje. Weldra zou ik een getrouwde vrouw zijn en daarmee alle banden met mijn kindertijd en adolescentie verbreken. Mijn droom als schilderes beroemd te worden was al na mijn terugkeer naar de Leeuwenhof ver op de achtergrond geraakt. Nu leek die me onhaalbaar. De Leeuwenhof en ik waren een geheel, dat zou niet meer veranderen.

Maar hoe zat het met mijn verlangens? Met mijn dromen? Bestond mijn leven nu echt alleen nog maar uit verplichtingen?

Toen er werd aangeklopt en Marit de kamer binnenkwam, zette ik die gedachten van me af.

'Je ziet er betoverend uit!' zei ze terwijl ze naar me toe liep. 'Ik zou je nu het liefst in mijn armen willen sluiten, maar je lijkt wel van suiker en ik wil niets beschadigen.'

Ik stond op. 'Je hoeft niet bang te zijn,' zei ik, en ik omhelsde haar. Vanuit mijn ooghoeken zag ik dat Lena zich discreet terugtrok en de kamer uit ging. 'Ik ben nog steeds van vlees en bloed, de rest is maar decorum.'

Ik trok haar mee naar mijn bed, waar we ons op neer lieten zakken. 'Had je ooit gedacht dat deze dag zou komen?' vroeg ik.

Marit schudde haar hoofd. 'Nee, in elk geval niet op deze manier.'

Ik wierp een blik op de deur en hoopte dat Lena was verdwenen voor Marit de waarheid vertelde.

Mijn vriendin merkte mijn blik op en voegde eraan toe: 'Maak je geen zorgen, ik weet dat de muren hier oren hebben. Ik zal niet in details treden, maar sta me toe op te merken dat ik wenste dat je huwelijk onder andere omstandigheden tot stand was gekomen.'

'Je hebt gelijk. Ook in die zin dat ik nu niet zou trouwen als mijn vader en mijn broer nog hadden geleefd.'

'Mogelijk was je vroeg of laat met Michael getrouwd,' zei ze.

'Ja,' antwoordde ik. 'Maar het lot beschikte anders.'

Hoe ver weg leek de dag dat ik met hem in bed had gelegen en het telegram had gekregen. Het was alsof die scène uit een ander leven stamde.

'En hoe zit het met...' Marit stokte en zette een veelbetekenend gezicht.

'Nou, daar heb ik ook aan gedacht. En om precies te zijn is hij ook de reden.' Ik zuchtte. Ik wilde niet aan hem denken, maar hij sloop telkens weer mijn gedachten binnen. Hoe kon het ook anders, zijn kind groeide in me. 'Maar dat moeten we laten rusten. Ik word nu de echtgenote van een respectabel man.'

'Een man die gedreigd heeft een minnares te nemen.'

Ik had Marit uitvoerig geschreven hoe het pact tussen Lennard en mij tot stand was gekomen. Ze was verontwaardigd geweest over die voorwaarde van Lennard, maar ik had haar laten weten dat het voor mij in orde was. Natuurlijk had ik gewild dat hij het niet zo openlijk had gezegd, maar dat had ik nu juist van hem verlangd: dat hij een vrouw zocht die ook van hem hield.

'Alles is goed zoals het is. Dankzij jou heb ik een capabele advocaat, die zich met het huwelijkscontract heeft beziggehouden. Ik zal mijn leven net zo voortzetten als vroeger. Lennard heeft erin toegestemd samen op de Leeuwenhof te gaan wonen, hij zal op zijn landgoed een beheerder aanstellen. Rest mij nog een goede moeder voor mijn kind te zijn.'

'En hoe zit het met je zelfstandigheid? Je weet dat je die verliest zodra je Lennards vrouw bent.'

Dat weet ik, maar hij zou nooit zover gaan me iets voor te schrijven. We zullen langs elkaar heen leven, dat is alles.'

'Je zegt dat alsof je het over je eigen begrafenis hebt.'

'Geen begrafenis. Maar ik heb ingezien dat verder verzet geen zin heeft. De tijd dat vrouwen echt vrij zijn om beslissingen te nemen is er nog steeds niet. Wie weet komt die ook nooit.'

'Zeg dat nou niet! Ik ben ervan overtuigd dat er een heleboel gaat veranderen. Was die onzalige oorlog nou maar eindelijk voorbij.'

Aan de oorlog had ik de afgelopen weken weinig aandacht geschonken. Ik wilde niet weten welk leger waarheen optrok. Ik wilde me niet voorstellen dat Max daar misschien was. Ik was alleen maar blij dat de koning besloten had dat Zweden zich niet aan de zijde van zijn Duitse buren zou scharen.

'Goed, laten we het afwachten. Misschien stel ik het me allemaal somberder voor dan het in feite is.'

Ik leunde tegen Marit aan en ze streelde teder mijn arm.

'Veranderingen vinden plaats wanneer je ze het minst verwacht,' zei ze. 'Net zoals het gaat met geluk. Misschien vind je het wel vlug. Misschien is er ergens een achterdeurtje. Of komt het gewoon door de voordeur. Je moet je niet laten ontmoedigen. Ik weet zeker dat je gelukkig wordt. Ook als echtgenote. En vooral als je echtgenoot je je leven laat leiden zoals jij het wil.'

'Maar ik zit in dit huwelijk gevangen als ik niet wil dat hij mijn geheim rondbazuint.'

'Misschien wil hij zelf op een gegeven moment scheiden. Maar daarmee heeft hij helemaal niet gedreigd. Hij heeft alleen gezegd dat hij een minnares zou nemen als de gelegenheid zich zou voordoen. Wat belet jou om zelf een minnaar te zoeken?'

'Daar heb ik nu echt wel genoeg van,' antwoordde ik bitter. 'Je ziet wat ervan kan komen.'

'Maar het had ook anders kunnen aflopen. Je gaat jezelf toch niet de liefde ontzeggen?'

Ik schudde mijn hoofd, voorzichtig, om Linda's werk niet te ruïneren.

'Heel goed,' zei Marit. 'Dan moesten we het maar eens over iets anders hebben. Die zelfingenomen bruidsmeisjes bijvoorbeeld, die nu al zitten te bedenken welke edelman een oogje op ze zou kunnen laten vallen.'

Ik glimlachte. 'Afgezien van de japonnen die jullie dragen, hebben jullie gelukkig niets gemeen,' zei ik en ik legde mijn arm om haar heen. Ach, kon ik haar maar hier houden, voor altijd!

59

Twee uur later verliet ik het landhuis en stapte ik in de koets. Omdat mijn vader niet meer leefde en ik ook geen mannelijke verwanten had die me naar het altaar konden leiden, nam mijn moeder de taak op zich me aan mijn toekomstige echtgenoot over te dragen.

Stella droeg een lindegroene japon met sierlijke bladranken en crèmekleurige kant. Hij was eigenlijk iets te informeel voor de kerk, maar hij stond haar prachtig. Linda had ook haar haar gedaan en het in elegante krullen dicht langs haar hoofd gelegd. Als altijd keek ze waardig en gaf ze haar gedachten niet prijs. Normaal gesproken zou een moeder haar dochter voor het huwelijk geruststellen en haar alle goeds wensen, maar Stella zweeg, zoals ze ook had gedaan toen we tussen Kristianstad en de hoeve heen en weer waren gereisd om vaders en Hendriks zaken te regelen.

Achter onze koets volgden de koetsen met de bruidsmeisjes en de gasten die de afgelopen nacht bij ons hadden gelogeerd. Lennard, zijn moeder en hun gasten zouden ons bij de kerk in Kristianstad opwachten.

Toen we op het kerkplein aankwamen, ontdekte ik heel veel mensen uit het dorp. Ze waren gekomen om ons geluk te wensen. Ik kon niet lang naar hen kijken, want mijn moeder gebood me in de koets te blijven, terwijl ze zelf uitstapte en August opdroeg de pastoor mee te delen dat de ceremonie kon beginnen.

Ik keek naar de koets waarin Marit tussen twee andere bruidsmeisjes zat. Als ik het me goed herinnerde heette het ene meisje Liv en het andere Alva. Mijn vriendin was aanzienlijk ouder dan zij en ze rolde met haar ogen toen onze blikken elkaar ontmoetten. Ik kon goed begrijpen wat ze had moeten verduren.

Toen was mijn moeder alweer bij me om de koetsdeur open te maken. Inmiddels waren de meeste gasten al in de kerk, alleen de mensen die niet uitgenodigd waren stonden nog buiten.

De bruidsmeisjes liepen de trap op, en even later stapte ik uit. Moeder hield mijn sluier nog een tijdje omhoog, tot we bij de loper kwamen die over de trap lag.

Mijn knieën werden slap. De organist speelde de bruiloftsmars en moeder bood me haar arm.

Mijn lichaam protesteerde en even dacht ik dat ik me niet kon bewegen. Mijn moeder trok me echter mee. Mijn benen gehoorzaamden mechanisch, maar ik had het gevoel dat mijn knieën het elk moment konden begeven.

De gelukkigste dag in het leven van een vrouw... Wat zou ik mijn kind later vertellen? Zou ik liegen dat het een heerlijke dag was geweest? Zou ik het de waarheid vertellen? Zou Lennard dan nog met me samen zijn of zou ik eerlijk kunnen zijn omdat hij allang weg was? Op dat moment leek de toekomst me zo onduidelijk, zo onzeker. Het leek een woud van dicht bij elkaar staande bomen waar ik niet doorheen kon kijken.

In het middenschip van de kerk stonden de aanwezigen op van de banken toen ze me zagen. Ik voelde hun blikken, ook al hield ik mijn ogen op het altaar gericht, waarvoor Lennard met zijn getuigen stond te wachten. Dat waren zijn twee beste vrienden, die ik nauwelijks kende. De mannen keken gefixeerd naar me en ik merkte dat ze hun hoofden bij elkaar staken. Had Lennard hen in vertrouwen genomen? Of hadden ze het er alleen maar over hoe mooi de bruid eruitzag in haar bruidsjapon?

Toen we bij het altaar kwamen, droeg moeder me aan Lennard over. Hij had een elegant donkerblauw jacquet aan met een blauwe Ascot-das waarop een zilveren dasspeld blonk. Op de revers zat een corsage van roze rozen die leken op die op mijn ceintuur.

Hij glimlachte niet naar me en schonk me slechts een korte blik voor hij zich, en daarmee ook mij, naar het altaar wendde.

De gedachte aan vluchten kwam in me op. Ik kon me losrukken en het middenpad aflopen, in de koets springen en August order geven me ver weg te brengen.

Toen de pastoor met zijn toespraak begon, stelde ik me het helemaal voor. Wat een schandaal zou dat geven! Maar natuurlijk bleef ik als aan de grond genageld staan. De woorden over het huwelijk, dat plichten, maar ook vreugde met zich mee zou brengen, gingen langs me heen. Mijn huwelijk was pure noodzaak, om mijn problemen op te lossen. Niet meer dan dat. Lennard leek dat net zo te zien.

Toen het tijd was voor de trouwbelofte, klonk zijn stem mat en een beetje droevig, alsof ook hem duidelijk werd dat er nu een einde kwam aan het leven dat hij had gekend. Toen ik aan de beurt was, bonsde mijn hart van opwinding.

'Ik, Agneta Sophia Lejongård, neem jou, Lennard Markus Ekberg, tot mijn wettige echtgenoot...'

Ik wist dat mijn moeder nu vreugdetranen uit haar ooghoeken pinkte, maar waarschijnlijk deed ze dat alleen maar voor het publiek. Anna Ekberg was daarentegen echt aangedaan. Ze had gekregen wat ze wilde. En ze verheugde zich oprecht voor haar zoon. Als ze eens wist hoe we haar misleidden...

'...Ik beloof je te gehoorzamen en lief te hebben, in goede en slechte tijden, tot de dood ons scheidt.'

Even deed ik mijn ogen dicht. De pastoor dacht wellicht dat ik dat uit ontroering deed, maar dat was niet het geval.

Ik had nooit een man willen gehoorzamen. En nu beloofde ik Lennard dat te doen! En in gedachten hoorde ik weer wat hij tegen me had gezegd. Ik trouwde met een man van wie ik niet hield en die niet meer van mij hield en die vast weldra een geliefde ging zoeken. Het liefst was ik alsnog de kerk uit gerend.

Op een gegeven moment was de ceremonie dan toch voorbij en mochten Lennard en ik elkaar kussen. Ik deed mijn ogen dicht en terwijl zijn lippen de mijne aanraakten stelde ik me voor dat het Max' mond was, dat hij me hier voor het altaar kuste. Het lukte me zo goed me dat in te beelden dat ik bijna verrast was Lennards gezicht te zien toen ik mijn ogen weer opendeed. Om ons heen werd geklapt. Lennard bood me zijn arm en straalde alsof hij echt met de liefde van zijn leven was getrouwd. Ik was blij dat ik me aan hem vast kon houden, want ik had het gevoel dat de grond elk moment onder mijn voeten kon wegzakken.

Buiten stonden juichende dorpsbewoners ons op te wachten. Ik keek rond. Ze waren er bijna allemaal. Alleen de Korvens ontbraken, en twee andere families met wie vader ooit een conflict over een drinkplaats had gehad. Verder was iedereen er.

Lennard en ik stapten in de gereedstaande koets, waarop August al zat te wachten in zijn beste jas en met zijn hoge hoed op. We reden weg en ik zwaaide mechanisch, zonder enige emotie te voelen.

Ik was blij om die plotselinge verdoving, want het zou me helpen de dag te doorstaan. De dans die bruid en bruidegom moesten opvoeren, het vele eten, de gasten die mettertijd steeds meer aangeschoten zouden raken en mijn moeder en Anna, verenigd in geluk dat hun kinderen elkaar hadden gevonden.

Op de Leeuwenhof aangekomen liepen we naar de grote zaal. Bruns en juffrouw Rosendahl hadden ervoor gezorgd dat er overal kleine tuiltjes roze rozen waren aangebracht. Ze zaten verwerkt in de prachtige tafeldecoraties en sierden, met witkanten linten eraan, ook de ramen en spiegels. De tafeldecoraties waren door vrouwen uit het dorp gemaakt en mevrouw Bloomquist had hun zelfs toegestaan met gebak een bijdrage aan het feest te leveren. Voor de dorpsbewoners was het feest in de voortuin, waar tenten waren opgezet. Gelukkig hield het zachte weer aan; de tenten zouden bescherming bieden tegen de avondkou.

Ik ging naast Lennard zitten en glimlachte terwijl de mannen hem gelukwensten en de vrouwen mij vroegen waar onze huwelijksreis heen ging.

'Dat weten we nog niet,' zei ik ontwijkend. 'Maar waarschijnlijk zullen we de wittebroodsweken doorbrengen in ons vakantiehuis aan zee. We kunnen altijd nog een wereldreis maken, momenteel is er op onze landgoederen erg veel te doen.'

Dat antwoord leek voldoende te zijn. In werkelijkheid zouden er geen wittebroodsweken zijn. Lennard had aangekondigd direct na de bruiloft op zakenreis te zullen gaan. Dat kwam me goed uit, want zo kon ik me met mijn eigen zaken bezighouden.

Het enige waaraan ik die dag plezier beleefde was de aanwezigheid van Marit. Ze zat aan een tafel tussen de andere bruidsmeisjes en hoewel die haar duidelijk buitensloten, zwaaide ze vrolijk naar me. Later, als ze licht aangeschoten was, zou ze mogelijk proberen de adellijke dochters enthousiast te maken voor de vrouwenrechtenbeweging. Ik hoopte vurig dat ik dat nog zou meemaken.

Ten slotte was het moment daar dat bruid en bruidegom de dans openden. De kapel gaf een trompetsignaal, waarna Lennard en ik opstonden. Het duizelde me van alle stemmen in de balzaal, van de mensen die tegen me gesproken hadden, en ook een beetje van de wijn. We liepen naar het midden van de dansvloer. Ik legde mijn hand in die van mijn echtgenoot en hij plaatste zijn hand op mijn taille, terwijl ik mijn arm op zijn schouder liet rusten. Ik voelde me een beetje als het suikerfiguurtje op de bruidstaart. Een breekbare prinses en een breekbare prins.

Maar Lennard was allesbehalve breekbaar. Vroeger hadden we al samen gedanst op bals en feesten, maar nu leidde hij me sterker, bijna gepassioneerd over het parket. Ik keek naar hem, maar hij deed alleen alsof hij me aankeek. In werkelijkheid ontweek hij mijn blik, alsof hij zich op de passen moest concentreren. Dat was helemaal niet nodig. We zweefden over de dansvloer, hoewel mijn hart zwaar was. Ik probeerde me voor te stellen dat het Max was met wie ik danste, maar dat lukte niet, want Max en ik hadden nooit met elkaar gedanst. En als we dat hadden gedaan, was hij waarschijnlijk niet zo goed geweest als Lennard, die jaren had gehad om zijn danskunst te perfectioneren.

Toen de openingsdans afgelopen was, veranderde de muziek. Ik kwam weer tot mezelf. Het was alsof ik de afgelopen momenten in trance was geweest. Lennard keek me nu recht aan. Waarschijnlijk vroeg hij zich af wat er door mijn hoofd ging. Even had ik het idee dat hij iets wilde zeggen, maar hij hield zich in.

Aan het einde van de dans had eigenlijk de schoonvader moeten aftikken, maar die taak werd door een van Lennards getuigen overgenomen. De man keek me stralend aan, alsof hijzelf de bruidegom was. Ik bedacht hem met een koele blik terwijl ik probeerde te voorkomen dat hij over mijn voeten struikelde.

Na een paar bijna eindeloze dansen kon ik een beetje uitrusten. Ik wist dat een bruid op de bruiloft haar schoenen stuk hoorde te dansen. Een gelukkige bruid zou dat ook zeker doen, maar ik had op dat moment meer zin om me in mijn werkkamer terug te trekken en de balans van de afgelopen maand door te nemen.

Na een tijdje kwam Marit naar me toe, zichtbaar opgevrolijkt.

'Hé, hoe gaat het met de kersverse echtgenote?' vroeg ze en ze stak haar champagneglas omhoog. Toen ging ze op Lennards plaats zitten, want hij was nog op de dansvloer.

'Niet anders dan anders,' zei ik. 'Ik vraag me af hoelang het nog duurt tot middernacht, zodat ik me eindelijk kan verschuilen.'

'Zo erg is je feest nou ook weer niet,' antwoordde Marit. 'Je bruidsmeisjes zijn in elk geval behoorlijk amusant. Een van hen dacht dat suffragettes medicijnen waren. Ik beaamde dat, want ik vind dat wij het geneesmiddel voor al deze onzin zijn.'

Ze maakte een weids gebaar en ik wist waar ze op uit was. De moraal van onze eeuw droeg nog altijd het stempel van mannen. Een vrouw die een buitenechtelijk kind kreeg was in hun ogen een slet, hoewel zij degenen waren die die vrouwen dat lot bezorgden. Maar zij wilden in geen geval de controle verliezen, en zoals Marit altijd zei, was de moraal een instrument om hun macht te behouden.

'Jouw Peer denkt er vast anders over als jij een huwelijk voor onzin verklaart.'

Marit keek me een beetje verbaasd aan, toen zei ze: 'Dat heb ik je nog helemaal niet verteld! Er komt geen bruiloft. Het is uit.'

'Uit?' vroeg ik geschrokken. Laatst in Stockholm leek ze nog zo gelukkig.

'Zijn ouders wilden geen suffragette in de familie. En Peer heeft zich uiteindelijk naar hun wil geschikt.'

'Ik dacht dat hij van je hield.'

Marit liet haar hoofd hangen. 'Misschien. Maar de moraal telt zwaarder voor hem. Ik ben nu van plan een opleiding tot secretaresse te gaan doen. Ik ga weer op eigen benen staan. Mannen kunnen me gestolen worden.'

Ik keek haar aan. Zei ze dat alleen maar omdat ze te veel gedronken had? Waarom had ze haar liefdesverdriet niet met me gedeeld? Had ze me daar niet mee willen belasten? En ik had nog wel gedacht dat ze eindelijk haar geluk had gevonden.

'Trek het je niet aan,' zei Marit ten slotte, alsof ze uit een mijmering ontwaakte. 'Ik kom wel weer op mijn pootjes terecht. Even dacht ik dat het juist was, maar nu zie ik in dat het verkeerd was. Mijn droom over een gezin... Dat is een weeskind in deze wereld niet gegund.'

Dat klonk zo bitter dat ik haar wel in mijn armen moest nemen. Ik drukte haar aan mijn hart en wiegde haar een beetje en vroeg me af of ze het zich morgen nog zou herinneren.

Ten slotte kwam Lennard terug. Verwonderd keek hij naar Marit in mijn armen. Ik had hem wel eens over mijn vriendin verteld, maar ik vermoedde dat hij het niet had onthouden.

'Wat is er met haar?' vroeg hij verbaasd.

'Niets wereldschokkends,' zei ik en ik hielp Marit weer overeind. Haar ogen stonden glazig, misschien was ze toch erger aangeschoten dan ik dacht. 'De champagne is haar wat te veel geworden. Ik zal ervoor zorgen dat ze frisse lucht en koffie krijgt.'

Met die woorden stond ik op en hielp ik Marit op de been. Ze haakte bij me in en we liepen naar de hoge, op een kier openstaande ramen.

De luchtstroom was koel, maar dat was me liever dan de koelte die Lennard uitstraalde.

We liepen naar buiten, het terras op, en ik keek neer op de uitgelaten dorpelingen, die intussen dikke jassen hadden aangetrokken. We hadden ons onder hen moeten begeven, samen met hen moeten feestvieren, maar daar was Lennard niet het type voor. Hij bleef liever op zichzelf en sprak met de bewoners van zijn landgoed alleen over zakelijke aangelegenheden. Van persoonlijk contact was bij hem geen sprake.

'Wat denk je, zit daar een nieuwe man voor je bij?' vroeg ik terwijl ik naar drie sterke knapen wees die zich bij het vuur stonden te warmen.

Marit leunde op me. 'Laat maar, het gaat heus goed met me. Alles komt altijd weer op zijn pootjes terecht, toch?'

'Dat hoop ik,' zei ik, en terwijl ik naar het feestgedruis voor het huis keek, moest ik weer denken aan het huisje waar niemand op me wachtte.

Ver na middernacht, toen ik mijn voeten nauwelijks meer voelde en er in de gastenverblijven dronken gelach klonk, kwam de tijd dat Lennard en ik naar de echtelijke slaapkamer werden gebracht.

Volgens een oude traditie, die in de eerste huwelijksnacht getuigen vereiste, werden we door Stella en Anna begeleid, alsmede door de bruidsmeisjes, van wie er geen meer nuchter was. Gesmoord gegiechel maakte duidelijk wat hun door het hoofd ging. In tegenstelling tot hen wist ik precies wat er zou gaan gebeuren. We zouden de dekens over ons heen trekken en proberen ons hoofd vol gedachten leeg te maken en dan in slaap vallen. Haar maagdelijkheid kon de bruid in dit bed niet meer verliezen.

Aangekomen voor de deur van de grote slaapkamer voelde ik me enigszins onbehaaglijk. Dit was de kamer waarin Hendrik en ik waren verwekt. Het was het heiligste der heiligen van onze ouders geweest voor ze zich allebei in een eigen slaapkamer hadden teruggetrokken.

Ik had geprobeerd me ertegen te verzetten, maar mijn moeder had erop gestaan. 'Jij bent de meesteres van de Leeuwenhof. Nu je een echtgenoot hebt, wordt het tijd dat je ook in de echtelijke slaapkamer je intrek neemt.'

Ik wist dat Stella zich daar door niets van zou laten afbrengen. Ik was nu de volwaardige vrouw des huizes en moest de kamer uit mijn jeugd achter me laten. Ik had Lena echter verzocht mijn kamer desondanks netjes te houden en te verwarmen, want ik voelde me er nog niet klaar voor om in mijn ouders' voetsporen te treden.

Mijn gedachten keerden terug naar het heden toen ik mijn moeder iets hoorde zeggen. Ik verstond niet wat het was, maar het volgende ogenblik deed ze de deur open.

De slaapkamer was zoals ik me hem herinnerde. Het brede houten hemelbed overheerste het vertrek en deed alles wat er nog meer in stond klein lijken. Zelfs de kledingkast, die, zoals ik wist, uit vijftig delen bestond en bleef staan zonder dat er een enkele spijker in het hout was geslagen.

De kaptafel van mijn moeder stond er nog altijd, en ook de kledingstandaard van mijn vader.

De herinnering aan mijn bezoekjes hier als kind was verbleekt. Geen wonder, dat was inmiddels al meer dan twintig jaar geleden.

Onder mijn moeders leiding hadden juffrouw Rosendahl en de dienstmeisjes de kamer heel mooi gemaakt. Twee kroonluchters met vijf kaarsen erin verspreidden warm licht. Rozenblaadjes bedekten de loper die naar het bed leidde, aan de bedstijlen waren rozentuiltjes gebonden. Ook op de sprei lagen rozenblaadjes. Marie en Lena verschenen om het bed voorzichtig open te slaan, waarna ze weer vertrokken. Aan hun rode wangen zag ik dat ze zich een voorstelling maakten van wat er die nacht zou gebeuren.

Gelukkig verwachtte niemand dat we ons voor hun ogen zouden uitkleden. Omdat werd aangenomen dat Lennard me uit mijn japon zou helpen voordat we door hartstocht overmand op het bed rolden, liet men ons alleen, en voor het eerst die avond voelde ik me enigszins opgelucht. Eindelijk hoefde ik niet meer te doen alsof ik gelukkig was.

Eerst schopte ik mijn schoenen uit, toen trok ik de diadeem uit mijn haar. De sluier had ik al aan het begin van de feestelijkheden afgedaan omdat ik vreesde dat iemand erop zou gaan staan. Ten slotte maakte ik de haakjes van mijn japon los.

Aan de andere kant ontdeed Lennard zich van zijn kleren. Geen van ons zei een woord. En geen van ons maakte aanstalten naar de ander toe te gaan. Ik was moe en omdat ik het kind van een ander droeg, had Lennard geen zin in mij.

Toen ik op het punt stond mijn nachthemd aan te trekken, draaide Lennard zich respectvol om, alsof hij me niet in verlegenheid wilde brengen. En ik was hem daar dankbaar voor, want waarom zou ik me aan hem moeten aanbieden? We waren getrouwd en de wereld zou gewoon door blijven draaien.

Ik kroop in bed, blij dat ik de dag eindelijk van me kon afschudden. Nadat Lennard de kaarsen had gedoofd, kwam hij er ook in. Ik voelde hoe de matras onder zijn gewicht inzakte en hoe hij aan de deken trok.

'Welterusten,' zei ik in de duisternis en Lennard zei ook mij goedenacht. Binnen enkele ogenblikken werd zijn ademhaling gelijkmatig.

Ik deed ook mijn ogen dicht en probeerde te gaan slapen, maar dat wilde niet lukken. Ik had er nooit moeite mee gehad met een man onder één deken te liggen, maar nu voelde ik me ontregeld en klaarwakker. Zou het elke avond zo gaan? Koppig zwijgen? En waarom was ik teleurgesteld? Ik had Lennard immers nooit willen hebben! Toch brandde het in mijn borst en ik wenste dat de slaap eindelijk zou komen.

Het werd warm onder de deken en uiteindelijk werd mijn lichaam zwaar. Het voelde alsof ik in de matras wegzakte. Toen vielen mijn ogen dicht en verdween de wereld om me heen.

Midden in de nacht ontwaakte ik uit een verontrustende droom. Ik had Max gezien, die aan de bosrand naar me stond te zwaaien. Het was allemaal zo realistisch geweest dat ik toen ik wakker schrok even dacht dat ik echt in het bos was. Mijn hart klopte hevig en ik schrok een beetje toen ik Lennard naast me zag liggen. Toen drong het tot me door dat het mijn huwelijksnacht was, een nacht die in een nieuwe dag zou overgaan en weldra ten einde zou zijn.

Het verwarrende beeld uit de droom bleef me echter bij en dreef me het bed uit. Het was alsof Max bij me was, alsof mijn lichaam me wilde zeggen dat hij teruggekomen was en in zijn huisje op me wachtte. Ik werd vreselijk onrustig en voelde de drang om het te controleren. Ik trok haastig mijn kleren aan en sloop de slaapkamer uit. De lucht van verschaalde wijn en koude sigarenrook van het bruiloftsfeest hing nog in huis, net als een zweem van de geur van gerechten en bloemen en van het gelach van de gasten. Maar daar schonk ik geen aandacht aan.

Ik sloeg een mantel om, liep het huis uit en rende langs de tenten, die er nu verweesd bij stonden. In de loop van de dag zouden ze verdwijnen en zou het bruiloftsfeest een herinnering worden. Er kwamen witte wolkjes uit mijn mond en de kilte kroop meteen onder mijn mantel. Maar dat nam ik slechts terloops waar terwijl ik naar de plek liep waar ik al weken niet meer was geweest. Weer was ik vol hoop. Zou hij er als door een wonder zijn? Zou hij me eindelijk uitleggen waarom hij weg was gegaan? Mijn hart bonsde van opwinding en het idee dat ik zo meteen in zijn armen kon wegzakken, dreef me voort.

Maar de teleurstelling liet niet lang op zich wachten. Het huisje doemde voor me op, de ramen waren donker. Al van verre sloeg de dode leegte die onbewoonde huizen eigen is me tegemoet. Ik bleef ter plekke staan, verloren als een slaapwandelaarster die zojuist was ontwaakt. Bij het besef dat er niets veranderd was, welden er in mijn ogen tranen op. Het was alsof hij me voor de tweede keer zonder enige verklaring had verlaten. Ik veegde over mijn wangen en keek toen naar de hemel. De ochtend verrees langzaam boven het woud.

Ik moest terug naar huis voor iemand iets merkte. Ik had Lennard beloofd het niet meer over Max te hebben. Ik moest mijn best doen hem te vergeten.

60

Ik keek uit het raam en zag hoe de wind de ontbladerde bomen door elkaar schudde. In de tweede maand van het jaar 1915 was de dooi ongebruikelijk vroeg ingetreden. Al dagen hing er een loodgrijs wolkendek over het landgoed, en de wegen en de tuin waren drassig geworden door de regen. Langs de kant van de weg lag nog wel opgestuwde sneeuw, maar als het niet binnenkort weer ging vriezen zou die snel verdwijnen.

Het weer maakte me heel somber. Toen de zon nog op de maagdelijke sneeuwvlaktes scheen had ik me beter gevoeld, nu deed ik vrijwel niet anders dan tobben en piekeren. Het ergste was dat het onmogelijk was het huis uit te gaan. Soms voelde ik me als een paard dat langdurig opgesloten zat en tegen de stalmuur schopte omdat het eindelijk weer over de weiden wilde rennen. Maar afgezien van het feit dat ik geen paard was had ik toch niet naar buiten kunnen gaan. Mijn buik was inmiddels zo dik dat ik ernstig beperkt werd in mijn bewegingen. Dokter Bengtsen was ervan overtuigd dat ik een tweeling zou krijgen.

Ik wist niet of ik daar blij of bang van moest worden. Twee kinderen! Er wachtte me een zware bevalling. Misschien zelfs de dood. Hoewel de dokter en Marit me gerust probeerden te stellen, was me wel duidelijk dat er allerlei complicaties konden optreden.

Waarom was Max toch weggegaan? Waarom had hij me in de steek gelaten? Die vragen kwamen de laatste tijd weer vaker boven, nadat ik ze na mijn bruiloft met succes had weten te verdringen. Er kwam verlangen, maar ook woede in me op. Woede op mezelf, woede op hem. Ik had naar hem moeten luisteren toen hij zei dat we geen lichamelijk contact moesten hebben. Waarom hadden we ons toch zo laten gaan? En waarom, bij God, was hij verdwenen zonder enig bericht achter te laten?

'Pardon, stoor ik?' vroeg Lennard. Ik had helemaal niet gemerkt dat hij binnen was gekomen.

'Nee, hoor,' zei ik, en ik streelde mijn buik. 'Ik was gewoon even in gedachten verzonken.'

Er ging geen dag voorbij zonder dat het groeiende leven me eraan herinnerde dat mijn grote liefde ergens daarbuiten was en dat ik die liefde had verraden door met een ander te trouwen. En er ging geen dag voorbij of Lennard liet me voelen dat ik voor hem niet meer was dan een vriendin aan wie hij een belofte had gedaan waaraan hij zich hield en die hij misschien betreurde. We beheerden ieder ons landgoed zo goed als we konden, en vaak werden we helemaal opgeslokt door onze zakelijke beslommeringen. Als we elkaar tegenkwamen gingen we beleefd met elkaar om, maar in tegenstelling tot vroeger niet hartelijk meer. Ons huwelijk had van twee jeugdvrienden vreemden gemaakt.

'Er is een brief voor je gekomen,' zei hij. 'Marie heeft hem me gegeven en ik wilde je hem meteen brengen.'

'Iets zakelijks?' vroeg ik.

Hij schudde zijn hoofd. 'Lees hem zelf maar. Ik laat je alleen.'

Zoals altijd, dacht ik, en toen viel mijn blik op de afzender. Die naam kende ik maar al te goed.

Ik had er al bijna geen rekening meer mee gehouden, maar eindelijk had ik antwoord van Heinrich von Bredestein! Daarom was Lennard zo kortaf geweest. Niet dat we anders lang met elkaar gesproken zouden hebben, maar ik had geleerd de nuances tussen een onverschillig en een woedend zwijgen te onderscheiden. Het zwijgen waarmee Lennard de werkkamer verliet was beslist wrevelig van aard. Ik keek naar de brief in mijn hand.

In het ergste geval zou Von Bredestein me meedelen dat zijn zoon was gesneuveld. Gezien de lange periode tussen mijn brief en het antwoord was dat zeker mogelijk.

Ik zal je vinden, hoelang ik ook moet vliegen...

Wat Max in onze eerste nacht samen had gezegd, klonk plotseling weer in mijn oren. Was hij gestorven? Zou hij als vlinder bij me terugkeren? Die gedachte ontlokte me een snik. Met bevende vingers scheurde ik de envelop open. Het handschrift was heel onregelmatig, als van iemand die moeite had een pen vast te houden. De brief was in het Zweeds gesteld. Was hij misschien door Max' moeder geschreven?

Hooggeboren Vrouwe,

Hartelijk dank voor uw brief van vorig jaar. Vergeeft u me alstublieft dat ik hem nu pas beantwoord, mijn gezondheid liet het niet eerder toe.

U vroeg naar mijn zoon Max, wat me verbaasde, want Max is nog nooit in Zweden geweest. Maar even later werd me duidelijk hoe dit kwam. Zijn tweelingbroer Hans is enige tijd geleden vanaf onze hoeve naar Stockholm vertrokken. Hij zou paarden voor onze stoeterij kopen en beweerde bij een vriend te verblijven.

Tweelingbroer? Las ik dat goed? Ik schudde mijn hoofd. Bedrogen mijn ogen me?

Ik neem aan dat Hans zich bij u heeft uitgegeven voor zijn tweelingbroer. U hebt vast niet de tijd genomen zijn identiteit te controleren, nietwaar?

Wat Hans betreft: hij is spoorloos sinds hij in Zweden is aangekomen. Ik heb geen idee of hij naar Duitsland is teruggekeerd. U zegt dat hij wellicht dienst heeft genomen in het leger en ten strijde is getrokken, maar daarvan ben ik niet op de hoogte. Ook zijn echtgenote niet.

De tweede klap trof me nog harder. Echtgenote? Max, of liever gezegd Hans, was getrouwd? Was deze brief niet meer dan een slechte grap? Een vervalsing?

Nee, zei mijn verstand me, dat is het niet. Waarom zou zijn moeder zoiets schrijven? Ze moest haar zoon zelf toch ook missen.

Friederike was in alle staten toen ze merkte dat hij verdwenen was. We hebben naar hem laten zoeken. We hebben zijn vriend geschreven, maar die hulde zich in zwijgen, hoewel ik vermoed dat hij de brieven wel aan mijn zoon heeft doorgestuurd.

Toen uw brief kwam, kreeg ze een klein sprankje hoop, maar dat was van korte duur. U schreef dat hij als stalmeester voor uw familie heeft gewerkt. Hebt u misschien nog persoonlijke bezittingen die u ons kunt sturen? Een recente foto wellicht? We zouden u heel dankbaar zijn voor alles wat ertoe kan bijdragen dat we achter de verblijfplaats van mijn zoon komen.

Als we te weten komen waar hij is, zullen we u dit in elk geval laten weten.

Hoogachtend,
Lotta von Bredestein

Ik staarde vol ongeloof naar de brief. Onmogelijk. Max zou niet Max zijn geweest, en bovendien zou hij een echtgenote hebben die Friederike heette? Dat kon niet waar zijn. Dat was niet mogelijk.

Mijn hart ging tekeer en het bloed ruiste in mijn oren. Ik probeerde lucht te krijgen, maar mijn keel leek ineens dichtgesnoerd. De letters van de brief vervaagden, niet door tranen maar doordat mijn blikveld opeens vernauwde en het zwart werd voor mijn ogen. Ineens werd ik door duizeligheid bevangen. Ik probeerde houvast te vinden, maar dat lukte niet meer. Mijn knieën begaven het en ik zakte in elkaar. Even later werd het helemaal zwart om me heen.

Toen ik weer bijkwam stond Lennard over me heen gebogen. Hij keek bezorgd.

'Agneta, hoor je me?'

Ik knikte en keek in verwarring om me heen. 'Wat is er gebeurd?'

'Je moet het bewustzijn hebben verloren. Heeft iets uit die brief je geraakt?'

De brief. De hele inhoud had me geraakt. Vooral de passages over de persoonsverwisseling en de echtgenote. Zou ik Lennard in vertrouwen nemen? Lennards vragende blik brandde op mijn huid.

'Die brief valt volgens mij onder de afspraak die we met elkaar hebben gemaakt,' zei ik zwakjes, en ik kwam weer overeind.

'Is hij van hem?' vroeg hij, en ik zag hoe hij zijn kaken op elkaar klemde.

'Wil je het echt weten?' vroeg ik weifelend.

'Ja,' antwoordde hij tot mijn verrassing. 'Ik wil het weten.'

'Hij komt van zijn moeder,' zei ik.

'Is hij... dood?'

'Nee. Hij... Zijn familie weet ook niet waar hij is.'

Terneergeslagen liet ik mijn hand zakken, maar wel zo dat hij geen blik op het papier kon werpen. Als hij te weten was gekomen dat Max een bedrieger was die zich had voorgedaan als zijn eigen tweelingbroer om aan zijn familie en zijn vrouw te ontkomen, was hij misschien in woede ontstoken.

'Dus je hebt geprobeerd hem te vinden?' vroeg hij.

Opeens had ik het gevoel op een kruitvat te zitten.

'Ja, maar dat is al lang geleden. Ik heb kort na zijn verdwijnen een brief aan zijn ouders geschreven. Lang voor onze... afspraak.'

Lennard ontspande weer enigszins.

'Ze hebben er wel lang over gedaan om terug te schrijven.'

'Misschien wilden ze wachten tot ze iets hadden vernomen. Zijn moeder heeft het ook over gezondheidsproblemen. Misschien was ze er niet eerder toe in staat.'

'Je moet het loslaten,' zei Lennard. 'Dat zou beter zijn, voor jou en voor ons allemaal.'

'Je hebt gelijk, dat zou beter zijn.' Ik verfrommelde de brief, het bewijs van Max' bedrog.

Maar hoewel ik hevig geschrokken was over het feit dat hij me had voorgelogen, zocht ik uit alle macht naar een verklaring.

Waarom had hij zich voor iemand anders uitgegeven? Waarom was hij niet al eerder verdwenen?

'Zou je me even alleen willen laten?' vroeg ik, want ik wilde me niet voor Lennards ogen laten gaan.

'Natuurlijk,' zei hij. 'Gaat het dan weer beter met je?'

'Dat gebeurt pas als de kinderen er zijn. Geloof me, ik vind het zelf ook niet fijn dat ik steeds flauwval.'

Ik keek op en zag een glimpje bezorgdheid in zijn ogen verschijnen. Maar wat kon het hem nu schelen of ik bleef leven of zou sterven? Als ik dood was, zou hij het landgoed erven en eindelijk vrij zijn.

Toen hij weg was, bleef ik een poosje zitten piekeren met de brief stevig in mijn vuist geklemd.

Uiteindelijk gooide ik hem met een woedende kreet weg. Ik wilde niet meer lijden! Ik wilde niet meer aan hem denken! Waarom lukte het me toch niet hem te vergeten?

Omdat hij je geen verklaring heeft gegeven, was mijn eigen antwoord op die vraag. Pas als je weet waarom hij ervandoor is gegaan, zul je vrede vinden.

Maar die vrede zou me niet gegund zijn als ik bleef afwachten en hopen. Die zou me niet worden gegund als ik telkens weer naar het huisje ging alsof het een magische plek was die Max terug kon toveren.

Ik had behoefte aan iemand die wist hoe hij erachter moest komen waar hij was.

De volgende dag liet ik de paarden inspannen onder het voorwendsel dat ik het een en ander in de stad te doen had.

'Maar dat kan ik toch voor je doen,' zei Lennard, toen ik hem gedag zei. 'Stel dat je midden op straat weer het bewustzijn verliest?'

'Ik neem Lena mee,' zei ik met een blik op mijn kamenierster, die achter me stond. Pas nu viel het me op dat ze er al zo volwassen uitzag. 'Bovendien zal ook August me niet uit het oog verliezen. Het gaat uitstekend met me.'

Het was duidelijk dat Lennard me niet geloofde, maar hij moest me wel laten gaan.

In Kristianstad stopten we voor het telegraafkantoor. Uit mijn tijd in Stockholm wist ik dat Marit een privédetective kende. Als mijn vriendin nog contact met hem had, zou ze hem misschien kunnen overhalen voor mij te gaan werken. Ik schreef haar in het kort dat ik de diensten van de man nodig had en vroeg om een spoedig antwoord. De telegrafist stuurde het bericht door en beloofde me onmiddellijk een bode te sturen als het antwoord binnenkwam.

Twee dagen later diende de jongen van het telegraafkantoor zich aan. Het bericht kwam niet van Marit, maar van de privédetective zelf. Hij stelde voor me in de week erop te ontmoeten, omdat hij dan beroepshalve in de buurt moest zijn.

Enerzijds was ik blij met het bericht, anderzijds joeg het me schrik aan. Hoe moest ik die man ontmoeten zonder dat Lennard het merkte?

Toen deelde Lennard moeder en mij mee dat hij een paar dagen naar zijn landgoed terug zou gaan. Het ging niet goed met zijn moeder en hij wilde er voor haar zijn. Misschien ook had de brief van Lotta von Bredestein hem aangegrepen, evenals het feit dat Max na zo lange tijd weer in mijn gedachten was opgedoken. Maar dat maakte mij niet uit. Ik was er heel zeker van dat de privédetective Max zou vinden. Diezelfde dag nog schreef ik hem en stelde als ontmoetingsplaats een café in Kristianstad voor.

61

Hanno Boregard was een kleine, kale man die in een menigte makkelijk over het hoofd kon worden gezien. Hij droeg kleding in aardetinten en trok in geen enkel opzicht de aandacht. Zijn hoofd bedekte hij met een bolhoed. Zo onopvallend als zijn verschijning was, zo waakzaam was zijn blik. In Stockholm had de vrouwenbeweging al vaak van zijn diensten gebruikgemaakt als het erom ging zwakke plekken bij tegenstanders te vinden of de verblijfplaats te achterhalen van een vader die de benen had genomen. Een betere was er niet.

'Mevrouw Lejongård, het is me een genoegen u te zien,' zei hij terwijl hij me een hand gaf.

'Het doet mij genoegen dat u tijd voor me hebt,' antwoordde ik. 'Ik weet dat u in Stockholm veel te doen hebt.'

'Dat klopt, maar onze gemeenschappelijke vriendin kan ik nu eenmaal niets weigeren.'

Marit kende hem heel goed. Soms bekroop me het vermoeden dat hij een beetje verliefd op haar was.

'Wat kan ik voor u doen?' vroeg Boregard nadat we twee koffie hadden besteld. Dokter Bengtsen was van mening dat ik in mijn toestand opwekkende dranken diende te mijden, maar dat leek me overdreven. 'Wilt u informatie over een zakenpartner of een concurrent?'

'Noch het een, noch het ander,' antwoordde ik. 'Ik wil dat u iemand voor me gaat zoeken.'

'Hebt u een foto van die man?'

'Nee, maar ik kan hem wel beschrijven.'

Toen ik hem vertelde hoe Max eruitzag, kon ik mijn tranen nauwelijks bedwingen. Ik kende hem zo goed, elke centimeter van zijn lichaam. En toch was zijn innerlijk, zijn ziel, me onbekend, alleen had ik dat nooit gemerkt.

'Hij heeft zich aan mij voorgesteld als Max von Bredestein. Hij was beheerder op mijn hoeve. Vlak nadat Duitsland zich in de oorlog heeft gemengd is hij verdwenen. Ik vermoed dat hij zich voor het front wou melden. Toen ik zijn vader om informatie vroeg, bleek dat zijn ware naam Hans von Bredestein was en dat hij zich voor zijn tweelingbroer heeft uitgegeven. De familie weet evenmin als ik waar hij zit. Ik wil graag dat u dat voor me gaat uitzoeken.'

Ik kon bijna zien hoe de radertjes in het hoofd van de detective aan het werk waren. Toen hij weer opkeek en zijn blik de mijne trof was ik bang dat hij meteen kon zien waarom ik naar Max op zoek was.

'Hij heeft dus zijn arbeidsovereenkomst met u geschonden?' vroeg hij, waarop ik knikte.

'Ja.'

'Maar waarom wilt u hem dan opsporen? Heeft hij waardevolle spullen ontvreemd of uw landgoed op een andere manier schade toegebracht?'

'Nee, dat niet. Wel had ik hem geadviseerd niet bij de oorlog betrokken te raken.'

'Bent u ook met hem bevriend?'

Zijn blik ging langs mijn buik. Ik kreeg het opeens erg warm onder mijn japon. Als Marit hem naar een man liet zoeken, had die zich meestal aan het vaderschap onttrokken. En dat leek Boregard nu in mijn geval ook te vermoeden. Terecht, maar hij mocht dit onder geen voorwaarde te weten komen.

'Jazeker. En ik maak me zorgen. Eigenlijk had hij moeten terugkeren naar zijn familie of hen op zijn minst op de hoogte moeten stellen. Maar dat is niet gebeurd. En dan is er ook nog de kwestie van die valse naam.'

'Dat is inderdaad merkwaardig,' viel de detective me bij. Ik had maar al te graag willen weten wat er door zijn hoofd speelde. 'Waarom zou hij zich aan u voorstellen als zijn tweelingbroer als hij een schoon geweten had?'

'Ik weet het echt niet,' antwoordde ik, terwijl me opeens duidelijk werd waarom ik ook een tweeling verwachtte. Hij had natuurlijk de aanleg overgedragen die in zijn familie voorkwam! 'De verstandhouding met zijn vader was volgens hem niet bepaald goed,' ging ik verder. 'De familie Von Bredestein heeft een landgoed in Pommeren. Misschien hield hij het daar niet meer uit.'

Boregard haalde een notitieboekje tevoorschijn en maakte aantekeningen. 'Is er afgezien van zijn naam nog meer dat hij voor u verborgen heeft gehouden?'

'Ja, dat hij een echtgenote heeft die Friederike heet. Dat maak ik althans op uit de brief.'

Ook dat noteerde de detective. Toen vroeg hij: 'Heeft hij u een huwelijksbelofte gedaan? Of iets dergelijks?'

Die vraag trof me als een klap in mijn gezicht. Ik wist heel goed dat hij dit soort informatie nodig had, maar toch schrok ik ervan.

'Nee, beslist niet. Zoals ik al zei: ik maak me ongerust om hem.'

'En als ik hem vind, wat moet ik dan doen? Moet ik hem een bericht overbrengen of proberen hem zover te krijgen dat hij terugkomt?'

Ik wist welke indruk dat kon wekken. Af en toe was het nodig geweest een onwillige vader ertoe te brengen zich bij de autoriteiten te melden. Maar ik wilde niet dat Max gestraft zou worden. Ik wilde alleen een verklaring krijgen en te weten komen of hij nog in leven was.

'Nee. Zoekt u alleen uit waar hij is. Dan schrijf ik hem zelf.'

De detective trok even zijn wenkbrauwen op, maar knikte toen. 'Zoals u wilt.'

'Dus u neemt de opdracht aan?'

'Natuurlijk, anders was ik allang vertrokken,' antwoordde hij. 'U kent mijn honorarium, en daarnaast heb ik nog een toeslag nodig voor een reis naar Duitsland en eventueel naar het oorlogsgebied.'

‘U krijgt alles wat u nodig hebt,’ verzekerde ik.

‘Ik heb ook het adres van de familie van de vermiste nodig. Ik zal discreet te werk gaan en controleren of het klopt wat men u heeft geschreven.’

Ik overhandigde hem de brief die Lotta von Bredestein me had gestuurd. Hij mocht hem houden, want er stond niets compromitterends in.

‘Uitstekend,’ zei de detective en hij schoof de envelop in zijn tas. ‘Als u dan nu nog de aanbetaling voor me hebt, is onze overeenkomst helemaal in orde.’

Ik haalde een couvert uit mijn handtas. We hadden per telegram afgesproken dat ik hem tweehonderd kroon vooruit zou betalen. Geen gering bedrag, maar omdat ik wist dat Boregard het geld waard was, was ik akkoord gegaan. De detective nam de envelop aan en liet hem ongeopend in zijn tas verdwijnen. In zijn branche gold: jij vertrouwt mij, ik vertrouw jou. Elke andere gang van zaken zou een belediging van zijn arbeidsethos zijn geweest.

‘Ik hou u op de hoogte van mijn onderzoek. Mocht er meer geld nodig zijn, dan hebt u hier het adres waar u het naartoe kunt sturen. Weest u alstublieft geduldig, mijn onderzoek kan enige tijd vergen.’

‘Daarvan ben ik me bewust,’ antwoordde ik.

We keken elkaar nog even aan, toen stond de detective op en gaf me een hand.

‘Zo, het was me een genoegen u terug te zien. Ik hoop u bij de volgende ontmoeting te kunnen feliciteren.’

Ik knikte alleen en drukte hem de hand. ‘Veel succes, meneer Boregard. Ik heb alle vertrouwen in u.’

‘Ik zal u niet teleurstellen.’ Hij maakte nog een lichte buiging en verliet toen het café.

Toen ik mijn koffiekopje naar mijn lippen bracht zag ik hem buiten langs het raam lopen, een weinig opvallende man. Ik was ervan overtuigd dat hij Max – of eigenlijk Hans – zou vinden.

62

Toen ik op het landgoed was teruggekeerd voelde ik me geradbraakt. Ik moest eerst even gaan liggen. Maar de slaap wilde niet komen.

Ik lag naar het plafond te staren en kon alleen maar denken aan wat Max nu aan het doen was en me afvragen wanneer mijn zwangerschap eindelijk voorbij zou zijn.

Toen de avond viel stond ik op en liep naar beneden voor de avondmaaltijd. Ik wist wat me te wachten stond: een diner in stilte met mijn moeder, die in gedachten verzonken naar haar eten zou staren.

Allebei haar kinderen hadden haar teleurgesteld. En hoewel er voor de buitenwereld op onze familie niets viel aan te merken, zou deze smet nooit uit haar geschiedenis kunnen worden verwijderd. Die avond leek mijn moeder wel heel vijandig.

'Waar was je vanmiddag?' vroeg ze, zonder van haar bord op te kijken.

'In Kristianstad,' antwoordde ik, want gezien het feit dat ik per koets was gegaan had ontkennen geen zin.

'Dat was al de tweede keer binnen een week,' constateerde ze. 'Ben je in de stad op zoek gegaan naar een minnaar?'

'Moeder!' antwoordde ik kwaad. 'Denkt u dat ik mijn echtgenoot zou bedriegen?'

'Ach, wie weet. Jullie gaan met elkaar om alsof jullie vreemden voor elkaar zijn. Dan komen er allerlei vermoedens boven.'

Was ze uit op ruzie, om haar slechte humeur af te reageren? Of wilde ze me provoceren om erachter te komen wat de reden van mijn uitstapje was?

'Ik heb respect voor Lennard en ik mag hem graag. Hij was mijn vriend. Nu is hij mijn echtgenoot. Ik heb een verstandig besluit genomen.'

'Toen je mij van je trouwplannen vertelde, beweerde je nog dat jullie ten prooi waren gevallen aan hartstocht. Klopt dat wel? Of hou je iets voor me verborgen?'

'Ik hou niets voor u verborgen.'

'En waarom belast je jezelf dan met zo'n vermoeiende rit, in jouw toestand? Heeft het weer te maken met die kerel die verdwenen is?'

'Ik hou niets voor u verborgen!' Ik gooide woedend mijn lepel op tafel. Goed dan, als ze het per se wilde weten! 'Ik heb contact opgenomen met een privédetective, die Max voor me gaat zoeken,' zei ik. 'Bent u nu tevreden? Ik wil weten wat er met hem is gebeurd.'

Moeder keek me als door de bliksem getroffen aan.

'En waarom wil je dat weten?' vroeg ze.

'Ik wil zekerheid. Ik wil weten waarom hij is weggegaan.'

'Omdat hij een landloper was. Wie weet was hij niet eens van adel, zoals hij beweerde. En heb jij je in hem vergist.'

'Dat heb ik niet!' reageerde ik woedend, hoewel het volkomen waar was.

'Denk je soms dat ik geen ogen in mijn hoofd heb?' ging Stella verder. 'Ik heb heus wel gemerkt hoe jij naar hem keek en hij naar jou. Hoe je 's avonds het huis uit sloop en pas de volgende ochtend thuiskwam. Denk je echt dat ik dat niet wist?'

Ik staarde haar verbijsterd aan. Ze had me duidelijk in de gaten gehouden!

'En weet je wat ik dacht toen ik hoorde dat je naar Lennard was gegaan en je me daarna vertelde dat je met hem wilde trouwen en dat je zwanger was?' riep ze. 'Ik dacht: misschien heeft die losbol mijn dochter wel in moeilijkheden gebracht! Je mag van geluk spreken dat Lennard zo'n aardige man is. Is hij eigenlijk wel op de hoogte?'

Haar woorden kletterden als hagelstenen op me neer. Ik wist me geen raad. Alles wat ze zei was waar. Ik had wel vermoed dat ze het wist, maar ik had het niet willen erkennen. En nu wist het hele huis er waarschijnlijk van.

'Moeder, dit gaat echt te ver!' zei ik kwaad. 'Zoiets kunt u niet zomaar insinueren.'

Moeder beefde. 'Als ik het had gekund, had ik die vent eruit gegooid. Je hebt geen idee hoe vaak ik met de gedachte heb gespeeld hem te dwingen te verdwijnen en jou met rust te laten.'

'Hebt u dat soms ook gedaan?' schreeuwde ik tegen haar. 'Zit u erachter?' Mijn hele lichaam trilde. Als dat waar was, was het zo afschuwelijk dat ik het haar nooit zou vergeven.

Plotseling verstijfde ze. Haar ogen verwijdden zich en haar gezicht verstarde.

'Agneta!'

Mijn naam kwam slechts als een verstikt geluid uit haar mond. Haar lichaam verkrampte en toen liet ze haar lepel vallen en klauwde naar het tafellaken. Haar ogen waren groot van angst. Onmiddellijk bekoelde mijn woede.

'Moeder! Wat is er...'

'... duizelig,' wist ze uit te brengen. Het volgende moment zakte ze in elkaar.

'Moeder!' riep ik, ik sprong op en liep naar haar toe. Ik kon haar nog net opvangen voordat ze van haar stoel gleed.

'Help!' riep ik, terwijl ik haar voorzichtig van haar stoel probeerde te tillen. Had ze een hartaanval? Even later stormde Bruns naar binnen. Geschrokken bleef hij staan.

'Laat dokter Bengtsen halen, vlug!'

Direct draaide de bediende zich om en rende weg. Meteen daarop verschenen ook juffrouw Rosendahl en Marie.

'Goede genade, wat is er gebeurd?' vroeg de huishoudster en ze haastte zich naar mij toe.

'Mijn moeder lijkt ineens duizelig te zijn geworden. En toen is ze in elkaar gezakt.'

Ik tikte zachtjes tegen haar wang, maar Stella bewoog niet. Haar voorhoofd was nat van het zweet, maar ik voelde wel haar adem op mijn huid. Toen ik haar pols voelde, was die heel zwak.

Ik werd door angst bevangen. Kennelijk was het inderdaad een hartaanval. En het was mijn schuld!

'Mama, word wakker,' sprak ik haar zachtjes toe, terwijl ik haar wangen streelde. 'U kunt me niet alleen laten. Alstublieft.'

'Misschien moeten we haar naar haar kamer brengen,' stelde juffrouw Rosendahl voor. 'Daar ligt ze comfortabeler dan hier. Marie, kijk eens of meneer Bruns al terug is, en anders haal je Linda.' Toen wendde ze zich weer tot mij. 'Mevrouw, u kunt beter niet zo zitten, met uw buik. Dat is vast niet goed voor het kind.'

Op dat moment kon het me niets schelen. Mijn moeder was toch pas halverwege de vijftig! Ze mocht gewoon niet sterven. Niet voordat ze haar kleinkind had gezien. Niet nu! Terwijl juffrouw Rosendahl me voorzichtig overeind hielp tilden Marie en Linda, die intussen waren aangesneld, mijn moeder voorzichtig van de vloer. Toen we in de grote hal waren kwam Bruns haastig aanlopen.

'Peter is onderweg, hij heeft een van de snelste paarden genomen.'

'Mooi,' antwoordde ik, en toen nam Bruns Stella van ons over. Ik voelde hoe ik langzaam weer op krachten kwam.

'Laten we mijn moeder naar haar slaapkamer brengen. Juffrouw Rosendahl, wilt u het alstublieft laten weten als u de dokter ziet aankomen?'

'Zal ik bij haar blijven?' vroeg Linda, die nu ook krijtwit zag.

'Nee, dat is niet nodig, ik zal bij haar waken.'

'Maar...'

'Linda, alsjeblieft. Ik kan het wel aan. Ik ben zwanger, niet ziek!'

'Goed, mevrouw.' Linda bleef wachten. Ik kon aan haar zien dat ze gekwetst was, maar op dit moment mocht mijn moeder niet haar kamenierster als gezelschap hebben. Ik was haar dochter en ook al was onze verhouding moeizaam, ik wilde nu eens iets goed doen.

Bruns droeg haar naar boven en we legden haar samen op bed.

Ik ging naast haar zitten. Nog steeds deed ze haar ogen niet open. Wat was er toch met haar aan de hand?

'Kan ik nog iets voor u doen?' vroeg Bruns, waarop ik mijn hoofd schudde.

'Nee, maar blijft u alstublieft in de buurt, voor het geval dat ik uw hulp nodig heb.'

'Zoals u wenst.' Met een lichte buiging trok Bruns zich terug.

Ik streek mijn moeder zachtjes over haar wangen. Mijn hart ging tekeer en de angst die in elke vezel van mijn lichaam woedde deed me mijn zere rug en mijn verkrampte gewrichten vergeten.

'Mama,' sprak ik mijn moeder zachtjes toe. 'Mama, word alstublieft weer wakker. Ik weet wat ik heb gedaan. Maar ik heb het niet gedaan om u het leven moeilijk te maken. Ik hield echt van hem en ik dacht dat hij de ware was. Ik kon niet weten dat ik me wéér vergiste.'

Omdat ze zich nog steeds niet bewoog, knoopte ik haar japon open. Ook vandaag had ze het niet zonder korset willen stellen. Dat was vast niet de oorzaak van haar flauwte, maar ik draaide haar toch op haar zij en maakte de veters los, zodat ze meer lucht kreeg. Toen ik haar weer op haar rug legde, maakte ze een krampachtige beweging. Met een diepe ademteug was ze bij me terug.

'Agneta?' vroeg ze versuft. 'Wat is er gebeurd? Is het nog geen etenstijd?'

'Sst, mama, blijf rustig liggen,' zei ik zacht. 'We waren al beneden, maar u werd duizelig en toen hebt u het bewustzijn verloren. Dokter Bengtsen komt eraan.'

'Dokter Bengtsen? Maar er is niets met me aan de hand.'

'Dat zal hij wel bepalen,' wierp ik tegen, en ik duwde haar voorzichtig terug in de kussens.

Moeder keek me aan alsof ze niet kon geloven dat ik bij haar zat.

'Waar is Linda?' vroeg ze. Ze had er kennelijk op gerekend dat ik de zorg voor haar aan haar kamenierster zou overlaten.

'Beneden, vermoedelijk. Ik heb haar gezegd dat ik voor u zou zorgen.'

'Maar in jouw toestand...'

Ik pakte haar hand en drukte die zacht. 'In mijn toestand ben ik heel goed in staat naast u te zitten en een oogje in het zeil te houden. Ook al zullen mijn rug en mijn benen me er later voor straffen. Maar dat is om het even, het belangrijkste is dat u weer gezond wordt.'

Moeder keek me aan alsof ze een visioen had. Of alsof ik een trol was die de gedaante van haar dochter had aangenomen. 'Het spijt me van de ruzie,' vervolgde ik. 'Het was niet mijn bedoeling dat u zich zou opwinden.'

Moeder reageerde niet. Ze sloeg haar ogen neer en ik was al bang dat ze weer het bewustzijn zou verliezen. Maar toen zei ze: 'Waarschijnlijk gaat het nu eenmaal zo tussen moeders en dochters. Hoewel een moeder eigenlijk alleen het beste voorheeft met haar kinderen.'

Op dat moment werd er geklopt.

'Kom maar binnen,' riep ik.

Marie stond op de drempel. 'Dokter Bengtsen is zojuist aangekomen.'

'Dank je wel!' zei ik. 'Wil je water, zeep en een handdoek brengen, zodat hij zijn handen kan wassen?'

'Jawel, mevrouw.' Marie maakte een knicksje en verdween.

'Hebt u het gehoord?' vroeg ik aan moeder. 'De dokter is er. Hij zal u grondig onderzoeken en dan weten we wat er aan de hand is.'

Ik wilde bij haar weggaan, maar ze bleef mijn hand vasthouden. 'Blijf hier. Alsjeblieft. Laat me niet alleen.'

'Dat doe ik niet,' antwoordde ik. 'Ik ga hem alleen verwelkomen en ben zo weer terug.'

Toen ik de kamer verliet kwam dokter Bengtsen al de trap op.

'Ah, mevrouw Agneta.'

'Goedenavond, dokter,' zei ik, en ik reikte hem de hand. 'Hartelijk dank dat u zo vlug gekomen bent.' Ik ging de dokter voor de kamer in. Moeder was intussen overeind gaan zitten. Ze had nu wat kleur op haar wangen. Misschien was het slechts een flauwte geweest... Maar het was eigenlijk niets voor Stella Lejongård om flauw te vallen. Ze had niet eens zwakte getoond na vaders overlijden. En we hadden vaker even heftige ruzies gehad zonder dat die haar gezondheid hadden geschaad.

'Goedenavond, mevrouw,' zei de arts en hij gaf moeder een hand. 'Wat is er gebeurd?'

'Dat moet u mijn dochter vragen,' zei ze. 'Ik herinner me niet eens dat ik vanavond iets heb gegeten. Ik weet alleen nog dat ik de trap af ben gelopen en de eetkamer ben binnengegaan.'

Bengtsen keek me aan.

Ik was geschokt door het gat dat het incident in haar geheugen had geslagen. Ze herinnerde zich dus niets van onze woordenwisseling? Had de flauwte alles uitgewist? Was ze daarom zo mild tegen me? Of wilde ze het er in het bijzijn van de dokter niet over hebben? Ik kon beter niets over de ruzie zeggen, dat ging Bengtsen niet aan.

'Ze zei opeens dat ze duizelig werd. Vlak daarna zakte ze in elkaar. Ik heb geprobeerd haar wakker te krijgen, maar dat lukte niet meteen. Pas toen we haar naar haar kamer hadden gedragen kwam ze weer bij.'

'Hoelang heeft die flauwte geduurd?' vroeg de arts terwijl hij mijn moeders pols voelde en daarbij op zijn zilveren zakhorloge keek.

'Ongeveer tien minuten. Toen kwam ze bij, maar kon zich niets herinneren.'

De arts knikte en klapte zijn horloge weer dicht.

'Ik wil u verzoeken u zo veel mogelijk te ontbloten, in zoverre dat voor u fatsoenshalve aanvaardbaar is,' zei hij tegen mijn moeder en keek toen naar mij. 'Als het mogelijk is, helpt u haar dan alstublieft haar korset uit te trekken.'

'Natuurlijk, dokter.'

Hij draaide zich om en begon in zijn tas te rommelen. Ik ontdeed moeder van haar korset en hielp haar uit haar japon. Uiteindelijk zat ze in haar hemd. Ze zag er kwetsbaarder uit dan ik haar ooit had gezien. Ze was nog altijd een mooie vrouw, maar haar lichaam vertoonde tekenen van ouderdom. Haar schouders en hals deden bepaald mager aan, haar huid was niet meer zo strak als vroeger. Ik zag hoe ik er over ruim dertig jaar uit zou zien.

Toen ik klaar was begon de dokter met zijn onderzoek. Hij beluisterde haar longen, klopte op haar rug, nam haar bloeddruk op en voelde opnieuw haar pols. Vervolgens bekeek hij haar ogen en mond en luisterde nog eens naar haar longen. Het gezicht dat hij daarbij trok kon van alles betekenen. Evengoed intense concentratie als een negatieve diagnose. Toen hij klaar was vroeg hij me mee de kamer uit te gaan.

'Kunnen we het niet in mijn moeders aanwezigheid bespreken?' vroeg ik, terwijl Stella merkwaardig stil was, alsof ze wist wat hij me zou vertellen.

'Dat zullen we zeker doen, maar eerst moet ik u alleen spreken,' antwoordde dokter Bengtsen.

We liepen de kamer uit. Ik was erg ongerust. Het rommelde in mijn maag en mijn hart bonsde.

'En, dokter?' vroeg ik. 'Hou me alstublieft niet in spanning.'

'Er is iets niet in orde met uw moeders hartslag. Die is onregelmatig en dat heb ik ook geconstateerd bij het luisteren naar haar longen. Het lijkt erop dat haar hart moeite heeft in het ritme te blijven. Dat zou ook verklaren waarom ze plotseling het bewustzijn heeft verloren.'

'U bedoelt dat ze lijdt aan hartzwakte?'

De dokter gaf geen antwoord. In plaats daarvan vroeg hij: 'Heeft uw moeder de laatste tijd klachten geuit? Perioden van zwakte misschien? Moeite met bewegen?'

'Mijn moeder klaagt nooit,' zei ik. 'Dat is beneden haar waardigheid.'

'Welnu, dan moet u haar voortaan geregeld vragen hoe ze zich voelt. En op een eerlijk antwoord staan. Dat is belangrijk.'

Een eerlijk antwoord? Moeder zou altijd zeggen dat er niets aan de hand was. Behalve als ik ruzie met haar maakte, wat gezien de diagnose beslist niet raadzaam was.

'Het lijkt er ook op dat ze vocht in de longen heeft. Niet heel veel, maar het is hoorbaar als ze ademhaalt. Dan hoor ik een ruis.

Ik vermoed een verminderde functie van de rechterhartkamer. Dat kan ook haar ademhaling beïnvloeden.'

'U bedoelt dat mijn moeder niet voldoende lucht krijgt? Zou ze dan niet enigszins blauw zien?'

'Dat hoeft niet. Ademnood komt langzaam op en verdwijnt zodra de inspanning voorbij is. Het wordt pas echt merkbaar als de inspanning wat langer duurt.'

En dat kwam bij mijn moeder, die over elke stap nadacht, maar zelden voor. Behalve als we ruzie hadden en elkaar van alles toeschreeuwden.

'Het ziekenhuis in Kristianstad beschikt over een röntgenapparaat,' vervolgde Bengtsen.

Ik knikte. 'Ja, dat hebben we laten aanschaffen op aanbeveling van professor Lindström.'

'Ik zou daar graag een foto van de longen en het hart laten maken. Dan kan ik u met zekerheid zeggen of er sprake is van een defect.'

Ik voelde me bijna gekwetst. Mijn moeder zou een zwak hart hebben? Dat paste niet bij haar.

'Prima, als u denkt dat het zin heeft. Ik geloof niet dat ze daar bezwaar tegen zal hebben.'

'Goed, dan zal ik contact opnemen met professor Lindström,' zei Bengtsen.

'Wat moet ik me bij de therapie voorstellen, mocht uw vermoeden bewaarheid worden?' Ik was verbijsterd. Hoe groot zou mijn aandeel in dit zwakke hart zijn? Hoelang had ze dit al voor mij verborgen gehouden?

'Ik zal haar versterkende en opwekkende middelen geven. En ze zal zich moeten ontzien. Een kuur of een verblijf aan zee zou ook raadzaam zijn. U hebt toch een strandhuis in Åhus, voor zover ik weet?'

'Dat hebben we inderdaad. Zou ze opknappen als ze daar een poosje naartoe zou gaan?'

'De zeelucht zou haar goeddoen. En het kan ook geen kwaad als ze even hiervandaan is, waar de herinnering aan haar man en haar zoon voortdurend aanwezig is.'

‘U hebt gelijk, dokter. Maar ik vraag me wel af... Waarom heeft ze niets tegen me gezegd? Ze moet toch hebben gemerkt dat er iets niet in orde is?’

‘Misschien weet ze het aan een gebroken hart. Misschien aan het rouwproces. Mensen zijn er goed in een vermoeden weg te redeneren en het te negeren. Tot dat niet meer lukt.’

Ik perste mijn lippen op elkaar. En ik had haar ook nog eens voortdurend reden tot zorg gegeven. Ruzie met haar gemaakt, me tegen haar verzet.

‘Zullen we maar weer naar binnen gaan?’ vroeg de dokter. ‘Ik zou het uw moeder een beetje omzichtiger willen vertellen, behalve als u het beter vindt dat ze de hele waarheid kent.’

‘Kent u dan de hele waarheid al?’ vroeg ik, waarop Bengtsen me verwonderd aankeek.

‘Ik bedoel, u zult toch eerst de röntgenfoto willen bekijken voordat u een definitieve diagnose stelt?’

‘Dat klopt, mevrouw,’ erkende Bengtsen.

‘Goed, vertelt u haar dan zo veel als u op dit moment met zekerheid kunt zeggen. Ze verdient het de waarheid te horen, tenslotte is ze geen kind en ook niet zwakbegaafd.’

De arts knikte en ging samen met mij moeders kamer in. Ze had inmiddels haar japon weer aangetrokken. Maar het korset had ze laten liggen. Geen wonder dat ze niet goed kon ademhalen. Misschien kon ik haar er nu eindelijk toe overhalen dat vreselijke kledingstuk in de mottenballen te leggen.

‘En, wat hebt u met mijn dochter besproken?’ vroeg ze, zo te zien weer helemaal de oude. Haar lichaam was mager, maar leek toch krachtig, en in haar ogen lag een onverbiddelijke blik.

‘Dat ik u graag naar het ziekenhuis in Kristianstad wil sturen. Voor een röntgenfoto van uw thorax.’

Hij legde mijn moeder uit wat zijn vermoedens waren en wat hij hoopte op te kunnen maken uit de foto. Ze hoorde zijn uitleg onbewogen aan.

‘Goed, ik ga akkoord,’ zei ze. ‘Treft u maar de nodige voorbereidingen.’

'Dat zal ik doen, mevrouw.' De dokter wekte een enigszins onzekere indruk. Had hij op verzet gerekend? 'Ik zal alles doen wat in mijn macht ligt om uw gezondheid te herstellen.'

'Dank u wel, dokter.'

Met die woorden leek ze afscheid van hem te hebben genomen. Bengtsen keek me aan.

'Kunt u mijn moeder misschien iets geven zodat zo'n flauwte zich niet meer voordoet?' vroeg ik.

Dat mijn moeder zo nonchalant had gereageerd op het vermoeden van een ziekte beviel me niet. Was ze zich er wel van bewust wat dat betekende?

'Natuurlijk, ik zal haar druppels voorschrijven. Als mijn vermoeden juist blijkt, zal ik digitalis geven, dat verbetert de slagkracht van het hart.'

'Digitalis?' vroeg ik.

'Vingerhoedskruid,' legde de dokter uit. 'Die plant kent u vast. Het heeft een positieve invloed op de hartspier. Inmiddels bestaat er een groot aantal medicijnen die deze werkende stof bevatten. Hartzwakte is tegenwoordig niet meer zo gevaarlijk als jaren geleden. Maar om te beginnen nemen we iets lichters. Na de uitslag van de röntgenfoto zal ik dan overgaan tot een definitieve medicatie.'

'Heel hartelijk dank, dokter,' zei ik, en ik keek mee toen hij een recept uitschreef. De namen van de ingrediënten van het geneesmiddel waren niet uit te spreken en door het handschrift van de arts nog minder leesbaar, maar de apotheker zou wel weten wat hem te doen stond.

Dokter Bengtsen nam afscheid en kondigde aan een bode te sturen zodra hij wist wanneer de foto gemaakt kon worden.

Toen hij weg was zaten moeder en ik nog een poosje zwijgend naast elkaar op het bed. Haar blik dwaalde naar het raam, waarachter je de bossen kon zien, die nu door het avondlicht werden beschenen. Het was een rustgevend uitzicht, maar ik voelde duidelijk hoe onthutst mijn moeder nog steeds was.

'Een zwak hart,' mompelde ze uiteindelijk. 'Niemand in mijn familie heeft een zwak hart.'

'Misschien is het gewoon nooit onderkend,' zei ik. 'Bovendien denk ik dat je een zwak hart ook kunt oplopen. De afgelopen jaren waren niet bepaald aangenaam voor ons.'

Moeder keek me aan. Haar blik was koel en ik wist dat ik me diende te verontschuldigen. Blijkbaar had ze het geheugenverlies alleen voorgewend.

'Het spijt me, moeder,' zei ik, en ik sloeg mijn ogen neer. 'Ik wilde geen ruzie met u maken. Ik had u moeten vertellen dat ik hem was gaan zoeken.'

'Wat had dat uitgemaakt? Je hebt nu eenmaal een eigen wil,' zei Stella, en ze klonk bijna een beetje verdrietig. 'Je had van begin af aan van hem af moeten blijven.'

Ik liet mijn schouders hangen. Ze had gelijk. Maar wat kun je doen als je hart naar iets verlangt en het zo heerlijk is die wens te vervullen?

'Als ik nieuws hoor over... Max, wil dat niet zeggen dat ik alles overhoop wil halen. Ik wil gewoon eindelijk weer rust in mijn leven hebben. Ik wil weten wat voor hem de reden was hier weg te gaan. Als ik dat weet, kan ik het afsluiten.'

Moeder zei niets terug. Ik wist dat ze zich een beeld vormde van het leven zoals het naar haar wensen zou zijn verlopen. Ze had alles graag zelf willen bepalen. Maar dat was onmogelijk.

'Vertel me alleen dit nog,' vervolgde ik. 'Hebt u met hem gesproken en hem aangespoord te vertrekken?'

'Nee,' antwoordde mijn moeder. 'Ik heb wel gewenst dat ik er de kracht toe zou hebben, ik wou het doen. Maar ik heb het niet gedaan. Om redenen die ik je misschien ooit zal vertellen, maar niet nu.'

Weer zweeg ze en ze keek naar de zoom van haar japon.

'Zal ik u iets te eten laten brengen?' vroeg ik uiteindelijk.

'Ik heb geen trek meer,' zei moeder, 'maar ga rustig zelf wat eten. Je moet op krachten blijven.'

Ze keek naar mijn buik en heel even leek het of ze hem wilde strelen. Maar haar zelfdiscipline weerhield haar.

'Ik kom later nog bij u kijken,' beloofde ik en ik verliet de kamer. Bij de deur bleef ik even staan. Pas nu drong de betekenis van wat dokter Bengtsen had gezegd in volle omvang tot me door. Moeder kon overlijden als haar hartzwakte niet goed werd behandeld.

Beneden kwam ik Linda tegen, die kennelijk op hete kolen had gezeten.

'Hoe gaat het met mevrouw?' vroeg ze bezorgd.

'Ze wil nu wat rusten,' antwoordde ik. 'Je kunt het best beneden in de keuken wachten. Ze belt wel als ze iets nodig heeft.'

Linda knikte en maakte een korte kniebuiging, waarna ze naar de keuken ging. In de eetkamer waren de gerechten allang koud geworden. Toch ging ik zitten en begon aan een broodje te plukken. Uiteindelijk nam ik wat groenten en fruit. Niet ik wilde eten, maar mijn twee kindjes. Voor het eerst voelde ik hun honger, hun wil om te leven. De honger die ze bij me opwekten kon me dat beter duidelijk maken dan een trap tegen mijn ingewanden.

De kinderen van Max. Wist ik maar waar hij was en of hij nog in leven was! Kon ik hem maar vertellen welke kans hij had laten lopen toen hij wegging. Wist ik maar waarom...

63

Ik ging met Stella mee naar het ziekenhuis, waar de röntgenfoto gemaakt zou worden. Mijn anders zo beheerste moeder gedroeg zich die ochtend als een lam op weg naar de slachtbank.

'Ik begrijp niet waar dit voor nodig is,' klaagde ze tijdens de rit. 'Dokter Bengtsen heeft mijn longen toch beluisterd? Is hij ineens doof geworden?'

'Ik geloof niet dat het iets met zijn gehoor te maken heeft. Hij wil alleen het zekere voor het onzekere nemen. Bovendien hebben wij dit apparaat gefinancierd. Het is niet meer dan normaal dat wij ook van de aanschaf kunnen profiteren.'

'En dat alleen omdat mijn hart niet goed meer werkt?' Ze schudde haar hoofd. 'Nou en? Je kunt een hart niet repareren of vervangen. Wat kan hij nog doen als hij zekerheid heeft?'

'Hij kan u de juiste geneesmiddelen voorschrijven en het verloop van de ziekte voorspellen.'

'Elke ziekte leidt onvermijdelijk tot de dood, vandaag of morgen.'

Ze zweeg en keek met sombere blik uit het raam van de koets. De rest van de rit sprak ze geen woord meer.

In het ziekenhuis bracht professor Lindström ons persoonlijk naar het vertrek waar het röntgenapparaat stond. Door de deuropening zag ik wat een bakbeest het was. Mijn moeder zou het beslist niet toegeven, maar ik kon me voorstellen dat ze bang was.

'Mag ik mee naar binnen?' vroeg ik, waarop de arts zijn hoofd schudde.

'In uw toestand is dat niet raadzaam. Er zijn nog wel geen onderzoeksresultaten die uitwijzen wat de invloed van de stralen op een ongeboren vrucht is, maar we vinden het beter als u boven wacht,' legde Lindström uit. 'Als u wilt, kan ik u ook nog even onderzoeken.'

'Dat is niet nodig,' wierp ik tegen. 'Ik voel me sterk en gezond.'

Stella liet in het bijzijn van het personeel natuurlijk niets merken, maar voordat ze de röntgenkamer in ging, wierp ze me een blik toe. Inderdaad, ze was bang. En ik had met haar te doen.

Ik liep met Lindström mee naar boven, terwijl de röntgenspecialist met zijn assistenten aan het werk ging.

'Hoelang moet u nog?' vroeg de professor. Kennelijk kon hij zijn aandacht niet van mijn toestand afhouden.

'Nog zo'n anderhalve maand tot twee maanden. Dokter Bengtsen zei dat een tweeling soms iets vroeger komt. Daar was ik eerlijk gezegd wel blij om.'

'Hebt u al besloten waar de bevalling zal plaatsvinden?'

'Gewoon thuis, denk ik. Eerlijk gezegd heb ik daar nog niet over nagedacht.'

'Dat zou u wel moeten doen. Een tweelinggeboorte kan complicaties geven. Als uw echtgenoot er niets op tegen heeft, zou ik u aanraden de kinderen hier ter wereld te brengen, waar u onder de hoede van onze beste artsen bent.'

'Dokter Bengtsen kan me bij ons op het landgoed toch ook bijstaan?'

Sinds ik Hendrik hier in een van de kamers had gezien, trok een ziekenhuis me absoluut niet meer. Ook nu werd ik door een rilling overvallen, die ik slechts met moeite voor Lindström wist te verbergen.

'En wat zou hij doen als er complicaties ontstaan?' Lindström trok een bezorgd gezicht. 'Het kan zijn dat het noodzakelijk is een keizersnede uit te voeren, als een van de baby's niet in de juiste positie ligt. We kunnen die ingreep hier in een van onze operatiekamers met grote kans op succes uitvoeren.'

Ik voelde me misselijk worden bij het vooruitzicht me te laten opensnijden. Het liefst had ik Lindström gevraagd het over iets anders te hebben. Maar hij had gelijk. Er kon van alles gebeuren. En een keizersnede zou dokter Bengtsen niet bij mij thuis kunnen uitvoeren. Als hij zo'n chirurgische ingreep al kon uitvoeren.

'Hoe zit het met de risico's? Zou ik zo'n ingreep wel overleven?'

'De techniek is de afgelopen jaren verder ontwikkeld. Onze chirurgen hebben al enige ervaring met de keizersnede. Maar zover hoeft het niet te komen. Ik zou het alleen prettiger vinden als u onder toezicht stond van artsen die ervaring hebben op verloskundig gebied. Er staat nogal wat op het spel voor uw familie.' Dat was juist. Mijn broer was dood, zijn dochter was als zodanig niet officieel erkend. Lennard was mijn man, maar hij was geen Lejongård. Onze familie zou uitsterven als ik kwam te overlijden en de kinderen mee zou nemen in de dood. De verantwoordelijkheid drukte opeens ongekend zwaar op mijn schouders.

'Ik zal het er met mijn man over hebben. Als ik besluit de kinderen hier te krijgen, wat moet ik dan doen?'

'Het mij gewoon laten weten, dan zorg ik ervoor dat de noodzakelijke voorbereidingen worden getroffen.' Dokter Lindström legde zijn hand zorgzaam op de mijne. 'Uw familie is altijd al onze belangrijkste begunstiger geweest. Zonder uw jaarlijkse bijdragen kunnen we het ziekenhuis niet in stand houden. Ik zal dus alles doen wat in mijn macht ligt om uw bevalling goed te laten verlopen.'

'Alleen omwille van onze giften?' vroeg ik met een subtiel glimlachje.

'Nee, niet alleen daarom. Ik ben het u verplicht. Uw broer is in mijn ziekenhuis overleden. Ik zal niet toelaten dat de laatste erfgenaam van de Leeuwenhof hetzelfde lot treft terwijl ze nieuw leven ter wereld brengt.'

Ons gesprek werd onderbroken door geklop op de deur. Op Lindströms reactie kwam een verpleegster binnen die meldde dat het onderzoek van mijn moeder was afgerond.

We liepen terug naar beneden. Mijn moeder leek licht verward. Toen ik voor haar stond wierp ze me een ontevreden blik toe. Ik wilde haar vragen hoe het met haar ging, maar ik zag aan haar ogen dat ze erg haar best deed haar onvrede niet te uiten.

'Ik zal even naar de foto's kijken voordat ik ze u meegeef,' beloofde professor Lindström. 'Als u zo lang wilt blijven wachten?'

De verpleegster die ons was komen halen ging ons nu voor naar de wachtruimte voor de spreekkamer van dokter Lindström. Inmiddels was buiten de zon gaan schijnen en begon het binnen benauwd te worden. Het ontging me niet dat mijn moeder moeite had met ademhalen toen we plaatsnamen. Ze zag bleek en er parelden zweetdruppels op haar slapen.

'Hoe was het daarbeneden?' vroeg ik even later. 'Hebt u iets gemerkt van die stralen?' Moeder schudde haar hoofd. 'Nee, niet van de stralen. Maar de plaat die ze tegen me aan drukten was koud als een bevroren meer. En het was ook nogal ongemakkelijk om zo lang te moeten staan.'

'Het is de enige manier om te kunnen zien of dokter Bengtsen gelijk heeft,' antwoordde ik. 'En we moeten echt te weten komen wat er aan de hand is. Ik heb u nog nodig.'

Stella snoof afkeurend. 'Jij hebt me niet nodig. Je zult heus wel zelf je weg door het leven vinden.'

'Misschien wel, maar dat wil niet zeggen dat ik niet af en toe het gevoel wil hebben dat er iemand achter me staat. Iemand die ik om advies kan vragen.'

'Om advies heb je me nog nooit gevraagd,' wierp moeder tegen. 'Je hebt altijd gedaan wat jou juist leek.'

'Dat is niet waar, ik vraag u wel degelijk af en toe om advies.'

'En dan bevallen mijn antwoorden je niet.'

'Dat wil niet zeggen dat ik ze niet ter harte neem.' Ik haalde diep adem. Konden we misschien ook eens een gesprek voeren zonder ruzie te krijgen? Of waren we er allebei te veel aan gewend?

Gelukkig kwam professor Lindström vlug terug. Hij had een grote zwarte afbeelding in zijn hand, die me vaag deed denken aan de afdruk van een linoleumsnede.

'Dames, ik heb de foto zeer zorgvuldig bekeken,' begon hij. Ik had een sprankje hoop dat hij zou zeggen dat dokter Bengtsen zich had vergist. 'Ik moet u helaas meedelen dat mijn collega het bij het rechte eind had. Kijkt u maar eens.' Hij hield de foto tegen het licht. Aanvankelijk kon ik niet veel meer onderscheiden dan wat witte vlekken op een zwarte ondergrond. Maar toen kreeg ik in de gaten dat ik naar de longen van mijn moeder keek. En naar haar hart.

'Dit hier zijn de hartkamers,' legde Lindström uit en hij gaf met zijn vinger de omtrek aan. 'In uw ogen lijkt dit misschien normaal, maar hier is een duidelijke vergroting van het hart te zien.'

Normaal? Bijna was ik in de lach geschoten. Wat we daar zagen was in de verste verte niet normaal. Het binnenste van mijn moeder...

Toen ik nog heel jong was en Stella me soms kil bejegende, had ik kunnen zweren dat ze geen hart had. Maar hier was het dan toch. Groter dan het hoorde te zijn.

'Ik neem aan dat zo'n vergroting niet goed is,' zei ik, terwijl mijn moeder ontdaan naar de foto keek.

'Dat is inderdaad niet goed. Het duidt op een verzwakte linkerzijde van het hart. Het is goed dat dokter Bengtsen u naar mij heeft verwezen. De functievermindering is natuurlijk ook aan andere symptomen te herkennen. Ademnood bijvoorbeeld, gezwollen halsaders of een gierende ademhaling. Ik vermoed dat hij al deze symptomen heeft opgemerkt, maar de foto levert nu het bewijs.'

Moeder nam de woorden van de arts zonder merkbare emotie op. Op dat moment wenste ik dat er een röntgenapparaat voor gedachten bestond... Maar dat ze zich zorgen maakte stond buiten kijf.

'En welke geneesmiddelen zou u voorstellen?'

'Een preparaat van vingerhoedskruid en lelietjes-van-dalen. Dat zal ik dokter Bengtsen aanbevelen. Maar ik denk dat hij wel weet wat hem in dit geval te doen staat.'

'Is het dodelijk?' vroeg mijn moeder ineens.

'Niet als de aandoening op de juiste wijze wordt behandeld,' antwoordde Lindström. 'Maar u zult wat aanpassingen in uw leefstijl moeten aanbrengen.'

'Is een verblijf aan zee aan te bevelen?' vroeg ik, want dat was wat dokter Bengtsen ons had aangeraden.

'Absoluut! De zeelucht zal het hart goeddoen. En lange wandelingen langs het strand zouden beslist versterkend werken.'

'Goed, moeder, dan weten we wat ons te doen staat,' zei ik tegen haar, maar ze bleef voor zich uit staren. Pas na enige tijd kwam ze weer tot zichzelf.

'Hartelijk dank, professor,' zei ze en ze stond op.

'Ik zal de foto voor u laten inpakken. U kunt hem meteen meenemen,' beloofde Lindström en hij verdween weer.

'En, wat denkt u van een verblijf aan zee?' vroeg ik haar.

'Je wilt me zeker kwijt,' ging moeder in de aanval.

'Nee hoor, ik wil dat u weer gezond wordt,' zei ik terug. 'Het kan voor u geen kwaad om wat kracht op te doen. Bovendien zou het voor mij ook niet verkeerd zijn om weer eens wat zeelucht op te snuiven.'

'In jouw toestand?' Moeder schudde haar hoofd. 'Geen sprake van! Als de kinderen er zijn, kunnen we weggaan, eerder niet! Ik wil niet met jou in het strandhuis vastzitten als je weeën krijgt.'

Er lag me een opmerking op de lippen, maar die wist ik in te houden.

Toen Lindström terugkwam overhandigde hij me de foto, in pakpapier gevouwen dat netjes met een touwtje was dichtgebonden.

'Ik sta altijd voor u klaar, mocht u advies nodig hebben,' zei hij. 'Dat geldt voor u beiden. Denkt u eens na over mijn voorstel. Het lijkt mij het beste.'

'Dank u, dat zal ik doen,' zei ik, en ik gaf hem een hand.

We verlieten de kliniek en stapten in de koets.

'Welk voorstel heeft de dokter je gedaan?' vroeg moeder terwijl August de paarden aanspoorde.

'Hij vroeg of ik niet liever in het ziekenhuis wou bevallen.'

'Alle generaties Lejongård zijn binnen de muren van ons huis geboren!'

'Daar ben ik me van bewust,' zei ik, 'maar geen enkele Lejongård heeft een tweeling ter wereld gebracht. Het is een risico, en ik weet niet of ik dat wil nemen. Ik wil niet dat mijn kinderen zonder moeder moeten opgroeien.'

Moeder dacht even na. 'Dat moet je met je man bespreken,' zei ze ten slotte. 'Als hij voor is, vind ik het goed. Waar je geboren bent is niet van belang, maar wie je bent. En jij bent en blijft een Lejongård.'

Lennard kwam de zondag daarna terug. Ik had hem nog niet ingelicht over alle opwinding die we hadden doorgemaakt. Maar dat zou ik nu doen. Of mijn moeder zou dat doen, want zij leek enthousiaster te zijn over de terugkeer van mijn echtgenoot dan ikzelf. Zou ze hem ook vertellen dat ik naar Max op zoek was gegaan? Door de zorgen om mijn moeder had ik er helemaal niet aan gedacht dat Boregard inmiddels al een week onderweg was. Ik had nog geen bericht van hem ontvangen, maar daarop had ik ook niet kunnen hopen. Alleen al de reis naar Duitsland nam enige tijd in beslag. En als hij dan ook nog naar het oorlogsgebied afreisde...

Die avond zaten we na het eten allebei in onze slaapkamer. Ik had een boek gepakt, dat me was aanbevolen door Lena, die het al had gelezen, maar ik kon mezelf er niet toe zetten erin te beginnen. Ik voelde me onrustig. Moeder had nadrukkelijk aangegeven onder vier ogen met Lennard te willen spreken om hem op de hoogte te brengen van haar aandoening. Hij had er na dat gesprek bezorgd uitgezien, maar ik had geen aanwijzing dat hij van mijn zoektocht wist. Nu zat hij stil aan zijn bureau, verdiept in een brief die hij aan het opstellen was. Ik had maar al te graag geweten wat hij schreef, maar ik durfde hem er niet naar te vragen. Hij informeerde immers ook niet naar mijn correspondentie.

Ik had een enorme hekel aan die stiltes, die telkens weer tussen ons ontstonden als we alleen waren. Anderzijds wist ik heel vaak niet wat ik met hem zou moeten bespreken. Met Max had ik altijd ongedwongen over van alles en nog wat kunnen praten, Lennard daarentegen leek er steeds op te wachten dat ík een onderwerp aankaartte. Maar ditmaal was er inderdaad iets wat ik met hem wilde en moest bespreken.

‘Professor Lindström heeft gezegd dat het raadzaam zou zijn in het ziekenhuis te bevallen,’ zei ik, waarop hij direct de penhouder neerlegde en me aankeek. ‘Volgens hem kunnen we er zo zeker van zijn dat eventuele complicaties geen schadelijke gevolgen hebben.’

Lennard fronste zijn wenkbrauwen. ‘Is de professor bang dat er zoiets zou kunnen gebeuren?’

‘Niet direct. Maar ook dokter Bengtsen heeft gezegd dat het niet ongevaarlijk is om je bij een tweeling uitsluitend op de natuur te verlaten.’

‘Nou, als jij denkt dat het voor jou en de kinderen het veiligst is, gaan we naar het ziekenhuis.’

Ik knikte. ‘En als ik nu niet weet wat me te doen staat? Wat juist is?’

Lennard glimlachte schuins. ‘Dat weet je toch altijd? Beter dan ik.’

‘En als ik me deze keer vergis? Als ik me weer vergis?’

De glimlach trok weg van zijn gezicht. Hij leek te weten waar ik heen wilde. Een ogenblik bleef hij onthutst staan, toen stond hij op en liep naar me toe. Hij knielde voor me neer en pakte mijn hand. Een gebaar dat ik niet van hem kende. Meestal meden we lichamelijk contact.

‘Agneta,’ zei hij zacht. ‘Het besluit om in het ziekenhuis te bevallen is alleen maar verstandig. Dat is wat juist is.’

‘En als ik bij de bevalling kom te overlijden?’ vroeg ik. ‘Dan zou jij weer vrij zijn en je leven kunnen leiden zoals je wilt.’

Hij keek me aan alsof ik hem een klap in zijn gezicht had gegeven.

‘Praat toch geen onzin! Ik wil dat de kinderen gezond ter wereld komen. En dat jij geen negatieve gevolgen ondervindt van de bevalling. Iets anders mag je niet van me denken.’

Ik wist even niet wat ik moest zeggen.

‘Hoe dan ook,’ zei Lennard terwijl hij opstond, ‘ik zal je steunen, dat heb ik je beloofd.’ Met die woorden liep hij terug naar zijn bureau.

64

In de weken die volgden had ik het gevoel dat ik op een vulkaan danste. De zevende en de achtste maand waren verstreken zonder dat er iets veranderd was. Ik werd alsmaar dikker, en soms waren mijn voeten zo erg opgezet dat ze wel olifantspoten leken.

Toen de maand maart aanbrak zei dokter Bengtsen dat ik me erop moest voorbereiden dat het elk moment zover kon zijn. Ik wilde echter zo lang mogelijk op de hoeve blijven, omwille van moeder, en ook vanwege de zakelijke beslommeringen. Maar uiteindelijk zag ik wel in dat het risico groter werd naarmate ik langer wachtte. Ik liet me aanmelden bij professor Lindström en ging bij hem langs voor een consult. Hij legde me uit dat het beter zou zijn als ik onderdak in de buurt van het ziekenhuis zocht, voor het geval dat de weeën plotseling zouden beginnen of zich een of andere complicatie voordeed. Hij was zo vriendelijk me een kamer in het gastenverblijf van het ziekenhuis aan te bieden, waar normaal gesproken familieleden van welgestelde ernstig zieke patiënten werden ingekwartierd, zodat ze bij hun naasten in de buurt konden zijn. Ik nam zijn aanbod aan en bracht Lennard die avond op de hoogte.

'We moeten dan wel binnenkort vertrekken. Denk je dat dat mogelijk is?'

'Natuurlijk is dat mogelijk. Op de hoeve gaat alles zijn gangetje, de stallen kunnen heel goed aan Lasse worden overgelaten. En de belangrijkste correspondentie ten behoeve van onze landgoederen hebben we volgens mij afgehandeld.'

'Ja, dat is zo,' antwoordde ik. De afgelopen dagen had ik mijn vingers bijna kapot geschreven.

'Andere zaken zijn niet zo belangrijk,' zei Lennard en hij verzonk weer in gepeins.

De volgende dag reden we met Lena naar Kristianstad. Toen de koets wegreed kreeg ik een eigenaardig trekkend gevoel in mijn buik. Het had niets met de baby's te maken, het was angst. Angst om de hoeve nooit terug te zien. Er hoefde maar iets mis te gaan bij de bevalling... Ik keek naar Lennard. Hij had me verzekerd dat hij me zou steunen, maar ik had liever gehad dat hij me in zijn armen had genomen om me te troosten. Als we over de aanstaande bevalling spraken, klonk hij als een arts die mijn zorgen wilde wegnemen, maar dat vanwege de afstand tussen ons niet kon. Vroeger, toen we nog vrienden waren, had hij meer begrip en warmte getoond. Maar door mijn biecht in de tuin van landgoed Ekberg was hij veranderd.

Het gastenverblijf bevond zich pal naast het ziekenhuis. Gelukkig was de binnenplaats van het ziekenhuis niet te zien. Er lag een kleine tuin achter het huis en omdat het maar twee verdiepingen telde, waarvan er een leegstond, waren we helemaal alleen. Natuurlijk zag de tuin er in dit jaargetijde niet erg aantrekkelijk uit, maar hier en daar ontworstelde zich iets groens aan de vochtige grond.

Ik lag nu veel op de bank, in een moeizaam bevochten houding, want het was lastig om met twee baby's in mijn buik comfortabel te gaan liggen. Professor Lindström en dokter Neumann, hoofd van de afdeling gynaecologie van de kliniek, kwamen om de dag langs om me te onderzoeken. Ze luisterden met hun stethoscoop en waren unaniem van mening dat de kinderen allebei sterk en gezond waren. Maar dat ze zich zorgen om mij maakten ontging me niet. Ik hoorde hen gedempt met Lennard praten en vernam vlak daarna van hem dat het hun bij het onderzoek was opgevallen dat een van de kinderen niet goed lag.

'Bij een tweeling is dat niet ongebruikelijk,' voegde hij eraan toe. 'En het is ook mogelijk dat het kind nog van positie verandert. We zullen er maar het beste van hopen, nietwaar?'

En weer sloeg hij zijn armen niet om me heen. Ik had het het liefst uitgeschreeuwd. Zo langzamerhand maakte zijn distantie me kwaad. Waarom was hij eigenlijk meegekomen? Op deze manier was zijn aanwezigheid eerder een straf dan een steun. Alleen met Lena kon ik goed praten. Ze vertelde over de boeken die ze nog steeds geregeld bij de bibliotheek leende, en droomde ervan om ooit de wereld rond te reizen.

Op een nacht werd ik plotseling wakker, zonder te beseffen wat er aan de hand was. De laatste tijd had ik bijna geen nacht doorgeslapen, want de baby's bewogen en schopten en soms ging ademhalen ook moeizaam. Met open ogen staarde ik naar het plafond. Wat was er aan de hand? Ik richtte mijn aandacht op mijn lichaam, maar er leek niets veranderd. Ik werkte mezelf het bed uit. Mijn rug deed zeer en ik moest even op de rand van het bed blijven zitten om bij te komen van de duizeling die me overviel. Ik zag sterretjes, alsof ik een klap op mijn hoofd had gekregen. Maar na een tijdje ging het wel weer.

Lennard lag op zijn ligbank in diepe slaap verzonken. We hadden niet veel met elkaar gesproken, eigenlijk zoals gewoonlijk. Dat vond ik jammer, want hier hadden we de gelegenheid om echt met elkaar te praten. Maar de schaduw van Max die om ons heen hing maakte dat onmogelijk. Ik keek naar Lennards slapende gezicht. Hij had nog steeds iets van de jongen met wie Hendrik en ik destijds door de bossen hadden gestruind. Maar hij was meer dan dat, hij was een volwassen man, hij was mijn echtgenoot. Zou hij dat onder andere omstandigheden ook zijn geworden? Waarom had ik niet ingezien hoe trouwhartig hij was? Wat een goede levensgezel hij zou zijn?

Ik had gedroomd van liefde, van verzengende, alles verterende liefde op het eerste gezicht. Maar ik zag nu wel in dat er ook een andere liefde bestond. Een die niet zo in het oog sprong. Een die niet was gebaseerd op vlammende gevoelens, maar op betrouwbaarheid, vriendschap, gedeelde herinneringen...

Voorzichtig strekte ik mijn hand naar hem uit, opeens overmand door het verlangen zijn haar te strelen. Toen voelde ik plotseling een pijnscheut door mijn lichaam gaan, alsof iemand een mes in mijn zij had gestoken. Heel even dacht ik zelfs dat het zo was, tot ik constateerde dat de pijn van binnen kwam. Opnieuw voelde ik zo'n onbarmhartige steek en ik slaakte een kreet. Er droop een warme vloeistof langs mijn been op het vloerkleed. Was dat bloed? Bij de volgende vreselijke pijnscheut zonk ik op mijn knieën.

Nu ging alles heel snel. Slechts een seconde later was Lena bij me en hielpen Lennards handen me op te staan. Hij vroeg wat er aan de hand was en ik zei tegen hem dat de weeën waarschijnlijk waren begonnen. Lena was totaal ontredderd, zodat Lennard me in mijn japon moest helpen. Daarna kleedde hij zichzelf snel aan en nadat hij een mantel om mijn schouders had gelegd verlieten we het huis. Ik was blij dat het niet ver was naar het ziekenhuis. Lennard ondersteunde me toen we over de straat liepen. Elke stap was een kwelling. Ik had nooit eerder zoiets meegemaakt. Toen we eindelijk in het ziekenhuis waren, dirigeerde Lennard me naar een van de houten banken en drukte toen op het belletje voor de nachtzuster. Die verscheen enkele ogenblikken later.

'De weeën zijn begonnen bij mijn vrouw,' zei hij. 'Waarschuw dokter Neumann en professor Lindström!'

De verpleegster wilde eerst protesteren, maar toen ze hoorde dat de patiënte gravin Lejongård was, liep ze haastig weg.

Ik ademde de geur van carbol en geneesmiddelen in. Die was diep in de muren van het gebouw getrokken. Toen ik hier was om Hendrik te bezoeken, was ik zo bezorgd geweest dat ik er niets van had gemerkt. Was zijn geest misschien op dit moment aanwezig? De gedachte dat mijn broer me mogelijk kon zien, bij me was, al was het maar als geest, kalmeerde me enigszins.

Lennard kwam weer naar me toe en ging naast me zitten.

'Ze zullen er vast zo zijn,' zei hij terwijl hij onrustig zijn handen wreef. 'Je hebt het vast vlug achter de rug.'

Ik glimlachte wrang, maar kon geen antwoord geven, want een nieuwe golf van pijn benam me de adem. Ik wenste vurig dat Lennard me vasthield, maar hij bleef strak naar zijn handen zitten kijken. En ik was te trots om het hem te vragen. Toen verscheen dokter Neumann.

'Goedenavond,' zei hij en hij wendde zich tot mij. 'Wilt u me volgen alstublieft? Voordat we naar de verloskamer gaan wil ik u graag nog eens onderzoeken.'

'Mag ik mee?' vroeg Lennard, wat me verbaasde. Wat wilde hij dan in de verloskamer?

'Het spijt me, u moet hier wachten.'

Daar was ik wel blij om, want ik wilde hem niet bij me hebben. Lennard liet zich weer op zijn stoel zakken. Toen ik omkeek, stond zijn gezicht bezorgd.

Dokter Neumann nam me mee naar zijn spreekkamer. Daar vroeg hij me hoeveel tijd er tussen de weeën zat en hoe het met me ging. Toen hij klaar was, begon hij mijn buik te betasten en onderzocht hij me ook tussen mijn benen. Het ontging me niet dat hij zijn voorhoofd fronste.

'Is er iets niet in orde?' vroeg ik, toen kromp ik in elkaar als gevolg van een nieuwe wee.

'Uw vliezen lijken gebroken te zijn. Ik wil graag professor Lindström raadplegen.' Hij belde, waarop er een verpleegster binnenkwam.

'Is de professor al aangekomen?'

'Ja, hij is net binnen,' antwoordde ze.

'Ik moet hem onmiddellijk spreken.'

Lindström kwam binnen en beide artsen gingen meteen achter de gesloten deur in conclaaf. Ik hoefde mijn angst nu niet meer te verbergen. Gebroken vliezen, dat klonk niet goed. Toen ze de kamer weer in kwamen, leek Lindström net zo ongerust als Neumann.

'En, mevrouw, hoe gaat het met u?'

'Afgezien van het feit dat ik me voel als een ballon die elk moment kan knappen?' vroeg ik met galgenhumor.

Lindström probeerde een lachje te produceren, met weinig succes. 'Zoals mijn collega u al heeft verteld, zijn de vliezen gebroken. We moeten nu snel handelen en de bevalling inleiden. Het ziet er trouwens naar uit dat de kindjes inderdaad niet meer zijn gedraaid,' legde hij uit. 'Een van hen blokkeert zogezegd de uitgang.'

Nu was ik degene die er niet in slaagde te glimlachen.

'We kunnen het langs de natuurlijke weg proberen, maar dat zou uiterst riskant zijn. Een keizersnede is hier aangewezen.'

'Een keizersnede?' Een golf van paniek overspoelde me.

'Maakt u zich geen zorgen,' zei Neumann. 'Door de narcose merkt u er niets van.'

'Narcose?' vroeg ik angstig.

'Daarmee kunnen we u tijdens de operatie laten slapen. We dienen u daarvoor een middel toe, veronal, dat maakt dat u diep en vast slaapt en ongevoelig wordt voor pijn.'

'Is dat gevaarlijk?' vroeg ik, en ik zag de mannen een blik wisselen.

'Wel als de procedure ondeskundig wordt uitgevoerd. Maar wij zijn ervaren. Ik garandeer u dat we weten wat we doen.'

Ik haalde diep adem en probeerde door de steen die op mijn borst lag heen te ademen. Ze waren ervaren, maar het was niet uitgesloten dat er iets mis zou gaan.

'Wat gebeurt er als ik kom te overlijden?' vroeg ik, en ik kon aan beide artsen zien dat dat niet onmogelijk was.

'We zullen er natuurlijk alles aan doen om dat te voorkomen,' zei Neumann, en Lindström voegde eraan toe: 'Maar mocht het toch gebeuren, dan zullen we ervoor zorgen dat de kinderen levend ter wereld komen.'

Ik voelde een wrang lachje opkomen, dat ik nog net op tijd wist te onderdrukken. Het klonk voor de artsen misschien alsof ik kreunde. Ik maande mezelf tot rust.

'U moet dat tegen mijn echtgenoot zeggen,' zei ik. 'Hij heeft het recht het te weten.'

'Natuurlijk.'

'Goed dan. Als hij er niets op tegen heeft, proberen we de keizersnede,' zei ik ten slotte. Ik wist dat Lennard niet zou weigeren.

'Ik ben nu immers nog sterk genoeg. En ik heb het volste vertrouwen in u beiden.'

Lindström leek opgelucht, evenals Neumann. Waarschijnlijk waren ze bang geweest dat ik niet voor rede vatbaar zou zijn en erop zou staan het op de natuurlijke manier te proberen. Maar ik gaf niet voor niets leiding aan een stoeterij. Al had ik zelf nog geen kind gebaard, ik wist hoeveel kracht een bevalling kostte en hoeveel er mis kon gaan. Ik wist hoe naar het was als een veulen moest worden gekeerd en ik wilde die kwelling niet ondergaan. Even later lag ik op de operatietafel. Er scheen een felle lamp in mijn gezicht. De beide artsen hadden er een paar verpleegsters bij geroepen om hen te assisteren. Onder het operatiehemd voelde ik me vreselijk naakt en ook het vooruitzicht met ontbloot onderlichaam voor die twee mannen te liggen vond ik afschuwelijk.

Maar de pijngolven kwamen nu dichter op elkaar en ik voelde wel dat dit niet het moment was om preuts te zijn.

De professor kwam naast me staan en ik zag een grote injectiespuit op de schaal liggen.

'Ik zal u eerst wat ether toedienen, zodat u de pijn niet zo erg voelt,' zei Lindström terwijl hij de luchtbelletjes uit de zuiger klopte. 'En dan krijgt u het narcosemiddel. U zult er niets van voelen, en als u wakker wordt bent u moeder van twee gezonde kinderen.'

'Ik wou dat u me die garantie kon geven,' zei ik. 'Mocht ik komen te overlijden, wilt u mijn man dan zeggen dat het me spijt? Hij weet wel wat ik bedoel.'

De arts knikte en hield toen een masker van metaaldraad omhoog. In het begin vond ik het wat angstaanjagend, er kwam bovendien een eigenaardige geur uit. Maar zodra het mijn gezicht raakte, werd alles vaag voor mijn ogen en verdwenen alle zintuiglijke waarnemingen. Ik hoorde de stem van de professor nog wel, maar begreep niet meer wat hij zei. De wereld vervloeide en werd tot niets.

Het is maar een droom, maar toch doet het zweven heel realistisch aan. Ik ben losgekomen van mijn lichaam en beweeg me naar het licht toe, een fel licht, het is alsof ik een mot ben die op de operatielamp af vliegt.

Op het moment dat het licht me dreigt te verzwelgen, verandert de wereld om me heen en nu sta ik op een diepgroene weide met dicht struikgewas eromheen. Het heeft wat weg van de weiden op mijn landgoed, maar ziet er toch volkomen anders uit. Verwonderd draai ik om mijn as. Hoe ben ik hier terechtgekomen? Daar verschijnt een gestalte vanuit het gebladerte die recht op me af komt lopen. Ik ken de manier van lopen, de haardos, dat glimlachje maar al te goed. Het is Hendrik.

Ben ik dood? Gaat het zo wanneer je je naasten in het hiernamaals terugziet? Als betoverd kijk ik naar de gestalte die ten slotte voor me blijft staan.

'Hendrik!' zeg ik, maar hij beweegt zich niet.

'Het spijt me,' ga ik verder, en ik wil zijn hand pakken. 'Ik wou niet dat je zou sterven. En ik had ook liever gehad dat je had gehoord dat vader al was overleden. Maar ik mocht het je niet vertellen. Er bestond immers nog hoop voor jou.'

Hendrik glimlacht naar me, maar zegt nog steeds niets.

'Betekent dit dat je het me vergeeft?'

Hendrik knikt. Waarom zegt hij niets? Heb je in het dodenrijk dan geen stem?

'Je hebt een dochtertje, weet je dat?' ga ik verder, en ik heb het gevoel dat ik barst van de nieuwtjes. 'Susanna heeft jouw kind gekregen. We konden haar niet in onze familie opnemen, maar ze is goed verzorgd. En ik krijg ook kinderen. Twee, om precies te zijn.'

Ook na deze mededeling verandert de gelaatsuitdrukking van mijn broer niet. Ik snik wanhopig. 'Hendrik,' vraag ik, 'ben je boos op me? Op ons? Zeg toch alsjeblieft iets!'

Maar mijn broer zegt niets. In plaats daarvan brengt hij zijn hand naar mijn wang. Het laatste wat ik van hem zie is een licht hoofdknikje, dan trekt iets me bij hem vandaan.

Toen ik weer bijkwam, was overal om me heen helder licht. Zo ziet de hemel er dus uit, dacht ik eerst. Toen zag ik het voeteneind van het ziekenhuisbed voor me. In de hemel zijn geen ziekenhuisbedden, hield ik mezelf voor. Stapje voor stapje ging ik terug tot ik bij mijn eerste herinnering kwam. Dat was het besluit van de dokter om de kinderen met een keizersnede te halen. Daarna waren we de verloskamer in gegaan. Wat zich daar had afgespeeld wist ik niet meer. Op zeker moment was de duisternis ingevallen.

En nu lag ik hier. Naarmate mijn zicht beter werd, zocht ik de kamer verder af naar details. Ik zag een klok met de wijzers op zeven minuten over vijf. Het was laat in de middag. Wat was er met mijn kindjes? Waarom waren ze niet bij me?

Bij het bed zag ik een koord, dat verbonden was met een klein belletje. Ik wilde mijn hand ernaar uitsteken, maar het lukte me niet hem op te tillen. Gefrustreerd haalde ik diep adem. Ik voelde een beklemmende angst opkomen. Waren ze misschien niet levend geboren? Maar de artsen hadden me toch verzekerd dat ze allebei een sterk hartje hadden?

Uiteindelijk werd de angst om mijn kinderen zo groot dat het me lukte mijn arm op te heffen. Tweemaal greep ik naast het koord, maar toen kon ik het eindelijk pakken. Ik trok er niet echt aan, maar liet mijn arm er eigenlijk op vallen. Toch rinkelde het belletje. Voor de zekerheid trok ik nogmaals aan het koord en toen bleef mijn hand slap liggen. Algauw ging de deur open en kwam een jonge verpleegster met een gesteven kapje op de kamer binnen. Ze keek me stralend aan.

'Goedemiddag, mevrouw, ik ben zuster Hilda. Ik zal de professor laten weten dat u wakker bent.'

'Wacht even!' zei ik. Ook mijn tong leek heel zwaar. Was dit wat je voelde als je onder narcose was geweest? Misschien zat het middel nog in mijn lichaam.

De verpleegster draaide zich weer om naar mij. 'Ja, wat kan ik voor u doen?'

'Mijn kindjes. Waar zijn ze?' Ik voelde mijn hart bonzen. Ze zou me vast en zeker niet de waarheid vertellen als er slecht nieuws was.

'O, u weet het nog niet, hè?' zei ze en haar ogen lichtten nog meer op. 'U hebt twee gezonde jongens op de wereld gezet. Uw man zei ons dat hij met de namen wilde wachten tot u wakker was.'

De namen! Daar hadden we nog niet over nagedacht. Zelfs ik niet. Ik was te zeer van slag geweest door Lennards afwijzende houding, te zeer in de ban van de herinnering aan Max, en bovendien afgeleid door zakelijke beslommeringen. Ten slotte was mijn huwelijk ook niets anders dan een zakelijke beslommering...

Toen ik die bittere gedachte opzijzette, kwam er ruimte voor blijdschap. Twee gezonde zonen! Het voortbestaan van het huis Lejongård was verzekerd, ook al hadden de jongens de verkeerde vader. Niemand behalve Lennard en mijn moeder zou dat weten. Ik kreeg een warm gevoel vanbinnen. De tranen sprongen in mijn ogen.

'Mag ik ze zien?' vroeg ik. 'Ik wil ze zo graag zien!'

'Ik zal het tegen de professor zeggen. Hij komt zo bij u.' Daarop liep ze weer weg. Ik liet me in de kussens zakken en kon nog helemaal niet bevatten wat er was gebeurd. Ik had twee zonen ter wereld gebracht. En ik had nog niet eens namen voor hen. Ik werd door schaamte overvallen. Waarom had ik daar geen moment aan gedacht? Ik hoorde voetstappen die me lostrokken uit mijn zelfmedelijden. Algauw stond professor Lindström aan mijn bed.

'Dag, mevrouw. Hoe gaat het met u?'

'Goed, voor zover ik het kan beoordelen. Ik voel me wel heel zwak.'

'Dat is, gezien het bloedverlies, geen wonder. De komende dagen krijgt u versterkende middelen en iets om de vorming van bloedcellen te bevorderen. Maar daarover zullen we het later hebben. Nu is het tijd voor gelukwensen.' Hij keek me stralend aan en zei toen: 'U hebt het leven geschonken aan twee gezonde zonen. Ze wogen ieder meer dan zes pond, wat bij tweelingen niet vanzelfsprekend is.'

'Maar het is wel normaal?'

'Normaal en heel goed. Ik ben ervan overtuigd dat die twee u veel vreugde zullen schenken.'

'Wanneer kan ik ze zien?' vroeg ik.

'Elk moment. De verpleegsters van de kinderafdeling zijn bezig ze in te wikkelen en daarna worden ze meteen bij u gebracht. De eerste maaltijd van de kleintjes hebt u helaas gemist, want toen sliep u nog. Maar de volgende en alle maaltijden daarna zijn geheel aan u.'

Ik had twee gezonde zoontjes en was zelf ook nog in leven! Meer kon ik toch niet wensen?

'Uw man is zojuist nog bij u geweest, hij wilde u meteen zien,' zei Lindström. 'Helaas was u maar half bij bewustzijn. Ik neem aan dat u zich er niets van herinnert.'

Dat klopte, ik kon het me niet herinneren.

'In elk geval was hij erg opgelucht. En wij net zo. We hebben de vrijheid genomen uw moeder een telegram te sturen. Zij maakte zich vast ook zorgen.'

'Dank u, professor,' zei ik, en ik voelde me opgelucht dat ze mijn moeder geen overlijdensbericht hadden hoeven sturen.

Toen werd er geklopt.

'Aha, dat zal de verpleegster zijn,' zei de professor en hij deed de deur open. Er kwamen twee vrouwen binnen, een wat oudere en een jonge. Ze duwden allebei een wiegje voor zich uit.

'Mag ik u voorstellen: de toekomstige graven van Lejongård.'

Een golf van onvoorstelbare warmte overspoelde me en maakte dat mijn hart, dat nog steeds verwond aanvoelde door de kwetsuren van de afgelopen maanden, voor het eerst sinds lange tijd iets anders voelde dan pijn en teleurstelling. Dit was een vorm van liefde die elke andere die ik ooit meende te hebben ervaren in de schaduw stelde. Een liefde die straalde als de zon en alle bitterheid verdreef.

De twee verpleegsters legden de baby's voorzichtig in mijn armen, twee piepkleine bundeltjes met roodblonde lokken die aan hun hoofdjes plakten. Ze hadden kleine wipneusjes en probeerden te bewegen, wat niet lukte omdat ze ingebakerd waren. Ze hadden grote bleekblauwe ogen, als de hemel op een voorjaarsdag. Twee rupsjes die ooit zouden uitgroeien tot prachtige vlinders. De tranen sprongen me in de ogen toen ik aan de woorden van Max dacht. Hij was bij me teruggekeerd, in de gestalte van twee vlindertjes.

Ik zette die gedachte van me af. De afwezigheid van Max mocht dit moment niet vergallen. Dit hier waren mijn zonen, twee echte Lejongårds! Terwijl ik ze voorzichtig streelde voelde ik de stuwing in mijn borsten, tot ze bijna pijn deden van alle melk.

'Als u wilt kunnen we ze aanleggen,' zei de verpleegster. 'We hebben ons eerst moeten behelpen met de melk van een min, toen u nog onder narcose was. Maar nu zie ik geen reden om het niet te proberen.'

Ze keek naar de professor, die knikte en naar de deur liep.

'Ik kom later weer bij u kijken.'

'Dank u!' zei ik zwakjes en ik bekeek opnieuw het wonder dat in mijn armen lag.

Later die avond kwam een oudere verpleegster kijken hoe het met me ging. De pijnstillers waren langzamerhand uitgewerkt en ik voelde me alsof iemand mijn hele onderlijf had weggesneden. Maar mijn benen waren er nog en ik kon ze bewegen, ook al wilde ik dat door de pijn liever niet doen. Zuster Krista zorgde voor me als een kloek voor haar kuikens. Ze gaf me een nieuwe pijnstiller en drong erop aan dat ik wat van de groentesoep at die ze me had gebracht.

'U had uw man moeten zien,' zei ze, alsof dat me in mijn situatie zou troosten. 'Hij was ziek van bezorgdheid. Hij heeft rusteloos lopen ijsberen en sprak iedere verpleegster aan die hij in het oog kreeg. Toen hij hoorde dat u en de twee jongetjes de operatie goed hadden doorstaan barstte hij in snikken uit. De dokter heeft hem weggestuurd om eens goed te gaan slapen, hij was volkomen uitgeput.'

Had ze het echt over Lennard? De man die ik in de wachtkamer had achtergelaten had zich beheerst en nuchter gedragen, had me niet eens getroost. En dan zou hij zich zo dramatisch hebben gedragen in de hal van het ziekenhuis?

'Het was duidelijk te merken dat hij ontzettend veel van u houdt,' ging de verpleegster verder. Een antwoord van mij leek ze niet te verwachten.

Hoe zou ze hebben gereageerd als ze had geweten hoe de afgelopen maanden van ons huwelijk waren geweest? Dat er geen sprake kon zijn van liefde, of zelfs van genegenheid. Ik kreeg echt het gevoel dat ze het over een heel andere man had. Max misschien. Nee, hield ik mezelf voor. Max is er niet. Vergeet hem! Hij is nu een half jaar weg, zonder enig levensteken, zonder verklaring. Hij verdient jou niet! Die gedachte gaf me een merkwaardig vredig gevoel.

65

De volgende ochtend kwam Lennard naar me toe. Hij leek goed uitgerust, al zag hij nog steeds een beetje bleek. Hij had een bos roze rozen in zijn hand. Hij wekte een beheerste indruk, maar zijn gezicht verried dat hij zich vreselijk zorgen had gemaakt. Zijn wangen waren ingevallen en hij had donkere schaduwen onder zijn ogen, die hun glans hadden verloren. Zijn huid had een vale teint.

'Hallo,' zei hij met een schuchtere glimlach.

'Hallo,' beantwoordde ik zijn groet, niet veel levendiger. Ik was nog steeds slap van het bloedverlies en de medicatie verlichtte de pijn in mijn onderlichaam maar ten dele. Maar ik was blij dat ik tot de keizersnede had besloten. Anders was ik er misschien niet meer geweest.

'Hoe gaat het met je?' vroeg Lennard terwijl hij me de bloemen gaf. 'Die heb ik uit de winkel twee straten verderop,' verklaarde hij. 'Het is niets bijzonders...'

'Ze zijn prachtig,' zei ik en ik stak mijn neus in het boeket. Het aroma deed me denken aan een warme zomerdag waarop de tuin en het huis vervuld waren van de geur van rozen, vermengd met die van pas gemaaid graan.

Even ging ik erin op, toen gaf ik hem de bloemen terug, zodat hij ze in een vaas kon zetten.

'De zuster zei tegen me dat je als een dolleman tekeer bent gegaan,' zei ik plagend. 'En je zou hebben gehuild van geluk. Klopt dat, of heeft ze me wat op de mouw gespeld?'

Lennard pakte mijn hand vast. 'Dat klopt,' zei hij. 'Toen ik hoorde dat je veel bloed verloren had, stond ik op het punt de chirurg bij zijn lurven te grijpen. Maar toen hij zei dat je de operatie had overleefd, kon ik me niet meer goed houden.'

'Je hebt gehuild. Om mij.'

'Ja.' Hij stak zijn hand uit en streelde mijn haar, toen trok hij hem vlug terug, alsof hij hem had gebrand, en legde hem weer op mijn hand.

'Lennard,' zei ik, en hij keek op.

'Ja?'

'Als je me wilt kussen of iets anders, hou je dan niet in alsjeblieft. Ik word nog gek als je altijd zo afstandelijk blijft doen!'

Zijn wenkbrauwen schoten verrast omhoog. 'Ik dacht...' Zijn wangen werden rood. 'Ik dacht dat je dat niet wou.'

'O, jazeker, dat wil ik wel. Je weet niet hoe ik er de afgelopen maanden naar heb verlangd dat je me een keer zou vasthouden. Dat je me zou troosten, me zou kussen.'

Ik legde mijn handen om zijn gezicht. 'Maar ik weet dat ik jou niet heb verdiend,' zei ik toen.

'Waarom niet?' vroeg hij. 'Ik ben er voor je. Dat ben ik altijd geweest. Je wist het niet, maar ik hield al van je toen je nog maar net veertien was. Ik lag ervan wakker en dacht alleen maar aan jou. Het was me van begin af aan duidelijk dat alleen jij mijn vrouw kon worden.'

Hij gaf een kneepje in mijn hand en zijn gezicht kreeg een weemoedige uitdrukking.

'Toen kon ik niet vermoeden dat je mij niet je hart zou schenken,' vervolgde hij. 'We waren zo vertrouwd met elkaar, je broer, jij en ik. We hadden een natuurlijke genegenheid voor elkaar. Maar ik wist niet dat het bij jou nooit tot dezelfde gevoelens zou leiden als bij mij.'

Zijn woorden troffen me diep en mijn hart deed pijn. Ik besefte ineens hoe hij naar me had verlangd en hoe zelfzuchtig ik was geweest. Lennard was met me getrouwd toen heel wat anderen me in de steek zouden hebben gelaten. Me ook in de steek hadden gelaten. Michael was niet bereid geweest de last van mijn erfenis met me te dragen. Max had blijkbaar de oorlog in zijn vaderland verkozen boven een leven met mij. De mannen van wie ik dacht te houden, hadden mijn hart met voeten getreden. En Lennard, mijn jeugdvriend, die ik nooit als geliefde had willen hebben, legde zijn hart belangeloos aan mijn voeten.

Ik was een slecht mens, een vreselijk slecht mens. En al beweerde hij anders, ik verdiende hem niet. Ik zou hem nooit verdienen Maar ik voelde nu ook iets anders. Iets wat ik over het hoofd had gezien in mijn verlangen iets van Max te horen.

'Misschien begin ik dat ook zo te voelen,' zei ik. 'Het is voor mij erg pijnlijk dat het er tussen ons zo koel aan toe gaat. Ik wil dat dat verandert.'

'Echt?' vroeg Lennard ongelovig.

Ik knikte. 'Ja, echt. Al die maanden... Je hebt me bepaald weinig reden gegeven om verliefd op je te worden, maar nu merk ik dat er bij mij iets verandert als ik naar je kijk. Of beter gezegd, het wordt me duidelijk dat het allemaal al in me zat, al jarenlang. Dat wou ik alleen niet inzien.'

Hij keek me aan, toen boog hij zich over me heen en gaf me een echte kus, voor het eerst sinds we voor het altaar hadden gestaan. En toen bespeurde ik werkelijk een verandering. De huwelijkskus had verkeerd aangevoeld, maar deze was warm en prikkelend, alsof ik een beetje aangeschoten was.

'Er is alleen een probleem,' zei ik toen we ons weer van elkaar hadden losgemaakt.

'Wat dan?' vroeg hij een beetje angstig.

'We hebben nog geen namen voor de kinderen bedacht. Hoe moeten ze heten?'

Lennard keek me verschrikt aan. 'Lieve help, dat hebben we inderdaad niet gedaan.'

'We zaten allebei zo vast in onze wrok,' erkende ik. 'In nutteloze gedachten. Daarbij zijn we het belangrijkste vergeten.'

'De namen,' vulde Lennard pijnlijk getroffen aan.

Ik stak mijn hand uit en deed wat ik in de nacht van de bevalling had willen doen voor de weeën me in hun greep kregen: ik streelde hem over zijn haar.

Eerst deinsde hij terug, maar daarna liet hij het toe. Een onzeker glimlachje gleed over zijn gezicht.

'Wat vind je ervan om ze naar onze vaders te vernoemen?' vroeg ik. 'Thure en Gustav?'

Lennard dacht even na, maar schudde zijn hoofd. 'We moeten hen niet met het lot van hun grootvaders opzadelen. Als tweede voornaam is het wel in orde, maar als eerste voornaam moeten ze een eigen naam krijgen.'

Ik dacht na. Welke naam zou bij hen passen? Ik wist toch nog helemaal niets van ze!

'Wat denk je van Magnus en Frederik?' vroeg Lennard.

Frederik klonk bijna als Friederike. Max' echtgenote had niets in mijn leven te zoeken.

'En Magnus en Hendrik?' vroeg ik. Als de naam van mijn vader niet geschikt was, dan was die van mijn broer het misschien wel.

Maar ik zag aan Lennards gezicht dat hij niet enthousiast was.

'Al denk ik nog vaak aan mijn overleden vriend, het zou me liever zijn als ik niet aan hem moet denken als ik naar mijn zoon kijk.'

Mijn zoon. Mijn ogen vulden zich met tranen toen hij dat zei. Al die ellende, alle ergernis, en hij had het zo vanzelfsprekend over 'mijn zoon', alsof het echt zijn zoon was. Op dat moment stroomde mijn hart bijna over. 'Kun je je nog dat spel herinneren dat we altijd deden? Van de Viking Ingmar?'

Lennard dacht even na, toen klaarde zijn gezicht op. 'Ja, toen in het bos, bij de grote zwerfkei.'

'Wat vind je van Ingmar? Ingmar Gustav en Magnus Thure?'

'Dat klinkt goed,' antwoordde hij. 'Ik zal het de verpleegsters meteen laten weten.'

'Dat moeten we samen doen als de kleintjes hier zijn,' wierp ik tegen. 'Waarom blijf je niet tot ze worden gebracht? De verpleegsters kunnen elk moment komen.'

Lennard glimlachte naar me en ging op de stoel naast het bed zitten. Hij hield nog steeds mijn hand vast, gaf er af en toe een kus op en leek heel gelukkig.

66

Een week later werd ik uit het ziekenhuis ontslagen, op voorwaarde dat ik dokter Bengtsen regelmatig zou laten komen om de wond te verzorgen. August stond met de koets op ons te wachten. Zijn haar stond zoals altijd warrig af van zijn hoofd en zijn jas hing wat scheef om zijn lijf, alsof hij was afgevallen. Toen hij de twee jongens in onze armen zag, werden zijn ogen vochtig.

'Jammer dat uw vader zaliger dit niet meer kan meemaken. Hij zou zo trots op u zijn geweest.'

'Dank je wel, August, dat is aardig van je om te zeggen. Hoe gaat het met mijn moeder?'

'O, die is heel blij. Ze is van plan een kleine ontvangst ter ere van u te geven, dat heeft Marie me verteld. Maar vertelt u dat alstublieft niet verder.'

'Mijn lippen zijn verzegeld,' antwoordde ik terwijl ik met Ingmar instapte. De kleine spartelde opgewonden en keek vreselijk scheel, maar er was me verzekerd dat dat mettertijd over zou gaan. Magnus, in Lennards armen, gaf er de voorkeur aan zijn eerste reis slapend te maken. Hij was de rustigste van de twee. August deed de deur van de koets dicht en nam plaats op de bok.

Toen we Kristianstad hadden verlaten, vroeg ik aan Lennard: 'Hoe denk jij eigenlijk over automobielen?'

Lennard grijnsde: 'Moeder zegt dat het stinkende hellekoetsen zijn.'

Ik begon te lachen. 'Nou, wat dat betreft zijn jouw en mijn moeder het met elkaar eens. Maar hoe zie jij het? Zou het niet fijn zijn de afstand naar Kristianstad of landgoed Ekberg vlugger af te kunnen leggen? We zouden allebei kunnen leren rijden!'

In de krant had ik gelezen dat in Engeland vrouwen werden opgeleid om automobielen te besturen, ook al was dat voor militaire doeleinden. Daarmee steunden ze families waarvan de mannen en zonen op het slagveld waren.

'Waarschijnlijk zul jij het eerder kunnen dan ik,' antwoordde Lennard. 'Maar eerlijk gezegd is de coupé van hofmaarschalk Von Bergen me bijzonder bevallen.'

'Dan moeten we maar eens kijken hoe onze financiën eruitzien en eventueel zo'n wagen aanschaffen.'

'En hoe zit dat met August? Vertrouw je het hem toe zoiets te besturen?'

'Als hij dat nog zou willen...' zei ik, hoewel het onwaarschijnlijk was. August verafschuwde automobielen haast net zo als mijn moeder. Maar de dag dat hij met pensioen ging zou onvermijdelijk komen. Hij was inmiddels achter in de zeventig en hij zou niet tot aan zijn dood op de koetsiersbok hoeven te zitten. 'Het is aannemelijk dat hij dat niet wil.'

'En hij zal ook niet blij zijn vervangen te worden.'

'Maar na al die jaren heeft hij wel rust verdiend, vind je niet?'

Lennard knikte. 'Daar heb je gelijk in.' Hij nam me in zijn armen en kuste me, en deze keer voelde ik zijn liefde echt.

De zon scheen fel toen we bij de Leeuwenhof aankwamen, alsof hij wist dat ons huis van nu af aan veiliggesteld was. Ik voelde mijn twee zonen bewegen. Ingmar stak zijn handje in de lucht, terwijl Magnus zijn oogjes dichtkneep vanwege het licht. Toen we de schaduw in reden deed hij ze weer open en keek me aan. Ingmar maakte klokkende geluidjes. Ik wist dat mensen in de loop van hun leven veranderden, maar nu was al te merken dat Ingmar de meer tevredene van de twee was, terwijl Magnus eerder bedachtzaam leek. Ik keek vol geluk naar ze en was blij dat Max zo op het eerste gezicht weinig sporen had nagelaten. Wat er van ze zou worden, dat zou de tijd leren.

We reden door de hoge poort, langs de laan. Aan de bomen waren nog geen bladeren te zien, maar uit de bodem ontsproot al het eerste groen. Sneeuwklokjes staken hun kopjes boven het oude gebladerte uit, evenals de eerste krokussen, waarvan de kelken echter nog dicht waren. Toen we op de rotonde voor het huis halthielden, zag ik dat het voltallige personeel zich op de trap had opgesteld. Juffrouw Rosendahl en mevrouw Bloomquist hielden een zakdoek bij hun ogen en ook meneer Bruns leek ontroerd.

We stapten uit en er ging geroezemoes door de menigte voordat ze luid begon te applaudisseren. Mijn moeder was nog niet te zien, waarschijnlijk zat ze binnen op ons te wachten.

Dat ze een ontvangst wilde geven vanwege de geboorte was aardig van haar, maar het getuigde niet per se van persoonlijke blijdschap. Zou ze zich tegenover mijn zonen net zo koel gedragen als ten opzichte van Mathilda?

Juffrouw Rosendahl en Bruns kwamen naar ons toe om ons te feliciteren. Ik keek opzij en zag dat Lena's wangen rood waren van het huilen. Ik voelde me ook tot tranen geroerd, want dat het personeel zo meeleefde trof me diep.

Toen ontdekte ik moeder bij de deur. Ze droeg een beige japon en haar haar was opgestoken als voor een speciale gelegenheid. We keken elkaar even aan, toen kwam ze naar me toe en stak haar armen uit. 'Welkom thuis,' zei ze en ze gaf me een kus op mijn wang. Daarna wendde ze zich naar Lennard.

Mijn zonen verwaardigde ze geen blik.

'Kijk, moeder, dit is Ingmar Gustav, en Lennard heeft Magnus Thure in zijn armen,' zei ik.

'Echt alleraardigst,' zei ze. 'Kom binnen, ik heb de wiegjes al in orde laten maken.' Daarop draaide ze zich om en liep voor ons uit.

Ik keek naar Lennard, maar die leek niets te merken. Samen liepen we achter mijn moeder aan, en ik kon mijn teleurstelling maar met moeite verbergen. Iedere andere grootmoeder had de kinderen in haar amen genomen of op zijn minst goed naar ze gekeken. Mijn moeder deed alsof ze een kwestie waren die eindelijk was afgehandeld.

Al voor ons vertrek naar Kristianstad had ik de kinderkamer ingericht. Mijn vaders voormalige kamer had me geschikt geleken, want hij lag vlak bij onze slaapkamer.

De dienstmeisjes hadden de wiegjes met een kanten kussentje en een dekentje opgesierd. Daarnaast stonden een ladekast en een commode, voor de ramen hingen dunne blauw-witte gordijnen. Het donkerblauwe tapijt dempte onze voetstappen. Toen we naar binnen gingen, stroomde een lichte lavendelgeur ons tegemoet. Marie en Lena hadden van de zomer de bloemetjes geoogst en er geurzakjes voor genaaid. Nu ik midden in het vertrek stond, leek de afstand tot mijn kleintjes toch te groot, en ik zei tegen Lennard: 'De eerste tijd moeten we de kinderen misschien bij ons in de slaapkamer laten slapen. Dan kan ik meteen naar ze toe gaan als ze honger hebben.'

'Ik heb toch gezegd dat je een kinderjuffrouw moet nemen,' zei mijn moeder.

'Bruns, wilt u ervoor zorgen dat de wiegjes naar de grote slaapkamer worden gebracht?' zei ik, haar opmerking negerend. Ze toonde geen blijdschap over haar kleinkinderen, dus wilde ik haar geen medezeggenschap geven wat een kinderjuffrouw betreft. Ik was me er wel van bewust dat ik iemand nodig had om voor ze te zorgen. Maar de dokters hadden verordonneerd dat ik mezelf de komende weken moest ontzien en ik voelde me sterk genoeg om mijn moederplicht te vervullen.

Bruns maakte een lichte buiging en verliet de kamer. Even later kwam hij terug met een paar jongens. Die hadden hun handen grondig moeten wassen voor ze de wiegjes mochten aanraken, de zeep was duidelijk te ruiken.

De wiegen werden naar de slaapkamer gebracht, waarna we de kinderen erin legden. Zelfs Ingmar was na de reis te zeer uitgeput om nog te trappelen, en Magnus sliep gewoon door.

'Ik neem aan dat jullie na die lange reis wat willen uitrusten,' zei moeder nu en ze draaide zich om. 'Onder het eten kunnen we praten.'

Met die woorden liep ze de kamer uit. Ik keek naar Lennard,

die eveneens verwonderd leek over haar koele houding.

'Jouw moeder zal hopelijk blijer zijn,' zei ik terwijl ik mijn arm om hem heen sloeg.

'Mijn moeder is op weg hierheen en zal buiten zichzelf zijn van vreugde,' zei hij. 'En het staat nog niet vast dat jouw moeder niet blij is. Misschien is het allemaal alleen wat veel voor haar geweest.'

Nee, ze vermoedt dat de kinderen van de verkeerde vader zijn, schoot het door me heen, maar ik waakte ervoor dat hardop uit te spreken. Dat klopte ook. Maar ze waren net zo goed haar kleinzoons als ik haar dochter was.

'Ik hoop dat je gelijk hebt,' zei ik. 'Ik zou het onverdraaglijk vinden als mijn kinderen een grootmoeder hadden die hen niet kan verdragen. Mijn grootmoeder was zo iemand, een sombere vrouw. Ik geloof dat je haar vlak voor haar dood een keer hebt gezien.'

'Dat kan ik me niet herinneren,' zei Lennard. Hij trok me tegen zich aan en gaf me een kus.

'Wees maar blij,' zei ik. 'Ze was de somberste mens die ik heb gekend. Streng, Bijbelvast, en ze lachte nooit. Hendrik en ik waren bang voor haar.'

'Wie weet welke zorgen ze had. Mijn grootmoeder was een heel lieve vrouw, ze verwende me altijd.'

'Nou, jouw moeder zal de kleintjes vast ook verwennen.'

Ik keek hem aan. Elke keer als hij het over zijn moeder had, kreeg ik last van een slecht geweten. Ze vermoedde nog altijd niets en wist niet dat ze niet echt haar kleinkinderen waren.

'Dank je wel,' zei ik. 'Voor alles.'

'Nee, jij bedankt,' zei hij. 'Je hebt me twee prachtige kinderen geschonken. Aan andere dingen moet je niet meer denken. Nooit meer.'

Zou ik dat kunnen? Ik wist het niet zeker, maar ik knikte.

'We moeten inderdaad even gaan liggen,' zei ik en ik wierp nog een blik op mijn tweeling. Ze zouden me wel wakker maken als ze iets nodig hadden, dus ik zakte neer op het bed, blij dat ik de teleurstelling over mijn moeder even kon vergeten.

’s Middags, na een wat stroef verlopen koffie-uurtje waarbij mijn moeder een afwezige indruk maakte, begaf ik me naar de werkkamer. Lennard was beneden bij mevrouw Bloomquist om met haar iets te bespreken over het lievelingsgerecht van zijn moeder, dat we ter ere van haar wilden laten serveren.

Ik zag de stapel brieven op het bureaublad en de keurige rij ordners in het rek erachter. De zon scheen en tekende lichtvlekken op het tapijt. Op een dag zou ik dat allemaal aan mijn zonen laten zien en hun leren hoe ze de hoeve moesten leiden. Als ze mijn karakter hadden geërfd zouden ze dat misschien niet willen, en als ze op Max leken...

Nee, aan hem wilde ik niet denken. Hij had door zijn verdwijning elk recht verspeeld. En misschien leefde hij niet eens meer. Boregard zou van zich hebben laten horen als hij hem gevonden had. Misschien zat hij wel op een verlaten eiland in de Stille Zuidzee...

Ik haalde diep adem. De werkkamer had me weer aan Max herinnerd, en dat wilde ik niet. Bovendien werd ik sterk naar mijn kinderen toe getrokken. Ik wilde bij hen zijn, van elke ademtocht van hen genieten. Het werk kon wachten. Ik verliet de werkkamer en ging naar de slaapkamer.

De deur, die ik op een kier had gelaten, stond wijd open. Er klonk zacht babygemurmel. De jongens leken weer wakker. Was Lennard bij ze?

Ik duwde de vleugeldeur open en zag iets wat ik niet voor mogelijk had gehouden. Mijn moeder zat op het echtelijk bed en hield mijn beide zonen in haar armen. Ze praatte zachtjes tegen ze en wiegde ze. Ze ging volkomen op in wat ze deed, glimlachte en leek niet te merken dat ik binnen was gekomen.

Ik bleef als aan de grond genageld staan en sloeg mijn hand voor mijn mond. Mijn ogen werden vochtig van ontroering. Mijn moeder keek eindelijk naar haar kleinkinderen om! Na een tijdje voelde ze mijn aanwezigheid en keek op.

De glimlach om haar lippen bleef. ‘Ik wou eens even naar ze kijken,’ zei ze haast verontschuldigend, maar ze maakte geen aanstalten om op te staan.

'U weet niet half hoe ik hierop heb gewacht,' antwoordde ik. 'Waarom hebt u toen we thuiskwamen niets laten merken, moeder?'

Stella's gezicht kreeg een weemoedige uitdrukking. 'Dat is vanwege je vader en Hendrik. Ik hoorde Thures naam en... weet je welke datum het is vandaag?'

Ik dacht even na, toen schoot het me te binnen. Twee jaar geleden was het de laatste dag van hun leven. De volgende ochtend zou het twee jaar geleden zijn dat mijn vader en Hendrik onder het brandende puin van de schuur terecht waren gekomen. Bij alle opwinding en vreugde was ik dat helemaal vergeten.

'Ik moest er de hele dag aan denken dat het morgen hun sterfdag is,' zei Stella. 'Het is een zegen dat de kinderen niet op die onzalige dag geboren zijn.'

Ik nam Magnus van haar over en ging naast haar zitten.

'Het lijkt voor mij allemaal al zo lang geleden,' zei ik en ik aaide Magnus over zijn wangetjes. Ingmar hield mijn moeders vinger vast alsof hij hem nooit meer wilde loslaten.

'En voor mij is het alsof het gisteren was,' antwoordde mijn moeder. 'Toen ik de kinderen zag, verkrampte mijn hart. Ik moest eraan denken dat Thure zijn kleinzoons nooit zal leren kennen. Dat hij nooit zal weten dat zijn familie en zijn hoeve nu veiliggesteld zijn. En Hendrik... die had zijn neefjes beslist ook heel graag leren kennen.'

'Er zijn ons twee mannen afgenomen,' zei ik. 'Maar nu zijn ons twee jongens geschonken. Ooit zullen ze over hun grootvader en hun oom horen.'

Moeder knikte en ik merkte dat ze haar tranen moest bedwingen. 'Lennard heeft me verteld dat je op het randje van de dood bent geweest,' zei ze. 'Hij zei dat je bij de keizersnede veel bloed hebt verloren.'

'Misschien wel, maar ik heb er niets van gemerkt,' zei ik. 'Maar toen ik onder narcose was, had ik een droom. Ik zag Hendrik in een wei. Hij kwam naar me toe, keek me aan en toen ik hem om vergeving vroeg omdat ik vaders dood voor hem had verzwegen, knikte hij. Toen raakte hij me aan en... toen werd ik weer wakker.'

'Je broer heeft over je gewaakt,' zei moeder vol overtuiging. 'En je vader ook, al heeft hij dat niet laten blijken.'

Ik knikte. Ik wilde graag geloven dat er een plaats was van waaruit mijn vader en Hendrik het leven hier konden volgen. Natuurlijk zouden ze dan ook alle donkere momenten hebben meegekregen, maar op dit moment zouden ze er getuige van zijn dat het leven op de Leeuwenhof doorging. Ik keek een poosje naar de gezichtjes van Magnus en Ingmar, toen keek ik Stella aan. 'Denk je dat we wat geweest is ooit kunnen vergeten?' vroeg ik. 'Gedane zaken nemen geen keer, maar als we eens zouden proberen opnieuw te beginnen?'

Moeder keek me onderzoekend aan. 'Zou je dan bereid zijn tot een nieuw begin?' vroeg ze. 'Je weet dat het leven op dit landgoed meer verplichtingen dan vrijheid betekent.'

'Wie zegt dat ik mijn vrijheid hier helemaal moet opgeven?' antwoordde ik. 'Misschien kunnen verplichtingen ook geluk gaan betekenen. Hoe zit dat met u, moeder? Kunt u ermee leven dat uw dochter niet volmaakt is?'

'Toen je geboren werd, dacht ik dat je het perfecte kind was,' zei ze terwijl ze Ingmar zachtjes wiegde. Dat werkte zo kalmerend dat zijn oogjes langzaam dichtvielen. 'Je was zo prachtig en ik vestigde al mijn hoop op jou. Maar je groeide op en werd een vrouw. Mijn hoop was er nog steeds, maar ik moest inzien dat die niet verwezenlijkt zou worden. Misschien was het verkeerd iets te verwachten van zo'n klein mensje.' Ze keek naar haar twee kleinzonen en glimlachte een beetje weemoedig. Toen voegde ze eraan toe: 'Jij bent mijn dochter, dat zul je altijd blijven. En deze kindjes zijn mijn kleinzonen. Ik zal wel met je vrijheidsdrang en je eigenzinnigheid leren leven.'

Nu keek ze me aan.

'In elk geval ben ik heel trots op je. Dus ja, laten we proberen opnieuw te beginnen.'

67

'Vergeet niet tegen Lena te zeggen dat ze een zonnehoed voor je mee moet nemen. Anders zie je eruit als een boerin wanneer we terugkomen.'

Ik onderdrukte een zucht. 'Moeder, de reis naar Åhus is pas over een week. Tegen die tijd heeft Lena alles wel ingepakt. Ook de zonnehoed.'

Na de korte vakantie van het kroonprinselijk paar hadden we besloten in augustus zelf een poosje vrij te nemen en die tijd door te brengen in ons zomerhuis in Åhus. Moeder was er eerst tegen geweest, omdat ze vond dat we ons om onze landgoederen moesten bekommeren. Maar toen was ze gezwicht, want ze had ondanks de druppels vingerhoedskruid last van haar hart en de zeelucht zou haar zeker goeddoen.

'Je moet de meisjes tijdig zeggen wat ze mee moeten nemen,' hield ze vol terwijl ze in de kleedkamer haar garderobe voor de reis stond uit te zoeken.

Mijn blik viel op de kledinghoezen die een beetje opzij hingen. Moeder had haar rouwkleding een paar maanden geleden motvrij laten opbergen. Nu leidde die een onopvallend bestaan en ik hoopte dat dat nog lang zo zou blijven.

'Ik zal ze een gedetailleerde lijst geven,' zei ik. 'Hebt u me verder nog nodig?'

Ik hield er nog altijd niet van tussen een berg kleding te zitten. Aan zee zou het fris zijn, dus hadden we ook kleding voor koelere avonden nodig.

'Ik wil graag even bij Magnus en Ingmar gaan kijken,' vervolgde ik. 'Die weten anders niet meer hoe ik eruitzie.'

'Ja, ga gerust, je oude moeder redt het wel alleen.'

Alleen was overdreven, want ergens tussen de bergen batist, zijde en brokaat stond Linda te wachten tot haar bazin haar keuze had gemaakt.

Ik liep de kleedkamer uit en ging haastig de trap af naar mijn kamer. Ik had het kindermeisje gezegd dat ze daarnaartoe moest gaan om met de kinderen te spelen. Inmiddels kropen ze al, soms wat al te vlug. Geen tafelkleed was veilig voor ze, zodat ik Bruns had verzocht de punten aan de tafelpoten vast te maken. Dat zag er weliswaar niet elegant uit, maar dan hoefden we tenminste niet te vrezen dat de kleintjes een hete juskom over zich heen kregen. Bij de deur bleef ik staan. Hij stond een beetje open en ik kon een blik op het kindermeisje en de twee jongetjes werpen.

Rosalie was sinds een paar weken bij ons en kon het geweldig met ze vinden. Ze speelde met hen alsof ze haar eigen kinderen waren en de liedjes die ze zong hadden zelfs op crisismomenten een kalmerend effect op de tweeling. In eerste instantie was ik vrij sceptisch geweest vanwege haar jonge leeftijd, maar mijn bedenkingen waren algauw verdwenen en nu wilde ik haar niet meer missen.

Magnus en Ingmar speelden met de houten blokken die Lennard uit zijn eigen kinderkamer had meegebracht. Zijn moeder had ze uit nostalgie bewaard en nu kregen ze een tweede kans. Zoals altijd werd ik warm vanbinnen. Het afgelopen jaar was er veel veranderd. De verhouding tussen Lennard en mij was beter geworden. Lichamelijk waren we nog niet nader tot elkaar gekomen, maar dat lag aan het feit dat dokter Bengtsen voor een nieuwe zwangerschap had gewaarschuwd. De keizersnede kon tot verklevingen leiden, die schade konden aanrichten. Hij had me geadviseerd de komende twee jaar niet zwanger te worden.

Ik was vastbesloten ook Lennard een kind te schenken. Hij liet er geen twijfel over bestaan dat hij Magnus en Ingmar als zijn eigen kinderen zag, maar ik voelde dat hij er nog meer wilde. Een klein meisje dat de twee broertjes in toom hield misschien. Maar dat was nog toekomstmuziek waarvan ik de klanken maar gedempt hoorde toen ik de deur plotseling opendeed.

'O, mevrouw, ik heb u helemaal niet gehoord,' zei Rosalie en ze maakte een knicksje.

'Ik wou alleen maar even bij ze komen kijken,' zei ik. 'Blijkbaar hebben ze nog geen zin in een middagslaapje?'

'Nee, ze willen liever spelen. Maar Magnus begint al de eerste verschijnselen van vermoeidheid te vertonen. Ik zal ze zo naar bed brengen.'

Ik knikte. 'Uitstekend! Laat je niet door hun charme inpalmen.'

'Dat valt me eerlijk gezegd altijd wat zwaar. Maar het is voor hun eigen bestwil.'

Ik nam Magnus op mijn arm. Hij zag er heel slaperig uit. Ook nu ze een half jaar waren leek zijn broer een en al energie te zijn, terwijl hij gemoedelijker was.

'Misschien moet je ook bedenken wat je mee wilt nemen,' zei ik terwijl ik Magnus op de grond zette en Ingmar optilde.

Hij kraaide van plezier en greep naar mijn haar. Ik moest hem er telkens weer van weerhouden eraan te trekken, want hij had de gewoonte niet meer los te laten.

Rosalie zou net als Linda en Lena meegaan naar zee. Mevrouw Bloomquist was ook graag meegegaan, maar die moest voor de bedienden en de staljongens zorgen. We zouden genoegen moeten nemen met een tijdelijke kok. Lennard had al gedreigd dat hij zou gaan koken, maar wij vertrouwden zijn kookkunst niet helemaal.

'Ik neem niet veel mee. Drie japonnen, mijn boeken. Meer heb ik eigenlijk niet nodig.'

Ik zag de ontwapenende glimlach op haar gezicht, dat omlijst werd door donkerblonde krullen. De mannen in Åhus zouden beslist hun ogen uitkijken als ze haar zagen.

'Als je nog iets nodig hebt, moet je het zeggen. Juffrouw Rosendahl gaat morgen naar de stad om de laatste inkopen te doen.'

'Hartelijk dank, mevrouw, ik ben voorzien.'

Weer glimlachte Rosalie breeduit en hartelijk. Haar bescheidenheid was aandoenlijk.

Samen brachten we de tweeling naar bed. Terwijl Rosalie tussen de wiegen ging zitten om te waken, gaf ik mijn jongetjes nog een kus, verliet toen de kinderkamer en liep naar boven naar mijn eigen oude meisjeskamer. Ik strekte me uit op het bed. Daarbij viel mijn oog op iets waaraan ik al een eeuwigheid niet meer had gedacht.

Vergeten tussen de gordijnen stond daar nog steeds mijn oude schildersezel. De verfvlekken waren donker geworden, het hout was verbleekt en uitgedroogd. Ik kwam van het bed en haalde hem tussen de gordijnen vandaan. De scharnieren piepten toen ik hem opzette. Hij zag er gehavend uit, maar hij was nog bruikbaar. Ineens voelde ik mijn vingers kriebelen. Wat had ik lang niet meer geschilderd! Ja, ik had toen ik uit Stockholm weg moest bezworen dat ik het nooit meer zou doen. Maar de laatste tijd betrapte ik mezelf er af en toe op dat ik lang naar het landschap zat te staren en me afvroeg in welke tinten ik het op een doek kon overbrengen.

Ik streek over het hout en voelde me vreemd opgewonden. De zee zou zeker prachtige thema's opleveren. Ook al had ik mijn studie afgebroken, ik had mijn talent vast niet verloren. Stel dat ik het gewoon eens probeerde? Als ik de beelden tot me door liet dringen om ze met een penseel in de hand weer de vrijheid te schenken?

'Wat is dat?' vroeg Lennard toen ik een paar dagen later de ezel naar onze slaapkamer bracht, waar de reiskoffer al klaarstond.

'Dat kan ik je wel verklappen. Het is een schildersezel,' antwoordde ik een beetje spottend. Toen we jong waren, had hij me er af en toe achter zien zitten, vooral bij zijn laatste bezoeken, voor ik naar Stockholm verdween.

'En wat wil je ermee?'

'Mijn kleren eraan ophangen.'

'Steek niet de draak met me!'

'Dat heb je met zo'n vraag anders wel verdiend. Die heb ik natuurlijk nodig om te schilderen.'

'Maar ik dacht dat je dat nooit meer wou doen?'

'Dat was misschien wat voorbarig. We gaan naar zee, en daar

zijn vast prachtige zonsopgangen. Ik moet bekennen dat ik de laatste tijd af en toe zin heb om een beetje met kleuren te kliederen.' Ik zette de ezel naast de koffer. 'Wat denk je, zouden we in Åhus linnen kunnen krijgen?'

'Vast wel. En ze hebben er ook zeker verf voor ambitieuze kunstenaressen.' Lennard trok me op zijn schoot. 'Heb je er ooit spijt van gehad dat je de kunst hebt opgegeven?'

'Ja, soms wel. Maar ik heb gezworen nooit meer te schilderen. Ik heb je toch over de toestand met Michael verteld.'

Lennard knikte. De afgelopen maanden hadden we heel veel gepraat. Pas nu waren we een echt paar geworden. Alleen ontbrak nog het allesverterende vuur van jonge liefde. Misschien zou dat ook wel nooit komen. Maar we waren samen, en vertrouwden en steunden elkaar. Ik begreep nu dat een huwelijk niet alleen op liefde en hartstocht berustte, maar ook op vertrouwen, steun en vriendschap.

'Ik heb de schilderijen die ik toen heb vernield nooit gemist,' vervolgde ik. 'Maar nu ik het gevoel heb dat alles geleidelijk aan op zijn plaats valt, begin ik weer te verlangen naar kleuren, de geur van lijnolie en terpentijn.' Ik keek hem aan. 'Ik zou onze kinderen elk jaar kunnen schilderen, tot ze volwassen zijn.'

'Zo'n galerie vinden ze vast leuk wanneer ze hun geliefden in het huis rondleiden,' grapte Lennard.

'Je vergeet dat schilderijen niet altijd groot hoeven te zijn. Ze kunnen ook klein zijn, miniaturen die de moeder in haar secretaire verbergt en die de zonen ooit vinden en waar ze dan om moeten lachen.' Ik steunde tegen zijn borst. 'Ik zou zo graag weer eens schilderen.'

'Dan moet je dat doen,' zei Lennard. 'Ik zal ervoor zorgen dat je alles krijgt wat je nodig hebt.'

'Je bent een schat. Dank je wel.' Ik kuste hem en keek glimlachend naar de ezel.

Het idee van een kleine galerie had zich in mijn hart genesteld.

68

De volgende dag ging ik nog voor een laatste keer naar mijn werkkamer voor ik aan de echte voorbereidingen voor de reis begon. De stroom post zou nooit ophouden, maar de belangrijkste brieven kon ik afhandelen. Een man uit Stockholm had me gevraagd of ik geïnteresseerd was in het realiseren van paardenrennen. Hij had een foto van Avondster in een blad voor paardenfokkers gezien. Na zijn ziekte was Avondster helemaal hersteld en de dierenarts zag geen reden om hem niet te gebruiken om mee te fokken.

Aangezien de oorlog in Europa verwoestender en bloederiger was dan alle voorgaande oorlogen en er geen einde aan leek te komen, achtte ik het organiseren van paardenrennen niet gepast. Maar ik zou hem schrijven dat ik zodra de wapens waren neergelegd van de partij zou zijn. Ik wist echter niet of Avondster daar geschikt voor was. Ik wilde de krachten van het paard dat op de sterfdag van mijn broer geboren was niet aan paardenrennen verspillen. Avondster moest een fijn, rustig en vooral lang leven hebben.

Het hoofdartikel in de krant van die dag ging over de oorlog en het afnemende enthousiasme onder het Duitse volk. Ik legde hem weg. De euforie van augustus 1914 had inmiddels honderdduizenden mensen het leven gekost. Hoeveel zouden het er nog worden? En hoelang zou die waanzin nog duren?

Mijn blik dwaalde naar het schilderij van de Leeuwenhof dat ik destijds als enige uit Stockholm had meegebracht. Er dreigde nog altijd onweer. Maar ik was blij dat na alle turbulente jaren de rust een beetje was weergekeerd.

Toen ik me weer op de post richtte, ontdekte ik er een tussen de stapel brieven die ik bijna over het hoofd had gezien. Ik haalde hem tevoorschijn en verstarde toen ik de afzender zag. Inmiddels was er een half jaar verstreken sinds ik Hanno Boregard eropuit had gestuurd om Max te zoeken. Na alles wat er was gebeurd, was ik hem bijna vergeten. Maar nu had hij me geschreven.

Ik keek een tijdje naar de brief in mijn handen, toen gooide ik hem op het tafelblad, alsof ik er een eng insect op had ontdekt. Wilde ik echt weten wat er met Max was gebeurd?

Op het moment verliep mijn leven heel aangenaam. Lennards zorg voor de jongetjes was roerend en mijn moeder was milder dan ooit. Natuurlijk kwam dat ook door haar ziekte, maar het beeld van hoe ze glimlachend naar de tweeling had gekeken, gaf me nog altijd een warm gevoel. Het ijs rond de ijskoningin was afgebrokkeld en had een liefdevolle vrouw achtergelaten. Geen idee hoe mijn zonen dat voor elkaar hadden gekregen.

En nu kwam Max in mijn leven terug. In elk geval in een schrijven van de heer Boregard. Misschien had hij me alleen een rekening gestuurd, maar ik voelde dat het iets anders was. Even verkeerde ik in de verleiding de envelop open te maken, maar ik besloot het niet te doen. Misschien zou daardoor alles kapot worden gemaakt. Misschien werd mijn leven er weer gecompliceerd door. Max had zo veel voor me verzwegen, wie weet wat er nu weer naar boven kwam. Wilde ik ons verblijf aan zee daarmee bederven? Ik schudde mijn hoofd. Nee, dat wilde ik niet. Als Boregard zo lang nodig had gehad, kon die brief wel wachten. Ik zou hem openmaken wanneer ik terug was. Ik legde hem in de la waarin ik indertijd de leenovereenkomst had gevonden. Toen richtte ik me op de andere post.

's Middags vroeg mijn moeder me naar haar slaapkamer te komen. Ze had er sinds een paar maanden een gewoonte van gemaakt een kort middagslaapje te doen en daarna in bed een kopje koffie te drinken. De druppels maakten haar hart wel sterker, zodat ze haar dagelijkse bezigheden kon afhandelen, maar na het rusten kwam ze moeilijk op gang.

Als een koningin troonde ze in haar bed, met voor zich een houten dienblaadje waarop serviesgoed met een gouden randje stond. De koffie had ze half opgedronken en van de croissants die mevrouw Bloomquist die ochtend vers had gebakken, waren alleen nog wat kruimels en een beetje bessenjam over.

‘Hallo, moeder,’ zei ik en ik trok het stoeltje bij dat naast haar bed stond. Ze zou het niet goedvinden als ik op de rand van het bed ging zitten. ‘Hoe gaat het met u?’

Ze haalde diep en hoorbaar adem. Sinds drie maanden ging het ademhalen gepaard met een eigenaardig gereutel, dat ondanks de medicijnen niet minder leek te worden. Moest de dosering misschien worden verhoogd? Ik zou het er met de dokter over hebben zodra we weer terug waren.

‘Ik zou willen dat ik kon zeggen dat ik me een jonge blom voel, maar helaas is dat niet zo.’ Ze tuurde een poosje naar haar handen, toen keek ze me aan. ‘Ik wil dat je iets voor me doet. Jij alleen.’

Ik trok mijn wenkbrauwen op. De afgelopen weken had ze me vaker iets gevraagd, maar dit keer klonk het als iets belangrijks.

‘Waar gaat het om, moeder?’ vroeg ik.

Ze stak haar arm uit en trok de la van haar nachtkastje open. Daar haalde ze een metalen voorwerp uit, dat een sleutel bleek te zijn.

‘Hier.’

‘Een sleutel?’ Ik keek haar vragend aan terwijl ik hem aanpakte.

‘Die is van een bankkluisje in Kristianstad. Niet bij de Handelsbanken, maar bij een private bank. Het adres zal ik je nog geven. Ik wil dat je het daar gedeponeerde kistje voor me ophaalt.’

‘Wat zit erin?’ vroeg ik verbaasd. Mijn moeder bewaarde een geheim in een kluisje? Tot nog toe had ik gedacht dat de enige plek waar ze geheimen bewaarde haar hart was.

‘Dat zal ik je laten zien wanneer het daar tijd voor is,’ antwoordde ze. 'Ga het alsjeblieft halen. Zo mogelijk nog vandaag, of anders morgenochtend. Het is belangrijk.'

Ze keek me zo ernstig aan dat ik niet anders kon dan knikken.

Met het adres van de bank, Arnulf & Wenders, stapte ik een uur later in onze nieuwe automobiel. Dat was net als de wagen waarmee graaf Bergen ons indertijd had bezocht een Packard Touring, maar een nieuwer model, dat je naar believen met dak of als cabriolet kon gebruiken. Tot nog toe was Lennard noch ik eraan toegekomen een rijbewijs te halen, maar Tjorven, onze chauffeur, kon er uitstekend mee overweg.

August was bij het aanschaffen met pensioen gegaan. Dat had hij knarsetandend gedaan, maar inmiddels leefde hij samen met een weduwe in het dorp van het pensioen dat ik hem maandelijks betaalde.

Met het voertuig, dat ruim vijftig kilometer per uur haalde, was ik in een half uur in Kristianstad, in plaats van een uur zoals met paarden het geval was geweest. Dat was heel wat makkelijker. Moeder hield het voertuig nog steeds voor een uitvinding van de duivel, maar ik was ervan overtuigd dat ze er vlug aan zou wennen. Ik vond het het tenminste heerlijk als de wind door mijn haar ging terwijl we over de landweg zoefden. Soms liet ik Tjorven een omweg nemen, alleen maar om nog langer te kunnen genieten. Tijdens de rit haalde ik de sleutel tevoorschijn en draaide hem om in mijn hand. Waarom wilde mijn moeder dat kistje juist nu hebben? Dat er sieraden of zoiets in zaten, leek me niet waarschijnlijk. Maar het moest heel belangrijk voor haar zijn, anders zou ze het niet daar in bewaring hebben gegeven.

De bank lag in een onopvallende zijstraat en was nauwelijks als zodanig herkenbaar. Ik moest aanbellen. Ze leken erop te letten dat niet zomaar iedereen naar binnen liep. Even later verscheen het gezicht van een oudere heer in de deuropening. Ik hield de sleutel omhoog.

'Mijn naam is Agneta Lejongård,' zo stelde ik me voor. 'Ik ben hier in opdracht van mijn moeder Stella, om iets af te halen.'

De man nam me even kritisch op, toen keek hij naar de sleutel. Toen hij het nummer erop zag, deed hij de deur helemaal open en zei: 'Komt u binnen.'

Ik stapte op een enigszins versleten ogend tapijt dat de indruk wekte dat er duizenden voeten overheen waren gelopen.

'Mijn naam is Arvid Wenders, ik ben een van de eigenaren,' stelde hij zich voor. 'Wat wil uw moeder u laten afhalen?'

'Een kistje. Ze zei dat het in een kluisje stond.'

Wenders knikte. 'Goed. Laten we gaan kijken.'

Hij beduidde me hem te volgen. We kwamen in een kleine lege ruimte met loketten. Er zat niemand achter de loketten en het zag er ook niet uit alsof de normale bedrijvigheid van een bank er heerste.

'Zegt u me eens, wat voor soort bank is dit eigenlijk?' vroeg ik Wenders terwijl we door de gang liepen.

'U verbaast zich over de ruimte met de lege loketten, nietwaar?'

Ik knikte.

'Vroeger waren we een gewone bank. Maar op een gegeven moment moest mijn vader erkennen dat het niet meer ging. Hij stond voor de keuze de bank te sluiten of iets fundamenteel te veranderen. Hij besloot de zaak te veranderen in een bank waar je alles kunt bewaren wat belangrijk is.'

Hij glimlachte geheimzinnig, toen vervolgde hij: 'We houden waardevolle voorwerpen en documenten in bewaring, maar ook andere dingen. We laten het aan onze cliënten over onze kluisjes te vullen met alles wat ze veilig willen stellen.'

'Bent u op de hoogte van de inhoud?'

Wenders schudde zijn hoofd. 'Nee. Ons uitgangspunt is dat de inhoud van de kluisjes ons niet interesseert.'

'En als nu iemand er de bekentenis van een moord in bewaart?'

'Dan zal de wereld dat pas te weten komen wanneer de eigenaar het wil.'

'Wat doet u met kluisjes die vergeten worden? Waar niemand meer voor betaalt?'

'Die worden vernietigd. Met de hele inhoud. Niemand krijgt die te zien.'

Aan het einde van de gang bevond zich een zware gepantserde deur die alleen met een speciale code geopend kon worden. Wenders draaide het cijferslot verscheidene keren in verschillende richtingen, voor mij te vlug om de getallen te kunnen onthouden. Ten slotte zwaaide de kluisdeur onder licht geknars open. Erachter bevond zich een ruimte met een heleboel kluisjes, die tot aan het plafond kwamen.

'Wilt u zo vriendelijk zijn mij de sleutel te geven?' zei Wenders, waarop ik hem die overhandigde.

Met de sleutel liep hij de ruimte in en keek rond om zich te oriënteren. Ten slotte liep hij naar links en maakte hij helemaal onderaan een vak open.

Ik vroeg me af hoelang het kluisje daar al stond. Zou wat er het eerst in was gedeponeerd bovenop liggen of juist onderin? Ik hoorde het slot openspringen. Even later verscheen Wenders met een metalen kistje. Het zou beslist niet meevallen om dat kapot te krijgen.

'U kunt het kistje met deze sleutel openmaken,' zei Wenders terwijl hij me twee sleutels overhandigde die veel kleiner waren dan de sleutel van het kluisje, maar er hetzelfde uitzagen. 'De sleutel van uw kluisje houden we hier tot u besluit het kistje weer terug te brengen. Wilt u de inhoud houden en het kluisje opzeggen, dan kunt u het kistje met dienovereenkomstig bericht naar ons terugsturen.'

Met die woorden legde Wenders het kistje in mijn handen. Het was zwaar, wat wel zou komen doordat het van staal was. Maar misschien zat er iets in wat ook zwaar was.

'Hartelijk dank,' zei ik en ik liet me door Wenders weer naar buiten brengen.

Toen we bij de Leeuwenhof aankwamen, begon het al te schemeren. Ik ontdeed me van mijn mantel, die ik bij het autorijden altijd droeg om het niet koud te krijgen, en ging met het kistje naar mijn moeder. Die had het zich gemakkelijk gemaakt in de salon, want de avondmaaltijd werd bij ons nog steeds pas genuttigd wanneer ieder familielid dat niet toevallig op reis was, aan tafel kon verschijnen. Inmiddels had ik flink honger, en mijn maag liet dat weten ook.

'Je knort als een varken,' zei mijn moeder zonder op te kijken van haar kaarten, waarmee ze de tijd verdreef.

'Ik heb ook vreselijke honger. Maar ik wou je eerst nog het kistje brengen.' Ik liep naar haar toe en zette het neer naast de kaarten.

'Dank je wel,' zei mijn moeder zonder ernaar te kijken.

'En? Maakt u het niet open?' vroeg ik. Ik stierf zo'n beetje van nieuwsgierigheid.

'Nee,' antwoordde ze. 'Niet nu. Ik moet er klaar voor zijn.'

'Klaar?' vroeg ik. 'Zit er dan iets vreselijks in?'

'Nee, vreselijk is het niet. Maar het zijn dingen waarover ik wil nadenken wanneer we aan zee zijn.'

'En zult u me er op een dag over vertellen?'

'Als de tijd rijp is,' antwoordde mijn moeder terwijl ze de kaarten weglegde. 'Maar nu moeten we eerst eens iets eten.' Ze stond op en zette koers naar de eetkamer.

Ik vroeg me af waarom ze het kistje niet meteen wilde openmaken. Toen dacht ik aan de brief van Boregard, die ik ook niet geopend had.

Moest ik het toch doen? Of er aan zee over nadenken? Als ik tot de conclusie kwam dat ik hem niet wilde lezen, kon ik hem ook meteen aan de golven prijsgeven. Of in de haard verbranden.

69

De frisse zeelucht kwam ons tegemoet toen we uit de automobiel stapten. Tjorven hield gedienstig het portier voor ons open. Moeder zag wat bleek om de neus. Hoe verder de rit ging, hoe meer ze rekening hield met een ongeluk.

'Is alles in orde met u?' vroeg ik.

'Ik zal wel nooit aan dat vreselijke tempo wennen,' beklaagde ze zich terwijl Lennard haar hielp uitstappen.

'Dat zult u heus wel, moeder,' zei ik. 'En een beetje opwinding is goed voor uw hart. U weet wat dokter Bengtsen daarover heeft gezegd.'

'De dokter kan zo veel zeggen,' was haar weerwoord en ze stapte uit.

Ik stapte ook uit en hielp de kinderen uit hun zitje. Lena en Linda stonden ons al op te wachten. Die waren de vorige ochtend al vroeg met de trein naar Åhus vertrokken, samen met Rosalie, die Magnus en Ingmar meteen in haar armen sloot.

Het huis was sinds ons laatste verblijf daar weinig veranderd. Her en der bladderde wat verf af, verder hield het echtpaar dat het perceel beheerde alles goed bij. De vertrekken waren vervuld van zeelucht, want het strand lag pal voor onze voeten. Onze villa stond wat hoger en bood een geweldig uitzicht op de Oostzee. Af en toe zag je een viskotter voorbijkomen. Wandelaars flaneerden over het zand. Het badseizoen liep ten einde, dat was duidelijk te merken.

'Het is hier prachtig,' zei Lennard. 'We hadden hier veel eerder naartoe moeten gaan.'

'Ja, het was heel geschikt geweest voor onze huwelijksreis,' zei ik en ik keek naar mijn moeder, die met Linda praatte en haar waarschijnlijk aanwijzingen gaf. 'Maar misschien kunnen we dat ooit inhalen.'

Lennard glimlachte. 'Wanneer de kinderen niet meer zulke handenbindertjes zijn, gaan we met zijn tweeën op reis. Hiernaartoe of ergens anders heen.'

'Dat zou fijn zijn,' zei ik.

De volgende twee dagen brachten we voornamelijk door met zonnebaden.

Zoals Lennard had beloofd, had hij voor papier en een tekendoos gezorgd. Verf en lijnolie waren hier net zo schaars als goed linnen. Maar dat maakte me niet uit, dan schilderde ik wel met waterverf. Dat leek me ook passend aan zee. Ik zette golven op papier, sporen in het zand, aangespoelde mosselschelpen en rood- en groengekleurde kiezelstenen. Daarbij ging ik niet als kunstenaar te werk, maar zuiver intuïtief. Ik drukte in de schilderingen eerder mijn gevoel uit dan dat ze de realiteit weergaven.

En dan waren er de momenten die ik met mijn kinderen doorbracht. Heerlijke, vreedzame ogenblikken waarin ik hun warmte voelde en hun geur rook.

Op de derde avond, na een heerlijk avondmaal met vers gevangen zeevis, nam moeder me apart. 'Heb je vanavond zin in een late borrel met mij?'

'U weet toch dat u zo laat niet meer moet drinken,' antwoordde ik.

'Het gaat me niet zozeer om het drinken. Maar misschien heb je het nodig om dat wat je zult horen, beter te kunnen verwerken.'

Moeder keek me aan en ik wist dat dit de avond was waarop ze het kistje zou openmaken, dat ze als een schat bewaakte. We wachtten tot iedereen naar bed was, ook Linda, Lena en Rosalie. Tegen Lennard had ik gezegd dat ik een belangrijk gesprek met mijn moeder had en dat hij niet op me hoefde te wachten. Toen ging ik in de kleine salon zitten, die een zwakke afspiegeling was van haar salon op de Leeuwenhof. Frisse zeelucht stroomde door het licht geopende keukenraam naar binnen, en bij het schijnsel van de kaarsen wikkelden we ons in warme dekens. Het kistje stond als een relikwie op de tafel.

Een hele tijd zwegen we. Ik vol verwachting, Stella peinzend. Ze leek te overwegen of ze wat ze me wilde vertellen echt wilde prijsgeven, maar toen boog ze naar voren en maakte het kistje open. Daarin lagen, voor zover ik het kon zien, een paar brieven en een medaillon. Er liep een rilling over mijn rug. Wat had dat te betekenen?

'Het is vele jaren geleden dat ik dit bij Wenders in het kluisje heb gelegd,' begon ze. 'Niemand mocht het merken. Ik had alles natuurlijk ook in de haard kunnen gooien, maar dat wou ik niet. Wat ik toen had, wou ik niet verliezen. En nu ik de dood voel naderen, wil ik schoon schip maken.'

'U gaat toch niet dood,' protesteerde ik. Angst schoot door me heen. Hoe kwam ze daarbij? 'De dokter zegt toch...'

'De dokter lijkt zelf niet te weten wat goed is. Zijn druppeltjes helpen altijd maar even, en ik merk dat ze mijn hartzwakte niet echt tegengaan. Op een dag zal mijn hart het laten afweten. Waarschijnlijk gebeurt dat in mijn slaap. Omdat ik je niet een sleutel en een kistje wil nalaten, heb ik besloten er nu met je over te praten.'

'En wat zit er in het kistje?' vroeg ik en ik merkte hoe de vrees dat ze zou kunnen sterven als een wervelstorm door me heen ging. Ik wilde niet dat ze ging, niet nu!

'Liefde!'

Haar antwoord haalde me uit mijn bedwelming.

'Wat zegt u?'

'Liefde,' herhaalde ze. 'Een korte, hevige liefde, maar een waartegen ik geen verweer had.'

Moeder had een affaire gehad? Wanneer? Vast voor de tijd dat ze met mijn vader getrouwd was...

'Ik weet wat je denkt,' vervolgde ze. 'Of daar heb ik in elk geval een vermoeden van.' Ze zweeg even en ik kon niets bedenken om te zeggen. 'Toen ik hoorde dat je zwanger was, viel me dat rauw op het dak. Het herinnerde me aan de situatie waarin ik zelf heb verkeerd.' Nu streek ze liefkozend over de brieven en legde ze het medaillon in haar hand.

'Uw eigen situatie? Wat voor situatie?'

'Een jaar na de geboorte van Hendrik kreeg je vader een zwaar ongeluk bij het paardrijden. Een paard gooide hem eraf en trapte hem. Een hoef raakte zijn onderlichaam. Een hele tijd verkeerde Thure op het randje van de dood. Hij lag in coma en kreeg koudvuur. Pas een half jaar later kon hij weer zijn bed uit. Ik was dolgelukkig dat hij het had overleefd en stond niet stil bij mogelijke gevolgen. Al wat ik wou was een tweede kind, een broertje of zusje voor Hendrik. Liefst een zusje, want ik wou geen concurrentie voor de eerstgeborene. Maar hoe vaak we het ook probeerden, ik werd niet zwanger.'

Er kwam een vermoeden bij me op en ik luisterde ademloos. Mijn wangen brandden, ook zonder schnaps. Die stond onaangeroerd op de tafel.

'Natuurlijk werd de schuld bij mij gezocht. Men vermoedde dat er bij Hendriks geboorte ongemerkt iets was beschadigd. Maar daarvoor vonden de dokters geen bewijs. Daarom gingen ze er maar van uit dat ik zo getraumatiseerd was door Thures ongeluk dat het invloed had op mijn vruchtbaarheid. Maar ik wist waar het echt door kwam.'

Ze maakte het medaillon open en bekeek het. Er zat een portretje in van een jongeman met blonde krullen en een baardje.

'Alexander bevond zich in het gevolg van de koning, hij maakte deel uit van de staf van de hofmaarschalk. Het was in de tijd van de herfstjacht, toen was het net zo'n heksenketel als jij ook kent. Die dagen... Nou, we raakten verliefd. Alexander was jonger dan ik, maar hij had alleen oog voor mij en toen Thure met een paar andere mannen in het dorp was, hebben we van de gelegenheid gebruikgemaakt. Het lukte ons zelfs elkaar vlak voor zijn vertrek nog een keer te ontmoeten. Hij vertrok met de belofte me te schrijven.' Moeder keek me aan. 'Weet je zeker dat je geen schnaps wilt?'

Ik schudde mijn hoofd. Mijn hart ging tekeer en mijn maag

kwam in opstand, maar die gevoelens wilde ik niet verdrinken.

'Ga door,' verzocht ik haar terwijl ik me probeerde voor te stellen hoe de Stella van destijds kon zijn geweest. Ik kende haar als de strenge moeder, als beeldschone ijskoningin. Waarschijnlijk had ze er indertijd nog adembenemender uitgezien.

'Een paar weken later merkte ik dat mijn maandstonden uitbleven. Omdat ik het al eerder had meegemaakt, besefte ik dat ik zwanger was. Ik raakte in paniek. Weliswaar was ik ook met Thure samen geweest, zij het met een slecht geweten en met mijn gedachten bij Alexander. Maar ik had het vermoeden dat het kind niet van hem was.'

Ik staarde mijn moeder aan alsof ze me een klap had gegeven. Even kon ik me niet verroeren en mijn stem begaf het. Door de schok werd ik een zoutpilaar.

Ik zou een andere vader hebben? Ik kon het niet geloven. Daarvoor leek ik te veel op mijn eigen vader, hadden we te veel dezelfde voorliefdes.

'Weet je het zeker?' vroeg ik. 'Het zou toch net zo goed kunnen dat vader...'

'Ja, dat zou kunnen. Maar ik ben ervan overtuigd dat het niet zijn zaad was dat me heeft bevrucht. Vijf jaar na jouw geboorte constateerde een arts dat Thure onvruchtbaar was. Dat was het jaar dat we ieder een eigen slaapkamer betrokken.'

'Wist vader het?' vroeg ik ademloos. Mijn hart klopte in mijn keel. Op zo'n wending had ik niet gerekend.

'Mogelijk had hij een vermoeden. Ik heb het nooit gemerkt. In elk geval verafgoodde hij je. Je was voor hem zijn laatste kind en daarmee met Hendrik zijn grote hoop. Misschien kun je nu begrijpen waarom hij zo teleurgesteld was toen je wou gaan studeren. Toen je probeerde je van de Leeuwenhof los te maken. Hij zag je als toekomstige echtgenote van Lennard, toen al. Het zou ideaal zijn geweest.'

En zonder het te weten had ik via een omweg zijn wens in vervulling doen gaan.

Ik had even nodig om te verwerken wat moeder had gezegd. Ik

stond op en begon door de kamer heen en weer te lopen. Het bloed suisde in mijn oren. De vloer kraakte onder mijn voeten en buiten huilde de zeewind.

Maar dat merkte ik nauwelijks, want door mijn hoofd spookte onafgebroken de kwestie dat mijn vader niet mijn vader was, maar een man die Alexander heette. En dat mijn moeder over hem had gezwegen. Ik had tegenover Lennard tenminste open kaart gespeeld. Dat was echter te begrijpen, want er had veel op het spel gestaan. Mijn leven, dat van mijn moeder, de reputatie van de Leeuwenhof. Als mijn vader iets had vermoed, had dat geen betekenis meer, want hij had het meegenomen in zijn graf. Toch had ik het gevoel dat ik een enorme dreun had gekregen. Beetje bij beetje drong alles tot me door. Mijn vader was niet mijn vader. Moeder had een affaire gehad. Hoe was het mogelijk! De volmaakte, boven elke twijfel verheven Stella? Kon mijn kille moeder zo hartstochtelijk zijn? We zwegen een hele poos.

Mijn moeder was niet meer dezelfde vrouw als een paar uur, een paar maanden geleden. Ze leek nu een gepassioneerd wezen, net zoals ik vroeger in Stockholm in bed met Michael was geweest. Blijkbaar viel de appel inderdaad niet ver van de boom, zoals het spreekwoord luidt.

Waarom had ze me niet al eerder iets verteld? Meer begrip voor me getoond? Was het gênant voor haar? Had ze mij voor wroeging willen behoeden?

En kon ik nog op dezelfde manier aan mijn vader denken? Misschien niet, maar ik zou niemand anders zo noemen. Mijn vader had me leren paardrijden, mijn vader had me getroost als ik gevallen was, en met mijn vader had ik de conflicten van mijn jeugd uitgevochten. Ik had alleen hem gehad. Ik had alleen van hem als vader gehouden.

'Hoe ging het verder?' vroeg ik uiteindelijk terwijl ik bleef staan. Mijn stem klonk alsof hij van ver kwam. Nog steeds klopte mijn hart hevig en mijn handen trilden.

'We hebben elkaar geschreven, een hele tijd. Hij stuurde me een medaillon met zijn portret en beloofde dat hij terug zou komen. Ik weet niet meer of ik me daarover verheugde of dat ik er bang voor was. Maar als ik er al bang voor was geweest, was daar algauw geen reden meer voor, want Alexander werd naar het noorden verplaatst. Daar trouwde hij met de dochter van een grootgrondbezitter. Hij heeft me nog één keer geschreven, maar liet me weten dat we elkaar waarschijnlijk niet terug zouden zien. Daarmee was het afgelopen.'

Moeder laste een pauze in. Ik voelde dat het praten haar vermoeide. Toen keek ze me recht in de ogen. Ik zag tranen blinken. Tranen van schuldgevoel en om het verlies.

'Toen ik merkte dat je voor die man was gevallen, zag ik mezelf in jou terug. Ik begreep hoe het je verging, maar had je tegelijkertijd het liefst bij hem weggetrokken. Meer dan eens nam ik me voor naar hem toe te gaan, hem te laten weten hoe ik erover dacht en hem op het hart te drukken dat hij bij de Leeuwenhof weg moest gaan.'

Mijn ogen werden groot. Ze had toch niet...

'Nee,' beantwoordde ze mijn vraag zonder dat ik hem had hoeven stellen. 'Ik heb niets met zijn verdwijning te maken en ik heb geen idee waar hij is. Ik was wel opgelucht dat hij eindelijk weg was. Ik was ook opgelucht toen je me over je zwangerschap en je trouwplannen vertelde. Toen je tegen me zei dat je naar hem liet zoeken... Ik raakte buiten mezelf, wou niet dat hij ooit weer verscheen. Maar mijn boosheid gold ook Alexander. Ik droomde er een tijdje van met hem weg te lopen, maar toen was er die ander, van wie hij echt leek te houden...' Ik zag dat er een traan uit haar linkeroog drupte, over haar wang gleed, naar beneden viel en op haar hand uiteenspatte. 'Ik ben dankbaar voor elke dag dat hij je met rust laat, geloof me. Ik wil niet dat je erachter komt dat hij een ander heeft.'

Ik pakte moeders hand. Die was ijskoud en trilde. Ook ik trilde inwendig nog steeds. Niet alleen vanwege de bekentenis, maar ook vanwege Max. Of Hans, zoals hij in werkelijkheid heette.

'Ik weet dat hij iemand anders heeft,' zei ik. 'Zijn moeder heeft me geschreven. Hij heeft een valse naam opgegeven en verzwegen dat er in Pommeren een echtgenote op hem wacht.'

'Ik had niet anders verwacht,' was moeders reactie.

Ik perste mijn lippen op elkaar en schudde mijn hoofd, alsof ik die gedachten zo van me af kon zetten. 'Het is voorbij. Niemand kan daar iets aan veranderen. Ik wilde hem vinden om een verklaring voor alles te krijgen. Ik heb me daarin vastgebeten en zag daardoor niet hoeveel geluk ik heb met Lennard. Maar eerlijk gezegd heb ik nu geen behoefte meer aan zo'n verklaring. Ik weet waar ik sta en wie ik ben.'

Ik moest weer aan de brief van Boregard denken en was blij dat ik hem niet had opengemaakt.

Moeder gaf me een kneepje in mijn hand. 'Het doet me plezier dat te horen. Maar ik weet dat een mensenhart wispelturig is.'

'Dat kan wel zijn, maar u bent uiteindelijk toch bij vader gebleven.'

'Ja, dat is waar. En in de jaren daarna heb ik weer van hem leren houden. Toen hij overleed, was dat een zwaardere slag dan het nieuws dat Alexander was getrouwd.'

Ik drukte moeders hand tegen mijn wang en hield hem daar een poosje. Toen vroeg ik: 'Wat ga je met het kistje doen? Het terugzetten in het kluisje?'

'Dat weet ik nog niet,' antwoordde ze en ze streelde met haar vrije hand over mijn haar. 'Misschien neem ik het mee in mijn graf. Misschien verbrand ik het voor die tijd allemaal. Ik heb mijn geweten ontlast en je de waarheid verteld. Dat is alles wat ik wou.'

Daarna namen we toch nog een glaasje schnaps, hoofdzakelijk om ons te verwarmen. Een hele tijd bleven we zo zitten peinzen, tot de vermoeidheid toesloeg.

We stonden op en liepen samen de salon uit. Moeder hield het kistje onder haar arm. Zou ze meteen korte metten maken met de inhoud of kon ze dat niet over haar hart verkrijgen?

Het was me nog niet helemaal duidelijk wat het betekende om de dochter van iemand anders te zijn. Maar kwam het er eigenlijk niet op neer dat de vader degene was die zich om een kind bekommerde en het liefhad? Wilde ik mijn biologische vader leren kennen? Wist hij van mijn bestaan? Dat was niet waarschijnlijk, gezien het feit dat mijn moeder het allemaal geheim had gehouden. Zou ik het Lennard vertellen? Of was het beter hem daar niet mee te belasten? Mogelijk vond ik weldra een antwoord op die vragen.

'Welterusten, moeder,' zei ik toen we bij de deur van haar kamer kwamen. Haar verhaal had me sterk aangegrepen en ik wist niet of ik vannacht zou kunnen slapen.

Ik voelde echter de diepe vrede die van mijn moeder uitging. Wanneer de dood echt kwam, zou ze in elk geval met een lichter hart kunnen gaan. Maar ik hoopte dat die nog niet zo vlug zou komen, net nu we elkaar steeds beter begonnen te begrijpen.

'Welterusten, Agneta, tot morgen.' Met die woorden verdween ze in haar kamer. Ik bleef nog even voor de deur staan, toen draaide ik me om en liep de gang door.

In de slaapkamer zag ik dat Lennard in de stoel naast de kinderbedjes in slaap was gevallen.

Mijn mannen, dacht ik vertederd en ik kroop in bed, waar ik nog lang naar de hanenbalken bleef liggen staren.

70

Tegen de ochtend, toen ik uit een eigenaardige droom ontwaakte en de deken me te zwaar werd, kroop ik uit bed, schoot mijn ochtendjas aan, keek nog even naar Magnus en Ingmar en verliet de slaapkamer. Als een slaapwandelaar ging ik voort, maar ik wist precies wat ik wilde. Moeder had het erover gehad dat ze er klaar voor moest zijn om het kistje open te maken. Het kistje dat het verhaal over haar vroegere geliefde bevatte. Mijn vader.

Ik was er nu klaar voor de brief open te maken die me misschien nog een schokkend bericht zou brengen. Ik haalde Boregards brief, die ik vlak na mijn bezoek aan de bank toch maar had ingepakt, uit het geheime vakje in mijn koffer en liep ermee naar de keuken van de bedienden. Daar stak ik een olielamp aan, haalde een mes uit de la en ging op de schoongeboende bank zitten, die nog altijd naar citroen rook.

Voor de ramen heerste de diepzwarte nacht. Sterren noch maan vielen te ontwaren. Al wat ik in de ruiten zag was de onduidelijke weerspiegeling van mijn eigen beeld. Bij de aanblik van mijn ochtendjas moest ik denken aan die van Max' overgrootvader. Was dat verhaal een verzinsel geweest? Had hij me de waarheid verteld? Of had hij die voor me verzwegen?

Mijn handen trilden toen ik het mes pakte. Ik haalde diep adem, probeerde mijn hartslag tot rust te brengen, wat niet lukte. Ik had buikpijn, mijn oren suisden. Het was alsof ik op een klif stond waar de wind me elk moment van af kon laten waaien. Ik stak het mes in de envelop en sneed hem open.

Er gebeurde niets. Ik zat nog steeds op de stoel, voor me stond de lamp te flakkeren. Met ijskoude vingers haalde ik de blaadjes tevoorschijn. Het was een getypte brief waar zo te zien geen nieuwe rekening bij was gevoegd.

Wenen, 28 juli 1915

Zeer geëerde gravin Lejongård,

U verwachtte vast al enige tijd bericht van mij. Het spijt me dat ik nu pas van me laat horen. De zoektocht naar Hans von Bredestein bleek uitermate lastig. Ik neem aan dat hij verschillende identiteiten heeft aangenomen om naar de Duitse kust te komen. Toen ik eindelijk een spoor van hem vond, was hij allang verdwenen.

Ik ben de aanwijzing nagegaan dat hij contact met graaf Von Kranitz kon hebben opgenomen. Bij navraag vernam ik dat de graaf zwaargewond van het front is teruggekeerd. Een gesprek was niet mogelijk, want de verwondingen hadden ook zijn denk- en spraakvermogen aangetast.

Navraag bij zijn vorige betrekking heeft geen resultaat opgeleverd. Ene Max of Hans von Bredestein was daar niet bekend en werkte er ook niet.

Ik heb Bredesteins familie opgezocht en informatie ingewonnen. Zijn echtgenote Friederike von Bredestein had net als zijn vader en tweelingbroer geen idee waar de gezochte heen zou kunnen zijn gegaan. Hij geldt sinds het begin van de zomer van 1913 als vermist, en ondanks intensief speurwerk heeft de politie hem niet kunnen vinden. De laatste aanwijzing die de familie had, was een reis naar Stockholm die hij in opdracht van zijn vader maakte.

Als verder spoor gaf de familie een brief van u, die u welbekend zal zijn.

Ik heb het daarna op diverse plaatsen geprobeerd en heb nog eens contact met alle havenmeesters in Stockholm opgenomen.

Toen dat niets opleverde, heb ik me weer op het leger gericht. Ook daar stuitte ik op hindernissen. Ik heb maandenlang regimenten achterna gereisd zonder te weten in welke richting ik het zoeken moest.

Ongeveer drie weken geleden vond ik een nieuw spoor. Ene Max Breden, die aan het signalement van de gezochte beantwoordde, had zich een jaar eerder vrijwillig bij een korps van de Oostenrijkse infanterie gemeld. Dat ben ik nagegaan.

Met veel moeite is het me gelukt het korps op te sporen. Ik heb de mannen gesproken, die bij een zware aanval verminkt waren. Ze deelden me mee dat Max Breden bij een offensief aan het Stilfserjoch om het leven is gekomen. Hij had een kogel in zijn hoofd gekregen en was op slag dood.

Ik kromp in elkaar en sloeg mijn hand voor mijn mond. Was dat mogelijk? Was Max dood? Gezien het feit dat de naam een zekere overeenkomst vertoonde, was het plausibel.

Of het echt om Max/Hans von Bredestein gaat, kan ik echter niet met absolute zekerheid zeggen. Van dit soort mannen zijn er meer in Duitsland.

Als u erop staat, zet ik mijn speurtocht voort. Mocht ik bij terugkeer in Stockholm niets van u horen, dan stuur ik u binnen enkele weken de rekening.

Het ga u goed!

Hoogachtend,
Hanno Boregard

Ik staarde verward naar het papier. Was Max dan echt ten strijde getrokken? Ik dacht met tegenzin terug aan zijn groeiende enthousiasme. Zijn uitlatingen hadden me bevreemd, maar ik was destijds te verblind, te verliefd geweest om er langer bij stil te staan. Ik achtte hem ertoe in staat zich in het strijdgewoel te storten. En ook om een valse naam te gebruiken.

Ik moest weer denken aan wat ik tegen mijn moeder had gezegd. Dat ik geen verklaring meer wilde. Dat ik wist waar ik stond. Toch was het me liever geweest als Boregard me zekerheid had kunnen geven. Nu, zo voelde ik, zou Max me nog lang door het hoofd blijven spoken.

'Als u erop staat, zal ik mijn speurtocht voortzetten.'

Wilde ik dat? Zou het iets opleveren? Blijkbaar was Hans von Bredestein er een meester in zich te vermommen, een vogel die zich niet liet vangen. In zekere zin was hij net als mijn vroegere zelf. Maar ik was ouder en rijper geworden.

Ik zou Boregard niet schrijven. Hij moest me maar een rekening sturen. Als het lot wilde dat ik Max nog een keer tegenkwam, zou dat gebeuren. En zo niet, dan zou ik altijd blijven wie ik was: Agneta Lejongård, de meesteres van de Leeuwenhof.

Nadat ik een poosje naar het blaadje had zitten staren, niet in staat iets te doen of iets anders te voelen dan teleurstelling, stond ik op en liep ik naar buiten.

De zeewind was guur en de golven gingen die ochtend luid tekeer. Ik liep de kleine pier in de buurt op, waar de gure wind het duidelijkst merkbaar was. Daar haalde ik de brief uit mijn zak. Ik keek er even naar, en enigszins weemoedig streek ik over het papier. Toen scheurde ik het in zo klein mogelijke stukjes en liet de wind de snippers uit mijn handen waaien.

Toen ik terugkwam stond Lennard op de veranda. Hij had gemerkt dat ik er niet was, maar was me gelukkig niet achternagegaan maar daar blijven wachten. Ik klom de trap op, liep naar hem toe en omhelsde hem. Moest ik hem over de brief vertellen?

Nee, het was beter als alles bleef zoals het was. Max was verdwenen, mogelijk voor altijd. Hij zou nooit iets over zijn kinderen te weten komen en ook geen aanspraak op hen maken. Het geheim dat ik met Lennard en moeder deelde, zou bewaard blijven.

'Heb je een wandeling gemaakt?' vroeg mijn man toen we een tijdje hadden staan kijken naar de zee die de brief had verzwolgen.

'Ja, ik moest mijn gedachten op een rijtje zetten.'

Lennard keek me met een ondoorgrondelijke uitdrukking aan.

Ik beantwoordde zijn blik en zei: 'Weet je eigenlijk dat ik van je hou?'

Lennard leek even verward, toen begon hij te glimlachen. 'Een half jaar geleden durfde ik daar niet van te dromen, maar nu moet ik bekennen dat ik je heb doorzien.'

'Nou, dat komt dan goed uit,' zei ik welgemeend, toen sloeg ik mijn armen om hem heen en kuste hem hartstochtelijk.

Toen ik me weer van hem losmaakte, keek hij me verrast aan. Hij leek te merken welke gedachte er bij me opkwam.

'We hebben nog even tijd voor moeder en de kleintjes wakker worden,' zei ik.

'Weet je het zeker? Maar de dokter...'

'Maak je geen zorgen, er zijn manieren die me niet in gevaar brengen.'

Ik glimlachte naar hem en hij leek te begrijpen wat ik bedoelde. Onze handen vonden elkaar, toen trok ik hem mee naar de slaapkamer. Daar vonden onze lippen elkaar opnieuw en ik wist dat er op dat moment niets fijners was dan Lennards warme huid tegen de mijne te voelen.

LEES MEER VAN

Corina Bomann

Het prachtige Zweedse landgoed de Leeuwenhof is het decor van de levens van drie heel verschillende vrouwen. Elk op hun eigen manier proberen zij een weg door het leven te vinden, op zoek naar een gelukkige toekomst in een snel veranderende wereld.

Mathilda is zestien als haar moeder in 1931 plotseling sterft en ze alleen achterblijft. Dan komt de indrukwekkende Agneta Lejongård in haar leven. Agneta blijkt Mathilda's voogd te zijn en ze neemt Mathilda mee naar het prachtige landgoed de Leeuwenhof in het zuiden van Zweden.

LEES MEER VAN

Corina Bomann

De jonge Solveig – verliefd en verloofd – lijkt een stralende toekomst tegemoet te gaan, maar een tragisch ongeval maakt een einde aan haar geluk. Ze besluit zich terug te trekken op de Leeuwenhof, bij haar moeder en grootmoeder. Daar is ze hard nodig, want het eerbiedwaardige landgoed verkeert in slechte staat. Solveig heeft allerlei ideeën om het huis en het omringende landgoed te redden, maar welke zijn goed en haalbaar?

Als er een Amerikaan en een aantrekkelijke zakenman uit Stockholm op de Leeuwenhof arriveren, opent hun inbreng en kennis voor Solveig de deur naar de wijde wereld. Ze wil niets liever dan een nieuwe start maken, voor de Leeuwenhof en voor de liefde. Maar kan ze haar verdriet om haar verloren geluk achter zich laten?

Verkrijgbaar als
e-book
& papieren boek

LEES MEER VAN

Corina Bomann

Berlijn, 1926. Het leven van de twintigjarige Sophia Krohn bevindt zich op een dieptepunt. Haar eerste liefde eindigde in een schandaal, haar vader heeft in zijn woede gezegd dat ze hem niet meer onder ogen mag komen en ze kan het zich niet veroorloven om verder te studeren.

Gedesillusioneerd en met haar dromen in puin vlucht Sophia naar Parijs. Daar krijgt ze tegen al haar verwachtingen in een baan bij een groot cosmetica-imperium. Maar met succes komen ook persoonlijke offers: haar baas eist van haar dat ze tien jaar lang ongetrouwd blijft, en dat terwijl Sophia net weer een beetje hoop begon te koesteren dat de liefde haar niet nogmaals voorbij zou gaan.